DIRK HUSEMANN

Die Romanfabrik von Paris

Weitere Titel des Autors:

Ein Elefant für Karl den Großen
Die Seidendiebe
Die Eispiraten
Die Bücherjäger
Das schwarze Feuer von Byzanz

Dirk Husemann

Die Romanfabrik von Paris

Historischer Roman

lübbe

Dieser Titel ist auch als E-Book erschienen

FSC
www.fsc.org
MIX
Papier aus verantwortungsvollen Quellen
FSC® C014496

Originalausgabe

Textredaktion: Dr. Ulrike Brandt-Schwarze, Bonn
Titelillustration: © shutterstock.com: lynea | julias | Ensuper | Hurst Photo | Mark Carrel | siloto | boyhey
Umschlaggestaltung: Johannes Wiebel | punchdesign, München
Satz: two-up, Düsseldorf
Gesetzt aus der Caslon
Druck und Verarbeitung: GGP Media GmbH, Pößneck
Printed in Germany
ISBN 978-3-404-18311-1

1 3 5 4 2

Sie finden uns im Internet unter luebbe.de
Bitte beachten Sie auch: lesejury.de

»Normalerweise beginne ich ein Buch erst,
wenn es schon geschrieben ist.«
ALEXANDRE DUMAS

Die Figuren der Handlung

ALEXANDRE DUMAS Schriftsteller

ANNA MOLL Gräfin Dorn, Lehrerin
TRISTAN GRAF DORN ihr verstorbener Ehemann
IMMANUEL ihr Diener und Kutscher

ETIENNE LEMAITRE Magnetiseur
BEN SIMES sein Gehilfe in London und Sankt Petersburg
MADAME MEUNIER seine Kutscherin

FRUCHARD Lohnschreiber in Dumas' Romanfabrik im Château Monte Christo
MOCQET Pförtner im Château
HIPPOLYT Dumas' Diener

OLAF SCHMALEUR Lübecker Heringshändler in Paris
MARIE-ALEXANDRINE SCHMALEUR seine Ehefrau
HENRIETTE seine Tochter
JEAN sein Sohn

AUGUSTE MARIETTE Ägyptologe und Kurator der Ägyptischen Sammlung des Louvre
BERNARD PIVERT französischer Politiker in Paris
DOKTOR LASSAILLY Arzt im Hôpital de la Charité

MONSIEUR LAMBERMONT Wirt des Hotels Lambermont in Brüssel

Viktor Schuwalow russischer Geschäftsmann aus Sankt Petersburg

Prinz Albert britischer Thronfolger im Buckingham Palace
Lady Esme seine Gouvernante
Lady Alice Herzogin von Worcester
Fergus Seaborn ihr Geliebter
George Koch im Buckingham Palace

Lordrichter Digby Richter im Newgate-Gefängnis
Eakins Barbier im Newgate-Gefängnis
Reverend Collins Geistlicher im Newgate-Gefängnis

Doktor Bailey Leierkastenspieler in London
Poppy Roebuck Zeitungsverkäuferin in London

Clément Cunin französischer Gendarm
Jacques Fulchiron französischer Gendarm

TEIL I

Der Träumer im Louvre

Kapitel 1

Paris, Ende November 1851

Anna fühlte sich wie eine Romanfigur. Noch vor einer Woche war sie Deutschlehrerin in Karlsruhe gewesen. Und jetzt fuhr sie in ihrem Rollstuhl durch Paris und jagte einem Mann namens Alexandre Dumas hinterher.

Sie musste ihm das Handwerk legen.

Zunächst brauchte sie Beweise für seine Machenschaften. Anna bat ihren Diener Immanuel, einen Zeitungsverkäufer zu finden. Immanuel schob sie den Boulevard entlang. Nie zuvor hatte Anna ein solches Gedränge erlebt. Vorübereilende stießen gegen den Rollstuhl. Der Herbstwind massierte die Gesichter. Die Passanten hielten ihre Hüte fest. Anna zog den Knoten des Tuchs, das um ihre Haube geschlungen war, fester unter dem Kinn zusammen.

Nach einer Weile deutete Immanuel auf eine Marktbude aus Brettern, Kisten und einem Bettlaken, die vor einem hell erleuchteten Café aufgebaut war. Eine junge Verkäuferin sortierte die Auslagen: Bücher und Zeitungen.

»Ein November, der alles verschmiert«, sagte die Händlerin, als Anna ihr einen guten Abend wünschte. »Mit meinen Zeitungen können Sie sich erst den Abend vertreiben und danach die feuchte Wohnung auslegen«, pries die Frau die Ware an. Dabei gestikulierte sie mit müder Hand.

»Alexandre Dumas«, sagte Anna. »Kennen Sie den?«

Die Augen der Verkäuferin leuchteten mit einem Mal heller als die Lampen des Cafés. »Ob ich Monsieur Dumas kenne?

Halten Sie mich für eine Dame der feinen Gesellschaft?« Sie deutete auf ihren schäbigen Kittel.

»Ich meine natürlich seine Geschichten. Haben Sie etwas von ihm?« Anna deutete auf die Zeitungen.

Die Verkäuferin zupfte ein Exemplar hervor und hielt es Anna hin. »Früher hat er für *Le Siècle* geschrieben. Jetzt gibt er seine eigene Zeitung heraus.«

»*Le Mousquetaire*«, las Anna laut vom Kopf des Blattes ab. Darunter stand: *Journal de M. Alexandre Dumas*. Sie rückte ihre Brille zurecht. Die Titelseite schmückte die Zeichnung einer Figur in historischem Kostüm, vermutlich der namensgebende Musketier. Daneben war ein Tisch abgebildet, an dem eine Flinte lehnte.

Anna streckte eine Hand aus. Doch die Verkäuferin zog die Zeitung zurück und hielt ihre von Druckerschwärze verschmierten Finger hin. »Fünfzehn Centimes«, forderte sie. »Erst bezahlen, dann lesen. Alte Lebensweisheit der Zeitungshändler.«

Anna holte drei Münzen aus ihrer Geldkatze hervor. Mit der Zeitung in der Hand ließ sie sich von Immanuel in das Café bringen. Es summte von Gesprächen und klirrte von Silberlöffeln, die gegen Porzellan tickten. Sie fanden einen winzigen runden Tisch. Anna bestellte Kaffee für sich und ein Bier für Immanuel. Dann faltete sie die Zeitung auseinander und bedeckte damit die grüne zerkratzte Tischplatte. *Le Mousquetaire* war auf dünnem, billigen Papier gedruckt. Die Lettern schienen durch. An einigen Stellen hätte die Druckerpresse sie fast durch den Bogen geschlagen. Die Schlagzeile auf dem Titelblatt lautete: *Franzosen raus aus Paris* und war der Titel einer Anklageschrift über den Umbau der Stadt durch Baron Haussmann. Die meisten Pariser Bürger konnten die Mieten für die neuen Luxuswohnungen nicht bezahlen und mussten in den heruntergekommenen Osten der Seine-Metropole abwandern. Anna überflog den Artikel. Das war es nicht, wonach sie suchte. Doch da! Am unteren Rand der Titelseite kündigte ein zweispaltiger Artikel einen neuen Fortsetzungsroman aus Dumas' Feder an. Der Text sei im Innenteil zu finden, stand dort: die erste Folge von *Die Mohikaner von Paris*.

Anna suchte nach der angekündigten Episode, reichte Immanuel den ersten Bogen der Zeitung und las weiter.

Auf dem zweiten Bogen hatte sie die Fortsetzungsgeschichte gefunden. Darin tauchten zwei Liebende auf, Colomban und Carmélite genannt. Listenreich entkamen sie Gefahren, in die sie durch ihre eigenen Unverschämtheiten hineingeraten waren. Es fiel schwer, dennoch las Anna die gesamte Folge. Dann winkte sie dem Kellner, bezahlte aus ihrem schwindenden Münzvorrat und fragte nach der nächsten Gendarmerie.

Die Polizeiwache war in einem dämmrigen Haus an der Rue de Cléry untergebracht. Immanuel schob Anna durch die Eingangstür. Der Geruch von Männerschweiß und Pfeifentabak hing in der Luft. Hinter einem unaufgeräumten Schreibtisch hockte ein Uniformierter mit einem von Verschlafenheit verdrossenen Gesicht. Er strich sich den schmalen Oberlippenbart glatt und fragte Immanuel, was er wolle.

»Ich bin diejenige, die etwas vorzubringen hat«, sagte Anna.

»Madame?«, kam es mit müder Stimme zurück.

»Ich erstatte Anzeige gegen einen Mann namens Alexandre Dumas«, sagte Anna.

Die Müdigkeit verschwand aus dem Gesicht des Gendarmen. »Den Schriftsteller?«

»Wie viele Männer dieses Namens gibt es denn in Paris?«, gab Anna zurück. »Natürlich gegen den Schriftsteller.«

An zwei Tischen im Hintergrund reckten die Kollegen des Polizisten die Köpfe.

»Was hat er diesmal angestellt?«, fragte der Mann am Empfang.

»Bedeutet das, er ist ein bekannter Verbrecher?«, fragte Anna zurück.

»Darüber darf ich keine Auskunft geben. Sie wollten eine Anzeige erstatten. Wie lautet der Grund?« Er holte einen Bogen Papier hervor und zog den Korken aus einem bronzenen Tintenfass.

»Wegen …« Anna warf Immanuel einen Blick über die Schulter zu. Ihr Begleiter zuckte die Achseln. »… Verrohung der Sitten«, fuhr sie fort.

Der Gendarm runzelte die Stirn. »Hat Dumas Sie belästigt?«

»Und wie er mich belästigt hat«, fuhr Anna fort. »Mit jedem Wort, das er schreibt, treibt er mir die Schamesröte ins Gesicht.«

Die Polizisten an den hinteren Tischen erhoben sich und kamen näher.

»Madame«, begann der Gendarm. »Wir sind ein freies Land. Monsieur Dumas ist einer unserer erfolgreichsten und beliebtesten Schriftsteller. Eine Anzeige …«

»Er ist nur beliebt, weil es ihm gelingt, seine Leser zu verdummen und sie mit billigen Tricks für sich einzunehmen. Er ist … er ist …« Das Wort kam Anna nur schwer über die Lippen. »… ein Hypnotiseur. Einer, der sich die Menschen gefügig macht. Er ist gefährlich!«

Jetzt blickten sich die drei Polizisten an. Einer wedelte mit der Hand, als habe er sich verbrannt.

»Ich verlange, dass die Polizei etwas gegen ihn unternimmt.«

»Wir können niemanden einsperren, nur weil er Romane schreibt«, sagte der Empfangsbeamte.

»Von Gefängnis habe ich auch nicht gesprochen.« Anna schlug mit behandschuhter Hand auf den Schreibtisch. »Lassen Sie die Plakate abreißen, die für seinen Schmutz werben.

Lassen Sie die Zeitung verbieten, die er herausgibt. Und sorgen Sie dafür, dass Ihre Landsleute gute Bücher lesen. Schaffen Sie öffentliche Bibliotheken und Schulen.«

»Anschrift?«, fragte der Gendarm.

»Ich weiß nicht, wo der Schmierfink seinen Unterschlupf hat«, sagte Anna.

»Ich meine natürlich Ihre Anschrift, Madame. Wohnen Sie in Paris?«

Anna zögerte. Gerade in diesem Augenblick mochte die in Zorn entflammte Madame Schmaleur die Reisetaschen aus Annas Zimmer tragen und das Bett abziehen lassen. Aber solange sie das nicht sicher wusste, wohnte sie noch dort. Anna nannte die Adresse: Rue Réaumur 38.

Der Gendarm füllte mit rascher Hand ein Formular aus und ließ Anna unterschreiben. Dann legte er das Blatt auf einen Stapel, verschränkte die Finger und sagte: »Guten Abend, Madame.« Gekünstelte Freundlichkeit war in sein Gesicht gemeißelt.

Anna beugte sich über den Schreibtisch und griff nach dem Formular. Sie hielt es sich vor die Brille. »Wo steht, welche Maßnahmen die Polizei ergreifen wird?«

Der Gendarm seufzte und versuchte, das Papier zurückzubekommen. »Das steht nirgendwo. Es liegt im Ermessen unserer Gendarmerie.«

»Und was ermessen die Gendarmen?«, flirrte Anna. Ihre Nase fühlte sich verstopft an. Diese Männer nahmen sie nicht ernst. Weil sie eine Frau war und im Rollstuhl saß! Heiße Beschämung stieg in ihr auf.

»Das ist einzig und allein Angelegenheit dieser Amtsstube.« Mit einer geschickten Bewegung gelang es dem Gendarmen, das Formular wieder an sich zu reißen. Dabei ging der Bogen entzwei.

Anna warf dem Uniformierten den Fetzen Papier entgegen.

Der Schnipsel traf seine Brust und segelte lautlos zu Boden. »Sie sind nur ein Domestik der Verwaltung«, fuhr Anna ihn an. »Ich verlange, den Polizeipräsidenten zu sprechen.«

»Wie wäre es stattdessen mit dem Präsidenten der Republik?«

Anna wollte Immanuel auffordern, den frechen Franzosen Mores zu lehren. In diesem Moment schaltete sich einer der anderen Polizisten ein. Er kam um den Schreibtisch seines Kollegen herum und baute sich vor Annas Rollstuhl auf. Wenn er sich jetzt jovial neben mich hockt, werde ich anfangen zu schreien, versprach Anna sich selbst. Doch der Gendarm blieb stehen und sah auf sie herab. Er trug dieselbe blaue Uniform wie seine Kollegen. Aber auf seinen Schultern waren mehr Abzeichen befestigt.

»Wenn ich mir die Bemerkung erlauben darf, Madame, scheinen Sie keine Französin zu sein«, sagte er mit tiefer Stimme.

»Ich komme aus dem Großherzogtum Baden. Was hat das mit meinem Anliegen zu tun?«, schnaubte Anna.

»Nichts, natürlich«, gab der Offizier zurück. »Außer vielleicht, dass Sie nicht wissen, welche Institution in Frankreich über die guten Sitten wacht.«

»Die Polizei natürlich«, sagte Anna. »Oder nicht?«

»Ihr Fall wäre bei der Zensurbehörde besser aufgehoben«, verriet der Gendarm. »Ersparen Sie doch dem armen Gady dort die Mühe. Ihre Beschwerde«, er deutete auf den Rest des Formulars, »würden wir ohnehin an die Kollegen von der Zensur weiterleiten. Aber das dauert Wochen. Warum suchen Sie die Behörde nicht persönlich auf?« Er nannte eine Adresse. »Morgen früh um acht werden Sie dort jemanden antreffen.«

Nach einer Pause fügte er hinzu: »Sie sollten wissen, dass Dumas' Geschichten überall beliebt sind. Wenn seine Werke Ihretwegen der Zensur zum Opfer fallen, werden Sie ganz Frankreich gegen sich aufbringen.«

Kapitel 2

Westlich von Paris, Château Monte Christo, Dezember 1851

Paris war die Hauptstadt des Gestanks und die Heimat der Duftwässer. Nirgendwo sonst in Europa gab es so viele Parfümerien, nirgendwo gaben Damen und Herren, die es sich leisten konnten, so viel Geld für flüchtige Gerüche aus. Aus gutem Grund: Paris war eine Kloake. Von den Straßen stieg ein pestilenzialischer Gestank auf, der Brodem der Verruchtheit, der die Stadt wie eine Glocke umschloss. Die französischen Könige, als es sie noch gab, entflohen Schmutz und Schmier, so oft sie konnten. Man lüftete die Allongeperücke und das Justaucorps auf der Jagd im Bois de Boulogne. Doch nach den Vergnügungen des Tages drohte die Rückkehr in den Sumpf, der vorgab, eine Weltstadt zu sein. Kein Wunder, dass es sich die Reichsten der Reichen ein Vermögen kosten ließen, außerhalb von Paris zu residieren. Sie zogen in den Westen, auf die Hänge von Saint-Germain-en-Laye, dorthin, wo die Stadt noch so nah war, dass man sie sehen konnte, und gleichzeitig so fern, dass ihr Mundgeruch außer Riechweite blieb.

Dort ließ sich jeder Fürst der französischen Geschichte, der etwas auf sich hielt, ein Schloss errichten. Dort kamen Könige zur Welt und gingen an ihr zugrunde. Dort kauten Herzöge an Hühnerbeinen und schleuderten die Knochen in Richtung Paris. Dort ließen sich die schönsten Frauen der Gesellschaft von den reichsten Männern zur Chaconne führen und bei dem Tanz auf die Füße treten. Wer es den Berg hinauf nach Saint-

Germain-en-Laye geschafft hatte, war dem Himmel ein Stück näher gekommen.

Jetzt, im Jahr 1851, waren die Könige verschwunden, von Revolutionen verschluckt. Aber ihre Schlösser standen noch. Inzwischen gehörten sie reichen Bürgern, die mit Eisenbahnen und Zigarren, mit Kaschmirstoffen und Porzellan, mit venezianischem Kristall und kristallklarem Champagner barocke Vermögen verdienten.

Aber nur die Gewöhnlichen gaben sich damit zufrieden, in verstaubtem Prunk zu wohnen und sich dort zur Ruhe zu betten, wo die Bourbonenkönige blaue Fürze gelassen hatten. Wer wirklich erfolgreich war, baute sich selbst einen Palast.

Erst vor Kurzem war in Rufweite des Schlosses von Heinrich IV., dem Geburtsort des Sonnenkönigs, ein neues Château entstanden. Der Bauherr hielt sich selbst für einen Monarchen und nannte sich »König der Dichter«. In Paris hielt man ihn für einen Zauberer, der Worte in Geld verwandeln konnte. In Saint-Germain-en-Laye war er vor allem dafür bekannt, dass er Geld in Luft auflösen konnte.

»Schreiben Sie!« Die Stimme donnerte durch den Raum mit der pflaumenblauen Tapete. Zehn Schreibtische mit geschwungenen Füßen standen aufgereiht wie in einer Schulklasse. Daran saßen zehn Männer mit gebeugten Rücken. Auf ihren Stirnen glänzte der Schweiß. Die Federn in ihren Händen tanzten, während sie Papierbogen um Papierbogen beschrieben. Einer von ihnen, ein dünner junger Mann mit lichtem Haar und Rockschößen, die schon lange aus der Mode waren, hielt inne, schaute auf das, was er geschrieben hatte, tippte sich mit der Spitze der Feder gegen die Wange und ließ dann seinen Blick aus dem Fenster schweifen.

Schwere Schritte rissen ihn aus den Gedanken, und ein Schatten fiel auf seinen Arbeitsplatz.

»Woran denken Sie, junger Freund?«, fragte eine heisere Bassstimme.

»Diese Geschichte, die ich nach Ihren Vorstellungen ausarbeiten soll, scheint nicht stimmig zu sein, Monsieur Dumas«, sagte der Schreiber, ohne den Blick vom Fenster zu nehmen. Davor wiegten sich die Bäume des Parks im Dezemberwind. Regentropfen prasselten gegen die Fenster von Château Monte Christo.

»Nicht stimmig«, wiederholte Dumas. Er war ein großer Mann von reicher Körperlichkeit. Krauses Haar wucherte wild auf seinem Kopf. Die Spitzen zitterten. Aus seinem Gesicht mit den vollen Wangen leuchteten falkenhelle Augen hervor. Der parfümierte Bart auf seiner Oberlippe zuckte, als seine Lippen sich verzogen. Wer Dumas nicht kannte, hätte geglaubt, er fletsche die Zähne. Tatsächlich aber lächelte er – wie immer, wenn sich der Autor der *Drei Musketiere* herausgefordert fühlte.

»Ich bin wirklich froh, ein junges Talent wie Sie in meiner Romanfabrik zu beschäftigen, Fruchard«, sagte Dumas. »Bitte verraten Sie mir, was an meiner Geschichte nicht stimmt.«

»Die Handlung ist spannend und unterhaltsam«, antwortete der Schreiber. »Aber ich finde, der Schurke ist etwas blass.« Fruchard warf einen erschrockenen Blick zu seinem Arbeitgeber empor. »Wenn der Ausdruck erlaubt ist.«

Dumas' Haut war recht dunkel, ein Erbe seines Vaters, der aus Haiti stammte. »Etwas Farbe hat noch niemandem geschadet«, sagte er. »Denken Sie sich etwas aus, Fruchard. Tupfen Sie den Pinsel in die Palette Ihres Geistes, und dann schwingen Sie ihn über das Papier! Verleihen Sie der Figur Leben!«

»Das versuche ich ja, Monsieur«, sagte der Schreiber. »Aber es ist so schwer, sich einen lebendigen Menschen vorzustellen.«

»Sehen Sie die Regentropfen am Fenster? Stellen Sie sich vor, diese Tropfen füllten Ihre Gedanken. Und in jedem steckte ein

Einfall, manchmal sogar eine ganze Geschichte. Fruchard! In Ihrem Innern fließen Bäche. Flüsse der Fantasie sind dort aufgestaut. Setzen Sie sich ans Ufer, und werfen Sie die Angel aus!«

Fruchard starrte wieder auf das Fensterglas. Er schluckte. »Der Schurke muss ins Gefängnis, wird dort von den anderen Gefangenen gefoltert und dann getötet«, brachte er schließlich hervor.

Dumas klopfte Fruchard auf den Rücken. »Großartig und effektiv. Jedenfalls, wenn Sie mich ruinieren wollen.« Er wühlte mit einer Hand in seinem Haar. »Wie wäre es hiermit? Der Schurke muss ins Gefängnis. Aber das Elend dort macht ihn nicht fertig. Oh nein! Er wird sogar noch stärker und schurkischer. Wenn der Teufel in die Hölle kommt, fühlt er sich zu Hause. Nicht wahr, Fruchard?« Ohne eine Antwort abzuwarten, fuhr Dumas fort: »Unser Schurke bereichert sich im Gefängnis und wird mächtiger als zuvor. Nur geschieht das diesmal nicht auf Kosten unschuldiger Bürger, sondern zum Leidwesen der anderen Gefangenen.«

»Aber wie soll das gehen?«, fragte Fruchard mit leiser Stimme.

»Was würden Sie im Gefängnis am meisten vermissen?«, fragte Dumas.

»Ich würde … also, wenn ich dort hinmüsste, würde ich …«

»Sie sind ein Mann, Fruchard. Sie würden eine Mätresse haben wollen. Die Nächte im Gefängnis sind kalt und langweilig. Also besticht unser Schurke die Wärter.«

»Wie ist er denn an das Geld gelangt?«

»Wer braucht Geld, wenn er Einfälle hat? Einfälle, Fruchard! Er lässt die Mätresse kommen und vermietet sie an seine Mitgefangenen. Von den Einnahmen schmiert er die Wachen und wird so reich, dass er zum König des Zuchthauses aufsteigt. Natürlich nascht er auch selbst von seiner Ware.«

»Wie abscheulich!«, stöhnte der Schreiber.

»Sie finden das abscheulich? Dann ist es genau der Stoff, den wir brauchen.«

Auf der Stiege waren Schritte zu hören. Der Pförtner erschien. In seiner blauen Livree hob er sich kaum von der Tapete ab.

»Was ist denn, Mocqet?«

»Besuch, Monsieur«, sagte der Pförtner.

Im Château Monte Christo gab es zwei Arten von Gästen. Diejenigen, die der Hausherr eingeladen hatte und mit denen er tagelang tafelte und nächtelang Bacchanal feierte. Und solche, die von selbst kamen und etwas verlangten, das zu geben Dumas nicht bereit oder in der Lage war.

»Ich habe Ihnen doch beigebracht, wie man mit Störenfrieden umgeht, Mocqet.«

Der Pförtner verbeugte sich. »Gewiss, Monsieur. Aber diesmal haben die Herren von der Bank selbst einen Hund mitgebracht. Unser Napoleon hat sich aus Angst vor aller Augen erleichtert und ist dann in seine Hütte geflohen.«

Dumas stiefelte durch den Raum. In der Tür drehte er sich noch einmal zu den Lohnschreibern um. »Kein Grund, die Federn ruhen zu lassen. Heute Abend müssen die Artikel in der Druckerei sein. *Le Mousquetaire* erscheint pünktlich und vollständig. Schreiben Sie, meine Herren, schreiben Sie!«

Alexandre Dumas befahl dem Pförtner, die Eindringlinge in den weißen Salon zu führen. Er selbst betrat den Raum rasch durch eine Seitentür und machte es sich in einem Stuhl mit hoher Lehne und rotem Lederbesatz bequem. Das Möbel ähnelte einem Thron. Dumas war oft in den Louvre gegangen, um auf den Gemälden die Posen zu studieren, mit denen sich die Könige der französischen Geschichte auf ihren Prunksitzen präsentierten. Für die Bankiers nahm er die lässige Haltung Ludwigs XVIII. ein.

Dazu ließ er die linke Hand auf der Armlehne ruhen und stützte sich mit der rechten auf einem Spazierstock ab.

An der Stirnwand des Raums stand eine Büste des Hausherren aus pentelischem Marmor. In doppelter Lebensgröße blickte der Dargestellte visionär zur Zimmerdecke, wo ein Kronleuchter kristallenes Licht spendete und blitzende Funken auf den polierten Stein warf. Dumas liebte dieses Arrangement. Bisweilen erwartete er, sein steinernes Ebenbild würde den Blick auf ihn richten und zu ihm sprechen.

Vom Eingang her waren laute Stimmen zu hören, begleitet vom Kläffen eines Hundes und dem Klicken von Tierkrallen auf Steinfliesen. »Nicht der Hund, Messieurs«, rief Mocqet. »Nicht hier im Château!«

Eine doppelflügelige Tür führte in den weißen Salon. Sie war von oben bis unten mit kleinen Glasfenstern versehen. Dahinter erschienen jetzt zwei dunkel gekleidete Männer. Durch die Fenster waren ihre Gestalten in Quadrate zerteilt. Dumas schmunzelte bei der Vorstellung, die Bilder wie bei einem Verschieberätsel durcheinanderzubringen, sodass der Kopf des einen Herrn im Schritt des anderen saß. Er grübelte noch über reizvolle Variationen, als die Besucher eigenmächtig die Tür öffneten und eintraten.

»Monsieur Gallois. Monsieur Odier.« Dumas kannte seine Gäste und nickte ihnen zu. Aber er erhob sich nicht.

»Dumas«, sagte der mit Odier Angesprochene. Seine Frisur bildete zu den Seiten seines Kopfes ein Paar Taubenflügel. »Unsere Geduld ist am Ende. Zahlen Sie! Oder wir lassen Sie ins Gefängnis werfen.«

Zwischen den Beinen der Geldeintreiber drängte sich ein Hund hindurch. Er reichte seinen Herren bis über die Knie, hatte schwarzes kurzes Fell und fletschte die Zähne. Odier hielt ihn an einer kurzen Leine.

Dumas winkte die Männer näher und bot ihnen Stühle an dem weißen Tisch mit runden Enden an, der die Mitte des Raums beherrschte. Die Männer setzten sich nicht. Aber das würde sich ändern.

»Wie viel bin ich Ihnen noch gleich schuldig?«, fragte Dumas.

»Genau dreihundertvierzigtausend Francs. Die Zinsen mitgerechnet«, kam die Antwort von Gallois.

»Für eine solche Summe kommen Sie eigens aus Paris angefahren«, stellte Dumas fest. »Wenn die Angestellten Ihrer Bank wegen solcher Lächerlichkeiten Zeit verschwenden können, muss es Ihrem Institut sehr gut gehen. Ich sehe keinerlei Veranlassung, Sie mit meinem Geld zu unterstützen.«

»Es ist unser Geld, Dumas.« Odier erhob die Stimme. Der Hund stimmte mit einem gehässigen Knurren in Richtung des Hausherrn ein. »Und es ist keine Kleinigkeit. Der Kerzenmacher in meiner Straße müsste schon für einhunderttausend Franc ein Leben lang arbeiten.«

»Wie viele Kerzen würde das wohl ergeben? Vermutlich könnte er Paris damit eine Nacht lang erleuchten. Das gelingt sonst nur Schriftstellern. Grüßen Sie den armen Kerl von mir«, erwiderte Dumas. »Ich werde vierhundert Talglichter bei ihm bestellen. Mein Château soll leuchten wie meine Gedanken.«

»Genug geschwätzt!« Gallois hatte nun die Tonlage des Hundes angenommen. »Das Geld, Dumas! Oder ich lasse die Gendarmen kommen.«

Der Hausherr erhob sich und ging auf die Besucher zu. Die Bankangestellten reichten Dumas bis knapp über die Schulter. Er ging in die Knie und schaute dem Hund in die Augen. Das Knurren zerfiel zu einem Gurgeln. Dann versiegte es vollends. Dumas kraulte das Tier hinter den Ohren. Zum Dank wurde er von einer warmen Zunge am Kinn geschleckt.

»Lassen Sie den bedauernswerten Kerl von der Leine«, sagte Dumas. »Er soll sich doch nicht so fühlen wie der arme Fantast, den zu drangsalieren Sie hergekommen sind.«

Die Türglocke läutete. Kurz darauf tauchte Mocqet wieder auf. »Monsieur Dumas, Sie haben Besuch. Es ist Madame Prunelle. Sie ist mit ihrem Sohn gekommen und sagt, sie brauche dringend Ihre Unterstützung. Sie wartet im gelben Salon.«

Der gute Mocqet! Er hatte immer die besten Einfälle zur rechten Zeit.

»Meine Herren«, wandte sich Dumas an die Bankiers, »unsere Unterredung muss hier enden. Eine Dame, die Hilfe braucht, lässt man nicht warten. *Au revoir*. Ein Rat zum Schluss: Lassen sie Ihrem Hund – und mir – mehr Leine.«

Mit flatternden Rockschößen entkam Dumas aus dem Raum. Odier rief ihm hinterher, er werde warten, bis Dumas zurückkehre. Doch Dumas gab nichts auf diese Drohung. Die Geduld eines Geldkaufmanns war so dünn wie eine Banknote und riss ebenso leicht. Odier und Gallois würde die Zeit lang werden, und schließlich würden sie aufgeben und verschwinden. *Ennui*, meine Herren, Langeweile. Sie ist die Waffe des Schriftstellers.

»Bravo, Mocqet!« Dumas klopfte dem Pförtner auf die Schulter. Dabei stellte er fest, dass die Livree schon stark zerschlissen war. Mocqet hatte eine bessere Ausstattung verdient. Gleich morgen wollte er beim teuersten Schneider von Paris eine schmucke Uniform für den guten Mann in Auftrag geben.

»Monsieur?«, fragte der Pförtner.

»Ein guter Einfall, Mocqet.« Dumas lachte und hieb sich mit der Faust in die flache Hand. Seine wilden Haare wogten. »›Madame Prunelle erwartet Sie im gelben Salon.‹ Das hätte mir nicht besser einfallen können.«

»Aber es ist wahr, Monsieur«, sagte Mocqet mit kleiner

Stimme. »Sie hat ihren Sohn Henri mitgebracht und ist sehr aufgebracht.«

Dumas wandte den Blick gelobend zum Himmel. »Ihre Livree können Sie vergessen, Mocqet!« Er stürmte in Richtung des gelben Salons davon und ließ den ratlos auf seine Dienstkleider schauenden Pförtner zurück.

Kapitel 3

Westlich von Paris, Château Monte Christo,
Dezember 1851

Marianne Prunelle hatte einen kräftigen Kiefer und ein hellwaches, misstrauisches Gesicht. Dumas schlang die Arme um ihre von billigem Tuch geschmückten Schultern und küsste ihre reglosen Lippen. Dann beugte er sich zu dem Knaben hinab und schüttelte dessen schlaffe Hand.

»Wie schön, euch beide hier zu sehen!«, begann er. Doch die Worte klangen so fade wie seine Empfindungen. »Der kleine Henri kann ja schon laufen.«

Mariannes Augen waren groß und besonnen. »Wenn Sie ihm Geld geschickt hätten, wie Sie es versprochen haben, könnte er vielleicht schon lesen. Zum Beispiel die Romane, mit denen sein Vater Millionen verdient.«

Warum hatte er diesen welken Mund bloß jemals attraktiv gefunden? Dumas schätzte an der Größe des Kindes, dass das nun schon sechs Jahre her sein musste. Damals war Marianne eine Schönheit gewesen. Ach, erst die Zeit verlieh den Blumen von Paris Poesie!

Das musste er aufschreiben! Er tastete in seiner Rocktasche herum, holte Papier und Stift hervor und notierte.

Marianne riss ihm die Notiz aus der Hand. Der Stift klapperte auf die Fliesen. »Wir brauchen Geld, keine großen Worte. Geld! Mit wie vielen Millionen Franc haben Sie dieses Château gemästet, während Ihr eigener Sohn täglich verwässerte Kohlsuppe schlürfen musste?«

»Marianne!«, versuchte er sie zu beschwichtigen. »Der kleine Henri ist zu bedauern, aber ich bin nicht sein Vater.«

»Das weiß ich wohl besser. Und ich habe vor, alle Geheimnisse, die Sie mir zwischen Küssen ins Ohr geflüstert haben, in die Welt hinauszurufen.«

»*Mon dieu!* Was für Geheimnisse sollen das schon sein?« Dumas spürte, wie ihn die kalte Gelassenheit verließ.

»Zum Beispiel, dass *Der Graf von Monte Christo* eine Erfindung Ihres Lohnschreibers Auguste Maquet ist.«

»Das ist nicht lächerlicher als das festliche Zeremoniell für Molière im Théâtre-Français. Aber es ist genauso lächerlich.« Dumas wedelte den Vorwurf mit einer Handbewegung beiseite. Hatte er Marianne tatsächlich davon erzählt? Es stimmte ja. Maquet hatte sein historisches Wissen in den Roman einfließen lassen. Aber die Geschichte war von Dumas gekommen. All die Rachegelüste des Edmond Dantès und seine gerissene Art, seine Feinde zu zerstören. Das war der echte und einzigartige Dumas. Maquet! Dabei fiel Dumas ein, dass auch sein ehemaliger Lohnschreiber Geld von ihm verlangte, eine Beteiligung an den Einnahmen. Aber das Geld war längst gut verlebt.

»Monsieur? Hören Sie mir überhaupt zu?« Jetzt fischte die Prunelle ein Stück Papier unter ihrem schäbigen Umhang hervor und hielt es ihm entgegen.

Dumas wich davor zurück. Von Papier, das er nicht selbst beschrieben hatte, hielt er ungefähr so viel wie der Teufel von der Bibel. »Was ist das?«, fragte er. Die Antwort kannte er schon.

»Unterschreiben Sie! Damit erkennen Sie Henri als Ihren Sohn an, und ich nehme alle Geheimnisse mit ins Grab.«

Das hoffentlich schon geschaufelt war.

Henri zupfte den Bogen aus der Hand seiner Mutter, stellte sich vor Dumas und hielt ihm das Papier hin. »Papa!« sagte der Knirps. »Bitte!«

Stiegen ihm angesichts des flehenden Kindes etwa Tränen in die Augen? Warum musste er nur so empfindsam sein? Sein eigener Vater war gestorben, als Alexandre erst vier Jahre alt gewesen war. Danach war er mit den Helden aus den Romanen seiner Mutter aufgewachsen. Sie hatten ihn gelehrt, wie man mutige Taten vollbringt, wie man die Herzen der Frauen und die Geldbörsen der Reichen erobert. Aber wie man angesichts großer Kinderaugen ein hartes Herz behält, das hatte ihm niemand beigebracht.

Dumas nahm Henri das Schreiben aus der Hand. Der Junge hob den Stift auf und hielt ihn seinem mutmaßlichen Vater entgegen. Bevor Dumas danach greifen konnte, verengten sich Henris Augen. Er schaute zu einem der hohen Fenster hinüber. »Da kommt jemand«, stellte der Junge fest.

Dumas fuhr herum. Über den Kiesweg rollte eine Kutsche heran und hielt vor dem Eingang, gleich neben dem Fuhrwerk der Bankiers. Eigentlich hätten das Knirschen der Räder und das Quietschen der Deichsel zu hören sein sollen. Doch die doppelten Fenster schluckten alle Geräusche. Alexandre hatte sie an allen Gebäuden so einrichten lassen, um beim Schreiben ungestört zu sein. Nichts ging über Stille, wenn man seinen Gedanken lauschen wollte.

Zu dritt beobachteten sie, wie drei Herren in eleganten Mänteln der Kutsche entstiegen. Sie setzten ihre Zylinder auf. Dann halfen sie dem Kutscher, etwas von der Ladefläche herunterzuheben. Es schien ein Möbelstück zu sein, ein großer Stuhl. Dumas konnte sich nicht erinnern, etwas Derartiges bei seinen Schreinern in Paris bestellt zu haben. Da erst erkannte er, dass der Stuhl Räder hatte. Einen Augenblick lang dachte er, seine Gläubiger seien gekommen, um ihm die Beine zu brechen und ihn dann, der Flucht unfähig, in diesem Folterwerkzeug festzuschnallen. Sie würden ihn in den Karzer schieben und dort in der

Dunkelheit für alle Zeiten vergessen. Das war natürlich absurd. Aber eine solche Szene ließe sich vielleicht in einem der vielen Romane verwenden, die noch geschrieben werden wollten.

Warum also brachten ihm drei Unbekannte einen Rollstuhl?

In diesem Moment hob der Kutscher eine vierte Person aus dem Einspänner. Auf seinen Armen lag eine Frau von etwa dreißig Jahren. Sie war eine anstaunenswürdige Erscheinung, dünn und elfenbeinfarben, jedenfalls soweit ihr Umhang es erkennen ließ. Unter ihrer Haube mit Rüschenbesatz lugten Strähnen dunklen Haars hervor, und ihre rauchblauen Augen suchten die Fassade des Château ab, während der Kutscher sie in den Rollstuhl setzte. Mit geübter Bewegung schlug er eine Decke über ihre Beine. Dann schob er den Stuhl in Richtung Eingang. Die Zylindermänner folgten.

Dumas spürte eine Gänsehaut über seine Arme laufen. Er hatte in Paris schon gelähmte Veteranen gesehen, sogar ohne Beine. Einige liefen auf ihren Händen. Andere rollten in selbst gezimmerten Wägelchen über die Pflastersteine. Lederbesetzte Rollstühle konnten sich nur die Reichen leisten, und diese Exemplare waren entweder alt oder hässlich – oder beides. Eine anmutige junge Frau in diesem Zustand zu sehen, war so ungewöhnlich wie erschütternd. Welcher Philosoph hatte gesagt, die Natur habe einen Sinn für Schönheit und Gerechtigkeit? Der musste ein Narr gewesen sein.

»Ist das Ihre neue Mätresse?«, kläffte die Prunelle. »Ich werde sie vor Alexandre Dumas warnen und ihr raten, dieses Anwesen sofort wieder zu verlassen.«

Wer auch immer ihn da besuchte, Dumas musste mehr über diese tragische Dame erfahren. Seine Nase begann zu jucken, wie sie es meist tat, wenn sich Einfälle für neue Geschichten in seinem Kopf anstauten und nach außen drängten. Eine Prise Schnupftabak wäre jetzt hilfreich.

»Marianne«, sagte er, »ich bekomme Besuch und muss mich um die Gäste kümmern. Warum vertagen wir unser Gespräch nicht auf die nächste Woche? Ich habe am Mittwoch noch einen Termin frei und könnte in die Stadt kommen.«

»Wir warten hier«, unterbrach sie ihn. »Oder bleibt Ihr Besuch etwa über Nacht?«

Dumas verschluckte eine Erwiderung und läutete nach dem Kammerdiener. Hippolyt erschien gleichzeitig mit Mocqet in der Tür. Der Pförtner kündigte die neuen Gäste an. Dumas gab Hippolyt den Auftrag, Marianne und Henri etwas zu essen und eine Karaffe Wein zu bringen. Dann rauschte er aus dem Raum.

Noch lange würde er sich wünschen, die Dame im Rollstuhl niemals empfangen zu haben.

Im grünen Salon begrüßte Alexandre die kleine Gesellschaft. Die drei Herren hatten sich um den Tisch aus poliertem Rosenholz aufgestellt und hielten ihre Zylinder vor die Bäuche. Die Dame im Rollstuhl saß mitten im Raum. Den Umhang hatte sie abgelegt. Darunter trug sie ein mit Volants verziertes tiefrotes Kleid, das wunderbar mit den lichtgrünen Vorhängen harmonierte. Alexandre wünschte sich, ein Maler zu sein.

»Willkommen im Château Monte Christo! Ich bin Alexandre Dumas, der Hausherr. Was führt Sie zu mir?« Er griff zu einer dicht mit Gold verzierten Schildpattbüchse, die mit Pralinen gefüllt war, und bot den Besuchern davon an. Niemand griff zu. Einen dieser Männer meinte er schon einmal gesehen zu haben. Er hatte etwas mit Büchern zu tun. Entweder war er ein Verleger, der sich die Rechte an seinem nächsten Werk sichern wollte. Oder er war Vertreter der Leihbibliotheken, die seine Werke in hoher Zahl zu kaufen pflegten. Alexandre griff selbst in die Pralinendose und stopfte sich eine zuckerglasierte Feige in den Mund.

»Monsieur, es ist sehr freundlich von Ihnen, uns zu empfangen«, sagte der Kleinere der Besucher. »Dies ist Gräfin Dorn, hier sehen Sie Monsieur Pataille und Monsieur Blondet. Mein Name ist Bolard. Wir kommen von der Zensurbehörde.«

Dumas' Rachen verengte sich. Die Praline fühlte sich mit einem Mal viel zu groß in seinem Mund an. Was für ein verfluchter Tag! Er hätte es gleich wissen müssen, als er mit Zahnschmerzen aus dem Bett aufgestanden war.

»Gewiss sind Sie hergekommen, um sich für das Ungemach zu entschuldigen, das Sie mir schon bereitet haben. Wenn nicht, muss ich Sie bitten, mein Anwesen sofort wieder zu verlassen.« Er warf einen bedauernden Blick auf die junge Dame. Diese staunte ihn mit großen Augen hinter Brillengläsern an. Sie hatte wohl noch nie einen berühmten Schriftsteller von Nahem gesehen.

»Wir kommen auf Drängen der Gräfin Dorn«, unterbrach der Zensor Alexandres Gedanken. »Sie hat uns davon überzeugt, dass Ihre Postille *Le Mousquetaire* geprüft werden muss. Kraft unseres Amtes …«

»Was soll das für ein Amt sein?«, schnappte Dumas. »Sie gehören doch zu jenen Bürgern, die unter Karl X. gegen die Zensur protestiert haben. Und jetzt, wenige Jahre später, finden Sie selbst Gefallen daran, geistige Größe zu unterdrücken?« Vor seinen Augen verwischten die Züge der Zensoren und verwandelten sich in die der Bankiers, die im weißen Salon saßen. Er musste diesem darmwindigen Mirakelspiel ein Ende setzen.

»… sind wir berechtigt, die Artikel aus Ihrer Romanfabrik einzusehen. Das geschieht in der Regel in der Druckerei. Doch bei Dupin teilte man uns mit, Sie seien mit der Lieferung der Texte in Verzug. Deshalb sind wir persönlich hergekommen.«

»Wie reden Sie mit mir?« Alexandre spürte, wie sich eine imaginäre Degenspitze in seinen Nacken bohrte. »Ich bin der

Autor der *Drei Musketiere*, Schöpfer des *Grafen von Monte Christo*. Jeder Franzose liebt mich. Ich bin der Vertraute der Zimmermädchen, der Poet der Köchinnen, der Überbringer der Liebespost an die Soldaten und der Gesetzesberater der Portiers. Ich bin das Herz von Paris!«

»Und Ihre Helden sind nichts weiter als die Wasserträger Ihrer Gemütsfeuchte«, sagte die Gräfin. Ihr Französisch hatte die Kanten eines deutschen oder dänischen Akzents. »Und das ist zu wenig, um anständige Damen und unschuldige Kinder heimzusuchen.«

Alexandre war erstaunt über die Härte und den Einfallsreichtum, mit denen diese Gräfin ihn beschuldigte. Er hatte ein verzweifeltes Geschöpf erwartet, eine Frau, die angesichts ihrer unglücklichen Lage seine Hilfe brauchte. »Madame!«, begann er. Doch dann wusste er nicht, wie er sich gegen die Vorwürfe wehren sollte. Er konnte doch mit dieser gebrochenen Frau nicht streiten.

Stattdessen wandte er sich den Zensoren zu. »Ich schäme mich meiner Texte nicht. Nur zu, meine Herren, bringen Sie Glut und Folterfragen. Ich werde um jedes einzelne Wort ringen!«

Der Zensor namens Blondet verlangte, die Artikel für die morgige Ausgabe des *Mousquetaire* zu sehen. Dumas spürte eine Streitlust in sich aufsteigen, mit der er ein Lanzenstechen hätte gewinnen können. Doch wie hatten es ihn die Musketiere seiner Romane gelehrt? Rohe Gewalt ist nichts wert, wenn nicht der Einfall die Klinge führt. Und an Einfällen hatte es ihm noch nie gemangelt.

Er läutete. Der Kammerdiener erschien. »Bringen Sie meine Gäste in den weißen Salon, Hippolyt. Servieren Sie Falerner. Ich werde die Artikel holen und in wenigen Augenblicken bei Ihnen sein.« Er griff noch einmal in die Pralinendose.

»Diese Leute wollen mich ruinieren, Marianne!« Immer wieder schritt Dumas den gelben Salon der Länge nach aus. »Sie müssen mir helfen. Wenn diese Zensoren meine Zeitung verbieten, werde ich kein Geld mehr verdienen können. Dann ist es aus mit der Vaterschaft für Henri.«

Er kniete vor dem Knaben nieder und drückte ihn an sich. Der Junge legte die Hände auf die mächtigen Schultern und rieb sein warmes Haar an Alexandres Wange.

Für einen Moment hätte er gern geglaubt, der Junge sei tatsächlich sein Sohn. Aber Kinder sind wie Katzen: verzückend, solange sie klein sind. Ausgewachsen aber zeigen sie die Krallen und verursachen Kosten und Konfusion.

»Wollen Sie mir helfen, Marianne?«

»Zuerst unterschreiben Sie!«, forderte die Prunelle. »Dann, das schwöre ich, werde ich alle Geier, die sich auf das Erbe meines Sohnes stürzen wollen, mit diesen Händen einer Wäscherin erwürgen.«

Kapitel 4

Westlich von Paris, Château Monte Christo,
Dezember 1851

Dumas stürmte die Treppe hinunter. Unter dem Arm trug er die Artikel. Hinter ihm polterten die Lohnschreiber die Stufen hinab. »Rascher, meine Herren. Es gilt, Ihre Werke und Ihre Einkünfte zu verteidigen.«

Schon in der Diele waren laute Stimmen zu hören, die aus dem weißen Salon drangen. Als Dumas die verglaste Tür aufzog, war der Lärm für einen Moment so kräftig, dass er meinte, eine Horde Matrosen habe sich dort eingenistet.

»Dieser Mann, dem Sie Ihr Geld geliehen haben, ist ein Bankrottier und eine Kokotte der Gesellschaft«, ereiferte sich gerade einer der Zensoren gegenüber den Geldverleihern.

»Wenn Sie ihm die Arbeit streitig machen, wird er seinen Kredit niemals tilgen können«, erwiderte Odier. Er hatte sich mit Gallois auf der entgegengesetzten Seite des Raums aufgebaut. Über ihre Schultern hinweg betrachtete die große Marmorbüste das Geschehen.

Das Drama hatte bereits begonnen. Im Leben war es wie im Roman: Bringt man erst die richtigen Figuren zusammen, entsteht die Geschichte wie von selbst.

Jetzt entdeckten alle Dumas und die Männer, die hinter ihm in den Raum drängten. »Sind das die besagten Artikel?«, fragte Blondet und griff danach.

Dumas legte schützend eine mit dunklem Haar bedeckte Hand darauf. »Zunächst erklären Sie meinen Gehilfen, wie diese ihre Familien ernähren sollen, wenn ihre Arbeit zunichtegemacht wird.«

»Wir retten die Seelen ihrer Familien, wenn wir ihre Frauen und Kinder vor diesem Schund beschützen«, sagte einer der Zensoren.

»Wir brauchen Ihre moralische Fäulnis nicht!«, rief einer der Lohnschreiber.

»Wir brauchen Geld«, mischte sich ein anderer ein. Dumas erkannte die Stimme Fruchards.

»Still, Sie Tintenfresser!«, empörte sich Blondet. »Oder ich lasse Sie alle einsperren.«

Der Hund bellte und zog die Lefzen zurück. Speichel troff von seinem Maul und hinterließ einen dunklen Fleck auf dem kostbaren Teppich.

Jetzt schaltete sich die Dame im Rollstuhl ein. Mit ruhiger Stimme sagte sie: »Es geht nicht um das Glück Einzelner, sondern um die Gesundheit der Gesellschaft. Monsieur Dumas, Sie machen Ihre Leser zu Opfern ihrer Gelüste. Wenn Sie dem Anstand dienen würden, wären alle reicher.«

Ein Durcheinander von Stimmen erhob sich. Die Bankiers antworteten gleichzeitig auf die Forderung der Gräfin. Die Zensoren sprachen auf die Bankiers ein. Blondet forderte lautstark die Herausgabe der Artikel. Die Lohnschreiber riefen Parolen, in denen es um die Wiedereinführung der Monarchie ging.

In diesem Augenblick drängte Marianne Prunelle in den Raum und zog Henri hinter sich her. Sie schwenkte das verhängnisvolle Dokument und rief mit einer Stimme, die alle im Raum zum Schweigen brachte: »Der Knabe hier ist der Sohn dieses Mannes. Wenn Sie ihm die Einkünfte nehmen, wird das Kind hungern müssen und auf Schulbildung verzichten. Wollen Sie das zu verantworten haben?«

Dumas bewegte sich in Richtung Tür.

»Sein Sohn?«, hörte er Blondet fragen. »Aber er sieht doch gar nicht aus wie ein *nègre**.«

Alexandre zuckte zusammen. Wie sich das anfühlte!

Am liebsten wäre er zurück in den Salon gestürmt und hätte diesen Befehlsausrichter sumpfwärts geschickt. Aber da erreichte er schon die Diele. Die Rücken der Lohnschreiber verbargen ihn. Er hielt die Glocke fest, als er die Tür aufzog und in den Garten schlüpfte. Mit einem leisen Klicken sperrte er den Tumult im Innern des Château ein.

Geschafft! Sein Ziel war die Druckerei in Paris. Während er den Weg zum Bahnhof einschlug, legte sich seine Aufregung. Eigentlich hatte Blondet recht. Wenn Henri tatsächlich sein Sohn wäre, hätte dessen Haut dann die Farbe von Milch? Alexandre lächelte. Diese Vaterschaft würde er anfechten können.

Er war erst wenige Schritte weit gekommen, als sich aus dem Grün des Parks ein Zweispänner näherte. Hörte das denn niemals auf? In seinem Château ging es zu wie auf dem Jahrmarkt. Er würde in eine Höhle ziehen, irgendwohin, wo es keine Adresse gab, keine Zensur und keine Schulden. Dort würde er als Einsiedler leben und schreiben, schreiben, schreiben. Allenfalls der gute Wein wäre zu vermissen. Und die schönen Frauen. Die Köstlichkeiten der französischen Küche. Die warmen Bäder. Die Gelage mit den Freunden.

Er seufzte.

Der Zweispänner hielt vor ihm an. Auf dem Bock saß eine kleine gebeugte Gestalt unter einem schwarzen Umhang, die an einen vermoderten Pilz erinnerte. Schwerfüßig trat Dumas näher heran. Unter dem feucht glänzenden Hut mit breiter Krempe blickte ihm ein Walnussgesicht entgegen. Gelangweilte,

---

* Den Gebrauch des Begriffs in diesem Roman erklärt der Autor im Nachwort näher.

feindselige Augen schauten auf ihn herab. Das war kein Kutscher. Auf dem Bock saß eine alte Frau.

»Bist du Dumas?«, fragte die Erscheinung mit Nagelstimme.

Alexandre nickte.

Die Alte klopfte mit welker Faust auf das Dach der Kabine. Langsam öffnete sich die Tür der Kutsche. Aber niemand trat heraus.

Ein solcher Mummenschanz konnte nur einem seiner Theaterfreunde einfallen. Gewiss steckte Antoine Fortier dahinter, der sich bei ihren Treffen so gern das Tischtuch um die Schultern warf und den Julius Cäsar gab. Zugegeben: Der Auftritt mit der Kutsche war wirkungsvoll. Angesichts der Alten auf dem Bock und der offen stehenden Tür hatten sich die Haare auf Alexandres Armen aufgestellt. Aber für solcherlei Scharaden fehlte ihm heute die Zeit. Jeden Augenblick mochte die Meute im Château feststellen, dass das Wild das Weite gesucht hatte.

»Ich habe keine Zeit für Maskeraden!«, rief er und schickte sich an, die Kutsche zu passieren. Dabei warf er einen Blick ins Innere.

Ein einzelner Mann saß im geräumigen Fond. Es war zu dunkel, um ihn zu erkennen.

»Fortier?«, fragte Alexandre.

»Steigen Sie ein, Monsieur Dumas«, sagte eine Stimme, die so weich klang, als sei sie auf Moos gebettet. Die Gestalt, die da im Dämmer saß, war gewiss nicht Fortier. Ein Geruch von Tannenharz und Bergamotte kroch in Alexandres Nase.

»Wer sind Sie?«, fragte er. Wenn dies kein Scherz seiner Freunde war, dann konnte es sich nur um einen weiteren Gläubiger oder betrogenen Ehemann handeln. Ein Degenstich im Dunkel, die Pferde trabten an, und am nächsten Morgen würde man seinen Leichnam aus der Seine fischen.

Vom Château her war die Türglocke zu hören. Schritte knirschten im Kies der Einfahrt. Jemand rief seinen Namen.

Alexandre stieg in die Kutsche und ließ sich auf die gepolsterte Bank fallen. Die Federn quietschten.

Der Unbekannte zog die Tür zu. Allmählich gewöhnten sich Alexandres Augen an das Zwielicht. Vor ihm saß ein Mann von etwa fünfzig Jahren. Er war glatt rasiert, hatte eine ungewöhnlich große Nase und freundlich funkelnde Augen. Sein dichtes, zurückgekämmtes Haar war weiß wie Papier. Dumas hatte den Mann nie zuvor gesehen.

»Mein Name ist Etienne Lemaitre.« Der Fremde holte eine Visitenkarte hervor, die Alexandre ohne Licht aber nicht lesen konnte. »Ich kannte Ihren Vater.«

Wie stets, wenn jemand General Thomas Alexandre Dumas erwähnte, stieg grauer Jammer in Alexandre auf. Konnte das sein? Sein Vater war im Jahr 1806 gestorben. Dieser Lemaitre musste zu dieser Zeit ein Säugling gewesen sein.

Der Besucher schien Alexandres Gedanken zu erraten. »Ich sehe jünger aus, als ich bin«, sagte er. »Als ich Ihren Vater kennenlernte, war ich Schiffsjunge. Wir waren gemeinsam mit Napoleon in Ägypten.«

Die ägyptische Expedition! Wie oft hatte Alexandre sich gewünscht, etwas über die Abenteuer zu erfahren, die sein Vater bei den Pyramiden erlebt hatte. »Er hatte leider keine Gelegenheit, mir davon zu erzählen«, sagte Alexandre.

»Das ließe sich ändern, denn das eine oder andere haben wir zusammen erlebt. Obwohl er ein General war und ich nur ein Schiffsjunge«, fuhr Lemaitre fort. »Doch davon ein anderes Mal.« Er lugte aus dem Fenster der Kutsche. Das winterliche Licht strich über seine Wangen. Die Haut schien apothekerbleich. Dumas erkannte, dass Lemaitre stark geschminkt war. »Ich bin gekommen, weil ich Ihnen ein Geschäft vorschlagen möchte. Doch wie ich sehe, nehmen andere Ihre Aufmerksamkeit in Anspruch.«

»Dumas!«, rief jemand vom Château her. »Wo ist er hin?« Das war Odiers Stimme.

»Sehen Sie in dem Pavillon dort drüben nach«, befahl eine Frau. Es war die Prunelle. »Dorthin zieht er sich immer zum Schreiben zurück.«

Alexandre drückte sich in einen Winkel der Kutsche, wo er von außen nicht gesehen werden konnte. »Erzählen Sie mir von dem Geschäft. Rasch!«

Lemaitre lehnte sich zurück. Ein knisterndes Geräusch erklang. »Ich suche etwas, das Ihr Monsieur Vater aus Ägypten heimgebracht hat. Wenn es sich in Ihrem Besitz befindet, wäre ich bereit, ein kleines Vermögen dafür zu bezahlen.«

»Wie viel?«, fragte Alexandre. Die Stimmen im Park näherten sich.

»Eine Million Franc.«

Alexandre versuchte, seine Gesichtsmuskeln unter Kontrolle zu halten. In seinen besten Zeiten hatten ihm die Zeitungsverleger einhunderttausend Franc für einen Roman gezahlt. Aber seine besten Zeiten waren längst vorbei. Eine Million!

Er räusperte sich. »Was verlangen Sie dafür?«

»Ihr Vater war im Besitz von drei Amuletten. Er hat sie in Ägypten gefunden.« Lemaitre beugte sich vor. Der süßlich-würzige Geruch war mit einem Mal in jedem Winkel der Kutsche. »Ich muss diese Artefakte haben.«

Alexandre wurde es blümerant. Dieses Parfum! Er zog eine Dose Doppelmops aus seiner Westentasche. In den Deckel des holländischen Schnupftabaks waren zwei stumpfnasige Hunde geprägt. Gerade wollte er die Dose öffnen, da legte sich eine trockene Hand darauf.

»Haben Sie die Amulette, Monsieur Dumas?«

»Mein Vater hat mir viel hinterlassen«, sagte Alexandre. Durch den düsteren Schleier der Wehmut sah er die vier Seemannskisten vor sich. »Er ist ja um die halbe Welt gereist und hat von überall her etwas mitgebracht.«

»Erinnern Sie sich, Monsieur Dumas!«

»Schnitzereien in Ebenholz. Federbüsche, die als Kopfschmuck dienten. Das meiste haben mit der Zeit die Mäuse zerfressen.«

»Drei Amulette. Haben Sie sie gesehen?« Die Augen Lemaitres waren mit einem Mal ganz nah. Sie hatten dunkle Ränder. Und wie groß sie waren! Der Geruch umhüllte Alexandre jetzt vollends. Allmählich gefiel ihm der Fremde. Dumas sog die Luft durch die Nase ein und öffnete dabei den Mund, so als würde er von gutem Wein kosten.

»Da waren drei identische Scheiben. Sechseckig oder achteckig, ich weiß es nicht mehr genau. So groß wie eine Taschenuhr.« Mit einem Mal lagen die drei Stücke wieder vor ihm. »Aus grün angelaufenem Metall. Bronze vermutlich. Schriftzeichen waren eingraviert.« In Gedanken wischten seine Finger über die Oberfläche, um die Amulette vom Belag der Zeit zu säubern.

»Ja! Ja!« Noch immer lag Lemaitres Hand auf der seinen. Jetzt drückte sie zu. »Wo sind sie?«

Da fiel es ihm wieder ein. Hier im Park war es gewesen, vor vier Jahren. Gemeinsam mit dem Architekten Durand war er den Bauplatz des Châteaus abgeschritten und hatte dem Baumeister seine Wünsche für das Schlösschen diktiert. Zunächst hatte Durand zugehört. Doch als die Liste kein Ende nehmen wollte, hatte der Architekt gewagt einzuwerfen: »Aber Monsieur Dumas. Das wird sehr teuer werden!« Woraufhin Alexandre gesagt hatte: »Das hoffe ich auch.« Noch heute war er stolz auf diese Replik. Allerdings hatte Durand recht behalten. Der Bau des Schlosses hatte Alexandres Vermögen verschlungen. Er hatte bei Odier um einen Kredit bitten müssen und diesen erhalten. Doch das hatte noch immer nicht ausgereicht. Um die persischen Künstler anreisen zu lassen, die den arabischen Salon mit Intarsien und orientalischem Stuck auskleiden sollten, fehlte noch eine Summe, die einen König in Verlegenheit gebracht hätte. Aber wer Alexandre Dumas hieß, der war der Todfeind des Verzichts. Also war er auf die Idee gekommen, einige Erbstücke seines Vaters zu verkaufen, bevor sie auseinanderfielen. Und der Kurator der ägyptischen Sammlung im Louvre war ebenfalls dieser Meinung gewesen.

»Ich weiß, wo sie sind«, sagte er zu Lemaitre. »Aber ich brauche Garantien.«

Lemaitre ließ Alexandres Hand los. Wo er ihn berührt hatte, prickelte die Haut. »Wenn Sie bitte kurz die Beine spreizen würden«, forderte er Alexandre auf.

Jeden anderen Menschen hätte Dumas für eine solche Frechheit zum Duell gefordert. Lemaitre jedoch gehorchte er. Er wunderte sich über sich selbst.

Der Fremde griff unter die Sitzbank, auf der Dumas saß, und zog eine Tasche aus grauem Leder hervor. Er hievte sie auf seinen Schoß, öffnete sie und holte drei Bündel Geldscheine heraus.

»Hier sind dreihunderttausend Franc«, sagte Lemaitre. »Nehmen Sie! Den Rest bekommen Sie, wenn Sie mir die Amulette bringen.«

Alexandre steckte den Schnupftabak ein. Das Geld übte eine magnetische Anziehungskraft auf ihn aus. Doch etwas hielt ihn zurück, ein Gefühl der Unanständigkeit.

»Sie haben die Amulette doch, oder?«, fragte Lemaitre.

Das entsprach beinahe der Wahrheit. Alexandre nickte.

»Dann nehmen Sie.« Lemaitre hielt ihm die Geldbündel hin. »Kommen Sie morgen zu der Adresse, die auf meiner Karte steht. Dort werden Sie die restlichen siebenhunderttausend Franc erhalten. Madame Meunier wird Sie hier abholen.«

Das musste die Alte auf dem Kutschbock sein. Alexandre überlegte. Er musste die Scheiben erst vom Louvre zurückkaufen. Dort hatte man ihm zehntausend Franc für alle drei geboten. Er würde dem Museum jetzt zwanzigtausend bieten. Darauf würde sich der Kurator einlassen. Dann konnte er direkt von der Rue de Rivoli zu diesem Wahnsinnigen fahren, der ein Vermögen für drei Stücke Altmetall ausgab.

Dumas griff zu. Die Geldbündel fühlten sich erstaunlich leicht an. Aber das war ja das Merkwürdige an Reichtum: Er machte schwerelos, wenn man ihn hatte, drückte aber zu Boden, wenn er nicht vorhanden war.

Alexandre verstaute die Scheine unter seiner Weste. »Ihre Kutsche brauche ich nicht, ich habe morgen noch etwas in Paris zu erledigen und komme anschließend zu Ihnen.«

»Wie Sie wünschen.« Lemaitre lächelte. Die Haut unter seinen Augen warf Falten. Als das Lächeln erlosch, glätteten sich die Falten nur langsam.

Schritte näherten sich auf dem Kies. Ein Gesicht schaute durch das Fenster in die Kutsche hinein. Es war Blondet.

»Er ist hier!«, rief der Zensor. »In dieser Kutsche hat er sich versteckt.« Das Gesicht verschwand.

»Mein lieber Dumas! Sie scheinen anderen Geschäften nachgehen zu müssen«, sagte Lemaitre und schaute seinerseits nach draußen. »Kann ich Sie nach Paris mitnehmen?«

Alexandre lächelte. Seine Selbstsicherheit kehrte zurück. Was außerhalb der Kutsche auf ihn wartete, war keine Bedrohung, nur eine Zusammenrottung von Aufwärtern und Dummschnuten. Vor einer halben Stunde hatte er noch vor seinen Verfolgern fliehen müssen. Jetzt aber war er gegen ihre Unverschämtheiten gewappnet.

»Danke, aber mit diesem Gelichter werde ich fertig«, sagte er zu Lemaitre. Dann stieß er die Tür auf und trat mit der Herrschaftlichkeit von zehn Sonnenkönigen vor das Heer seiner Gegner.

Anna versuchte, nicht zu blinzeln. Ihre Augen waren aufgerissen. Sie fürchtete, das Bild, das sich ihr bot, würde verschwinden, wenn sie ihren Lidern auch nur einmal gestattete, sich zu senken. Würde die Welt doch erstarren! In dem Fenster jener Kutsche vor dem Château Monte Christo war das Gesicht aufgetaucht, das sie seit zehn Jahren Nacht für Nacht in ihrem Schlaf verfolgte, das Antlitz jenes Mannes, den sie eigenhändig mit einem Pistolenschuss in die Hölle geschickt hatte. Jedenfalls hatte sie das geglaubt. Aber jetzt hatte sich das Tor zur Hölle geöffnet und den Dämon zurück in die Welt entlassen. Etienne Lemaitre lebte – und er war hier, keine zehn Schritte von ihr entfernt.

Er war es wirklich! Es gab keinen Zweifel. Niemals würde Anna dieses Gesicht vergessen. Die Augen mit den unstabilen Farben. Die Zähne, die zwar gleichmäßig waren, doch schmale Zwischenräume aufwiesen wie ein nachlässig gebauter Palisadenzaun. Das dichte zurückgekämmte Haar, von dem sich niemals eine Strähne löste. Und über allem der Geruch von Tannenharz und Bergamotte.

Zehn Jahre war es her. Damals hatte das Ungeheuer Annas Familie zerstört und sie ihrer Beine beraubt. Jedes Detail dieses unheilvollen Tages stand ihr vor Augen. Sie meinte sogar, den kalten Griff der Waffe zwischen ihren Fingern spüren zu können.

Kapitel 5

Zehn Jahre zuvor
Am Fuß von Burg Dorn am Rhein, Oktober 1841

Die Pistole in Annas Hand zitterte. Regentropfen liefen an dem Terzerol hinunter.

»Schießen Sie!«, forderte Lemaitre sie auf. Seine Stimme drang dumpf an ihr Ohr. »Sonst wird das Pulver nass, und Sie müssten mich mit einem Dolch töten.«

Anna trat näher an die Kutsche heran und kniff die Augen zusammen. Undeutlich erkannte sie durch das offene Fenster die Gestalt des Franzosen im Innern.

Regen rann über Annas Brille und ließ das Ziel vor ihren Augen verschwimmen. Sie griff nach dem Riegel der Kutschentür. Der Knauf ließ sich nicht drehen. Sie rüttelte daran.

»Öffnen Sie und steigen Sie aus!«, rief Anna. Wasser sprühte von ihren Lippen. Sie erahnte eine Bewegung im Innern des Fahrzeugs. Langsam drehte sich der Knauf in ihrer Hand. Die Tür wurde aufgestoßen. Anna wich zurück.

»Warum kommen Sie nicht stattdessen herein?«, fragte die Stimme. »Ich ziehe es vor, im Trockenen zu sterben.«

Der Duft starken Rasierwassers kroch aus der Kutsche hervor. Tannenharz und Bergamotte – sie kannte das Elixier. Zum ersten Mal hatte sie es eingeatmet, als sie vor dem alten Patrizierhaus in Baden-Baden gestanden hatte. Sie hatte geläutet, die Tür war aufgeschwungen, und eine Sirupstimme hatte aus der dunklen Diele zu ihr gesprochen: »Warum stehen Sie draußen im Regen? Kommen Sie doch herein!«

»Ich bleibe, wo ich bin«, hörte Anna sich nun sagen. »Denn ich ziehe es vor, Sie in einer Pfütze verenden zu sehen.« Als sie sich vorstellte, wie das Blut des Franzosen Schlieren durch das Brackwasser zog, wurde ihr elend zumute.

Hilfe suchend schaute Anna sich um. Wenn Tristan jetzt neben ihr stände, würde ein einziger Blick seiner grauen Augen genügen, um alle Widrigkeiten der Welt aus dem Weg zu räumen. So war es immer mit Tristan. Aber ihr Gatte war in der Burg zurückgeblieben. Als Anna ihn zuletzt gesehen hatte, waren seine Augen leer gewesen. Sie war auf sich allein gestellt. Aber sie hatte die Pistole.

Lemaitres Kutsche stand am Rand des abschüssigen Wegs, der von Burg Dorn zum Rhein hinunterführte. Annas Kutsche stand schräg davor. Immanuel war es mit einem halsbrecherischen Manöver gelungen, Lemaitres Kalesche zum Halten zu zwingen. Jetzt stand der treue Kutscher neben den Pferden und beruhigte die Tiere. Während seine Hände den Regen von ihrem Fell kämmten, schaute Immanuel zu Anna herüber. Sie wusste, sie brauchte ihm bloß zuzunicken, und er würde sich Lemaitres annehmen. Die Versuchung, die kleine Vorderladerpistole sinken zu lassen und Lemaitre dem kräftigen Kutscher zu überlassen, war groß. Anna schluckte. Dies war ihr Kampf, es ging um ihre Familie, ihre Zukunft.

»Geben Sie das Vermögen meines Mannes heraus. Dann lasse ich Sie ziehen«, sagte sie, leise zwar, doch war sie gewiss, dass Lemaitre die Worte selbst dann verstanden hätte, wenn sie nur stumm die Lippen bewegt hätte.

»Der Dorn'sche Besitz gehört mir«, kam es aus der Kutsche.

»Weil Sie ihn uns gestohlen haben«, rief Anna.

»Weil Ihr Gatte ihn mir übereignet hat. Die Dokumente tragen seine Handschrift, sein Autograf, sein Siegel. Als er unterschrieb, hat er gelächelt.«

Anna schloss die Augen. Alles an ihr fühlte sich hart an. Noch einmal dachte sie an jene verhängnisvolle Szene. Tristan hatte hinter seinem Schreibtisch gesessen. Ihm gegenüber Lemaitre auf einer Ottomane, ein Bein auf dem Boden, das andere auf dem Polster ausgestreckt.

Als Anna eintrat, tupfte ihr Mann gerade den Federkiel ins Tintenfass und unterschrieb ein Dokument. Sie wusste nicht, was daraufstand. Aber die Tatsache, dass Tristan die Feder nicht am Rand des Tintenfasses abstreifte, wie es seine Gewohnheit war, sondern die schwarzen Tropfen wie Perlen über den Tisch fallen ließ, weckte eine Ahnung in ihr. Ihre Frage überhörte Tristan. Stattdessen zog er die Feder über das Papier, mit jener ausholenden Geste, mit der er Bedeutsames zu unterschreiben pflegte. Dann hatte er den Kopf gehoben, sie mit trübem Blick angesehen und kalt gelächelt.

Anna presste den Zeigefinger gegen den Abzug der Pistole und zog durch.

Das Steinschloss klickte.

»Eine Waffe aus dem vergangenen Jahrhundert«, sagte Lemaitre. »Nicht sehr effektiv. Aber gut genug, um zu beweisen, dass Sie den Mut einer Mörderin haben.«

Lemaitre bückte sich unter der Tür hindurch. Dann ließ er sich vom Trittbrett der Kalesche herab. Sein dunkles lockiges Haar war von grauen Strähnen durchzogen und mithilfe von Öl stramm nach hinten gekämmt. Er war gespenstisch mager, und sein brauner Anzug flatterte um seine Gliedmaßen. Sein Hals war von einem Vatermörderkragen umschlossen, den zusätzlich ein Seidentuch umspannte. Trotzdem schien es, als stecke der Kopf auf einem Spieß. Der Zylinder, den Lemaitre jetzt aufsetzte, steigerte diesen Effekt. Schmatzend versanken die Schuhe des Franzosen im Schlamm. Er schaute kurz an sich hinunter, dann fand sein Blick Annas Augen.

Die Regentropfen auf den Gläsern ihrer Brille schienen zu Linsen zu werden, die das Bild Lemaitres tausendfach vervielfältigten. Annas Atem beruhigte sich. Sie fühlte das Blut durch ihre Adern rauschen. Wärme strömte durch ihren Körper. Die Pistole erschien ihr mit einem Mal unendlich schwer. Sie ließ die Waffe sinken.

Mit behandschuhter Hand streichelte Lemaitre Annas Wange. Sein Geruch füllte ihre Nase, füllte ihren Geist. Es war der Geruch des Elysiums.

»Spüren Sie das, Anna?«, fragte der Magnetiseur. »Es ist genau wie damals, als Sie zu mir kamen und mich um Hilfe baten.«

Anna nickte.

Lemaitres Finger legten sich um ihren Nacken. Daumen und Zeigefinger übten sanften Druck aus. Das Zwicken war alles, was Anna noch spürte. Sie legte den Kopf nach hinten und gab ihr Gesicht dem Regen preis.

»Steigen Sie in die Kutsche, Gräfin!« Lemaitres Stimme hatte den gelassenen Ton verloren. Jetzt klang sie wie der Wind, der im Herbst an den Türen und Fensterläden rüttelte, wie etwas, das Einlass verlangte. »Angst«, sagte der Magnetiseur, »ist ein machtvolles Stimulans.«

Ein Donnern zerriss die Luft. Anna zuckte zusammen. Die Hand an ihrem Nacken verschwand. Lemaitres Blick hatte sie losgelassen und war nun auf etwas hinter Anna gerichtet – auf den Berg und die Burg auf der Höhe.

Etwas krachte in der Ferne. Der Boden bebte. Anna fuhr herum, gerade noch rechtzeitig, um das Ende des Dorn'schen Stammsitzes zu sehen. Das Schloss war in ein Kleid aus Rauch gehüllt. Steinbrocken flogen daraus hervor. Inmitten des Qualms zuckte Feuerschein wie von einem Gewitter. Die Burg barst. Der Berg stöhnte.

»Tristan!«, schrie Anna.

»Was hat dieser Affensinnige getan?«, brach es aus Lemaitre hervor.

»Das war Ihr Werk!«, rief Anna und fuhr zu dem Franzosen herum. Wieder hob sie das Terzerol. Es war noch ein Schuss in der zweiten Kammer. Sie drückte ab. Auch diesmal war nichts zu hören. Das Reißen von der Burg übertönte alle anderen Laute.

Schon glaubte Anna, dass auch die zweite Kugel im Lauf stecken geblieben war. Da fasste sich Lemaitre mit beiden Händen ins Gesicht, stolperte über das Trittbrett und fiel rücklings in die Kutsche. Nur seine Beine ragten noch heraus.

Anna warf die Waffe von sich, wirbelte herum und rannte den schlüpfrigen Weg in Richtung Schloss hinauf. Der Saum ihres Kleides glitt durch den Schlamm. Sie raffte es, ließ es jedoch sofort wieder sinken und umfasste mit beiden Händen ihren Kopf.

»Tristan!«, schrie sie.

Burg Dorn grollte.

Ein Schauer aus kleinen Steinen ging über Anna nieder und prasselte auf ihren Kopf und Rücken. Von weiter unterhalb hörte sie Pferde wiehern. Etwas traf sie am Kopf. Der Boden kam ihr entgegen. Mit einem Mal konnte sie auf dem linken Auge nichts mehr sehen. Unter ihrer rechten Hand, mit der sie sich abstützte, fühlte sie Glasscherben. Ihre Brille.

Mächtige Arme schlangen sich um ihren Leib und hoben sie hoch. Verschwommen erkannte sie Immanuels Gesicht. Der Kutscher war ganz nah. Er trug sie auf den Armen. Anna wusste nicht, wohin mit ihren Händen. Sie konnte sie doch einem Kutscher nicht um den Hals legen! Hängen lassen konnte sie sie aber auch nicht.

»Schnell, Immanuel«, trieb sie ihn an. »Nur schnell!« Wie ein Pferd gehorchte der treue Diener und trabte los, als wiege sie nicht mehr als ein Damenschuh. Aber er rannte in die falsche Richtung – den Berg hinab.

Erneut klatschten Steine in den Schlamm. »Tristan!«, wollte Anna noch einmal rufen. Doch ihrer Kehle entrang sich nur ein heiseres Flüstern. Ihre Hüfte war in Feuer getaucht. Sie hatte das Gefühl zu fliegen. Wie konnte dieser Mann nur so schnell laufen? Sie passierten die Stelle, an der Lemaitres Kutsche hätte stehen müssen. Doch die war nirgendwo zu sehen. Während Anna sich noch wunderte, was aus dem Magnetiseur geworden sein mochte, fand sie sich in ihrer eigenen Kalesche wieder. Geröll polterte auf das Holzdach. Ein Ruck ging durch das Fahrzeug. Die Pferde zogen an. Aber es ging ja immer noch bergab! Sie musste doch zur Burg hinauf! Tristan brauchte ihre Hilfe. Seine leeren Augen!

Kapitel 6

Westlich von Paris, Château Monte Christo, Dezember 1851

»Wir sollten ein anderes Mal wiederkommen«, sagte Immanuel. Ihr Begleiter schob den Rollstuhl vom Château Monte Christo fort. Die Bankiers, die Zensoren, die Autoren und die Kokotte drängten sich um jene Kutsche, aus der gerade noch Lemaitre hervorgeschaut hatte. Die jungen Schreiberlinge versuchten, die Gläubiger von dem Fahrzeug fortzuzerren. Zwischen einigen kam es zum Handgemenge. Da öffnete sich die Tür der Kutsche, und Dumas stieg schwerfällig heraus. Sofort war er umringt. Alle redeten durcheinander. Dumas lächelte.

»Du hast recht, Immanuel. Dies ist nicht der Ort, um über Literatur zu streiten. Wir kehren zurück nach Paris. Nur einen Moment noch.« Anna versuchte, einen der Zensoren auszumachen. »Monsieur Blondet!«, rief sie und winkte. Noch zweimal musste sie rufen. Dann wurde Blondet aufmerksam und kam zu ihr herüber. Sein Rock hing schief auf seinen Schultern. Zwei Knöpfe fehlten.

»Madame! Ich habe Sie gewarnt. Dieser Dumas ist wahnsinnig. Schauen Sie nur! Er wirft Geld unter die Leute. Gerade wollte er mir tausend Francs zustecken. Ich konnte es gerade noch verhindern.«

»Haben Sie den Mann in der Kutsche gesehen?«, wollte Anna wissen.

»Allerdings. Wer hätte gedacht, dass ein angesehener Bürger wie Monsieur Lemaitre Geschäfte mit einem losen Kerl wie

Dumas unterhält!« Blondet strich sich über das dünne Haar und setzte seinen Zylinderhut auf.

»Dann kennen Sie ihn?« Anna meinte, vor Angstgezitter umsinken zu müssen. Sie umklammerte die Armlehnen ihres Rollstuhls.

»Sie etwa nicht?«, fragte Blondet. »Ganz Paris spricht über Etienne Lemaitre. Er ist Magnetiseur. Bei seinen Soiréen in der Rue Richelieu sind die reichsten Bürger Frankreichs zu Gast. Es heißt, er kann Krankheiten heilen, indem er den Leuten in die Augen schaut und sie mit Blitzen bestreicht. Sogar Wahnsinn soll er kurieren. Ob etwas Wahres daran ist, weiß ich nicht. Aber vor einigen Tagen hat er angeblich sogar den Präsidenten empfangen.«

»Die Rue Richelieu«, sagte Anna. »Welches Haus?«

»Sie können es nicht verfehlen. Tag und Nacht steht eine Menschentraube vor Lemaitres Domizil und verlangt, eingelassen zu werden.«

Ein Gefühl von Dringlichkeit legte sich auf Annas Brust. »Wenn es Ihnen nichts ausmacht, rufen Sie bitte die anderen Herren herbei. Ich muss so schnell wie möglich in die Stadt zurück.«

Die Kutsche erreichte Paris am späten Nachmittag. Anna drückte die Hände in die gesteppten Lederpolster und stemmte sich mühsam hoch. Vor dem linken Fenster des Landauers floss die Seine vorbei. Der Strom bewegte sich mit der Trägheit der Mächtigen. Die winterliche Sonne warf lange Schatten auf die Uferstraße. Ein sanfter Nieselregen setzte ein. Rechts und links des Flusses erstreckten sich die Dächer der Stadt.

Anna nahm die Brille ab und wischte die Gläser mit dem kleinen Seidentuch sauber, das sie zu diesem Zweck bei sich führte. Dann klemmte sie die dünnen Bügel aus Metall wieder hinter die Ohren. Die Spitzen kratzten an den empfindlichen Hautpartien. Anna kniff dreimal die Augen zusammen, um ihren Blick zu klären. Sie erinnerte sich daran, wie sie in Paris angekommen war, in einer Kutsche gesessen und die fremde Stadt bestaunt hatte. Waren seither wirklich erst drei Tage vergangen?

Kapitel 7

Drei Tage zuvor
Paris, November 1851

Anna sah eine fremde Welt am Fenster der Kutsche vorüberziehen, als Immanuel sie zum ersten Mal durch die französische Hauptstadt fuhr. Die Häuser waren dicht an dicht gebaut. Nur selten erspähte sie einen Zwischenraum, einen Durchlass oder eine Gasse. Zugleich ragten die Gebäude hoch auf und trugen nur kleine Dächer.

Anna hatte schon in Karlsruhe davon gehört, dass der französische Kaiser seine Hauptstadt zu einem riesigen Palast umbauen ließ. Allerdings hatte sie dieses Gerücht der Anekdotenlust der Karlsruher Gesellschaft zugeschrieben. Nun fuhr sie über ausladende Boulevards, die sich wie Teppiche vor ihr ausbreiteten und den verklärten Träumen eines romantischen Baumeisters entsprungen zu sein schienen.

An den Rändern der Prachtstraßen flanierten modisch gekleidete Menschen auf breiten Trottoirs. Niemand musste zur Seite springen, wenn eine Droschke heranpreschte. Niemand wurde nass gespritzt, wenn deren Räder durch den Unrat walzten. Es gab ja nicht einmal Schlamm auf den Straßen. Alle Wege waren gepflastert. Die Kopfsteine glänzten feucht im feinen Regen, der sich wie ein Seidentuch auf die Stadt senkte. Tropfen schraffierten die Fenster der Kutsche. Darin brachen sich die Lichter der Gaslampen, die mit der Dämmerung entzündet worden waren. Wie gern hätte Anna anhalten lassen, wäre ausgestiegen und durch den Regenschleier spaziert, um sich mit all der Schönheit um sie herum bekannt zu machen.

Hörte das nie auf? Die Sehnsucht nach ihren Beinen würde sie noch um den Verstand bringen. Sie lehnte sich zurück, schloss die Augen und knetete ihre Oberschenkel. Unter ihrem Mantel trug sie ein tiefblaues Seidenkleid mit drei Volants, ein Untergewand aus dickem Wollstoff und darunter ein knielanges Hemd. Sogar unter all diesen Lagen konnten ihre Finger deutlich ihre Beine spüren. Doch Haut und Muskeln antworteten ihnen nicht. Anna knetete fester. Manchmal bearbeitete sie ihre Beine eine ganze Stunde auf diese Weise – so lange, bis ihr Verstand endlich wieder akzeptiert hatte, dass alles Gefühl aus ihnen verschwunden war. Niemals würde sie durch die Pariser Parks und über die Boulevards schlendern. Wenn ihr einfältiges Gemüt das doch endlich begreifen würde! Zehn Jahre sollten doch genügen. Anna ließ von ihren Beinen ab – hoffentlich hatte sie sich nicht wieder grüne und blaue Flecken ins Fleisch gezwickt.

Die Kutsche hielt. Vor dem Fenster tauchten verschwommen die Umrisse des Hauses Schmaleur auf. Die Tür der Kutsche wurde aufgezogen, und das Gebäude nahm scharfe Konturen an. Auf die Fassade aus Sandstein hatte der Regen dunkle Flecken gemalt. Weiß getünchte Pilaster rahmten die erleuchteten Fenster ein, die so hoch waren, dass dahinter Ballsäle hätten liegen können. Aus hellem Stein gehauene Vasen waren wie Wachposten vor dem Gebäude aufgereiht, flankiert von Bäumchen, die in schmucken Kübeln wuchsen. Die Nachbargebäude hielten respektvoll Abstand zum Haus des Heringshändlers und seiner Familie. Anna war am Ziel.

Immanuel stand wie eine Statue vor der Kutsche. Er trug einen Umhang, von dessen Wachsschicht der Regen in tausend Perlen rann. Vor ihm wartete der Rollstuhl.

Auch nach all den Jahren hatte Anna sich nicht an den Anblick gewöhnt. Mit seinen feinen Speichenrädern, dem braunen Fettleder der Polster und den zu Voluten gedrechselten Enden der Armlehnen schien das Gefährt dafür ersonnen zu sein, einem Gefangenen ein Geständnis unter Schmerzen abzupressen.

Sie nickte Immanuel zu. Der klappte den Fußtritt des Rollstuhls aus, breitete eine Decke aus grober grüner Wolle über das Sitzpolster und trat ganz nah an die Tür der Kutsche heran. Wie immer, wenn er sie tragen musste, streifte er Handschuhe aus schwarzem Leder über. Anna hatte es aufgegeben, dagegen zu protestieren. Immanuel war ihr einziger Vertrauter. Sie hätte seine bloßen Hände auf ihrem Kleid geduldet. Doch der Kutscher folgte seinen eigenen Regeln. Immerhin hatte er zugelassen, dass Anna für die Handschuhe bezahlte.

Immanuel setzte Anna in den Stuhl. Dann ging er vor ihr in die Knie und richtete ihre Beine und Füße. Für Anna war dies der beschämendste Moment, und sie schaute für die Dauer der Peinlichkeit in den Nachthimmel. Schließlich war alles bereit. Immanuel faltete noch die Enden der Wolldecke über Annas Knien. Dann schob er den Rollstuhl an. Die Räder knirschten durch den Kies.

Bevor sie die weiß gestrichene Tür mit dem großen Klopfer aus Messing erreichten, wurde diese aufgezogen. Ein junger Mann in Livree erschien im Eingang und hielt eine kleine Laterne über seinen Kopf.

»*Bonsoir*, Madame«, brachte er hervor. Weiter kam er nicht. Eine behaarte Hand packte ihn von hinten an der Schulter und schob ihn beiseite. Eine wohlbefleischte Mannsperson erschien im Lampenlicht und schaute aus kleinen, weit auseinanderstehenden Augen auf Anna herab.

»Willkommen, Gräfin Dorn!«, sagte er mit großer Stimme. »Willkommen in Paris! Willkommen in unserem Haus! Ich bin

Olaf Schmaleur.« Er presste die Arme an die Seiten und verbeugte sich voller Eifer.

Anna erwiderte die Begrüßung mit einem Lächeln und senkte den Kopf in ergebener Höflichkeit.

»Bitte, nennen Sie mich nicht Gräfin. Ich habe Titel und Namen meines Mannes abgelegt«, sagte sie.

»Aber warum?«, platzte es aus Schmaleur heraus.

»Ich habe meinen Mädchennamen wieder angenommen«, antwortete Anna. »Anna Moll.«

»Na, wie Sie meinen.« Schmaleurs Stimme war die Enttäuschung anzuhören. Anscheinend hatte der Kaufmann mit einer Adeligen als Lehrerin seiner Kinder gerechnet.

»Fürstlich«, stach Anna in Schmaleurs Schweigen, »ist hingegen Ihr Anwesen. Ebenso wie der späte Herbst in Paris.«

Der Hausherr strich sich über das schüttere rötliche Haar, inspizierte seine Handfläche und wischte sie an seinem Hosenbein ab. »Ich bitte um Vergebung, Gräfin … Madame. Bitte folgen Sie mir ins Haus. … Pardon. Will sagen … lassen Sie Ihren Diener den Rollstuhl …« Er hüstelte. »Die Familie erwartet Sie bereits.«

Zwar hatte Anna ihren neuen Arbeitgeber von ihrem Gebrechen in Kenntnis gesetzt und ihren Briefen sogar eine Zeichnung des Rollstuhls mitsamt dessen Abmessungen beigefügt, damit er ihr ein entsprechend zugängliches Zimmer zuweisen konnte. Doch Schmaleur schien dem kaum Bedeutung beigemessen zu haben. Vielleicht hatte er den Rollstuhl sogar vergessen. Die Familie empfing ihren Gast jedenfalls nicht im Parterre, sondern im Obergeschoss. Immanuel musste zunächst Anna und dann den Stuhl die sich nach oben verjüngende Treppe hinauftragen. Dabei wurde es Anna schwindelig. Dennoch vermied sie es, sich wie gewohnt an Immanuels Schultern festzuhalten. Stattdessen achtete sie darauf, dass ihre Hände sittsam über ihrem Leib gefaltet waren.

Sie hörte das Trippeln kleiner Füße. Türen schlugen. Schließlich fand sich Anna auf einer Galerie mit dunkler Holztäfelung und weißen Bodenvasen wieder. Aus jeder ragten vier langstielige Lilien heraus. Auch sie waren weiß und bildeten einen reizvollen Kontrast zu der dunklen Umgebung.

Anna rollte geräuschlos über dicke Teppiche, Immanuel hinter sich und den ausladenden Rücken Olaf Schmaleurs voraus. Der Hausherr öffnete eine Tür, und Anna glitt in einen hell erleuchteten Salon. Dies musste der Raum sein, dessen Fenster sie von außen bewundert hatte. Tatsächlich dehnte sich das Zimmer so hoch und weit, dass es einer Baden-Badener Gesellschaft als Ballsaal hätte dienen können. In schwarz lackierten Vitrinen waren japanische Fächer ausgestellt. Die verspielten Wandbehänge, das Porzellan und die Chinoiserien hätten in einem Rokoko-Salon Entzücken hervorgerufen.

Vor vier mit rotem Samt bezogenen Fauteuils standen eine Frau und zwei Kinder. Die Frau war in Annas Alter. Sie war klein und zierlich und hatte das Gesicht eines scheuen Tiers. Ihre Körpergröße versuchte sie durch eine hochgesteckte Frisur wettzumachen. Anna fragte sich, wie es Madame Schmaleur mit der Leibesfülle ihres Mannes aufnahm. Offenbar hatte das Ehepaar dafür eine Lösung gefunden. Das bewies die Existenz der beiden Kinder.

Die Hausherrin stellte sich als Marie-Alexandrine Schmaleur vor. Es genüge aber, wenn Anna sie Madame nenne. Sie würde Anna mit Gräfin anreden. »Falls das den Umgangsformen der Deutschen entsprechen sollte.«

Anna wollte protestieren und Madame Schmaleur erklären, dass sie keine Gräfin mehr sei. Da trat Olaf Schmaleur neben seine Frau und bat sie, den Tee einzuschenken. Er selbst stellte sich zwischen seine Kinder und legte ihnen die Hände auf die Schultern. »Und das sind Petit-Jean und Henriette«, sagte

Schmaleur mit einer Stimme, die auf dem Fischmarkt ein Dutzend Käufer angelockt hätte.

Petit-Jean und Henriette trugen teure Kleider, die gewiss der neuesten Pariser Mode entsprachen. Das Mädchen war, wie Anna aus Briefen wusste, zehn Jahre alt und schien die kostbare Garderobe zu lieben. Sie drehte die Hüfte in ungelenker Imitation ihrer Mutter, strich sich über den Bauch und schaute an sich hinab. Ihre Wangen waren voll, ihr Mund klein, und von ihrem Kopf hingen kunstvolle Locken herunter. Ihre Mutter musste mehrere Stunden mit der Frisur beschäftigt gewesen sein.

Petit-Jean hingegen fühlte sich in der zweireihigen Seidenweste mit Schalkragen, in die man ihn gesteckt hatte, sichtbar unwohl. Er stand unbeweglich neben seiner Schwester, bohrte die Fingernägel in die Handflächen und starrte den Rollstuhl an.

Beide Kinder hatten kleine Augen. Vermutlich lagen sie um diese Uhrzeit für gewöhnlich längst im Bett.

»Kommt zu mir.« Anna streckte ihnen die Hände entgegen. Die Kinder rührten sich nicht von der Stelle. Henriette starrte auf Annas Finger, als befürchte sie, Blitze könnten daraus hervorschießen. Jean musterte mit einem galligen Gesichtsausdruck die Räder des Rollstuhls.

»Gebt eurer Lehrerin die Hand«, befahl Madame Schmaleur vom Teewagen her.

Die Kinder rührten sich immer noch nicht. Gern hätte Anna die Hände sinken lassen und Jean und Henriette in die Nachtruhe entlassen. Aber Nachgiebigkeit war das Ende der Erziehung. Anna winkte die Kinder mit den Fingern herbei. Sie sind wie Hänsel und Gretel, dachte Anna – und ich bin die Hexe aus dem Lebkuchenhaus.

»Geht schon!«, befahl Olaf Schmaleur und schob die Kinder sanft vorwärts. Der Knabe klammerte sich an den Hosen seines Vaters fest und fragte: »Muss ich dann auch für immer in so einem hässlichen Stuhl sitzen, nachdem mich die Gräfin unterrichtet hat?«

»Entschuldigen Sie ihr Benehmen«, sagte Madame. »Sie sind müde, und die Aufregung hat sie erschöpft. Jean! Henriette! Zu Bett.«

»Einen Moment bitte«, sagte Anna mit ruhiger Stimme. Sie versetzte den Rädern ihres Stuhls einen Stoß und rollte mit Schwung auf die Kinder zu. Direkt vor ihnen kam sie zum Stehen. Jean trat einen Schritt zurück und stieß gegen ein Beistelltischchen. Die Porzellanfiguren darauf tanzten.

»Ich bin Anna Moll. Wisst ihr, warum ich hier bin?«

Die Kinder schüttelten die Köpfe.

Die Schritte Madame Schmaleurs näherten sich. »Ich sagte: Die Kinder gehen jetzt zu Bett, Gräfin.«

»Ich bin keine Gräfin.« Anna warf der kleinen Französin einen kurzen Blick zu. »Und das hier«, sie klopfte auf die Räder des Rollstuhls, »ist nichts, wovor man Angst haben muss. Immanuel!« Sie ließ sich von ihrem Begleiter aus dem Stuhl heben und in einen der Fauteuils setzen. Dann sagte sie zu Jean und Henriette: »Eigentlich ist es so, als würde man mit der Eisenbahn fahren. Es passt aber nur ein Passagier hinein.«

Die Kinder schauten von dem Rollstuhl zu ihrer Mutter hinüber. Bevor Madame Schmaleur etwas einwenden konnte, trat ihr Gatte hinter den Stuhl und senkte seine fleischigen Hände auf die Griffe. »Wer zuerst Platz nimmt, den schiebe ich dreimal durch den Raum, so schnell ich kann.«

»Monsieur!«, sagte Madame Schmaleur mit spitzer Stimme.

Aber da sprang Henriette schon vor und ließ sich mit einem lauten *»Moi!«* in den Rollstuhl fallen. Olaf Schmaleur schob an, und Vater und Tochter maßen mit dem Gefährt die volle Länge des Salons aus. Die Holzräder knatterten über das Parkett. An der Stirnseite des Raums stand eine weitere Bodenvase aus

Porzellan, auf die eine geschickte Hand chinesische Figürchen gepinselt hatte. Schmaleur hielt direkt darauf zu. Im rechten Moment bremste er ab und kurvte um die Vase herum. Dabei streifte er die Lilien. Henriette schrie. Ihre Mutter stimmte ein. Blütenblätter regneten zu Boden. Die Vase blieb stehen. Der Rollstuhl kam dahinter hervor und nahm erneut Fahrt auf.

Bevor Schmaleur eine weitere Runde drehen konnte, stellte sich ihm seine Gattin in den Weg. »Genug, Olaf!«, rief sie und streckte die Hände aus. Der Rollstuhl mit der vor Vergnügen lachenden Henriette kam vor den Füßen ihrer Mutter zum Stehen.

Madame Schmaleur drehte sich zu Anna herum. Ihre Blicke waren scharf genug, um eine Buchseite zu zerschneiden. »Wenn das Ihre Erziehungsmaßnahmen sein sollen, Gräfin, werde ich meine Kinder besser aufs Internat schicken. Das wollte ich von Anfang an.«

Anna hatte angesichts der wilden Fahrt die Finger in das Polster des Sessels vergraben. Jetzt senkte sie den Blick und gab sich Mühe, rot zu werden. Sie konnte es sich nicht leisten, diese Anstellung wieder zu verlieren. Ihre Mittel waren aufgezehrt. Nur durch die Vermittlung eines alten Freundes hatte sie die Möglichkeit erhalten, die Kinder des Heringshändlers Schmaleur in Paris zu unterrichten.

Anna ließ den roten Samt los, legte die Hände auf den glänzenden Stoff ihres blauen Kleids und entgegnete leise: »Natürlich sind das nicht meine Methoden, Madame. Sie können gewiss sein, dass Ihre Kinder bei mir gut aufgehoben sein werden.«

Kaum hatte sie die Worte ausgesprochen, lief Jean an ihr vorbei und zupfte am Kleid seiner Mutter. »Maman, sag Henriette, dass ich jetzt an der Reihe bin. Sie ist lange genug Eisenbahn gefahren.«

Madame Schmaleur zog ihre Tochter so schnell aus dem Stuhl, dass Henriette gegen das Kleid ihrer Mutter stolperte. Madame warf Anna noch einen finsteren Blick zu. Dann rauschte sie mit einem Kind an jeder Hand aus dem Salon.

Kapitel 8

Paris, Haus der Familie Schmaleur, November 1851

Familie Schmaleur pflegte um sechs Uhr zu frühstücken. Als Anna am Morgen nach ihrer Ankunft ihren Stuhl ins Esszimmer gerollt hatte, klebte noch die Nacht an den Fenstern. Die Kinder saßen an ihren Plätzen, die Hände neben den Tellern und den Rücken an den Stuhllehnen. Ihre Gesichter waren gerötet von der morgendlichen Behandlung mit kaltem Wasser, harten Bürsten und scharfer Seife.

Am Kopf der Tafel thronte Olaf Schmaleur. Er trug einen blauen Tuchrock mit samtbesetztem Revers. Der breite Kragen seines Hemdes war modisch nach unten geschlagen.

Madame Schmaleur war nirgends zu sehen.

»Setzen Sie sich, Gräfin Dorn«, sagte Schmaleur. Anna bedankte sich für den angebotenen Platz und manövrierte den Rollstuhl an den Tisch. Die Standuhr pickte.

Anna sah sich mit einer Tafel voller Köstlichkeiten konfrontiert. Schmaleur deutete auf jeden Teller und jede Terrine und stellte deren Inhalt als *brioche*, *miche* und *bouillon* vor. Anna nickte zu jedem Wort und prägte es sich ein. Insgeheim aber vermisste sie eine schlichte badische Butterbamme.

Sie entschied sich für etwas Kuchenartiges, das die Kinder gierig auf ihre Teller brockten. Vorsichtig schob sie ein kleines Stück mit der Gabel in den Mund und kaute mit kleinen, kaum sichtbaren Bewegungen des Kiefers. Der Geschmack von Zucker und Anis explodierte an ihrem Gaumen.

»Gut?« Olaf Schmaleur schluckte einen Bissen hinunter. »Die

Küche hierzulande wird Ihnen noch die Freudentränen in die Augen treiben, Gräfin.« An seinem Kinn hingen gelbe Krümel.

Anna tupfte sich den Mund mit einer Serviette, auf die chinesische Schriftzeichen gestickt waren. »Wie lange leben Sie schon in Frankreich, Monsieur Schmaleur?«, fragte sie auf Französisch.

»Bitte, lassen Sie uns Deutsch sprechen«, sagte der Kaufmann. »Ich habe selten Gelegenheit, meine Muttersprache zu hören. Ich vermisse sie noch mehr als die Menschen, die ich in Lübeck zurücklassen musste. Außerdem können wir zwei uns auf Deutsch ungezwungener unterhalten.«

Anna warf den Kindern einen verstohlenen Blick zu. Jean und Henriette beachteten die Erwachsenen nicht. Sie waren über ihre Teller gebeugt und lugten zu dem jeweils anderen hinüber, um festzustellen, wie schnell und wie viel jeder von ihnen essen konnte.

Anna wiederholte ihre Frage auf Deutsch. Ihr badischer Akzent rekelte sich auf ihrer Zunge.

Seit fünfzehn Jahren lebe er in Frankreich, berichtete Schmaleur. Der Lübecker Rat habe ihn seinerzeit nach Paris geschickt, damit er den Heringshandel befördere. Ein Jahr lang habe er quasi nur auf den Pariser Märkten gelebt und den Franzosen den deutschen Hering schmackhaft gemacht.

Schmaleur wedelte mit einem Löffel. »Diese Franzosen sind stur wie Stör und gerissene Händler. Aber wir Lübecker sind mit dem Wasser der Ostsee gewaschen. Wenn wir wollen, können wir sogar tote Fische zum Leben erwecken.«

Schritte näherten sich aus dem Nebenzimmer. Madame Schmaleur erschien in der Tür. Sie trug einen hellen, an der Hüfte ausgesteiften Rock und eine enge weiße Jacke aus Seide. Anna warf sie einen verdrossenen Blick zu. »Mein Gemahl braucht eine Frau an seiner Seite, um im Geschäft erfolgreich zu sein.« Ihr Ton war so gelassen wie ihre Bewegungen, als sie jetzt ins Speisezimmer trat. Sie sprach Deutsch mit Elsässer Akzent. »Es hätte jede beliebige Dame der Pariser Gesellschaft sein können. Solange sie nur die Türklinken der französischen Handelshäuser für ihn putzt.« Madame Schmaleur ließ sich auf einem Stuhl neben ihren Kindern nieder und strich Jean über das Haar.

»Ich dachte, du fühlst dich nicht wohl«, sagte Olaf Schmaleur.

»Seit Jahren nicht«, erwiderte Madame Schmaleur. Sie nippte an ihrer Kaffeetasse und stellte sie mit einem Klirren auf dem Untersetzer ab. Braun schwappte es über den Rand.

Anna sah das Gewitter über den Schmaleurs heraufziehen. Hier hatte sie nichts verloren. Und die Kinder auch nicht. »Es ist an der Zeit, mit dem Unterricht zu beginnen. Trödelei wird nicht geduldet.« Sie legte eine Munterkeit in ihre Stimme, die sie nicht empfand.

»Keine Zeitverschwendung! Sehr richtig, Gräfin!«, sagte Madame Schmaleur, griff beiläufig zu einem Stück Gebäck und inspizierte es von allen Seiten, bevor sie es auf ihren Teller legte. »Machen wir uns endlich miteinander bekannt. Ich bin sicher, mein Mann hat seine Erfolge bereits vor Ihnen ausgebreitet. Jetzt würden wir gern hören, woher unsere neue Lehrerin kommt und was sie nach Paris verschlagen hat. Nicht wahr, Kinder?«

Jean und Henriette nickten und schauten Anna erwartungsvoll an.

Annas Hände lagen noch immer auf den Rädern ihres Stuhls. Sie könnte sich der Aufforderung Madame Schmaleurs widersetzen und den Raum verlassen. Aber damit würde der Riss zwischen den Frauen zu einem Graben aufbrechen, den Anna niemals würde überwinden können.

Olaf Schmaleur schob seinen Stuhl zurück. »Entschuldigt mich. Die Geschäfte warten.«

»Setz dich!«, befahl seine Gattin.

Zu Annas Erstaunen ließ sich Schmaleur nieder, rückte den Stuhl aber nicht mehr an den Tisch heran. Unentschlossen legte er ein Bein über das andere. »Also gut«, sagte er, zog eine Taschenuhr aus der Weste und warf einen derartig verärgerten Blick darauf, dass es einem Wunder gleichgekommen wäre, wenn die Uhr weiterhin funktionierte.

»Eine Viertelstunde«, gestand Schmaleur zu.

Niemals hätte Anna gedacht, wie lang eine Pariser Viertelstunde sein kann.

»Mein Name ist Anna Moll«, begann sie auf Deutsch.

»Liebe Gräfin«, unterbrach Madame Schmaleur. »Wir wollen die Landessprache verwenden, damit die Kinder besser verstehen, was Sie uns zu erzählen haben.« Die Spur eines Lächelns wehte über Madame Schmaleurs Gesicht.

Anna wiederholte die Worte auf Französisch und fuhr fort: »Geboren wurde ich am 5. April 1821 in Baden-Baden. Die Liebe zur Literatur wurde mir in die Wiege gelegt, denn mein Vater war ein Bekannter Goethes. Ihr wisst doch, wer Goethe war?« Anna sah Henriette und Jean auffordernd an. Die Kinder warfen ihrer Mutter ratlose Blicke zu.

Madame Schmaleur schüttelte den Kopf. »Herr von Goethe ist gewiss ein wichtiger Mensch für alle Deutschen. Aber, liebe Gräfin, in diesem Moment sind Sie für uns bedeutender. Fahren Sie mit ihrer Lebensgeschichte fort. Wie ich Ihren Briefen entnahm, wird es noch recht unterhaltsam.«

Anna suchte im Dampf ihres Kaffees nach den Worten, die ihr Schicksal wie das einer ganz normalen, sittsam lebenden Frau erscheinen lassen mochten. Sie erzählte von ihrer Familie, von den Bemühungen ihrer Mutter, sie zu einer achtbaren jungen Dame zu erziehen. Und von den Versuchen ihres Vaters, sie für die Literatur zu begeistern. »Er wollte, dass ich Schriftstellerin werde. Er sah in mir eine zweite Bettina von Arnim.«

In den Blicken der Schmaleurs erkannte sie Unverständnis. Anna wollte es mit einer französischen Schriftstellerin versuchen. Aber ihr kamen nur männliche Autoren in den Sinn.

Sie erzählte von den Büchern, die ihr Vater von seinen Reisen mitgebracht hatte – und von den Kämpfen, die er deshalb mit Annas Mutter führen musste. Bücher, so die Ansicht von Annette Moll, verwirrten jungen Frauen den Verstand. Eine Dame, die aufrührende Geschichten las oder sogar veröffentlichte, würde niemals einen Ehemann finden, und wenn, dann nur einen, der dem Suff erlegen war.

»Ich habe versucht, es beiden Eltern recht zu machen«, sagte Anna. »Und so hat die Literatur mir geholfen, Lehrerin zu werden. Meine Eltern …«

»Und dann haben Sie vorteilhaft geheiratet«, unterbrach Madame Schmaleur. Es war offensichtlich, dass sie mehr über die Ereignisse auf Schloss Dorn erfahren wollte. Anna hatte gehofft, diese Klippe umschiffen zu können. Wie es schien, steuerte sie jedoch geradewegs darauf zu.

»Mein Mann war Graf Tristan von Dorn. Wir sind uns bei einem gesellschaftlichen Anlass begegnet.« Anna sah noch immer die Spielbank von Baden-Baden vor sich. Die Tische waren bis auf den letzten Platz besetzt gewesen. Die Kerzenleuchter spendeten warmes Licht. Die Fenster reichten bis zur Decke. Von draußen prasselte Regen gegen das Glas. Das Geräusch vermischte sich mit den Stimmen der Gäste zu einer gurgelnden Sinfonie. Dann war da diese Honigstimme in ihrem Ohr. »Wollen Sie mir die Ehre erweisen, meine Jetons auf eine Zahl zu setzen, mein Fräulein? Mein Glück ist leider zu Hause geblieben, und Sie sehen aus, als hätten sie jede Menge davon mitgebracht.«

»Sie lächeln ja«, stellte Marie-Alexandrine Schmaleur fest.

Anna rief ihre Lippen zur Räson. »Die Erinnerung, Madame, verzeihen Sie.«

»Oh, aber für die Liebe gibt es keine Entschuldigung, nicht wahr?«

Die Kinder kicherten.

»Und nach viel zu kurzer Zeit ist Ihr Mann gestorben, wie Sie schrieben«, fuhr Madame fort.

Anna versuchte, die Ereignisse auf Schloss Dorn zu überspringen. »Er fehlt mir noch immer. Sein Vermögen hat mir zunächst geholfen, mein Leben neu zu ordnen. Doch das ist zehn Jahre her. Die Mittel sind aufgebraucht. Deshalb habe ich wieder nach einer Anstellung als Lehrerin gesucht – und sie hier in Ihrem Hause gefunden. Ich bin dankbar, dass Sie Ihre Kinder meiner Obhut anvertrauen.«

Damit war sie am Ende der Geschichte angekommen. Anna nippte an dem Kaffee, der kalt geworden war. Jetzt konnte die Familie sie aus dem Verhör entlassen.

»Wie ist Ihr Gatte ums Leben gekommen?« Madame Schmaleurs Stimme klang so beiläufig, als würde sie nach dem Wetter in Deutschland fragen.

Annas Rückgrat vereiste. »Ein Unglücksfall«, antwortete sie.

»Ich habe Gerüchte gehört«, drang Madame weiter in sie.

»Marie-Alexandrine«, schnappte jetzt Olaf Schmaleur, »ich finde diese Fragen …«

»… impertinent?«, ergänzte seine Frau mit hochgezogenen Augenbrauen. »Immerhin soll die Gräfin unsere Kinder erziehen. Sie wird nicht nur mit ihnen allein sein, sondern ihnen auch beibringen, was richtig und falsch, was gut und böse ist. Du willst doch wohl wissen, welcher Wein in deinem Kelch ist, bevor du ihn trinkst.«

»Die Gräfin ist die Lehrerin, die ich ausgesucht habe«, polterte der Fischhändler. »Das genügt als Referenz. Säe Zwietracht unter deinen französischen Freunden, aber nicht in meinem Hause.«

»Tristan hat sich in die Luft gesprengt«, sagte Anna so ruhig wie möglich. »Mitsamt dem Stammsitz seiner Familie. Ich bin sicher, man hat in Paris davon gehört.« Ein Zittern überfiel sie.

Die Augen der Kinder wurden groß. Jean sagte: »Davon habe ich gehört. Man sagt, man habe den Knall bis Paris hören können. Aber da habe ich wohl schon geschlafen.«

»Dann ist es also wahr«, sagte Madame Schmaleur. »Ja, diese Geschichte ist tatsächlich die Seine heruntergekommen. Aber niemand weiß, was Graf Dorn zu dieser Tat getrieben hat.«

Die Frage hing unausgesprochen im Raum. Anna entschied sich, sie zu beantworten. »Sein Geist war verwirrt.« Das war nicht einmal gelogen. »Es ging schon einige Monate so. Als ich an jenem Tag die Burg verließ, hat er seinem Leben ein Ende gesetzt.« Sie gab vor, einen Schluck zu trinken, damit die anderen nicht sahen, wie schwer sie an den Worten schlucken musste.

»Warum hat er sich nicht einfach erschossen?«, wollte Henriette wissen.

»Das genügt!« Olaf Schmaleurs Stimme blies wie ein Sturm über den Frühstückstisch. »Die Gräfin hat offensichtlich mehr als genug zu tun, euch zu erziehen. Je früher sie damit beginnt, umso schneller wird sich Erfolg einstellen.«

Diesmal hatte Marie-Alexandrine Schmaleur keine Erwiderung für ihren Mann bereit.

Kapitel 9

Paris, Haus der Familie Schmaleur, November 1851

Im Spielzimmer herrschte preußische Ordnung. Ein Schaukelpferd stand bereit, um geritten zu werden. Zwei Steckenpferde lehnten an der Wand, an ihre Räder waren Glöckchen gebunden. Spielzeuggewehr und Kaufmannsladen warteten auf Jean, Puppenhaus und Spielzeugbügeleisen auf Henriette. Die Rollen waren schon verteilt, wie Anna feststellte.

Ein runder Teppich markierte die Mitte des Raums. Darauf standen zwei Fauteuils und eine grüne Chaiselongue. Die Samtbezüge waren abgewetzt, und die Mulden in den Polstern verrieten, dass die Kinder gern darauf herumsprangen. Aber es gab kein Anzeichen von Unordnung, keine Schmierereien an den Wänden, keine Puppe mit ausgerissenen Beinen.

Anna rollte zu der Sitzgruppe hinüber und wies Jean und Henriette an, auf der Chaiselongue Platz zu nehmen. Sie rechnete damit, dass die Kinder jetzt, da ihre Eltern sie nicht mehr unter Kontrolle hatten, Widerstand leisten würden. Doch beide setzten sich gehorsam nebeneinander. Henriette faltete die Hände vor ihrem Bauch. Jean legte die Finger auf seine Hosenbeine. Anna schmunzelte. Wäre sie eine Malerin, sie hätte sich keine lieblichere Pose für die kleinen Schmaleurs ausdenken können.

»Wir beginnen mit Mathematik«, sagte Anna. Die Sprache der Zahlen war international. Die Rechenaufgaben, die sie stellte, beantworteten die Kinder ernsthaft und meist korrekt. Dreistellige Zahlen zu addieren und zu subtrahieren bereitete ihnen keine Mühe. Jean beherrschte bereits die Multiplikation. Hier hatten Annas Vorgänger das Feld gewissenhaft bestellt. Anscheinend hatte Olaf Schmaleur Wert darauf gelegt, dass seine Sprösslinge sein Geschäft verstanden.

Als Nächstes kam Deutsch an die Reihe. Anna holte die Bücher hervor, die sie in einem Korb an der Seite des Rollstuhls aufbewahrte. Sie strich über die Buchdeckel, die sie selbst in belgisches Leinen eingebunden hatte: *Peter Schlemihls wundersame Geschichte* von Adelbert von Chamisso, der erste Teil des *Faust* von Geheimrat Goethe und die deutschen Volksmärchen von Jacob und Wilhelm Grimm. Die Bände wanderten in Annas Händen abwechselnd von oben nach unten, bis sie sich für die Märchen entschied. Ein leichter Start würde die Kinder für ihre Lehrerin und deren Muttersprache einnehmen.

Annas Zeigefinger strich über das Inhaltsverzeichnis. Das Märchen vom Rotkäppchen? Darin wurde dem Wolf der Bauch aufgeschnitten. Hänsel und Gretel? Zwei Kinder verbrannten eine alte Frau. Der Gevatter Tod? Ein Garant für Albdrücke. Der Froschkönig? Anna überlegte kurz. Beim Thema Küssen und Liebe mochte es zu peinlichem Gelächter und geröteten Wangen kommen. Rapunzel. Anna rief sich das Märchen in Erinnerung. Rapunzel und der Prinz. Der Königssohn fiel zwar gegen Ende der Geschichte in die Dornen und stach sich daran die Augen aus. Aber diesen Teil würde sie einfach überlesen. Unter ihrer Aufsicht würden die zarten Kinderseelen keinen Schaden nehmen.

»Dies ist das Märchen von Rapunzel. Ich lese es auf Deutsch vor, sehr langsam. Hinterher versucht ihr, so viel von der Geschichte auf Französisch nachzuerzählen, wie ihr verstanden habt. Seid ihr bereit?«

»Und wenn wir etwas nicht verstanden haben?«, wollte Henriette wissen.

»Dann denkt ihr euch einfach etwas Passendes aus«, sagte Anna. »Bereit?«

Die Kinder nickten eifrig.

Anna las. Sie legte Melodie in den Text, hob und senkte die Stimme rhythmisch, bis sie einem Gesang ähnelte. Sie wusste, das Deutsche klang für Franzosen wie Erz, auf das ein Hammer schlägt. Doch auf ihrer Zunge wurden die Silben geschmeidig.

Nach der zweiten Seite ließ sich Henriette nach hinten fallen. Jean suchte Blickkontakt mit dem Schaukelpferd.

Anna beschloss, sich nicht beirren zu lassen. Sie sprach lauter, um mehr Dramatik in das Geschehen zu legen. Jetzt kam die Stelle mit dem Königssohn. Er will zu Rapunzel, doch sie ist nicht mehr in ihrem Turm. An der Stelle, als der Prinz die Hexe trifft und ihm offenbart wird, dass seine Angebetete verschwunden ist, klappte Anna das Buch zu und legte einen Finger zwischen die Seiten.

»Was glaubt ihr?«, fragte sie auf Deutsch. »Wird er Rapunzel wiedersehen?«

Henriette sah sie stumpfgesichtig an. Jean zuckte mit den Schultern.

»Antwortet!«, befahl Anna. »Auf Deutsch.«

»Er wird sie nicht wiedersehen«, sagte Jean im Ton absoluter Gleichgültigkeit.

»Gut«, sagte Anna. »Warum glaubst du das?«

»Weil der Prinz langweilig ist«, kam es jetzt von Henriette. »Deshalb ist es mir auch egal, ob sie ein Paar werden.«

Immerhin hatte sie auf Deutsch geantwortet. Wenn eine Kritik an den Brüdern Grimm der Weg war, ihre Schüler die deutsche Sprache zu lehren, so würde Anna eben diesen Weg beschreiten.

»Warum gefällt euch das Märchen nicht?«, spann sie den Faden weiter.

»Der Prinz ist kein Held. Er kämpft nicht um seine Ehre, er würde nicht dafür sterben«, antwortete Jean.

»Rapunzel benimmt sich wie eine Großmutter. Es ist ihr gleichgültig, ob der Prinz sie besuchen kommt«, sagte Henriette. Die Worte tröpfelten zäh zwischen ihren Lippen hervor.

»Was sollte sie deiner Meinung nach tun?«, fragte Anna.

Jetzt richtete sich Henriette wieder auf und wechselte ins Französische. »Sie muss vor Sehnsucht vergehen. Sie muss sich die Haare raufen, die Minuten zählen, und weinen muss sie, weinen, weinen, weinen.« Die Wangen des Mädchens bekamen Farbe. »Ihre Augen müssen triefen von den sündigen Gedanken, die sie hat.«

Der Goethe-Band rutschte von Annas Schoß und polterte auf den Teppich.

»Das ist doch Mädchenkram«, sagte Jean zu seiner Schwester. »Der Prinz muss gegen die Hexe kämpfen. Er muss ein Schwert schwingen, das so lang ist wie er selbst. Die böse Zauberin muss Blitze gegen ihn schleudern. Sie verstümmelt ihn und rottet seine Familie aus. Erst verliert er. Aber er kehrt zurück, und dann rächt er sich an ihr. Ihren Kopf …«

»Genug!«, rief Anna. Sie klatschte in die Hände. »Woher habt ihr diese entsetzlichen Einfälle?« Es hätte Anna nicht verwundert, wenn die Kinder gestanden hätten, Olaf Schmaleur würde ihnen solche Geschichten zur Schlafenszeit erzählen.

Jean stand auf, kniete vor einer Kommode nieder und holte einen Stapel Papier aus der unteren Schublade hervor. Den hielt er Anna hin. Es waren Seiten aus Tageszeitungen. Das Papier war vergilbt. Trotzdem waren die Texte darauf noch lesbar.

»Was ist das?«, fragte Anna, während sie ihre Brille zurechtrückte und sich die oberste Seite vor das Gesicht hielt. Die Schrift war so winzig. *»Der Graf von Monte Christo«*, las sie laut. »Von Alexandre Dumas.«

»Der Graf wird von seinen Freunden verraten und in den Kerker geworfen. Aber er kann sich befreien, und dann vernichtet er all seine Feinde. Er kennt kein Erbarmen.« Jean lachte unwirsch und hatte seine Hände zu Fäusten geballt. »Ich habe es viermal gelesen. Wenn ich groß bin, weiß ich genau, wie ich aus dem Gefängnis ausbrechen kann.«

Henriette tippte sich an die Stirn. »Du spinnst. Die drei Musketiere sind viel stärker und mutiger. Wie galant die zu den Damen sind. Wenn ich einmal heirate, muss mein Mann auch Musketier sein und mir den Hof machen wie D'Artagnan.«

Anna spürte ein eisiges Prickeln, das vom Ansatz ihrer Wirbelsäule ausging und sich bis über ihre Kopfhaut ausbreitete. Hastig blätterte sie durch die Zeitungsseiten. Das Papier raschelte. »Aber das ist doch gar kein Buch«, stieß sie hervor.

»In Paris werden Romane als Fortsetzungen in der Tageszeitung gedruckt«, erklärte Jean. »Wir sammeln jede Ausgabe. Die Schubladen sind voll davon. Wollen Sie mal sehen?«

Annas Blick fiel auf den *Faust*. Das Buch lag offen mit dem Einband nach oben auf dem Teppich, wie ein Tier mit gebrochenem Rücken. Wie sollte sie diesen Kindern Literatur nahebringen?

»Verraten Sie uns dafür, warum Ihr Château explodiert ist?«, fragte Jean mit Verschwörerstimme.

»Es war eine Burg, kein Château«, sagte Anna. Sie unterdrückte den Wunsch, die Kinder zu maßregeln. Schließlich waren sie nicht ungezogen, sondern nur von Räuberpistolen und Liebesgeschichten begeistert. Sie hatten den Pfad zur Literatur entdeckt, aber sie liefen in die falsche Richtung. Jetzt galt es, sie aus dem Sumpf zu ziehen und auf den Gipfel der Dichtkunst zu führen.

»Vielleicht erzähle ich es euch eines Tages. Aber dazu muss euer Deutsch besser werden«, fuhr sie fort.

»Müssen wir noch mehr von Rapunzel und dem Prinzen hören?«, wollte Henriette wissen.

»Können wir nicht stattdessen etwas von Alexandre Dumas lesen?« Jean hüpfte auf dem Polster herum.

»Das kommt nicht infrage«, rief Anna. Sie zögerte. »Jedenfalls nicht, bevor ich die Texte geprüft habe.«

Die Kinder erstarrten.

»Ich werde diese Zeitungsausschnitte lesen. Sollte etwas Passendes darunter sein, dürft ihr die Texte ins Deutsche übertragen.«

»*Un triple hourra*«, rief Henriette und reckte die Fäuste in Siegerpose in die Luft.

Jean war schon auf dem Weg zur Kommode, holte weitere Texte hervor und legte sie Anna in den Schoß.

Die Papiere stapelten sich jetzt bis zu ihrer Brust. Anna holte das Glöckchen hervor, das unter der rechten Armlehne des Rollstuhls hing, befreite es von seinem Seidentuch und läutete. Die Tür öffnete sich, und Immanuel trat ein.

»Wir sind fertig«, sagte Anna zu ihrem Begleiter. »Diese Papiere brauche ich in meiner Kammer.« Sie war sich nicht sicher, ob sie einen Sieg errungen oder ob sie gerade dem Teufel Tür und Tor geöffnet hatte.

»Ja, ich liebe dich!«, sprach sie. »Ich liebe dich, wie man seinen Bruder, seinen Gatten liebt, ich liebe dich, wie man sein Leben, seinen Gott liebt, denn du bist für mich das Schönste, das Beste und das Größte der geschaffenen Wesen.«

Das Papier in Annas Hand zitterte. Sie warf sich gegen das Leder des Rollstuhls und schloss die Augen. Was hatte sie gerade lesen müssen? Derlei Schilderungen gehörten in Wirtshäuser, wenn das Weinfass bis zur Neige ausgetrunken war. Aber nicht in Kinderhände.

Es gab ja nicht einmal einen Einband! Kein Wunder. Welcher Verleger würde diesen Schmutz veröffentlichen? Jetzt verstand Anna, warum diese Widerwärtigkeiten auf Zeitungspapier gedruckt werden mussten: weil das hochwertige Papier eines Buchs zu gut dafür war.

Anna ließ eine Seite nach der anderen zu Boden regnen. Ein Teppich aus Papier hatte sich auf dem Boden ihres Zimmers ausgebreitet.

Die nächste Geschichte trug den Titel *Joseph Balsamo* und sollte der erste Teil einer Serie von Romanen sein, die, so kündigte der Autor an, als *Erinnerungen eines Arztes* die Leser unterhalten würden. Anna wollte gar nicht wissen, an welche Unaussprechlichkeiten sich ein Arzt erinnerte. Aber sie hatte den Kindern nun einmal versprochen, die Texte zu prüfen. Die ersten Seiten überflog sie. Dann blieb sie an der Stelle hängen, an der ein Fest aus den Fugen gerät. Der Held Gilbert rettet seine Angebetete namens Andrea. Er führt sie aus dem Tumult heraus in Sicherheit. Anna las weiter. Tapfere Männer, die schwachen Frauen in der Gefahr beistehen. So etwas gab es nicht, das wusste sie wohl am besten. Aber sie konnte sich vorstellen, dass Szenen wie diese die Fantasie kleiner Mädchen entflammten. Gab es denn keine erbaulichen Passagen? Vielleicht eine Szene, in der einer der Helden Gott anruft oder über das Leben sinniert? Stattdessen fand sie die verzweifelte Andrea wieder, die feststellen muss, dass Gilbert sie während einer Ohnmacht geschwängert hatte.

Anna zerriss den Zeitungsbogen, knüllte die Fetzen zusammen und warf sie in das Feuer, das in dem kleinen Kamin knisterte. Es wäre wohl das Beste, mit allen Seiten so zu verfahren. Sie warf einen Blick auf den Papierstapel. Die nächsten Folgen gehörten zu einer Geschichte namens *Die drei Musketiere*. Davon hatte Henriette geschwärmt.

»›Steck deine Waffen ein, D'Artagnan. Diese Frau soll gerichtet, nicht ermordet werden‹«, las Anna laut. »Da schien sie auf einmal zu begreifen, dass der Himmel ihr seine Hilfe endgültig versagte, denn sie verharrte in ihrer kauernden Haltung, den Kopf geneigt, die Hände gefaltet, und wartete gefasst auf das Unvermeidliche. Nun sahen die Männer auf dem anderen Ufer, wie der Henker langsam beide Arme hob, die breite Klinge seines Schwertes blinkte im wächsernen Mondlicht, und wuchtig fielen die beiden Arme herab. Dann bückte sich der Henker, breitete seinen roten Mantel an der Erde aus, legte Kopf und Rumpf darauf, schnürte den Mantel zusammen, hob das Bündel auf die Schulter und stieg wieder in den Nachen. Mitten auf dem Fluss hielt er an, und während er das Bündel von der Schulter nahm, rief er mit schallender Stimme über das Wasser: ›Gottes Gerechtigkeit erfülle sich!‹ Hierauf ließ er den Leichnam in die Tiefe gleiten und lenkte den Kahn ans Ufer zurück.«

Alexandre Dumas! Den Namen wollte Anna sofort wieder vergessen. Und sich doch gut an ihn erinnern, um andere zu warnen. Dieser Mann war ein Sprachverderber. Ein Lästerheld. Einer, der Worte in das Flatterhemd der Anekdote kleidete, statt sie auf das Podest der Dichtkunst zu stellen. An diesem Geschmiere machte sich jeder anständige Mensch die Gedanken schmutzig.

Anna schaute angewidert auf das Papier in ihrem Schoß. Dann rollte sie den Stuhl dicht an den Kamin heran und warf den Stapel ins Feuer.

Funken stoben auf. Für einen Moment schien es, als würde das Zeitungspapier die Flammen ersticken. Dann gewann die Hitze den Kampf gegen diesen gedruckten Unflat. Die Geschichten aus dem Unterleib der Literatur wurden ihrem gerechten Schicksal zugeführt.

Anna starrte in die Flammen. Sie hatte das Richtige getan. Wieso verspürte sie keine Erleichterung?

Jemand klopfte an der Tür. Anna erschrak. Ihr Zimmer war noch nicht aufgeräumt. Die restlichen Zeitungsseiten lagen auf dem Boden verstreut. Ihre Reisetaschen standen neben dem Bett. Und im Kamin brannten noch immer die Seiten vor sich hin.

»Wer ist da?«, fragte sie auf Französisch.

»Madame Schmaleur«, kam die Antwort. »Bitte, Gräfin, auf ein Wort.«

Was auch immer die Dame des Hauses von Anna wollte – sie kam zum richtigen Zeitpunkt. Anna würde Madame darüber aufklären, welche Lektüre ihre Kinder lasen. Das würde ihr die Augen öffnen. Und sie für die deutsche Lehrerin einnehmen, die keinen Schund in den Händen von Jean und Henriette duldete. Um keinen Preis!

Anna versuchte, sich im Rollstuhl vorzubeugen, um die Papiere aufzusammeln. Doch sie erreichte den Boden nicht. Mit dem Kamineisen schob sie die Blätter notdürftig zusammen. Dabei hinterließ sie schwarze Striche auf dem Papier.

Sie lehnte das Eisen gegen den Waschtisch und rollte zur Tür. Madame Schmaleur schaute sie über verschränkten Armen verdrießlich an.

»Bitte, Madame.« Anna rollte rückwärts, um Platz für den Gast zu machen.

Marie-Alexandrine Schmaleur trat ein und sah sich im Zimmer um.

»Verzeihen Sie die Unordnung«, begann Anna. »Aber Immanuel muss meine Garderobe erst noch auspacken. Er war den ganzen Vormittag mit den Pferden und der Kutsche beschäftigt.«

»Hoffentlich wäscht er sich vorher die Hände«, sagte Madame mit trübem Spott.

Anna verzichtete auf eine Erwiderung. »Es ist gut, dass Sie gerade in diesem Moment gekommen sind«, eröffnete sie.

Marie-Alexandrines Korsett knarzte, als sie sich umdrehte. »Das denke ich auch. Ich bin gekommen, um Sie …«

»Diese Lektüre, der die Kinder ausgesetzt sind!«, unterbrach Anna. »Wir müssen etwas dagegen unternehmen.« Sie erzählte von der Begeisterung Jeans und Henriettes. Von den gesammelten Zeitungsausschnitten und davon, welchen Schmutz sie in den Zeilen entdeckt hatte. »Es sind nicht bloß Empfindeleien, die den Kindern den Sinn verdrehen. In diesen Geschichten geht es um Inzest, um Gewalt gegen Frauen, um Dolchworte und sudelwüste Schurken. Das sind Geschichten, die nur Menschen mit Brotverstand lesen.« Anna zeigte auf die am Boden liegenden Papiere. »Sehen Sie selbst. Diese Seiten habe ich geprüft. Mehr konnte ich nicht ertragen.«

Madame Schmaleur bückte sich und hielt dabei mit einer Hand ihr aufgestecktes Haar fest. Sie sammelte die Seiten auf und musterte sie. »Woher kommen diese schwarzen Striche?«, wollte sie wissen.

»Ich habe den Unflat mit dem Kamineisen zusammengeschoben«, erklärte Anna. »Bitte, Madame. Sprechen Sie mit ihren Kindern. Wenn sie noch mehr von diesen Geschichten versteckt haben, müssen wir das wissen, sonst wird mein Unterricht vergebens sein.«

Marie-Alexandrine Schmaleur hob die Zeitungsbogen vor ihren Mund und blies darauf. Dann zupfte sie ein mit Spitzen besetztes Tuch aus ihrem Kleid hervor und tupfte vorsichtig auf dem zuoberst liegenden Blatt herum. Ruß blieb an dem feinen weißen Stoff haften.

»Was tun Sie?«, fragte Anna.

»Ich versuche, die Texte zu reinigen. Deshalb bin ich gekommen. Ich lese Dumas' Geschichten allabendlich vor dem Zubettgehen. Doch als ich die heutigen Bögen holen wollte, war die Kommode leer. Jean verriet mir, dass ich die Lektüre bei Ihnen finden würde. Wo ist der Rest?«

Kapitel 10

Paris, Haus der Familie Schmaleur, Dezember 1851

Der Wind kräuselte die Pfützen und wühlte in den Baumkronen. Noch einmal blinzelte Anna gegen den Regen auf ihrer Brille an und schaute zum Haus der Schmaleurs hinauf. So viel war geschehen, seit Madame Schmaleur entdeckt hatte, dass ihre liebste Lektüre ein Raub der Flammen geworden war. Anna hatte sich lautstark gerechtfertigt und die Villa Schmaleur wutentbrannt verlassen. Sie war bei den Gendarmen gewesen und bei den Zensoren. Sie hatte Dumas in seinem verruchten Château gestellt und war schließlich mit ihrer eigenen Vergangenheit konfrontiert worden – in Gestalt des Magnetiseurs Etienne Lemaitre. Jetzt stand sie wieder vor dem Haus der Schmaleurs, und es schien ihr, als hätte sie es nie verlassen.

Laurent, der Diener, ließ Anna und Immanuel ein. Der Flur mit der geschwungenen Treppe lag im Dunkel. Nur durch eine offen stehende Tür auf der linken Seite fiel Licht von der Farbe überreifer Orangen. Anna bedeutete Immanuel zu warten und fuhr den Rollstuhl selbst zu der Tür. Der Raum dahinter war mit einer roten Seidentapete ausgekleidet. Ein Harmonium wartete auf einen Musikus. Eine Lampe aus rotbraunem Glas hing an vier Silberketten von der Decke. Marie-Alexandrine und Olaf Schmaleur saßen tief in grünen Polstersesseln und lasen – sie in einem Buch, aus dem vier Lesebändchen herausragten, er in einer Zeitung. Es war *Le Mousquetaire*.

Anna hielt auf der Schwelle an und machte mit zartem Klopfen am Türrahmen auf sich aufmerksam. Madame Schmaleur senkte das Buch. Ihr Mann faltete die Zeitung so rasch zusammen, als hätte er schon lange auf diesen Moment gewartet.

»Wo waren Sie?«, fragte die Hausherrin im Tonfall eines Richters.

»Ich musste dringenden Geschäften nachgehen«, sagte Anna. »Außerhalb von Paris.«

»Jean und Henriette haben den Unterricht versäumt«, fuhr Marie-Alexandrine fort. Ihre Lippen wirkten spröde. Sie klappte das Buch in ihrem Schoß zusammen. »Weil ihre Lehrerin nicht da war.«

»Ich entschuldige mich«, sagte Anna. »Aber die Angelegenheit war auch im Sinne der Kinder und …«

»Die Polizei war hier«, unterbrach die Schmaleur. »Die Gendarmen wollten wissen, ob hier eine Dame namens Anna Moll wohnt. Gestern Abend sei eine junge Frau auf der Wache gewesen und habe Anzeige gegen Alexandre Dumas erstatten wollen. Die Herren von der Gendarmerie wollten die Angaben der Person überprüfen. Was glauben Sie, was das für ein Gerede geben wird?«

Anna fühlte sich zutiefst beschämt. »Ich wusste nicht, dass die Beamten ein solches Aufheben machen würden«, sagte sie. Ihre Hände legten sich auf die Räder des Rollstuhls. Sie musste sich beherrschen, um nicht rückwärts aus dem Raum zu fahren.

»Und *ich* wusste nicht, dass wir eine junge Dame mit Wahnvorstellungen in unser Haus geholt haben«, fuhr Madame Schmaleur fort.

»Ich werde bei den Nachbarn herumgehen und alles erklären«, bot Anna an.

»Damit sich diese Misere noch weiter herumspricht? Das kommt nicht infrage. Erklären könnten Sie indes, was Sie als Nächstes getan haben«, zischte Madame Schmaleur.

Anna klemmte die Zunge zwischen die Zähne. Von ihrem

Besuch bei der Zensurbehörde wussten die Schmaleurs also auch. Sie hoffte, Olaf Schmaleur möge sie unterstützen. Doch der Hausherr saß vornübergebeugt auf der Kante des Fauteuils und betrachtete seine ineinander verschränkten Hände.

»Sie schweigen. Dann will ich die Geschichte selbst zu Ende erzählen. Sie haben bei der Zensurbehörde Anzeige gegen Monsieur Dumas erstattet. Und selbst damit waren Sie nicht zufrieden. Sie wollten das Opfer bluten sehen und haben die Zensoren so lange bedrängt, bis diese mit Ihnen zum Landsitz dieses wunderbaren Mannes gefahren sind. Und dort haben Sie …«

»Ich weiß, was ich getan habe«, sagte Anna mit lauter Stimme. »Es geschah zum Wohle Ihrer Kinder.« Sie rollte bis dicht an die Schmaleurs heran. Die Dame des Hauses presste sich in das Polster. Anna pflückte das Buch aus ihrem Schoß und *Le Mousquetaire* von dem kleinen Tisch mit rotem Filzbelag.

»Beruhigen Sie sich.« Anna wich zurück. »Ich bin zu Monsieur Dumas hinausgefahren, weil er die Literatur mit Füßen tritt.« Sie hielt das Buch und die Zeitung hoch. »Alles, was Schriftsteller in Jahrhunderten erreicht haben, das wird er zunichtemachen. Er schreibt nicht, um den Menschen das Licht zu bringen, sondern um sich zu bereichern. Für ihn sind Bücher nichts weiter als eine Ware.«

Sie ließ Buch und Zeitung klatschend auf das Parkett fallen.

»Bevor Sie mich entlassen, erlauben Sie mir, Ihnen einen Rat zu geben: Wenn Alexandre Dumas der Autor bleibt, dessen Lektüre Jean und Henriette auf ihrem Lebensweg begleitet, so werden Ihre Kinder in einen zweifelhaften Genuss kommen. Sie werden den schnellen Herzschlag des einsamen Lesers kennenlernen und die zarte Träne der einsamen Leserin. Aber das Bewusstsein, aufgehoben zu sein in der großen Gemeinschaft des menschlichen Geistes, das wird ihnen fehlen.«

»Siehst du, Olaf?« Madame Schmaleurs Stimme troff vor

Genugtuung. »Ich habe dir gleich gesagt, dass die Deutschen auf die Franzosen herabschauen.« Sie sprang auf und hob das Buch auf, ließ die Zeitung jedoch liegen. Beim Hinausgehen sagte sie leise: »Du sorgst dafür, dass diese Dame unser Haus noch heute verlässt.«

Als die kleinen Schritte Marie-Alexandrines verklungen waren, ließ sich Olaf Schmaleur wie ein gefällter Baum in seinem Sessel zurückfallen. Seine Hände landeten schwer auf den Armlehnen. »Was soll ich tun?«

»Überhaupt nichts«, sagte Anna. »Ich gehe von selbst. Dann müssen Sie mich nicht entlassen, und Ihre Frau wird trotzdem zufrieden sein.«

»Lassen Sie mich Ihnen wenigstens den Lohn für drei Monate zahlen«, sagte er. »Für die Rückreise.«

Anna hätte das Geld gebrauchen können. Ihre Geldkatze enthielt nur noch zweihundert Franc. Doch sie schüttelte den Kopf. »Das kann ich nicht annehmen«, sagte sie. »Denn ich werde vorerst nicht nach Karlsruhe zurückkehren.«

»Aber wohin wollen Sie?«

Anna überlegte, wie viel sie Schmaleur von ihrem Vorhaben verraten konnte, entschied sich dann aber, im Ungefähren zu bleiben. »Ich habe noch weitere Angelegenheiten in Paris zu regeln. Die Geschehnisse hier haben mich zurück auf einen Weg geführt, den ich schon vor zehn Jahren hätte beschreiten sollen.«

»Ich verstehe Sie nicht, Gräfin.«

»Ich wünsche Ihnen von ganzem Herzen, dass Sie das niemals tun müssen. Nur eins noch: Ich würde gern die Zeitung mitnehmen. Haben Sie etwas dagegen?«

Schmaleur hob die Ausgabe auf und gab sie Anna.

»Danke«, sagte sie. »Leben Sie wohl, Herr Schmaleur.« Anna verließ den Raum mit wenigen Stößen gegen die Räder. Schmaleur folgte ihr nicht. Sie ließ sich von Immanuel in ihre Gemächer bringen. Zwei ihrer drei Reisetaschen waren noch immer nicht vollständig ausgepackt, sodass es nicht allzu lange dauerte, ihre Habseligkeiten zusammenzusuchen und zu verstauen.

Als Immanuel das Gepäck zur Kutsche trug, öffnete Anna die im Zimmer verbliebene Tasche. Aus einem Seitenfach ragte der Holzgriff des Terzerols hervor. Sie zog die Pistole hervor. Die Waffe fühlte sich genauso fremdartig an wie vor Burg Dorn, als sie damit auf Lemaitre geschossen hatte. Damals war sie zu jung gewesen, um der Vergeltung ihren Lauf zu lassen. Sie hatte gezögert. Nur deshalb war der Schurke davongekommen. Diesmal sollte ihm das nicht gelingen. Anna nahm das Pulversäckchen hervor und den kleinen Beutel mit den Bleikugeln. Sie ließ Pulver in den Lauf rieseln. Dann riss sie einen Streifen Papier aus der Zeitung heraus und formte eine Kugel daraus. Das Papier stopfte sie in den Lauf der Pistole, eine Bleikugel folgte. Zum Schluss kam ein weiteres Stück Papier. Anna lächelte. Sie hatte die Bedienung der Waffe von Tristan gelernt. Mit den Schüssen hatte Anna die Vögel von den Weinbergen verscheuchen sollen. Aber Tristan hatte immer nur Pulver und Papier hineingegeben.

Schritte näherten sich. Immanuel kehrte zurück. Anna ließ die Waffe in dem Korb an der Seite des Rollstuhls verschwinden. Sie klappte den Deckel zu und hakte den Ledergurt ein. Dann blickte sie zu Immanuel auf. Er schien nichts bemerkt zu haben.

»Soll ich uns ein Hotel suchen?«, fragte er. In seiner Stimme schwang Besorgnis. Er war ein guter Mensch, und es fiel Anna schwer, ein Geheimnis vor ihm zu hüten.

»Wir fahren in die Rue Richelieu, an die Stelle, an der eine Menschenmenge vor einem Eingang wartet.« Dort, dachte Anna, wird sich zeigen, ob ich noch ein Hotel nötig haben werde.

Kapitel 11

Paris, Louvre, Dezember 1851

Halb Paris schien an diesem Tag den Louvre zu besuchen. In den Gängen des Museums drängten sich Damen mit parfümierten Schirmen, Herren mit straff sich über die Finger spannenden Handschuhen. Junge Paare flanierten Arm in Arm durch die Gemäldegalerie und flüsterten, alte Paare trotteten hintereinanderher und schwiegen. Kunststudenten saßen auf mitgebrachten Holzkisten und versuchten, Caravaggio und Rembrandt mit dem Kohlestift zu kopieren. Arbeiter schoben monumentale Statuen durch die Hallen, um die jüngst eröffnete assyrische Sammlung zu bestücken. Von oben fiel durch das Glasdach milchiges Licht auf die Szene. Über allem lagen die Ruhe eines Gottesdienstes und die Zufriedenheit der Erstaunten.

Alexandres rasche Schritte hallten von den Wänden wider und rüttelten an der Schläfrigkeit der Galerien. Wo waren die Säle mit der ägyptischen Sammlung? Dieses Museum brauchte dringend Wegweiser. Seit einer halben Stunde irrte er jetzt schon zwischen der Antike und der Renaissance hin und her. Dabei wartete draußen der Reichtum der Moderne auf ihn. Wenn er doch die Amulette endlich in Händen halten würde!

Alexandre hastete durch das Museum, als würde er verfolgt. Allerdings hatte er seine Häscher, die ihn am Morgen heimgesucht hatten, abschütteln können. Die Bankiers hatten sich mit einer Anzahlung von fünfzigtausend Francs zufriedengegeben. Den Zensoren hatte er die druckreifen Artikel aus der Romanfabrik in die Hand gedrückt. Der Prunelle hatte er dreitausend

Franc für Henri spendiert, und seinen Lohnschreibern hatte er das Gehalt erhöht. Nur die geheimnisvolle Dame im Rollstuhl hatte er nicht bestricken können. Sie war zu ihrer Kutsche geeilt, um gemeinsam mit den Zensoren zu verschwinden. Dieses Verhalten hatte Alexandre beunruhigt. Wenn Sie schon kein Geld nahm, hätte sie ihn wenigstens zurechtweisen können. Dann hätte er gewusst, was er von ihr zu erwarten hatte. Dass sich die Ausländerin aber einfach davongemacht hatte, war beunruhigender als ein Heer von Gerichtsvollziehern und eine Schiffsladung unehelicher Kinder.

In Gedanken versunken stieß Dumas gegen etwas Großes. Schmerz raste durch seine Brust. Die Statue schwankte. Er legte die Arme darum und konnte das Kunstwerk wieder ins Gleichgewicht bringen.

»Finger weg von unserer Hatschepsut.« Ein Mann von enormer Körpergröße eilte herbei. Er trug einen dunkelblauen Rock mit gelb abgesetzten Säumen. Sein Kopf hatte die Form eines Kastens. Die Augen waren nichts weiter als aufgemalte Striche. Das dunkle Haar lag so exakt und fest wie bei einer griechischen Bronzefigur.

Alexandre ließ die Statue los, wich zurück und betrachtete das Kunstwerk, das er um ein Haar umgerannt hatte. Zwar kannte er sich mit ägyptischer Kunst nicht aus. Doch wenn dieses Bildnis nicht vom Nil stammte, dann war er selbst ein Pharao.

»Sind Sie ein Lüstling?« Der Aufseher stellte sich zwischen Dumas und die Statue. »Ich habe schon oft gesehen, wie Besucher jahrtausendealte Stücke mit schwitzigen Händen berührten. Aber dass ein Mensch seinen Körper an den einer Pharaonin presst, ist eine frevelböse Tat ohnegleichen. Empfehlen Sie sich!«

Das war doch Monsieur Mariette! »Sie sind der Kurator der ägyptischen Sammlung«, stellte Alexandre fest.

»Und ich werde diese Sammlung mit Degen und Pistole verteidigen. Fort mit Ihnen, Sie Schänder ehrwürdiger Kunst, oder wollen Sie sich auch noch an unseren Mumien vergreifen?«

»Sie glauben, dass ich angesichts kalten Steins vor stiller Wollust brümsele?« Alexandre zupfte sich die Weste zurecht. »Monsieur! Ich liebe die Frauen. Aber dieses Ding«, er schaute zu der Statue hinauf, die ihn um einen Kopf überragte, »hat ja nicht einmal Brüste.«

»Sie beleidigen eine der größten Frauen der Weltgeschichte. Königin Hatschepsut musste sich als Mann ausgeben, um sich auf dem Thron behaupten zu können.«

»Und ich würde mich als Frau ausgeben, wenn Sie mir dann einen Augenblick zuhören würden«, sagte Alexandre. »Ich bin Alexandre Dumas. Erkennen Sie mich nicht?«

»Dumas?« Der Kurator kniff die ohnehin schmalen Augen noch enger zusammen. Aus einer Westentasche zupfte er einen Zwicker hervor und klemmte ihn auf die Nase. »Sie sind es wirklich, bei Ramses' blauem Schneidezahn! Sind Sie betrunken?«

»Vor Glück, Monsieur Mariette, denn ich kann dem Museum Geld verschaffen.«

»Wenn Sie gekommen sind, um die Hatschepsut zu kaufen, so muss ich Sie enttäuschen. Wir haben unsere Ausstellungsfläche bereits verkleinert, weil das Finanzministerium einige Räume benötigte. Wenn ich jetzt auch noch unsere besten Stücke weggebe, werden wir auf das Niveau eines Heimatmuseums herabsinken.«

»Der Gedanke, diese Ägypterin in meinem Château aufzustellen, ist reizvoll. Aber ich bin wegen etwas viel Unbedeutenderem hier. Vor einigen Jahren habe ich Ihnen drei Amulette verkauft, die mein Vater aus Ägypten mitgebracht hatte. Erinnern Sie sich?« Alexandre zog die Dose Doppelmops hervor und bot dem Kurator davon an. Mariette bediente sich. Der

Schnupftabak schien seinem Gedächtnis auf die Sprünge zu helfen.

»Natürlich. Sie brachten mir drei Anhänger aus Bronze. Dafür habe ich Ihnen, warten Sie, zehntausend Franc gezahlt – eine stolze Summe. Wollen Sie das Geld etwa zurückgeben?«

»In gewisser Weise.« Dumas lächelte leise und nahm selbst eine Prise. »Ich brauche die Amulette. Dafür gebe ich Ihnen die zehntausend und lege noch einmal zwanzigtausend drauf. Zehntausend für jede einzelne Scheibe.« Er schlug Monsieur Mariette auf die Schulter. »So einen Tag erleben Sie gewiss nicht oft, Monsieur. Kommen Sie! Holen wir die Amulette. Dann lasse ich noch eine Flasche Champagne d'Ai springen. Der Schaumwein soll fließen!«

Doch Mariette schien keine Freude an dem plötzlichen Geldsegen zu finden. »Dreißigtausend Francs?«, fragte er. »Ist das Ihr Ernst?«

»Ich verstehe, dass Sie angesichts solcher Großzügigkeit Zweifel an meiner Redlichkeit hegen. Aber es ist wahr. Ich habe das Geld bei mir.« Alexandre klopfte auf seine ausgebeulte Rocktasche. »Und nun her mit den Amuletten, Mariette!«

»Ich würde Ihnen die Stücke ja geben.« Mariette senkte die Stimme. »Aber ich habe nur noch ein Exemplar. Die anderen habe ich weiterverkauft.«

Alexandre packte den Arm des Kurators. »Sie sind eine Krämerseele, Monsieur! Wie konnten Sie das Erbe meines Vaters auseinanderreißen und verschachern? Die Stücke gehörten in ein Museum.«

»Und dort sind sie nach wie vor. Allerdings nicht alle in diesem«, sagte Mariette.

Dumas drückte zu. Mariette versuchte vergeblich, sich aus dem Griff zu befreien. »Keine Scharaden!« Dumas erhob die Stimme. »Wo sind die Amulette, Sie Spekulant?«

Mariette kam frei und rieb sich den Arm. »Die zehntausend Franc, die ich Ihnen gab, haben ein Loch in meine Kasse gerissen, das ich stopfen musste. Sie haben mir drei identische Scheiben überlassen. Drei! Also habe ich zwei verkauft, um den Verlust ein wenig auszugleichen.«

»Wie viel haben Sie bekommen?« Alexandre war nicht sicher, ob er die Antwort hören wollte.

»Zweihundert Franc für jede«, antwortete Mariette.

»Ich nehme meine Anschuldigung zurück«, sagte Alexandre. »Sie sind keine Krämerseele. Sie sind ein Versager. Wo sind die Scheiben jetzt?«

»Das Britische Museum ist unlängst umgezogen. Und in den neuen Räumen war viel Platz für ägyptische Kunstschätze. England hat fast den gesamten Kunstmarkt leer gekauft.«

»In London«, murmelte Alexandre. Das lag für ihn auf dem Mond. Aber vielleicht konnte er ja die andere Scheibe herbeischaffen.

»Sankt Petersburg«, eröffnete Mariette ihm auf die entsprechende Frage. »Die Eremitage ist das größte Museum Russlands.«

»Ich weiß, was die Eremitage ist«, unterbrach Alexandre. In seiner Zeitung hatte er selbst erst vor wenigen Monaten einen Artikel veröffentlicht, der bejubelte, dass das Petersburger Museum endlich für die Öffentlichkeit zugänglich gemacht werden sollte. »Und ich weiß auch, wie weit es bis dahin ist.« Die Scheiben Nummer zwei und drei waren verloren – und ebenso eine Million Franc.

»Wo ist das verbliebene Amulett?«, fragte Dumas.

»Es ist hier, im Magazin.« Der Kurator wich vor Alexandre zurück. »Aber ich werde es nicht verkaufen. Nicht für alles Geld der Welt.«

Kurz darauf verließ Alexandre den Louvre. Ein Nieselregen

kämmte die Straßen. Er setzte seinen Zylinder auf und ging die Eingangstreppe des Museums hinab. Der Regen trommelte auf den Hut. In der Hand hielt er einen Umschlag aus Wachspapier. Darin spürte er die Form eines flachen Halbmonds. Die Rocktasche lag jetzt wieder eng an seinem Bauch an. Die dreihunderttausend Franc Lemaitres waren aufgebraucht. Reichtum brannte schneller ab als eine Kerze aus Rindertalg.

Jetzt musste er bloß noch Lemaitre beschwatzen, damit dieser ihm die restlichen siebenhunderttausend Franc auch für eine einzige Scheibe gab. Alexandre war zuversichtlich. Wenn er im Leben etwas gelernt hatte, so war das, mit Worten zu fechten. Er meinte schon, den Geruch zu spüren, den die Geldscheine verströmen würden, wenn er sich damit Luft zufächelte.

Kapitel 12

Paris, Haus von Lemaitre, Dezember 1851

Allmählich verlor Alexandre die Geduld. Seit einer Stunde versuchte er, zum Haus von Monsieur Lemaitre vorgelassen zu werden. Der Mann schien so berühmt zu sein, wie er reich war. Lemaitres Adresse entpuppte sich als großes Gebäude mit üppigem Vorgarten. Darin gab es Bassins mit Wasserspielen. Die Becken waren sauber und blätterfrei. Der Balkon war mit Skulpturen antiker Göttinnen geschmückt.

Vor dem schmiedeeisernen Tor hatte sich eine Menschenmenge versammelt. Fast wäre Dumas neidisch geworden. Im Château Monte Christo waren an diesem Morgen zwanzig Besucher zusammengekommen – Lemaitre lockte um die dreihundert Gäste an. Die Kutschen kamen nicht mehr durch. Gardisten standen auf der Straße und regelten den Verkehr.

Viele Wartende lehnten auf Krücken oder wurden von anderen gestützt. Alexandre sah alte Frauen in Lumpen und junge Herren im frisch gesteiften Gehrock. Damen der feinen Gesellschaft hielten Kleinkinder im Arm. Ein Herr mit veralteter Perücke umklammerte ein Ölgemälde mit goldenem Rahmen.

Wollten die alle zu Lemaitre? Alexandre holte die Karte des Mannes hervor, der ihm vor einigen Stunden dreihunderttausend Franc zugesteckt hatte. Noch einmal las er den rätselhaften Begriff unter dessen Namen: *Magnetiseur.* Und noch einmal fragte sich Alexandre, was es damit auf sich hatte. Angesichts der Gestalten vor Lemaitres Haus vermutete er, dass es sich um eine Art Heiler handelte.

Alexandre zwängte sich durch die hinteren Reihen. Der Geruch, der aus den Kragen und Ärmeln der Umstehenden drang, erinnerte ihn an ein drei Tage altes Schlachtfeld. Zwar war er nie an einem solchen Ort gewesen, doch hatte er ihn sich für manche Szene seiner Romane in der Fantasie ausgemalt.

Eine gichtige Hand krallte sich in den Aufschlag seines linken Ärmels. Er wollte sich freizerren, doch eine halb erstickte Stimme hielt ihn zurück. »Monsieur.« Er wandte sich um. Dort stand ein Greis mit Dreispitz, unter dem weiße Flatterhaare hervorkrochen. »Gedränge bringt Sie hier nicht schneller ans Ziel. Der Maître bittet seine Gäste in der Reihenfolge herein, die er für richtig hält.« Die Gestalt grinste. »Da hilft Ihnen nicht einmal Geld vorwärts.«

Der Alte schien recht zu haben. Erst jetzt fiel Alexandre auf, dass sich niemand nach vorn drängte. Auch gab es kein Geschrei. Die Menschen verharrten, wo sie waren.

»Aber wie kommt man dann hinein?«, fragte er.

»Sie werden aufgerufen. Schauen Sie! Da vorn!« Die verknorpelten Finger deuteten in Richtung des drei Meter hohen Gartentors. Davor war ein Fuhrwerk mit offener Ladefläche aufgebaut, und darauf standen zwei Männer. Einer hielt ein Papier in der Hand. Der andere rief etwas über die Köpfe der Menge hinweg. Trotz der Entfernung waren die Worte gut zu verstehen.

»Dubois, Jean-Marie. Heraux, Adolphe. Cadet, Victor.« An drei verschiedenen Stellen kam Bewegung in die Menge.

»Heißt das, diese Menschen sind alle bei Lemaitre angemeldet?«, wollte Dumas wissen.

»Sie etwa nicht?«, fragte der Greis. »Dann sollten Sie ein paar Tage Zeit mitbringen.«

»Ich werde dringend erwartet«, sagte Alexandre empört und fragte sich, warum er sich diesem Alten gegenüber so aufplusterte. Er klopfte dem Mann auf die papierne Schulter. »Wollen doch mal sehen, wer von uns zuerst dran ist, mein König.« Mit diesen Worten hielt er seinem Nebenmann den Doppelmops hin.

Mehrere Prisen später rief der Herr auf dem Podest Alexandres Namen. Der Greis neben ihm hatte den Wettbewerb schon eine halbe Stunde zuvor gewonnen. Alexandre fragte sich, warum er sich auf dem Weg vom Louvre bis hierher so sehr beeilt hatte.

Noch einmal wurde sein Name gerufen. Mehrere Köpfe wandten sich um. Natürlich. Das Publikum kannte ihn. Der berühmte Dumas war zu Gast bei dem berühmten Lemaitre. Das würde für Gesprächsstoff auf den Straßen von Paris sorgen. Und in der nächsten Ausgabe von *Le Mousquetaire* würde Alexandre von dem Treffen berichten. Selbstverständlich würde er dabei den Verkauf des Amuletts und die Million Franc verschweigen. Die Leute würden sich auch ohne diese Details um die Zeitung reißen.

Er betrat das Haus und fand sich in einer Halle wieder, in der sich erstaunlich wenige Menschen aufhielten. Das Licht funkelnder Kronleuchter spiegelte sich in dem polierten Parkett. Zwei Livrierte wiesen ihm den Weg zu einer roten Tür mit zwei Flügeln, die in einen Saal mit zartgrau gestrichenen Wänden führte. Es gab keine Dekoration, keine Zierpflanzen, keine Gemälde. Einige viereckige, schwarz lackierte Eisenöfen spendeten Wärme. Darin mussten Kräuter verbrennen, denn die Luft roch nach Tannenharz und Bergamotte. Alexandre erinnerte sich, den Geruch auch in Lemaitres Kutsche wahrgenommen zu haben.

Paravents waren so aufgestellt, dass der Saal in Kabinette aufgeteilt war. Darin saßen die Gäste beisammen und parlierten. Die gesellschaftlichen Schranken schienen gefallen zu sein. Alexandre erkannte den Alten mit dem Dreispitz wieder – jetzt hatte er seinen Hut abgenommen –, der mit zwei jungen Damen in Krinolinenkleidern schwatzte. Weiße Schultern ragten aus Kaschmirstoffen des berühmten Wolltuchunternehmers Ternaux hervor. Alexandre sah Baumwolldamast und seidene Spitzen. Daneben zog eine Frau in zerschlissenem Rock einen verwachsenen Fuß aus einem Holzschuh, beugte sich hinab und kratzte sich zwischen den Zehen. Lemaitre musste ein Zauberer sein. Er versammelte ganz Paris, ohne dass sich seine Bewohner gegenseitig zerfleischten. Das hatte bislang nur die Große Revolution geschafft.

Wo war der Hausherr? Alexandre lugte um die Stellwände herum, nickte freundlich, ging weiter zur nächsten Sitzgruppe. Lemaitre war nirgendwo zu sehen. Als Alexandre eine entsprechende Frage stellte, teilte ihm ein junger Geck mit rotem Halstuch mit, dass der Meister in wenigen Minuten die nächsten Patienten am *baquet* behandeln werde. Das sei am Kopfende des Saals zu finden, erklärte der Jüngling und deutete in die entsprechende Richtung.

Alexandre beeilte sich. Er musste mit Lemaitre sprechen. Unter Zeitdruck mochte sich der Magnetiseur vielleicht leichter zu einem unüberlegten Geschäft hinreißen lassen und Alexandre das Geld geben, auch wenn dieser nur eine einzige Scheibe mitgebracht hatte.

Auf dem Weg durch den Saal schlossen sich ihm immer mehr Gäste an. Sie waren ebenso träge wie die Menge auf der Straße. Langsam schlurften alle nach vorn. Alexandre erreichte das Ziel als einer der Ersten. Vor einem roten Vorhang stand ein runder Kasten aus Eichenholz auf einem Stativ aus Messing. Der Deckel des Kastens war durchlöchert. Eiserne Arme mit Gelenken ragten daraus hervor. Stühle waren in mehreren Reihen um den Kasten herum aufgestellt.

Wo war Lemaitre? Alexandre tastete nach dem Amulett in seiner Rocktasche.

Die ersten Gäste erreichten den Aufbau, den der junge Besucher *baquet*, Bottich, genannt hatte. Einige stellten sich hinter den Stühlen auf, andere setzten sich. Jeder schien zu wissen, wo sein Platz war.

Alexandre ging so beiläufig wie möglich zu dem Vorhang und schaute dahinter. Seine Hoffnung, dort eine Tür zu Lemaitres Gemächern zu finden, erfüllte sich nicht. Der Vorhang verbarg nur eine weitere schmucklose Wand.

Die zwanzig Stühle waren jetzt alle besetzt. Die Zeit wurde knapp. Livrierte brachten eine Rolle mit blauem Band. Die Patienten rollten das Band ab und schlangen es sich um die Hüften, bis alle durch eine blaue Linie verbunden waren. Von irgendwoher läutete eine Glocke. Die Lichter im Saal wurden gelöscht, bis nur noch das Baquet und die darum Versammelten zu sehen waren. Auf der anderen Seite der Stuhlreihe verschwammen die Gesichter der Zuschauer. Alexandre fühlte sich an eines der düsteren Gemälde Goyas erinnert, in denen der spanische Maler seinen Nachtgesichtern Gestalt verliehen hatte.

Am Rand der Dunkelheit bewegten sich die Falten des Vorhangs. Dahinter trat Lemaitre hervor. Wie war das möglich? Alexandre hatte ihn doch gerade erst dort gesucht und nicht einmal einen Eingang gefunden. Lemaitre wurde mit einem Raunen begrüßt. Niemand spendete Beifall. Dies war offenbar kein Theater. Aber was war es dann?

Gleich wie! Der Moment war gekommen.

»Monsieur Lemaitre!«, zischte Dumas. »Hier drüben!« Aber der Angesprochene schaute nicht in seine Richtung. Stattdessen näherte er sich dem Baquet und tastete prüfend an den Eisenarmen herum. Lemaitre trug einen dunkelroten Samtrock mit schwarzen Aufschlägen und eine kleine Kappe, von der ein Quast herunterbaumelte und ihm die Wange streichelte.

Alexandre trat näher heran. »Monsieur Lemaitre!«, sagte er noch einmal, lauter diesmal.

Lemaitre blickte mit zusammengekniffenen Augen in den Schatten. Als er Dumas erkannte, kam er zu ihm herüber und schüttelte ihm die Hand. Dabei fasste er ihn an der Schulter wie ein General, der einen Gefreiten zu einer Heldentat beglückwünscht.

»Monsieur Dumas«, sagte Lemaitre laut. »Wie erfreulich, dass sich die größten Geister Frankreichs in meinem bescheidenen Salon versammeln.« Leiser fügte er hinzu: »Sie kommen im rechten Moment. Geben Sie mir die Amulette. Ich brauche sie für den zweiten Teil der Vorführung.«

Alexandre zog das Päckchen aus der Tasche und hielt es Lemaitre hin. »Es ist mir gelungen, einen der Anhänger aufzutreiben. Aber das hat mich die gesamte Anzahlung gekostet.« Er versuchte, ein Triumphgesicht aufzusetzen.

Lemaitre riss Dumas das in Wachspapier eingeschlagene Artefakt aus der Hand und wickelte es aus. Seine Finger fuhren über die Oberfläche der Scheibe. »Wo sind die anderen Stücke?«, zischte er.

»Es gibt sie nicht mehr«, sagte Alexandre. Er entschied sich, alles auf eine Karte zu setzen. »Wollen Sie das verbliebene Exemplar? Dann zahlen Sie den vollen Preis.« An Lemaitres Blick erkannte Alexandre, dass er den Magnetiseur in der Hand hatte. »Oder ich nehme das Amulett wieder an mich.«

Noch einmal schaute Lemaitre auf die Bronzescheibe. »War eine Kette daran befestigt?«, fragte er.

Alexandre nickte und händigte auch die Kette aus.

Lemaitre lächelte ihn an. Es war dasselbe Lächeln, das er schon in der Kutsche aufgesetzt hatte. Die Haut an seinen Wangen und unter seinen Augen verrutschte. »Ich zahle den vollen Preis. Aber zunächst muss ich mich um meine Patienten kümmern. Sie nehmen doch an der Sitzung teil, Monsieur Dumas?«

Alexandre wollte auf Bezahlung drängen. Doch hier war ja halb Paris versammelt. Er konnte sich unmöglich vor aller Augen Geld von Lemaitre zustecken lassen. Überdies mochte in der Aufführung des Magnetiseurs Material für eine gute Geschichte verborgen sein. Eine Szene in einem seiner nächsten Romane könnte bei einer Soirée wie dieser spielen. Die Leser würden begeistert sein.

Auf ein Zeichen Lemaitres holte einer der Diener einen zusätzlichen Stuhl heran. Alexandre nahm Platz. Sein Nebenmann bot ihm das Ende des blauen Bandes an. Dumas versuchte, das Band um seinen Bauch zu schlingen, doch es war nicht lang genug. Also klemmte er es unter seine Hosenträger. Damit war er gewiss ausreichend gewappnet für das, was Lemaitre vorführen würde. Er legte die Hände auf die Knie und nickte seinem Nachbarn zu. Erst jetzt erkannte er, dass Bernard Pivert neben ihm saß. Was hatte der Präsident der Gesetzgebenden Versammlung hier zu suchen? Dumas wollte Pivert zu verstehen geben, dass er ihn erkannt hatte. Doch bevor er etwas zu dem Abgeordneten sagen konnte, begann Lemaitre zu den Besuchern zu sprechen.

Der Magnetiseur stellte sich hinter das Baquet und griff nach einem der Eisenarme. Er rieb das Metall zwischen Daumen und Zeigefinger. »Meine Freunde! Wir versammeln uns, um unsere Körper gesunden zu lassen. Sie sind krank geworden, weil wir sie nur dazu benutzen, dem Genuss hinterherzujagen. Doch die Befriedigung des einen Augenblicks ist der Fluch des nächsten. Ruhige, beständige Schönheit findet sich nur im Traum.«

Lemaitre sprach zu dem Apparat. Sollte das eine Beschwörung sein? Auf der Theaterbühne wäre dieser Effekt beim Publikum durchgefallen. Hier jedoch – Alexandre sah sich um – wurden alle Blicke von Lemaitre angezogen. Hieß er deshalb der »Magnetiseur«?

Lemaitre zog an einem der Arme. Das Ding verlängerte sich. Es wuchs förmlich aus dem Kasten heraus wie ein mechanischer Tentakel. Jetzt waren Gelenke zu erkennen, die in regelmäßigen Abständen an dem Metallarm angebracht waren. Lemaitre bog und drehte den Auswuchs, bis er damit einen der Patienten erreichen konnte. Es war der Alte mit dem Dreispitz.

»Nennen Sie Ihr Leiden beim Namen«, forderte der Magnetiseur ihn auf.

»Es ist die Gicht, Monsieur Lemaitre«, antwortete der Alte. »Besonders in den Fingern spüre ich Tag und Nacht Schmerzen.«

Lemaitre drückte dem Mann das Ende des Metallarms in die Hand und gebot ihm, es mit beiden Händen zu umklammern. Dann holte er den nächsten Tentakel hervor und wiederholte den Vorgang beim Nebenmann des Alten. Als alle Metallarme vergeben waren, bot sich Alexandre ein Bild aus einem Albtraum: Das Gerät hatte sich in den Körper einer Spinne verwandelt, einer Spinne mit zwanzig Beinen. Und am Ende jeder Gliedmaße zappelte Beute in Form eines kranken Menschen. Einige hielten die Enden der Metallschienen mit den Händen fest. Andere drückten sich das Eisen gegen den Kopf. Wieder andere hatten es sich in den Mund gesteckt und schnauften bei dem Versuch, genug Luft durch die Nase zu bekommen. Alexandre hatte auf seinen Eisenarm verzichten wollen. Doch einer der Diener hatte sich hinter ihm aufgestellt und hielt das kalte Metall nun an Dumas Wange. Auch an diesem Tag plagten ihn Zahnschmerzen. Aber woher wusste der Mann das?

Von irgendwoher erklang Musik. Eine Flöte spielte eine orientalische Melodie. Alexandre beobachtete, wie die Patienten sich bei den Händen fassten. Auch Monsieur Pivert streckte eine Hand in Alexandres Richtung aus. Die Berührung prickelte. Da er nicht unhöflich erscheinen wollte, griff Dumas zu. Das Prickeln verstärkte sich. Lief tatsächlich eine magnetische Kraft durch all diese Menschen? Eine Kraft, die von diesem Baquet ausging und über die Metallarme weitergegeben wurde? Das war doch alles nur Einbildung! Im Theater meinte man ja auch, jeden Kuss und jeden Degenstich selbst zu fühlen, wenn die Schauspieler gut waren. Und Lemaitre schien sein Handwerk zu verstehen.

Der Meister zog jetzt eine Schiene aus Metall unter dem Aufbau hervor. Damit strich er einer Patientin über die Arme, die Beine und das Haar. Dann vollführte er dieselbe Prozedur bei ihrem Nachbarn. Während der Magnetiseur die Behandlung fortsetzte, begannen mehrere Patienten kräftig zu husten. Alexandre spürte eine unangenehme Hitze in sich aufsteigen. Die Berührung mit dem Tentakel, die Hand seines Nebenmannes, die unerhörte Flötenmusik, all das rief eine Empörung der Lebensgeister in ihm hervor. Gern wäre er aufgesprungen und ein wenig herumgegangen.

Auch Pivert hustete. Alexandre beobachtete, wie sich der Hals des Abgeordneten dabei krampfhaft zusammenzog und wie seine Muskeln unterhalb der Rippen aufhüpften. Auf der anderen Seite der Stuhlreihe war das Weinen eines Mannes zu hören.

Lemaitre stand mit einem Mal vor Alexandre und streckte eine Hand aus. »Kommen Sie, Monsieur Dumas! Ich werde Sie von Ihren Zahnschmerzen befreien.«

»Aber woher wissen Sie davon?«, fragte Alexandre. Er spürte, wie Pivert seine Hand ermutigend drückte und dann losließ.

»Und von den Beschwerden in ihrer Brusttasche«, fuhr Lemaitre fort.

Alexandre erhob sich und sah sich um. Niemand beachtete ihn. Die Patienten waren vollauf mit dem beschäftigt, was mit ihrem Körper geschah. Die Zuschauer hinter den Stühlen hatten nur Augen für die Patienten.

Er erhob sich schwerfällig. Das Prickeln durchströmte ihn bis in die Füße. »Ja, natürlich«, sagte er zu Lemaitre und ließ sich von diesem zu einem der Kabinette führen. Dort setzten sich die beiden Männer in zwei weiche Sessel. Lemaitre rückte nah an Alexandre heran und beugte sich vor.

»Diese Amulette sind einzigartige Stücke. Wo sind die beiden fehlenden Exemplare?« Der Ton von Lemaitres Stimme hatte den Klang von Stahl angenommen, Stahl, auf den ein Hammer schlägt.

»Ich sagte Ihnen ja schon: Es gibt sie nicht mehr«, antwortete Dumas. »Aber ich muss auch für das eine verbliebene Stück auf meinem Honorar bestehen.«

»Monsieur Dumas, so deutlich wie ich die Schmerzen in Ihren Zähnen erkenne, so klar erkenne ich eine Lüge.«

Alexandre richtete sich auf und wollte protestieren. Doch Lemaitre legte ihm eine Hand auf die Brust und schob ihn zurück, bis er ganz in dem Sessel eingesunken war. Die Lehne schmiegte sich um seinen Rücken. Die Geräusche vom Baquet drangen nur noch dumpf herüber.

»Sie sollen das Geld bekommen, Monsieur Dumas.« Lemaitre beugte sich noch weiter vor. »Aber ich muss zunächst feststellen, ob das Artefakt echt ist. Das verstehen Sie doch.« Ohne Alexandres Antwort abzuwarten, holte er das Amulett hervor, faltete das Wachspapier auseinander und nahm die Bronzescheibe zwischen zwei Finger. Dann hielt er sie zwischen ihre beiden Gesichter. Durch das Loch in der Scheibe war Lemaitres linkes Auge zu erkennen.

»Was ist mit den anderen Scheiben geschehen?«, fragte Lemaitre.

Wie schaffte es dieser Mann bloß, nicht zu blinzeln? Lemaitres Blick war so unbewegt, dass er Teil des Amuletts zu werden schien. Alexandre spürte, wie seine eigenen Augen schwer in den Höhlen lagen.

»In der Eremitage und im Britischen Museum«, hörte er sich noch murmeln. Er runzelte die Stirn.

In diesem Moment krachte ein Schuss.

Kapitel 13

Paris, Haus von Lemaitre, Dezember 1851

Vor Anna wuchs ein Wald aus Rücken in den bleiernen Himmel. Eine Menschenmenge hatte sich vor dem Anwesen in der Rue Richelieu versammelt. Alle schienen darauf zu warten, zu Lemaitre vorgelassen zu werden – und Anna musste sich hinten anstellen. Sie umklammerte die Räder des Rollstuhls so fest, dass sie meinte, sie könnten zerbrechen. Lemaitre hielt sich in jenem Haus dort drüben auf. Vielleicht konnte er sie durch ein Fenster sogar sehen. Dennoch war er in unerreichbarer Ferne.

Die Menge murmelte. Vom Anwesen her war eine Stimme zu hören, die laut einen Namen rief. »Monsieur Ganneron, bitte!« Anna konnte nicht erkennen, was geschah. Immanuel erklärte, dass ein Mann – vermutlich der Aufgerufene – ins Haus eingelassen worden sei.

Waren diese Menschen allesamt angemeldet? Für einen Moment sank Annas Mut ins Bodenlose. Aber war sie nicht eine gebürtige Moll und zugleich die Witwe des Grafen von Dorn? Sie gehörte gleich zu zwei Familien, die gegen die Türken gekämpft, den Schweden die Stirn geboten und sich gegen Napoleon aufgelehnt hatten. Ein ungeordneter Haufen Franzosen durfte ihr kein Hindernis sein.

Madame Berthier wurde als Nächste aufgerufen.

»Das bin ich!«, rief Anna. Sie schlug sich eine Hand vor den Mund und hielt den Atem an. Als niemand protestierte, reckte sie den Arm in die Höhe und winkte.

Die Wand vor ihr teilte sich, als die Wartenden sich nach

ihr umschauten. Anna musste Immanuel nicht erst sagen, was zu tun war. Er schob den Rollstuhl in die Lücke. Im nächsten Moment war sie von Menschen umringt. Ein Gestrüpp aus Armen und Bäuchen nahm sie auf. Blicke hakten sich an Anna fest. Immanuel rief, man solle Platz machen für Madame Berthier.

Niemand hielt sie auf. Einige wünschten Anna Glück. Jemand forderte sie auf, bei Lemaitre ein Wort für Legrande einzulegen. Schließlich stand Anna vor dem Tor.

Auf der Ladefläche eines Fuhrwerks standen zwei elegant gekleidete Männer. Einer hielt einen Bogen Papier und rief einen weiteren Namen. Der andere beugte sich zu ihr herab. »Madame Berthier?«

»Das bin ich«, sagte jemand hinter Anna. Eine Frau von etwa sechzig Jahren rauschte an Anna vorbei. Sie trug ein safranfarbenes Kleid und darüber einen feuerroten Umhang. Anna warf sie nur einen kurzen Blick zu.

»Aber ich bin Madame Berthier«, sagte Anna zu dem Herrn auf der Ladefläche.

Der Kopf der gelben Dame fuhr zu ihr herum. »Unmöglich. Ich warte bereits seit Sonnenaufgang hier. Sie habe ich noch nie hier gesehen.« Sie kräuselte die Nase. »Was wollen Sie überhaupt von Monsieur Lemaitre?«

Der Mann mit der Liste schaute von der einen Madame Berthier zur anderen. Dann fuhr er mit einem Finger über das Papier. »Ich habe hier nur eine Person mit dem Namen Berthier«, sagte er schließlich.

»Es mag ja mehrere Berthiers hier geben«, sagte die ältere Dame. »Aber ich bin es wohl, die die Behandlung nötiger hat. Schließlich bin ich vom Alter gebeugt. Ich habe das Gliederreißen und kann mich kaum noch bewegen.«

Noch einmal musterte der Concierge die beiden Frauen. Sein

Blick blieb auf dem Rollstuhl hängen. Dann wies er mit dem Finger auf Anna. »Sie scheinen die Krankere zu sein. Gehen Sie bitte hinein.«

Anna hörte noch, wie die gelbe Dame ihr hinterherrief, sie werde sich beim nächsten Mal auch einen Rollstuhl besorgen. Dann schob Immanuel sie durch die Tür.

Sofort erkannte sie den Geruch Lemaitres. Wenn sie noch Zweifel gehegt hatte, ob es tatsächlich der Magnetiseur war, den sie hier antreffen werde, so verflogen sie spätestens in diesem Moment.

Durch eine rote Tür schob Immanuel sie in einen Saal. Vorhänge bedeckten die Fenster. Es war beinahe dunkel. Nur am fernen Ende des weiten Raums glühte eine Lichtinsel. Als Anna näher heranfuhr, erkannte sie Menschen, die auf Stühlen saßen und Metallarme an ihren Körper pressten. Diener gingen zwischen den Reihen umher und korrigierten die Position der Arme. Einer strich mit einem Stab von der Länge einer Elle über Arme, Beine, Haar. Hinter dieser Menagerie standen weitere Patienten und schauten dem Geschehen schweigend zu. Eine Flöte spielte eine kleine Melodie.

Lemaitre war nirgendwo zu sehen.

Anna legte eine Hand auf den Korb mit der Pistole. Dann wandte sie sich zu Immanuel um. Es war nicht nötig, ihren Gehilfen in Gefahr zu bringen.

»Du wartest besser draußen auf mich«, sagte sie. Die Worte wollten ihren Mund erst nicht verlassen. »Ich weiß mir von hier ab allein zu helfen.«

Hörte Immanuel das leichte Zittern in ihrer Stimme? Er beugte sich zu ihr hinab. »Ich bleibe an Ihrer Seite, Gräfin.«

Anna löste den Knoten unter ihrer Haube, zog sie vom Kopf und reichte sie Immanuel. »Leg die bitte in der Kutsche bereit und warte vor dem Eingang.«

Immanuel verschwand.

Langsam fuhr Anna auf die Versammelten zu. Husten war zu hören, Krächzen und Schnaufen. Einige der auf den Stühlen Sitzenden schüttelten den Kopf, andere trommelten mit den Füßen einen schnellen Takt, der nicht zu der Flötenmusik passte. Die hinter den Stuhlreihen Stehenden schauten zu, einige hielten die Hände gegen ihre Wangen. Eine Frau in Annas Alter schien das Spektakel nicht länger aushalten zu können und wandte sich ab.

Anna näherte sich ihr. »Madame?«, fragte sie leise und griff nach der in Gaze gekleideten Hand der Zuschauerin.

Die Dame erschrak und wollte die Hand wegziehen. Doch Anna hielt sie fest.

»Ich bin gerade erst gekommen«, erklärte Anna. »Wo finde ich Monsieur Lemaitre? Er ist doch hier?«

Die Frau deutete unbestimmt in den Saal. »Er war vor wenigen Minuten noch dort. Dann ist er mit Monsieur Dumas in einem der Kabinette verschwunden. Ich hoffe, er wird gleich wieder hier sein und diese armen Menschen von ihren Leiden heilen. Ich kann es kaum erwarten, dass der große Moment endlich kommt.«

»Genau wie ich«, sagte Anna. Sie bedankte sich und kehrte dem Ballett des Bizarren den Rücken zu. Lemaitre war es erneut gelungen, Menschen unter seinen Einfluss zu bringen. Anna war sicher, dass er die magnetischen Kräfte keineswegs beschwor, um Kranke zu heilen. Was auch immer der Schurke im Schilde führte, er würde keine Gelegenheit mehr haben, seine Pläne zu Ende zu führen.

Dass Dumas mit Lemaitre gemeinsame Sache machte, überraschte Anna nicht. Warum sonst hätte der Magnetiseur den Schriftsteller in seinem Château aufsuchen sollen? Jetzt bot sich die Gelegenheit, beide Kabalenmacher auf einmal auszuschalten. Sie würde Dumas endgültig der Polizei übergeben. Auf Lemaitre wartete eine Kugel aus Blei.

Anna holte das Terzerol hervor und ließ es unter den Rüschen ihres Kleids verschwinden. Dann fuhr sie zwischen den Trennwänden hindurch und spähte in die Kabinette. Hier und da brannten kleine Öllampen, die mehr Schatten als Licht warfen. Als sie etwa die Hälfte des Saals abgesucht hatte, hörte sie gedämpfte Männerstimmen. Sie schob ihren Rollstuhl langsamer vorwärts, spürte jede Unebenheit der Terrakottafliesen unter ihren Händen.

Hinter einem der Paravents, auf die exotische Vögel gestickt waren, flackerte ein Licht. Schatten bewegten sich.

Einen Augenblick lang verharrte Anna, um das Drahtgestell ihrer Brille zurechtzurücken. Noch einmal durfte sie Lemaitre nicht verfehlen!

Ein Schrei war zu hören, gefolgt von einem zweiten. Vorn im Saal schien die Behandlung dem Höhepunkt entgegenzusteuern. Anna sah sich um, doch niemand kam hinter ihr her oder schaute auch nur in ihre Richtung. Langsam hob sie die Pistole, setzte sich wieder in Bewegung und fuhr in weitem Bogen um die Trennwand herum. So langsam bewegte sie sich, dass die gestickten Vögel sie nicht bemerkt hätten, wären sie lebendig gewesen.

In einem Fauteuil mit grünem Samtbezug saß Alexandre Dumas. Seine walzenförmigen Handgelenke hingen wie tote Fische über die Lehnen. Sein Kopf war zur Seite gekippt, die Haare waren wild wie Wasserpflanzen, der Mund stand offen und sonderte einen Speichelfaden ab.

Sonst war niemand zu sehen.

Anna zielte mit dem Terzerol in die Dunkelheit hinter Dumas. Hatte Lemaitre sie bemerkt und war geflohen? Dann hätte sie seine Schritte hören müssen. War er überhaupt hier gewesen? Es gab nur einen Weg, das herauszufinden.

Sie fuhr so nah wie möglich an Dumas heran, hielt dabei die Waffe fest. Unentschlossen versuchte Anna, den Schlafenden mit der freien Hand zu berühren. Sie stieß einen seiner Arme an, doch Dumas regte sich nicht. Eine andere Stelle kam für eine Berührung nicht infrage. Noch einmal versuchte Anna, die Schatten mit Blicken zu durchdringen. Als sie sicher war, dass dort niemand lauerte, legte sie die Pistole in ihren Schoß und klatschte, so laut sie konnte, in die Hände.

Alexandre zuckte zusammen und schlug die Augen auf. Er hatte doch einen Schuss gehört. Aber vor ihm saß nur die Dame von der Zensurbehörde. Wo war …

»… Monsieur Lemaitre?«, fragte er. Etwas Feuchtes lief ihm über das Kinn. Er wischte es ab.

»Wo ist er?« Die Stimme der Zensorin passte nicht recht zu ihrer zerbrechlichen Gestalt.

»Gerade hat er mich noch durch das Amulett hindurch angesehen«, sagte Alexandre mehr zu sich selbst. Er fuhr sich mit der Hand über die Augen. War er eingeschlafen? Oder träumte er noch immer? Wie hatte sich Lemaitre in diese Frau verwandeln können? Er schaute suchend um sich.

Als er sich ihr wieder zuwandte, blickte er in die Mündung einer Pistole. Die Waffe war klein, nichts weiter als ein Terzerol. Aber sie war gefährlich nah.

»Sind das die neuen Methoden der Zensur?«, fragte Alexandre. »Ich habe Ihnen die Druckbögen mit den Artikeln doch schon heute Morgen ausgehändigt. Genügt es nicht, dass Sie meine Werke bedrohen? Müssen Sie den ganzen Autor vernichten?«

Der Lauf der Waffe zitterte nicht. Diese Dame war entschlossen. »Sagen Sie mir, was Lemaitre vorhat«, presste sie hervor.

Lemaitre! Alexandre tastete seine Rocktaschen ab. Da war nichts. Keine Bronzescheibe. Kein Geldbündel. »Dieser dreckschlündige Arschkratzer ist auf und davon und hat das Amulett mitgenommen!«, rief er und wollte aufspringen. Die Pistole hinderte ihn. »Madame! Ich weiß nicht, welchen Strauß Sie mit dem Schurken auszufechten haben. Aber wenn wir hier noch lange herumsitzen, wird er entwischen. Und all mein Geld wird mit dem Teufel zur Hölle fahren.«

Woher kam diese Frau? Aus Frankreich jedenfalls nicht. Jede Französin wäre längst seinem Charme und Ruhm erlegen und hätte sich eher selbst eine Kugel in den Kopf gejagt, als Alexandre Dumas mit dem Tode zu bedrohen. Immerhin: Er schwebte wieder einmal in Lebensgefahr. Daraus würde sich ein einzigartiger Leitartikel für *Le Mousquetaire* schreiben lassen. Er würde Fruchard bitten, das Drama mit einer Zeichnung zu illustrieren.

»Hören Sie!«, sagte Alexandre. »Ich bin wirklich kein Freund dieses Mannes.« Er versuchte, so ruhig wie möglich zu klingen. Offenbar hatte er es hier mit einer Wahnsinnigen zu tun, einer Wahnsinnigen mit einer Pistole. »Ich schlage vor, wir suchen ihn bei seinen Patienten. Wenn Sie mich aufstehen lassen, werde ich ganz langsam vor Ihnen hergehen, und Sie können mir eine Kugel in den Rücken schießen, wenn Ihnen danach ist.«

Darauf ließ sie sich ein. Alexandre ging ruhigen Schrittes vor dem Rollstuhl her. Viel lieber wäre er gerannt. Jeder vertrödelte Moment vergrößerte Lemaitres Vorsprung.

Am Kopfende des Saals saßen die Kranken beisammen. Doch die Behandlung schien sich dem Ende zu nähern. Lemaitres Gehilfen sammelten die Metallarme ein und verstauten sie in dem Eichenkasten. Einige Patienten waren auf ihren Stühlen zusammengesunken. Andere rieben sich die Knie, die Arme oder die Wangen. Das Publikum im Hintergrund unterhielt sich flüsternd.

Alexandre suchte nach Monsieur Pivert. Vielleicht hatte der Abgeordnete gesehen, wohin Lemaitre verschwunden war. Doch der Stuhl des Politikers war leer.

»Wo ist er?«, hörte Dumas die Frau hinter sich fragen. Als er sich umdrehte, sprach sie gerade mit einem der Diener. Die Hand mit der Pistole war in einer Falte ihres Kleides verborgen. Der Diener legte den Kopf schief und sagte, er bedauere, aber Madame müsse beim nächsten Mal wiederkommen. Die Behandlung sei vorüber. Der Meister habe das Haus soeben verlassen.

Alexandre stürzte zum Ausgang. Wenn er das Geld nicht bekam, war er am Ende. Dann blieb von dem großen Dumas ohnehin nichts weiter übrig als ein tintenfressender Possenreißer, der für einen Teller Suppe Liebesbriefe für sentimentale Analphabeten schrieb.

»Bleiben Sie stehen!«, rief die Pistolendame hinter ihm her.

Er stieß die rote Tür auf, lief, so schnell es sein Bauch zuließ, durch die Diele. Draußen war es bereits dunkel. Die Menge vor dem Zaun hatte sich zerstreut. Vereinzelt standen Leute zusammen, unterhielten sich und deuteten zum Haus des Magnetiseurs hinüber.

Alexandre hielt sich an einem Gitterstab des Tors fest. Er keuchte. Entlang des Trottoirs waren Kutschen aufgereiht. Linkerhand fuhr eine an. Er stürzte darauf zu und griff dem Pferd in die Trense. Fast hätte ihn der Schwung des Tiers umgerissen. Der Kutscher rief ihm Schmähungen zu und schickte sich an, mit der Peitsche in der Hand vom Kutschbock zu springen. Schon hatte Alexandre die Kutschentür aufgerissen. Doch statt Lemaitre erkannte er im Licht der an der Seite befestigten Gaslaterne zwei Demoiselles. Die eine presste sich in den hintersten Winkel der Bank und fing ihren Schreckensschrei mit beiden Händen ein. Die andere streckte eine Hand aus, riss ihm die Tür aus den Fingern und schlug sie zu.

»Verzeihung«, sagte er durch das Fenster und wich unter der drohend erhobenen Peitsche des Kutschers zurück.

Weitere Einspänner fuhren ab. Welcher war der Richtige? Wenn der Betrüger doch nur aus einem der Fenster schauen würde!

Da erinnerte sich Alexandre an die verwachsene Alte, die am Morgen auf Lemaitres Kutschbock gesessen hatte. Wie ein Pilz hatte sie ausgesehen, giftig und verschimmelt. Nach ihr musste er Ausschau halten.

Eine weitere Kutsche rollte an ihm vorbei. Die Räder rasselten über den Makadam. Giftige Greisin, giftige Greisin, beschwor Alexandre die Erscheinung.

»Wenn Sie nicht sofort stehen bleiben, schieße ich«, sagte eine Stimme hinter ihm. Die Verrückte im Rollstuhl hatte ihn eingeholt.

»Wie soll ich unseren gemeinsamen Feind finden, wenn Sie mich ständig bedrohen?«, herrschte er sie an.

Ihr Gesicht war von einer Gaslaterne trübe erhellt – genug, um ein Zögern in ihren Zügen aufscheinen zu lassen. Alexandre war sicher, ihr das Terzerol entreißen zu können. Aber er hatte Wichtigeres im Sinn.

»Lemaitres Kutsche wird von einer alten Frau gefahren«, erklärte er atemlos. »Daran können wir ihn erkennen. Suchen Sie danach!«

»Meinen Sie die?« Sie deutete mit dem Lauf der Pistole hinter ihn.

Alexandre fuhr herum. Zwischen zwei Hecken aus verblühten Bougainvilleen rollte eine Kutsche hervor. Vorhänge verbargen das Innere des Fahrgastraums. Auf dem Bock saß jene gebeugte Gestalt mit dem großen runden Hut, die Alexandre schon bei ihrer ersten Begegnung eiskalte Schauer über den Rücken gejagt hatte.

Lemaitres Kutsche!

»Geben Sie her!« Alexandre riss seiner Verfolgerin die Pistole aus der Hand und lief auf das Fahrzeug zu. Seine Knie schmerzten, und sein Bauch wippte bei jedem Schritt. Seit Jahren war er nicht mehr so viel in Bewegung gewesen.

Die Kutsche hatte die Straße fast erreicht.

»Anhalten!«, rief Alexandre mit rasselndem Atem – zu leise für diese Entfernung. Er hob die Pistole und zielte in den Nachthimmel. Dann zog er den Hahn durch.

Der Schuss hallte durch die abendliche Rue Richelieu. Das Terzerol, dazu gedacht, Vögel zu erschrecken, wirkte auch bei größeren Tieren. Das Pferd vor Lemaitres Kutsche tänzelte, versuchte zu steigen, wurde jedoch von seinem Geschirr an der Deichsel gehalten. Es warf den Kopf hin und her. Eine der Scheuklappen löste sich und fiel herab. Dahinter kam ein vor Angst aufgerissenes Auge zum Vorschein. Das Gefährt ruckte. Die Kutscherin schlug mit der Peitsche auf das Tier ein und brüllte etwas in einer fremden Sprache.

Alexandre lief weiter auf die Kutsche zu. Da sprang ein hochgewachsener Kerl in grünem Mantel herbei und baute sich vor dem Pferd auf. Er hielt die Arme ausgestreckt, als wolle er damit eine Barrikade errichten.

»Immanuel!«, rief die Frau im Rollstuhl.

Der Grünberockte ging auf das Pferd zu. Er schien nach einer Lücke zwischen den wirbelnden Hufen zu suchen. Seine Hand schoss vor und packte die Trense. Das Tier wehrte sich. Die Finger rutschten ab. Wieder griff der Mann zu. Diesmal hielt er die Zügel fest im Griff.

Alexandre hatte die Kutsche fast erreicht. Jetzt saß Lemaitre in der Falle. Die Vorhänge bewegten sich.

Die Frau im Rollstuhl rief noch einmal den Namen des Pferdebändigers.

Die Alte auf dem Kutschbock erhob sich. Ihre krumme Gestalt hielt sich an einer der beiden Blendlaternen fest. Die Zügel hatte sie fallen gelassen. Mit der freien Hand hob sie die Peitsche über ihren Kopf und ließ sie wieder auf den Rücken des Pferdes niedersausen. Der Knall war zwar nicht so laut wie der des Terzerols. Doch die Wirkung war diesmal dieselbe.

Das Tier schüttelte Immanuel ab. Ein weiterer Schlag mit der Peitsche, und es preschte los. Mit der Flanke stieß es seinen Bezwinger zu Boden. Immanuel wäre mit Blessuren davongekommen, wenn nicht das rechte Vorderrad der Kutsche über seine Beine gerollt wäre. Die Knochen brachen mit dem Geräusch einer knackenden Nuss. Dann lag der große kräftige Mann still auf der Straße.

Lemaitres Kutsche verschwand im Nebel, der von der Seine herüberzog.

Kapitel 14

Paris, Dezember 1851

Adieu, Paris! Lemaitre zog die Vorhänge der Kutsche auf und schaute auf die vorüberziehenden Lichter. Der Platz der Börse rauschte vorbei. Das Palais Brongniart, das im Frühjahr neuen Skulpturenschmuck bekommen hatte, war taghell erleuchtet. Weiter hinten zeigte sich der Kirchturm von Saint Chapelle. All das würde schon bald im Chaos versinken. Bedauerlich, dass er Paris so kurz vor seinem Triumph verlassen musste. Aber die Ereignisse würden auch ohne ihn ins Rollen kommen. Dafür hatte er gesorgt.

Er ließ sich in die Bank fallen. Der Vorhang schwang zurück. Die Vorstellung, die er in Paris gegeben hatte, war zu Ende. Aber die Zugabe hatte er schon fest eingeplant.

Er drehte das Gaslicht höher. Pivert saß zusammengesunken auf der gegenüberliegenden Bank. Der Oberkörper des Abgeordneten schaukelte bei jedem Stoß. Seine Augen waren geschlossen. Der Kinnbart pinselte den oberen Rand seiner Brokatweste.

Lemaitre spürte die Zufriedenheit des Erfolgreichen. Erneut war ihm ein dicker Fisch ins Netz gegangen. Jeder seiner Salons hatte einen Vertreter des Parlaments, einen einflussreichen Aristokraten oder einen hohen Militär angelockt. Zwischen zuckenden Kranken und magnetischen Leitungen war niemandem aufgefallen, was vor sich ging.

Piverts Lider flatterten. Es war Zeit, das Amulett hervorzuholen.

Lemaitre zog die Scheibe aus der Rocktasche. Sanft strich er darüber. Es war tatsächlich das Artefakt aus der Zeit, als er mit General Dumas aus Ägypten heimgekehrt war. Damals war Lemaitre nur ein Schiffsjunge gewesen, klein und unterernährt. Thomas-Alexandre Dumas hingegen war ein Riese – an Gestalt und an Tapferkeit. Der dunkelhäutige General – seine Mutter war eine schwarze Sklavin auf Haiti gewesen – hatte in Ägypten mehr Heldentaten vollbracht als die gesamte Revolutionsarmee zusammen. Doch wegen seines Starrsinns war er bei Napoleon in Ungnade gefallen und sollte schließlich nach Frankreich heimkehren. Unterwegs erkrankte der Schiffsjunge an einem Fieber. Als die Krankheit schlimmer wurde, gab der Schiffsarzt die Hoffnung auf. Der Kapitän wollte weitersegeln, aber Dumas ließ in Sizilien anlegen, um Frischwasser und Heilkräuter für den Kranken zu besorgen.

Es half nichts. Sogar die sizilianische Dorfhexe, die der General aufstöberte, war machtlos gegen die Krankheit. Sie behauptete, es handle sich um einen Fluch, irgendetwas, das der Junge aus dem Land der Pharaonen mitgebracht habe. Danach drängte die Mannschaft darauf, weiterzufahren und den Schiffsjungen zurückzulassen. Entweder, so fürchteten sie, springe der Fluch auf sie über, oder sie würden allesamt wegen Meuterei gehenkt, wenn Napoleon sie nicht zum vereinbarten Zeitpunkt in Le Havre antraf.

Wo Dumas die Amulette entdeckt hatte, fand Lemaitre nie heraus. Auf einmal hingen sie von der dunklen Hand des Generals herab: drei halbmondförmige Scheiben, mit grüner Patina überzogen. Stundenlang saß Dumas am Krankenlager und schaukelte mit den Amuletten vor Lemaitres Gesicht herum. Nach zwei Tagen sank das Fieber. Das Schiff konnte heimkehren. Niemand erfuhr, was unterwegs geschehen war.

Den Moment in Le Havre hatte Lemaitre noch genau vor

Augen: die Sonne, die sich auf dem Atlantik brach, das Kreischen der Möwen, den Geruch nach Tabak und Teer. Er hatte dem General eine kleine abgezehrte Hand hingehalten. Dumas hatte sie in seiner Pranke verschwinden lassen und mit seiner vom Befehlebrüllen heiseren Stimme gesagt: »Danke nicht mir, sondern den Ärzten der Pharaonen. Hätten sie nicht ihre gesamte Kunst in diese Anhänger hineingeschmiedet, wärest du jetzt ein toter Schiffsjunge.«

Da erst begriff Lemaitre, dass er seine Heilung nicht allein dem General verdankte, sondern einem Zauber, der in jenen Scheiben eingeschlossen war. Damals hatte er noch an übernatürliche Kräfte geglaubt. Aber er war nur ein Kind gewesen, davon überzeugt, dass der abgeschnittene Daumen eines gehenkten Diebes Wunderkräfte barg und dass die Asche eines verbrannten Igels gegen die Krankheit des schlagenden Mannes half. Heute wusste er, dass es keiner Magie bedurfte, um einen Menschen zu heilen, zu töten oder ihm seinen Willen aufzuzwingen. Dazu genügte der richtige Umgang mit den Kräften der Natur und die Bereitschaft der Menschen, sich manipulieren zu lassen. Und diese Lust am Gehorsam, das hatte Lemaitre herausgefunden, steckte in jedem Einzelnen.

»Ist die Sitzung schon vorüber?«, fragte Pivert mit müder Zunge.

»Sie sind eingeschlafen, Monsieur«, antwortete Lemaitre. »Ich habe mir erlaubt, Sie in meiner Kutsche mitzunehmen.« Lemaitre strich über den Rand der Scheibe. Sie war scharf und schartig.

Pivert richtete sich auf, schob den Vorhang beiseite und schaute hinaus. »Da vorn geht es zum Gare du Nord. Hier wohne ich aber nicht. Warum haben Sie nicht meinen Kutscher rufen lassen?«

Lemaitre zupfte dem Abgeordneten den Vorhang aus der

Hand und zog ihn wieder zu. »Pardon, Monsieur. Ich wollte mit Ihnen unter vier Augen sprechen. Es gibt da etwas, das ich Ihnen zeigen muss.«

Fruchard fröstelte. Seit einer halben Stunde wartete er schon unter der Gaslaterne vor der Buchhandlung Bourbet, so wie es verabredet war. Auf der anderen Straßenseite lag die Uferpromenade, und dahinter floss die Seine. Der Fluss gebar Nebel, der mit eisigen Fingern nach Fruchards Beinen griff.

Er hielt sich die Hände gegen die kalten Wangen und Ohren. Deshalb hörte er die Kutsche erst im letzten Moment. Fruchard machte einen Satz zurück, als das Pferd ihn streifte. Er spürte Zorn in sich aufsteigen. Vielleicht war es doch kein so guter Einfall gewesen, mit diesem Fremden Geschäfte zu machen.

Die Tür schwang auf. Eine Gestalt im langen grauen Mantel trat heraus und setzte sich einen Zylinder auf. Die Hutkrempe beschattete die obere Hälfte des Gesichts. Doch Fruchard erkannte Lemaitre auch so.

»Gut, dass Sie gekommen sind«, sagte Lemaitre. »Die morgige Ausgabe der Zeitung muss einen zusätzlichen Artikel enthalten. Auf der Titelseite.«

Fruchard erwartete, dass Lemaitre ihn fragen werde, ob dieser Wunsch zu erfüllen sei. Aber die Frage blieb aus. Schließlich nickte Fruchard. »Das lässt sich machen. Worum handelt es sich?«

Ein Rumpeln zog seine Aufmerksamkeit zur Kutsche. Der Fahrgastraum schaukelte. Auf der dem Fluss zugewandten Seite der Kutsche wurde eine Tür zugeschlagen. Langsame Schritte entfernten sich in Richtung Seine, begleitet von einem scharrenden Geräusch. Jemand zog etwas Schweres zum Ufer.

Fruchard deutete in die Richtung, aus der der Laut gekommen war. Er spürte, wie Lemaitre einen Arm um seine Schulter legte und ihn in Richtung der Buchhandlung zog – weg vom Fluss. Vor dem dunklen Schaufenster blieben sie stehen. Nur die Umrisse der ausgelegten Bücher waren zu erkennen.

Lemaitre griff unter den aufwendig gefalteten Kragen seines Gehrocks und holte einen zusammengefalteten Bogen Papier hervor. »Diese Zeilen habe ich gerade erst in der Kutsche geschrieben. Gehen Sie sorgsam damit um, die Tinte ist noch feucht. Zum Trocknen habe ich einige Geldscheine hineingelegt.«

Fruchard fasste nach dem Papier, aber Lemaitre hielt es fest. Die Männer standen sich gegenüber. Mit der freien Hand nahm Lemaitre den Hut vom Kopf. Das Licht der Gaslaterne fiel in seine Augen. In den brackigen Geruch des Flusses mischte sich ein Duft nach Harz und etwas, das einer Zitrone ähnelte. Fruchard öffnete den Mund. Aber keine Worte kamen heraus. Stattdessen drang das Aroma von Lemaitres Parfum in seinen Mund. Er schluckte. Die Kälte wich aus seinen Beinen und machte einem angenehmen Prickeln Platz.

»Morgen früh wird ganz Paris diesen Artikel lesen. Dafür stehen Sie mir ein!« Lemaitres Stimme war so lieblich wie das Plätschern der Seine an einem Frühlingsabend. Fruchard hätte diesem Mann die ganze Nacht zuhören können.

»Und jetzt verschwinden Sie!«, sagte Lemaitre und ließ das Papier los.

Was für ein magnetnadelfeines Taktgefühl der Monsieur hatte! Fruchard steckte den Bogen in seine Jackentasche, zog für einen letzten Gruß die Mütze vom Kopf und ging die Promenade in Richtung Gare du Nord hinab. In einer Gasse hinter dem neu gebauten Bahnhof wartete die Druckerei auf ihn.

Kapitel 15

Paris, Dezember 1851

Schneller, du Donneraas!« Alexandre ließ die Zügel auf den Rücken des Pferdes klatschen, doch das Tier trabte weiter gemütlich vor sich hin. Zum Teufel! Wann hatte er zum letzten Mal auf einem Kutschbock gesessen? Noch einmal schlug er mit den Zügeln, aber das Pferd schien es nicht zu bemerken. Eine Peitsche! Warum hatte dieser Kutscher keine Peitsche auf dem Bock?

Fragen konnte er ihn schlecht. Immanuel lag mit gebrochenen Beinen besinnungslos im Fahrgastraum. Alexandre hatte den großen Mann mithilfe einiger von Lemaitres Patienten in die Kutsche gehievt. Die Dame im Rollstuhl hatte Alexandre allein auf die Sitzbank gehoben. Jetzt saß sie neben dem Verletzten und weinte sich die Augen aus. Der Mann musste, so schnell es ging, zum Hôpital de la Charité. Danach, das schwor sich Alexandre, würde er die Gräfin im Hôpital de la Salpêtrière abliefern, wo man die Geisteskranken von Paris behandelte.

Es war nicht allein der Gesundheitszustand seiner Passagiere, der ihn zur Eile trieb. Lemaitre hatte sich mit dem Amulett davongestohlen, und jetzt schuldete er Alexandre siebenhunderttausend Franc. Natürlich wäre Alexandre zum Handeln bereit gewesen. Statt drei Amuletten hatte er nur eins geliefert. Da hätte er sich auch mit fünfhunderttausend Franc zufriedengegeben. Seine Großzügigkeit war berüchtigt. Erst an diesem Morgen hatte er einen Haufen Geld verschenkt. Doch ebenso bekannt war er für seinen Zorn. Und der würde über Lemaitre hereinbrechen, wenn er ihn endlich eingeholt hatte.

»Hü!«, rief Alexandre.

Die Ohren des Pferdes zuckten.

Er fröstelte in der Nachtluft. Ein schimmeliges Stück Mond hing am Himmel. Regen und Herbstwind schlugen die letzten Blätter von den Bäumen. Es waren nur noch wenige Wagen zu sehen. Paris ging zu Bett.

In der Zeit, die er bis zum Hospital brauchte, hätte er eine Szene für seinen nächsten Roman schreiben können. Endlich lenkte Alexandre die Kutsche unter dem Eingangstor hindurch, dessen Säulen und Steingiebelfeld ihn an einen griechischen Tempel erinnerten. Dann hielt er in einem gepflasterten Innenhof an. Ringsumher ragten die schmutzig grauen Wände des Krankenhauses auf. Die erleuchteten Fenster hatten keine Vorhänge. Kranke in Nachthemden lehnten auf den Simsen, um zu sehen, wen das Schicksal diesmal gebracht hatte. Bald darauf fand sich Alexandre in einem kalten Wartesaal mit Gewölbedecke wieder. Die gesprungenen Kacheln auf dem Boden waren schwarz und weiß, die Farben des Dominikanerordens. Er war allein und ließ sich auf einen Stuhl fallen. Die Sitzfläche war eingesunken von den Stunden voller Sorgen, die andere darauf zugebracht hatten. Er fühlte sich unwohl. Wieso war er überhaupt noch hier? Er sollte sich davonmachen. Der Verletzte war in guten Händen.

Die schwere Tür zum Behandlungssaal öffnete sich. Die Frau im Rollstuhl wurde von einer Ordensfrau herausgeschoben. Ihr Gesicht war gerötet. Sie hatte ihre Haube abgenommen, und der Knoten ihres Haars war gelockert. Strähnen fielen ihr auf die Schulter. Die Nonne stellte den Rollstuhl unter einem Kruzifix an der gegenüberliegenden Seite des Raums ab und murmelte etwas vom Beistand des Herrn. Nachdem die Schwester verschwunden war, lastete Schweigen auf dem Saal. Die kahlen Wände blähten die Stille.

Alexandre stützte die Hände auf den Knien ab. »Wie geht es ihm?«, fragte er. Die Worte rollten wie Eisenkugeln durch den Raum.

Die Dame blinzelte. Ihre Blicke suchten Halt an den Strebebögen der Decke. Sie schwieg. Bedeutete das, dass der Kutscher gestorben war?

Die Stille schmerzte in seinen Ohren. »Verraten Sie mir wenigstens, wer der Verletzte ist und was Sie eigentlich von mir wollen«, sagte er.

Das Schweigen verhärtete sich. Ihre Kiefer mahlten.

»Sie glauben wohl immer noch, dass ich mit Lemaitre verbündet bin«, fuhr Alexandre fort. »Haben Sie nicht gesehen, dass ich ihn beinahe erschossen habe?«

»Das war nur ein Warnschuss.« Ihre Worte knallten wie eine Pistole. »Glauben Sie, ich hätte nicht gesehen, wie Sie absichtlich in die Luft gefeuert haben?«

Alexandre wollte erwidern, dass er als ein Meister des Duells galt, sowohl mit dem Degen als auch mit der Pistole. Er wollte dieser Dilettantin entgegenhalten, dass man mit einem Terzerol Tauben aufscheuchen, jedoch keinen Mann töten kann, der zwanzig Schritte entfernt in einer Kutsche vorüberfuhr. Aber die Verzweiflung in ihrem Blick ließ ihn schweigen. Über diese Mischung aus Zorn und Kümmernis, aus Seelenschmerz und Raserei schrieb er sonst Geschichten. Niemals hätte er gedacht, dass ein Mensch solch starke Empfindungen wirklich zeigen konnte.

Er erhob sich und strich die Hosenbeine glatt. »Wenn Sie meine Hilfe nicht mehr benötigen …« Er brachte den Satz nicht zu Ende.

Vor ihm saß eine junge Frau im Rollstuhl. Ihr Kutscher war,

wenn er nicht gestorben war, so schwer verletzt, dass sie auf ihn nicht mehr zählen konnte. Natürlich brauchte sie Hilfe. Seine Hilfe.

»Haben Sie Verwandte oder Freunde in Paris, die ich verständigen kann, damit man sie abholt?«, wollte er wissen.

Bevor sie antworten konnte, wurde die Tür zum Behandlungssaal wieder aufgestoßen. Ein Mann im dunklen Anzug kam heraus. Vor seiner Brust hing eine glänzende Lederschürze, wie ein Schmied sie bei der Arbeit tragen würde. Nur war diese Schürze hell und mit roten Flecken übersät. In den Händen walkte der Mann ein Tuch ähnlicher Farbe.

»Guten Abend. Ich bin Doktor Lassailly. Wer von Ihnen gehört zu dem armen Schwein mit den gebrochenen Beinen?«

»Ich«, sagten Alexandre und die Gräfin gleichzeitig.

Der Arzt schaute von der einen Seite des Raums zur anderen. Vermutlich war er es gewohnt, dass sich Angehörige in solchen Fällen Hilfe suchend aneinanderdrängten. »Er lebt. Wir konnten sogar seine Beine retten. Aber er wird nur noch langsam gehen können. Überdies wird er einige Zeit hierbleiben müssen. Drei Monate im Mindesten.«

Alexandre ahnte, was nun folgen würde.

»Natürlich müssten Sie für seinen Aufenthalt bezahlen«, sagte der Doktor.

»Und wenn ich das nicht kann?«, fragte die Gräfin.

»Dann müssen wir die schnelle Lösung vorziehen und ihn sobald wie möglich entlassen«, orakelte der Arzt.

»Die schnelle Lösung?«, wollte sie wissen.

Alexandre wusste, was Lassailly meinte. Dem Verletzten würden die Beine abgesägt werden. Dann dürfte er noch einige Tage im Hospital verbringen, bis die Gefahr einer Entzündung vorüber war. Danach entließ man ihn mit den besten Wünschen und den Krücken eines verstorbenen Veteranen der Napoleonischen Kriege. Paris war voll mit Gestalten, deren verstümmelte Leiber diese Geschichte wieder und wieder erzählten.

»Wie viel?«, fragte Alexandre, bevor der Doktor von Amputation sprechen konnte.

Die Summe, die Lassailly nannte, war nicht zu hoch für drei Monate Pflege in einem Krankenhaus. Sie war schon gar nicht zu hoch für die Gesundheit eines Menschen. Wohl aber für Alexandres welke Geldbörse. Aber er wäre nicht Dumas, Reiter eines Pferdes, das Fantasie hieß, wenn er nicht einen einfachen Arzt von der Ehrwürdigkeit eines Kredits hätte überzeugen können.

»Madame«, sagte Alexandre, »bitte erlauben Sie mir, diese unbedeutende Summe zu begleichen. Sie haben heute schon genug verloren.« An den Arzt gewandt fuhr er fort: »Schicken Sie mir die Rechnung. Alexandre Dumas, Schriftsteller, Château Monte Christo in Saint-Germain-en-Laye, gleich neben dem Pavillon von Heinrich IV. Sie wissen ja: das Schloss, in dem der Sonnenkönig geboren wurde.«

Der Doktor schien kurz nachzudenken. Dann sagte er: »In der Regel lassen wir die Rechnung unverzüglich hier begleichen.«

Alexandre lachte laut. »Sie erwarten, dass ich eine Summe bei mir trage, die die Kosten für einen dreimonatigen Aufenthalt in Ihrem Hospital deckt? Ich bin gewiss ein Lebemann und lasse in den besten Logen des Theaters den teuersten Champagner fließen. Aber eine Geldbörse solchen Umfangs würde meine Taschen sprengen und meine Taille verschwinden lassen.« Er klopfte auf seine ausladenden Hüften. »Und welche schöne Frau würde mir dann noch ihre Strumpfbänder zeigen wollen?«

»Sie sind tatsächlich Dumas?«, fragte Doktor Lassailly. »Der Autor der *Drei Musketiere?*«

»Kein Geringerer«, brach es aus Alexandre hervor. Er war Bewunderung gewöhnt. Dennoch genoss er sie wie guten Wein, wo und wann immer ihm der Kelch gereicht wurde.

»Das ist ein erlauchter Name unter erlauchteren. Ihr Werk steckt voller Kühnheit und gigantischer Irrtümer. Was Sie da in den *Erinnerungen eines Arztes* geschrieben haben, war alles Unfug. Ich bete darum, dass niemals ein Mensch in die Hände eines solchen Mediziners gerät.«

Alexandre spürte Hitze in seine Wangen steigen.

»Ich weiß«, fuhr der Doktor fort. »In Paris sind Ihre Bücher berühmt. Aber noch berühmter sind derzeit Ihre Schulden. Deshalb schlage ich vor, Sie geben mir ein Pfand, und ich veranlasse, dass die Rechnung erst am Ende der Behandlung an Sie versendet wird.«

Ein Pfand! Was wollte dieser Monsieur Chose von ihm? Er war Dumas. Ganz Frankreich lachte oder weinte, wenn er es wollte.

Alexandre durchwühlte seine Taschen. Er fand nichts, was er als Pfand hätte verwenden können. Nur ein paar Fäden, einige Krümel Schnupftabak und sein Notizbuch.

Er zog es hervor. Um Zeit zu gewinnen, klopfte er damit gegen seinen Bauch. Noch war es nicht zu spät. Er konnte diese als Krankenhaus getarnte Pfandleihe einfach verlassen und aus dem Hospital spazieren. Aber ihm gegenüber saß eine hilflose Dame und wartete auf Rettung. Und links von ihm stand ein unverschämter Feldscherer und wagte es, ihm Vorträge über Literatur zu halten. Nein! Wenn er jetzt vor dem Feind floh, verschenkte er den Sieg.

Alexandre schlug das Notizbuch auf, zückte den Stift und schrieb. Als er fertig war, riss er die Seite heraus und reichte sie dem Arzt.

Lassailly hielt sich das Geschriebene vor die Nase, kniff die Augen zusammen und riss sie dann auf. »Monsieur Dumas«, sagte er. »Wenn das so ist, werden wir den Patienten nicht nur bei uns aufnehmen, sondern ihm die beste Pflege zukommen lassen.«

Der Arzt faltete den Zettel sorgfältig zusammen und ließ ihn unter der Lederschürze verschwinden. Die Tür fiel hinter ihm ins Schloss.

»Für Ihren Kutscher ist gesorgt, Gräfin«, sagte Alexandre. »Wenn ich Ihnen ebenfalls meine Hilfe anbieten würde – werden Sie dann noch einmal versuchen, mich zu erschießen?«

»Das kommt darauf an«, sagte die Dame im Rollstuhl. »Zuerst verraten Sie mir, was auf dem Zettel stand, den sie dem Arzt gegeben haben.«

»Ich habe ihm das Château Monte Christo als Pfand hinterlassen«, sagte Alexandre so beiläufig wie möglich. Es gelang ihm, das Zittern in seiner Stimme zu verbergen. »Wollen wir?«

Kapitel 16

Paris, Hôpital de la Charité, Dezember 1851

Mit obszöner Bedächtigkeit schob Dumas seinen Domherrenbauch auf Anna zu.

Sie ließ den Rollstuhl zurückgleiten, bis die Rückenlehne gegen das Kruzifix stieß. »Sie spielen wohl gern den Damenbefreier«, klirrte sie.

»Ich sorge mich um meine Mitmenschen«, entgegnete er.

»Tatsächlich?«, fauchte Anna. Sie wusste, dass sie ihm Unrecht tat, aber das Entsetzen über die Ereignisse der Nacht nagte an ihrem Geist. Und irgendjemand musste doch die Schuld daran tragen, dass Immanuel – ihr Immanuel – so furchtbar zugerichtet worden war.

Hinter der Tür, durch die der Arzt verschwunden war, erklang ein Schmerzensschrei. Es war nicht Immanuels Stimme. Trotzdem fühlte Anna Eisnadeln in ihre Arme dringen.

»Ich bleibe hier sitzen und pflege meinen Begleiter gesund«, sagte sie. »Dann ist Ihr kostbares Château nicht in Gefahr.«

Dumas rieb sich die Nase an der flachen Hand. »Erlauben Sie mir wenigstens, Sie nach Hause zu fahren. Natürlich in Ihrer eigenen Kutsche.«

Anna schaute zu Boden und verfolgte einen Riss, der durch die schwarzen und weißen Kacheln lief. Nach Hause? Sie hatte ja nicht einmal Geld für ein Hotelzimmer.

»Danke, aber ich warte hier. Gehen Sie heim, Monsieur!«, erwiderte sie.

Dumas griff in seine Westentasche und zog eine silbern glänzende Dose hervor. Er schraubte den Deckel ab, stippte die Finger hinein und hielt sie sich abwechselnd unter die Nasenlöcher. Jedes Mal sog er geräuschvoll die Luft ein. Als er die Dose wieder einsteckte, waren seine großen Wangen gerötet und seine Augen schwammen in Tränen. Er blinzelte.

»Madame«, sagte er, »ich erkenne Menschen, die in Not sind, an ihrem Geruch. Und Sie strömen das Aroma der Verzweiflung aus wie der Priester den Weihrauch und der Koch das Bratenfett. Kommen Sie! Sie können die Nacht im Westflügel des Châteaus verbringen. Am Morgen fahren wir gemeinsam zum Krankenhaus und sehen nach Ihrem Immanuel. Meine Künste als Kutscher bedürfen allerdings der Übung. Dafür bitte ich um Nachsicht.«

Anna strich sich die Haarsträhnen zurück. Sie musste an die Texte dieses Mannes denken, in denen es vor Lüstlingen und unfreiwillig geschwängerten Frauen wimmelte. Andererseits kroch die Kälte der Nacht allmählich in den Wartesaal. Sie zog ihren Mantel enger um die Schultern.

»Nein«, sagte sie entschlossen. »Ich bleibe hier. Wenn Sie sich wirklich um mein Wohlergehen sorgen, dann holen Sie eine warme Decke.«

Ein Klingeln weckte Anna. Etwas rollte rasselnd über den Boden. Sie schlug die Augen auf. Eine kleine Vase aus Messing kullerte vor ihre Füße. Das Gefäß hatte am Fuß des Kruzifixes gestanden und war wohl hinuntergefallen, weil Annas Kopf im Schlaf dagegengestoßen war.

Hinter den kleinen Fenstern des Wartesaals schimmerte hellgrau der Morgen. Das fahle Licht, das hereinfiel, genügte, um die Gestalt zu erkennen, die auf dem Stuhl gegenüber zusammengesunken war. Dumas. Vor seinen Füßen lag sein Mantel. Vermutlich hatte er versucht, sich damit zuzudecken.

Der Schmutzfink schlief. Nach ihrem Disput hatte er ihr drei Decken gebracht. Dann war er wieder verschwunden, um mit einer Schüssel dampfender Suppe und einem Stück Brot zurückzukehren. Er selbst hatte nichts davon haben wollen und Anna allein gelassen. Mit der warmen Brühe im Bauch war sie rasch eingeschlafen. Dumas musste sich später wieder zu ihr gesellt haben.

Dieser Mann war ein Rätsel. Er schrieb Romane über Leichenschänder und Notzüchtiger. Und dann verschenkte er ein Schloss, um einem Unfallopfer zu helfen, das er nicht einmal kannte.

Anna musterte den Schlafenden eindringlich. Dem wilden krausen Haar waren graue Strähnen gewachsen. Die Augen ruhten in einem runden, friedlich entspannten Gesicht. Im Oberlippenbart hingen Reste vom Schnupftabak.

Dumas hob die Lider. Sein Traum lag noch als dünner Film auf seinen Augen. Dann richtete er sich auf, strich seinen Gehrock glatt und fischte den Mantel vom Boden.

Anna schlug die Decken zurück. Wo ihr Körper Wärme gespeichert hatte, verflüchtigte sich diese binnen eines Atemzugs. Anna beschloss, die Kälte einfach nicht zu beachten.

Dumas kaute ein zähes *»Bonjour«* hervor. Mit zehn Fingern kratzte er sich über den Schopf. Dann zog er seinen Mantel an. »Ich muss mich jetzt empfehlen«, sagte er. »Dieser Lemaitre hat mich um eine schöne Summe Geldes betrogen, und das werde ich mir nicht bieten lassen. Während ich ihn suche, steht mein Château Ihnen natürlich offen.«

Lemaitre! Anna krallte die Finger in den Saum der Decken auf ihrem Schoß. In all dem Unglück der vergangenen Nacht war der Schuldige in den Hintergrund gerückt. Die Sorge um Immanuel hatte sie angefüllt, bis kein Platz mehr für Gedanken nach Rache gewesen war.

Die Tür zum Krankensaal flog auf. Die Flügel knallten gegen die Wand. Doktor Lassailly trat hindurch. Mit seiner Linken hielt er eine zusammengerollte Zeitung in die Höhe.

»Dumas!«, rief der Arzt. Er lief auf den Schriftsteller zu.

»Guten Morgen«, antwortete Dumas. »Anscheinend haben Sie noch schlechter geschlafen als die armen Gäste Ihres ungemütlichen Wartesaals.«

»Sie werden dieses Krankenhaus augenblicklich verlassen«, verlangte Lassailly. »Oder ich rufe die Gendarmerie.«

Dumas beugte den Kopf und versuchte, die Schrift auf der Zeitung zu entziffern. »Sie lesen *Le Mousquetaire*. Das ehrt mich. Hat Ihnen die heutige Ausgabe nicht gefallen?«

»Sie sind ein impertinenter Lügner, Dumas. Wie können Sie unseren Präsidenten beleidigen? Er ist ein Nachkomme Bonapartes! Haben Sie das vergessen, als Sie Ihre schmutzige Feder schwangen?«

Anna war zunächst über die Eiszapfenworte des Arztes erschrocken. Doch jetzt empfand sie eine gewisse Sympathie für ihn. Endlich verbündete sich jemand mit ihr, um gegen diesen Schmierfinken zu Felde zu ziehen.

Zugegeben: Er war ein Schmierfink mit Herz. Aber er war und blieb ein Feind der Literatur und des menschlichen Geistes.

Dumas riss dem Arzt die Zeitung aus der Hand. »Ich schreibe nicht über den Präsidenten«, sagte er mehr zu sich selbst und faltete die Bögen auseinander.

»Feigling!«, rief der Arzt. »Jetzt stehen Sie nicht einmal zu Ihren Worten. Und verstecken sich in meinem Hospital, weil Sie längst von der Polizei gesucht werden. Verschwinden Sie! Von einem Feind der Republik will ich mein Haus nicht infiziert wissen.« Er kehrte Dumas den Rücken und verschwand wieder im Krankensaal. Die Türen schlugen hinter Lassailly zusammen wie das Rote Meer nach dem Auszug der Israeliten.

Anna beobachtete, wie Dumas die Zeitung studierte. Sein Mund formte stille Worte, während er las. Er machte ein Zitronengesicht.

»Sehen Sie?«, sagte Anna. »Nicht alle Ihre Leser sind von Ihrem Stil begeistert. Aber Sie können sich immer noch eines Besseren besinnen, Monsieur.«

Dumas ließ die Zeitung sinken und starrte das Kruzifix an. »Wenn es doch mein Stil wäre. Aber diesen Artikel habe ich weder geschrieben noch schreiben lassen.« Er reichte ihr die Ausgabe. »Lesen Sie nur!«

Anna nahm die Zeitung entgegen. Das Papier sammelte mit jedem Griff Knicke und Falten. Im Kopf der Seite begrüßte sie die schon bekannte Zeichnung des Herrn in historischem Kostüm. Darunter prangte in daumengroßen Lettern:

Das Ende unserer Republik
Louis Napoleon plant Staatsstreich
Geheime Pläne aufgedeckt

Dumas lief von einem Ende des Raums zum anderen. »Das ist mein Untergang«, sagte er immer wieder.

»Still«, zischte Anna. »Lassen Sie mich lesen.« Die Schrift war klein und die Druckerschwärze in den Fasern des Papiers zerlaufen. Sie nahm die Brille ab. Da sie kein Tuch bei sich hatte, rieb sie die Gläser an ihrem Mantel sauber. Sie bog das Gestell zurecht und klemmte sich die Bügel wieder hinter die Ohren. So war es besser.

»Wie dem Herausgeber dieser Zeitung aus gut unterrichteter Quelle bekannt wurde, plant Louis Napoleon, derzeit Präsident unseres Parlaments, einen Staatsstreich. In wenigen Tagen will er die Nationalversammlung auflösen, die

Abgeordneten entmachten und sich selbst zum Kaiser aufschwingen. Um sich die Zustimmung des Volkes zu sichern, will der Usurpator behaupten, den dreihundert Abgeordneten das Wahlrecht zu entziehen und es den Menschen auf der Straße zurückzugeben. Aber das ist nur Augenwischerei! Denn es wird keine Wahlen geben. Louis Napoleon will Kaiser werden. Und welches Volk hat schon einmal einen Kaiser gewählt? Pariser! Franzosen! Wehrt Euch gegen diese Impertinenz! Lasst die Ideen unserer großen Revolution nicht von anderen in den Staub treten! Auf die Barrikaden!«

Unterzeichnet war das Pamphlet mit *Alexandre Dumas, die Stimme Frankreichs.*

»Ist das der Auftakt zu einem neuen Roman?«, wollte Anna wissen.

»Ich habe das nicht geschrieben. Verstehen Sie doch!«, rief er aus.

Die Not in seinen Worten stürzte Anna in Verwirrung. »Aber Ihr Name steht darunter. Und es ist Ihre eigene Postille.«

»Dahinter muss einer meiner Lohnschreiber stecken. Ich muss sofort zum Château und die Romanfabrik inspizieren.«

Anna dachte an die Worte des Arztes, der Dumas als Feigling bezeichnet hatte, als Autor, der nicht zu seiner frechen Feder stand.

Andererseits klang die Angst in seiner Stimme echt.

Dumas stürmte zum Ausgang.

»Warten Sie!«, rief Anna. »Ich werde Sie begleiten.«

Kapitel 17

Paris, Hôpital de la Charité, Dezember 1851

Im Hof des Hospitals stand die Kutsche. Jemand hatte dem Pferd einen Sack Hafer umgebunden. Es war nach wie vor angespannt. Dumas hakte den Futtersack aus dem Geschirr aus.

»Warten Sie auf mich!«, rief Anna. Eine Nonne hatte ihr die Tür aufgehalten. Anna rollte auf den Innenhof hinaus. Das Licht der Morgensonne modellierte die Pflastersteine.

Dumas riss an dem Futtersack. Das Pferd schüttelte ärgerlich den Kopf und schnaubte in den Beutel aus groben Leinen hinein. Endlich löste er sich. Dumas ließ ihn zu Boden fallen und wollte auf den Bock klettern.

»Monsieur Dumas!«, rief Anna noch einmal. Sie spürte Empörung in sich aufsteigen. »Erst bieten Sie mir Ihre Hilfe an. Dann machen Sie sich einfach aus dem Staub.«

Er verharrte auf dem kleinen Absatz, der zum Kutschbock hinaufführte. »Das war gestern Abend. Jetzt bin ich es, der Hilfe braucht.«

»Und ich bin es, die sie Ihnen anbietet«, rief Anna.

Dumas stieg weiter nach oben und ließ sich ächzend auf den Bock fallen. Er löste die Lederzügel, die um einen Pflock geschlungen waren.

Dieser Mann war noch schlimmer, als es seine Romane vermuten ließen! Anna stieß die Räder des Rollstuhls an, so kräftig sie konnte. Mit zwei Schwüngen brachte sie sich neben die Kutsche und packte die eisernen Verstrebungen des Kutschbocks. Jetzt würde sich zeigen, was für eine Art Mensch er wirklich war.

»Fahren Sie nur zu!«, keuchte Anna. »Aber ich halte mich hier fest.« Im Geiste sah sie sich bereits über den Hof gezerrt und gegen eine der Torsäulen geschleudert.

Über ihr tauchte Dumas' Gesicht auf. Er öffnete den Mund, schloss ihn aber sogleich wieder. »Also gut, ich nehme Sie mit. Aber auf eines müssen Sie gefasst sein, Gräfin. Ihren Auftritt werde ich in einem meiner Romane verwenden.«

Bald darauf fand sich Anna auf dem Bock der Kutsche wieder. Den Rollstuhl hatte Dumas auf der ausklappbaren Gepäckablage mit breiten Lederriemen festgeschnallt. Der Einspänner setzte sich in Bewegung.

Paris war erwacht. Auf den Trottoirs drängten sich Fußgänger in Trauben. Die Uhr eines Kirchturms stolperte durch ihr morgendliches Glockenspiel. Die Straßen gehörten den Lastkarren, die ihren Zielen in nervenaufreibender Gemächlichkeit entgegensteuerten.

»Der neidige Gallenkrämer, der mir das angetan hat, wird sich mit dem Degen rechtfertigen müssen«, sagte Dumas.

»Sie glauben, der Autor des Artikels habe aus Neid gehandelt?«, fragte Anna. Der Herbstwind zupfte an ihrem Haar und blies kalt gegen ihre Stirn. Es war ihr, als erfrische er ihre Gedanken. Hier vorn war es viel aufregender als im muffigen Kasten des Landauers. Dennoch setzte Anna ihre Haube wieder auf und band den dicken Knoten unter ihrem Kinn zusammen. Um keinen Preis wollte sie wie ein barhäuptiges Fuhrmannsweib aussehen.

»Neid, Gier, Hass«, sagte Dumas in ihre Richtung. Es klang wie ein Gebet aus der Gosse. »Das Motiv ist gleichgültig. Wichtig ist nur, dass ich den Schuldigen zur Rechenschaft ziehe, bevor mich die Gendarmen erwischen.«

Die Kutsche schaukelte über einen breiten Boulevard. Dumas hatte Mühe, das Pferd immer wieder zu zügeln und antraben zu lassen. Jedes Mal, wenn sie von einer Wagonette überholt wurden, belferte er wie ein Spitz an der Kette.

Eine Zeit lang überhörte Anna die Flüche. Doch der Weg zum Château war weit.

»Diese Romanfabrik«, sagte Anna, »was ist das?«

»Der Name erklärt sich von selbst«, schnappte Dumas und riss die Zügel nach links.

Anna hielt sich am Kutschbock fest. »Aber wir sprechen doch von einem politischen Artikel in einer Zeitung«, fuhr sie fort. »Nicht von einem Roman.«

»Das zu erklären, ist zu schwierig für …« Er zögerte.

»… eine Frau?«, fragte Anna.

»… eine Deutsche«, sagte Dumas.

»Und ich dachte, Sie seien ein Meister der Worte.«

Er sah zu ihr hinüber, schien zu prüfen, ob sie ihn verspottete. Anna hielt dem Blick mit ernster Miene stand.

Die Romanfabrik, hob Dumas an, sei eine seiner schillerndsten Erfindungen und stamme noch aus der Zeit seines großen Erfolgs *Die drei Musketiere*. Jede Silbe aus Dumas' Mund klang wie ein Fanfarenstoß. »Dieser Roman hat die Welt verändert. Aber das Publikum ist eine unersättliche Bestie. Es verlangt immer mehr. Was blieb mir anderes übrig, als zu schreiben, zu schreiben, zu schreiben? Im Meer meiner Gedanken herrschte zu jeder Stunde Flut. Aber meine Feder kam mit der Tinte nicht mehr hinterher. Ich brauchte Hilfe. Also nahm ich mein bescheidenes Honorar und verteilte es unter denjenigen Autoren, die nicht so viel Glück hatten wie ich.«

»Sie bezahlen andere, damit sie für Sie Geschichten erfinden?«

»Nicht doch!«, fuhr Dumas fort. »Das Drama kommt nach wie vor von hier.« Er schlug sich mit der flachen Hand gegen die Brust. »Ich entwerfe meine Geschichten persönlich. Szene für Szene. Träne für Träne. Blutstropfen für Blutstropfen. Dann lasse ich den Rest von meinen Mitarbeitern ausformulieren.«

Anna spürte wieder den kalten Zorn in sich aufsteigen, den sie im Haus der Schmaleurs empfunden hatte, als sie die schändlichen Texte gelesen hatte. »Aber das ist gegen den Geist der Literatur«, flirrte sie. »Unsere Gedanken sind doch keine Ware, die man massenhaft zu Büchern macht.«

»Eine ehrenhafte Einstellung, Madame«, sagte Dumas. »Aber wir schreiben das Jahr 1851. Die Zeiten, in denen Bücher nur einem auserlesenen Kreis von Schöngeistern vorbehalten waren, sind vorbei. Heutzutage können mehr Menschen lesen als jemals zuvor. Die Kinder lernen es in der Schule, und wenn sie die verlassen haben – welche Lektüre steht ihnen dann zur Verfügung? Die Bibel! Du schweinhaftiger Läusefresser!« Er drohte einem gefährlich nah vorbeifahrenden Kutscher mit der Faust. Dann wandte er sich wieder Anna zu. »Meine Geschichten waren die ersten, in denen das einfache Volk etwas über die Vergangenheit seines eigenen Landes erfuhr. Verstehen Sie? Ich habe den einfachen Menschen das Wunder des historischen Romans gebracht.«

Anna zog die Oberlippe kraus. Wenn das Gegenteil von Demut einen Namen hatte, dann lautete dieser Dumas. »Aber Ihre Geschichten sind doch gar nicht in Büchern veröffentlicht worden, sondern in Zeitungen. Ich selbst habe gesehen, wie eine Mutter mitsamt ihren Kindern diese Fetzen sammelte und aufbewahrte, als gehörten sie zum Familienschmuck.«

»Familienschmuck?« Dumas schüttelte den Kopf. »Sie sind Materie gewordener Gehirnäther. Kostbarer als alles andere auf der Welt. Dennoch erschwinglich für jeden. Denn eine Zeitung können sich mehr Menschen leisten als ein Buch. Und diejenigen, die selbst das nicht können, sammeln die Ausgaben vom Vortag von den Parkbänken auf. Nieder mit der Aristokratie der ledergebundenen Folianten!«

Und während sie die Straßen von Paris allmählich hinter sich ließen und auf Saint-Germain-en-Laye zusteuerten, erkannte Anna, dass Dumas' wirrer Haarschopf, der jetzt unter seinem Zylinder hervorwippte, nichts anderes war als ein Auswuchs jener Geistesverwilderung, die in seinem Kopf vorzugehen schien.

Schon von Weitem sah Anna die Türme des Châteaus Monte Christo über den Bäumen des Parks aufragen. Es schien ihr, als läge ihr letzter Besuch an diesem Ort ein halbes Jahrhundert zurück. Dabei war sie erst gestern mit den Zensoren hier gewesen. Seither war so viel geschehen, dass Dumas einen ganzen Roman damit füllen könnte: Sie war in Lemaitres Salon eingedrungen und hatte Dumas mit der Pistole bedroht. Lemaitre war entwischt, und Immanuel hatte ein schweres Unglück ereilt. Sie hatte die Nacht im Hospital verbracht und war mit einem fluchenden Dumas kreuz und quer durch Paris gefahren. Jetzt spürte Anna eine große Gemütsermattung. Wenn sie nur ein wenig ausruhen könnte! Vielleicht war das Domizil dieses Mannes ja doch ein Ruhepol, wo sie sich sammeln konnte, bevor sie zur Pflege von Immanuel zurückkehrte.

Sie fuhren durch den Park. Zweige wischten über Annas Haube und Mantel. Schließlich sah sie den hellen Sandstein der Mauern zwischen den feuchten Blättern leuchten. Dumas lenkte den Landauer bis vor die Eingangstreppe, kletterte vom Kutschbock und bückte sich kurz. Ein Diener kam heraus und begrüßte den Hausherrn, der sich daranmachte, sein Schlösschen zu stürmen.

»Monsieur Dumas«, rief Anna empört. »Helfen Sie mir hinab!«

Doch die schwere Gestalt des Schriftstellers war bereits im Château verschwunden. Der Diener schaute kurz zu der Dame auf dem Kutschbock hinüber. Er musste sie für eine Person niederen Stands halten, denn er nickte ihr kurz zu und folgte seinem Herrn.

»Wo sind diese sogenannten Herren Autoren?« Alexandre polterte die schmale Wendeltreppe hinauf und stürmte in die Romanfabrik. Dort war alles wie immer. Auf der pflaumenblauen Seidentapete leuchteten goldene Lilien. Im Kamin loderte ein Feuer, nicht zu groß, denn Wärme und Behaglichkeiten sind des Dichters Feind. Die Schreibtische standen aufgereiht im Raum. Aber niemand saß daran und arbeitete.

Mocqet kam schwer atmend herein. »Monsieur, es ist heute niemand zur Arbeit erschienen.«

Alexandre ließ sich auf Fruchards Stuhl fallen. »Die haben Angst. Das kann ich verstehen. Denn einer von ihnen hat mich verraten. Und wenn ich herausfinde, wer es war, dann werde ich ihm jene Trommel schlagen, die von Nacht und Tod erzählt.«

Die Türglocke läutete.

Die Gräfin! Er hatte sie einfach auf dem Kutschbock sitzen lassen. Dabei hatte er sie zuvor mit großen Worten in sein Heim eingeladen. Selbst unter Umständen wie diesen durfte die Höflichkeit nicht leiden. Alexandre sprang auf, um seinen Gast einzulassen. Erst auf dem Weg nach unten fiel ihm ein, dass seine Begleiterin unmöglich von selbst die Tür hätte erreichen können. Er blieb stehen und lugte vorsichtig um die Säule der Wendeltreppe herum. Von hier aus konnte er die Fenster der Eingangstür sehen. Davor standen vier Herren. Sie trugen Uniformen. Die Gendarmen waren gekommen, um Alexandre Dumas zur Rechenschaft zu ziehen.

Die Kutsche hatte schräg hinter der von Anna gehalten. Auf ihrer Seite prangte ein Wappen in Blau, Rot und Weiß. Darauf schaukelte ein Segelschiff auf Wellen. Aus dem offenen Wagen stiegen vier Gendarmen. Sie setzten sich die Hüte auf und gingen auf das Château zu. Auch der Mann auf dem Kutschbock trug Uniform. Er stieg ab und folgte seinen Kollegen. Niemand hatte von Anna Notiz genommen.

Die Polizei war hier. Und wenn Dumas mit seinen Befürchtungen recht hatte, waren die Beamten gekommen, um den Schriftsteller gefangen zu nehmen.

Anna spürte eine würgende Furcht in sich aufsteigen. Mit einem Mal wurde ihr klar, dass sie einen Verbrecher begleitete. Dumas würde wegen der politischen Schmierereien in seiner Zeitung verhaftet werden. Er hatte die französische Regierung beleidigt.

Sie beobachtete, wie die Gendarmen den Riemen der Türglocke zogen. Von drinnen war leises Läuten zu hören. Dumas war ein kräftiger Mann. Aber gegen vier Gendarmen würde er sich nicht zur Wehr setzen können. Er war verloren.

Die Tür öffnete sich.

»Messieurs?«, fragte Mocqet. Alexandre hörte, wie sein Diener die Gendarmen begrüßte. Er selbst hatte sich wieder in die Romanfabrik zurückgezogen, stand wie erstarrt zwischen den Schreibtischen und lauschte. Mocqet würde schon mit den Polizisten fertig werden.

»Wir müssen Monsieur Dumas sprechen«, sagte jemand. Es klang wie ein Befehl. Hoffentlich behielt Mocqet die Nerven.

»Der Herr ist nicht im Hause«, hörte er Mocqet sagen.

»Davon müssen wir uns selbst überzeugen.«

»Ich kann die Herren Gendarmen ohne die Erlaubnis von Monsieur Dumas leider nicht hereinbitten. Dies ist sein Château, und Gäste empfängt nur er allein. Das ist doch nicht gegen das Gesetz, oder?«

Bravo, Mocqet! Alexandre stemmte beide Hände auf eine Tischplatte und spürte, wie sein Schweiß das Holz rutschig werden ließ.

Von unten waren Schritte zu hören und leises Gepolter. Die Gendarmen schienen sich in den Empfangsraum zu drängen. Was für eine Frechheit!

»Messieurs!«, rief Mocqet jetzt sichtlich empört. »Wenn sie nicht augenblicklich das Haus verlassen, rufe ich …« Er zögerte.

»Die Gendarmen?«, fragte einer der Polizisten. »Da sollten Sie besser den Gärtner zu Hilfe rufen.«

Alexandre keuchte. Mocqet hatte sein Bestes gegeben. Aber diese Unholde waren nicht aufzuhalten. Sie würden das Château durchsuchen, bis sie ihn aufgestöbert hatten. Und dann würden sie ihn für den Leitartikel in *Le Mousquetaire* zur Verantwortung ziehen.

Er musste verschwinden.

Mit leichten Schritten hielt Alexandre auf die *Chambre mauresque* zu, die marokkanische Kammer. Der Raum war die größte Extravaganz seines Châteaus. Um die arabischen Stuckarbeiten ausführen zu lassen, hatte er zwei Handwerker aus Tunesien anreisen lassen. Hier sank er gern auf einen Diwan und zog an der Wasserpfeife, die auf einem Podest das Zentrum des Zimmers beherrschte.

Von unten drangen die Worte eines der Gendarmen zu ihm herauf. »Sie mögen der Diener dieses Mannes sein. Aber wenn Sie einen Mörder versteckt halten, gehen Sie gemeinsam mit ihm aufs Schafott.«

Alexandre erstarrte. Wieso nannte dieser unverschämte Befehlsausrichter ihn einen Mörder? Er hatte doch nur einen politischen Artikel veröffentlicht. Und das nicht einmal selbst.

»Monsieur Dumas ist kein Mörder«, sagte Mocqet gerade. Aber in seine Empörung mischte sich nun Furcht.

»Das zu erkennen ist Aufgabe der Polizei«, sagte der Gendarm. »Also treten Sie beiseite und lassen Sie uns das Château durchsuchen.«

Es folgte ein kurzes Schweigen. Dann sagte Mocqet selbstbewusst: »Erklären Sie mir, wie Sie auf diese Anschuldigung kommen. Dann kommen wir vielleicht weiter.«

Die Neugier trieb Alexandre dazu, zwei Schritte in Richtung Treppe zu gehen, damit er besser verstehen konnte, was der Polizist zu sagen hatte.

»Heute Morgen ist der Leichnam des Abgeordneten Pivert aus der Seine gefischt worden. Pivert wurde erwürgt und in den Fluss geworfen«, erklärte eine befehlsgewohnte strenge Stimme.

»Ich verstehe nicht, was dieses Unglück mit Monsieur Dumas zu tun haben soll«, warf Mocqet ein.

»Monsieur Pivert und Monsieur Dumas sind gestern Abend zusammen gesehen worden. Pivert war der Einzige, der von den politischen Geheimnissen wusste, die heute in Dumas' Zeitung zu lesen sind. Dumas hat ihm die Pläne des Präsidenten entrissen und ihn dann umgebracht.«

»Dann ist es also wahr?«, rief Mocqet aus. »Der Staatsstreich Bonapartes ist nicht bloß die Verunglimpfung unserer Regierung? Es wird ihn tatsächlich geben?«

Einen Moment herrschte Stille. Gemurmel war zu hören, gefolgt von einem Knall. Jemand röchelte. Etwas fiel zu Boden. Mocqet.

»Wer zu viele Fragen stellt, bekommt irgendwann die richtige Antwort«, knurrte die harte Stimme.

»Verteilen wir uns«, sagte jemand anders. »Ich bleibe hier. Wenn Dumas im Château ist und zu entkommen versucht, werde ich ihn in Empfang nehmen.«

Alexandre hört Schritte die Treppe heraufkommen.

Kapitel 18

Westlich von Paris, Château Monte Christo,
Dezember 1851

Anna zuckte zusammen. Vom Kutschbock aus konnte sie durch die Glasfenster der Eingangstür sehen. Sie beobachtete, wie einer der Gendarmen eine Pistole zückte und Dumas' Diener niederstreckte. Anna presste die Hände gegen den Mund. Was ging da vor sich? Waren das Polizisten oder Mörder in Uniform?

Nur fort von hier!

Anna löste die Zügel vom Pflock und hielt sie mit beiden Händen fest. Nie zuvor hatte sie eine Kutsche gelenkt. So schwer würde es schon nicht sein. Noch einmal warf sie einen Blick in Richtung des Châteaus. Jetzt war nur noch einer der Gendarmen zu sehen. Sein breiter Rücken lehnte gegen das Türfenster.

Anna ruckelte an den Zügeln. Das Leder schlackerte auf den Rücken des Pferdes. Das Tier reagierte nicht. Sie versuchte es erneut, kräftiger diesmal. Das Pferd ging einen Schritt vorwärts. Die Kutsche ruckte an – und blieb wieder stehen.

»Hü!«, flüsterte Anna und schlug noch einmal mit den Zügeln.

Wieder ging das Pferd los, wieder rührte sich die Kutsche nicht vom Fleck.

Der Hemmschuh! Tausendmal hatte Anna gesehen, wie Immanuel die Kutsche damit sicherte. Sie beugte sich über den Kutschbock hinab. Das Eisen war unter das linke Vorderrad geklemmt. Dumas hatte die Kutsche damit festgestellt. Normalerweise steckte Immanuel den Hemmschuh unter eines der hinteren Räder. Vermutlich hatte Dumas es nicht besser gewusst. Das mochte Annas Rettung sein. Wenn das Pferd gut anzog, mochte sich die Kutsche aus dem Eisen drehen und freikommen.

Noch einmal schlug sie mit den Zügeln, kräftiger diesmal. Das Pferd bewegte sich wieder, beendete seine Bemühungen erneut, als die Bremse das Fortkommen erschwerte. Diesmal aber drehte sich die Kutsche leicht im Kies. Ein Knirschen und Schleifen war zu hören. »Los, du gutes Pferd!«, zischte Anna und ruckte noch einmal an den Zügeln. Doch das Tier rührte sich nicht mehr. Sein Schweif zuckte. Es schien zu wissen, dass es gegen den Hemmschuh machtlos war.

Aus dem Château waren laute Rufe zu hören. Noch immer wandte der Gendarm hinter der Tür Anna den Rücken zu.

Es half nichts: Der Hemmschuh musste verschwinden. Anna beugte sich über die Sitzbank hinab und streckte den Arm nach unten. Ihre Finger erreichten nicht einmal die Radnabe. Als sie die Peitsche zu Hilfe nahm, berührte sie damit zwar das Bremseisen. Doch der Lederriemen strich wirkungslos darüber hinweg und verfing sich nicht daran.

Schwer atmend richtete Anna sich wieder auf. Das Blut war ihr in den Kopf gestiegen und ließ sie schwindeln. Ingrimm erfüllte sie. Sie blickte zu den Faserwolken hinauf. Sie wollte beten. Stattdessen kam ihr ein Strauß badischer Flüche von den Lippen. Wenn Gott ihr nicht half, musste sie es halt selbst tun. Entschlossen griff sie nach ihren Beinen und hob sie über den Rand des Kutschbocks. Dann rutschte sie langsam nach vorn.

Alexandre hörte den Gendarm die Stiege heraufkommen. Bloß ein einzelner Mann! Er mochte Glück haben und den Schurken überwältigen. Aber das Getümmel würde die anderen anlocken.

Es gab einen Ausweg.

Dumas huschte zurück in die marokkanische Kammer, stieg über die Kissen des Diwans hinweg, öffnete eines der Fenster und beugte sich über die Brüstung. Frische Luft schlug ihm entgegen. Sie roch nach Freiheit. Doch die lag ein Stockwerk unter ihm.

Überdies war das Fenster viel zu klein, um hindurchzusteigen. Die Araber hatten es mit Stuck in eine Zwiebelform gekleidet. Hier gab es kein Entkommen.

Sehnsuchtsvoll schaute Alexandre die beiden Krummsäbel aus Damaszenerstahl an, die die Stirnwand schmückten. Damit gegen eine Pistole bestehen zu wollen, grenzte an Größenwahn. War es vernünftiger, aus dem Fenster zu springen und sich zu Tode zu stürzen? Wie wären Edmond Dantès oder D'Artagnan aus dieser Zwickmühle entkommen? Alexandre schmunzelte. Indem ihnen ihr Autor mit einem Einfall zu Hilfe gekommen wäre.

Aber so etwas gab es nur in der Welt der Bücher und der Fantasie. Im wirklichen Leben musste sich ein Mann selbst helfen.

Die Schritte der Gendarmen erreichten den Arbeitsraum.

Alexandre riss beide Säbel aus der Halterung und stellte sich im Ausfallschritt auf. Die mit Lederbändern umwickelten Griffe der Waffen schmiegten sich in seine Hände. Irgendwann, da war er sicher, würde ein Roman über seinen Löwenmut geschrieben werden.

»Soll dich der Butzenmummel holen!«, presste Anna hervor. Sie hing mit einer Hand am Geländer des Kutschbocks und streckte die andere in Richtung Hemmschuh aus. Ihre Beine lagen nutzlos auf dem Kies, und ihr Körpergewicht zerrte an ihren Fingern. Wenn sie losließ, würde sie sich nicht wieder zurück auf den Kutschbock ziehen können.

Sie versuchte, den Schmerz in ihren Gelenken zu ignorieren, und packte den Griff des Bremseisens, zog und ruckte. Das Metall rührte sich nicht. Sie schien es bei ihren vorherigen Versuchen festgefahren zu haben.

Mit zitternden Fingern klaubte Anna einige Kieselsteine unter dem Hemmschuh hervor. Das Eisen lockerte sich. Noch einmal zog sie. Mit einem scharfen Geräusch löste sich das Hindernis. Die Bremse fiel klirrend auf die Steine.

Annas Muskeln schrien auf, als sie versuchte, sich wieder in die Höhe zu ziehen. Es gelang ihr, auch mit der zweiten Hand das Gestänge des Kutschbocks zu packen. Langsam kam sie nach oben. Ihr Körper war klein und leicht. Dumas, dachte sie, als sie bäuchlings auf der Sitzbank lag und darauf wartete, dass sich die Muskelkrämpfe lösten, Dumas wäre an dieser Aufgabe gescheitert.

Anna mühte sich in eine sitzende Position. Sie war erschöpft. Das, was sie gerade geleistet hatte, war für gesunde Menschen eine Lächerlichkeit. Verfluchter Lemaitre! Er hatte ihr alles genommen: ihre Kraft, ihre Anmut, ihr Zuhause, ihren geliebten Mann. Mit dem Zorn kehrte auch die Sehnsucht nach Tristan zurück. Und das Gefühl des Verlustes verstärkte wiederum den Zorn. Anna stöhnte. Für Sentimentalitäten hatte sie jetzt keine Zeit. Noch einmal nahm sie die Zügel auf. Das Pferd zog an. Und diesmal setzte sich die Kutsche in Bewegung. Die Räder knirschten durch den Kies.

War das Geräusch im Innern des Châteaus zu hören? Sie wünschte sich eine Kutsche, die wie auf Wolle fuhr. Langsam ließ sie den Landauer um das Schlösschen herumrollen. Hätte sie umständlich gewendet, hätte der Gendarm im Eingang sie womöglich entdeckt.

Über den Fenstern im Erdgeschoss waren Gesichter in den Sandstein gemeißelt: das Konterfei des blinden Homer. Daneben schaute Shakespeare auf Anna herab. Dumas hatte sein Domizil mit den großen Dichtern der Geschichte geschmückt.

Die Kutsche erreichte die Rückseite des Gebäudes. Hier prangte das Antlitz Voltaires auf der Fassade. Daneben ... Anna schrak zusammen. Das war Dumas in Fleisch und Blut, das ihm über das Gesicht lief. Seine Brust hing halb im Freien, und er war gerade dabei, sich in den Tod zu stürzen.

Die Schritte des Gendarmen erreichten den Saal der Romanfabrik. Nun folgte das Scharren von Tischen und Stühlen, die über das Parkett geschoben wurden.

Er glaubt, dass ich mich unter dem Mobiliar verkrieche, dachte Alexandre. Ehrsuchtskitzel packte ihn, und er fasste die Griffe der Säbel mit fester Hand. Der Moment war gekommen, seinen Mann zu stehen. Er fuhr zu den Fenstern herum, hob erst die eine, dann die andere Klinge über den Kopf und drosch auf den Stuck ein. Der Gips zerbröselte unter seinen Hieben. Staub wölkte in der Luft, und kleine Brocken fielen zu Boden.

»Halt!«, kam es aus der Romanfabrik. Erneut war das Schieben von Tischbeinen zu hören.

Noch einmal hieb Alexandre den Stuck in Stücke. Die entstandene Lücke musste genügen. Für mehr blieb keine Zeit.

Mit beiden Händen zwängte er sich aus dem Fenster, presste die Brust hindurch, zog den Bauch ein.

Ein Schuss krachte. Gips platzte ab und flog Alexandre ins Gesicht. Er spürte einen kleinen Schmerz. Das würde nichts sein, gegen das, was ihn erwartete, wenn er unten auf dem Boden aufkam. Aber einen anderen Ausweg gab es nicht. Er spürte, wie es warm seine Stirn herunterlief. Jemand griff von hinten nach seinem Rock und wollte ihn zurückziehen.

Da sah er, wie die Kutsche um die Ecke des Gebäudes bog. Auf dem Bock saß die Gräfin. Sie schaute zu ihm empor, inkommodiert wie immer.

»Hierher!«, rief er. Ob sie ihn verstand, konnte er nicht feststellen, denn die Hände an seinen Kleidern rupften und rissen ihn zurück in die *Chambre mauresque*.

Alexandre trat nach hinten aus, traf Weiches. Ein empörter Schrei. Der Griff löste sich.

Mit Schwung drängte er sich durch den zerbrochenen Stuck. Kurz schwindelte ihm. Dann war er hindurch.

Dumas krachte auf das Dach des Landauers. Die Kutsche schaukelte. Der Wagenkasten wurde auf die Felgen gepresst. Dann hob sich das Gefährt wieder.

»Los!« Anna schlug mit den Zügeln. Aber das Pferd lief nach wie vor mit bedächtigem Schritt. Rufe flogen vom Château herüber. Wieder knallte eine Pistole. Der Kies zu ihrer Linken spritzte auf.

»Schneller!« Dumas' blutverschmiertes Gesicht war direkt neben ihr. Wieso roch sein Atem nach Gips?

»Schneller!«, brüllte Dumas in Annas Ohr.

Hinter ihnen waren hastende Schritte zu hören. Männerstimmen riefen Befehle.

Dumas ließ sich vom Dach der Kutsche auf den Bock fallen. Um ein Haar hätte er Anna von der Bank gestoßen. Doch er packte ihren Arm und hielt sie fest. Er riss ihr die Zügel aus der

Hand und ließ das Leder auf den Pferderücken knallen. Endlich trabte das Tier an. Die Schritte der Verfolger blieben zurück. Anna schaute sich um. Zwei der Gendarmen waren zu sehen. Sie liefen zurück zum Château. Es würde nicht lange dauern, bis die Polizisten ihnen in ihrer eigenen Kutsche nachstellten.

Der Landauer tauchte unter die tief hängenden Äste der Eichen. Laub flog unter den Hufen auf. Dumas verließ den Weg und lenkte zwischen zwei mächtigen Baumstämmen hindurch, direkt in den Wald hinein und auf einen Felsen zu. Doch bevor die Kutsche an dem Granit zerschellen konnte, lenkte Dumas das Pferd nach links. Ein breiter Pfad tauchte unter den Ästen auf. Von der Zufahrt her war er nicht zu sehen gewesen. Sie fuhren um den Felsen herum, und da öffnete sich, mitten im Gestein, ein Freiraum, breit genug, dass die Kutsche hineinfahren konnte.

»Dieses kleine Versteck habe ich anlegen lassen, um mich vor all denjenigen zu verbergen, die glauben, ich schulde ihnen Geld«, erklärte Dumas. Er wuchtete sich vom Bock, nahm das Pferd am Zügel und führte das zögerliche Tier zwischen die Felsen.

Anna zog den Kopf ein. Dunkelheit umfing sie. Durch einige kleine Löcher im Fels fiel Licht. Sie mussten nicht lange warten. Die Kutsche der Gendarmen war zu hören, wie sie mit hoher Geschwindigkeit an ihrem Versteck vorbeirasselte.

»Manchmal«, sagte Dumas, »lohnt es sich, am Wegrand innezuhalten und zu sehen, was der Wald an verborgenen Schätzen zu bieten hat. Finden Sie nicht auch?«

Kapitel 19

Paris, Dezember 1851

Paris hatte sich verwandelt. Die Hauptstadt der Franzosen glich ihren Bewohnern. Entweder hielt sie einem die Wange zum Kuss hin, oder sie zeigte grimmig die Zähne. Diesmal waren es die Zähne.

All die Passanten und Gespanne waren verschwunden. Anna und Alexandre fuhren über leere Boulevards, wie durch eine Theaterkulisse, nachdem die Schauspieler die Bühne verlassen hatten. Die Bühnenbildner aber waren noch bei der Arbeit.

Männer in Arbeiterkleidung, Frauen mit schmutzigen Schürzen, Knaben mit aufgerissenen Hosen und Bürger ohne Hüte schichteten Barrikaden auf. Sie mussten nicht lange nach Steinen und Holzbalken suchen. Der Umbau der Stadt durch Baron Haussmann war in vollem Gange, und überall lagen Schutthaufen herum: die Eingeweide der alten Pariser Häuser, herausgerissen und zu Bergen von Abfall getürmt. Jetzt wurden sie noch einmal einem Zweck zugeführt.

Klappern, Krachen und Rufen erfüllte die Luft. In den heimeligen Duft, der aus den Kaminen stieg, mischte sich der scharfe Geruch großer Feuer.

Alexandre manövrierte die Kutsche um eine Barrikade herum und hielt neben einem Mann in blau gestreiftem Anzug. Er hielt eine Flinte in der Hand und machte sich an deren Schloss zu schaffen. »Was geht hier vor, mein Freund?«, rief Alexandre dem Bewaffneten zu.

»Haben Sie etwa noch nicht davon gehört?«, fragte der Mann.

»Ich komme gerade von außerhalb«, erklärte Alexandre vage.

»Es hat einen Leitartikel in der Zeitung gegeben. Darin wird behauptet, der Präsident plane einen Staatsstreich. Und jetzt ist dieser Albtraum Wirklichkeit geworden. Louis Napoleon hat die Nationalversammlung aufgelöst und die Vertreter der Opposition ins Gefängnis werfen lassen. Aber eines sage ich Ihnen, Monsieur: Dieser Rosstäuscher wird mit seinem Afterwerk keinen Erfolg haben. Jedenfalls nicht, solange ich eine Flinte halten kann.«

»Dann hatte der Verfasser des Artikels also recht?« Alexandre konnte nicht glauben, für welche politischen Ränke sein unschuldiges Blatt missbraucht worden war.

»Es geht das Gerücht, dass das Parlament erst in einigen Monaten entmachtet werden sollte«, sagte der Mann. »Aber der Verfasser dieser Zeilen hat Napoleon keine Wahl gelassen. Sein Plan war verraten. Er musste sofort losschlagen, wenn er erfolgreich sein wollte. Jetzt sehen Sie ja, was in Paris los ist. Genau wie 1848! Wenn Sie ein Freund der Republik sind, Monsieur, greifen Sie zu den Waffen!«

Er drückte sich die Flinte gegen die Brust. Alexandre kannte solche Helden gut. Seine Romane waren voll von ihnen. Sie waren entschlossen, für Frankreich zu sterben. Beachtenswert in der Poesie, aber in der Wirklichkeit zu bedauern.

»Danke, mein Guter.« Er nickte dem Kämpfer aufmunternd zu. »Aber ich habe eine Dame in Sicherheit zu bringen. Viel Glück!«

»Für Frankreich!«, rief der Barrikadenkämpfer der Kutsche hinterher.

Der Abend senkte sich über die Stadt. Aber diesmal kümmerte sich niemand um die Gaslaternen. Auch in den Fenstern blieb alles dunkel. Paris duckte sich.

Als die Gräfin versuchte, die Lampen neben dem Kutschbock

anzuzünden, legte Alexandre ihr eine Hand auf den Arm. »Die Gendarmen suchen uns vielleicht auch hier«, sagte er. »Wir versuchen besser, den Gare du Nord zu erreichen, bevor es dunkel wird.« Er ließ das Pferd schneller laufen. Bisweilen traf eines der Räder eine herumliegende Tür oder einen alten Stuhl. Dann holperte die Kutsche, und die ohnehin durchgesessenen Polster des Kutschbocks wurden auf eine harte Probe gestellt.

Immerhin war die Gräfin sich mit ihm einig, dass sie Paris so schnell wie möglich verlassen mussten. Vom Gare du Nord aus fuhren Züge in Richtung Belgien. In Brüssel würden sie vorerst in Sicherheit sein. Alexandre hoffte, dass der Bahnhof noch nicht geschlossen worden war. Eigentlich musste es Louis Napoleon doch recht sein, wenn seine Widersacher aus der Stadt flohen. Aber Diktatoren, das wusste Alexandre aus seinen Romanen, sind fast so unberechenbar wie Frauen.

Anna und Alexandre kamen an Bretterwänden vorbei, auf denen hastig hingeklebte Plakate Louis Napoleon als Befreier Frankreichs feierten. Das Antlitz des Diktators mit dem schwarzen Spitzbart prangte auch auf Häuserwänden. An einer Straßenecke stand ein Knabe mit heruntergelassenen Hosen und erleichterte sich gegen das Bild des Präsidenten. Einige Meter weiter rissen Frauen die frisch gekleisterten Plakate ab und traten sie mit ihren Holzschuhen in den Schmutz.

Alexandre fragte sich, was Lemaitre mit all dem zu tun hatte. Er schien das Bindeglied zwischen den Ereignissen der letzten achtundvierzig Stunden zu sein. Der Abgeordnete Pivert wurde ermordet – kurz zuvor war er noch in Lemaitres Salon gewesen. Pivert starb, und gleich darauf wurde der geheime Plan Louis Napoleons bekannt. Es musste doch mit dem Antichristen zugehen, wenn da kein Zusammenhang bestand. Lemaitre, Lemaitre. Der Name kreiselte durch Alexandres Gedanken wie eine Kugel beim Roulette. Aber das Rad hörte nicht auf, sich zu drehen.

Die Kutsche rumpelte. Alexandre spürte seine Zahnschmerzen aufflammen.

»Schauen Sie!«, rief die Gräfin.

Sie hatten die Rue La Fayette erreicht, an deren Ende der Bahnhof lag. Vor ihnen türmten sich die Barrikaden dicht an dicht. Darauf standen Männer und Frauen mit Gewehren, Sensen und Knüppeln. Eine Knabenstimme rief Parolen, und die Erwachsenen antworteten im Chor. Mitten auf der Straße brannte ein Stapel Möbel. Funken flogen in den Himmel.

Alexandre lenkte den Landauer an den Straßenrand. »Warten Sie hier!«, rief er und wurde sich der Sinnlosigkeit seiner Worte erst bewusst, als er mit erhobenen Händen vor die Barrikade trat. Hoffentlich erkannte ihn niemand. Er war derjenige, dessen Artikel den Staatsstreich ausgelöst hatte. Wer würde ihm schon glauben, wenn er beteuerte, die folgenschweren Zeilen überhaupt nicht geschrieben zu haben? Er wusste aus eigener Erfahrung, dass in dieser Situation schon der Anflug von Argwohn genügte, um ihm eine Bleikugel in den Bauch zu schießen.

»Ich bin ein Freund der Republik!«, rief er.

Das Skandieren hörte auf. Ein junger Mann ohne Rock zog eine Pistole aus dem Gürtel und richtete sie auf Alexandre. »Beweise es!«

»*Vive la France!*«, rief Alexandre. »Lang lebe die Revolution!«

Der Barrikadenkämpfer lachte. »Das kann jeder rufen. Wenn du auf unserer Seite stehst, gibst du uns die Kutsche, damit wir die Absperrungen damit verstärken können.«

Alexandres Herz wurde ebenso schwer wie seine Arme. Der Lauf der auf ihn gerichteten Pistole glänzte im Feuerschein. Er schüttelte den Kopf. »Ich brauche die Kutsche, um meine Begleiterin zum Gare du Nord zu fahren. Sie kann nicht laufen. Wir nehmen den letzten Zug aus Paris heraus. Danach könnt ihr mit der Kutsche machen, was ihr wollt.« Er machte eine Pause. »Wenn ihr nur gut für das Pferd sorgt.«

»Du willst mit mir handeln? Sehe ich aus wie ein Krämer?«, rief der Bewaffnete. »He, Simon! Léonard!«, rief er nach hinten. »Der hier glaubt, ich sei ein Kaufmann.«

Von jenseits der Barrikade war Gelächter zu hören.

»Gibst du die Kutsche freiwillig heraus, oder müssen wir uns erst deiner Freundin bemächtigen?« Die Belustigung war aus der Stimme des jungen Mannes verschwunden. Zwei Gestalten kletterten jetzt zu ihm auf die Barrikade hinauf und gesellten sich an seine Seite. Simon und Léonard vermutlich.

Wenn wir doch endlich aus dieser Stadt verschwinden könnten!, dachte Alexandre. Die Gendarmen wollten ihn erschießen. Die Gegenseite auch.

Er ließ die Arme sinken und rief: »Ihr seid vielleicht keine Krämer, aber gewiss seid ihr ...«

»Blind«, rief Gräfin Anna vom Kutschbock herunter. »Meine Herren, erkennen Sie nicht, wer vor Ihnen steht? Das da ist Alexandre Dumas. Wollen Sie etwa den Vertrauten der Zimmermädchen erschießen, den Poeten der Köchinnen, den Gesetzesberater der Portiers?«

Alexandre lief es eiskalt den Rücken herunter. Diese Frau hatte seine eigenen Worte gegen ihn gewandt. Sie verletzte ihn mit ihrem Spott und sorgte gleichzeitig dafür, dass er erschossen würde.

Er schüttelte den Kopf und versuchte zu lächeln. »Ich bin doch nicht ...«

»Dumas ist hier!«, rief Simon. Oder war das Léonard? »Dumas!«

Weitere Gestalten kletterten die Barrikade hinauf. Sie standen jetzt wie ein Tribunal über Alexandre. Jeder hatte eine Waffe in der Hand.

»Hoch, Dumas!«, rief eine Frau. »Der Held von Paris!«, ergänzte eine andere Stimme. Und bald tönten nur noch zwei Silben durch die Rue La Fayette. »Du-mas! Du-mas! Du-mas!«

Alexandre schaute überrascht zu Anna hinüber. Sie zeigte ein zurückhaltendes deutsches Lächeln. Hatte sie gewusst, dass die aufgebrachte Meute ihn nicht niederstrecken würde? Oder war sie das Risiko einfach eingegangen?

»Ruhe!«, brüllte jetzt der Rocklose. »Das ist nicht Dumas! Dumas ist ein Neger. Ich habe ihn schon einmal gesehen. Der da ist so weiß wie meine Schlafmütze.«

Die Rufe verstummten. Das Prasseln des Feuers erbrach sich in die Stille.

Kein Neger? Ein Glucksen weitete Alexandres Kehle. Sein Leben lang hatte er unter seiner dunklen Hautfarbe gelitten. Sogar die Aufnahme in die Académie française hatte man ihm deshalb verwehrt. Und jetzt hielt man ihn für einen Weißen. Was für eine Notzüchtigung seiner Seele!

»Ich bin Dumas«, rief er und dachte an seinen Vater, der in diesem Moment gewiss stolz auf ihn gewesen wäre, seinen Vater, der es trotz seiner dunklen Hautfarbe zum General in Napoleons Armee gebracht hatte.

»Lügner!«, rief eine Frau mit grauem Haar und hellrotem Schorf an Hals und Wangen. Ihr Kittel schwang, als sie von der Barrikade hinabsprang. »Er ist Napoleons Spion.«

Sie beugte sich vor und spuckte aus. Ihr warmer Speichel traf Alexandres Gesicht.

Er wischte die Spucke ab. Sein Atem ging schneller. Nie zuvor hatte er einer Frau Gewalt angetan. Aber es hatte ihn auch noch keine auf eine solche Art gedemütigt.

Er packte die Aufständische an den Schultern. Ihre Augen wurden groß und rund. Und dann lachte sie, lachte so laut, dass sie damit ihre Spießgesellen von der Barrikade herunterlockte.

Einer nach dem anderen näherten sie sich Dumas. Und auch sie fingen an zu lachen.

»Haben jetzt alle den Verstand verloren?«, fragte Alexandre. Seine kochende Wut erlosch im kalten Wasser der Unsicherheit.

Die Grauhaarige streckte eine Hand aus und strich über Alexandres Wange. Sie grinste, als sie ihre Finger präsentierte. Sie waren weiß.

Zunächst verstand Alexandre nicht. Dann begriff er. Der Gips, den er aus dem Stuck in der *Chambre mauresque* gehauen hatte, musste sich auf seine Haut gelegt haben. Erst der Speichel hatte den Staub gelöst, die Maskerade beendet.

»Du-mas, Du-mas!«, erklangen die Rufe wieder.

Nur eine wahre Revolutionärin Frankreichs hatte die Wahrheit erkennen können. Alexandre hielt die Barrikadenkämpferin noch immer bei den Schultern gefasst. Jetzt zog er sie zu sich heran und küsste sie wild und feucht auf die Lippen. Ihr Atem roch nach Kohl – dem Aroma des französischen Volkes. Er küsste sie wieder, und ihre Hände wühlten durch seinen Schopf.

»Kämpf mit uns, Dumas!«, forderten die Stimmen ihn auf.

Alexandre sah zu Anna hinüber. Die Gräfin saß auf dem Kutschbock und beobachtete das Geschehen wie aus einer Theaterloge heraus.

»Ich werde mit euch um Frankreich kämpfen«, sagte er und schüttelte die Hände, die sich ihm entgegenstreckten. »Aber nicht hier. Denn ich glaube, ich weiß, wer wirklich den Untergang unserer großen Nation im Schilde führt. Bringt uns zum Bahnhof. Ich werde die Quelle allen Übels finden. Und dann werde ich sie zum Versiegen bringen!«

Fruchard schrieb. Seine Feder tanzte über das Papier. Jetzt, da Dumas fort war, konnte er sein Talent ungehindert hervorbrechen lassen. Keine Belehrungen mehr. »Fruchard, das verkauft sich nicht. Fruchard, wollen Sie mich ruinieren? Fruchard, Fruchard, Fruchard!«

Endlich herrschte Stille im Château Monte Christo. Dumas war geflohen, Gott wusste, wohin. Ihres Arbeitgebers verlustig, waren auch die Diener verschwunden. Sogar die Autoren der Romanfabrik hatten das Weite gesucht, nachdem der revolutionäre Artikel in *Le Mousquetaire* Frankreich ins Chaos gestürzt hatte. Diese Hasenherzen!

Fruchard war geblieben. Es war ihm nicht schwergefallen, in das Château einzudringen. Ein Stein und ein Fenster, das passte gut zusammen. Das Anwesen lag verlassen in einem weitläufigen Park. Und seit die Barrikadenkämpfe in Paris tobten, kamen nicht einmal mehr Geldeintreiber oder Zechkumpane hierher.

Die Romanfabrik gehörte ihm.

Die Schreibstube im oberen Stockwerk lag verlassen. Fruchard hatte sich stattdessen im weißen Salon im Erdgeschoss eingerichtet. Er saß auf Dumas' Thron, rauchte Dumas' Zigarren und trank Dumas' Wein. Die Marmorbüste des ehemaligen Hausherrn hatte zunächst streng zu ihm herabgeblickt. Deshalb hatte Fruchard ihr eine Augenbinde verpasst. Nun sah das Ebenbild des Autors aus, als sei es bereit für das Erschießungskommando.

Genau dieses Schicksal wartete auf Dumas, wenn man ihn fasste. Vielleicht würde man ihn auch aufknüpfen. Fruchard schnalzte mit der Zunge. Es würde keine Gnade geben für Alexandre Dumas. Seine Lage war schlimm. Und dank Fruchard würde sie noch schlimmer werden.

So hatte es Lemaitre befohlen. Der geheimnisvolle Magnetiseur hatte Fruchard einen Umschlag und klare Anweisungen gegeben: Die Romanfabrik müsse weiterlaufen, die Texte in *Le Mousquetaire* würden der Aristokratie weltweit die Maske vom Gesicht reißen. Und es sollten Fruchard und Lemaitre sein, die diese Zeilen schrieben.

Zweitausend Franc hatten in dem Umschlag gesteckt. Dafür wollte Lemaitre ein Pamphlet veröffentlicht wissen, bei dessen Lektüre alle *Parisiennes* in Ohnmacht fallen würden. Fruchard sollte es verfassen.

Er beugte sich wieder über den Bogen Papier und stellte ein Weinglas auf eine sich hochbiegende Ecke. Tief tauchte er die Feder ins Tintenfass. Die Flecken, die er anschließend über den luxuriösen Tisch zog, amüsierten ihn. Für Fruchard sahen sie aus wie das Blut des ehemaligen Hausherrn. Er ließ noch ein paar Tropfen auf die polierte Holzfläche fallen, bevor er zu schreiben begann. *Kaiser Napoleon entehrt das Grab Balzacs.*

Ein wunderbarer Titel für eine wunderbar erfundene Geschichte. Balzac, der Lieblingsdichter aller Franzosen, war erst im vergangenen Jahr gestorben. Halb Frankreich war seinem Sarg gefolgt, als er an einem heißen Augusttag auf dem Friedhof Père Lachaise beigesetzt worden war. Dass Louis Napoleon jetzt das Grab, dieses Heiligtum der französischen Kultur, geschändet haben sollte, würde für einen Aufschrei in ganz Frankreich sorgen. Und Franzosen, das wusste Fruchard, griffen erst zu den Waffen und schossen alles nieder, bevor sie auf die Idee kamen, zu prüfen, ob die Information überhaupt der Wahrheit entsprach.

Die Feder kratzte über das Papier. Jetzt, da er nicht mehr bei jedem zweiten Satz von Dumas verbessert wurde, flogen die Gedanken nur so aus Fruchard hinaus. Er ließ Louis Napoleon befehlen, Balzac zu exhumieren und in einem Massengrab zu verscharren, wo ihn niemand finden konnte.

Fruchard hielt inne und dachte nach. War das Balzac gewesen, der gesagt hatte: »Man lebt zweimal. Das erste Mal in der Wirklichkeit. Das zweite Mal in der Erinnerung«? Er setzte das Bonmot an das Ende des Artikels und schrieb darunter, dass die Stätte der Erinnerung nun für immer vernichtet worden war.

Dann lehnte sich Fruchard zurück und schlug zufrieden mit beiden Händen auf den Tisch. Die Romanfabrik war zu einer Lügenmanufaktur geworden.

TEIL II

Der Dieb im Britischen Museum

Kapitel 20

London, Dezember 1851

Einen Diamanten von der Größe eines Berges – so nannten die Londoner Zeitungen die Kathedrale aus Glas und Stahl, die seit Mai den Hyde Park beherrschte. Der Kristallpalast, so hieß das Monument im Volksmund. Viele Menschen waren seit Eröffnung der Weltausstellung nach London gereist. Holländer, Deutsche, Franzosen, Belgier, Schweizer, Schotten und sogar Iren wollten wissen, was achtundzwanzig Länder dort zu zeigen hatten. Wer den Kristallpalast nach einem Tag wieder verließ, so versprach ein Flugblatt für die Besucher, habe so viel von der Welt gesehen, dass er nie wieder auf Reisen gehen wolle.

Das Gebäude sorgte für ebenso viel Aufsehen wie das, was darin ausgestellt war: Teppiche aus dem Orient, Skulpturen aus dem antiken Konstantinopel, Ölgemälde von Londoner Künstlern, riesige Blöcke aus deutschem Gussstahl, Stühle aus indischem Kautschuk, eine Eisenbahnschiene von zwanzig Metern Länge aus Preußen, eine Maschine aus Nordamerika, von der behauptet wurde, sie würde ein ganzes Kornfeld fast von allein abmähen, und der Koh-i-Noor, einer der größten Diamanten der Welt.

Ben Simes kam täglich in den Kristallpalast. Stets gab er vor, in einer Zeitung zu lesen, während er neben der Ulme wartete. Der Baum war über dreißig Meter hoch, und die Ausstellungshalle war um den alten Riesen herumgebaut worden. Die Ulme war der zentrale Anlaufpunkt für alle Besucher. Jeder wollte sehen, wie sich Natur und Baukunst miteinander verbanden. Hier verlangsamte jeder Gast die Schritte, hier starrte jedes Besucherpaar in den Himmel, um nach ausgiebigem Betrachten des Spektakels orientierungslos zu beraten, welchem Land man sich als Erstem zuwenden wollte.

Das war der Moment, in dem Simes seine Dienste anbot.

»Woher kommen Sie?«, pflegte er die Gäste zu fragen. Meist waren es Ehepaare oder kleine Gruppen junger Männer. Die Frage war so einfach wie wirkungsvoll. Alle wollten sie von den Strapazen berichten, die sie auf sich genommen hatten, um den Kristallpalast zu sehen. Jeder wollte betonen, dass kein Weg zu weit, kein Gasthof zu schmutzig, keine Entbehrung zu leidvoll gewesen war, um Teil dessen zu sein, wovon die Welt noch in hundert Jahren sprechen würde.

Schon hatte Simes sie am Haken.

Als Sohn eines britischen Diplomaten sprach er außer Englisch auch Deutsch, Französisch, Italienisch und ein wenig Spanisch. Zwar hatte sein Vater seinen Posten mitsamt dem Erbe des Sohnes verspielt. Die Sprachen aber konnte Ben niemand mehr nehmen.

»*Signori, disturbi? Vous avez l'air un peu perdu?* Kann ich Ihnen helfen?«

Die Besucher waren dann meist so erleichtert, einen mehrsprachigen Führer gefunden zu haben, dass sie sich bedingungslos in Simes' Obhut begaben. Das funktionierte sogar mit Engländern, vorausgesetzt, sie kamen vom Land. Londoner hingegen mied Simes. Sie waren argwöhnisch und geizig. Nicht einmal ein Charismatiker wie Ben Simes konnte in ihnen den Wunsch wecken, ein Stück aus der Weltausstellung zu kaufen.

Während er seine Opfer durch den Kristallpalast führte, versuchte er, immer zuerst bei den Männern die Leine einzuholen. Bei ihnen saß das Geld lockerer. »Sehen Sie dieses Wunder der Technik? Ein Boot, das man mit Luft füllen kann. Es schwimmt auf den höchsten Wellen. Damit hätte Napoleon die Schlacht von Trafalgar gewonnen.« Das sagte er natürlich nur, wenn er Gäste aus Frankreich im Schlepptau hatte. Spaniern beschrieb er den Triumph der Armada, wenn sie diese sogenannten Schlauchboote gehabt hätte. Holländern malte er einen Sieg bei der Schlacht auf der Doggerbank aus. Schweizern … Bei Schweizern wurde es schwierig.

Mit seinem Einfallsreichtum sorgte Ben Simes dafür, dass oft genug schon beim ersten Ausstellungsstück die Frage kam: »Kann man dieses Luftboot kaufen? Wo gibt es das?«

Dann musste Simes bloß noch vorgeben, darüber nichts erzählen zu dürfen. Schon zückten die Herren die Geldbörse, um zu zeigen, wie sich deren Leder wölbte. Der Rest war einfach.

Ben Simes nannte einen Preis – einen hohen Preis. Immerhin handelte es sich um ein Entwurfsmodell. Ein Handel könne aber erst stattfinden, wenn die Weltausstellung abgebaut werde. Schließlich wollten bis dahin auch andere Besucher etwas zu sehen bekommen.

Das war der entscheidende Moment.

Einige, aber es waren nur wenige, wandten sich schulterzuckend ab. Sie befolgten Regeln und Gesetze, sogar solche, die ein wildfremder Mensch gerade erst erfunden hatte.

Andere glaubten an die Macht des Geldes. Sie holten eine Handvoll Geldscheine hervor und drückten sie Simes in die Spinnenfinger. Er werde doch gewiss dafür sorgen können, dass dieses Wunderwerk der Technik nicht an jemand anders verkauft werde.

Der Trick funktionierte so häufig, dass Simes begann, am Verstand seiner Mitmenschen zu zweifeln. Selbst wenn die Herren beim Schlauchboot nicht anbissen, so setzte er die Damen mit dem Schmetterlingsgemälde aus London in Verzückung. Irgendeine Absonderlichkeit wollten sie alle mit nach Hause nehmen. Ausstellungsbesucher waren alle gleich, ob sie von der Mosel, der Loire oder vom Guadalquivir kamen.

Dieser Herr war allein. Er trug einen schwarzen Gehrock und gestreifte Hosen, darunter ein weißes Hemd mit Stehkragen und eine schwarze Seidenkrawatte. Auf dem Kopf thronte einer jener schlanken Zylinderhüte, die so hoch waren, dass sie fast grotesk wirkten. Der Mann roch nach Geld – und nach einem ungewöhnlichen Parfum.

Welcher Nationalität mochte er sein? Das galt es herauszufinden, bevor Ben sein Opfer einspinnen konnte. Er beobachtete den Besucher aus den Augenwinkeln, während er vorgab, in seiner Zeitung zu blättern. Hoffentlich war der Mann Franzose. Die waren derzeit leichte Beute. Franzosen redeten nur noch von dem Staatsstreich, der in der vergangenen Woche Paris erschüttert hatte. Auch die Londoner Zeitungen waren voll mit Artikeln und Kommentaren über Louis Napoleon, der das Parlament entmachtet und dann die Armee gegen die protestierenden Bürger geschickt hatte. Die Straßen der französischen Hauptstadt sollten ein Schlachtfeld gewesen sein. Ein Journalist der *Illustrated London News* kommentierte, so etwas sei in Frankreich gang und gäbe. Die Pariser würden ihre Barrikadenkämpfe abhalten, so wie die Briten zum Polo gingen.

Simes hegte Bewunderung für Louis Napoleon. Das war ein Mann, der gleich einen ganzen Staat einsackte. Eines Tages würde auch ihm, Ben Simes, der große Fang gelingen. Eines Tages …

»Sie beobachten mich?« Sein Opfer stand direkt vor ihm. Zum Henker! Er hatte seinen Gedanken nachgehangen.

Der Mann hatte einen französischen Akzent. Immerhin wusste Simes jetzt, woran er mit diesem Kerl war.

»Monsieur!«, sagte er und faltete die knisternde Zeitung bedächtig zusammen, um Zeit zu gewinnen. »Ihre Kleidung ist so exquisit und modern, dass ich überlegte, ob Sie nicht aus Paris kommen. Verzeihen Sie, falls ich Sie angestarrt haben sollte, Monsieur …«

»Lemaitre«, sagte der andere, ohne sich zu verbeugen.

Ben stellte sich mit dem Namen seines letzten Opfers vor und zog die Golfmütze aus grünem Tweed vom Kopf.

»Wissen Sie, wo man hier einen Führer durch die Ausstellung finden kann?«, fragte der Fremde. »Ich suche etwas ganz Bestimmtes.«

Ben fiel auf, dass das Gesicht des Franzosen wie ausgetrocknet wirkte. Schminkten sich in Frankreich etwa auch die Männer? »Sie haben Glück, Monsieur Lemaitre«, sagte Ben. »Alle offiziellen Führer sind ausgebucht.«

Ein Lächeln erblühte auf dem Gesicht des Franzosen. Der Mann war Simes sofort sympathisch. Das änderte natürlich nichts daran, dass er ihn ausnehmen würde. Ben zählte bis drei. Dann musste die Frage kommen, deren Keim er in die Zunge des Monsieur gepflanzt hatte.

Eins. Zwei.

Drei. »Aber wieso habe ich Glück, wenn es keine Führer mehr gibt?«, wollte der Franzose wissen.

In Gedanken sprach Simes die Worte mit. Er hatte sie in jeder erdenklichen Sprache gehört. Entsprechend leicht fiel es ihm zu antworten: »Weil die Führer es ohnehin nicht wert sind, einen weit gereisten Gast wie Sie zu begleiten. Zufälligerweise bin ich einer der Kuratoren dieser bescheidenen Schau. Erlauben Sie, dass ich Ihnen die Wunder des Kristallpalastes persönlich zeige.«

»Was würde das kosten?«, fragte Lemaitre.

»Abgesehen von Ihrer Zeit? Überhaupt nichts«, sagte Ben. »Ich habe den Tag frei, und es ist mir ein Vergnügen, Gästen anderer Länder zu zeigen, welche Mühen wir Engländer in diese Ausstellung gesteckt haben.«

Monsieur Lemaitre sagte, jetzt sei er ebenfalls der Meinung, dass Fortuna ihn begleite.

Fortuna, dachte Simes. Das musste er sich merken.

Er führte den Besucher nicht gleich zum Schlauchboot. Frontal aufs Ziel zu – das war etwas für Amerikaner. Franzosen brauchten Dramaturgie. Mit eleganter Exposition, einem langen zweiten Akt und schließlich Klimax und Katharsis.

Aber diesmal lief alles anders.

Sie begannen bei dem Kanu der nordamerikanischen Indianer. Es war an Seilen über den Köpfen der Besucher aufgehängt. An Bug und Heck waren Augen aufgemalt. Normalerweise beachtete niemand dieses Detail. Der Franzose aber schien mehr Interesse an dem Dekor als an dem eigentlichen Fahrzeug zu haben, dessen Konstruktion Simes bis ins kleinste Detail erklärte. Lemaitre starrte die Augen so lange an, dass Simes das Gefühl hatte, zwischen dem Kanu und dem Franzosen finde ein stummes Zwiegespräch statt. Schließlich löste sich der Franzose von dem Anblick.

Als Nächstes wollte Simes den Gast zum »Höfischen Geschehen des Mittelalters« führen. Doch bevor sie den Pavillon erreichen konnten, bog Lemaitre ab und hielt auf die Ausstellungsfläche Britisch-Indiens zu. Dort standen auf Podesten zwei lebendige Elefanten. Die Tiere waren mit Decken und Türmen aus Gold geschmückt. Juwelenbesetzte Bänder waren um ihre Stoßzähne geschlungen. Um niemanden in Versuchung zu bringen, die Schätze zu stehlen, standen zwei Inder mit blauen Turbanen vor den Elefanten und stützten sich auf die Hefte beeindruckender Krummsäbel.

Das Schauspiel, das Simes bei dem Kanu beobachtet hatte, wiederholte sich. Mit dem Unterschied, dass Lemaitre diesmal in die lebendigen Augen der Elefanten starrte. Den Reichtümern an den großen Tieren schenkte er keinen Blick.

So ging es weiter. Bald hatte Simes den Eindruck, dass nicht er den Franzosen, sondern der Franzose ihn durch den Kristallpalast führte. Das gefiel Ben nicht. Ganz und gar nicht. Vor allem deshalb, weil sein Gast bald auch die Aufmerksamkeit der Wärter auf sich zog. Jedes Ausstellungsstück in seiner Reichweite berührte Lemaitre mit der Hand. Dafür hatte er die Lederhandschuhe ausgezogen. Er beließ es nicht dabei, die Stücke mit den Fingern zu streifen, wie viele andere Besucher. Nein, er langte nach den Holzschnitzereien spätgotischen Chorgestühls und zerrte daran, als prüfe er, ob die Stücke nur zusammengesteckt oder tatsächlich – wie das Schild behauptete – aus einem einzigen Baum geschnitzt waren. Er stieg über Absperrungen hinweg, um sich auf den mit Federn geschmückten Thron eines afrikanischen Häuptlings zu setzen. Er zog, bevor die Aufseher ihn davon abhalten konnten, so kräftig an dem Hebel eines Lastkrans, dass sich der Motor in Bewegung setzte, die Winde ihre Kette aufrollte und der Arm herumschwang. Wäre Ben nicht hinzugesprungen, hätte der Ausleger eine Dame mit Kapotthut umgeworfen.

Nach einer endlos erscheinenden Zeit erreichten sie das Schlauchboot. Es war so groß wie das Rettungsboot einer großen Fregatte. Ein Dutzend Männer fanden darin Platz. Dreimal so viele Besucher standen um das Fahrzeug herum. Einige bückten sich und drückten prüfend auf die Luftkammern. Simes drängte sich dazwischen und schuf eine Lücke für seinen Begleiter.

»Was sagen Sie dazu? Ein Boot, das mit Luft gefüllt ist. Es ist praktisch unsinkbar.« Jetzt sonderten seine Opfer in der Regel alle dieselbe Frage ab. Was passiert, wenn es ein Loch hat? Simes hatte sich die Erklärung zurechtgelegt: Es besteht aus acht Luftkammern. Niemals würden sie alle zerstört werden. Und dann würde er sein Ass, die Schlacht von Trafalgar, aus dem Ärmel ziehen.

Aber Lemaitre sah das Schlauchboot an und lachte laut.

»Kein Wunder, dass Sie mich hierhergelockt haben«, sagte der Franzose.

»Hergelockt?« War dieser Mann womöglich ein Polizist? Simes verspürte mit einem Mal den Drang, das Boot, den Franzosen und den Kristallpalast auf schnellstem Wege zu verlassen. »Ich habe Ihnen die Wunder der Welt gezeigt, mein Herr. Und das auch noch kostenlos.«

»Dieses Schlauchboot da ist Ihnen ähnlich«, fuhr Lemaitre fort. »Es schwimmt immer auf der Oberfläche. Aber im Innern ist es hohl und enthält nichts weiter als Luft.«

»Ist das die französische Art, sich dankbar zu erweisen?«, fragte Ben, nicht zu laut, um die anderen Besucher nicht aufmerksam werden zu lassen. Er spürte, wie seine Lippen bebten, und schloss den Mund, um nicht wie ein Idiot auszusehen.

Er spürte die Hand des Franzosen auf seiner Schulter. Es war dieselbe Hand, die zuvor das Glas von Vitrinen verschmiert, die Füße von Marmorstatuen betastet und den Stoff von Gobelins gerieben hatte. Jetzt fühlte sich Simes selbst wie ein Ausstellungsstück.

»Kommen Sie, dann zeige ich Ihnen meine Art der Dankbarkeit«, sagte der Franzose mit einer Sirupstimme.

Die Hand zog ihn beiseite. Unter einem Stahlträger, der mit rotem Samt behangen war, kamen die Männer zum Stehen.

»Die Angst leuchtet aus deinen Augen. Sie verrät dich.« Der Franzose rückte nah an Ben heran. Der Geruch, der seiner Kleidung – oder seinem Körper – entströmte, war nicht mehr elegant, sondern aufdringlich. Simes hielt den Atem an. Doch nach einer Weile hielt er es nicht mehr aus und sog die Luft ein. Ein eigenartiger Geschmack legte sich auf seinen Gaumen. Lemaitre sah ihn genauso an, wie er das Kanu und den Elefanten betrachtet hatte. Mit dem Blick eines Chirurgen.

»Ich habe gleich gesehen, was du im Schilde führst. Du bist gerissen. Du bist gewandt. Du bist Londoner. Du wirst mir helfen«, sagte Lemaitre.

Ben nickte – von sich selbst überrascht.

»Wie lautet dein wirklicher Name?«, fragte der Franzose.

»Ben Simes«, sagte er.

»Hier sind eintausend Pfund, Simes.« Der Franzose holte eine Geldbörse hervor. Aus dem schwarzen Leder lugten die weißen Ränder von Banknoten hervor. Ben griff danach mit der Selbstverständlichkeit, mit der ein Säugling die Mutterbrust empfängt. Eintausend Pfund! Nie im Leben hatte er so viel Geld in der Hand gehabt. Nicht einmal gesehen hatte er es. Ein Arbeiter in London verdiente ein Pfund in der Woche. Er schluckte, wollte etwas erwidern, er wollte sagen, das Geld sei …

»Bei dir ist es gut aufgehoben, ich weiß«, vervollständigte Lemaitre. Konnte der Mann Gedanken lesen? Oder bediente er sich derselben Tricks wie Ben?

Lemaitre erklärte, wie Simes das Geld verwenden sollte.

»Ich treffe dich dann dort, Simes. Und vergiss nicht, dir etwas Eleganteres zum Anziehen zu besorgen. So, wie du herumläufst, glauben meine Klienten womöglich, wir würden sie betrügen.«

Als Ben Simes den Kristallpalast verließ und durch den Hyde Park in Richtung Belgravia ging, tastete er immer wieder nach der Geldbörse. Ihm fiel auf, dass er noch gar nicht daran gedacht hatte, mit dem Geld einfach zu verschwinden. Tausend Pfund! Damit könnte er sich ein Landhaus in Windsor kaufen.

Simes lachte. Was für eine absurde Vorstellung! Niemals würde er Monsieur Lemaitre betrügen. Oder irgendeinen anderen Menschen. Was war er doch für eine ehrliche Haut!

Kapitel 21

Brüssel, Dezember 1851

Anna erwachte. Jemand hatte sie an der Schulter berührt. Madame Dantan beugte sich zu ihr hinab und flüsterte, die Kutsche nach Stuttgart stehe bereit und werde schon beladen. Im Hintergrund rumorte Madame Delessert an ihrem Gepäck. Vor dem winzigen Sprossenfenster war es noch dunkel. Eine einzige Kerze verbreitete düstergelbes Licht in dem Zimmer der Herberge.

Anna richtete sich auf. Wie an jedem Morgen in dieser Woche boten ihr die beiden Frauen, mit denen sie sich den Raum teilte, Hilfe an. Wie jeden Morgen lehnte Anna ab. Sich in mehrere Untergewänder und Röcke zu kleiden, wenn man die Beine nicht bewegen konnte, war ein Kunststück, und sie war darin eine Meisterin geworden. Eines Tages würde es ihr vielleicht sogar gelingen, in einen dieser modischen Krinolinenröcke zu schlüpfen. Allerdings musste der Rollstuhl noch erfunden werden, in den ein solches Ungetüm hineinpasste.

Ein letztes Mal fuhr Anna aus dem Hotel Lambermont hinaus. Brüssel lag nebelzerkaut im Morgendämmer. Die Häuser waren in weißen Dunst gehüllt. Die Luft war kühl. Es roch nach nassen Blättern und kaltem Rauch. Eine Woche lang hatte die Stadt Anna allmorgendlich auf diese Weise begrüßt. Eine Woche lang hatte sie sich ein Doppelbett mit zwei Frauen geteilt. Eine Woche lang hatte sie darauf gewartet, Brüssel endlich in Richtung Stuttgart verlassen zu können. Der Aufruhr in Paris hatte hunderte Flüchtlinge nach Brüssel getrieben. Um weiterzukommen, wollte jeder einen der wenigen Plätze in den Postkutschen ergattern. Heute endlich war Anna an der Reihe.

Das Lambermont war zugleich Herberge und Poststation. Auf der Straße drängten sich die Fahrgäste. Reiche Bürger lehnten an mannshoch aufgetürmten Koffern, Handwerker in abgerissenen Westen banden sich rote Tücher um den Hals, alte Frauen, die ihre Regenschirme aufgespannt hatten, obwohl es nicht regnete, warfen den Tauben Brotkrumen hin.

Anna hielt sich die Hände gegen die kühlen Wangen. Sie saß dicht neben der Kutsche, die sie nach Stuttgart bringen sollte. Von dort wollte sie weiter nach Karlsruhe reisen. Sobald sich der Schlag hinter ihr schließen würde, wäre diese Episode ihres Lebens endlich vorbei.

Der Kutscher hievte das Gepäck seiner Fahrgäste auf die Ladefläche. Anna zeigte ihren Fahrschein. Der Mann nahm ihr die Reisetasche vom Schoß und stopfte sie zwischen zwei Schrankkoffer. Dann deutete er mit fragendem Blick auf den Rollstuhl. Anna bat, noch einen Moment zu warten.

Wo blieb nur Dumas? Er würde ihre Abfahrt verpassen. Einen Augenblick lang befürchtete Anna, Alexandre habe vergessen, sich von ihr zu verabschieden. Aber ihre Gedanken zerfaserten im Nebel, als die mächtige Gestalt des Schriftstellers unter dem goldenen Posthorn im Eingang der Herberge erschien. Zwei Damen begleiteten ihn.

»Gräfin! Sie werden doch Brüssel nicht verlassen, ohne Adieu zu sagen.« Dumas war in einen braunen Wollmantel mit weitem Aufschlag gehüllt. Die Knöpfe aus Perlmutt, die an der rechten Brustseite hinunterliefen, waren so groß wie Karpfenmäuler. Auf seinem Kopf saß ein Filzhut mit breiter Krempe.

»Wie finden Sie meine Garderobe?«, wollte er wissen. »Die neueste Brüsseler Mode. Diese beiden Damen waren so freundlich, mir etwas Geld zu leihen, bis sich die Lage in Frankreich wieder beruhigt hat.« Er stellte die in weinroten Brokat und safranfarbigen Pelz gehüllten Frauen vor. Sie begrüßten Anna und beteuerten, sich glücklich zu schätzen, dem berühmten Alexandre Dumas in der Not aushelfen zu können.

Anna hatte ihren Begleiter noch nicht so zufrieden erlebt. Kleine lila Adern waren auf seinen Wangen geplatzt, seine Augen blitzten, sein Schnurrbart war mit Pomade eingerieben und an den Spitzen nach oben gebogen.

»Die Gräfin und ich sind vergangene Woche hier angekommen«, berichtete Dumas seinen Begleiterinnen. »Sie kommt aus Baden. Trotzdem ist sie eine Heldin der Revolution, eine echte Marianne. Was für ein Verlust für Frankreich, dass Sie uns verlassen, Anna.«

»Und für Belgien«, warf eine der beiden Frauen ein.

Anna hoffte, die Kutsche werde bald abfahren.

»Kann ich Sie nicht doch noch umstimmen?«, fragte Dumas. »Wir haben so viel gemeinsam erlebt. Denken Sie nur an die Zugfahrt in jener Nacht.« Er wandte sich an seine Begleiterinnen. »Wir erreichten den Bahnhof mit knapper Not. Gardisten und Gendarmen waren uns auf den Fersen. Blutüberströmt trug ich die Gräfin auf meinen Armen und bahnte mir einen Weg durch die Menge. Wir schafften es gerade rechtzeitig zum Zug. Doch es waren nur noch Plätze im offenen Wagen frei. Und natürlich hat es die ganze Fahrt über geregnet. Aber wie schrieb schon Sophokles: Besser bettelmännisch gefahren als ehrenmännisch gegangen.«

Die Damen hielten sich Handschuhe aus Spitze vor den Mund. Ihre Augen glichen den Knöpfen auf Dumas' Mantel.

Anna war versucht zu beschreiben, wie es wirklich gewesen war. Dumas hatte tatsächlich versucht, sie zu tragen. Sie aber hatte sich gewehrt und gesagt, ohne ihren Rollstuhl werde sie Paris nicht verlassen. Also hatte er sie schieben müssen. Statt den Ritter zu spielen, hatte er den Krankenpfleger geben müssen. Die Geschichte mit dem Zugabteil ohne Dach entsprach hingegen der Wahrheit. Aber daran, bis auf die Haut nass zu werden, war wenig Heldenhaftes.

Anna holte ein Taschentuch hervor und putzte sich die Nase.

Der Kutscher rief die Fahrgäste nach Stuttgart auf. Der Moment des Abschieds war gekommen. Anna spürte Erleichterung, endlich von Dumas loszukommen. Da war aber auch ein leichtes Ziehen in ihrem Bauch. Doch es war so schwach, dass sie es ignorieren konnte. Sie wollte Alexandre die Hand reichen. Doch der bückte sich, schlang die Arme um Annas Schultern und drückte sie so kräftig an sich, dass er sie aus dem Rollstuhl hob. Dann küsste er ihre Wangen. Sein Gesicht war ganz nah. Es war braun und fleischig wie ein Winterapfel. Eine Träne lief an seiner mächtigen Nase entlang.

»Wollen Sie nicht doch mit mir nach London kommen?« In den vergangenen Tagen hatte Dumas diese Frage immer wieder gestellt. »Ich werde das Amulett meines Vaters finden, dann verkaufe ich es und gebe Ihnen die Hälfte des Gewinns. Sie haben mir das Leben gerettet, Gräfin.«

»Damit habe ich doch genug getan«, gab Anna zurück.

»Aber wenn Sie mich jetzt verlassen, töten Sie meine Seele«, sagte Dumas, so leise, dass es seine Begleiterinnen nicht hören konnten.

Anna hob eine blasse kleine Hand. Die Finger näherten sich Alexandres Wange. Bevor sie ihn berührte, ließ sie die Hand wieder sinken. »Immanuel braucht mich. Ich werde von Karlsruhe aus dafür sorgen, dass er so bald wie möglich nach Hause kommt«, sagte sie. Eigentlich hatte sie sich vorgenommen, nicht wieder in die Heimat zu fahren und ihren Freunden zur Last zu fallen. Doch Immanuel brauchte jetzt Hilfe, und das war wichtiger, als in die Asche ihres Stolzes zu blasen.

Dumas richtete sich auf. »Dann also adieu«, sagte er. »Ich werde mein Versprechen halten und Sie in keinem meiner künftigen Romane auftreten lassen. Aber an Sie denken, das werde ich. Und Sie können nichts dagegen unternehmen.«

Abrupt drehte er sich um, hakte sich bei seinen Begleiterinnen ein und ging davon. Anna hörte noch, wie er von seiner bevorstehenden Fahrt nach Calais und der Fähre nach Dover erzählte. »Wussten Sie«, berichtete die leiser werdende, dunkle Stimme, »dass die englische Königin Elizabeth einst einem spanischen Diplomaten hinterhergelaufen ist? Auf der Fähre soll sie ihm ihre Liebe gestanden haben. Eben diese Fähre werde ich nehmen.«

In der Kutsche war Platz für sechs Fahrgäste, aber acht drängten sich auf den ungepolsterten Bänken zusammen. Niemand murrte. Um so schnell und so weit wie möglich von Belgien fortzukommen, nahm man jedwede Unbequemlichkeit in Kauf.

Gleich hinter Brüssel endete die gepflasterte Straße. Eine Weile mahlten die Räder durch Sand und Schlamm. Das Fahrzeug schlingerte. Anna wurde mal gegen die Wand, mal gegen ihren Nebenmann gedrückt, einen englischen Herrn mit bekümmerten Augen und rotem Backenbart.

Dann ging die Straße in einen Knüppeldamm über. Die Gespräche unter den Fahrgästen verstummten. Das Rütteln war so stark, dass man die Kiefer anspannen musste, um sich nicht versehentlich auf die Zunge zu beißen. Das Schütteln begleitete ein Chor klirrender Ketten, quietschender Naben und polternden Gepäcks. Anna wünschte, Immanuel säße auf dem Kutschbock.

Erst kurz vor Leuwen besserte sich der Weg. Gegen das Gepolter glich das nun folgende Ruckeln über Pflastersteine dem Gleiten auf Schienen. Annas Banknachbar begann Zeitung zu lesen. In der Beengtheit waren die großformatigen Seiten kaum zu bändigen, und das Papier flappte Anna mehrfach vor das Gesicht. Gerade als sie es zum wiederholten Mal beiseiteschieben wollte, fiel ihr Blick auf eine Annonce, in deren Mitte der Asklepiosstab zu sehen war. Rechts und links daneben waren die Büsten einer Frau und eines Mannes abgebildet. Sie trugen Amulette um den Hals. Der Zeichner hatte wellenförmige Linien von den Anhängern ausgehen lassen. Es sollte so aussehen, als strahlten die Amulette eine mystische Kraft aus. Darunter standen Worte auf Englisch, von denen Anna einige nicht kannte.

»Verzeihen Sie«, sagte sie zu ihrem Nebenmann. »Können Sie mir diese Zeile ins Französische übersetzen?« Sie tippte auf die Annonce.

»Natürlich, Madame.« Er hielt sich das Papier vor die Augen. »Da steht: *Magnetstrahlen bringen Heilung.* Und darunter: *Wenn ein Blitz die Luft reinigt, kann Elektrizität das Blut säubern. Der krönende Triumph der Medizin im 19. Jahrhundert. Salon in London, 114 Belgravia Place, Anmeldung per Brief erforderlich.*« Er schüttelte den Kopf. »Man müsste diese Scharlatane verbieten und ins Gefängnis werfen, wo sie sich gegenseitig behandeln können.«

Anna riss dem Briten die Zeitung aus der Hand. Das Papier ging entzwei. »Lemaitre«, sagte sie. »Er ist in London. Er macht einfach weiter wie zuvor.«

Der Engländer zog die Brauen in die Höhe. »Ich war mit dem Lesen noch nicht fertig. Wenn Ihnen das Inserat so viel bedeutet, können Sie die Seite natürlich behalten. Eine höfliche Frage hätte genügt.«

Anna hörte die Worte, verstand sie jedoch nicht. Das Bild von Lemaitres Salon in Paris tauchte vor ihr auf. Seine Opfer, die er Patienten nannte. Die Metallarme, die sie sich über die Leiber führten. Die Verzückung in den Gesichtern.

Jetzt war dieses Ungeheuer in London. Und Alexandre war

auf dem Weg dorthin. Sie musste ihn warnen. Sie musste aber doch auch nach Karlsruhe, um Immanuels Rückreise zu ermöglichen. Der eine lag mit gebrochenen Beinen in einem Hospital in Paris. Der andere lief in London blindlings ins offene Messer eines Wahnsinnigen. Es fiel Anna schwer, die Situationen der beiden Männer gegeneinander aufzuwiegen. Schließlich entschied sie, dass Immanuel im Krankenhaus ja keinerlei Gefahr drohte. Alexandre hingegen schon.

»Wir müssen sofort umkehren«, rief Anna dem Briten auf Deutsch zu. Er sah sie verständnislos an.

Anna versuchte, das Fenster zu öffnen. Aber es war fest im Schlag verbaut. Sie legte den Hebel um und öffnete die Tür. Kälte strömte herein. Die Zeitung wurde aus der Kutsche geweht. Der Reisende gegenüber wollte die Tür wieder zuziehen, aber Anna wehrte seine Hand ab. Sie beugte sich hinaus und rief: »Anhalten! Wir müssen sofort umkehren.«

Tatsächlich hielt der Kutscher an. Das blieb jedoch Annas einziger Erfolg. Ihre Beteuerungen, es gehe um Leben und Tod und vielleicht sogar um mehr, riefen nur Schulterzucken hervor. Die Kutsche fahre bis Leuwen. Dort könne Anna übernachten. Am nächsten Morgen ließe sich vielleicht eine Passage zurück nach Brüssel finden. Aber wer wollte in diesen Tagen schon dorthin?

Anna blieb nichts anderes übrig, als sich in ihr Schicksal zu fügen und sich wieder auf ihren Platz zu klemmen. Die anderen Fahrgäste redeten beruhigend auf sie ein. Eine französische Dame bot ihr Konfekt aus einer Metallschachtel an. Anna ballte die Hände zu Fäusten. Es war ihr, als müsse sie den Atem anhalten, bis sie in London war und Alexandre warnen konnte. Denn der war auf dem Weg ins Britische Museum, um das Amulett seines Vaters zu finden.

Und genau das suchte auch Lemaitre.

Kapitel 22

*London, Herrenhaus in der Broad Street,
Dezember 1851*

Lemaitre schob den schweren Vorhang zur Seite und lugte in den Saal. Von der vier Meter hohen Decke hingen Kronleuchter herab. Ihr Murano-Glas warf den Schein der Kerzen hundertfach verstärkt in den Raum. Im warmen Licht standen die Patienten in Gruppen beieinander. Einige hatten es sich auf den mit rotem Chintz bezogenen Chaiselonguen bequem gemacht. Es war beinahe wie in Paris. Nur der Andrang war geringer. Das würde sich ändern. Die Gäste des heutigen Abends würden ganz London berichten, was sie in diesem Raum sehen und am eigenen Leib erfahren würden. Nichts machte so schnell die Runde wie der Bericht über ein Wunder.

Simes hatte gute Arbeit geleistet. Lemaitre beglückwünschte sich dazu, einen Mann mit Talent in seine Dienste genommen zu haben. Ben Simes betrog nicht aus reiner Gier. Es bereitete ihm Lust, Menschen hinters Licht zu führen. Simes war wie geschaffen dafür, London in dasselbe Chaos zu stürzen wie Paris. Denn aus Chaos entstand immer eine neue Ordnung, und die würde von einem einzigen Mann ausgehen.

Jetzt fehlte Lemaitre bloß noch ein zweiter Pivert, jemand aus dem inneren Kreis der Regierung, ein Handlanger der Macht, der die geheimsten Pläne der englischen Politik kannte – und sie ausplauderte, wenn Lemaitre es von ihm verlangen würde.

Ein angenehmer Schauder durchlief ihn, als er an die Kutschfahrt mit Pivert zurückdachte. Der Wille des französischen Abgeordneten war eine Blüte gewesen. Lemaitre hatte diese Blüte gepflückt, ihren Pollen entnommen und sie dann zerquetscht. Von Pivert hatte er alles über den geplanten Staatsstreich erfahren. Louis Napoleon hatte Frankreich im Handstreich in seine Gewalt bekommen wollen. Es hatte kein Blutvergießen geben sollen. Alles war so perfekt vorbereitet gewesen, dass es so ausgesehen hätte, als habe das französische Volk freiwillig die Macht in die Hände des Diktators gelegt, ganz so, als ob sich das Rad der Geschichte einfach ein Stück weiterdrehte. Aber dank Pivert hatte Lemaitre eine Speiche in diesem Rad zerbrochen, und der Karren war ins Schlingern geraten. Frankreich versank im Chaos.

Lemaitre hatte Pivert in der Kutsche erwürgt. Wie groß die Augen des alten Mannes geworden waren, als sich die Finger immer fester um seinen Stehkragen geschlossen hatten! Lemaitre liebte große Augen. Sie luden ihn ein, forderten seine Gabe heraus. Im Blick Piverts hatte er gelesen, dass der Politiker wusste, was mit ihm geschah. Zugleich aber war er nicht imstande gewesen, sich gegen seinen Mörder zu wehren. Nur einmal kurz vor seinem letzten Atemzug hatte Pivert eine Hand gehoben. Der Wille eines Menschen schien in diesem letzten Moment zu erstarken. Die schlaffe Hand hatte sich in Lemaitres Gesicht gedrückt. Dann war sie hinuntergesunken.

Frankreich war gefallen. Jetzt war London an der Reihe. Und danach Russland. Der Untergang Europas war nur eine Frage der Zeit, verursacht durch den idiotischen Alexandre Dumas. Hätte der Schriftsteller die Amulette seines Vaters nicht einfach an die Krämer in den Museen von Paris, London und Sankt Petersburg verkauft, wäre Lemaitre niemals auf den Gedanken gekommen, nach England und Russland zu reisen und dort fortzusetzen, was er in Frankreich begonnen hatte. Er empfand Alexandre gegenüber eine grimmige Dankbarkeit.

Lemaitre krallte die Finger in den Stoff des Vorhangs. Wenn er es wollte, würden ihm alle Menschen in diesem Saal gehorchen. Ein Gefühl von Macht rauschte durch ihn hindurch. Er zitterte. Er holte das Amulett aus der Westentasche hervor. Die grün angelaufene Bronze fühlte sich kühl an. An diesem Abend wollte er die Macht des Artefakts ausprobieren. Genügend Versuchskaninchen hatte er. Sie waren sogar alle freiwillig gekommen.

Noch einmal ließ Lemaitre seinen Blick durch den Saal wandern. Die Lakaien standen bereit, um die Kerzen zu löschen. Das Baquet war aufgebaut und aufgeladen. Die metallenen Arme waren geschmiert und funktionierten tadellos. Simes parlierte mit den Gästen. Er machte eine gute Figur in seiner erlesenen Garderobe: dem zweireihigen grauen Wollfrack mit großem Kragen und breitem Revers. Darunter trug Simes eine grüne Weste und ein seidenes weißes Hemd. Nur von seiner Golfmütze hatte er sich nicht trennen wollen.

Lemaitre nahm die kleine Glasglocke von einem Tisch und tippte mit einem seiner langen Fingernägel dagegen. Der kleine Ton flog durch den Raum und ließ die Gespräche verstummen. Simes, von dem Signal in Bewegung gesetzt, ging von Gruppe zu Gruppe und bat die Besucher zu den Stühlen, die um das Baquet herum aufgestellt worden waren. Das Licht wurde gedämpft. Lemaitre trat hinter dem Vorhang hervor. Die Vorführung begann.

Es war beinahe wie in Paris. Allerdings schienen die Engländer zurückhaltender zu sein. Während er sich den Gästen vorstellte, konnte Lemaitre den Zweifel erkennen, der ihre Stirnen furchte. Das würde sich ändern. Sobald er die Ersten überzeugt hatte, von ihren Krankheiten geheilt und ihrer Schmerzen ledig zu sein, würden sie ihm alles glauben. Natürlich heilte Lemaitre niemanden. Er schenkte seinen Patienten lediglich den Glauben, gesund zu sein. Was machte es schon für einen Unterschied, ob ein Mensch krank war oder gesund, solange er nur keine Schmerzen spürte?

Simes und die Lakaien zogen die Metallarme aus dem Baquet und reichten sie den Gästen. Dann sorgten sie dafür, dass sich die Patienten das blaue Band um die Hüften wanden. Es war nur ein nutzloses Stück Samt. Dennoch erwies es sich als äußerst wirkungsvoll, alle Anwesenden damit zu verbinden. Der Glaube des Menschen war die mächtigste Medizin der Welt.

Noch schauten einige Gäste skeptisch zu ihren Nachbarn hinüber, die bereits schläfrig die Rücken bogen.

Lemaitre senkte die Stimme. Er bat seine Patienten, sich ihren Körper in Farben getaucht vorzustellen: dunkelblau am Scheitel, dann zur Mitte hin heller werdend, ins Gelbe und Grüne übergehend, bis sie bei einem Tiefrot an den Fußsohlen angekommen waren. Dabei sollten sie ihre Gedanken mit der Trägheit einer Schnecke über die Haut gleiten lassen. Die meisten dämmerten schon davon, wenn sie am Bauchnabel angekommen waren.

Während er sprach, musterte er die Damen im Salon. Welche wäre wohl geeignet, ihm Zutritt zu den Regierungskreisen zu verschaffen? Einige trugen Krinolinen aus Seide, teure Colliers und Ringe mit Edelsteinen, so schwer, dass sie die Hände kaum noch heben konnten. Aber das waren nicht die wirklich Reichen und Mächtigen. Die zeichneten sich durch Zurückhaltung aus. Sie waren so bekannt und wohlhabend, dass sie auf Zurschaustellung ihres Reichtums verzichten konnten.

Eine blasse Dame um die dreißig Lenze mit Sommersprossen schien dieser Klasse anzugehören. Sie war noch nicht schläfrig geworden und schwatzte mit ihrer Nachbarin, während sie den Metallarm unbeachtet auf dem Schoß liegen ließ. Neben ihr saß ein Mann, der ihr Vater hätte sein können. Er hielt die Augen geschlossen. Sein Kopf bewegte sich auf und ab.

Lemaitre trat auf die Frau zu und hielt ihr eine Hand entgegen. »Madame«, sagte er und achtete darauf, dass sein französischer Akzent zur Geltung kam. »Ich sehe, dass Sie mit der Magnetisierung Schwierigkeiten haben. Erlauben Sie, dass ich Ihnen behilflich bin.«

Sie unterbrach das Gespräch und schaute erschrocken in Lemaitres Gesicht, dann auf seine Hand. Offenbar fühlte sie sich dabei ertappt, die Regeln nicht befolgt zu haben. Gut so! Jetzt musste er nur noch ihre Unsicherheit verstärken.

»Wenn Sie Ihre Unruhe nicht ablegen können, ist das nur natürlich«, fuhr er fort. »Ich habe für Leute wie Sie einen abgetrennten Bereich geschaffen.«

»Leute wie mich?«, fragte die Frau. Ihr rötliches Haar war aufgesteckt, ihre Stirn war hoch und glatt.

Er griff nach dem Metallarm, reichte ihn an ihre Nachbarin weiter. Dann nahm er ihre Hand. »Wollen Sie mir bitte folgen«, sagte er mit einer Stimme, die keinen Widerspruch duldete.

»Allein?«, fragte sie und zog ihre Hand zurück. »Nur wenn mein Mann uns begleitet.« Sie erhob sich zaghaft und schaute zu dem Eingeschlafenen hinüber.

»Er ist mitten in der Behandlung«, sagte Lemaitre. »Wir wollen ihn nicht stören – und selbst nicht gestört werden. Überdies verlassen wir nicht einmal den Saal. Sehen Sie die rauchblauen Paravents? Dort widme ich mich besonderen Patienten.«

Sie schaute Hilfe suchend zu ihrer Nachbarin. Die erhob sich auch sofort. Doch auf einen Wink Lemaitres kam Simes herbei, nahm sie beiseite und erklärte ihr, wie sie mit dem Metallarm umzugehen habe.

»Folgen Sie mir!«, befahl Lemaitre, drehte sich um und ging auf sein Ziel zu. Erst blieb es still. Dann hörte er eilige Schritte hinter sich.

Als er mit der Engländerin bei den Paravents ankam, hatte er herausgefunden, dass sie die Gattin des Herzogs von Worcester war und Alice hieß.

»Hier hinein, Lady Alice.« Sie betraten den Bereich hinter den Stellwänden. Dort war eine Liege aufgestellt. Lemaitre bat seine Begleiterin, es sich bequem zu machen. Sie wollte lieber stehen bleiben. Schließlich brachte er sie dazu, sich gegen die Liege zu lehnen.

»Aber ich brauche gar keine Behandlung«, protestierte sie. Eigentlich begleite sie nur ihren Mann, der am Frieselfieber leide und auf Linderung hoffe. Sie lächelte auf eine unsichere Art. Ihre Zähne waren ebenmäßig und glänzten. »Ich selbst bin kerngesund.«

»Das sehe ich anders«, erwiderte Lemaitre. »Wissen Sie nicht, dass sie Augenpferdchen haben?«, fragte er.

Das Lächeln verschwand. »Augenpferdchen?«, fragte Lady Alice mit einem Essiggesicht.

»Sie blinzeln, und ihre Blicke springen hin und her«, sagte Lemaitre. »Hat Ihnen das noch niemand gesagt?«

Sie sah Lemaitre in die Augen, hielt seinem Blick aber nicht lange stand und schaute auf ihre Schuhe. »Nein«, sagte sie. »Sind Sie sich dieser Dinge gewiss, Mister Lemaitre?«

»Es besteht kein Zweifel. Ebenso wenig gibt es Grund zur Sorge. Ich kann diesen kleinen Makel beheben.« Er holte das Amulett hervor und schlang das Ende des Kettchens um das äußere Glied seines linken Mittelfingers. Die Erregung kehrte zurück. Das Metall schien in seiner Hand zu vibrieren.

Aus Richtung des Baquets war Stöhnen zu hören. Lady Alice wandte sich um. »War das mein Mann?«

»Nur die Elektrizität in der Luft«, sagte Lemaitres. »Schauen Sie her!« Er hielt ihr das Amulett vor die Augen.

»Was ist das?« Sie hob eine Hand und wollte nach der Bronze greifen.

Gerade noch rechtzeitig hielt er ihr Handgelenk fest. »Nicht anfassen! Nur hinsehen!«

Er spannte die Muskeln seines Fingers an. Die Bewegung übertrug sich auf das Kettchen. Der Anhänger drehte sich.

Lady Alice' Blicke verfingen sich daran. Aber nur einen Moment. Dann blinzelte sie wieder und richtete die Aufmerksamkeit auf Lemaitres Gesicht. »Ist das ein Kreisel? Ein Kinderspielzeug?«

»Hinschauen!«, befahl Lemaitre schroff. Er brachte die Drehbewegung des Amuletts mit einem Griff zum Stillstand. Dann ließ er es vor den Augen von Lady Alice pendeln. Vielleicht funktionierte es so besser. Damals in Sizilien hatte es doch auch geklappt, als General Dumas ihn mit dieser Scheibe kuriert hatte. Zu den unpassendsten Gelegenheiten kehrten seine Gedanken zu der großen dunklen Gestalt zurück.

Er musste sich konzentrieren.

Die Blicke der blassen Britin verbanden sich mit der grünen Scheibe. Links, rechts, links, rechts. Ihr Mund öffnete sich. Sie schien etwas sagen zu wollen, brachte aber keine Worte hervor.

»Sie wollen sich hinlegen«, sagte Lemaitre zu Lady Alice. Speichel lief in seinem Mund zusammen. Er schlürfte.

Tatsächlich streckte sie sich auf der Liege aus. Ihr Krinolinenrock raschelte, und die Reifen standen in die Höhe.

Es funktionierte! Um seine Opfer in diesen Zustand zu versetzen, brauchte Lemaitre sonst mehrere Sitzungen. Das Amulett schaffte all das in einem Augenblick.

Es hatte nichts von seiner Kraft eingebüßt.

Er ließ es noch eine Weile dicht vor ihrem Gesicht pendeln. Bald darauf war Lady Alice' Blick starr nach oben gerichtet. Ihre Augenlider flatterten. Nie zuvor hatte Lemaitre einen derart starken Effekt gesehen. Ein Glucksen erfüllte seine Kehle.

»Ich stelle Ihnen jetzt einige Fragen«, sagte er. »Sie antworten wahrheitsgemäß. Haben Sie mich verstanden?«

Sie nickte.

Lemaitre zögerte. Gern hätte er direkt nach dem Einfluss gefragt, den Herzog Worcester auf das Parlament hatte. Aber er hielt sich zurück. Noch wusste er nicht, ob sich Lady Alice nach der Trance an seine Worte würde erinnern können. Das galt es als Erstes herauszufinden.

Er entschied sich für eine Frage, die sein Opfer niemals freiwillig beantworten würde.

Lemaitre rieb sich das Kinn. Schminke blieb an seiner Hand haften.

»Haben Sie eine Affäre?«, fragte er.

Die Lider flatterten schneller. Ihr Mund öffnete sich. Sie fuhr sich mit der Zunge über die Lippen. Dann tastete sie suchend umher, bis sie seine Hand gefunden hatte. Entschlossen legte sie sie auf ihre linke Brust.

Zunächst hielt es Lemaitre noch für möglich, dass sie seine Finger zu ihrem Herzen führen wollte. Doch Lady Alice' Atem ging schneller. Sie bog den Rücken durch und presste sich gegen seine Berührung.

»Fergus«, flüsterte sie.

Sie hatte alle Scham fallen gelassen. Eine englische Lady verwandelte sich vor seinen Augen in ein Kebsweib. Was mochte er mit diesem Werkzeug noch alles aus einem Menschen machen?

»Wie lautet der vollständige Name?«, fragte er, während er ihre Brust massierte. Dabei bedauerte er, dass er ihre wachsende Erregung nicht teilen konnte. Derlei niedere Gefühle waren in seinem Innern verschüttet worden, als er mit dem Magnetisieren begonnen hatte.

»Ferguson«, hauchte sie.

»Der Nachname.«

»Seaborn«, gestand sie. In diesem Moment standen ihre Lider still. Ihre Augen wurden groß und klar. Sie schaute zu Lemaitre, dann zu seiner Hand.

»Was tun Sie? Zu Hilfe!«

Er hielt ihr den Mund zu. Sie versuchte, sich zu befreien. Erst als er drohte, er wisse von Fergus Seaborn, lag sie wieder still.

Er löste beide Hände von ihrem Leib. Die Linke war warm und feucht von ihrem Mund. Er wischte sie an seiner Weste ab.

Lady Alice richtete sich abrupt auf. Ihre Frage, was er mit ihr angestellt habe, ließ Lemaitre unbeantwortet. Stattdessen sagte er, er erwarte sie am nächsten Tag wieder im Salon. Gemeinsam mit ihrem Gatten. Andernfalls werde er dem Herzog von einem gewissen Fergus Seaborn berichten.

Als die verstörte Lady die Paravents verlassen hatte, ließ Lemaitre dem Glucksen in seiner Kehle freien Lauf und lachte drauflos. Das Amulett funktionierte.

Als er sich sattgelacht hatte, strich er noch einmal über die kleine Scheibe. Bei Lady Alice hatte sie sofort Wirkung gezeigt. Allerdings war sie viel zu schnell wieder erwacht und Herrin ihrer Sinne gewesen. Wenn er nur die anderen beiden Anhänger an sich bringen könnte! Der Effekt würde sich gewiss verstärken. Gleich morgen früh wollte er dem Britischen Museum einen Besuch abstatten.

Kapitel 23

London, Dezember 1851

Die ganze Stadt roch nach Urin. Alexandre hielt sich ein spitzenbesetztes Taschentuch vors Gesicht, während er raschen Schrittes einer breiten Straße folgte, die Cheapside genannt wurde. Wer Paris kannte, für den war London ein Loch. Mitten im 19. Jahrhundert, dem Zeitalter des Fortschritts, trug die Stadt noch immer ihr mittelalterliches Gewand. Die Viertel waren nicht etwa nach ihren schönsten Gebäuden oder Landmarken, sondern nach Handwerkergilden benannt: Goldschmieden, Schustern und Fischhändlern.

Alexandre war mit den Geschichten seines englischen Kollegen Charles Dickens vertraut. Niemals aber hätte er geglaubt, dass deren Kulissen und Figuren der Wirklichkeit entstammten. Hier waren sie allerorten zu sehen: die schmutzigen Fassaden, die schmutzigen Gesichter, die schmutzigen Kleider und Worte. Am schlimmsten war das dreckige Gelächter, das ihm folgte, während er in seinem modischen Mantel durch Gestank, Unrat und Unflätigkeiten watete.

Wie weit war es denn noch bis zum Britischen Museum?

Den Weg hatte ihm der Wirt seines Hotels gewiesen. Das King's Coat of Arms war nicht gerade das, was er eine angemessene Unterkunft nannte. Aber etwas Besseres konnte er sich nicht leisten. Seine Geldbörse litt Hunger – ebenso wie er selbst. Die wenigen Scheine, die ihm seine Gönnerinnen in Brüssel zugesteckt hatten, waren schon in Dover seiner Esslust zum Opfer gefallen. In London hatte Alexandre sofort beim größten Verlag der Stadt angeklopft. Alle bei Chapman & Hall waren sofort Feuer und Flamme gewesen, als der leibhaftige Dumas durch die Tür getreten war. Er bekam einen gepolsterten Stuhl, eine Tasse Tee und warme Worte. Geld bekam er nicht. Eine Lesung, wie Alexandre sie vorschlug, in einem großen Saal mit tausend Zuhörern, hielten die Verleger für eine gute Idee. Allerdings spreche kaum jemand Französisch in London. Bevor er ging, signierte Alexandre noch einige Exemplare von *Zwanzig Jahre später*. Die Fortsetzung der *Drei Musketiere* war in London als Buch erschienen und ein Erfolg. Dabei ließ er die Bemerkung fallen, allein seine Unterschrift sei Gold wert, denn nun könne der Verlag diese Exemplare teurer verkaufen. Die Lektoren und Setzer, die sich um ihn versammelt hatten, nickten beifällig. Eine Beteiligung an den künftigen Einnahmen wollten sie ihm aber nicht gewähren. Unverrichteter Dinge musste er Chapman & Hall wieder verlassen. Der Wert eines Schriftstellers, stellte Alexandre wieder einmal fest, war niemals so groß wie der Geldschrank der Verlage.

Jetzt steuerte er schnurstracks auf sein Ziel zu. Im Britischen Museum wartete das Amulett seines Vaters auf ihn. Und das würde sich gewinnbringend verkaufen lassen. Von dem Geld würde er eine geräumige Wohnung in Brüssel beziehen und darauf warten, dass sich die Lage in Paris beruhigte. Hauptsache, er konnte London so schnell wie möglich wieder verlassen.

Straßenhändler schrien. Eine Kirchturmuhr schlug die Viertelstunde. Kleine Jungen hängten sich an die Gepäckablagen der Droschken. Ein uralter Scotchterrier flöhte sich im Rinnstein. Als Alexandre vorüberging, lief der Hund kläffend hinter ihm her. Er versuchte, das Tier abzuhängen, überquerte die Straße und huschte zwischen den ratternden Kutschen hindurch. Doch der Hund klebte an seinen Fersen. Es schien, als triebe ihn der Terrier bellend vor sich her. Allmählich begannen Alexandres

Füße zu schmerzen. Hinzu kamen die Zahnschmerzen, die er seit Paris fast vergessen hatte. Ausgerechnet jetzt kehrten sie zurück. Selbst die feuchte Winterluft hatte etwas Gereiztes und Verbrauchtes.

Hätte er doch Gräfin Anna bei sich! Sie musste längst in Karlsruhe angekommen sein. Ihr Gesicht tauchte vor ihm auf. Die vertikalen Linien rechts und links neben ihrem Mund. Ihre Augen waren mal angestrengt zusammengekniffen hinter den Brillengläsern, mal waren sie groß und staunten, wenn sie sich über ihn empörte. Er musste sich eingestehen: Er hatte sich in der kurzen Zeit an diese Dame gewöhnt.

Natürlich war er froh, dass sie fort war! Hatte sie ihm nicht die Zensur auf den Hals gehetzt? Ihn mit dem Terzerol bedroht? Überdies: Wenn er als Franzose eine Deutsche im Rollstuhl durch diese Stadt schieben würde, die Londoner würden Mist nach ihnen werfen.

»*Le Musée Britannique, s'il vous plaît?*«, fragte er einen Mann mit weißem Spitzbart in Zylinder und Frack. Der deutete auf einen hohen Eisenzaun, keine fünfzig Fuß entfernt. Alexandre war am Ziel. Hinter den Gitterstäben erstreckte sich ein monumentales Gebäude, das an einen griechischen Tempel erinnerte. Die Fassade war weiß, das Gebälk ruhte auf mächtigen Säulen. Die Dimensionen des Bauwerks waren so immens, dass die Menschen auf der Eingangstreppe wie Ameisen wirkten.

Alexandre hatte schon von dem neuen Zuhause der britischen Kunstschätze gehört. Er hatte dem Umzug des Museums sogar einen Artikel in *Le Mousquetaire* gewidmet und den Engländern ein verhaltenes Lob ausgesprochen. Natürlich war das Britische Museum kein Louvre. Aber immerhin erhielten die Kunstschätze Englands jetzt ein angemessenes Heim.

Das Tor stand offen. Alexandre trat hindurch und überquerte den Vorplatz. Am Fuß der mächtigen Marmorstufen fiel ihm ein Mann mit Tweedmütze auf. Er hielt einen Knaben fest und schaute zu Alexandre herüber. Kannte der Mann ihn etwa? Natürlich! Warum sollte Alexandres Gesicht in London nicht bekannt sein? Seine Geschichten waren es schließlich auch.

Er lüpfte den Hut – nicht nur aus Höflichkeit, sondern auch, damit ihn sein Leser besser erkennen konnte – und nickte dem Fremden zu. Der Mann zeigte keine Spur des Erkennens. Stattdessen wandte er sich dem Knaben zu und sprach ihm einige Worte ins Ohr. Der Junge lief davon, der Fremde stieg die Treppe zum Museum hinauf und verschwand zwischen den gewaltigen Säulen.

Alexandre kramte nach einer Münze, um den Eintritt zu zahlen. Doch am Eingang erklärte man ihm, der Eintritt sei frei. Eine Spende sei hingegen willkommen. Alexandre fühlte sich angesichts solcher Großzügigkeit unwohl. Wollte er dieses Haus, das einen Fremden mit offenen Armen empfing, wirklich bestehlen? Er entschied sich, einen Schilling zu geben und sich über seine Vorgehensweise noch einmal Gedanken zu machen. Aber erst einmal musste er das Amulett finden.

In den hohen Sälen hing ein leiser Geruch nach Vergangenheit, wie er Museen eigen ist. Alexandre folgte den Schildern zur ägyptischen Sammlung. Seine Schritte hallten vom Steinfußboden wider. Es gab nur wenige Besucher. Vermutlich waren die meisten in den Kristallpalast im Hyde Park gegangen. Die Weltausstellung lockte Gäste aus der ganzen Welt nach London. Umso besser! Dann würde er nicht so sehr auf unliebsame Zeugen achtgeben müssen.

Die Beschilderung war formidabel. Alexandre fand die Sammlung auf Anhieb. Er betrat den ägyptischen Saal und fühlte sich sofort ins Reich der Pharaonen versetzt. An den Wänden reihten sich sechs Meter hohe Säulen, die so mächtig waren, dass sie das Himmelsgewölbe hätten tragen können. Zwei sitzende Statuen aus schwarzem Stein begrüßten den Besucher. Dahinter öffnete sich der Raum wie ein ägyptischer Tempel.

Abgesehen von einem Wärter in schwarzer Uniform war er allein. Alexandre wandelte zwischen bunt bemalten Sarkophagen umher. Er beugte sich über eine Mumie, die in einem Glaskasten ruhte. Das Gesicht war unter brüchigen braunen Bandagen verborgen. Vielleicht lagen hier die Überreste einer einst wunderschönen Frau. Er holte das Notizbuch hervor und machte einige Eintragungen für eine Szene in einem noch zu schreibenden Roman, der, so viel wusste er schon, in Ägypten spielen würde. Vielleicht würde er die Abenteuer seines Vaters zu Papier bringen. Zwar wusste Alexandre nicht viel darüber, was General Dumas am Nil getrieben hatte. Aber was machte das schon? Die Fantasie war erlebnisreicher als die Wirklichkeit.

Es sei denn, man versuchte, das Britische Museum zu bestehlen.

Auf einem Podest war das Bruchstück eines schwarzen Steins aufgestellt. Das war doch nicht etwa …? Alexandre trat näher heran. Der Stein war etwa einen Meter hoch. Winzige Schriftzeichen waren hineingraviert. Die gesamte Oberfläche war mit Zeilen überzogen. Alexandre las die Beschreibung des Ausstellungsstücks. Er stand tatsächlich vor dem berühmten Stein von Rosette. Dies war das Artefakt, das die Entzifferung der Hieroglyphen möglich gemacht hatte. Auf dem Stein stand ein und derselbe Text in drei verschiedenen Sprachen. Eine davon waren die altägyptischen Hieroglyphen, eine war Altgriechisch, die dritte … Alexandre las nach … war Demotisch. Davon hatte er noch nie gehört. Jedenfalls hatte erst dieser Stein es dem französischen Gelehrten Champollion ermöglicht, die Schriften zu vergleichen und die Hieroglyphen zu entschlüsseln.

Diesen Teil der Geschichte kannte Alexandre genau. Aber

was für ein Text war es eigentlich, der zu diesem Durchbruch geführt hatte? Hatten die Ägypter damals schon Romane geschrieben? Lehrreiche Geschichten werden sie gewiss gekannt haben. Vermutlich waren sie kurz, wenn man die Mühe bedachte, die es bereitete, alle Worte in Stein meißeln zu müssen.

Alexandre suchte nach einer Übersetzung. Da war sie, auf eine kleine Tafel unterhalb des Ausstellungsstücks gequetscht. Darauf stand etwas von einem Monat in einem Jahr. Beide Begriffe schienen aus dem Altertum zu stammen, denn die Bezeichnungen waren ihm unbekannt. Dann folgten der Name eines Königs und dessen Stammbaum, erneut mit fremdartigen Namen und Titeln. Alexandre brach ab. Der Stein hatte gewiss eine große Bedeutung, und Ägypten musste eine Hochkultur gewesen sein. Gute Geschichten wussten die Menschen damals aber noch nicht zu erzählen.

Für einen Moment fühlte sich Alexandre überlegen.

Dann las er, woher der Stein gekommen war. Entdeckt worden war er in der Hafenstadt Rosette am Nil, bei Napoleons Feldzug in Ägypten. Jener Expedition, an der auch sein Vater beteiligt gewesen war. Vielleicht hatte dieser das bedeutende Artefakt sogar persönlich gefunden. Alexandre verspürte den Drang, die Hand auf den Stein zu legen. Er bebte. Sich zur Ruhe zwingend, las er weiter. Der Stein war nach der Niederlage Napoleons zu den Briten gekommen und gehörte seither zu den wichtigsten Stücken dieser Sammlung.

Ein Franzose hatte dieses Stück gefunden. Ein Franzose hatte den Text darauf übersetzt. Der Stein gehörte in den Louvre!

Alexandre umfasste das Artefakt mit beiden Händen. Der Stein wackelte.

»Bitte berühren Sie die Ausstellungsstücke nicht«, rief eine ernste Stimme. Der Wärter wandte Alexandre sein mageres, pedantisches Gesichtchen zu. Alexandre wollte ihm zurufen, dass der Stein von Rosette den Franzosen gehöre. Aber er besann sich. Er hatte schon genug Aufmerksamkeit erregt. Er wandte sich von dem Exponat ab und würdigte den Wärter keines Blickes mehr.

Mit einem Mal wirkte der Saal mit der ägyptischen Sammlung gar nicht mehr so erhaben. Der Fries mit den Wandmalereien, das Flachrelief mit den Blumen pflückenden Frauen, die winzigen Katzenmumien – all das war nur zusammengeklaut, gestohlen von den rechtmäßigen Eigentümern: Franzosen!

Natürlich kannte Alexandre das Argument, dass die Stücke eigentlich den Ägyptern gehörten. Aber kümmerten die sich etwa darum?

Als er ins Museum gekommen war, hatte er den geplanten Diebstahl noch einmal überdenken wollen. Jetzt war er aller Skrupel ledig. Was war so schlimm daran, Diebe zu bestehlen? Das war ein Gedanke, der festgehalten werden wollte. Noch einmal holte er das Notizbuch hervor. Da sah er das Amulett.

Es lag in einer Vitrine, einer Art Schreibtisch mit gläserner Oberfläche. Das Innere war mit rotem Samt ausgeschlagen. Neben der Bronzescheibe waren kleine Figuren aus Stein mit aufgemalten Augen sowie Tonkugeln mit Löchern in der Mitte ausgelegt. Das Amulett sah genauso aus wie sein Gegenstück aus dem Louvre. Das halbmondförmige Metall war grün angelaufen. Die gravierten Schriftzeichen waren deutlich zu erkennen. Alexandre beugte sich zu dem Kasten hinab. Vielleicht war es sogar möglich, diese Hieroglyphen mithilfe des Steins von Rosette zu entziffern.

Zunächst jedoch galt es, das Ding in die Hände zu bekommen.

Der Wärter stand nach wie vor am Eingang des Saals. Er warf Alexandre misstrauische Blicke zu. Der versuchte, eine gelangweilte Miene aufzusetzen, und schlenderte weiter. In seinem

Innern brodelte es – das Amulett war in Reichweite! Auf dem Kunstmarkt könnte es mehrere hunderttausend Franc einbringen. Aber würde er das noch einmal fertigbringen? Er schämte sich, die drei Scheiben, das Andenken seines Vaters, an den Louvre verkauft zu haben. Damals hatte er gedacht, das Museum würde den Amuletten Ehrenplätze im schönsten Museum der Welt einrichten. Dass der Louvre die Stücke einfach weiterverhökerte, damit hatte Alexandre nicht gerechnet. Er würde die Scheiben nehmen und in seinem Château ausstellen. Mit einem Porträt des Generals Dumas daneben, das er noch anfertigen lassen musste. Sobald er die Schulden für das Schloss abgetragen hatte. Doch dafür würde er wiederum die Scheiben verkaufen müssen.

Alexandre hielt sich eine Hand gegen die Stirn, um die kreiselnden Gedanken zum Stillstand zu bringen. Bevor er endgültig entschied, was mit dem Amulett geschehen würde, musste er es erst einmal in seinen Besitz bringen.

Wie sollte er vorgehen? Er konnte es nicht einfach an sich reißen und davonlaufen. Man würde ihn stellen und ins Gefängnis werfen. In ein englisches Gefängnis! Und wenn schon die Straßen Londons finsteren Pfuhlen glichen, wie sahen dann erst die Kerker dieser Stadt aus?

Er würde so geschickt vorgehen müssen wie Athos, Portos, Aramis und D'Artagnan zusammen.

Vier Gedankengänge später wusste Alexandre, was zu tun war. Er würde sich im Museum einschließen lassen. Hinter einer Säule verborgen könnte er abwarten, bis das Haus im Dunkeln lag und alle Mumien schliefen. Natürlich würde es einen Nachtwächter geben. Nun gut! Dann würde er eben ausharren, bis der Aufpasser seine Runde gedreht hatte. Zur rechten Zeit musste er nur noch die Vitrine öffnen, das Amulett an sich nehmen und in sein Versteck zurückkehren. Am nächsten Morgen, wenn das

Museum seine Pforten wieder öffnete, würde er wie ein ganz normaler Besucher hinausspazieren.

Wie einfach es war, sein Glück zu machen!

Nun musste er das richtige Versteck finden.

Die Säulen waren breit genug. Aber ein aufmerksamer Nachtwächter mochte einen fülligen Franzosen dahinter entdecken. Wie wäre es stattdessen mit einem der Holzsarkophage? Eine der bunt bemalten Kisten lehnte an der Wand. Der Deckel war abgenommen und stand daneben. Alexandre trat nah heran. Ohne Weiteres würde er in den Sarkophag nicht hineinpassen. Er inspizierte das Innere des Behältnisses. Ein Sekret unbestimmbarer Herkunft hatte einen dunklen Fleck in dem Holz hinterlassen. Er verzog angewidert die Oberlippe. Und wenn er sich stattdessen hinter den Deckel stellte?

Wortfetzen flogen zu ihm herüber. Jemand sprach mit lauter Stimme. Am Eingang des Saals war der Wärter mit einem anderen Mann in ein Gespräch vertieft. Es war jener Herr, der Alexandre am Eingang aufgefallen war. Noch immer trug er die Tweedmütze. Der Knabe von vorhin war nicht zu sehen. Anscheinend gab es eine Meinungsverschiedenheit mit dem Wachmann, denn der Besucher – Alexandre vermutete, dass es sich um einen Ausstellungsgast handelte – verschränkte die Arme und sprach mit lauter Stimme, während der Wärter vehement den Kopf schüttelte.

Worum es wohl gehen mochte? Alexandre blieb einen Augenblick lang reglos stehen und versuchte, Wortfetzen aufzuschnappen. Doch die Männer sprachen schnell, und seine Englischkenntnisse reichten nicht, um ihren Londoner Dialekt zu verstehen.

Während er noch angestrengt lauschte, ging der Mann mit der Tweedmütze um den Wärter herum und sorgte so dafür, dass dieser der Sammlung den Rücken zukehrte. Dabei zeigte er auf eine Zeitung. Beide Männer beugten sich darüber und versuchten anscheinend, etwas zu entziffern.

Alexandre hätte den Namen Dumas nicht verdient, wenn er eine Gelegenheit wie diese hätte verstreichen lassen.

Sein Plan, sich nachts im Museum zu verbergen, war fortgeblasen. War es nicht ohnehin eine Angelegenheit für Feiglinge, sich in einem dunklen Winkel zusammenzukauern und zu verstecken? Mit wenigen Schritten war er bei der Vitrine. Der Kasten war mit einem einfachen Schloss gesichert. Der Deckel ließ sich fingerbreit anheben. Zu wenig, um in die Vitrine hineinzugreifen. Aber genug, damit die kleinen Ausstellungstücke hindurchpassten.

Alexandre klemmte sein Notizbuch in den Spalt. Mit einem raschen Blick vergewisserte er sich, dass die beiden Männer noch immer in ihr Gespräch vertieft waren und die Zeitung betrachteten. Dann ging Alexandre in die Knie, umfasste die Vitrine mit seinen mächtigen Armen und kippte sie langsam zur Seite. Die Objekte im Innern kamen ins Rutschen. Sie klingelten leise, als sie gegeneinanderstießen. Der Samt dämpfte die Geräusche. Alexandre schüttelte den Kasten ein bisschen. Die Ausstellungsstücke sprangen umher. Die Statuette einer Frau mit erhobenen Armen fiel als Erste heraus. Er rüttelte kräftiger. Schweiß lief ihm über den Rücken.

Einige Rüttler später glitt das Amulett unter dem Glasdeckel hervor und landete auf dem Terrazzoboden der Halle. Die Vitrine war in Windeseile wiederaufgestellt. Dann hob Dumas das Amulett auf und ließ es in seiner Rocktasche verschwinden. Er nahm sich noch die Zeit, die Statuette wieder in die Vitrine zu stecken. Zwar lagen die Ausstellungstücke jetzt darin verstreut wie die Knochen eines afrikanischen Hühnerorakels. Doch das würde gewiss erst auffallen, wenn er das Museum – und London – längst verlassen hatte.

Er zog seine Weste glatt, richtete seine Hosenträger und verließ die Ägyptische Sammlung. Als er am Wärter und seinem Gesprächspartner vorüberging, lächelte er großzügig. Lustigkeit ist die beste Maske des Nehmens.

Auf dem Boden der Eingangshalle malten die Säulen lange Schatten. Alexandre schritt durch den Wechsel aus Licht und Dunkel, nickte dem freundlichen Herrn am Empfang noch einmal zu und verließ das Museum.

Draußen machte die müde Sonne schlapp. Eine letzte Besuchergruppe versammelte sich am Fuß der Stufen. Und auch der Terrier von vorhin war da. Der Hund wartete auf ihn! Er saß im Vorhof und wedelte mit dem Schwanz. Das Tier schien zu riechen, dass Alexandre bald Geld in der Tasche haben würde.

Mit einem Mal war ihm der Hund willkommen. Mit wem sonst könnte er seinen Triumph teilen?

»Wir beide werden es uns schmecken lassen, mein Bester«, sagte er zu dem Hund. »Ein prächtiges Stück Ochsenrücken für mich, ausgelöst, gespickt und über Holzfeuer gegrillt. Und für dich einen Knochen, den du an allen Enden benagen und benaschen kannst.«

Der Scotchterrier sprang um Alexandres Beine herum. Er ging in die Knie, um den Hund zu streicheln. Als er sich wieder aufrichtete, war er von drei Männern umringt, jenen Gestalten, die vor dem Eingang zusammengestanden hatten. Sie trugen hohe Zylinder, sodass es Alexandre schien, er sei er wieder von Säulen umgeben.

»Messieurs?«, fragte er.

»Verzeihen Sie«, sagte einer der Männer. Er trug einen blauen Rock aus Wolltweed und eine blaue Halsbinde. Ein mächtiger schwarzer Backenbart umrahmte sein hochrotes Gesicht. »Ich bin Sergeant Dibbs, Metropolitan Police Service. Meine Kollegen Peterman und Hicks. Sie werden beschuldigt, ein Ausstellungsstück gestohlen zu haben. Wir sind in der unangenehmen Lage, Sie danach fragen zu müssen.«

Alexandre spürte, wie die Bronzescheibe zu einem Zentnergewicht in seiner Tasche wurde. »So?«, sagte er und versuchte ein Lächeln. »Ich komme aus Frankreich und bin zu Gast in dieser Stadt. Die Londoner sind Besuchern gegenüber wohl ein wenig argdenklich.«

»Aus Frankreich?«, fragte Peterman oder Hicks. »Bei der Hautfarbe?«

Alexandres Erschrecken verwandelte sich in weiße Wut. »Sie haben recht, Monsieur. Mein Vater war ein Neger. Mein Großvater war ein Affe. Aber bei Ihnen ist es wohl die umgekehrte Richtung der Evolution.«

»Durchsuchen!«, befahl der Rädelsführer, Sergeant Bluthochdruck.

Kräftige Hände hielten Alexandres Arme fest. Er unterdrückte den Impuls, um sich zu schlagen und zu treten. Wenn sie ihn schon überführten, so sollte es wenigstens mit Würde geschehen.

Dibbs' Hand glitt in Alexandres linke Rocktasche und kam mit dem Amulett wieder zum Vorschein.

»Was haben wir hier?«, fragte der Polizist.

»Ein Erbstück meines Vaters«, antwortete Alexandre. »Des Generals Thomas Alexandre Dumas. Dessen Sohn einer der berühmtesten Schriftsteller seiner Zeit ist.«

»Er wird sein nächstes Werk in die Wand einer Londoner Zelle kratzen müssen«, gab der Sergeant zurück.

Sie führten ihn ab. An der Straße wartete ein Zweispänner. Der Fahrgastraum hatte große vergitterte Fenster. In Paris sahen so die Wagen der Hundefänger aus. Alexandre stieg die kleine Leiter hoch und setzte sich auf eine schmale Holzbank. Wie kam er aus dieser Lage wieder heraus? Wenn er wenigstens seinen Freunden in Paris schreiben könnte! Aber die würden sich hüten, einem flüchtigen Landesverräter zur Seite zu stehen.

Während er noch in düstere Gedanken versunken aus dem Fenster starrte, beobachtete er, wie Sergeant Dibbs sich auf dem Vorhof des Museums mit zwei Männern unterhielt. Der eine kehrte ihm den Rücken zu. Der andere war jener Kerl mit Tweedmütze, der ihm die Gelegenheit zum Diebstahl des Amuletts verschafft hatte. Eiterbissige Haderkatze! Diese abgeschabte Laus musste ihn bemerkt und verraten haben.

Sergeant Dibbs zeigte auf etwas in seiner Hand. Die Entfernung war zu groß, um zu erkennen, um was es sich handelte. Aber Alexandre wollte seine Abstammung darum verwetten, dass es das Amulett war. Er presste das Gesicht gegen die kalten Gitter, um besser sehen zu können. Jetzt reichte Dibbs das Amulett an den anderen der beiden Männer weiter. Und der steckte es ein! Das konnte nur der Museumsdirektor sein, froh darüber, das gestohlene Artefakt so schnell zurückerhalten zu haben.

Der Mann drehte sich um. Der Magnetiseur Etienne Lemaitre lächelte Alexandre zu, lüpfte seinen Zylinder zum spöttischen Gruß und spazierte davon.

Kapitel 24

Brüssel, Hotel Lambermont, Dezember 1851

Über Brüssel war Schnee niedergegangen. Niemand wollte sich jetzt noch im Freien aufhalten. Die Flüchtlinge aus Paris drängten sich in der Gaststube der Herberge Lambermont zusammen. Im Schankraum herrschte eine Hitze zum Ersticken.

Annas Rollstuhl war zwischen der weiß gekalkten Wirtshauswand und einem Herrn in nassem grün karierten Überzieher eingezwängt. Es roch nach Verschüttetem und Ausgedünstetem. Der Schankraum summte. Aber nicht in den Klängen der Ausgelassenheit, wie sie die Instrumente des Alkohols hervorrufen. Über die Tische flogen nicht Scherz und Spott, sondern Knurren, Quarren, Keifen und Grunzen. Hin und wieder sprangen zwei Verzweifelte auf, vergaßen für einen Augenblick, dass sie Brüder desselben Schicksals waren, und rissen den anderen am Ärmel oder an der Weste. Auf harsche Worte folgten derbe Stöße. Ein baumstarker Mann in feiner Kleidung hockte auf dem Fußboden und weinte in seine knorrigen Hände. Der Wirt des Lambermont schenkte fast nur noch Branntwein aus, denn der betäubte die von Sorge geplagten Gemüter am schnellsten und verlieh manchem einen flüchtigen Mut.

Anna nippte an ihrem sogenannten Dreimännerwein. Wer den trinken wollte, so hieß es im Lambermont, müsse von zwei Männern gehalten werden, und ein dritter müsse ihm das Gesöff einflößen. Der korkige Rebsaft war alles, was der Wirt noch im Fass hatte – und alles, was Anna sich noch leisten konnte.

Unter der Tischplatte holte sie ihre Geldkatze hervor und schüttelte den Inhalt auf ihr Kleid. Sie rührte mit den Fingern in den Münzen herum. Zehn Franc waren geblieben. Die Rückfahrt von Leuwen nach Brüssel hatte zwei Franc gekostet. Jetzt reichte das Geld nicht mehr aus, um nach Dünkirchen und von dort nach London zu kommen. Seit zwei Tagen saß sie in Brüssel fest. Unterdessen trieb Lemaitre in London sein Unwesen. Und Dumas lief in der englischen Hauptstadt herum, ohne zu ahnen, in welcher Gefahr er schwebte.

Anna musste weiterreisen. Sie wusste zwar nicht, wo Dumas zu finden sein würde. Aber er war hinter diesem Amulett her. Und das lag im Britischen Museum. Anna spürte ein Kribbeln auf der Haut. Am liebsten wäre sie aufgesprungen und nach England gelaufen.

Sie hatte versucht, sich in Brüssel eine schnelle Arbeit zu beschaffen. Irgendeine Beschäftigung musste es doch geben, der sie auch mit ihrer gebrochenen Gestalt nachgehen konnte. Aber die Stadt war voll mit Flüchtlingen, die nicht voran- und nicht zurückkamen und denen ebenfalls das Geld ausging. Und diese Leute waren gesund und kräftig.

Eine Stelle als Kinderfrau oder Lehrerin kam nicht infrage. Dazu beherrschte Anna die Landessprache nicht gut genug. Überdies war das Unterrichten eine langwierige Angelegenheit. Sie wollte Brüssel jedoch so bald als möglich verlassen. Also war Anna für den Posten einer Küchenhilfe vorstellig geworden. Aber als sie im Rollstuhl in die Restauration gerollt war, hatte die Köchin sie sofort wieder hinausgeschickt. Ebenso war es ihr bei einem Fingerhutmacher ergangen. Der Gerber, zu dem sie bis an den Stadtrand gefahren war, hatte immerhin so viel Mitleid gezeigt, dass er es mit ihr versucht hatte. Doch als Anna die Eimer mit der stinkenden Lohe über das Gelände hatte transportieren sollen, war die Brühe übergeschwappt und hatte sich auf den linken Reifen des Rollstuhls ergossen. Sie hatte sich bei dem teilnahmsvollen Gerber bedankt. Er sagte, die Gerüche, die mit seinem Beruf einhergingen, machten ihn selbst zu einem Ausgestoßenen der Gesellschaft. Einen Franc drückte er Anna noch in die Hand. Das war das bisherige Ergebnis ihrer Bemühungen, zu Geld zu kommen.

England rückte in immer weitere Ferne.

Noch reichte ihre Barschaft für eine Schlafstatt in der überbelegten Kammer des Lambermont. In wenigen Tagen aber würde Anna auf der Straße sitzen. Wäre sie Dumas, hätte sie sich wohl eine gewisse Summe geliehen, ohne sich zu schämen oder sich mit Gedanken ans Zurückzahlen zu belasten. Alles, was Alexandre dafür aufbringen musste, waren ein paar Schmeichelworte und ein Spritzer Parfum auf seinen Bart. Sie schaute prüfend zu ihrem Nebenmann. Der feuchte Herr in Grün starrte auf die Tischplatte, auf der Zigarren Brandflecken und Trinkgläser klebrige Ränder hinterlassen hatten. Anna stellte sich vor, wie sie ihn ansprechen, sich vorstellen und ihn um Geld bitten würde. Sie erschauerte. Lieber würde sie im Schnee erfrieren, als den Anstand zu verlieren.

Ein Mann drängte sich zu ihrem Tisch durch. Er trug einen feuerblauen knielangen Mantel. Daraus ragte ein teurer hoher Stehkragen mit Riegelverschluss hervor. Sein schwarzer Seidenzylinder hatte nicht einen Fleck. Seine weißen Lederhandschuhe waren in tadellosem Zustand. Ein Flüchtling war das nicht. Hervorstehende braune Augen saugten sich an Anna fest. Der Mund lächelte. Doch er verzog sich dabei, als wäre den Muskeln die Bewegung fremd.

»Meine Dame. Darf ich mich zu Ihnen an den Tisch setzen?«, fragte er auf Deutsch.

Ein Landsmann? Aber nein. Er hatte ja einen Akzent.

»Wenn Sie noch Platz finden«, sagte Anna. Das erschien unmöglich. Alle Bänke waren voll. Die Stühle teilten sich zwei Personen, manchmal mehr.

Der Mann beugte sich zu Annas Banknachbarn hinab und flüsterte diesem etwas ins Ohr. Die beiden Männer starrten sich einen Lidschlag lang an. Dann machte der Grünberockte seinen Platz frei.

Anna spürte, wie der Stoff des blauen Mantels gegen ihr Kleid rieb. Sie versuchte, in die andere Richtung auszuweichen. Doch saß sie bereits gegen die Wand gepresst.

»Woher wissen Sie, dass ich Deutsch spreche?«, fragte Anna. Sie fühlte sich unwohl neben diesem Fremden. Er roch nach einem süßlichen Parfum, von dem er großzügig aufgetragen hatte. Fast wünschte sich Anna ihren nach Straßendreck müffelnden Nachbarn zurück.

»Ich habe Sie beobachtet«, sagte der Fremde. Er hielt Anna die Hand hin. »Mein Name ist Viktor Schuwalow. Ich bin Russe. Halte mich gerade auf der Durchreise in Brüssel auf.« Er nahm Annas Glas und hielt es sich unter die Nase. »Darf ich Ihnen etwas Besseres bestellen? In einem angemesseneren Lokal?«

Anna erschrak. Wollte dieser Mann ihr Avancen machen? War das einer von denen, die die Not der Flüchtlinge ausnutzten und für finstere Zwecke missbrauchten? Im Lambermont machten furchtbare Geschichten die Runde. Sie sollten Warnungen sein. Denn die Leichtgläubigkeit ist die Tochter des Elends.

»Nein, danke«, lehnte Anna ab. »Sehr freundlich.« Sie hätte den Russen noch zu seinem perfekten Deutsch gratulieren können. Doch sie schluckte die Bemerkung hinunter. Sie wollte ihn nicht ermutigen.

Das war anscheinend nicht nötig. »Wie Sie wollen«, sagte Schuwalow. Seine Stimme nahm jetzt einen anderen Klang an. Er sprach wie jemand, der sich mit einer Harthörigen unterhält und befürchtet, nicht richtig verstanden zu werden.

»Ich bin gelegentlich im Lambermont zu Gast«, erklärte der Russe. »Und dabei habe ich Sie schon mehrfach gesehen.«

»Herr Schuwalosk«, unterbrach Anna. Sie sprach den Namen absichtlich falsch aus. »Ich muss jetzt auf mein Zimmer. Lassen Sie mich bitte durch.«

»Erst hören Sie mir zu«, befahl Schuwalow. »Sie brauchen keine Angst zu haben. Ich habe es nicht auf Sie abgesehen. Ich bin keiner von denen, die sich an Frauen vergreifen.« Er strich mit behandschuhtem Zeigefinger am Mantel hinab. »Oder sehe ich etwa aus, als hätte ich das nötig?«

Seine Worte klangen wie Hammerschläge. »Sagen Sie, was Sie von mir wollen«, forderte Anna ihn auf. »Und dann lassen Sie mich hier hinaus. Oder ich werde um Hilfe rufen.«

»Verstehen Sie, bitte! Ich stecke in einer schlimmen Situation«, erklärte der Russe. »Vielleicht schlimmer als die der Leute um uns herum.« Er schwieg, schien zu bedenken. »Ich bin auf Europareise. Mit meiner Frau. Sie ist schwer krank und wird vermutlich im nächsten oder übernächsten Jahr sterben. Deshalb haben wir uns aufgemacht, um die Schönheit der Welt zu sehen, bevor es zu spät ist. Aber vor einigen Tagen ist die Krankheit so schlimm ausgebrochen, dass Nadja nicht mehr gehen kann. Ich brauche einen Rollstuhl. Aber in dieser Stadt ist so etwas nicht aufzutreiben. Und da sah ich Sie.« Er zog sich den linken Handschuh aus und strich zärtlich über den Reifen, der gegen seine Beine drückte. »Verkaufen Sie mir diesen Stuhl. Er ist ein außergewöhnliches Exemplar, wie ich noch keins zuvor gesehen habe. Ich zahle so viel Geld, dass Sie sich zehn neue davon kaufen können, dort, wohin Sie unterwegs sind.«

Anna spürte die Berührung, als wäre der Reifen Teil ihres Körpers. Sie schob seine Hand fort.

»Bitte, denken Sie über das Angebot nach«, sagte Schuwalow eindringlich. »Das letzte Glück meiner Frau hängt davon ab.«

Anna empfand Mitleid mit der Kranken. Aber wie sollte sie ihr helfen? Sie hatte doch selbst alles verloren. Tristan, Burg Dorn, ihre Beine, die Hoffnung auf ein neues Leben in Paris, Immanuel, sogar Alexandre. Der Rollstuhl war alles, woran sie sich noch klammern konnte. Ohne ihn … Aber das wollte sie sich nicht einmal vorstellen.

Dennoch mochte Schuwalow ihr aus der Misere helfen. »Vielleicht können wir ein anderes Abkommen schließen«, schlug sie vor. »Ich pflege Ihre Frau hier in Brüssel, bis sie wieder reisen kann. Danach kehren Sie mit dem Zug in Ihre Heimat zurück.«

»Ich bin es nicht gewohnt, dass mir jemand vorhält, ich hätte nicht alle Möglichkeiten in Betracht gezogen«, sagte der Russe. »Am allerwenigsten eine Frau.« Er stand auf und ging davon. Während er zum Ausgang drängte, wandte er sich nicht ein einziges Mal um. Anna erstarrte. Was war das für ein Mensch? Gewiss niemand, mit dem sie sich einlassen sollte. Erleichtert, diese Begegnung hinter sich gebracht zu haben, wandte sie sich wieder dem Dreimännerwein zu und suchte auf dem Boden des Glases nach einem Ausweg aus ihrer Situation.

Am Samstag, der Schnee lag jetzt wadenhoch, saß Anna noch immer im Lambermont, und ihr Geld war aufgebraucht. In den vergangenen Tagen hatte sie bei zwei Dutzend Kaufleuten und Handwerkern um Arbeit nachgesucht. Stellmacher, Küfer, Bankiers, Zeidler oder Hafner – niemand konnte oder wollte sie anstellen. Nass, müde und durchfroren hatte sie sogar am Pfarrhaus angeklopft. Doch der Geistliche hatte mit dem Kopf geschüttelt und ihr seine mit Heimatlosen überfüllte Kirche gezeigt.

Jetzt war der Moment gekommen, vor dem Anna sich gefürchtet hatte. Sie saß wieder in der Gaststube der Verzweifelten. Herbergsvater Lambermont stand neben ihr und präsentierte mit einer gut einstudierten Geste der Hilflosigkeit die Rechnung für Kost und Logis.

»Was soll ich machen?«, fragte er. »Was soll ich machen?« Er wiederholte sich ständig. Vermutlich war das eine Angewohnheit, die er sich beim Umgang mit den vielen Gästen angewöhnt hatte, die seine Sprache nicht verstanden. »Die Flüchtlinge warten draußen im Schnee darauf, dass sie endlich ein Zimmer bekommen. Und wenn Sie, Madame, das Ihre nicht bezahlen können, muss ich Sie bitten, Ihr Bett für diejenigen zu räumen, die es sich verdient haben.« Das dünne Papier der Rechnung zitterte in Annas Händen. Die Zahlen darauf waren mit pechschwarzer Tinte geschrieben und so frisch, dass Tropfen davon den Bogen hinabrannen. »Ich suche täglich nach Arbeit. Warten Sie doch noch bis Montag. Dann habe ich gewiss etwas gefunden«, bat Anna. »Und ich zahle es Ihnen doppelt zurück.«

Monsieur Lambermont atmete aus und ließ die Arme hängen. »Würde ich ja. Würde ich ja. Aber dann verdiene ich kein Geld.« Er deutete auf seine Brust. »Ich brauche ja auch gar keines. Gar keines. Aber ohne Geld kann ich für meine Gäste nichts zu essen und zu trinken kaufen. Sollen alle darben, nur damit Sie warme Füße haben?«

Die Lambermont'sche Logik schien es nicht wert zu sein, gegen sie anzureden. Dennoch wagte Anna einen letzten Vorstoß.

»Ich bin eine Gräfin«, sagte sie. »Gräfin Dorn aus Karlsruhe.« Stets war sie darauf bedacht gewesen, ihren angeheirateten Titel niemals in die Waagschale zu werfen. Jetzt hatte sie das Gefühl, dass sie ihre Selbstachtung gleich mit dazugab.

»Sie haben doch nicht etwa Schmuck bei sich?«, fragte Lambermont. Sein Gesicht verriet Vorfreude.

Anna dachte an den Familienschmuck, mit dessen Hilfe sie sich die letzten zehn Jahre in Karlsruhe über Wasser gehalten hatte. Längst hingen die Colliers an den faltigen Hälsen fremder Damen.

»Was ist die Gräfin schuldig?«, fragte eine bekannte Stimme. Schuwalow tauchte neben dem Herbergsvater auf.

Anna zuckte zusammen. Es konnte also doch noch schlimmer kommen!

»Acht Franc für das Zimmer in der kommenden Woche«, sagte Lambermont. Wenn er Zahlen zusammenrechnete, blieb seine Sprachmarotte aus. »Und natürlich das, was die Dame in dieser Zeit verzehren wird.«

Der Russe wühlte in seiner Manteltasche, und seine Hand kam mit einer Handvoll Münzen wieder hervor. »Verkaufen Sie jetzt?«, fragte er an Anna gewandt.

Anna schüttelte den Kopf. Aber die Bewegung gelang nicht recht.

»Bedenken Sie!«, fuhr Schuwalow fort. Er trug einen Mantel mit Pelzkragen. Zwischen den Tierhaaren schmolzen Schneekristalle. »Entweder Sie behalten den Rollstuhl und übernachten im Freien. Spätestens morgen früh sind Sie erfroren. Dann wird man Sie in ein Massengrab werfen und vergessen. Den Stuhl kaufe ich dem Bestatter für ein Handgeld ab. Oder Sie geben mir ihr Gefährt sofort, und ich zahle eine ganze Woche im Lambermont für Sie, Essen und Trinken inbegriffen.«

»Und was soll ich danach machen?«, fuhr Anna den Russen an. »Soll ich auf den Knien durch Brüssel kriechen und um Almosen betteln? Was stellen Sie sich eigentlich vor?« Schuwalow war nicht schuld an ihrer Misere. Aber ihn anzuschreien fühlte sich richtig an. Anna schlug mit der flachen Hand auf den Tisch. Eine Strähne ihres Haares löste sich und fiel ihr ins Gesicht.

»Der Herr will nur helfen«, mischte sich der Wirt ein. »Lassen Sie ihn doch bezahlen. Ich bin sicher, er wird Ihnen eine luxuriöse Woche bei uns ermöglichen.« Er legte einen Finger an sein spitzes Kinn. »Außerdem habe ich noch irgendwo ein Brett mit Holzrädern. Wir benutzen diese Dinger für unsere Weinfässer. Eins kann ich vielleicht entbehren. Fünfzig Sous.«

Anna schaute zum Fenster hinaus. Hinter den Scheiben war die verschneite Straße zu erkennen. Zwei Kinder rannten vorbei, warfen Schneebälle und kreischten. Dort draußen tobte das Leben, dort draußen wartete der Tod. Eine Woche. Vielleicht würde sie in dieser Zeit einen Ausweg finden. Im Augenblick war jedenfalls keiner in Sicht.

Sie nickte knapp. Dabei vermied sie es, einen der beiden Männer anzusehen.

Sie hörte das Klingeln von Münzen, die auf den Tisch geworfen wurden. Lambermont atmete laut und schnell, als er das Geld einstrich. »Ich hole das Brett«, sagte der Wirt. »Es wird Ihnen gefallen. Ein bequemes Kissen gibt es noch dazu.«

Wenige Augenblicke später saß Anna auf einem grob gezimmerten Wirtshausstuhl und verfolgte mit verschwommenem Blick, wie der Russe ihren Rollstuhl durch den Schankraum schob. Die anderen Gäste rückten beiseite. Schuwalow verschwand durch die Eingangstür.

Anna spürte einen Schwindel. Sie war es gewohnt, dass die Räder des Rollstuhls sie an den Seiten stützten. Der Stuhl, auf den sie hinübergerutscht war, hatte nur eine Rückenlehne. Anna hielt sich an der Tischkante fest.

Lambermont brachte ihr eine Schüssel mit dampfender Suppe. »Zum Trost«, sagte er. Dann verschwand er noch einmal und kehrte mit dem Rollbrett zurück. Es bestand aus zwei zusammengenagelten Planken. Die vier hölzernen Rädchen darunter waren etwa eine Handbreit hoch. Anna stellte sich vor, wie sie auf dem Brett durch die Herberge fuhr. Ihre Kleider würden über den Boden schleifen, und sie würde sich mit den Händen vorwärtsschieben. Wenn sie sich erst auf das Brett hinuntergelassen hatte, würde sie diese Erniedrigung niemals wieder rückgängig machen können.

Mit beiden Händen hob sie ein Bein an und stellte einen Fuß auf dem Gefährt ab. Eines der Räder war kleiner als die anderen, sodass das Brett wackelte. Auch war es voller Flecken. Hatte Lambermont ihr nicht ein Kissen versprochen?

Die Konturen des Rollbretts verschwammen. Eine große Müdigkeit erfasste sie. Sie würde einfach vom Stuhl auf das Brett rutschen. Es würde schon nicht so schwer sein.

»Ihre Suppe wird ja kalt«, sagte jemand.

Anna blickte auf. Durch den Schleier auf ihren Augen sah sie eine Gestalt vor sich aufragen. Schuwalow musste zurückgekehrt sein. Was wollte er denn noch von ihr?

Sie richtete ihre Brille. Als sie wieder klar sehen konnte, blickte sie in das Gesicht Olaf Schmaleurs.

Kapitel 25

Brüssel, Dezember 1851

Anna verspürte das Gefühl unendlicher Erleichterung. Sie wollte aufspringen und dem Fischhändler die Arme um die breiten Schultern schlingen. Sie drückte sich vom Stuhl hoch. Beinahe wäre sie gestürzt. Schmaleurs mächtige Hände hielten sie fest.

»Beruhigen Sie sich, Gräfin Dorn«, sagte er. »Ich wollte Sie nicht aufregen. Aber ich dachte, Sie würden sich vielleicht darüber freuen, ein bekanntes Gesicht zu sehen. Sie sahen gerade so verloren aus. Wo ist Ihr Rollstuhl? Sie können doch nicht etwa wieder gehen?«

Anna lachte. Die freundliche Einfalt ihres Landsmannes rief eine Heiterkeit in ihr hervor, wie sie sie schon seit Wochen nicht mehr verspürt hatte. Der kleine Ausbruch tat ihr wohl. Sie bat Schmaleur, sich neben sie zu setzen. Ein verständnisvoller Tischnachbar räumte seinen Platz.

Der Fischhändler berichtete, dass auch er Paris nach dem Staatsstreich Louis Napoleons hatte verlassen müssen. Der neue Kaiser habe damit gedroht, die Handelsgesetze zu ändern – zugunsten Frankreichs. Daraufhin habe die Lübecker Gilde der Heringshändler ihren Vertreter kurzerhand aus Paris abberufen. Brüssel sei für die Familie eine Zwischenstation auf dem Weg zurück in Schmaleurs Heimat.

»Marie-Alexandrine hat zwei Tage lang geschrien. Aber es hat nichts genutzt«, sagte Schmaleur. Er versuchte, ein betretenes Gesicht zu machen. Doch er konnte den Anflug von Genugtuung in seiner Stimme nicht verbergen. »Sie wird in Lübeck zwischen den Weibern von Fischhändlern leben müssen. Vielleicht lehrt sie das ein wenig Demut.« In einigen Jahren werde er gewiss wieder mit ihr nach Paris zurückkehren.

»Und die Kinder?«, fragte Anna. »Sind sie wohlauf?«

»Sie spielen draußen im Schnee«, sagte Schmaleur.

Anna schaute aus dem Fenster. Da waren noch immer die beiden Gestalten, die mit Schneebällen warfen. Dass sie Jean und Henriette nicht erkannt hatte! Selbstmitleid lenkt den Blick nach innen und macht blind für die Welt.

»Aber wie ist es Ihnen ergangen?«, fragte Schmaleur und legte eine Hand auf Annas Arm. »Sie sehen etwas abgezehrt aus, wenn die Bemerkung erlaubt ist.«

»Es geht mir gut«, sagte Anna.

»Sie hat ihren Rollstuhl verkaufen müssen, damit sie nicht auf die Straße gesetzt wird«, verriet einer der Männer am Tisch.

»Ist das wahr?«, fragte Schmaleur. »Was für ein Ungemach! Ich bin zutiefst betrübt. Hätte ich Sie doch in meinen Diensten behalten.« Er strich sich über das schüttere rötliche Haar.

»Sie haben mir die Seele gerettet, allein dadurch, dass Sie hier erschienen sind«, erwiderte Anna.

»Als Erscheinung habe ich ein Recht darauf, zu erfahren, wie Sie in diese Lage gekommen sind«, forderte der Heringshändler. »Bitte, berichten Sie, Anna. Aber zuvor essen Sie Ihre Suppe.«

Während Anna sich der Schüssel widmete, schaute Schmaleur sie erwartungsvoll an. Rote Äderchen liefen über seine Wangen. Seine Haut glänzte ebenso wie seine Augen.

Als Anna aufgegessen hatte, schluckte sie auch ihre Zurückhaltung hinunter und begann zu erzählen: von ihrem Besuch bei Dumas, von dem Unglück Immanuels, der Flucht aus Paris und ihrem Versuch, Dumas nach London zu folgen. Nur von Lemaitre und seinen Machenschaften sagte sie nichts.

Der Heringshändler schüttelte fassungslos den Kopf. »Was für ein Schicksal! Wenn Sie bei uns geblieben wären, könnten Sie jetzt Jean und Henriette im besten Hotel von Brüssel unterrichten.« Er streckte sich. »Aber was geschehen ist, ist geschehen. Wir können die Vergangenheit nicht ändern.« Er legte die Fingerspitzen gegeneinander. »Wohl aber die Zukunft beeinflussen.«

Schmaleur stand auf und lehnte sich zum Fenster hinüber. Er klopfte gegen die Scheibe. Wartete. Klopfte noch einmal. Dann winkte er. Schließlich ließ er sich wieder neben Anna nieder. »Ich habe eine Überraschung für Sie.«

Die Tür der Gaststube öffnete sich. Der Wind trieb Schneegestöber in den Raum. Helles Lachen war zu hören. Inmitten der tanzenden Flocken erschien der Rollstuhl. Darauf saß Henriette. Ihr roter Mantel war über und über mit Schnee bedeckt. Ihr Gesicht hatte die Farbe ihrer Kleidung. Jean schob das Gefährt mitsamt seiner Schwester herein. Als sie Anna sahen, liefen sie auf sie zu, nahmen je eine ihrer Hände und redeten so munter drauflos, dass Anna kein Wort verstehen konnte.

Im Gasthaus wurde es mit einem Mal still. Die Kinder wirkten mit ihrem Auftritt und ihrer Fröhlichkeit wie etwas, dessen Existenz die meisten Gäste längst vergessen hatten.

Anna kniff die Augen zusammen. Das braune Leder, die gedrechselten Speichen, die Flecken auf den Felgen von der Lohe des Gerbers. »Ist das meiner?«, fragte sie.

»Ich war mit den Kindern auf der Straße«, sagte Olaf Schmaleur, »als ein Herr im teuren Mantel das Lambermont verließ. Er schob einen Rollstuhl vor sich her. Aber der war leer. Zuerst dachte ich mir nichts dabei. Überdies musste ich Henriettes Schneebällen ausweichen. Da rief Jean, das sei der Rollstuhl von Gräfin Dorn.« Schmaleur seufzte lächelnd. »Und weil Jean überhaupt keine Ruhe mehr gab, fasste ich mir ein Herz und sprach den Mann an.«

»Das war Herr Schuwalow, ein Russe. Er hat für den Rollstuhl bezahlt«, erklärte Anna. »Was haben Sie getan?«

»Überhaupt nichts. Außer nach Ihnen zu fragen. Dieser Russe erzählte, er habe den Rollstuhl gerade von einer Dame in der Herberge Lambermont gekauft. Gegen einen guten Preis. Alles habe seine Ordnung. Ich bin kein argdenklicher Mensch. Aber ich ahnte bereits, dass ich Sie, Gräfin, hier antreffen würde. Und dass Sie sich niemals freiwillig von ihrem Gefährt trennen würden.«

»Der freie Wille«, sagte Anna. »Ein dehnbarer Begriff. Wie ging es weiter?«

»Ich habe ihm ein Angebot gemacht, das er nicht ausschlagen konnte. Aber es hatte nicht nur mit Geld zu tun.« Schmaleur schmunzelte. Er habe Schuwalow nicht nur ausbezahlt, sondern auch seiner Empörung über dessen Verhalten Ausdruck verliehen. Als der Russe ihm von seiner kranken Frau erzählt habe, habe Schmaleur ihm die Abreise aus Brüssel empfohlen.

Schmaleurs Tischnachbar klopfte ihm anerkennend auf die Schulter. Die Geschichte von Annas Rollstuhl hatte dafür gesorgt, dass sich mehr und mehr Gäste um den Tisch geschart und zugehört hatten. Als der Heringshändler am Ende seines Berichts angekommen war, begannen alle aufgeregt miteinander zu reden.

Henriette zupfte am Ärmel ihres Vaters. »Mutter ist draußen und wartet auf uns.«

Schmaleur erhob sich. »Ja, es wird Zeit. Gräfin Dorn, wenn Sie nach Lübeck kommen, besuchen Sie mich im Kontor der Heringshändler. Dann werde ich Ihnen beweisen, dass der Lübecker Hering der wohlschmeckendste Fisch der Welt ist.«

»Warten Sie!«, rief Anna. Sie wollte Schmaleur festhalten, ihm danken, wollte ihm sagen, dass er ein Licht in ihre dunkle Welt gestellt hatte. Doch der Kaufmann wandte ihr schon den breiten gebogenen Rücken zu und verließ die Gaststube mit Jean und Henriette an den Händen.

Die Fähre von Dünkirchen nach Dover schaukelte auf der bewegten See. Die weiß geäderten Wellen spritzten Gischt über den Bug. Aus dem Schornstein stieg Qualm auf. Der Wind kam von achtern und drückte den Rauch auf das Deck hinunter. Anna atmete zaghaft und sprach beruhigend auf die junge Französin neben ihr ein, die seit der Abfahrt ununterbrochen Kontakt mit der Nordsee hatte.

Das kleine Dampfschiff krängte nach Backbord. Annas Rollstuhl war zwischen Fässern eingeklemmt und stand fest. Sie fühlte sich sicher. Nie zuvor war ihr das Gefährt willkommener gewesen. Nie zuvor hatten sich die Polster angenehmer an ihren Leib geschmiegt. Sie empfand eine helle Dankbarkeit gegenüber Olaf Schmaleur. Der Heringshändler hatte nicht nur Annas Rollstuhl wiederbeschafft. Er hatte überdies zweihundert Franc in dem kleinen Korb an der Seite des Stuhls versteckt. Normalerweise wäre Anna beschämt gewesen. Doch die Erniedrigungen der letzten Tage hatten sie gelehrt, dankbar zu sein und Freude zu empfinden, wenn ihr jemand mit großem Herzen zur Seite stand.

Der Wind drückte die Rauchfahne in eine andere Richtung. Anna atmete freier, Seeluft durchströmte sie. Sie fühlte sich wie Zuckerwatte. Nach den Tagen in der stickigen Gaststube des Lambermont und in der Enge ihrer überfüllten Herbergskammer wirkte die See ringsum weit wie das Universum.

Passagiere hielten sich an Leinen und Reling fest. Hühner sprangen in Holzkäfigen umher und verteilten ihre Federn über das Gepäck der Reisenden. Ein dürrer Herr hielt zwei ängstliche Knaben im Arm und berichtete ihnen von den Verheißungen Londons. Anna hörte zu. Die Hauptstadt Englands, so erklärte der umsichtige Vater, sei ein Paradies für Kinder. Ein Fluss namens Themse fließe durch die Stadt und bestehe nicht aus Wasser, sondern aus Limonade. Der Kristallpalast, den zu besuchen sie beabsichtigten, sei das größte Wunder der Welt – ein Edelstein, der bis in die Wolken rage und in den man hineingehen könne. Ob die Königin Englands eine Fee sei, wollte einer der Knaben wissen. »Und ob!«, antwortete der Vater. »Allerdings eine ziemlich betagte.«

Nun folgten fantasievolle Beschreibungen der Spektakel, welche in der Weltausstellung auf die Besucher warteten. Anna lauschte. Gern würde sie selbst den gläsernen Tempel der Kulturen besuchen und bestaunen, was die Welt an Absonderlichkeit bereithielt. Vielleicht, dachte sie. Vielleicht.

Das Meer war ebenso trostlos wie der Himmel. Beide liefen am Horizont ineinander. Nach einer Weile wurde das Schiefergrau im Westen von einem hellen Strich durchbrochen. Schmal wie ein Faden zunächst, wuchs er zur Breite eines Fingers heran.

»Die Klippen von Dover«, rief jemand. Die Französin stieß einen Seufzer der Erleichterung aus. Anna beugte sich im Rollstuhl vor, um besser sehen zu können. Gischt und Nebelfetzen hatten einen Schleier aus Wassertropfen auf ihre Brille gelegt. Gerade wollte sie die Gläser abnehmen und säubern, da hörte sie, wie jemand »Dumas« sagte.

Es war nur ein Laut unter vielen. Ein Rasseln zwischen dem Stöhnen der Planken und dem Pumpen der Motoren. Anna wiegte den Kopf. Sie hatte wohl Wasser in den Ohren.

Aber das Wort kam wieder. Diesmal war es deutlich zu hören.

Dumas.

Anna wandte den Blick. Fünf Fuß entfernt erkannte sie eine unscharfe Bewegung. Sie putzte die Augengläser. Es waren zwei Männer. Sie hielten sich Regenumhänge über die Köpfe. Zum Schutz vor dem Spritzwasser? Das war nicht so schlimm, dass es ein erwachsener Mann nicht aushalten konnte. Wohl eher verbargen sich die beiden darunter vor den Blicken der anderen Passagiere. Und wer nicht gesehen wird, der glaubt, dass man ihn auch nicht hören kann.

Anna versuchte zu lauschen. Das war fast unmöglich. Der Wind kam von vorn. Die beiden Gestalten standen hinter ihr. Sie drehte den Kopf, schloss die Augen, versuchte, ganz Gehör zu sein. Zunächst verstand sie nur einzelne Silben, dann Worte.

Immer wieder tauchte Dumas' Name auf. Auch von *Le Mousquetaire* sprachen die beiden, jener Zeitung Dumas', die so viel Unglück über ihren Herausgeber gebracht hatte. Mehrmals fiel das Wort »Hochverrat«. Der Rest ging im Brausen des Windes unter.

Wer waren diese Männer? Annas Magen zog sich zusammen. Ein Gefühl breitete sich in ihr aus, wie sie es seit den Ereignissen auf Burg Dorn nicht mehr gekannt hatte: das Gefühl, vielleicht zu spät zu kommen.

Als Anna die Augen wieder öffnete, ragten die Klippen von Dover vor ihr auf wie das Gebiss eines Riesen.

Kapitel 26

London, Dezember 1851

Die Musik setzte wieder ein. Die Spitze des Schreibstifts brach ab. Schon wieder! Dumas schlug das Notizbuch zu und fluchte. »Wie lange soll ich noch hier drin sitzen?«, rief er. Wie immer antwortete niemand. Stumm schauten die feucht glänzenden Steinwände seiner Zelle im Newgate-Gefängnis auf ihn herab, in der er nun seit fast einer Woche eingesperrt war. Dumas stöhnte vor Seelenqual. In der Zelle war es kalt, aber das konnte er ertragen. Ebenso den Geruch nach Fäkalien, der aus dem Blecheimer stieg, den man ihm für die Notdurft hingestellt hatte und der nur alle drei Tage entleert wurde. Sogar mit dem miesen Essen konnte er sich arrangieren – jedenfalls eine Zeit lang. Doch der Alte, der vor den Gefängnismauern auf seiner Drehorgel *Rose of Picardy* spielte, der brachte es fertig, ein stabiles französisches Schlachtschiff in ein Wrack zu verwandeln. Der Leierkastenmann hatte seinen Stammplatz am Ende der Straße. Dort spielte er tagein, tagaus dieselbe Melodie. Wer dem Mann erlaubt hatte, seinen Leierkasten ausgerechnet vor den Mauern des Newgate-Gefängnisses aufzustellen, musste ein Sadist sein.

Alexandre hielt sich die Ohren zu. Wie lange saß er jetzt schon hier drin? Er hatte jegliches Zeitgefühl verloren. Nach seiner Verhaftung vor dem Britischen Museum war er einem Richter vorgeführt worden, der ihn kurzerhand ins Gefängnis hatte werfen lassen.

Alexandre zog den hölzernen Schemel unter das vergitterte

Fenster, stellte sich darauf, hielt sich an den rostigen Eisenstäben fest und brüllte den Refrain des Liedes:

»Die Rosen leuchten in der Picardie,
In der Stille des silbernen Taus.
Rosen blühen in der Picardie,
Aber keine ist so schön wie meine Frau.«

Die Drehorgel setzte aus. Hatte er es geschafft? War es das, worauf der Leierkastenmann die ganze Zeit gewartet hatte? Dass man ihm antwortete? Alexandre lauschte. Er wagte nicht, sich zu rühren, um die zerbrechliche Stille nicht zu gefährden.

Dann ging es wieder los. Der Musiker schien von der Reaktion befeuert zu sein, denn die Rosen blühten jetzt noch greller aus seinem verteufelten Instrument hervor.

Alexandre lehnte die Stirn an die kalte Zellenwand und schloss die Augen. Wenn er doch wenigstens arbeiten könnte! Das Notizbuch hatte man ihm gelassen. Aber sein Stift war auf die Kürze eines Fingernagels heruntergeschrieben – ebenso wie seine Fantasie. Stets hatte er behauptet, in jeder Situation eine gute Geschichte zuwege zu bringen. Jetzt aber zeigte sich, dass er sich überschätzt hatte. Sein Geist nährte sich wohl doch an Wärme und Behaglichkeit. Waren denn einige wenige Annehmlichkeiten zu viel verlangt? Wie er sich ein Stück Jungschwein in der Biersoße von Madame Coronviers herbeiwünschte! Dazu wollte er eine fleischige Pastorenbirne zerteilen. Als Dessert dürfte es ein wenig Verdauungskonfekt sein. Zum Abschluss würde er einen Likör nehmen.

Doch alles, was seinen Mund füllte, waren diese verfluchten Zahnschmerzen. Das Pochen in seinem Kiefer ließ bisweilen seinen ganzen Kopf erzittern. Nur Kälte verschaffte ein wenig Linderung. Wenn der Wärter mit dem Essen kam, fand er den

Häftling oft mit der Wange gegen die eiskalte Zellenwand gepresst.

Gerade jetzt drehte sich der Schlüssel im Schloss. Die Tür ging mit einem Kreischen auf. Essenszeit. Alexandre stieg von dem Schemel herab.

»Was servieren Sie heute?«, fragte er, obwohl er genau wusste, dass jeden Tag Kohlsuppe auf dem Menü stand. Etwas anderes gab es nicht. England schien ein riesiges Kohlfeld zu sein. Seine Einwohner mussten an den schlimmsten Blähungen in ganz Europa leiden. Vielleicht war die spanische Armada deshalb vor der Küste Englands gescheitert.

Doch diesmal klapperte kein Essgeschirr. Weder tauchte ein missgestimmter schnaufender Wärter auf noch zog Kohlgeruch durch die Zelle. Ein Mann in roter Robe trat ein. Er trug eine weiße Perücke, die einen starken Kontrast zu seinen dunklen pelzigen Augenbrauen bildete. Der Fremde wedelte mit einer Zeitung wie ein Dirigent beim Allegro furioso.

»Sie werden sofort damit aufhören. Oder das Standgericht wartet auf Sie!«, brüllte der Rotgewandete. Sein Atem roch nach Branntwein.

Alexandre erschrak innerlich, verzog aber keine Miene. Er hatte gelernt, andere mit einem Lächeln zu entwaffnen. Allerdings funktionierte das am besten bei Frauen.

Er streckte dem Zornbeutel eine Hand entgegen. »Mein Name ist Dumas«, sagte er. »Alexandre Dumas. Der Schriftsteller.«

»Ich weiß, wer Sie sind!«, donnerte der Perückenträger. »Aber ich hätte nicht gedacht, dass Sie ein Neger sind.«

»Und ich hätte nicht geglaubt, dass ich mich von einem einfachen Briten beleidigen lassen muss.« Er zog die Hand zurück. »Wären wir in Freiheit, hätte ich Sie gefordert.«

Der Engländer lächelte überheblich und faltete die Hände

vor seinem Bauch. Dann stellte er sich als Lordrichter Jonathan Digby, Vorsitzender Richter der Queen's Bench Division des High Court vor. Überdies leite er den Court of Appeal, ließ er Alexandre wissen. Dann hielt der Richter Alexandre die Zeitung hin.

»Für diese Schmierereien werden Sie büßen! Aber zuerst verraten Sie mir, wie Sie es anstellen, Ihren Schmutz zu verbreiten, während sie in Newgate einsitzen. Unser Gefängnis gilt als sicher. Es darf seinen Ruf nicht verlieren. Wie schmuggeln Sie Ihre Zeilen hinaus?«

Alexandre faltete das Papier auseinander und starrte auf eine Ausgabe von *Le Mousquetaire*. Erst dachte er, es sei ein altes Exemplar. Doch er konnte sich an die Schlagzeile *England droht Frankreich mit Krieg* nicht erinnern. Dann sah er das Datum am oberen Rand, gleich unter der Vignette mit dem Musketier. *11. Dezember 1851*. Das Blatt war keine vier Tage alt!

»Aber das kann nicht sein«, sagte er zu der Zeitung. Es hätte ihn nicht überrascht, wenn das Papier sich in Luft aufgelöst, der Lordrichter sich als Scherzbold entpuppt und ihm prustend auf die Schulter geschlagen hätte. Aber das Blatt knisterte hämisch in seinen schwitzenden Händen, und die Buchstaben prangten im tiefen Schwarz eines Albtraums.

Lordrichter Digby schimpfte weiter. Alexandre hörte die Worte kaum. Er überflog die erste Seite, suchte nach Hinweisen auf den Herausgeber, fand jedoch überall nur seinen eigenen Namen. Jeder Artikel war mit *Alexandre Dumas* unterschrieben. Für einen Text zu zeichnen, den man nicht verfasst hat, war schon dann eine Katastrophe, wenn es sich nur um die Besprechung des neuen Theaterstücks der Comédie-Française gehandelt hätte. Aber der anonyme Verfasser, der sich Alexandres Namen bediente, schrieb nicht über Lustspiele, sondern über internationale Politik.

»Geben Sie bloß nicht vor, diese Texte erst lesen zu müssen. Ich durchschaue Sie!« Lordrichter Digby wollte Alexandre die Zeitung aus den Händen reißen. Doch der wandte sich rasch ab, entkam in einen Winkel der Zelle und trat den Blecheimer um. Zwischen ihm und Digby ergoss sich eine Pfütze aus Fäkalien. Jetzt roch es in der Zelle zwar noch schlimmer, aber die Lache hielt den Lordrichter auf Distanz.

Während Digby nach dem Wärter rief, studierte Alexandre die Zeilen in seiner Zeitung. Die Titelgeschichte feierte Louis Napoleon als neuen Kaiser. Alexandre schlug mit dem Handrücken auf das Blatt. Wer ihn auch nur ein klein wenig kannte, musste wissen, dass er für die Monarchie noch nie etwas übriggehabt hatte. Niemals würde er ein solches Pamphlet verfassen. Aber das konnte nicht der Grund sein, weshalb sich der Perückenträger so aufregte.

Alexandres Blick huschte weiter über die Seite. Die üblichen Anzeigen: Duftwässer für Herren und Zigarrenmarken. Jetzt gab es sogar Werbung für die neuartigen Zigaretten, günstige Rauchwaren, die Arbeiter aus dem Verschnitt der Zigarren zusammenstopften. Man munkelte, dass diese Reste vom Boden aufgefegt würden und dabei auch der Kehricht in die Tabakmischung gelange. Niemals hätte Alexandre eine Annonce für etwas derart Stilloses in seiner Zeitung zugelassen. Doch auch das war wohl kaum der Anlass für das Erscheinen des Lordrichters.

Den fand Alexandre im unteren Teil der Seite. Der Aufsetzer war in der Regel für eine Folge des aktuellen Fortsetzungsromans reserviert. So auch hier. Doch hatte Alexandre sein Pulver längst verschossen. Es gab kein Romankapitel mehr, das in *Le Mousquetaire* hätte veröffentlicht werden können. Und dass ein Hochstapler es fertigbrachte, einen Roman in seinem Stil zu schreiben, mit flottem Strich und fliegenden Gedanken, das war unmöglich.

Welche Art Text aber füllte dann diese Zeilen?

Neugierig beugte sich Alexandre über die Worte. Im Hintergrund hörte er jemanden auf Englisch fluchen und mit Putzgeräten klappern. Digby äußerte seinen Unmut auf unbritische Art und Weise.

Es war der erste Teil einer Fortsetzungsgeschichte. Sie trug den Titel *Das Tagebuch der Königin* und versprach Skandal und Enthüllung. Bis dahin wirkte alles authentisch. Ein solcher Text hätte durchaus auch aus seiner eigenen Feder stammen können.

Der Verfasser, Gott sollte ihn strafen, leitete seinen Text mit dem Versprechen ein, dass alles, was er seinen Lesern vorlegen werde, der Wahrheit entspreche. Er sei in den Besitz der Tagebücher Königin Victorias gelangt. Nach reiflicher Überlegung habe er sich entschlossen, deren Inhalt zu veröffentlichen. In den folgenden Ausgaben werde der Leser des *Mousquetaire* die intimsten Geheimnisse des englischen Königshauses erfahren.

Fieberhaft las Alexandre weiter. Gleich im ersten Satz stand die junge Victoria im Nachtgewand vor dem Spiegel und betrachtete ihren Körper.

Die Zeitung wurde Alexandre aus der Hand gerissen.

»Dreck und Lügen«, fauchte Lordrichter Digby. »Ganz Frankreich lacht über uns. Für die Beleidigung unserer Königin könnte ich Sie gleich hier niederstrecken lassen.«

Der Wärter hatte die Lache aufgewischt und den Schmutz wieder zurück in den Eimer befördert. Er griff nach dem Henkel und fragte Digby: »Alles in Ordnung hier, Sir? Sind Sie sicher, dass ich Eure Lordschaft mit diesem Franzosen allein lassen kann?«

Digby schickte den Mann mit den Worten fort, derjenige, der Angst haben müsse, sei nicht der Lordrichter, sondern der Gefangene. Nachdem sich die Zellentür geschlossen hatte, ballte Digby eine Faust um die Zeitung. Das Blatt verschwand zum

Teil in seiner Hand und fältelte sich zu einem vergilbten Strauß aus Papier. »Ich will Antworten!«, verlangte Digby, und seine Brauen fielen wie ein Erdrutsch über seine Augen. »Woher haben Sie die Tagebücher Ihrer Majestät? Wo verstecken Sie sie?«

Demnach gab es diese Tagebücher wirklich! Der Text behauptete die Wahrheit? Wäre er bloß eine Erfindung gewesen, hätte er bereits politische Sprengkraft gehabt. Dass die Tagebücher aber echt waren, setzte dem Skandal buchstäblich die Krone auf. Jetzt begriff Alexandre das Ausmaß dieser Veröffentlichung. Die britische Monarchin wurde zu einer Witzfigur. Niemand auf dem diplomatischen Parkett nahm sie noch ernst. Und war das Königshaus geschwächt, ging es auch dem Land selbst schlecht. Durch die Zeilen bekam England Schlagseite. Frankreich, Russland, Preußen, Österreich – alle Großmächte des Kontinents würden versuchen, Nutzen daraus zu ziehen. Alexandre schnappte nach Luft. Vermutlich schob man in Wien, Berlin und Sankt Petersburg schon Zinnsoldaten über Landkarten. Und er selbst würde als angeblicher Autor dieser Zeilen für alles verantwortlich gemacht werden.

»Ich habe das nicht geschrieben«, beteuerte Alexandre. »Wie sollte ich auch? Wie Sie sicher wissen, Monsieur Lordschaft, sitze ich in einer Gefängniszelle.« Er deutete auf die nackten Wände. »Keine Druckerpresse weit und breit, *n'est-ce pas?*«

Digby ging zu der Holzpritsche. Er bückte sich und tastete mit einer Hand an der Unterseite der Bettstatt herum. Als er nichts fand, riss er die Decke aus fleckigem Leinenstoff beiseite.

»Was haben wir hier?« Der Lordrichter sammelte den Stummel des Schreibstiftes auf. Er klemmte ihn zwischen Daumen und Zeigefinger. Die Spitze ragte in die Luft wie die eines Zauberstabs. In gewissem Sinn war es ja auch einer. Allerdings wird er mich damit nicht in einen Prinzen, sondern in eine Kröte verwandeln, dachte Alexandre.

»Damit haben Sie Ihre Artikel geschrieben. Und dann haben Sie die Manifestationen Ihrer Lügen durch das Fenster geworfen, wo ein Mittelsmann sie aufgesammelt und nach Paris gebracht hat. Gestehen Sie, Sie Afrikaner!«

»Mein Vater stammte aus Haiti«, antwortete Alexandre. »Das liegt in der Karibik. Und das Einzige, das ich gestehen kann, ist meine Verwunderung. Wie mein Name unter diese Artikel kommt, würde ich selbst gern wissen.« Er spürte, wie Verzweiflung in ihm keimte. Wie sollte er den Lordrichter von seiner Unschuld überzeugen? Er war nur ein Franzose. Und hier stand die Ehre Englands auf dem Spiel.

Digby legte eine Hand ans Kinn. »Der Stift allein genügt nicht. Sie müssen einen Helfer haben.«

Da tönte es wieder von der Straße herauf.

»Die Rosen leuchten in der Picardy,

In der Stille des silbernen Taus …«

Der Leierkasten setzte wieder ein. Lordrichter Digby raffte seine Robe zusammen und stieg auf den Schemel, der zuvor Alexandre als Aussichtspunkt gedient hatte. Diesmal waren es die Finger des Rechts, die sich um die Eisenstäbe wanden. Alexandre beschloss, diese Szene in einem künftigen Roman zu verwenden – wenn es jemals wieder einen geben sollte.

»Da ist er, der Spion!«, rief Digby durch die Melodie der Volksweise. »So machen Sie es also. Wenn der Leierkasten zu spielen beginnt, ist das Ihr Signal. Dann werfen Sie die Artikel aus dem Fenster, und er tut damit, was auch immer nötig ist, um England und Ihre Majestät in der Welt lächerlich zu machen.«

Mit überraschender Behändigkeit sprang der Richter vom Schemel hinab. Seine Robe flatterte wie ein rotes Tuch beim Stierkampf. »Sie sind überführt, Schurke.« Er deutete auf die Schlafstelle. »Mit diesem Luxus ist es nun vorbei. Sie kommen in den Keller. Kein Licht, kein Bett, kein Papier, keine Schreibstifte. Wenn Sie wollen, können Sie Ihre elenden Gedanken mit Ihrem Kot an die Wände schmieren. Wollen mal sehen, wer Sie besuchen kommt, um das zu lesen.«

Kapitel 27

London, Stadthaus von Joshua Ethan Banister,
Dezember 1851

Nie, nie zuvor habe ich einen Abend wie diesen verlebt. Mein liebster, lieber Albert saß auf einer Fußbank an meiner Seite, und seine Liebe und Zuneigung riefen in mir das Gefühl himmlischer Liebe und Glückseligkeit wach, die zu spüren ich nie zuvor gehofft hatte. Er schloss mich in seine Arme, und wir küssten uns wieder und wieder! Oh! Es war der glücklichste Tag meines Lebens!«

Beim zerteilten Leib des Osiris! Was für eine Schmonzette! Lemaitre wischte sich über das Gesicht. Schminke blieb an seiner verschwitzten Hand kleben. Er rieb sie ärgerlich in sein Taschentuch. Er saß an einem Sekretär im Drawing Room seines Hauses im Londoner Stadtteil Belgravia. Joshua Ethan Banister, einer seiner begüterten Patienten, hatte ihm die Unterkunft aus Dankbarkeit für die Heilung seiner Frau bereitgestellt. Natürlich war die Dame nicht kuriert, sondern glaubte das nur. Aber was machte das schon für einen Unterschied?

Echt hingegen war die luxuriöse Einrichtung des Hauses. In jedem Zimmer gab es ausladende Stuckarbeiten an der Decke. Wandverkleidung und Teppiche trugen Blumenmuster. Die Möbel waren mit Kaschmir gepolstert, die schlanken Stuhlbeine hatten einen eleganten Schwung. In jedem Winkel gingen Goldlack und Grüntöne Verbindungen ein, die dem Auge schmeichelten. Alles war ausgesucht und aufeinander abgestimmt. So wie die Liebe der Engländer.

Aber das war nicht genug.

Lemaitre blätterte in dem mit blauem Samt ausgeschlagenen Tagebuch Königin Victorias. Die Geständnisse der Monarchin waren ein Schatz, aber einer, den man erst zum Funkeln bringen musste. Zwar hatte die Regentin darin schon in jungen Jahren ihre Gedanken zu Staatsgeschäften, Familienangelegenheiten und Männern niedergeschrieben. Doch waren die Zeilen steif und blutleer.

»Wir küssten uns wieder und wieder.«

Lemaitre fragte sich, wie dieser Text klingen würde, wenn Alexandre Dumas ihn geschrieben hätte. Der hätte in einer solchen Szene ein Freudenfeuer der Wollust entfacht. Atemlose Beteuerungen ewiger Liebe, Tausendfüßler, die einem über die Haut krabbeln, Ohnmacht, Freizügigkeit.

Er war zwar nicht Alexandre. Aber was er bisher aus den Tagebüchern der Königin gemacht hatte, genügte, um das Königshaus und die gesamte britische Monarchie an den Rand des Zusammenbruchs zu bringen. Paris, Frankreich, ganz Europa lachte über die Königin. Das britische Ober- und Unterhaus hatten gemeinsam Briefe an Louis Napoleon geschrieben und ihn darin ersucht, dem Schmierfinken in seiner Hauptstadt das Handwerk zu legen. Doch der frisch gebackene Kaiser von eigenen Gnaden hatte geantwortet, dass er selbst gern Alexandre Dumas in die Finger bekommen würde. Aber der sitze, so viel er wisse, in einem Gefängnis in London. Und die Londoner Kerker seien doch so sicher, dass keine Maus, erst recht keine ganze Zeitung daraus hervorkommen könne. Frankreich verspottete seinen Erzfeind England. Unter der Häme rasselten die Säbel. Es stimmte: Die Feder war mächtiger als das Schwert. Aber sie war auch die Lunte am Kanonenrohr.

Lemaitres Ausschmückungen, so ungelenk sie sein mochten, waren pikant. In einer Folge hatte er es gewagt, das Kleid Victorias so weit hinunterrutschen zu lassen, dass die bloße Schulter zum Vorschein gekommen war. Und Albert, ihr stumpfsinniger Verlobter, war über seine Zukünftige hergefallen wie ein Tier.

So machte man das! Er glaubte, Dumas' Blut in seinen Adern fließen zu spüren.

Lemaitre warf einen Blick auf die Uhr, einen verschnörkelten Kasten aus dunklem Holz, der auf einer Anrichte stand und ungeduldig die Zeit anzeigte. In einer halben Stunde musste Simes die nächste Folge aus den Tagebüchern Königin Victorias zur Post bringen. Vier Tage später würde sie in der Romanfabrik im Château Monte Christo ankommen. Fruchard würde den Text in die Form des Fortsetzungsromans bringen, eine kleine Einleitung schreiben, die den Leser an das Geschehen der vorherigen Folgen erinnerte. Dann ging *Le Mousquetaire* in Druck und konnte pünktlich erscheinen. Wie Fruchard berichtete, standen die Leser Schlange vor den Zeitungsständen in Paris. Kam die Lieferung der neuen Ausgabe im Fuhrwerk an, rissen die Leute den Arbeitern die Zeitungen schon aus den Händen, bevor die Blätter überhaupt den Zeitungsverkäufer erreicht hatten.

Alexandre Dumas wäre über einen solchen Erfolg gewiss froh gewesen. Aber Dumas vermoderte in irgendeinem Loch in London. Lemaitre spielte mit dem Gedanken, dem Schriftsteller eine Flasche Brandy in den Kerker schicken zu lassen. Er wollte nicht undankbar sein. Immerhin hatte der Mann ihm seinen Namen geliehen. Überdies nutzte Lemaitre seine Zeitung, sein Schlösschen und seinen Ruf. Letztendlich würde das dazu führen, dass der dicke Autor an einem britischen oder französischen Galgen endete. Da konnte eine Flasche Branntwein nicht schaden.

»Brandy für Dumas«, kritzelte Lemaitre auf ein Stück Papier.

Gerade lenkte er seine Gedanken zurück zu den Tagebüchern, als Simes hereinplatzte. Lemaitre zuckte zusammen, und ein Tropfen Tinte fiel von der metallenen Spitze des Federkiels auf den blauen Samt des Manuskripts.

»Simes!«, stieß er hervor. Es klang wie eine Verwünschung.

»Sorry«, brachte Simes hervor. »Aber Lady Alice ist angekommen. Sie sagten doch, ich solle sofort …«

»Jaja.« Lemaitre schob den Stuhl zurück. »Bringen Sie sie herein.«

Wenige Augenblicke später betrat Lady Alice den Drawing Room. Sie hatte ihren Mantel abgelegt und trug ein erlesenes Kleid aus lindgrünem Stoff. Die Reifen der Krinoline waren schmal und die aufgestickten Blumenbouquets klein. Dadurch kamen das kostbare Gewebe und der raffinierte Schnitt des Kleides besser zur Geltung. Für eine Engländerin bewies Lady Alice erstaunlichen Geschmack.

»Lady Alice. Ihre Pünktlichkeit gerät mir zur Freude«, sagte Lemaitre und verbeugte sich vor ihr.

Die Besucherin verzichtete auf Höflichkeitsbezeugungen. »Ich werde Ihnen nicht länger zu Diensten sein«, sagte sie laut. »Unser Geschäft gilt nicht mehr. Lassen Sie mich gehen, oder ich werde Ihre Machenschaften aufdecken.« Ihre Stimme war schrill.

Lemaitre richtete sich auf und blickte sie kalt an.

Lady Alice ging in einem Bogen um ihn herum und ließ sich in den Stuhl fallen, der vor dem Sekretär stand. Ihre Hände zitterten. »Es gibt keine weiteren Tagebücher.«

»Tand und Gleisnerei!«, zischte Lemaitre.

In den blauen Augen von Lady Alice loderte Angst auf. Ihre Sommersprossen schienen zu verblassen. »Es liegt nicht an mir«, beteuerte sie. »Die Veröffentlichung der ersten Tagebücher hat ein Erdbeben in Buckingham Palace ausgelöst. Alle Hofdamen müssen sich von der Königin fernhalten. Ich komme nicht mehr an die Gemächer Victorias heran.«

»Sie lassen sich von der alten Kupplerin aufhalten? Sie haben nicht Kopf genug, um einen Hut darauf zu tragen!« Zorn spülte durch Lemaitre hindurch. Er griff nach dem Tintenfass und warf es an die Wand. Es zersplitterte mit einem Knall und hinterließ einen schwarzen Fleck auf der gold-grünen Tapete. Die Tinte lief zäh daran hinunter.

»Wenn Sie mir die restlichen Tagebücher nicht herbeischaffen, werde ich eben über das Liebesleben der Herzogin von Worcester schreiben. Ich werde Sie bloßstellen, Ihr Verhältnis zu Fergus Seaborn zum Stadtgespräch Londons machen. Wie wäre es damit: Lady Alice vergnügt sich mit Seaborn und ihrem Gatten gleichzeitig. Ihre Erlebnisse im Zustand der Ekstase schreibt die verruchte Lady selbst nieder, und durch Zufall gelangen sie in die Öffentlichkeit.«

Lady Alice senkte den Kopf. Eine Strähne fiel aus ihrer Turmfrisur. »Ich will ja gehorchen«, stöhnte sie. »Aber vor den Türen zu den Privatgemächern der Königin stehen Gardisten. Wie soll ich an denen vorbeikommen?«

Was für eine Furchtgrete! Lemaitre bedauerte, ausgerechnet Lady Alice für seine Zwecke eingespannt zu haben. Zunächst war sie ja nützlich gewesen. Aber jetzt war es damit vorbei. Er würde sie loswerden müssen, so wie er Pivert losgeworden war. Und ihren Ehemann, den Herzog von Worcester, gleich dazu. Ersatz wäre leicht zu finden. Mittlerweile standen die Damen der Aristokratie in seinen Salons Schlange und bettelten darum, seine Wünsche zu erfüllen.

»Gehen Sie, Lady Alice. Sie haben mich enttäuscht«, sagte er und hielt die Tür auf.

Die Herzogin sprang auf. Ihr Kleid raschelte. »Warten Sie!«, bat sie. »Sie dürfen mich nicht verraten. Gewiss kann ich Ihnen auch anderweitig helfen.«

»Sie helfen mir, indem Sie nicht länger meine Zeit verschwenden. Ich habe zu arbeiten.« Noch einmal schaute er zur Uhr hinüber.

Lady Alice hielt sich an dem Schreibtisch fest. »Und wenn Sie selbst in den Palast gehen?«

»Das werde ich«, sagte Lemaitre. »Wenn England erst untergegangen ist, werde ich mein Domizil im Buckingham Palace aufschlagen und ein Schwein auf dem Thron schlachten.«

»Aber ich meine es ernst. Hören Sie mir zu. Nur noch dies eine Mal.« Lady Alice flehte ihn an. Sie war erbärmlich.

»Nein«, sagte er.

Sie sprach einfach weiter. »Der Thronfolger. Albert. Bertie. Er ist krank. Der Skandal um die Tagebücher. Es heißt, er isst nicht mehr und schläft kaum noch.«

Lemaitre runzelte die Stirn. »Na und?«, fragte er ungeduldig. »Was kümmert mich das Seelenleben eines Knaben?«

»Die Ärzte können ihn nicht heilen«, fuhr Lady Alice fort. »Aber Sie könnten es, Mister Lemaitre.«

Was schlug sie da vor?

»Im Palast sind Ihre Salons bekannt. Viele Hofdamen haben sich schon von Ihnen behandeln lassen. Vielleicht kann ich die Gouvernante davon überzeugen, dass eine Konsultation des kleinen Bertie durch Sie … dass es einen Versuch wert wäre. Was meinen Sie?«

Der Augenblick gerann. Was Lady Alice ihm in Aussicht stellte, war der direkte Zugang zur königlichen Familie. Mithilfe der Amulette würde er erst das Balg und später Victoria selbst unter Kontrolle bekommen. Sie würde ihm nicht nur mit Freuden ihre Tagebücher aushändigen. Sie würde ihm sogar neue schreiben.

Er legte eine Hand an seine Brust. Unter dem Hemd trug er die beiden Amulette um den Hals. Er spürte ihre Form auf der Haut, unter den Fingern.

»Also gut. Ich gebe Ihnen noch diese eine Chance. Arrangieren Sie alles. Und beeilen Sie sich. Sagen Sie, ich sei nur noch wenige Tage in London. Wenn die Gouvernante meine Kunst in Anspruch nehmen will, so muss das bald geschehen.«

Lady Alice nickte und verließ den Salon im Laufschritt. Er hörte ihre Schuhe die Stufen hinunterklappern. Simes sagte etwas. Die Haustür schlug zu. Der Bussard war auf dem Weg zum Mauseloch. Angst, dachte Lemaitre, ist ein machtvolles Stimulans.

Kapitel 28

London, Newgate-Gefängnis, Dezember 1851

Alexandre wusste nicht, welcher Teil des Tages schlimmer war: die Zeit, die er im Keller von Newgate in seiner Zelle hockte, oder die Zeit, die er in der Werkstatt des Gefängnisses arbeitete. Sie hatten ihn eingeteilt zum Seileflechten. Jeden Morgen brachte ihn der Wärter in einen Raum mit einem Dutzend anderer Gefangener. Dort stellte man Alexandre vor einen Haufen Seile und Taue und befahl ihm, die Stränge auseinanderzudrehen und die Fasern um Fässer zu wickeln. War ein Fass mit mehreren Lagen umwickelt, rollte es ein anderer Häftling hinaus. Wohin, wusste Alexandre nicht. Aber er ahnte, dass ein Leidensgenosse in einer anderen Werkstatt aus den Fasern neue Seile flechten musste. Die dann irgendwann wieder bei ihm landeten, damit er sie auseinandernahm.

Wenn es vor den Fenstern der Werkstatt zu dämmern begann, führten die Wärter die Gefangenen zurück in ihre Zellen. In Alexandres Einzelzelle zwischen den Grundmauern des Gefängnisses herrschten Finsternis und Stille. Er sehnte sich nach einer menschlichen Seele. Doch wenn es dann am Morgen zurück in die Werkstatt ging und die Fasern in das wunde Fleisch seiner Hände stachen, wollte er möglichst bald wieder zurück in die Zelle. So blieb die Unzufriedenheit seine ständige Begleiterin. Immer noch besser, als einsam zu sein, sagte er sich.

Gespräche unter den Gefangenen waren verboten. Schon ein Flüstern genügte, und man erhielt Schläge mit dem Stock. Wer dann vor Schmerzen schrie, bekam die doppelte Tracht Prügel.

Das hielt viele Gefangene nicht davon ab, sich in unbeobachteten Momenten leise miteinander zu unterhalten. Alexandre aber gab vor, kein Englisch zu verstehen. Er war schon genug geschunden an Leib und Seele. In all das Ungemach mischte sich die eintönige Melodie des Leierkastenmanns, dessen Drehorgelspiel auch die dicksten Mauern nicht fernhalten konnten.

Zweimal noch erschien Lordrichter Digby und fragte Alexandre, ob er endlich bereit sei, seine Komplizen zu verraten. Wie Alexandre der zornigen Miene des Richters entnehmen konnte, erschienen die Tagebücher Königin Victorias nach wie vor in *Le Mousquetaire*. Er versuchte Digby zu erklären, dass er, Dumas, unmöglich der Verfasser sein könne, da er doch in Newgate einsitze. Doch der Richter fand an dieser Logik keinen Gefallen. Er behauptete, Dumas habe Schergen, die nach wie vor für ihn arbeiteten. Um die Wahrheit herauszufinden – oder das, von dem Digby glaubte, dass es die Wahrheit sei –, kürzte der Richter Alexandres Brotration und drohte ihm mit lebenslanger Schufterei in einer Gefangenenkolonie Australiens.

»Dann werden wir sehen, ob Ihr Arm lang genug ist, um von der anderen Seite der Welt bis nach Paris und London zu reichen«, hatte Digby gebellt.

In der Dunkelheit seiner Zelle tastete Alexandre nach seiner Schnupftabakdose. Seine Finger glitten über das Blech und streichelten die beiden eingravierten Hunde. Dann schraubte er den Deckel ab und stippte die Finger in den kümmerlichen Rest des feinen Pulvers. Gerade wollte er die Prise unter die Nase führen, da wurde die Tür zu seiner Zelle aufgerissen. Vor Schreck ließ Alexandre den Schnupftabak fallen. Er stieß einen gascognischen Fluch aus. Im Licht, das durch die Tür fiel, sah er, wie die Prise sich in der Feuchtigkeit des Zellenbodens auflöste. Sie war verloren! So wie er selbst. Mit einem Mal traf ihn die Gewissheit: Von dem großen Schriftsteller Alexandre Dumas würde nicht mehr übrig bleiben als ein Haufen Staub, der sich in einem australischen Fiebersumpf auflösen würde.

»Sie haben Besuch«, sagte der Wärter.

Alexandre nahm die Worte nicht wahr. Noch immer starrte er auf den Fleck, der vor wenigen Augenblicken noch sein letzter Schnupftabak gewesen war.

»Kein Licht hier drin, Madame«, sagte der Wärter. »Ich lasse die Tür offen, damit Sie etwas sehen können. Rufen Sie, wenn Sie diesen Unhold wieder verlassen wollen. Dann hole ich Sie ab.«

Die Stimme, die sich bei dem Mann bedankte, war Alexandre bekannt. Aber sie gehörte in eine andere Welt. In eine andere Zeit.

»Alexandre!«, rief die Stimme, die er von allen Geräuschen der Welt am wenigsten zu hören erwartet hatte.

»Gräfin Anna?«, fragte er in den Lichtschein, der als Streifen durch die Tür in die Zelle fiel.

Ein Knirschen war zu hören. Dann strömte der Geruch frisch gewaschenen Stoffs in die Zelle. Er kniff die Augen gegen das Licht zusammen. Die Silhouette der Gestalt im Rollstuhl glich einer Vision.

»Alexandre«, sagte sie wieder und manövrierte den Rollstuhl tiefer in die Zelle hinein, damit er nicht länger gegen die Helligkeit anblinzeln musste.

Sie war es wirklich. Gräfin Anna von Dorn. Sie trug ein neues Kleid und einen Umhang aus blau gefärbter Wolle. Die Schute saß auf ihrem Kopf. Darunter konnte Alexandre das Erschrecken in ihrem Blick sehen.

Er strich sich durch das Haar und wischte über seine Kleider. »Verzeihen Sie meinen Aufzug«, sagte er. Die Worte kamen heiser aus seiner ungeübten Kehle hervor. »Jetzt denken Sie vermutlich erst recht, ich sei ein Verbrecher«, krähte er. Dann sah er, wie sich das Entsetzen in der Miene der Gräfin in einen Ausdruck echter Sorge verwandelte. Die Welle des Selbstmitleids, die er bislang hinter dem Damm der Selbstbeherrschung hatte zurückhalten können, schwappte über ihn hinweg. Er wandte das Gesicht ab und kniff die Augen zusammen. Eine einzige Träne schaffte es ins Freie. Was war er nur für ein Mädchen!

Als er sich wieder unter Kontrolle hatte, atmete er tief ein. »Wieso sind Sie hier, Anna? Wieso wissen Sie, dass ich im Gefängnis sitze? Sie wollten doch nach Karlsruhe zurückkehren. Ist etwas geschehen?«

Sie lächelte und rückte ihre Brille zurecht. »Das Glück der Erkenntnis«, sagte sie. »Und ein guter Freund, der mir half, in letzter Sekunde den richtigen Weg einzuschlagen. Hierher, zu Ihnen.«

Sie warf einen Blick aus der Zellentür. »Sehen Sie den Wärter noch?«, fragte sie.

Alexandre ging an ihr vorbei und schaute in den Gang hinaus. Der Mann war fort. Wollte die Gräfin etwa mit ihm aus dem Gefängnis fliehen? Ein heruntergekommener Franzose und eine gehbehinderte Deutsche entkommen aus Newgate! Das wäre eine Schlagzeile in *Le Mousquetaire* wert.

Anna öffnete den Korb an der Seite des Rollstuhls. Daraus holte sie eine Flasche Wein, einen runden Kuchen und ein Stück in Wachspapier eingeschlagenen Schinken hervor. Sie legte Alexandre die Schätze in den Schoß. Dann griff sie noch einmal in den Korb. Ihre Hand kam mit etwas Glänzendem wieder hervor: einer Dose Doppelmops. Die Banderole war noch nicht aufgerissen. Der Schnupftabak war frisch.

Alexandre wusste nicht, welchem der Genüsse er sich zuerst widmen sollte.

»Wie haben Sie das alles ins Gefängnis bekommen?«, wollte er wissen, während er an dem Schinken roch.

»Wer durchsucht schon eine Frau im Rollstuhl?«, sagte Anna.

Der Geruch des Schinkens war so intensiv, dass er sich nicht länger beherrschen konnte. »Erlauben Sie?«, fragte er und deutete auf das geräucherte Fleisch.

»Ich bitte sogar darum«, erwiderte Anna. »Leider habe ich kein Messer mitgebracht. Wenn die Wärter das gefunden hätten, wäre es wohl mit dem Besuch hier unten nichts geworden.«

Alexandre schlug die Zähne in den Schinken, riss einige Fasern heraus und verschlang sie, ohne zu kauen. Paris mit all seinen schönen Frauen konnte ihm gestohlen bleiben, wenn er nur weiter dieses köstliche Stück Fleisch benagen konnte. Seine Zahnschmerzen versuchten, den Genuss zu trüben. Doch er strafte sie mit Missachtung. Der Augenblick gehörte allein der Freude.

»Erzählen Sie!«, forderte er Anna zwischen zwei Bissen auf.

Anna atmete so flach wie möglich. Der unheilige Gestank in der Zelle drohte ihr die Sinne zu rauben. Das, was sie von dem Gefangenen im dämmerigen Licht erkennen konnte, erinnerte kaum an den Alexandre Dumas, der sich in Brüssel von ihr verabschiedet hatte. Da war er ein stattlicher, etwas zu rundlicher Mann gewesen, mit blitzenden Augen, nach der neuesten Mode gekleidet und mit schönen Frauen an seiner Seite. Der Mensch, der jetzt vor ihr saß, war abgemagert. Seine Hosen flohen vor seiner viel zu weiten Bankiersweste in die Tiefe. Der Stoff, ehemals von elegantem Schwarz, war grau und fleckig, so wie sein Haar und seine Haut.

Anna fischte in ihrer Erinnerung. Wo anfangen? So viel war in der Zwischenzeit geschehen – einen ganzen Tag lang hätte sie berichten können. Schließlich begann sie bei der Kutschfahrt in Richtung Leuven. Sie ließ die Zeitungsannonce auftauchen, in der Lemaitre für seinen Salon in London geworben hatte. Die Anzeige sei ihr Fahrschein nach England gewesen, sagte sie. Kurz überlegte sie, ob sie die Ereignisse in Brüssel übergehen sollte, entschied sich aber dagegen. Alexandre war darin geübt, Geschichten über das Elend der Menschen zu erfinden. Er sollte ruhig erfahren, dass die Wirklichkeit grausamer war, als er es sich vorstellen konnte.

Also erzählte Anna, wie ihr spontaner Entschluss umzukehren sie an den Rand des Elends gebracht hatte. Sie erwähnte den russischen Unhold und schilderte ihre Angst, ohne Rollstuhl als Bettlerin in den Straßen der belgischen Hauptstadt leben zu müssen. Und als sie sah, dass Alexandre so gebannt zuhörte, dass er den Schinken vergaß, ließ sie Olaf Schmaleur auftreten.

»Was für eine Geschichte!«, sagte Alexandre. »Hätte ich doch nur etwas zu schreiben.«

»Dabei war das erst der Anfang«, sagte sie und schien ihn damit in noch größere Unruhe zu versetzen. »Dank des Geldes von Schmaleur konnte ich die Fähre nach Dover bezahlen«, fuhr Anna fort. »Auf dem Schiff hörte ich, wie sich zwei Männer unterhielten. Zunächst beachtete ich sie nicht. Doch dann trug mir der Wind den Namen ›Dumas‹ zu.«

»Begeisterte Leser meiner Romane, vermutlich«, warf Alexandre ein. Anscheinend war seine Selbstsicherheit durch einige Bissen Schinken zurückgekehrt.

»So begeistert waren die nicht. Im Gegenteil. Sie wünschten Ihnen lautstark den Wurm in die Eingeweide und die Blödheit an die Augen. Wie ich herausfand, waren es Gendarmen, von der französischen Regierung ausgeschickt, um Sie in London abzuholen und nach Paris zurückzubringen. Dort soll Ihnen der Prozess gemacht werden. Ein kurzer Prozess, wie die beiden Polizisten meinten. Leider besprachen sie nicht, wo genau Alexandre Dumas in London zu finden sei. Deshalb musste ich mich an ihre Fersen heften. Kein einfaches Unterfangen, wie Sie sich vorstellen können.«

»Sie haben im Rollstuhl zwei Gendarmen bis hierher verfolgt, ohne dass die Männer Sie bemerkt haben?«, fragte Dumas mit ungläubigem Staunen.

»Nicht ganz«, sagte Anna. Schon die Erinnerung an die letzten Tage ließ sie vor Erschöpfung zittern. In Dover hatte sie sich im selben Gasthof einquartiert, in dem auch die Franzosen abgestiegen waren. Sie hatte sogar einen Platz in derselben Kutsche nach London gefunden, war mit den Männern ins Gespräch gekommen, hatte jedoch feststellen müssen, dass französische Polizisten nicht gern über ihre Arbeit sprachen. Franzosen aber waren sie allemal. Und als solche halfen sie einer Dame über die geringste Unannehmlichkeit hinweg. Eine Frau im Rollstuhl forderte ihre Höflichkeit geradezu heraus. Als die Gendarmen hörten, dass Anna allein nach London unterwegs war, boten sie sich sofort an, ihr bis ans gemeinsame Ziel behilflich zu sein. Anna ließ sich von den Gendarmen in ein Hotel namens Elephante Butte bringen, das von einem Inder betrieben wurde. Kaum hatten sich die Franzosen verabschiedet, bat sie den Kofferträger des Hauses, er möge den beiden Männern unauffällig folgen und ihr berichten, wohin sie gegangen seien. Ihre Bitte unterstrich sie mit zwei Geldstücken. Eine halbe Stunde später, Anna saß noch immer in der Hotelhalle beim Tee, kehrte der Kofferträger zurück. Er berichtete, die Herren seien schnurstracks zum Newgate-Gefängnis gegangen und darin verschwunden.

Anna war am Ziel. Allerdings hätte sie sich gewünscht, es läge anderswo. Sogar ein Bordell wäre ihr willkommener gewesen. Daraus hätte sie Alexandre noch herausholen können.

Wie sie ihn aus Newgate befreien sollte, »das weiß ich bis heute nicht«, schloss sie ihren Bericht. »Aber immerhin bin ich bis zu Ihnen vorgedrungen.«

Sie löste den Knoten unter ihrer Schute. Das Erzählen hatte sie erwärmt. Die Luft in der Kerkerzelle schien mit einem Mal nicht mehr so kühl wie zuvor.

Alexandre hatte inzwischen einen ansehnlichen Teil des Schinkens verputzt. Nun fuhr er mit seinen lang gewachsenen Fingernägeln die Banderole des Schnupftabaks entlang, drehte den Deckel auf und staunte die bis zum Rand gefüllte Dose an.

»Ich bin Entbehrungen gewöhnt«, sagte er, »und kann die harten Seiten des Lebens ertragen. Aber ohne Doppelmops bin ich kein Mensch.«

Anna wartete, bis Alexandre zwei Prisen genossen und geniest hatte. Zwischenzeitlich näherten sich Schritte, und der Wärter schaute herein. Er blickte misstrauisch auf die Reste des Schinkens. Seine Frage, ob Anna bald fertig sei, beantwortete sie mit einem Goldsovereign. Der Wärter schloss eine Wirtshausfaust um das Geldstück und verschwand.

Alexandre zog lautstark Luft durch die Nase ein. »Ah! Eine schöne Prise! Mag der Leib gefangen sein, der Kopf ist wieder frei. Ihre Geschichte, Gräfin, ist so aufregend wie unterhaltsam. Aber sie hat ein loses Ende. Wo sind Ihre Gendarmen geblieben? Abgeholt haben sie mich jedenfalls nicht.«

Das war tatsächlich so offensichtlich wie erstaunlich. Die Polizisten waren doch nicht den weiten Weg von Paris hergekommen, um unverrichteter Dinge wieder umzukehren. »Sie wussten, dass Sie in Newgate einsitzen«, überlegte Anna laut. »Sie kannten sogar den Grund Ihrer Verhaftung: Angeblich sind Sie in ein Museum eingebrochen und haben ein wertvolles altes Objekt daraus gestohlen. Diese Geschichte ist hoffentlich erfunden.«

Dumas strich sich den Rest Schnupftabak aus dem Bart. »Ich fürchte, es ist die Wahrheit.«

Anna kniff die Lippen zusammen. Das Mitleid, das sie für den Eingesperrten empfand, machte Empörung Platz. »Wie konnten Sie das tun? Sie hatten doch Geld genug, als Sie Brüssel verließen.«

»Ach, Geld!« Alexandre warf Luft über seine Schulter. »Darum ging es nicht. Es ging um unseren gemeinsamen Freund Lemaitre.«

»Dann hat also er Sie in diese Lage gebracht«, sagte Anna.

»Als ich das zweite Amulett aus dem Britischen Museum holen wollte, um es vor Lemaitre zu bewahren, hat er das ausgenutzt. Wie er es vorhersehen konnte, weiß ich nicht. Mit der Polizei hat er vor dem Gebäude auf mich gewartet. Seither bin ich hier.«

»Und das Amulett? Es ist doch hoffentlich ins Museum zurückgekehrt?« Anna fürchtete sich vor der Antwort.

»Das Letzte, was ich aus dem Gefängniswagen heraus beobachten konnte, war, dass einer der englischen Polizisten Lemaitre das Artefakt aushändigte.« Alexandre spie auf den Boden. »Weiß der Teufel, wie er das angestellt hat.«

»Dann ist der Schurke jetzt im Besitz von zwei Amuletten«, stellte Anna fest.

»Und damit«, ergänzte Alexandre, »hat sich seine Macht verdoppelt. Er ist zweimal so gefährlich, wie er es noch in Paris gewesen ist.«

»Aber das erklärt nicht, wieso die Gendarmen Sie nicht aus dem Gefängnis abgeholt haben.« Anna suchte nach einer Antwort auf der mit Moos bewachsenen Wand der Kerkerzelle. Doch dort waren nur Kritzeleien zu sehen, entkleidete Frauen, die ein Unbegabter in den dunklen Stein geritzt hatte.

»Das muss an den Tagebüchern liegen«, sagte Alexandre. Seine Stimme war mit einem Mal sehr leise.

»Welche Tagebücher?«, wollte Anna wissen.

»Sie haben noch nicht davon gehört?« Alexandre sprach zu seinen Schuhen. »Die Tagebücher Königin Victorias. Jemand hat sie aus dem Buckingham Palace herausgeschmuggelt und veröffentlicht sie in einer Zeitung.«

Anna beugte sich vor. »Das ist ja entsetzlich. Die arme Frau! Wie kann man nur so unmenschlich sein!« Sie schwieg. Dann fuhr sie fort: »Aber ich verstehe nicht, wieso die Gendarmen deshalb nicht zu Ihnen gekommen sein sollen.«

Alexandre richtete sich auf. Er versuchte, gerade zu sitzen. Rasch gab er es auf und ließ sich rücklings gegen die Wand der Zelle sinken. Da saß er vor ihr, ausgestreckt wie ein großer toter Fisch, der darauf wartet, ausgenommen zu werden.

»Dieser Skandal ist für sich genommen schon schlimm genug«, fuhr er mit matter Stimme fort. »Aber die Tagebücher werden als Fortsetzungsroman veröffentlicht. In *Le Mousquetaire*. Unterzeichnet sind sie mit meinem Namen.«

Anna ergriff seine Hand. »Alexandre! Was haben Sie getan?«

Er umfasste ihre Finger. Sein Griff war fest. »Ich habe nichts damit zu schaffen! Wie soll ich denn von hier aus an diese Manuskripte gelangt sein, sie umgeschrieben und nach Paris befördert haben? Sehen Sie etwa eine Druckerpresse? Sogar Stift und Papier haben sie mir weggenommen. Ich bin ein Schriftsteller, der nicht schreiben kann, ein Läufer ohne Beine, ein König ohne Land.«

»Aber Ihr Name steht unter den Artikeln. Das scheint den Briten zu genügen«, sagte Anna. »Kein Wunder, dass man Sie nicht an Frankreich ausliefern will. Die Engländer wollen Ihnen selbst den Prozess machen.«

»Na und?« Alexandre schien sich nur mit Mühe beruhigen zu können. »Ist doch einerlei, ob man mir einen englischen oder einen französischen Strick um den Hals legt.«

»Der Galgen sollte auf denjenigen warten, der wirklich hinter dieser Schandtat steckt«, sagte Anna bitter.

»Lemaitre«, flüsterte Alexandre.

»Er muss die Romanfabrik unter seiner Kontrolle haben«, sagte Anna.

»Er wird auch für den Aufstand in Paris verantwortlich sein. Und dafür, dass ich gleich bei zwei Regierungen als Staatsfeind gelte. Er hat erkannt, dass man mich als Sündenbock für so ziemlich alles benutzen kann. Ich leide, während er in meinem Namen Verbrechen begeht.«

»Und nun macht er sich über die englische Königin her, während Sie hier verschmachten.«

»Wir müssen ihn überführen. Nur dann wird man mich wieder freilassen.« Alexandre kam hoch und streckte den Rücken durch.

»Wir?«, fragte Anna.

»Natürlich werde ich Ihnen bei dieser Aufgabe Beistand leisten«, beteuerte Alexandre. »Indem ich für Sie bete und an Sie denke.« Seine Miene trug den Ernst eines Priesters bei der Eucharistiefeier.

»Aber ich bin allein in einer fremden Stadt«, sagte Anna und ließ den Rollstuhl zurückfahren, bis er gegen die Wand der engen Zelle stieß. »Wie soll ich gegen Lemaitre bestehen?«

»Glauben Sie mir«, sagte Alexandre. »Wo Zorn ist, da ist auch Hoffnung.« Er beugte sich vor: »Aber zuallererst sorgen Sie bitte dafür, dass dieser Leierkastenmann nicht mehr vor dem Gefängnis spielt. Sobald ich sein Gedudel nicht mehr hören muss, kann ich auch wieder klar denken.«

Kapitel 29

London, Newgate-Gefängnis,
Dezember 1851

Der Himmel über London war schwarz wie Tinte. Anna konnte kaum einen Unterschied zwischen den dämmerigen Gängen des Gefängnisses und den im Halbdunkel liegenden Straßen feststellen. Sie ließ den Rollstuhl über das trübe Trottoir rollen. Droschken warteten am Straßenrand auf Passagiere. Die Kutscher saßen zusammengekauert auf den Böcken und schliefen.

Sanfte Tropfen fielen. Am liebsten wäre Anna geradewegs ins Hotel zurückgekehrt, um dort auf besseres Wetter zu warten. Wie aber konnte sie gemütlich am Tee nippen und vom Gebäck kosten, während Alexandre in seinem finsteren Loch fror und sich die Seele zermarterte?

Entschlossen rückte Anna ihre Haube zurecht, sodass der Regen ihr nicht ins Gesicht fallen konnte. Die Tropfen klopften auf das mit Tüll bezogene Drahtgestell und liefen von ihren Schultern über die Pelerine hinab.

Sie hielt an und schaute die feucht glänzende Straße hinunter. Der Leierkastenmann war einige hundert Meter entfernt zu erkennen. Gerade verhüllte er sein Instrument mit einer grünen Wolldecke. Dann schob er damit los – in Annas Richtung. Er hätte ebenso gut ein Obstverkäufer sein können. Doch sein Gang war tänzerisch, und seine Füße schienen kaum den Boden zu berühren. Wenn Anna das noch nicht genügt hätte, um den Musikus zu erkennen, von dem Alexandre ihr berichtet hatte, so schaffte es die kleine Melodie, die er über die gespitzten Lippen kommen ließ.

Anna stieß sich ab, rollte über die Straße und stellte sich dem Mann in den Weg.

»Vorsicht, schöne Dame!«, rief der Leierkastenmann und schob sein Instrument weiter, bis es sanft an den Rollstuhl stieß. In der Berührung schwang eine Herausforderung mit. »Wollen Sie dem alten Doktor Bailey etwa das Geschäft streitig machen?«, fragte der Kerl. Seine lange hagere Gestalt war in einen kastanienbraunen Überrock gehüllt. Als er seinen schäbigen Hut lüpfte, blieb eine Perücke daran hängen und offenbarte einen kahlen Schädel.

Anna erschrak und wollte den Unachtsamen auf sein Missgeschick aufmerksam machen. Da erkannte sie, dass der Leierkastenmann ein Spiel mit ihr trieb. Ein Grinsen zerteilte sein fleckiges Gesicht mit den grauen Bartstoppeln. Er hatte eine lange Patriziernase. Seine Augen schienen in zwei verschiedene Richtungen zu blicken, und Anna wusste nicht, welches von beiden sie gerade ansah.

»Wollen Sie?«, fragte Doktor Bailey noch einmal und deutete auf den Rollstuhl.

»Sie glauben, ich sei eine Bettlerin«, sagte Anna. »Und da liegen Sie richtig. Ich bitte Sie nämlich um einen Gefallen.«

Der Leierkastenmann setzte seinen Hut wieder auf und zupfte die Perücke zurecht. »Wenn ich Ihnen ein Lied spielen soll, müssen wir irgendwohin verschwinden, wo es trocken ist.« Noch einmal spürte Anna die Herausforderung, diesmal in seiner Stimme. Sie versuchte, die Anzüglichkeit zu ignorieren.

»Ich bitte Sie darum, hier nicht mehr zu spielen. Das ist der Wunsch eines Freundes, der dort drüben im Gefängnis sitzt.« Sie erklärte, worum Alexandre sie gebeten hatte. Dann holte sie zwei Silbermünzen hervor und gab sie dem Leierkastenmann mit der Bitte, entweder für einige Tage den Standort zu wechseln oder ein anderes Lied zu spielen. »Die Marseillaise vielleicht, wenn Ihr Apparat das hergibt.«

Doktor Bailey, welcher wissenschaftlichen Zunft er auch angehören mochte, ließ das Geld in den Tiefen seiner Taschen verschwinden. »War das eine Spende?«, fragte er. »Die nehme ich gern entgegen. Aber mein Wille ist nicht käuflich. Ich spiele, was mir gefällt. Und das ist nun mal die *Rose of Picardy*. Sie war so ein schönes Mädchen.«

Anna schlug gegen den Leierkasten. Ein dumpfes Scheppern erklang. »Hier geht es nicht um die Muse, sondern um die Qualen eines Menschen.«

»Sie wollen also behaupten, meine Musik bereite anderen Schmerzen? Ich hoffe doch, Sie sagen das, weil meine Weisen so gefühlvoll sind.« Der Leierkastenmann lachte. Dabei offenbarte er abgebrochene Zähne. Aber die Stummel waren ganz weiß und sahen gesund aus. Dieser Mann litt nicht unter einer Krankheit. Etwas anderes musste ihm das Gebiss zermalmt haben.

»Und jetzt aus dem Weg«, sagte Doktor Bailey und schob seinen Leierkasten noch einmal gegen Annas Rollstuhl. Anna griff nach der Hand des Musikers und hielt sie fest. Die schmutzigen Finger waren von verkrusteten Wunden übersät. An jedem Knöchel war Haut aufgeplatzt.

Die abgebrochenen Zähne. Die wundgeschlagenen Hände. »Man verprügelt Sie«, stellte Anna fest.

Bailey riss seine Hand frei. »Unsinn. Das kommt vom Leierkastenspielen. Wenn man nicht aufpasst, quetscht man sich die Finger in der Kurbel.«

»Spielen Sie auch mit dem Mund?«, fragte Anna. Ihr Zorn auf den Straßenmusiker war verflogen. Der Mann tat ihr leid.

Doktor Bailey schwieg. Er ruckte mit dem Kopf, um Anna zu bedeuten, sie solle den Weg freigeben.

Annas Blicke flogen über die ausgemergelte Gestalt. Je mehr Details sie wahrnahm, umso mehr schälte sich die Geschichte dieses Mannes heraus. Er trug zwar einen zerschlissenen Rock, doch war der gewiss dereinst kostbar gewesen. Etwas musste ihm zugestoßen sein. Vielleicht war er ein verarmter Akademiker, der sich auf der Straße behaupten musste. Eine entsprechende Frage lag Anna auf der Zunge. Aber sie wusste, dass sie nicht das Recht hatte, nach der Vergangenheit dieses Gescheiterten zu fragen.

Sie klappte den Korb an der Seite des Rollstuhls auf und suchte darin herum.

»Sie wollen wohl noch einmal spenden«, brummte der Leierkastenmann.

Eigentlich hatte Anna daran gedacht, in ihrer Tasche nach etwas Essbarem für den Straßenmusiker zu suchen. Tatsächlich fand sie einen halben Laib Brot, den Alexandre nicht gegessen hatte. Gerade griff Anna nach dem Brot. Da ertastete sie darunter einen Zipfel Ölpapier. Sie holte es hervor und schlug es auseinander.

Das Terzerol glänzte gut gefettet, als käme es gerade erst vom Waffenschmied. Vergeblich versuchte der Regen, das Öl darauf fortzuspülen.

»Ja«, sagte Anna, »ich spende das hier.« Sie drückte Doktor Bailey die Waffe in die Hand.

Für einen Moment betrachteten beide stumm die Pistole. Eigentlich hatte Anna sich gewünscht, Lemaitre eines Tages mit genau dieser Waffe ein für alle Mal niederzustrecken. Aber in der Zwischenzeit hatte sie so viel Gewalt gesehen, dass es für den Rest ihres Lebens reichte. Hier, auf der Straße vor dem Newgate-Gefängnis, wurde ihr mit einem Mal bewusst, dass sie sich verändert hatte.

Sie wollte dem Schurken das Handwerk legen, nicht um

zu zerstören, sondern um zu helfen: Dumas, der Königin von England, sich selbst, diesem Doktor Bailey. Die Pistole gehörte ihr nicht mehr. Sie war im Besitz einer Anna aus einer vergangenen Zeit. Sie war wie ein Kleidungsstück, das man lange nicht trägt, und nach einigen Jahren stellt man fest, dass es nicht mehr passt.

Sie holte auch noch das Pulversäckchen hervor und legte es auf den Leierkasten. »Darin finden Sie auch noch einige Kugeln«, sagte sie in das verdutzte Gesicht. »Versuchen Sie, niemanden zu erschießen. Der Anblick wird genügen, um Unholde fernzuhalten. Im schlimmsten Fall schießen sie einfach in die Luft. Der Knall lässt selbst nervenstarke Pferde durchgehen.«

»Das kann ich Ihnen nicht danken«, stammelte Doktor Bailey und staunte die Waffe an wie eine Weihnachtsgans.

Anna fuhr mit dem Rollstuhl rückwärts und beschrieb einen eleganten Bogen, bis das Gefährt wieder auf die andere Straßenseite gerichtet war. »Doch, das können Sie«, rief sie noch, als sie in Richtung Stadtzentrum verschwand.

Anna rollte die Straße entlang und fragte sich zur Fleet Street durch. Dort, so hatte Alexandre gesagt, seien die meisten Zeitungsverkäufer zu finden.

Tatsächlich reihte sich Zeitungsstand an Zeitungsstand. Zwischen den Verkaufsbuden standen junge Männer und schwenkten druckfrische Ausgaben, während sie ausriefen, welche Nachricht exklusiv in ihrem Blatt zu lesen sein würde. Darin gehe es um die heimlichen Kosten des Kristallpalastes, die Skandalbilder der Präraffaeliten und um die neuartigen Telegrafen, die schnellsten Postbeförderer der Welt.

Niemand rief etwas über die Tagebücher Königin Victorias.

Anna hielt vor einem der Schreihälse an. Der Zeitungsverkäufer zählte vermutlich noch keine fünfzehn Jahre. Er steckte in einem Jackett aus braunem Stoff, das ihm um den mageren Leib schlackerte. Auf dem Kopf trug er eine Schirmmütze.

Kaum hatte Anna angehalten, da wedelte der Junge ihr auch schon mit einer Zeitung vor dem Gesicht herum. »Die neue *Illustrated London News*, Madame. Das Neueste vom Tage. Nur sechs Pence.«

Der Geruch frischer Druckerschwärze stieg Anna in die Nase. »Ich suche etwas über die Tagebücher Königin Victorias«, sagte Anna. »Werden die in deiner Zeitung veröffentlicht?«

Die Augen des Knaben weiteten sich. Er versuchte zu lächeln. »Davon habe ich noch nie gehört«, stammelte er. »Aber der Skandal um den Glaspalast. Das ist eine wirklich gute Geschichte. Und wenn die Lady etwas über die Königin zu erfahren wünscht: In der Ausgabe von gestern ist die vollständige Rede des Premierministers vor dem Oberhaus abgedruckt. Darin wird die Königin auf zwei Seiten gewürdigt.« Allmählich kehrte die Farbe in seine Wangen zurück.

Anna verstand. Jeder wusste von den Tagebüchern. Aber niemand durfte sie kennen. Einem Zeitungsjungen, der diese Skandalgeschichte verbreitete, drohte vermutlich Gefängnis.

»Dann hat man mir wohl Märchen erzählt«, sagte Anna.

»Wie wäre es jetzt mit einer Ausgabe der neuen *Illustrated London News*?« Der Junge ließ nicht locker.

Anna holte umständlich einige Geldstücke hervor und ließ sie in seine schmutzige Hand fallen. »Ich kaufe eine Zeitung«, sagte sie. Er reichte ihr eine große, aber dünne Ausgabe. Wo der Regen auf das Papier traf, zerrann die Schrift.

»Fragen Sie Poppy Roebuck«, sagte der Zeitungsjunge. »Fünfter Stand von hier aus, die Straße runter in diese Richtung.« Er deutete voraus. »Man sagt, sie kenne sich mit Märchen aus.«

Anna hob den Blick. Der Knabe grinste sie an und lüpfte seine Mütze zum Gruß. Dann wedelte er wieder mit der Zeitung und rief: »Die Skandalbilder der Präraffaeliten. Nie zuvor hat man so viel Haut auf Leinwand gesehen.«

Poppy Roebuck sah aus, als wäre sie selbst durch eine Druckerpresse gedreht worden. Sie war jung, um die zwanzig Jahre, schätzte Anna. Ihr langes Gesicht war mit Leberflecken übersät, und wenn sie lächelte, kamen ihre vier verbliebenen Zähne zur Geltung.

»Komm'se mal hier rum«, forderte Poppy Anna auf, als diese ihr Ansinnen vorgetragen hatte.

Anna rollte neben den Marktstand, der mit Zeitungen und von Feuchtigkeit gewellten Büchern gepflastert war. Poppy bediente noch rasch einen Herrn mit grauem Zylinder. Dann beugte sie sich zu Anna hinab. Der Geruch ihres Atems erinnerte an das Aroma in Alexandres Zelle.

»Die Tagebücher der Königin«, sagte Poppy Roebuck. »Die wollen alle lesen. Aber die zu verkaufen ist verboten. Das ist ja wohl klar, oder?«

»Aber Sie haben die Texte hier?«, fragte Anna unumwunden.

»Tja, also, es sind natürlich nicht die echten Tagebücher Ihrer Majestät. Oder sagt man Seiner Majestät? Hab ich nie kapiert.« Poppys Grinsen verdiente einen Ausstellungsplatz im Kristallpalast. »Die sind ja zuerst in einer französischen Zeitung erschienen. Aber irgendeiner hat das übersetzt auf Englisch. Und das macht jetzt in London die Runde.«

»Das genügt mir«, sagte Anna. »Wie viel verlangen Sie?«

Poppy sah sich nach allen Seiten um. Ein Paar unter einem Schirm flanierte an dem Zeitungsstand vorbei. Poppy wartete kurz, dann flüsterte sie: »Ein Pfund pro Ausgabe.« Dabei verdrehte sie die Augen.

Anna kaufte drei Folgen. Auf Anraten Poppy Roebucks versteckte sie die Papiere im Korb an der Seite des Rollstuhls. Dann wartete sie unter dem Dach des Marktstands, bis der Regen nachgelassen hatte, und machte sich schließlich auf den Weg zurück ins Elephante Butte.

Als sie im Hotel angekommen war, hatte sich der Regen in Schnee verwandelt. In der Lobby befreite sich Anna von Pelerine, Schute und der Decke, die sie über die Beine gelegt hatte. Der Hotelbursche nahm ihr alles ab und schob sie in ihr Zimmer. Es war das Einzige im Erdgeschoss des Gebäudes. Überdies, so hatte ihr der Geschäftsführer des Hotels versichert, sei ihre Suite eine der wenigen, die noch alle Fenster habe. Auf Annas verwunderten Blick hin erklärte ihr der Inder, dass in London derzeit viele Fenster zugemauert würden, weil die Regierung die Fenstersteuer angehoben habe. In England, führte der Geschäftsführer weiter aus, zahlten Hausbesitzer für zwanzig Fenster acht Schillinge Steuern. Da sein Hotel dreißig Fenster habe, sei es das Einfachste gewesen, elf davon zuzumauern. Zwar sei es in den Räumen nun dunkler. Aber dafür müsse er die Steuern auch nicht auf die Raummiete umlegen und könne seinen Gästen höchsten Komfort bei niedrigen Preisen anbieten.

Anna setzte hinzu, dass es auf diese Weise auch nicht so heiß in den Zimmern sei, denn die englische Sonne sei für ihre Kraft geradezu berüchtigt.

Der Inder lächelte und verbeugte sich in stiller Zustimmung.

In ihrer Suite fuhr Anna dicht an die noch nicht vermauerten Fenster heran und holte die Seiten hervor, die Poppy Roebuck ihr verkauft hatte. Die Texte mochten ursprünglich in einem Tagebuch Königin Victorias das Licht der Welt erblickt haben. Jetzt aber hatten sie eine weite Reise hinter sich und dabei mehrere Metamorphosen erlebt. Vom Palast in London waren die Worte nach Paris gewandert, dort in *Le Mousquetaire* veröffentlicht worden und schließlich wieder zurück nach London gereist, wo jemand sie ins Englische zurückübersetzt und das Ergebnis auf lose Blätter gedruckt hatte. Sollte die ursprüngliche

Quelle tatsächlich die Queen sein, so war an dem, was Anna jetzt in Händen hielt, nicht mehr viel Königliches vorhanden.

Sie zog ein Taschentuch aus ihrer Reisetasche hervor und tupfte die feuchten Stellen auf dem Papier trocken. Dann hielt sie sich die Texte nahe vor das Gesicht. Der Wintertag geizte mit Licht, ihr Gedächtnis mit Vokabeln. Aber nach und nach verstand Anna Wort für Wort und erkannte das Ausmaß des Skandals, der England in Atem und Dumas im Gefängnis hielt.

»Am Dienstag gaben Albert und ich unsere Verlobung bekannt. Meine Hände zitterten, als ich vor den Staatsrat trat. Albert stand an meiner Seite. Ich spürte, dass er mich in diesen schweren Minuten gern im Arm gehalten hätte. Ich wollte ihn auch spüren. Zugleich war ich voller Furcht. Aber Angst ist ein machtvolles Stimulans. Im Geiste sah ich uns bereits in unserer Hochzeitsnacht. Meine Mutter hatte mir geraten: Wenn es so weit ist, leg dich einfach auf den Rücken, schließ die Augen und denk an England. Und während ich dem Staatsrat die folgenschweren Worte aufsagte, dachte ich: Ja, Mutter, ich werde auf dem Rücken liegen. Aber meine Augen werden offen sein, und das Letzte, an das ich in diesem Moment denken werde, wird England sein.«

Anna ließ das Blatt sinken. Ihre Hände zitterten nun ebenso wie die der jungen Victoria. Aber ihre Erregung rührte nicht von dem Inhalt des Textes her. Sondern von der Gewissheit, dass die Worte nicht von Alexandre Dumas stammten.

Sie hatte die Kunst der Literatur studiert. Es fiel ihr leicht, die unterschiedlichen Stile in diesem Text zu unterscheiden. Die junge Königin vor dem Staatsrat – diese Passage wirkte echt und mochte tatsächlich von Victoria selbst geschrieben worden sein. Überdies: Welcher ihrer Untertanen wusste schon, dass die Queen ihre Verlobung vor einem politischen Gremium offiziell bekannt geben musste? Anna war sicher: Aus diesen Worten sprach die echte Victoria.

Danach änderte sich der Textfluss. Viel zu plötzlich sprang der Erzähler von der Situation vor dem Staatsrat zur Königin Mutter und von dort zu den Fantasien über die Hochzeitsnacht. Es war offensichtlich, dass der Autor schnell zur Sache kommen wollte, um sein Publikum nicht zu langweilen.

Eine Königin, die Tagebücher schrieb, hatte aber keine Leser.

Anna überflog den Text noch einmal. Es waren Sätze, wie sie in den Fortsetzungsromanen Dumas' auftauchten: groß kolorierte, in der feurigen Manier von Rubens behandelte Prosa. Hier fehlte so ziemlich alles: Esprit, Stil, Diktion, Glätte, Einfälle und gesunder Menschenverstand. Was der Text hingegen besaß, war eine große Portion Flitterherrlichkeit.

Anna fiel ein Gespräch ein, das sie und Alexandre auf der Zugfahrt von Paris nach Brüssel geführt hatten. Sie hatten zusammen im offenen Wagen gekauert. Der Wind war über ihre Köpfe hinweggefegt, und sie hatten sich die unbequeme Fahrzeit mit Streitgesprächen über Literatur verkürzt. Anna hatte Alexandre vorgeworfen, er versehe nicht das Amt des Dichters, sondern das Geschäft des Akrobaten. Es wäre besser, wenn er sein Talent, das er unzweifelhaft besitze, nicht ausgerechnet an den geschichtsverzerrenden historischen Roman verschwende.

Daraufhin hatte Dumas erwidert: »Die Könige wissen nicht, dass sie ohne uns Schriftsteller für alle Zeit verloren wären. Kein Mensch hätte eine Ahnung mehr von ihrem Leben, ihrer Regierungszeit, ihren Taten und Plänen, ihren Gedanken und Aussprüchen, wenn wir sie nicht der Nachwelt überlieferten.«

Alexandre musste von seinen Worten überzeugt gewesen sein. Aber bei aller Verachtung, die Anna seinen Werken entgegenbrachte, war sie sich doch sicher, dass er für diese sogenannten königlichen Tagebücher nicht verantwortlich war. Wie seine Helden, so war auch Dumas ein Mann des Impulses. Er liebte, hasste, freute und ärgerte sich auf die ehrlichste Weise. Er war im Moment zu Hause, und manchmal setzte ihn der Moment vor die Tür. Aber niemals wäre Alexandre dazu fähig, ein europaübergreifendes Komplott zu spinnen.

Er konnte es nicht gewesen sein.

Annas Blick fiel noch einmal auf das Pamphlet in ihren Händen.

Angst ist ein machtvolles Stimulans.

Wieso blieb ihr Blick ausgerechnet an diesem Satz hängen? Er hatte keinen Rhythmus. Er gab eine Banalität wieder. Aber Anna hatte ihn schon einmal gelesen.

Das stimmte nicht. Sie hatte die Worte nicht gelesen, sondern gehört. Nicht einmal, sondern mehrfach.

Wo war das gewesen?

Sie lud die Erinnerung ein, bei ihr zu Gast zu sein. Doch die Gedanken zögerten an der Schwelle. Anna lehnte sich zurück. Ihr war kalt. Sie richtete ihr Haar und steckte den Knoten fest. Dann schloss sie die Augen, atmete tief und suchte jenen Ort, der zwischen Schlafen und Wachen liegt.

Angst ist ein machtvolles Stimulans.

Eine Tür, die sich öffnete. Eine Hand und eine Stimme, die sie willkommen hießen. Der Geruch nach Tannenharz und Bergamotte. Lemaitres unbewegliche Miene.

»Wie kann ich Ihnen helfen, Gräfin Anna?«

Anna blinzelte, dann riss sie die Augen auf. Sie wollte nicht an jenen Ort zurückkehren. Dort war der Grundstein für all das Unglück gelegt worden, das sich auf Burg Dorn ereignet hatte. Tristans unbeteiligtes Verhalten. Sein Tod. Das berstende Gemäuer. Das letzte Mal, dass sie ihre Beine gespürt hatte. All das lag hinter dieser Tür, die sich jetzt langsam öffnete.

Angst ist ein machtvolles Stimulans.

In diesem Moment fürchtete sich Anna wie schon lange nicht mehr. Es ist nur eine Erinnerung, redete sie sich ein. Sie kann mir nichts anhaben. Dann konzentrierte sie sich auf den Satz, nach dessen Ursprung sie suchte. Wenn Angst wirklich anregt, dann musste sie jetzt noch einmal die Augen schließen und an jenen Spätnachmittag in Baden-Baden denken. Sie legte beide Hände vor das Gesicht und ließ sich von Dunkelheit umfangen.

Damals hatte Lemaitre sofort gewusst, aus welchem Grund seine Besucherin zu ihm gekommen war. Der Magnetiseur hatte seinen Salon in der Kurstadt abgehalten und dort die Leiden der rheinländischen Gesellschaft geheilt. Er ließ die Gebrechen der Aristokraten verschwinden und erhielt zum Dank Reichtümer und wertvolle Auskünfte. Schon bevor Anna an seine Tür geklopft hatte, musste Lemaitre gewusst haben, wer sie war. Und den Grund für ihr Erscheinen kannte er auch.

»Ich verspiele das Vermögen meines Mannes«, hatte Anna nach vier Tassen Tee und belangloser Plauderei zugegeben. Die Worte hatten eine Barriere in ihr eingerissen. Sie hatte Tränen vor dem Fremden vergossen. Lemaitre hatte geschwiegen, hatte gewartet. Und Anna hatte seine Geduld wie einen großen offenen Platz empfunden, auf dem sie ihre Schuld abladen konnte.

Sie erzählte ihm alles. Wie sie sich unter Vorwänden aus der Burg stahl, um in die Spielbank nach Baden-Baden zu fahren. Wie sie Nächte am Spieltisch verbrachte und bei Bézique, Écarté und Whist ein Vermögen loswurde. Jedes Mal verließ sie das Casino mit dem Gefühl, die Völkerschlacht von Leipzig verloren zu haben. Doch wenn Immanuel die Kutsche im heimischen Burghof zum Stehen brachte, wusste Anna genau, wie sie das Geld zurückgewinnen konnte. Beim nächsten Mal, da war sie gewiss, würde sie in der Spielbank Triumphe feiern.

Natürlich funktionierte das nicht. Ihre Strategien am Spieltisch, das wusste sie heute, waren Ausflüchte gewesen, um so schnell wie möglich wieder in das Casino zurückkehren zu können.

Als Tristan zwei seiner Landhäuser verkaufen musste, stellte sich ein Anflug von Besinnung bei Anna ein. Sie wollte sich helfen lassen. Aber von wem? Kein Arzt würde sie behandeln können. Kein Priester konnte sie mit der Absolution davor bewahren, sich am nächsten Abend erneut aus der Burg zu stehlen.

Dann hörte sie am Spieltisch von einem Magnetiseur, der in Baden-Baden einen Salon abhielt und seine Gäste von den absonderlichsten Krankheiten kurierte – auch von solchen des Geistes.

Lemaitre half ihr tatsächlich. Die Behandlung fand in seiner Villa in der Nähe des Baden-Badener Musikpavillons statt. Unter den Klängen des Kurorchesters hatte Anna auf einem Fauteuil gelegen, die Hände über der Brust gefaltet und den Blick auf die mit Stuck verzierte Decke gerichtet. Mithilfe seiner sonoren Stimme hatte er Worte in ihr Ohr geträufelt. Was dabei geschehen war, wusste Anna nicht. Doch nach der dritten Sitzung hatte sich etwas verändert.

Sie ging zwar nach wie vor ins Casino und verspielte die Zukunft ihrer Familie. Aber es kümmerte sie nicht länger. Im Gegenteil: Sie verließ die Spielbank nun in Hochstimmung. Lemaitre hatte ihr die Sorgen und die Angst genommen. Wie er das geschafft hatte, wusste Anna zwar nicht. Aber das war einerlei. Jedenfalls eine Zeit lang.

Dann kam der Tag, an dem Anna morgens ins Raucherzimmer der Burg Dorn trat und dort auf Lemaitre traf. Der Magnetiseur und ihr Mann saßen auf dem Rand der schweren Ledersessel und waren in ein Gespräch vertieft. Anna begrüßte den Besucher wie einen Fremden. Tristan durfte nichts erfahren –

weder dass Anna die »Pechmarie von Baden-Baden« genannt wurde, noch dass sie bei Lemaitre in Behandlung war.

Das schien auch der Franzose zu wissen. Er gab vor, Anna nie zuvor getroffen zu haben. Man verbrachte einen steifen Nachmittag zu dritt. Dann verließ Lemaitre Burg Dorn.

Aber er kehrte zurück.

Zunächst war er nur gelegentlich zu Gast. Gaben Anna und Tristan einen großen Empfang, stand der Magnetiseur meist auf der Gästeliste. Bald war er auch bei kleineren Gesellschaften zugegen, und nach einigen Monaten nahm sich Lemaitre die Freiheit, spontan auf der Burg aufzutauchen und mit Tristan auszureiten, während Anna daheim blieb. Worauf hatte es Lemaitre abgesehen? War er wirklich ein Freund Tristans geworden?

Die Antwort hatte sie an jenem schicksalhaften Sonntag im Oktober 1841 erhalten.

In ihrem Rollstuhl am Fenster des Elephante Butte war es Anna, als zwicke noch immer der scharfe Geruch des Kaminfeuers in ihrer Nase. An jenem Nachmittag prasselten die Flammen im Kamin von Tristans Arbeitszimmer so unkontrolliert wie niemals zuvor. Die Scheite gaben einen würzigen Duft in den Raum ab. Da brannte nicht das Buchenholz, das die Bediensteten täglich neben den Kaminen des Hauses aufschichteten, damit die Herrschaften es warm hatten. Etwas anderes verkohlte im Kamin, etwas, das nach Geheimnis und Betrug roch.

Lemaitre saß auf dem Sofa, als wäre nicht Tristan, sondern er der Herr der Burg. Niemals würde Anna vergessen, wie der Magnetiseur einen Stiefel auf das kostbare Polster gestellt hatte. Tristan schien das nicht zu bekümmern. Er beugte sich über ein Stück Papier und schrieb mit tanzender Feder und lächelnder Miene – er unterschrieb seinen Untergang.

Bevor Anna einschreiten konnte, sprang Lemaitre auf und riss Tristans Dokument an sich. Er spannte es zwischen seine

Hände und las. Zufrieden nickend streute er Löschsand über die Tinte. Er faltete das Papier zweimal und steckte es in eine Tasche seiner Weste.

Das war das Ende gewesen. Wie Anna aus Lemaitres Mund erfahren musste, hatte Tristan dem Magnetiseur Burg Dorn überschrieben. Auch alle Ländereien und Einkünfte gehörten fortan Lemaitre. Die ehemaligen Eigentümer mussten die Burg verlassen. Der neue Schlossherr gewährte ihnen eine Frist von zwei Wochen, damit sie alles in Ruhe erledigen konnten.

Mit diesen Worten hatte sich der Franzose verabschiedet.

Anna war zu Tristan gestürzt und hatte ihren Mann zum ersten Mal in ihrer Ehe angeschrien. Sie hatte ihn bei den Schultern gepackt, bei den Wangen, hatte ihn geschüttelt und gerufen, er möge doch endlich zu sich kommen. Aber Tristan hatte weiterhin gelächelt wie ein Kind. Mit einem Mal wusste Anna, dass es dasselbe Lächeln war, das sie selbst auf ihrem Gesicht spürte, wenn sie die Spielbank verließ. Diesmal waren sie selbst zu Spieltischen geworden. Und Lemaitre hatte auf ihren Rücken seinen Gewinn eingestrichen.

Anna erinnerte sich an alles, was folgte. Die Kutsche. Die Jagd den Burgberg hinab. Immanuel, dem es gelang, Lemaitre auszumanövrieren. Der Regen. Der Schuss aus dem Terzerol. Und dann die Burg, die über Annas Kopf geborsten war.

Angst ist ein machtvolles Stimulans. Lemaitre hatte diese Worte gesagt, als sie ihn mit der Pistole bedrohte hatte. Dann hatte sie durchgezogen und sich gewünscht, es wäre das Letzte gewesen, was sie in ihrem Leben tun musste. Doch statt ihr Elend zu beenden, hatte ihr Weg abwärts erst begonnen.

Anna nahm die Hände vom Gesicht. Sie waren nass von Tränen. Sie wischte sich mit dem Rücken der linken Hand über die Wangen. Dann blätterte sie noch einmal durch die Bögen mit den Tagebüchern der englischen Königin Victoria. Sie hatte keinen Zweifel mehr: Lemaitre war der Verfasser dieser Zeilen. Dumas saß unschuldig im Gefängnis. Er war ein Opfer des Magnetiseurs, ebenso wie es Tristan gewesen war. Ihren Mann hatte Anna nicht retten können. Aber Alexandre würde sie helfen. Und wenn es sie Ehre und Anstand kosten würde.

Sie setzte die Schute wieder auf, zog das Band fester unter dem Kinn zusammen und griff nach der Pelerine. Dann verließ sie das Hotelzimmer. Es gab nur einen Ort, an dem sie Hilfe finden konnte, einen Ort, an dem man ihr zuhören würde. Buckingham Palace. Anna musste einen Weg zu Königin Victoria finden.

Kapitel 30

London, Dezember 1851

Gegen die breiten Boulevards von Paris waren die Straßen Londons Trampelpfade. Schnurrten in der Hauptstadt Frankreichs die Droschken auf den breiten Fahrbahnen nebeneinanderher, so verursachten sie in der Londoner Enge unablässiges Gedränge. Wo Anna auch hinschaute: Die Wege waren verstopft. In der Nähe der Westminster Abbey war der Verkehr sogar vollends zum Erliegen gekommen. Kutschen, Pferdebusse, Brauereigespanne und die Karren der Gemüse- und Fischhändler kämpften mit einer Schafherde, die zu einem der Fleischmärkte getrieben werden sollte. Die Schafe weigerten sich standhaft, ihren Weg fortzusetzen.

Auf dem Trottoir war die Lage ähnlich. Handwerker, Kaufleute, Bettler und Dirnen gingen ihren täglichen Geschäften nach. Dies musste der Garten Eden für Taschendiebe sein. Anna vergewisserte sich, dass der Korb an ihrem Rollstuhl sicher verschlossen war. Dann rollte sie in die Menge hinein.

Zwar bat sie lauthals, man solle ihr Platz machen. Doch niemand beachtete sie. Um auf sich aufmerksam zu machen, blieb ihr nichts anderes übrig, als mit dem Rollstuhl gegen Beine zu stoßen, und erntete böse Blicke und Londoner Flüche.

Nach einer Weile kam die Menge zum Stehen. Einige versuchten, über die Schultern ihrer Vordermänner zu schauen. Anna sah nur Rücken. Sie wollte umkehren, einen anderen Weg zum Palast finden, doch dafür war es zu spät. Sie war verloren in einem Forst aus Leibern.

Jetzt wehte ein Raunen durch die Massen. Beine, Arme und Hüften kamen in Schwung und stießen gegen den Rollstuhl. Bald schaukelte Anna nach links, bald nach rechts. Sie stieß Warnrufe aus, doch die verhallten ungehört. Die Aufmerksamkeit aller schien auf etwas gerichtet zu sein, das weiter vorn lag.

Anna hielt sich an den Armlehnen fest. Das Raunen und Stoßen nahm zu. Mit einem Mal stand der Rollstuhl nur noch auf einem Reifen. Anna angelte nach Halt, bekam ein Kleid zu fassen und zerrte sich wieder in aufrechte Position. Eine Frau warf ihr einen finsteren Blick zu und strich sich die Stelle glatt, an der Anna zugepackt hatte.

»Die Königin!«, schrie jemand. Alle drängten nach vorn. Diesmal verlor Anna das Gleichgewicht. Der Rollstuhl kippte. Anna wurde gegen ein Hosenbein gepresst und rutschte daran hinab, bis sie auf dem Straßenpflaster lag.

Sie schnappte nach Luft und versuchte, die Angst zu kontrollieren. Sie wollte um sich schlagen und schreien. Stattdessen stützte sie sich auf die Hände und drückte die Arme durch. Jemand stieß gegen ihren Rücken und fluchte. Ein Stiefel traf ihre Waden, und der Träger geriet ins Stolpern.

Zwei Hände fassten sie unter den Armen und zogen sie hoch. Sie wurde in den Rollstuhl gehoben, der wieder aufrecht stand. Ein brauner Rock tauchte in ihrem Gesichtsfeld auf. Der schäbige Stoff hatte dunkle Flecken, Fäden hingen von den entzweigegangenen Säumen herab.

»Festhalten!«, befahl Doktor Bailey. Der Stuhl ruckte nach hinten. Anna schaute sich um. Ihr Retter zog sie rückwärts durch die Menge und nutzte seinen verlängerten Rücken wie einen Pflug, mit dem er das Feld der Schaulustigen beackerte.

Bailey zog sie aus der Menge heraus.

»Überlegen Sie es sich beim nächsten Mal besser, ob Sie das Gefängnis wirklich verlassen wollen, um es gegen das Schlachthaus der Straße zu tauschen«, sagte er, nachdem er mit Anna in einer Gasse angehalten hatte.

Vor Erleichterung brach Anna in Tränen aus. Einen Moment lang erlaubte sie sich diese Schwäche. Dann zog sie die Nase hoch und wischte sich die Wangen am Ärmel ihres Mantels trocken.

»Danke, Herr Doktor Bailey. Sie haben mich davor bewahrt, zertrampelt zu werden.« In der Aufregung sprach sie Deutsch.

Der Leierkastenmann schien sie trotzdem zu verstehen. »Ich weiß nicht, wie es unter Deutschen zugeht, aber einem Engländer können sie mit zwei Ereignissen die Sinne rauben: dem Erscheinen der Königin und dem eines Schafes. Wenn beides zusammentrifft, regiert nicht länger Victoria, sondern der Aberwitz. Ich für meinen Teil ziehe den Anblick einer schönen Dame vor.«

Anna lächelte. »Dann sind Sie wohl ein Doktor des guten Geschmacks und ein Kostverächter der Monarchie.«

Bailey verbeugte sich und zog den Hut in der bereits bekannten Geste. Dann sortierte er die Haare seiner Perücke wieder auf dem Kopf.

Anna richtete ihre Kleider. »Verzeihen Sie die Frage«, sagte sie, während sie Schmutz von ihren Ärmeln wischte. »Sind Sie mir gefolgt?«

Bailey sah sie erst überrascht an. Dann lachte er. »Verstehen Sie mich nicht falsch, Madam. Sie sind eine reizvolle Frau. Trotz Ihres … also … Sie sind wirklich ein hübsches Geschöpf. Aber ich bin nicht Ihretwegen hier.« Der Straßenmusikant deutete auf die Menschenmenge, die sie gerade hinter sich gelassen hatten. Noch immer klangen aufgeregte Schreie daraus hervor. »London ist ein Dorf. Und wenn die Königin durch die Straßen dieses Dorfes fährt, erfahren die Bettler als Erste davon. Ich bin hergekommen, weil Ihre Majestät Almosen in die Menge werfen lässt.« Er sah zu Anna hinab. »Angesichts Ihrer Großzügigkeit von vorhin hätte ich allerdings nicht gedacht, dass Sie das auch nötig haben.«

Bevor Anna widersprechen konnte, fuhr Bailey fort: »Die meisten hier sind eigentlich gar keine Bettler, sondern reiche Bürger. Können den Hals einfach nicht vollkriegen und reißen den Armen noch die letzten Farthings aus den Fingern. Wenn die Queen hingegen wüsste, was der gute Doc Bailey mit dem Geld anstellt, würde sie mir einen ganzen Sack Münzen überreichen. Und zwar persönlich.«

»Was machen Sie denn damit?«, fragte Anna.

»Ich bringe es in den Palast zurück«, antwortete Bailey. »Der Koch ist ein alter Bekannter von mir. Er stellt mir die Essensreste der feinen Herrschaften zurück. Natürlich tut er das nicht umsonst. Deshalb habe ich diesen kleinen Wirtschaftskreislauf erfunden, bringe die Almosen der Königin ins Haus der Königin und erhalte dafür das Essen der Königin.« Aus seinem Grinsen sprach die Überzeugung, der klügste Mann Londons zu sein.

»Wissen Sie«, sagte Anna, »ich muss auch zum Palast. Wollen Sie mich nicht begleiten?« Sie zögerte. »Um die Wahrheit zu sagen, weiß ich nicht einmal, wo Buckingham Palace liegt.«

Der Bettler ließ sich nicht zweimal bitten. Er habe ohnehin seinen Leierkasten in einem Lagerraum der Palastküche abgestellt, sagte er. Er schob den Rollstuhl eiligen Schrittes von der Menge fort. Als sie auf der anderen Seite der Gasse hervorkamen, umfing sie frische Luft und Erleichterung. Eine ausgedehnte Parkanlage erstreckte sich vor ihnen. Das sei der Saint James Park, erklärte Bailey. Dort in der Ferne erkenne man bereits den hellen Kalkstein des Palastes zwischen den Ästen der entlaubten Bäume.

Es dauerte nicht lange, und sie standen vor einem doppelstöckigen klassizistischen Bauwerk. Dort herrschte weniger Gedränge als auf den Straßen der Stadt. Einige Familien flanierten im Winterlicht vor Buckingham Palace. Aufgeregte Kinder wiesen auf dieses oder jenes Fenster und riefen, sie hätten die Königin gesehen. Drei Gardisten ritten vor dem Palast auf und ab und vertrieben sich die Zeit damit, den Damen Komplimente zu machen.

Doktor Bailey schob den Rollstuhl bis vor den schwarz lackierten Zaun aus Schmiedeeisen. Von hier aus konnte Anna das Hauptportal sehen. Natürlich war es verschlossen. Noch wusste sie nicht, wie sie in das Domizil der Königin von England gelangen sollte. Vermutlich wäre es doch einfacher, Dumas aus Newgate zu befreien.

»Wie gelangt man hinein?«, fragte sie Doktor Bailey. Als sie keine Antwort erhielt, drehte sie sich zu ihrem Begleiter um und musste feststellen, dass er verschwunden war.

Anna schaute nach ihren Habseligkeiten. Bailey hatte sich zwar aus dem Staub gemacht, hinterrücks bestohlen hatte er sie aber nicht. Anna schüttelte den Kopf. Misstrauen anderen gegenüber war ihr früher fremd gewesen. Erst Lemaitre hatte diesen Keim in ihren Geist gepflanzt. Sie beschloss, ihn dort vertrocknen zu lassen. Oder, besser noch, mit Stumpf und Stiel auszureißen.

Doch jetzt musste sie in den Palast gelangen.

Die drei Gardisten ritten in Rufweite vorüber. Anna strich sich ihre Pelerine glatt und steckte eine lose Haarsträhne unter ihrer Schute fest. Dann winkte sie und rief: »Können die Herren von der Generalität einer Dame bitte zu Hilfe kommen?«

Das genügte, um die Aufmerksamkeit der gelangweilten Reiter zu erregen. Sie kamen herbei und beugten sich in ihren Sätteln zu Anna hinab. Das Anliegen, das Anna vorbrachte, rief Erstaunen hervor.

»Sie will in den Palast«, stellte einer der Gardisten fest. Er trug wie seine Begleiter eine rote Uniform und einen Backenbart. Der zweite Reiter schaute auf die Fassade des riesigen Gebäudes, als sähe er das Anwesen gerade zum ersten Mal. Der Dritte lachte.

»Bitte!«, sagte Anna. »Es muss doch Besuchszeiten geben. Könige gewähren für gewöhnlich Audienzen.«

»Natürlich«, sagte einer der Gardisten. »Dem Premierminister zum Beispiel.«

»Aber es ist wichtig«, beteuerte Anna. Sie überlegte, wie viel von ihrem Wissen sie preisgeben konnte. Wenn sie diesen Männern erzählte, sie wisse, wer die Tagebücher Königin Victorias veröffentlichte, würde man sie für wahnsinnig halten und einsperren lassen.

»Madam«, sagte der erste Gardist in herablassendem Ton. »Jeder Londoner hat ein Anliegen, das er für wichtig genug hält, die Königin damit belästigen zu können.«

»Wenn wir Ihnen sonst nicht zu Diensten sein können«, sagte der zweite Reiter, »würden wir unsere Patrouille fortsetzen.«

Anna griff in das Geschirr seines Pferdes. Das Tier tänzelte zur Seite. Der Rollstuhl schaukelte. Anna holte tief Luft. »Ich bin nicht irgendjemand«, sagte sie scharf. »Ich bin Gräfin Anna von Dorn und von Karlsruhe über Paris hergekommen. Mein Mann war Graf Tristan von Dorn. Er war mit dem Haus Hannover verwandt.« Das stimmte. Tristan hatte die Kontakte zu seiner berühmten Verwandtschaft allerdings nie gepflegt.

Die Gardisten sahen sich an. Der Rechte zuckte mit den Schultern. Der Erste kratzte sich den Backenbart. »Madam«, sagte er im Ton zaghaften Respekts. »Wenn Sie Ihre Herkunft belegen könnten, würden wir Sie dem Schlosshauptmann vorstellen. Der würde dann Weiteres in die Wege leiten.«

»Meine Worte belegen?«, fragte Anna. Bislang hatte noch nie jemand daran gezweifelt, dass sie der Aristokratie angehörte. Weder die Schmaleurs noch Dumas. Im Gegenteil: Alle wollten gern, dass sie eine Gräfin war. Doch hier, vor den Toren des Buckingham Palace, lag der Fall anders.

Sie ließ den Lederriemen los. Das Pferd ruckte mit dem Kopf. Anna sagte: »Ich muss meine Herkunft nicht beweisen. Wie soll das überhaupt gehen?«

»Mit einem Adelsbrief vielleicht«, sagte der mittlere Reiter mit schief gezogenem Mund. Seine Kameraden hielten ein Familiensiegel oder ein Empfehlungsschreiben ebenfalls für eine Möglichkeit, als Adelige erkannt zu werden und so in den Palast zu gelangen. »In der Regel kündigen Grafen und Herzöge ihre Besuche schriftlich an«, wurde Anna belehrt. Die Gardisten grüßten und setzten ihre Patrouille fort.

Der Himmel verdunkelte sich. Bald würde es wieder schneien. Durch die Gitterstäbe blickte Anna noch einmal zum Portal des Palastes. Es war unbeweglich wie die Miene einer Monarchin. Anna ballte die Hände zu Fäusten. Wenn sie doch über die Fähigkeiten Lemaitres verfügen würde! Der zwang anderen Menschen einfach seinen Willen auf und ließ sie nach seiner Pfeife tanzen. Anna schnaubte angewidert. Nein, so wollte sie nicht ans Ziel gelangen, selbst wenn sie es könnte.

Schneeflocken fielen auf die Decke, die ihre Beine bedeckte. Der Platz vor dem Palast leerte sich. Anna fror. Trotzdem wollte sie nicht von der Stelle weichen. Irgendwann musste doch jemand aus dem Palast kommen, jemand, mit dem sie sprechen konnte und der ihr glauben würde. Ein Haushofmeister vielleicht.

In Annas Rücken erklang ein vertrautes Krächzen. »Alles erledigt. Ich kann Sie bis in die Küche bringen«, sagte Doktor Bailey. Er keuchte, als sei er schnell gelaufen. »Aber das kostet Sie zwei Pfund.«

Kapitel 31

London, Buckingham Palace, Dezember 1851

Eine königliche Küche war in Annas Träumen immer ein verzauberter Ort gewesen. Voller Wohlgerüche und Bediensteter, die nichts anderes im Sinn hatten als das leibliche Wohl Ihrer Majestät. Einzig das Huschen kleiner Füße wäre darin zu hören, untermalt von zartem Blubbern köstlicher Suppen.

Als Doktor Bailey Annas Rollstuhl durch den kleinen Durchgang in die Küche von Buckingham Palace schob, verbrannte dieses Fantasiebild im heißen Fett der Wirklichkeit.

Die Küche des Palastes glich einer Schmiede. Feuer loderten in vier Herdstellen. Die Decke war mit einer glänzenden Schicht Ruß bedeckt. Fett zischte, und Männer brüllten sich Unfreundlichkeiten zu.

Zwischen den Gestalten, die durcheinanderliefen, blitzte blankes Kupfer an den Wänden. Dort hingen runde Fischkessel, flache Soßenpfannen und tiefe Suppentöpfe nebeneinander. Anna erkannte Gießformen für Gelee, Pudding und Küchlein. An einem Tisch garnierte ein Zuckerbäcker fingernagelgroße Pralinen mit Nusssplittern. Das Licht fiel durch hohe Fenster herein, die zugleich als Rauchabzüge dienten, und der Boden war mit Sand bestreut. In der Luft vermischte sich der Geruch von einem Dutzend Speisen. Nach wenigen Atemzügen wurde Anna übel.

Aus den Tiefen der Küche rannte ein Junge in mausgrauer Uniform auf Anna zu. Er blickte nicht nach vorn, sondern warf angstvolle Blicke über die Schulter. Hinter ihm versuchte einer der Köche Schritt zu halten, ein langer Kerl, der vor Anstrengung und Zorn keuchte. Der flinke Küchenjunge drohte zu entwischen. Da stieß der Knabe gegen Annas Rollstuhl und stürzte zu Boden. Eine Sandfontäne stob auf und bestäubte den Tisch mit den Pralinen. Der Zuckerbäcker schrie und warf eine Handvoll Nüsse nach dem Unglücksraben. Jetzt hatte der Koch sein Opfer eingeholt und pflückte den Küchenjungen vom Boden auf. Während er ihn am linken Ohr festhielt, wurde er Annas Rollstuhl gewahr. Dann fiel sein Blick auf Doktor Bailey.

»Du bist das, Doc! Schleppst mir wieder Touristen in die Küche. Ich hab doch gesagt, unser Geschäft gilt nicht länger.« Während er sprach, zappelte der Küchenjunge in seinem Griff. Das Ohr des Knaben färbte sich mörderisch rot.

»Da gab es aber nur ein Pfund Eintrittsgeld«, hörte Anna ihren Begleiter sagen. »Diesmal gibt's zwei. Eins für jeden von uns. Was sagst du nun?« Das Klingeln von Münzen untermalte seine Worte.

»Du bist ein verschimmelter Schulversager, Bailey«, gab der Koch zurück. »Nimm deinen Leierkasten und verschwinde! Ich hab Order von ganz oben, und die lautet: keine Besucher mehr im Palast. Schon gar nicht in der Küche. Vor drei Tagen hat der Herzog von Windsor einen Fingerabdruck in seinem Griebenschmalz entdeckt. Ich könnte mir vorstellen, dass der zu deinem Daumen passte.«

Diese Männer sprachen einfach über ihren Kopf hinweg! Anna zog den Wollhandschuh von der rechten Hand und hielt diese dem Koch entgegen.

»Gestatten Sie! Gräfin Anna von Dorn.«

Der Koch schaute auf Annas Hand wie auf ein Stück rohe Rinderlende. Er wischte sich die Rechte an seiner Schürze sauber und ergriff die Hand der Besucherin. Dazu musste er das Ohr des Küchenjungen loslassen, der sich augenblicklich in Sicherheit brachte.

»Verzeihen Sie, Ma'am«, sagte der Koch. »Aber wenn hier noch einmal Personen erwischt werden, die nicht zum Personal gehören, verliere ich meine Anstellung.«

»Und ich bin meine Geldquelle los, George.« Baileys Stimme hatte den knirschenden Ton von zermahlenem Glas angenommen.

»Geh halt nicht so oft zu den Huren«, gab George zurück. »Dann hast du auch Geld genug, um mal ein Bad zu nehmen.«

Bailey kam hinter dem Rollstuhl hervor. »So? Wen treff ich denn ständig im Haus von Madam Nelly? Deine Frau weiß bestimmt, dass du dich da jeden Freitag verwöhnen lässt, oder? Ich werde Edwina bei Gelegenheit fragen.«

»Du schleimgesichtiger Arschwisch!« George packte Bailey am Hals und drückte ihn gegen die Wand. Töpfe klapperten, als der Koch versuchte, Bailey jene Schläge zu verabreichen, die er dem Küchenjungen zugedacht hatte.

Anna brachte sich vor den streitenden Männern in Sicherheit. Sie ließ den Rollstuhl zwischen einem gemauerten Backofen und einer Reihe von Mehlfässern hindurchrollen. Weiter vorn bildeten Vorratskisten einen Gang, und dahinter, am fernen Ende der Küche, erkannte sie eine grün gestrichene Tür. Wohin der Durchgang auch führen mochte – er lag auf der entgegengesetzten Seite jener Stelle, durch die Anna in den Palast gekommen war. Das bedeutete: Durch die grüne Tür gelangte man tiefer in das Gebäude hinein.

Noch einmal wandte Anna sich zu den Streitenden um. George hatte sein Opfer mit beiden Fäusten an den Mantelaufschlägen gepackt. Von der Kraft des Kochs hochgehoben hing der Bettler in der Luft und versuchte, sich irgendwo festzuhalten. Als er Annas besorgten Blick auffing, formten seine Lippen ein einziges lautloses Wort: »Los!«

Anna schob sich mit kraftvollen Stößen den Gang entlang.

Jetzt wusste sie, woher Doktor Bailey seinen Titel hatte. Er war ein Meister der flüchtigen Geschäfte. Und Anna war gerade für zwei Pfund bei ihm in die Lehre gegangen.

Am Ende des Ganges tauchten zwei Küchengehilfen auf. Auch sie waren in graue Kittel gekleidet, trugen aber keine Mützen, sondern nur dünne Stoffhauben. Ihre Jacken waren unter den Armen feucht. Der eine trug vier Laibe Hartbrot, dick und schwer. Der andere hatte einen Sack aus grobem Leinen geschultert. Als sie Anna sahen, blieben die Männer stehen. Der Gang war zu schmal für alle drei.

Es war wohl das Beste, keine Unsicherheit zu zeigen. Anna ließ den Rollstuhl mit unverminderter Geschwindigkeit auf die Lastenträger zurollen. Sie fühlte sich wie eine Kugel beim Roulette. Rouge ou noir, dachte sie und befahl: »Aus dem Weg! Öffnet mir die Tür!«

Die Küchenhilfen rührten sich nicht. »Wer sind Sie, Ma'am?«, wagte der Ältere der beiden zu fragen. Verlegen verlagerte er das Gewicht des Leinensacks auf seiner Schulter.

»Ich bin diejenige, die dafür sorgen wird, dass man euch die Ohren lang zieht«, setzte Anna nach. »Augenblicklich öffnet ihr mir diese Tür dort.« Als sich die beiden noch immer nicht rührten, rief sie: »George!« Dabei zog sie die Vokale so sehr in die Länge, dass es wie das Gebrüll eines Löwen klang – eines sehr kleinen Löwen.

»Geooorge!«

Das genügte. Einen Lidschlag später hatten die Männer Hartbrote und Bohnensack beiseitegelegt und beeilten sich, die grüne Tür aufzusperren. Der Weg in den Palast öffnete sich wie das Felsentor zu Ali Babas Räuberhöhle. Man braucht nur das richtige Zauberwort, um an sein Ziel zu gelangen, dachte Anna, und den richtigen Tonfall.

Doch der Hort hatte einen Wächter.

Auf der Schwelle hinter der Tür erschien eine hochgewachsene Frau in ausgesuchter Kleidung. Sie trug ein Kleid aus hellblauer Seide. Glassteine waren in Reihe darauf genäht und betonten die Wespentaille der Trägerin. Eine breite Spitzenborte umrahmte den freien Hals. So trat man also im Palast einer Königin auf.

Anna richtete ihre graue Pelerine.

Die Frau in Blau war etwa dreißig Jahre alt. Ihre blauen Augen blickten misstrauisch auf Anna herab. »Was geht hier vor?«, fragte sie mit mürber Stimme. »Sind schon wieder Fremde in die Küche eingelassen worden? Das wird euch alle die Anstellung kosten!« Während sie die Drohung ausstieß, hielt sie den Rücken kerzengerade. Ihre von Sommersprossen gefleckten Hände waren vor ihrem Bauch ineinander verschränkt.

Die Küchengehilfen stießen Unschuldsbeteuerungen aus. Aus dem Hintergrund kam George angelaufen. »Sie haben gerufen, Lady Alice?«, fragte er.

»Keineswegs«, sagte die als Lady Alice Angesprochene. »Und ich wünsche, Ihren Namen auch nicht länger in diesen Räumen zu hören. Bereiten Sie die Dover-Seezungen und die heiße Consommé vor. Danach verlassen Sie den Palast.« Sie sah ihn verächtlich an. Dann fügte sie seinen Namen hinzu, indem sie den Vokal ebenso lang zog, wie Anna es zuvor getan hatte.

»Aber es war einzig und allein meine Schuld«, mischte Anna sich ein. »Ich habe mich durch den Dienstboteneingang hineingestohlen. Und ich habe einen Grund dafür.«

Lady Alice blickte über Anna hinweg. »Ihre Herzdame führen Sie bitte sofort aus dem Palast, George«, setzte sie hinzu. »Und achten Sie darauf, dass sie keine der Speisen anfasst. Man weiß nie, was das Gesindel von der Straße für Krankheiten mit sich herumträgt.« Damit wandte sich die Hofdame ab und schickte sich an, mit stolzem Gang in den Eingeweiden des Palastes zu verschwinden.

»Dafür wird Bailey büßen«, knurrte der Koch. Anna spürte einen Ruck, als er nach der Rückenlehne des Rollstuhls griff, um sie aus der Küche zu schieben.

»Warten Sie, Mylady!«, rief Anna. Sie hielt den Blick auf den blauen Rücken geheftet, der im Dämmerlicht des Dienstbotenkorridors verschwand. Hinter diesem Gang lag ihr Ziel, lag die Freiheit für Alexandre, lag Lemaitres Untergang. Sie versuchte Lady Alice zu folgen und schob den Rollstuhl vorwärts. Doch der Koch hielt sie an Ort und Stelle fest.

»Hören Sie schon auf!«, presste er hervor. »Sie haben schon genug Unheil angerichtet. Seien Sie endlich still.«

Anna fuhr zu ihm herum. »Sie wissen noch nicht, was Unheil ist«, zischte sie. Dann holte sie noch einmal ihre kleine Löwenstimme hervor und rief hinter Lady Alice her: »Ich weiß, wie die Tagebücher der Königin in die Zeitung gelangt sind.«

»Oh, mein guter Gott!« George konnte gar nicht schnell genug den Rollstuhl in Richtung Ausgang drehen. Unter den Rädern knirschte der Sand. Die Schritte von Lady Alice entfernten sich.

»Es war nicht Alexandre Dumas. Er sitzt unschuldig im Gefängnis.« Anna rief so laut, dass die Brille auf ihrer Nase erzitterte. »Ein Mann namens Lemaitre steckt hinter alldem.«

»Jetzt aber hinaus«, brummte der Koch und schob Anna im Laufschritt durch die Küche. Von Doktor Bailey war kein Rockzipfel mehr zu sehen. Er musste durch den Dienstboteneingang verschwunden sein. Die Tür stand offen. Schneeflocken wehten herein.

Eisige Luft schlug Anna entgegen. Draußen war es bereits dunkel geworden. Hinter ihr fiel die Tür ins Schloss. Der Knall explodierte in ihrem Geist. Die auseinanderbrechende Burg Dorn tauchte vor Annas Augen auf. Wie die Mauern des stolzen Familiensitzes, so zerbrach auch Annas Hoffnung. Die Trümmer, die herabregneten, waren nicht aus Stein, sondern aus Tränen. Es war also entschieden: Lemaitre würde davonkommen. Alexandre würde verurteilt werden. Tristan bliebe ungerächt. Anna krallte die Hände um die Armlehnen des Rollstuhls, bis sie glaubte, das Holz müsse unter dem Griff zersplittern.

Der Schnee sammelte sich auf dem Pflaster. Kälte stieg von unten herauf.

Anna bemerkte sie nicht in ihren gefühllosen Füßen. Sie wusste nur, dass der Frost da war. Sollte sie einfach hier sitzen bleiben, bis sie erstarrte? Sie hatte doch schon genug erduldet. Sie war eine Frau ohne Gemahl, ohne Kinder, ohne Heim und ohne Geld. Ihr einziger Freund war ein zum Tode Verurteilter, der entsetzliche Romane schrieb.

Bei dem Gedanken an Alexandre, seinen ungezügelten Appetit, seinen unzerbrechlichen Mut und seine Schnupftabakdosen musste Anna plötzlich lachen. Unter ihren Tränen stieg ein Glucksen empor und brach durch die Oberfläche ihrer Verzweiflung.

Ich werde noch verrückt, dachte sie. Die Irre vor dem Palast der Königin – noch ein Titel für Alexandres Romanfabrik.

Anna zog die Handschuhe wieder an und versetzte den Rädern ihres Rollstuhls kräftige Stöße. Schon nach wenigen Metern war der Stoff der Handschuhe nass vom Schnee, der an den Felgen haftete.

Schnelle Schritte knirschten heran. Anna wandte sich um. Eine Gestalt im langen dunklen Mantel näherte sich vom Palast her. Der dicke Stoff war an den Ärmeln und am Kragen mit silbergrauem Pelz besetzt.

»Warten Sie!«, rief Lady Alice.

Erst jetzt erkannte Anna die Hofdame aus der Palastküche. Eine Schneeflocke setzte sich auf ihr linkes Brillenglas und ließ das Gesicht der Lady verschwimmen. Anna blinzelte.

Der dunkle Mantel näherte sich. Unter dem Saum ragte das blaue Kleid hervor. Es hatte bereits einen Schmutzrand angesetzt. Auch die Schuhe waren schon von der kurzen Strecke nass und dreckig. Lady Alice hatte sich nicht erst umgezogen, bevor sie den Palast verlassen hatte. Sie musste es eilig gehabt haben, Anna noch zu erreichen.

»Was wissen Sie über die Tagebuchaffäre?«, fragte die Lady. »Wenn jemand die wirklichen Hintergründe kennt, wäre das für das Königshaus von entscheidender Bedeutung.«

Also waren ihre Worte doch auf fruchtbaren Boden gefallen. Aber warum hatte Lady Alice sie dann nicht in den Palast gebeten? Anna beschloss, vorsichtig zu sein.

»Bringen Sie mich zur Königin«, verlangte sie. »Ihre Majestät allein kann helfen, den Schuldigen zu überführen, und einem Unschuldigen Gnade zu erweisen.«

Die Gestalt der Hofdame ragte vor Anna auf. Im Gegenlicht einer Gaslaterne waren die Gesichtszüge von Lady Alice nicht zu erkennen. Ihre Stimme klang dunkel, als sie sagte: »Das ist unmöglich. Aber wenn Sie Ihr Wissen mit mir teilen, verspreche ich Ihnen eine Belohnung.«

»Eine Belohnung«, wiederholte Anna. Diese Frau nahm an, dass es ihr um Geld ging.

»Wie viel es sein wird, kann ich noch nicht sagen. Aber ich versichere, dass Ihre Majestät Ihre Hilfe zu schätzen weiß. Und das hat noch keinem geschadet.«

»Die Tagebücher sind …« Dann verstummte Anna wieder. Etwas unter der Stimme von Lady Alice hörte sich seltsam an – wie bei einem Kind, das seine Vokabeln nicht gelernt hat und nun nach Ausreden sucht.

»Ja?« Lady Alice beugte sich vor. »Sprechen Sie weiter.«

Als Anna schwieg, versuchte es die Hofdame mit einem Gedankenanstoß. »Sie erwähnten vorhin einen Namen.«

»Etienne Lemaitre«, sagte Anna und biss sich auf die Lippen. Dann hob sie wieder an: »Aber ich werde nur mit Königin Victoria darüber sprechen. Wenn Sie Ihrer Majestät wirklich helfen wollen, müssen Sie mich zu ihr bringen.«

Lady Alice richtete sich auf. »Hier sind ohnehin zu viele Menschen unterwegs. Wir suchen uns besser einen anderen Ort für Ihr Geständnis.«

Was für ein Geständnis? Und von welchen Menschen sprach die Lady? Der Schnee und die Dunkelheit hatten alle Londoner in ihre Häuser getrieben. Die Prachtstraße vor dem Palast lag verlassen. In der Ferne zog eine einsame Droschke Spuren in den Schnee. Die Stadt bereitete sich auf einen langen Winterabend vor.

»Sie gestatten?« Lady Alice wartete Annas Antwort nicht ab und schob den Rollstuhl an. Durch den Ruck wurde Anna zur Seite gedrückt und musste sich festhalten, um das Gleichgewicht nicht zu verlieren. Was tat diese Frau?

»Lassen Sie los«, befahl Anna. »Ich schaffe es aus eigener Kraft zum Palast.«

Aber weder kam Lady Alice der Aufforderung nach, noch schlug sie den Weg zum Buckingham Palace ein. Stattdessen näherten sich die Frauen den dunklen Umrissen der Bäume im Saint James Park.

Der Rollstuhl ruckelte über die Pflastersteine. Anna versuchte, die Reifen festzuhalten. Doch sie drehten sich zu schnell.

Tausendfüßer tanzten zwischen Annas Schulterblättern. Was führte diese Frau im Schilde? Zwischen den schmiedeeisernen Gitterstäben klaffte das Tor zum Park wie das hungrige Maul eines Riesen. Was auch immer Lady Alice vorhatte, Anna musste es verhindern.

In der Absicht, sich aus dem Rollstuhl fallen zu lassen,

stemmte sie sich auf die Armlehnen. Das Rütteln war zu stark. Ihre Hände rutschten ab. Anna fiel in den Sitz zurück.

Der Park war menschenleer. Die Äste der Eichen und Maulbeerbäume waren mit weißem Puder überzogen. Gaslaternen gab es nur wenige, und zwischen ihren Lichtinseln hingen schwarze Schatten.

»Gleich sind wir am Ziel.« Lady Alice keuchte, atemlos vor Anstrengung.

»Lassen Sie los!«, rief Anna. »Wohin bringen Sie mich?« Dass Lady Alice nicht antwortete war noch bedrohlicher als die Dunkelheit. »Hilfe!«, rief Anna, und noch einmal: »Zu Hilfe!« Aber es war niemand da, der sie hätte hören können.

Weiter vorn erklang das Geräusch schneller Flügelschläge, die auf Wasser klatschten. Ihr Rufen hatte einen Schwarm Enten aufgeschreckt. Das Surren der davonfliegenden Tiere verklang in der Nacht. Dort musste ein Gewässer liegen.

Während der Rollstuhl vom Fußweg abkam und einen sanften Abhang hinuntergeschoben wurde, kämpfte Anna darum, ihre Angst zu bezwingen. Sie brauchte einen klaren Kopf für freie Gedanken.

Der Rollstuhl machte einen Satz, als er über einen Stein fuhr. Anna schloss die Augen. Die Schwärze hinter ihren Lidern war heller als die der Londoner Nacht. Darin sah sie eine Tür, die sich öffnete. Eine Hand kam daraus hervor. Lemaitres Stimme bat sie einzutreten. Es war der alte Traum. Ein Detail jedoch war anders. Der Arm, den sie Lemaitre entgegenstreckte, war in hellblaue Seide gekleidet.

»Er hat Sie in der Hand«, sagte Anna so laut, dass Lady Alice sie verstehen konnte. Die Hofdame schnaubte verächtlich. Der Rollstuhl fuhr mit unverminderter Geschwindigkeit auf den See zu.

Nur die richtigen Worte konnten sie jetzt noch retten. »Sie

sind keine Mörderin, Alice«, sagte Anna. Sie meinte, einen Ruck zu spüren, ein winziges Zögern vielleicht. »Wenn Sie mir helfen, können wir Lemaitres Einfluss zerstören. Sie können frei sein. Die Königin kann frei sein. England kann frei sein.«

»Niemand kann frei sein.« Endlich reagierte Lady Alice. Ihre Stimme klang düster und zitterte. »Es gibt kein Zurück.«

Der Rollstuhl kam zum Stehen. Vor Anna lag ein kaltes Grab. Wenn Lady Alice sie in den See hinausschob, würde sie versinken. Die Kraft ihrer Arme reichte nicht aus, um in dem eiskalten Gewässer zu schwimmen.

Kleine Wellen klatschten gegen die Räder. Stille umfing die Szenerie – das Schweigen aus einer Gruft. Der Augenblick gefror. Lady Alice schwieg. Der See wartete. Anna holte Luft.

»Doch. Es gibt ein Zurück.« Sie wandte sich vorsichtig zur Seite. »Wir beide«, fuhr Anna fort, »sind die Einzigen, die von den Plänen Lemaitres wissen. Aber solange wir auf verschiedenen Seiten stehen, ist der Unhold stark. Verbünden Sie sich mit mir, Alice! Gemeinsam können wir ihm das Handwerk legen. Und die englische Krone retten.«

»Woher kennen Sie ihn?« Das Eis in Lady Alice' Stimme knackte.

Anna schöpfte Hoffnung. »Lemaitre hat mein Leben zerstört«, antwortete sie. »Ich weiß, wozu er fähig ist. Er hat meinen Mann getötet. Er darf nicht noch mehr Menschen in den Abgrund reißen.«

Anna drehte sich um und sah Lady Alice in die Augen.

»Bringen Sie mich zur Königin. Ich werde Ihrer Majestät alles erklären. Daraufhin lässt sie Lemaitre gefangen nehmen und vor ein Gericht stellen.«

»Unmöglich!«, gab die Hofdame zurück. »Wenn die Königin erfährt, dass ich es war, die …« Lady Alice senkte den Blick.

»… ihre Tagebücher gestohlen hat?«, sagte Anna vorsichtig.

»Glauben Sie mir, wir teilen ein Schicksal. Auch ich habe Fehler gemacht, die unverzeihlich sind.« Sie sprach nun an den See gerichtet. »Vielleicht ist noch etwas zu retten.«

Anna spürte einen Ruck. Lady Alice kam um das Gefährt herum und ging vor ihr auf die Knie.

»Vergeben Sie mir!«, flüsterte die Herzogin. »Ich bin bereits zu einer Verräterin an der Krone geworden. Und jetzt wäre ich beinahe noch tiefer gesunken. Wenn das überhaupt möglich ist.«

Anna beugte sich vor und ergriff die Hände der Herzogin. Diese zuckte zurück, doch Anna hielt sie fest.

»Es gibt nichts zu vergeben. Wir müssen nur schnell handeln. Lassen Sie uns zum Palast zurückkehren.«

»Wir können nicht zur Königin gehen.« Lady Alice schien gegen Tränen zu kämpfen. »Die Familie meines Mannes würde in Ungnade fallen. Sie würde alle Titel verlieren, ihre Ländereien. Hier geht es nicht um mich allein. Es muss eine andere Möglichkeit geben.«

Anna ließ Alice los. Immerhin hatte sie jetzt eine Verbündete. »Wir werden einen Weg finden. Aber ich fürchte, ich werde erfrieren, wenn ich mich nicht bald an einem Feuer wärmen kann.«

»Sie haben recht.« Die Adelige richtete sich auf. »Ich habe vieles wiedergutzumachen. Ein Feuer und trockene Kleider für Sie – damit fangen wir an.«

Kapitel 32

London, Newgate-Gefängnis, Dezember 1851

Vor dem Gefängnis von Newgate lag der Schnee knöcheltief. Über London hing ein elefantengrauer Himmel. Ein Lastenträger schleppte ein schneebedecktes Bündel auf seinen Schultern. Er tastete sich mit den Spitzen seiner Schuhe über den schlüpfrigen Untergrund, konnte jedoch nicht verhindern, dass er ausrutschte. Schon lag er rücklings im Schnee. Seine Last rollte noch einige Fuß und kam vor dem Podest nahe der Gefängnistore zu liegen, auf dem sonst die Galgen aufgestellt waren.

Der Lastenträger fluchte.

Ein Herr in knielangem Wollcape stand genau dort, wo sonst das schauerliche Gerüst für die Hinrichtungen zusammengezimmert wurde. Er trug einen schwarzen Zylinder und Knöchelstiefel mit eckigen Spitzen. Der englischen Mode entsprach das nicht.

Der Fremde beugte sich hinab und half dem Gestürzten auf die Beine. Der Lastenträger schaute ihn verwundert an. Normalerweise waren sich Angehörige der Londoner Bürgerschaft schon zu fein, einem einfachen Arbeiter einen Gruß zu erbieten. Dieser Mann aber packte jetzt sogar an, um den Ballen Schurwolle wieder aufzuladen.

»Hals- und Beinbruch, Monsieur«, schickte der Zylinderträger noch hinterher. Er hatte einen französischen Akzent.

Clément Cunin schaute dem Wollballen nach, wie er an der lang gestreckten Fassade des Gefängnisses entlangtrudelte. Als er sicher war, dass der Lastenträger es bis zur Ecke des Gebäudes schaffen würde, klopfte er sich den Schnee von den Lederhandschuhen und wandte seine Aufmerksamkeit wieder dem Eingang des Gefängnisses zu, jenem schicksalhaften Tor, durch das viele hineingingen, aus dem aber nur wenige herauskamen.

Wo blieb nur Fulchiron? Seit zwei Stunden war sein Kollege jetzt schon im Gefängnis verschwunden. Anfangs hatte Cunin es für einen guten Einfall gehalten, dass nur einer von ihnen mit Richter Digby sprechen würde. Schnell mochte sich der Brite von gleich zwei französischen Gendarmen bedrängt fühlen. Und wenn die Verhandlung scheiterte, würden sie ohne Alexandre Dumas nach Paris zurückkehren müssen. Wie sollten sie dann ihren Auftrag erfüllen?

Cunin ließ den Blick über die grimmige Fassade des Zuchthauses streifen. Stur schauten die Mauern aus grauem Basalt auf ihn herab. Schon der Anblick des Baus genügte, damit der Dieb seinen nächsten Raubzug vergaß, damit der Mörder seinen Dolch verrosten ließ und der Betrüger seinem Opfer Geld zusteckte. Newgate flößte Furcht ein. Daran änderte auch die Mütze aus Schnee nichts, die wie ein Saum aus Hermelinfell auf dem Flachdach des Gefängnisses lag.

Cunin musste eine weitere Stunde neben dem Schafott warten. Schließlich öffnete sich die Pforte. Fulchiron trat heraus. Cunins Partner trug einen kurzen blauen Überzieher aus Wolltweed und schützte sich mit einem roten Halstuch gegen die Kälte. Seinen Zylinder hielt er in der Hand. Schon an Fulchirons Miene erkannte Cunin, dass sein Kollege gescheitert war.

»Ich habe dargelegt, dass Dumas in ein französisches Gefängnis gehört. Aber Digby hat sich davon nicht überzeugen lassen«, sagte Fulchiron mit Leidensmiene.

Cunin schlug die Faust in die flache Hand. »Stank und Moder«, zischte er. »Wir können doch nicht mit leeren Händen nach Paris zurückkehren.«

Fulchiron holte ein Zigarettenetui aus ziseliertem Silber hervor. Darin steckte ein Dutzend Zigaretten. Die neue elegante Rauchware war gerade dabei, der klobigen Zigarre den Rang abzulaufen.

Die Männer rauchten.

»Eine Möglichkeit gibt es noch.« Fulchiron nahm einen tiefen Zug, blies den Rauch mit vorgeschobener Unterlippe aus und runzelte die müde Stirn. Allmählich sah man ihm die Strapazen des Unternehmens an. »Richter Digby sagte, er wolle Dumas in Newgate behalten, weil er nur dann sicher sein könne, dass keine weiteren Tagebücher Königin Victorias in der Zeitung veröffentlicht würden. Wenn ich es richtig verstanden habe, sind seit einigen Tagen tatsächlich keine neuen Artikel aufgetaucht. Aber erst seit Dumas im tiefsten Keller des Gefängnisses eingesperrt ist.«

»Er steckt also wirklich dahinter. Dieser Bauernbetrüger hat alle zum Narren gehalten. Wie hat er das nur angestellt, aus dem Gefängnis heraus?« Cunin schleuderte seinen Zigarettenstummel zu Boden. Die Glut verzischte im Schnee. »Ich verstehe nur nicht, wie uns das weiterhelfen soll.«

»Die Engländer wollen natürlich sichergehen, dass dem Schurken das Handwerk gelegt ist«, fuhr Fulchiron fort. »Und das können sie nicht mehr, wenn wir Dumas nach Paris bringen.«

»Aber unsere Gefängnisse sind die sichersten der Welt. Hast du diesem Richter nicht gesagt, dass die Mauern der französischen Kerker Könige und Generäle festgehalten haben? De la Force, Mazas – schon die Namen dieser Orte verbreiten so viel Schrecken, dass unsere Verbrecher sie nur flüsternd auszusprechen wagen.«

Fulchiron zog eine Augenbraue hoch. »Das beeindruckt diesen Digby nicht. Für ihn gibt es nur eine Möglichkeit, Dumas nach Paris zu schaffen.«

Cunin wusste mit einem Mal, was sein Partner meinte.

Im nächsten Moment hörte er Fulchiron sagen: »Als Leichnam. Digby sagt, er würde dafür sorgen, dass Dumas möglichst rasch hingerichtet wird. Und zwar genau hier, wo wir stehen. In einer Woche könne das Urteil bereits vollstreckt werden.«

Mit einem Mal hing der Geruch von Verbranntem in der Luft. »Und das sollen wir entscheiden?«, fragte Cunin. »Ob Alexandre Dumas hinter diesen Mauern verschimmelt oder ob man ihm ein rasches Ende macht?«

Fulchiron steckte die Hände in die Taschen seines Umhangs und nickte.

Der Schnee fiel jetzt dichter. Die Mauern von Newgate verschwanden hinter einem Vorhang fetter Flocken. Cunin wischte sein Cape sauber. »Dann treffen wir die Entscheidung besser sofort. Ich habe keine Lust, auch nur einen Tag länger in diesem kalten nassen Land zu verbringen.« Er machte eine Pause und schluckte. »Wir bringen Dumas nach Paris.«

Der Wintergarten des königlichen Palastes war ein Treibhaus von den Ausmaßen einer Bahnhofshalle. Wände und Decke bestanden aus Glasscheiben, die von weiß lackierten Stahlträgern zusammengehalten wurden. Die Nieten auf den Streben waren bunt bemalt wie Blüten, die kein Frost jemals würde welken lassen. Durch die Scheiben fiel das Dämmerlicht des Wintertages herein. Der Boden – nun, der Boden war kaum zu sehen. Blätter, so groß wie Morgenmäntel, nahmen Anna die Sicht. Während Lady Alice den Rollstuhl schob, hatte Anna alle Hände voll damit zu tun, Gewächse beiseitezuschieben. Hinter den beiden Frauen flappten die Stängel wieder zusammen. Die Pflanzen schienen zu flüstern, und es hätte Anna nicht überrascht, wenn sie Kobolde entdeckt hätte, die auf Palmen und Pomeranzen hockten. Es roch nach feuchter Erde, nach Werden und Vergehen.

Die Grünanlage im rückwärtigen Teil des Buckingham Palace war der liebste Spielplatz von Kronprinz Albert, von allen nur Bertie genannt – und vermutlich der am schwersten bewachte Sandkasten der Welt.

Es hatte Lady Alice zwei Tage Zeit gekostet, um Berties Gouvernanten zu überzeugen. Schließlich hatten die drei Matronen mürrisch zugestimmt: Die deutsche Lehrerin Gräfin von Dorn durfte den Thronfolger besuchen und ihm vorlesen. Lady Alice hatte die Hoffnung geschürt, dass Bertie ein wenig erbauliche Literatur aus der Apathie reißen würde, die den Jungen befallen hatte.

Die geläuterte Lady hatte Anna am Kaminfeuer alles gebeichtet: dass Lemaitre sie wegen ihrer Affäre mit Fergus Seaborn unter Druck gesetzt und sie in ihrer Verzweiflung mit dem Magnetiseur vereinbart habe, ihm Zugang zum Hof der Königin zu verschaffen – durch Bertie. Genau dies wollten sich die Frauen nun zunutze machen, um Lemaitre das Handwerk zu legen. Der Plan, ihm im Palast eine Falle zu stellen, barg jedoch ein Risiko – und das saß mit hängenden Schultern vor ihnen.

Seit der Skandal um die Tagebücher seiner Mutter das Königshaus erschütterte, war es um den ohnehin kränklichen Prinzen nicht zum Besten bestellt. Der Zehnjährige hatte den Appetit verloren. Er starrte seine Spielzeuge an, als habe er derlei nie zuvor gesehen. Er ließ seine Zinnsoldaten liegen und experimentierte nicht einmal mehr mit der Miniatur einer Dampfmaschine herum, mit deren Hilfe er sonst mechanischen

Hunden das Laufen und seinen Gouvernanten das Fürchten beibrachte. Bertie hatte sich von einem Irrwisch in einen Wischmopp verwandelt.

So fanden Anna und Lady Alice den Prinzen an diesem Dienstag im Wintergarten. Bertie saß auf einer grün und rot karierten Wolldecke, die auf einem Erdhügel ausgebreitet war. Er war die Zwergenausgabe Napoleons nach der Niederlage bei Waterloo. Der Prinz starrte die Besucherinnen aus matten Augen an, die hinter einer Brille mit dicken Gläsern hervorlugten.

Lady Esme, eine der Gouvernanten, hatte sich daneben in einem Lehnstuhl postiert und bearbeitete ein auf einen Rahmen gespanntes Stück Spitze. Sie trug ein schwarzes hochgeschlossenes Kleid und eine weiße Haube.

Lady Alice stellte Anna, Lady Esme und Prinz Albert einander vor. Wie verabredet, verwickelte Alice die Gouvernante nun in ein Gespräch.

Während die beiden Hofdamen zu schwatzen begannen, wandte sich Anna dem Prinzen zu. Albert trug das blonde Haar halblang und zur Seite gescheitelt. Man hatte ihn in einen Kinderanzug gesteckt. Mit Bedauern bemerkte Anna, dass das braune Jackett am Bauch zugeknöpft war und spannte. Der Hals war in einen weißen Kragen gezwängt, um den zu allem Überfluss ein schwarzes Halstuch geschlungen und vorn mit einer Schleife zusammengebunden war. Gern hätte Anna den verschnürten Knaben von seinen Fesseln befreit und in einen bequemen Matrosenanzug gesteckt.

»Guten Tag, Albert«, sagte Anna und hielt dem Jungen eine Hand zur Begrüßung entgegen. »Du kannst Anna zu mir sagen. Ich bin hier, um dir eine aufregende Geschichte vorzulesen.« Sie verzichtete bewusst darauf, das Kind von vornherein mit seinem Kosenamen anzusprechen.

Albert rührte sich nicht. Teilnahmslos hockte er auf seinem

Feldherrenhügel und musterte Annas Hand, als wäre sie ein riesiges Insekt.

»Sei höflich, Albert«, ermahnte ihn Lady Esme, »oder du darfst eine Woche lang nicht mehr in den Wintergarten.«

Hastig zog Anna die Hand zurück. Sie musste das Vertrauen des Prinzen gewinnen, nicht seine Furcht erregen. »Meine Hände sind ohnehin kalt von der Schneeballschlacht, die ich mir vorhin mit Lady Alice geliefert habe«, sagte sie und fügte hinzu: »Ich habe gewonnen.«

Wenn sie geglaubt hatte, damit Berties Interesse wecken zu können, wurde sie enttäuscht. In der Miene des Prinzen regte sich kein Muskel.

Anna ließ den Rollstuhl näher an Albert heranfahren. Endlich zeigte der Thronfolger eine Regung. Als er das Gefährt auf sich zukommen sah, riss er die Augen hinter der Brille auf und entfernte sich rückwärts von Anna. War ihm die dargebotene Hand wie ein Insekt vorgekommen, so musste ihm das Gefährt wie ein Raubtier erscheinen.

Anna blieb stehen. Das war kein Kind. Das war ein Gespenst. Wie sollte sie nur das Vertrauen dieses schreckhaften Wesens gewinnen? Jean und Henriette Schmaleur fielen ihr ein. Auch den beiden jungen Franzosen war der Rollstuhl zunächst unheimlich erschienen. Ängstlich hatten sie sich an den Rock ihrer Mutter geklammert. Dann war Olaf Schmaleur mit den Kindern in dem Vehikel durch das Empfangszimmer gefahren wie bei einer Rodelpartie. Hier im Buckingham Palace aber gab es keinen Olaf Schmaleur.

»Wenn du Angst vor dem Rollstuhl hast«, sagte sie, »bleibe ich einfach damit hier stehen. Wie gefällt dir das?«

Erneut blieb der Prinz regungslos. Immerhin ergriff er nicht die Flucht und verschwand zwischen Farnen und Palmwedeln.

»Ich werde jetzt ein Buch hervorholen und dir daraus vorlesen«, fuhr Anna fort. Hoffentlich klang das für Albert nicht wie eine Drohung. So langsam, als wolle sie einen Schmetterling fangen, öffnete Anna den Korb an der Seite des Rollstuhls. Sie rückte ihre Brille zurecht und strich über die Einbände aus Leder und Leinen. »Womit sollen wir beginnen?« Die Frage war weniger an Albert als an die Bücher gerichtet. Zwar waren alle deutsche Ausgaben. Doch traute Anna es sich zu, die Geschichten in einfacher englischer Sprache zu erzählen, während sie durch die Seiten blätterte und sich die Texte in Erinnerung rief.

Den *Faust* legte sie sofort wieder in den Korb zurück und entschuldigte sich im Geiste bei Geheimrat Goethe. Die Geschichte vom Gelehrten, der seine Seele dem Teufel verkauft, war zwar ein Höhepunkt der europäischen Literatur, aber für einen hasenherzigen Prinzen wohl nicht das Richtige. Es blieben *Schlemihl* und die Märchen. Während Anna noch überlegte und mal das eine, mal das andere Buch in die Hand nahm, dachte sie wieder an jenen Herbstmorgen in Paris, an dem sie versucht hatte, Jean und Henriette Schmaleur für diese Bücher zu begeistern. Die Kinder hatten sich beim Märchen von Rapunzel gelangweilt und lieber die Romane von Alexandre Dumas ins Deutsche übersetzen wollen. Noch immer spürte Anna den Stich der Empörung. Doch diesmal las sie einem Prinzen vor. Ihm würde das Märchen von Rapunzels goldenem Haar bestimmt gefallen. Er würde seine eigene Haarfarbe darin wiedererkennen. Das würde seine Aufmerksamkeit erregen.

Aber ließ sich ein zehnjähriger Knabe gern mit einem Mädchen vergleichen?

Unentschlossen schlug sie das Buch der Grimms auf. Zwischen den Seiten strömte der Geruch getrockneter Blumen und Kräuter hervor, die Anna im Laufe der Jahre hineingelegt hatte. Für jede Geschichte hatte sie versucht, die passende Pflanze zu finden: Vergissmeinnicht für *Dornröschen*, Löwenzahn für *Der*

Löwe und der Frosch, Männertreu für *Rapunzel*. Doch als sie das Märchen vom gefangenen Mädchen mit den langen Haaren endlich gefunden hatte, lag zwischen den Seiten keine fahle Pflanze, sondern ein angelaufenes Stück Papier: eine Episode aus einem von Alexandres Romanen. Der Text musste im Haus der Schmaleurs zwischen die Seiten geraten sein.

Sie legte eine Hand darauf, um das Blatt zu zerdrücken. Das billige Zeitungspapier fühlte sich rau an, sie konnte die Holzfasern spüren. Grob und ungehobelt wie das Material waren auch die Geschichten, die darauf gedruckt waren.

Doch statt ihre Finger zur Faust zu ballen, drehte Anna die Seite so, dass sie den Text darauf lesen konnte. Was in Frankreich Kinder begeisterte, würde vielleicht auch in England funktionieren.

Anna warf einen raschen Blick auf den Text. Als sie sicher war, dass es darin nicht um unfreiwillig geschwängerte Damen ging, begann sie zu lesen.

»Was zuletzt geschah: Der Musketier Athos muss sich in einem Gasthaus gegen Feinde zur Wehr setzen. Er flieht in den Vorratskeller der Taverne, verrammelt die Tür und lebt zwischen Schinken und Weinfässern in Saus und Braus.«

Anna hielt kurz inne. »Und so geht die Geschichte weiter: Der Wirt und seine Frau stürzten in den Keller. Hier aber harrte ihrer ein furchtbarer Anblick. Hinter den Verteidigungswerken, die Athos aus Reisigbündeln, Brettern, Balken und leeren Fässern nach allen Regeln der Strategie erbaut hatte, sah man in Teichen von Öl und Wein die Gebeine aller verspeisten Schinken schwimmen, während eine Masse zerbrochener Flaschen den linken Winkel des Kellers füllte und ein Fass, dessen Hahn offen geblieben war, durch die Öffnung die letzten Tropfen seines Blutes vergoss.

Von fünfzig an den Balken aufgehängten Würsten waren

kaum noch zehn übrig. Das Jammergeschrei des Wirts und der Wirtin durchdrang nun das Kellergewölbe. Auf den Schmerz folgte die Wut. Der Wirt bewaffnete sich mit einem Bratspieß und rannte zu dem Musketier.

›Wein!‹, sagte Athos, als er den Wirt erblickte.«

Anna schmunzelte. Dieser Athos hatte große Ähnlichkeit mit seinem Erfinder. Vermutlich steckte in jedem der vier Musketiere ein Dumas.

»Weiter!«, verlangte Prinz Albert mit leiser Stimme.

Anna schrak zusammen. Erst jetzt bemerkte sie, dass der Knabe näher herangerückt war.

»Bitte«, sagte Albert. »Lies weiter! Wie kommt Athos aus dem Wirtshaus hinaus?«

Anna beugte sich wieder über den Zeitungsausschnitt und las. Gemeinsam mit dem englischen Thronfolger erlebte sie, wie der Musketier D'Artagnan seinen Freund Athos aus der gar nicht so misslichen Lage befreite. Dann rätselten die Helden der Geschichte über eine geheimnisvolle Dame mit dem klangvollen Namen »Lady de Winter«, die das Brandzeichen einer Lilie auf der Schulter trug.

Doch das Wesen der Romanepisode ist ihre Kürze. Bevor Anna und Albert erfuhren, was es mit Lady de Winter auf sich hatte, endete der Text. Der ungeduldige Leser wurde auf die nächste Folge vertröstet.

»Vielleicht ist diese Lady de Winter eine Hofdame wie Lady Esme«, schlug Albert vor.

»Ich glaube nicht, dass deine Gouvernante jemals gebrandmarkt wurde«, sagte Anna und warf den beiden Frauen im Hintergrund des Wintergartens einen schnellen Blick zu. Lady Alice und Lady Esme waren ins Gespräch vertieft.

Der Prinz stand auf und stapfte mit steifen Beinen auf Anna zu. In respektvollem Abstand zum Rollstuhl blieb er stehen, strich sich die Haare aus dem Gesicht und sah Anna durch seine Brillengläser an. »Lies doch bitte weiter, Lady Anna.«

Noch immer verwundert über die Wirkung, die Alexandres Geschichte auf den Jungen hatte, blätterte Anna in dem Märchenbuch herum und suchte nach weiteren Episoden der *Drei Musketiere*. Doch die Brüder Grimm spuckten keine weiteren Abenteuergeschichten aus.

»Bitte!«, quengelte der Knabe mit näselnder Stimme.

Anna fürchtete bereits, Albert werde sich enttäuscht in sein Schneckenhaus zurückziehen. Da kam ihr Lady Esme zu Hilfe.

»Das genügt für heute«, rief die Gouvernante und klatschte in die Hände. »Der Prinz wird zum Lunch erwartet. Eine Königin lässt man nicht warten. Erst recht nicht, wenn sie die eigene Mutter ist.«

Ohne es zu ahnen, spielte sie Anna damit in die Karten. »Wenn du magst, Albert, komme ich morgen wieder. Dann könnten wir gemeinsam herausbekommen, was es mit Lady de Winter und diesem Brandmal auf sich hat.« Anna klappte das Buch der Brüder Grimm mit einem leisen Geräusch zu.

»Morgen erst?« Albert schob die Unterlippe vor.

»Ich komme so früh wie möglich. Versprochen.« Anna unterdrückte den Wunsch, dem Jungen über das seidige Haar zu streichen. Albert war ein Prinz, kein Hündchen. »Du musst aber erst Lady Esme um Erlaubnis bitten.«

Wie sich herausstellte, hatte Lady Esme nichts dagegen, Gräfin Dorn und Lady Alice am nächsten Tag wiederzusehen. Zum einen, so vermutete Anna, verschwatzte sie gern die Zeit. Zum anderen liebte sie den Prinzen. Auch wenn sie womöglich etwas neidisch auf Annas Erfolg war, schien die Gouvernante Erleichterung darüber zu empfinden, dass Albert vom Feldherrenhügel seiner Niedergeschlagenheit herabgestiegen war.

Als Lady Alice den Mantel umlegte und den Rollstuhl zum

Ausgang des Wintergartens schob, lief Albert hinter den Frauen her.

»Wartet!«, rief er. Als er die beiden eingeholt hatte, sah er Anna mit der Ernsthaftigkeit eines Zehnjährigen an und sagte atemlos: »Du findest doch auch, dass Bertie ein furchtbarer Name ist, nicht wahr? Niemals würde ein Musketier so heißen.«

Ein perlendes Lachen entfuhr Anna. »Bertie? Niemals!«, sagte sie. »Albert hingegen schon. Das ist ein Name, der dem Beschützer der Königin gebührt.«

Kapitel 33

London, Buckingham Palace, Dezember 1851

Anna und Lady Alice nahmen eine der Droschken, die vor dem Palast auf Fahrgäste warteten. Zum Schutz vor dem Schnee war das Verdeck geschlossen. Trotzdem war das rissige Leder der Sitzbänke frostig kalt. Während der Kutscher sich mühte, den Rollstuhl auf der Ladefläche festzubinden, wickelten sich die Frauen in die Wolldecken, die für die Passagiere bereitlagen.

»Wie haben Sie das nur angestellt?«, wollte Lady Alice wissen. »Bertie war wie verwandelt.« Ein seltenes Lächeln umspielte ihre Lippen.

»Albert«, sagte Anna. »Sie haben es doch gehört. Er möchte Albert genannt werden. Weil das der Name eines Helden ist.« Sie sagte es ohne Spott in der Stimme. »Und es lag nicht an mir. Es waren die Worte von Monsieur Dumas, die den Bann gebrochen haben.«

»Ich hoffe, ich werde Ihrem Alexandre bald begegnen. Wir sind den ersten Schritt gegangen, um seine Unschuld zu beweisen. Ich bin überzeugt: Ihr Freund wird freikommen, und Lemaitre wird an seiner Stelle im Gefängnis verschmachten.«

»Haben Sie Lady Esme schon von Lemaitres Salon erzählt? Ist sie bereit, sich von dem Magnetiseur behandeln zu lassen?«, fragte Anna.

»Noch nicht. Esme ist ein misstrauisches altes Mädchen. Aber Frauen wie sie sprechen gern über ihre Krankheiten. Ich habe einiges über Esmes Gesundheitszustand erfahren.«

»Sie wirkte überhaupt nicht hinfällig«, warf Anna ein.

»Sie ist auch kerngesund«, erwiderte Lady Alice. »Leidet nur unter den Kopfschmerzen der Unzufriedenen und dem Magenzwicken der Sorgenvollen. Wir werden sie regelmäßig besuchen. Dann werde ich in ein oder zwei Wochen ihr Vertrauen gewonnen haben.«

So lange? Alexandre würde die Zeit im Gefängnis endlos erscheinen. Aber es war wohl besser, langsam ans Ziel zu gelangen, als schnell zu scheitern.

Der Kutscher erschien in der linken Tür. Sein Gesicht hatte vom Frost und dem Ringen mit dem Rollstuhl ein jubelndes Rot angenommen. »Wenn die Damen sonst kein Gepäck haben, kann's losgehen«, sagte er sauertöpfisch. »Wohin wollen Sie?«

Anna nannte die Adresse ihres Hotels, Lady Alice die ihres Familiensitzes in Kensington. Die Droschke fuhr an, schlingerte und rutschte dann in eine vom Schnee freigefahrene Spur, in der die Räder Halt fanden.

»Wir treffen uns also morgen um zehn wieder vor dem Palast«, schlug Lady Alice vor. »Dann setzen Sie Berties Ausbildung zum Helden fort.« Sie verbesserte sich: »Alberts Ausbildung.«

Da fiel Anna ein, dass sie keine weiteren Episoden zum Vorlesen mitbringen konnte. Der Zeitungsausschnitt aus Le *Mousquetaire* war alles, was von der Sammlung der Schmaleurs übrig geblieben war. Anna war es selbst gewesen, die all die Musketiere, Grafen und Königinnen aus Alexandres glühender Vorstellungskraft ins Feuer geworfen hatte.

»Ich weiß nicht, wie es weitergeht«, sagte sie.

»Kein Grund zur Sorge«, versuchte Lady Alice sie zu beruhigen. »Wir gehen morgen den nächsten Schritt und am Tag darauf den übernächsten.«

»Das meine ich nicht«, erwiderte Anna. »Sondern: Was führt Lady de Winter im Schilde?«

Alice überlegte. »Von einer Person dieses Namens habe ich noch nie gehört«, antwortete sie. »Und ich kenne wirklich jeden in London, der Rang und Namen hat.«

Als Anna das Missverständnis aufklärte, hielt sich Lady Alice die Hand vor den Mund. »Wie einfältig von mir. Lady de Winter! Die Pläne dieser Dame müssen wir natürlich bis morgen auf das Genaueste kennen.«

Die Kutsche hielt an. Die beiden Frauen wurden Opfer der Fliehkraft. Im nächsten Moment sanken sie auf die Sitzbank zurück. Sie hatten das Elephante Butte erreicht. Der Kutscher stieg vom Bock und machte sich an der sperrigen Fracht zu schaffen. Die Kutsche wackelte, als er an den Halterungen riss.

»Mein Mann hat eine große Bibliothek«, sagte Lady Alice. »Wozu die gut sein soll, weiß der Teufel. Er liest und liest, ist aber immer noch so dumm wie an dem Tag, an dem ich ihn geheiratet habe. Aber er könnte ein Exemplar dieses Musketierbuchs haben. Sie sagten doch, es sei in England ein Erfolg gewesen.«

Vor dem Ausstieg erschien der Kutscher, erneut mit kirschrotem Gesicht. Er stellte den Rollstuhl ab. Von der Plackerei ergrimmt, klopfte er auf die Sitzfläche, wohl um Anna zum Aussteigen zu bewegen.

Lady Alice beugte sich über Anna hinweg. Der grüne Wollmantel kratzte über Annas Gesicht. »Wir haben es uns anders überlegt, guter Mann. Meine Freundin wird mich nach Hause begleiten.«

»Warten Sie«, warf Anna ein und kam unter Alice' Mantel hervor. »Ich möchte etwas anderes vorschlagen.« Sie wandte sich Lady Alice zu. »Statt die Bibliothek Ihres Gatten zu durchsuchen, trinken wir besser gleich von der Quelle der Geschichte.«

Lady Alice sah Anna fragend an. Dann nickte sie mit der Entschlossenheit der Tapferen. »Die Dame hat recht, guter Mann«, sagte sie zu dem Kutscher, der ein verzweifeltes Gesicht zog. »Sie bringen uns jetzt beide zum Newgate-Gefängnis. Und beeilen Sie sich ruhig. Wer weiß, wie lange Besucher dort vorgelassen werden.«

Während der Kutscher den Rollstuhl abermals auf der Ladefläche festzurrte, stieß er die gröbsten Schmähungen seiner Zunft aus. Anna war sicher, dass er seine Fahrgäste nur zu gern zum Gefängnis brachte und darauf hoffte, sie würden nie wieder hinter dessen Mauern hervorkommen.

Einen guten Baumeister erkennt man daran, dass die von ihm entworfenen Gebäude den Bedürfnissen der Bewohner entsprechen. Ein Herrenhaus empfängt seine Gäste mit einer hellen Fassade, von Glas und Ornamenten verwöhnt. Bei einem Gefängnis ist es andersherum. Seine Mauern sind dunkel, die Fenster schmal wie Schießscharten, das gesamte Gebäude ist ein gewaltiger Quader. Auch das Gefängnis von Newgate war so ein grauer abweisender Block, und seine Hässlichkeit war von abstoßender Qualität.

Auch bei ihrem zweiten Besuch hatte Anna sich noch nicht an den Anblick gewöhnt. Das lag an dem Galgen, der vor einem der Seitenflügel aufgebaut war. Vor zwei Tagen war das Gerüst noch nicht da gewesen. Auf einem Holzpodest von der Höhe eines Pferdes stand eine Konstruktion, die an ein Tor erinnerte. Allerdings führte der Weg derjenigen, die unter diesem Tor hindurchmussten, in die Tiefe.

Der Balken des Galgens war so lang, dass wohl acht Verurteilte zugleich an ihm gerichtet werden konnten. Jetzt allerdings hing nur eine einzige Schlinge von der Mitte des Querholzes herab. Sie war leer.

Anna und Lady Alice starrten die Richtstätte an. Der Kutscher hatte die Frauen vor dem Gefängnis abgesetzt und sie ihrem Schicksal überlassen.

»Hängt man in London Verbrecher auch im Winter?«, wollte Anna wissen. Ihr Blick klebte an dem Hanfseil, das im Wind schaukelte.

»Davon habe ich noch nie gehört«, sagte Lady Alice und zog den Mantel enger um die Schultern. »Bei Frost kommen keine Schaulustigen. Und die Vollstreckung des Urteils soll doch möglichst viele Menschen von Missetaten abschrecken. Andererseits«, Lady Alice machte eine Pause, »bleiben die Toten in der Kälte frisch. Da kann man sie länger hängen lassen.«

Anna drehte sich zu ihrer Begleiterin um. Fand Lady Alice Vergnügen an makabren Scherzen? Falls dem so war, wusste sie ihren Humor gut zu verbergen. Ihre Miene war todernst.

»Vorwärts«, sagte Lady Alice und schob Annas Rollstuhl in Richtung des Gefängnistors. »Sonst sind wir die ersten steif gefrorenen Leichen, die hier begafft werden.«

Einen Moment lang dachte Anna: Erst will diese englische Lady mich in einem See ertränken. Jetzt bringt sie mich ins Gefängnis. Da spürte sie die Hand ihrer Begleiterin auf der Schulter.

»Wir gehen zusammen hinein. Wir kommen zusammen heraus«, sagte Lady Alice.

Anna streckte sich nach dem Türklopfer. Der eiserne Ring, der aus einem Löwenmaul hing, fühlte sich selbst durch die Handschuhe hindurch kalt an. Anna ließ ihn dreimal kraftvoll gegen das Tor fallen.

»Dumas darf keinen Besuch empfangen«, sagte Lordrichter Digby. In seiner Amtsstube kämpfte ein halb verhungertes Kaminfeuer gegen die Kälte an. Der Teppich auf den dunkel glänzenden Dielen war von tausend schweren Schritten in Justitias Namen zerschlissen. Neben Digbys wuchtigem Schreibtisch stand ein Regal mit Gesetzestexten. Die Bücher darin waren so groß, dass man einen Anbau für Newgate damit hätte errichten können. Darüber hing das Porträt einer älteren Frau, der Ähnlichkeit nach zu urteilen war sie Digbys Mutter.

An einem kleineren Tisch saß ein junger Mann mit dem Gesicht zur Wand und schrieb eifrig in ein winziges Buch. Das Kratzen seiner Feder klang wie das Trappeln von Mäusen in der Wand.

»Aber ich habe Monsieur Alexandre doch schon besucht«, sagte Anna. »Keine zwei Tage ist das her.«

Der Lordrichter schob seine Perücke zurecht, die er bei Erscheinen der Frauen hastig aufgesetzt hatte. »Die Situation hat sich geändert«, sagte er, offenbar darum bemüht, vage zu bleiben.

In Anna keimte ein Verdacht. Die beiden Gendarmen aus Paris mussten hier gewesen sein. Sie ließ den Rollstuhl näher an Digbys Schreibtisch heranfahren. »Sie liefern meinen Freund doch nicht etwa an Frankreich aus?« Die Vorstellung, Alexandre würde nach Paris gebracht, wo sie ihm nicht mehr helfen konnte, ließ Annas Eingeweide gefrieren. »Das können Sie nicht zulassen!«, rief sie. »Es muss eine Möglichkeit geben, ihn hierzubehalten.«

Digby verschob den Unterkiefer und strich sich mit einer Hand über Wangen und Kinn wie einer, der seine Rasur prüft. Dann stand er unter Stöhnen auf und holte aus einem Kabinett eine Flasche mit einer bernsteinfarbenen Flüssigkeit hervor. Das Klingeln dreier Gläser mischte sich unter das unablässige Kratzen der Schreibfeder.

»Vielleicht mögen die Damen einen Brandy«, sagte der Lordrichter. Ohne eine Antwort abzuwarten, füllte er die Gläser zwei Finger breit. Das Einschenken des Alkohols schien Digby Mut einzuflößen. Bevor er die Gläser an die Besucherinnen verteilte, fuhr er unvermittelt herum, schwenkte die Flasche und stellte fest: »Nach englischem Recht dürfen zum Tode Verurteilte nur einmal nach Verkündung des Urteils Besuch empfangen. Nämlich am Tag vor der Hinrichtung.«

Er blieb mit geöffnetem Mund stehen, so als wolle er noch etwas hinzufügen. Dann entschied er sich anders, stellte die Flasche ab und hielt erst Anna und dann Alice je ein Glas entgegen.

Anna nahm das Glas und betrachtete angewidert dessen Inhalt. »Sie verwechseln meinen Freund mit jemand anders. Alexandre hat niemanden umgebracht. Er ist wegen Diebstahls hier. Und selbst das ist ein Missverständnis.«

»Eine Verwechslung ist ausgeschlossen«, sagte Digby. »Ich habe das Urteil selbst unterzeichnet. Der Franzose wird hängen. Nicht wegen Diebstahls, sondern wegen Hochverrats. Er war es, der die Tagebücher der Königin veröffentlicht hat.«

»Aber er hat nichts damit zu tun.« Annas Finger verkrampften sich um das Glas.

Der Lordrichter legte den Kopf schief. Die Perücke verrutschte ein wenig. »Sie sind nicht in der Position, die Entscheidung des königlichen Gerichts anzuzweifeln. Das Urteil ist gefällt. Eine Begnadigung könnte ich selbst dann nicht aussprechen, wenn ich es wollte. Das kann nur die Königin.« Er kippte den Inhalt seines Glases hinunter und schenkte sich nach.

»Wann?«, fragte Anna scharf.

Digby wedelte wieder mit der Flasche. Der Brandy schwappte. Der weite Ärmel der roten Robe flatterte. »Oh, das hängt von Ihrer Majestät ab. Wenn Sie das Gnadengesuch noch heute aufsetzen …«

»Wann wird das Urteil vollstreckt?«, rief Anna. Die Worte schmerzten in ihrem Mund.

Das Kratzen der Schreibfeder verstummte.

Der Lordrichter hob eine Augenbraue. »In drei Tagen.«

Anna warf Lady Alice einen wilden Blick zu.

»Das schaffen wir nicht«, sagte die Herzogin.

»Zugegeben«, warf Digby ein, der nicht wusste, worüber sich die Besucherinnen verständigten, »für ein Gnadengesuch ist die Zeit knapp bemessen. Trotzdem könnten Sie es probieren. Man will ja in so einem Fall nichts unversucht lassen.«

»Er hat recht«, sagte Anna zu Alice. »Wir müssen unseren Plan weiterverfolgen. Wir müssen Lemaitre in den Palast bekommen. Wir müssen zu Alexandre in die Zelle.« Sie schlug mit dem Glas auf die Armlehne des Rollstuhls. Der Brandy schwappte über und rann über ihre Finger.

Lady Alice zog die Nase kraus, die unmissverständliche Miene der brüskierten Aristokratin. »Ich erspare mir jetzt den Hinweis, dass mein Gatte der Herzog von Worcester ist«, sagte sie an den Lordrichter gewandt. »Aber ich versichere Ihnen, dass dieses Gericht eine eingehende Prüfung über sich ergehen lassen wird. Mein Mann ist Mitglied des Oberhauses.« Sie holte tief Luft. »Ich kann es noch immer nicht fassen. In diesen Mauern fällen Becherhelden willkürliche Todesurteile. Verraten Sie mir, Lordrichter Digby: Trinken Sie sich Mut an, bevor Sie jemanden an den Galgen bringen? Oder feiern Sie mit Brandy, wenn das Urteil vollstreckt ist?«

Digby starrte die Flasche an. »Diese Flasche? Die habe ich nicht einmal selbst kommen lassen. Irgendjemand hat sie kürzlich vorbeigebracht. Als Geschenk für …« Er verstummte und beeilte sich, die Flasche im Kabinett verschwinden zu lassen. Dann verschränkte er die Arme vor der Brust. »Das Urteil ist rechtskräftig«, brummte der Lordrichter. »Und den Weinbrand hole ich natürlich nur für Gäste hervor.« Seine Blicke wanderten verräterisch zu seinem Schreiber hinüber, der vergebens versuchte, die Arbeit wiederaufzunehmen.

»Geben Sie mir die Flasche!« Alice streckte eine fordernde Hand aus. »Und dann lassen Sie uns zu dem Gefangenen vor.

Vielleicht vergesse ich dann, was ich in dieser sogenannten Amtsstube gesehen habe.«

»Gnade«, flehte der Leierkastenmann. »Haben Sie kein Herz, Monsieur?« Mit zitternden Händen krallte sich der Straßenmusikant so fest an sein Instrument, dass die Orgelpfeifen klapperten.

Der Mann im dunklen Mantel hob den schweren Hammer langsam über den Kopf.«

»Sacrebleu!«, schimpfte Dumas, als ihm der Eisennagel aus den Fingern fiel. Er kroch über den Boden seiner Zelle und tastete nach dem Stift. Er hatte ihn aus der Gefängniswerkstatt herausgeschmuggelt. Seither hatte er jeden wachen Augenblick damit zugebracht, Worte in die Mauern seiner Zelle zu kratzen. Er wollte festhalten, was ihm an Einfällen noch im Kopf herumspukte, bevor dieser in der Schlinge steckte. Dass es nun ausgerechnet ein Anschlag auf einen Straßenmusiker war und nicht die Schicksalsnächte einer Königin, musste er wohl hinnehmen. Die Inspiration war eine eigensinnige Dame.

Vor zwei Wochen hatte er im Britischen Museum vor dem Stein von Rosette gestanden und darüber nachgedacht, was für eine Mühe es kostete, so viele Worte in Stein zu meißeln. Jetzt wusste er es.

Wo war nur dieser feige Nagel? Versteckte sich das Ding ausgerechnet in jenem Moment, in dem der Leierkasten zum Schweigen gebracht werden sollte! Alexandres Hände klatschten auf dem Boden herum. Seine Ringe klickten, wenn sie auf jene Steinplatten trafen, die nicht mit Moos bewachsen waren. Er musste jetzt weiterschreiben, musste schreiben, schreiben, schreiben. Es war das Einzige, das ihn davon abhielt, vor Angst zu erstarren.

Die Zellentür öffnete sich scharrend, und eine Lichtpfütze fiel herein. Da war er ja! Dumas schlug mit der flachen Hand auf den Nagel und schloss die Faust um den Eisenstift.

»Besuch für dich«, knurrte die Stimme des Wärters.

Alexandre wandte den Kopf und schirmte die Augen gegen die plötzliche Helligkeit ab. Das Rad eines Rollstuhls schob sich in sein Gesichtsfeld. Gräfin Anna! Aber er empfing seine Besucher ja auf allen vieren! Rasch sprang er auf und wischte sich den Schmutz von den Knien.

»Alexandre«, sagte eine bekannte Stimme. »Ich bin so froh, Sie wohlauf zu sehen. Ich habe eine Freundin mitgebracht. Lady Alice, Herzogin von Worcester.«

Eine schmale Hand reckte sich ihm entgegen. Er griff danach und beugte sich in alter Gewohnheit darüber, vermied aber, der sommersprossigen Haut mit seinem schmierigen Bart zu nahe zu kommen.

»Was für eine Ehre«, sagte die Besucherin. »Der berühmte Dumas. Genau so habe ich Sie mir vorgestellt.«

War das ein Scherz? Alexandre lächelte höflich. »Ich sehe derzeit gar nicht aus wie ein Schriftsteller, eher wie ein Gespenst«, sagte er und zupfte an den Überresten seiner Kleider. »Die Vorfreude auf meine Hinrichtung schlägt mir aufs Gewicht. Man lässt die Delinquenten hier hungern, damit die billigen Stricke nicht reißen, wenn man sie henkt. Vielleicht hofft man auch, dass ich schon vor der Hinrichtung das Zeitliche segne.«

»Wenn Ihnen gutes Essen das Leben rettet, werde ich einen Hüftschinken vom Mastschwein aus der königlichen Küche herbeischaffen lassen. Der Koch dort ist mir noch einen Gefallen schuldig.«

»Einen Hüftschinken?«, fragte Dumas. »Aber bitte in einer knusprigen Schwarzbrothülle.«

»Und dazu Kalbsnieren in Butterteig?«, fragte die Dame.

»Am Schluss auf jeden Fall eine Gebäckpyramide«, schnirpte Alexandre. Er hatte Mühe, gegen seinen Speichelfluss anzuschlucken. »Sind die Damen gekommen, um das Menü der Henkersmahlzeit zusammenzustellen?«

»Im Gegenteil«, sagte Anna. »Wir bereiten ein Fest vor. Das feiern wir zu Ihrer Befreiung.« Das letzte Wort zerlief, als sich ihr Mund verzerrte und sie die Augen zusammenkniff. Einen Moment lang schien sie um Fassung zu ringen. Dann schossen ihre Hände vor, griffen nach Alexandres Rockaufschlägen und zogen ihn heran.

Überwältigt von der Umarmung und dem Gefühlsausbruch sank Dumas gegen Anna. Der Rollstuhl war im Weg, und er musste sich vorbeugen. Doch in den Armen der Gräfin spürte er erst, wie sehr ihm die Nähe eines anderen Menschen, insbesondere einer Frau, gefehlt hatte. Annas Wärme strömte auf ihn über. Ihr Geruch streichelte seine Sinne. Die Säume seiner Selbstbeherrschung gingen entzwei. Er schluchzte. Er wollte festgehalten werden, wollte, dass jemand seinen Namen sagte.

»Alexandre«, kam Annas Stimme dumpf unter seiner Armbeuge hervor.

»Monsieur Dumas«, sagte die andere Besucherin. Das Ploppen eines Korkens war zu hören. »Wir haben einen exquisiten Brandy mitgebracht. Mit Empfehlung von Lordrichter Digby. Trinken Sie einen Schluck. Und hören Sie zu. Wir müssen über die Musketiere reden.«

Als Anna und Lady Alice ihren Bericht beendet hatten, war die Flasche beinahe leer. Der Weinbrand hatte das Elend aus Dumas hinausgespült. Er fühlte sich belebt und spürte, dass seine Augen glänzten. Dieser Digby mochte ein feudalistisches Fossil sein, aber er hatte einen Gaumen für einen guten Schluck.

Doch jetzt nahm diese Lady ihm tatsächlich die Flasche aus der Hand und drückte den Korken wieder in den Hals.

»Erzählen Sie, wie die Geschichte mit den Musketieren weitergeht. Monsieur Dumas, wir haben nur drei Tage Zeit, um Lemaitre zu überführen. Erzählen Sie! Erzählen Sie um Ihr Leben!«

Dumas starrte Lady Alice an. Was für eine Frau! Er mochte die Überheblichkeit in ihrer Stimme. Und in ihrem Auftreten. Überhaupt schien die Herzogin körperlich bestbemittelt zu sein.

»Alexandre, bitte.« Annas Stimme fuhr wie die Klinge einer Guillotine in seine Gedanken. »Die Musketiere.«

Dumas ging in der engen Zelle auf und ab und versuchte, sich an den Verlauf des Romans zu erinnern. Zwei Schritte bis zur Zellenwand, zwei Schritte zurück. »D'Artagnan und Athos waren in diesem Gasthaus«, murmelte Alexandre. Er schüttelte den Kopf. »Ich habe so viel geschrieben seither.« Er strich sich durch das krause Haar, in der Hoffnung, die Läuse namens Edmond Dantès, Königin Margot und Joseph Balsamo von seinem Kopf zu vertreiben. Da war sie wieder: jene Szene in der Taverne. Er hatte sie nach einer durchzechten Nacht geschrieben. Damals war ihm und seinen Kumpanen der Wein ausgegangen. Deshalb hatte er sich darauf verlegt, eine Situation zu erfinden, in der der Alkohol in Strömen floss. Als er seinen langsam nüchtern werdenden Begleitern das Traktat vorgelesen hatte, hatten diese sich aufs Neue berauscht gefühlt und ihn zum König der Gedankenbrenner ausgerufen.

Zwei Schritte bis zur Wand. Zwei Schritte zurück.

»Nach dem Erlebnis in der Taverne kehren die Musketiere nach Paris zurück«, erinnerte sich Dumas. »Dort eröffnet ihnen Monsieur Treville, dass ihre Regimenter an der Belagerung von La Rochelle teilnehmen.«

Da! Er hatte es wieder! Alexandre blieb stehen und schaute sein Publikum an, von sich selbst begeistert.

Eine Zeit lang blieb es still in der Zelle. Dann sagte Anna: »Das ist gewiss ein guter Einfall und wichtig für den Handlungsverlauf. Aber Prinz Albert ist daran interessiert, was es mit Lady de Winter auf sich hat.«

»So funktioniert das nicht.« Alexandre war empört. »Eine gute Geschichte hat einen Handlungsverlauf und eine Dynamik, ein Wechselspiel zwischen dramatischen Ereignissen und prosaischen Beschreibungen. Wenn ich dem Leser immer nur Rosinen hinwerfe, schmecken diese rasch wie Dörrobst.«

»Wir müssen die Weisheit der Literatur für einen Moment beiseitelassen, uns weniger um Ihren Geist, als vielmehr um Ihren Hals sorgen«, verlangte Anna.

»Lady de Winter«, mischte sich nun auch Lady Alice ein. Ihre rauchige Stimme klang so verführerisch. So hätte sich Alexandre die Stimme der schurkischen Mylady vorgestellt. Er blätterte in seinen Gedanken.

»Ja«, sagte er. »Lady de Winter trifft bald darauf mit D'Artagnan zusammen. Der Musketier ist verkleidet als Myladys Geliebter. Außerdem ist es dunkel. Da erschleicht er sich den Beischlaf.«

»Schweigen Sie!«, rief Anna. Ihre Worte prallten an die nackten Mauern.

»Erst verlangen Sie, dass ich die Geschichte vortragen soll. Jetzt soll ich schweigen.« Er breitete die Arme in einer Geste vollkommener Hilflosigkeit aus. »Wollen Sie die Erlebnisse der Musketiere nun hören oder nicht?«

»Was wir hören wollen, ist ein Abenteuer für einen Knaben. Keine …« Sie wedelte unbestimmt mit der Hand.

»Keine erotischen Erlebnisse?«, fragte Dumas. »Aber meine Helden sind Menschen. Und der menschliche Körper hat seine

Bedürfnisse, denen nachzukommen ebenso lohnend wie entwürdigend sein kann. Ich hätte an D'Artagnans Stelle ebenso gehandelt. Wenn Sie fromme Verse wollen, Anna, suchen Sie diese bei mir vergebens. Ich gebe keine Katechismusmilch.«

»Wir überspringen diese Passage«, schlug Lady Alice vor. »Was passiert später mit Lady de Winter? Sie bekommt doch nicht etwa ein uneheliches Kind?«

Diese Frau war nach seinem Geschmack. Wenn er jemals wieder die Romanfabrik führen würde, musste Lady Alice einen Platz darin erhalten. »So lange lebt Lady de Winter nicht mehr«, berichtete Dumas. »Ihre Schandtaten werden offenbart, und die Musketiere verurteilen sie zum Tode. Der Henker von Lille schlägt Lady de Winter an einem Flussufer den Kopf ab und versenkt den Leichnam in den Fluten.« Als ihm bewusst wurde, welche Art von Begebenheit er gerade zum Besten gab, rieb sich Alexandre den Hals.

»Aber das ist Selbstjustiz«, warf Anna ein. »Solche Gedanken können wir doch nicht in den Kopf eines Thronfolgers pflanzen.«

»Es ist Gerechtigkeit.« Jetzt hatte er aber genug von dieser Nörgelei. »Lady de Winter ist ein Scheusal, ein Teufel in Menschengestalt. Sie ist herzkalt, berechnend, rachsüchtig, sie schreckt weder vor Mord noch vor Sakrileg zurück. Der Tod ist ihre Strafe. Überdies«, er richtete selbstbewusst seine Kleider wie ein Anwalt nach dem Plädoyer, »geht es einem in den Fängen Justitias genauso schlecht. Wie mein Fall beweist.«

Anna kniff die Lippen zusammen wie jemand, der die Welt vor einer Schmähung bewahren will.

Dumas setzte nach. »Stellen Sie sich vor, Lady de Winter wäre ein Mann. Ein Mann namens Lemaitre.«

Mit einem saugenden Geräusch zog Anna den Korken aus der Brandyflasche, wischte über die Öffnung und nahm einen

Schluck. Dann klappte sie den Korb am Rollstuhl auf und holte einige Bögen Papier sowie Tinte und Feder hervor. »Diktieren Sie!«, forderte sie Alexandre auf.

Kapitel 34

*London, Stadthaus von Joshua Ethan Banister,
Dezember 1851*

In Lemaitres Domizil in Belgravia war es still. Vor den Fenstern fiel Schnee und erstickte die Geräusche von der Straße. Im Drawing Room pickte die Uhr auf dem Kaminsims die Minuten auf. Das Feuer war erloschen. Die Holzscheite tickten und versuchten mit den Schlägen des Uhrwerks mitzuhalten. Doch die beiden Rhythmen waren gegenläufig, und sobald man dem einen lauschte, verlor man das Gefühl für den anderen.

Es war zum Verrücktwerden! Lemaitre sprang von dem eleganten Stuhl aus poliertem Olivenholz auf und goss den Inhalt seines Weinglases in den Kamin. Die Glut fauchte, stieß Qualm hervor und starb mit einem Zischen.

»So geht es allen, die mir auf die Nerven fallen«, flüsterte der Magnetiseur. Er stellte sich ans Fenster – zum wievielten Mal an diesem Tag? – und suchte die unter ihm liegende Bedford Street nach der Kutsche ab, die Lady Alice bringen sollte. Trotz des Wetters ging London seinen Geschäften nach. Aber jedes Mal, wenn eine der Droschken am Trottoir hielt, stiegen Fremde aus und verschwanden in einer der Nachbarvillen.

Seit zwei Tagen wartete er jetzt darauf, dass die Herzogin ihn in den Palast einschleuste. Zu lange! Wenn es in diesem Tempo weiterging, würde die Sonne erkalten, bevor er dem englischen Königreich den Todesstoß versetzen könnte.

»Simes«, sagte Lemaitre. Er musste nicht rufen. Simes hielt sich immer in der Nähe auf. Wie ein Flaschengeist, den man mit einem Zauberwort beschwören kann, erschien er auch diesmal prompt an der Tür.

»Mein Gebieter?«, fragte der Betrüger. Den Sarkasmus ließ Lemaitre seinem Assistenten durchgehen. Was nutzte ihm ein Messer, das seine Schärfe verlor?

»Die Herzogin von Worcester ist noch immer nicht aufgetaucht«, sagte der Magnetiseur. »Mir scheint, sie will ihren Teil der Abmachung nicht einhalten.«

»Soll ich sie suchen und gewaltsam herbeischaffen?«

»Nein. Die Herzogin soll weiterhin Gelegenheit haben, ihre Aufgabe zu erfüllen. Wenn ein Werkzeug stumpf ist, zerbricht man es nicht, man schleift es. Deshalb werden wir dem Leben von Lady Alice etwas Schärfe verleihen.« Freude stieg in Lemaitre auf. Doch er hielt sein Vergnügen im Zaum. Verzog er sein Gesicht zu stark, konnte die Schminke auf seinen Wangen einreißen.

»Laden Sie Herbert Ingram zur morgigen Soiree ein, Simes. Nein, warten Sie! Da sind zu viele Leute. Bitten Sie ihn zum Tee hierher. Heute Nachmittag.«

»Den Herausgeber der *Illustrated London News?* Einfach so? Der Mann ist schwer beschäftigt. Seit die Tagebücher der Königin die Runde machen, arbeiten die Redaktionen Tag und Nacht.«

»Deshalb werden die Leser froh sein, wenn sie zur Abwechslung etwas anderes serviert bekommen. Bieten Sie Ingram ein Exklusivinterview mit dem geheimnisvollen Lemaitre an. Mein Ruf in London sollte für die Titelseite genügen.«

Simes legte die Stirn in Falten. »Ich verstehe nicht, wie Sie damit Lady Alice schaden wollen.«

Das Lächeln brach durch Lemaitres Selbstbeherrschung. Er spürte, wie die Schminke spannte.

»Das Interview mit mir ist nur eine der Sensationen in der

morgigen Ausgabe der Zeitung. Ingram wird überdies erfahren, dass die Herzogin von Worcester ihrem Gatten mit einem gewissen Fergus Seaborn untreu ist. Das wird dem Blatt Auflage bescheren.«

»Das ist für Ingram gewiss von Interesse. Aber er wird das wohl kaum in seiner Zeitung drucken. Die *Illustrated London News* ist ein seriöses Blatt, keine Klatschpostille.«

Lemaitre sah Simes schweigend an. Es war faszinierend zu beobachten, wie die Erkenntnis in seinem Assistenten keimte, wuchs und Blüten trieb.

Schließlich nickte Simes. »Natürlich. Wie konnte ich daran nicht denken? Ich mache mich sofort auf den Weg.« Er verschwand.

Lemaitre wartete noch eine Weile, bis er unten die Eingangstür in Schloss fallen hörte. Jetzt konnte er das Lachen nicht länger zurückhalten. Er riss den Unterkiefer herab und stieß die Luft aus den Lungen. Dabei drang kein Laut aus seiner Kehle. Zwei Bröckchen lösten sich von seiner Maske und fielen zu Boden.

»Hallo, Albert«, sagte Anna. Sie war so aufgeregt, dass sie befürchtet hatte, ihre Stimme werde beben und ihre Nervosität preisgeben. Doch als sie den Thronfolger wiedersah, erfüllte sein Anblick sie mit einer solchen Freude, dass alle Aufregung verschwand. Wie sie dem Lächeln auf Alberts Gesicht entnahm, ging es ihm ebenso.

Der Prinz saß im Wintergarten auf seinem Feldherrenhügel zwischen Eukalyptusbäumchen und Forellenbegonien. Die fetten glänzenden Blätter großer Gummibäume bildeten ein Dach über ihm. Die Zinnsoldaten, die gestern noch umhergelegen hatten wie die Österreicher nach Austerlitz, standen in Schlachtordnung und schienen bereit, es mit jedem Napoleon aufzunehmen, der es wagen würde, ihnen die Stirn zu bieten.

»Mylady!«, rief Albert, sprang über die Kolonnen hinweg und umarmte Annas Beine. Das trug ihm einen Tadel Lady Esmes ein. Doch die Gouvernante wandte ihre Aufmerksamkeit sofort wieder Lady Alice zu, die neben ihr in einem Sessel Platz genommen hatte und sich, wie am Tag zuvor, für die Indispositionen der Hofdame interessierte.

Anna spürte Alberts Umarmung sogar durch die Gefühllosigkeit ihrer Beine hindurch. »Willst du wissen, wie es mit den Musketieren weitergeht?«, fragte sie und holte die Papiere hervor, auf die sie mit fliegender Feder hingeworfen hatte, was Alexandre in der Gefängniszelle diktiert hatte.

»Gewinnt D'Artagnan gegen die böse Frau?« Albert griff nach den Seiten, doch Anna hielt sie über ihren Kopf, sodass der Junge nicht heranreichen konnte.

»Bertie!«, kam erneut ein mäßigender Ruf von Lady Esme. »Wenn du dich wie ein Äffchen aufführst, werde ich den Gast nach Hause schicken und dich in einen Käfig sperren.«

Albert verdrehte die Augen hinter seinen Brillengläsern und ließ sich vor Annas Füßen auf dem Boden nieder. »Aber wenn die Geschichte vorüber ist, will ich so einen Hut mit langer Feder und ein echtes Schwert.«

»Ein Degen wäre passender«, verbesserte Anna. »Doch erst einmal lesen wir.«

Sie rückte ihre Brille zurecht und hielt sich die Seiten vor das Gesicht. Das Papier zitterte nur leicht zwischen ihren Fingern. Durch das Glasdach fiel trotz des daraufliegenden Schnees genug Licht, um die Schrift erkennen zu können.

»Die Musketiere standen ihren Feinden gegenüber. Jeder war ein geschickter Fechter. ›Wir werden die Ehre haben, Euch anzugreifen‹, sagte Aramis, indem er mit der einen Hand seinen Hut lüpfte und mit der anderen den Degen zog. Seine Gefährten Athos, Portos und D'Artagnan taten es ihm gleich.« Anna legte eine dramatische Pause ein. »Zu ihnen gesellte sich ein junger Recke in purpurnem Mantel. Darauf waren die beiden englischen Löwen zu sehen. Er verbeugte sich in Richtung der Musketiere und stellte sich vor: ›Prinz Albert von England. Wie ich hörte, ist der Herzog von Buckingham in eine scheußliche Geschichte am französischen Hof verwickelt. Ich bin persönlich von London nach Paris geeilt, um die Bösewichter Mores zu lehren.‹«

Anna hielt den Atem an. Die Prosa war so kühl wie die Gefängniszelle, in der sie gestern erdacht und aufgeschrieben worden war. Aber die Worte verfehlten ihre Wirkung nicht. Albert starrte mit offenem Mund zu Anna hinauf. Rasch wandte sie den Blick ab und gab vor, mit voller Konzentration die Zeile zu verfolgen, bei der sie geendet hatte.

»Die Kämpfer stürzten aufeinander. Athos nahm einen gewissen Cathusal, den Liebling des Kardinals, auf sich, Porthos hatte Biscarat als Gegner, Aramis sah sich zwei Feinden gegenüber. D'Artagnan hatte gegen Jussac zu kämpfen. Prinz Albert nahm es mit einem gewissen Lemaster auf.

Das Herz des jungen englischen Löwen schlug, dass es ihm beinahe die Brust zersprengte, nicht aus Furcht, denn davon zeigte er keine Spur, sondern aus Eifer. Er kämpfte wie eine wütende Raubkatze, drehte sich zehnmal um seinen Gegner und veränderte zwanzigmal seine Stellung. Lemaster verlor die Geduld. Wütend darüber, dass er von einem Menschen in Schach gehalten wurde, den er als Kind ansah, erhitzte er sich und fing an, sich Blößen zu geben. Lemaster wollte der Sache ein Ende machen und führte einen furchtbaren Streich nach seinem Gegner, aber dieser parierte, und während sich Lemaster wieder erhob«, Anna atmete schneller, »stieß ihm der Prinz, schlangengleich unter einem Stuhl hergleitend, den Degen durch den Leib. Lemaster fiel wie eine träge Masse zu Boden.«

»Ja!«, rief Albert und sprang auf. Er schnappte sich einen am Boden liegenden Zweig und begann, damit auf den Stamm eines Organgenbäumchens einzudreschen. Die Blätter raschelten, und eine vergessene Frucht des letzten Sommers polterte zu Boden.

»Siehst du? Ich habe Lemaster den schimmeligen Kopf abgeschlagen«, rief der Knabe.

Anna ließ die Seiten sinken. Das Papier wellte sich an den Rändern vom Schweiß ihrer Hände. Sie schloss für einen Moment die Augen. Dass ausgerechnet sie einem Kind so etwas vorlas! In Gedanken bat sie all ihre Lieblingsdichter um Vergebung und gelobte, diesem Jungen die wahre Literatur in ihren strahlendsten Farben nahezubringen, sobald die Gefahr vorüber war. Immerhin hatte Dumas' Szene den Jungen so sehr gepackt, dass er Lady de Winter vergessen hatte.

Sie winkte Albert zu sich heran und beugte sich vor, bis ihre Nasenspitzen sich beinahe berührten. »Diesen Lemaster gibt es wirklich. Und er ist ein noch größerer Schurke, als du es dir vorstellen kannst.«

»Dann werde ich ihn bezwingen«, rief Albert. »Schlangengleich unter dem Stuhl hergleitend – und zack! rührt er sich nicht mehr.«

Anna nahm Albert den Zweig aus der Hand. »Du bist sehr tapfer«, sagte sie. »Aber für den echten Lemaster wirst du eine bessere Waffe benötigen.«

»Einen Degen.« Alberts Stimme klang hoffnungsvoll.

»Worte«, sagte Anna. »Du wirst ihn mit Worten bezwingen.«

»Damit kann man nicht fechten.«

»Wenn man ein großer Meister ist, trifft man mit Worten besser und …«, sie zögerte, »… tödlicher als mit scharfem Stahl.

Die Wunde, die ein Degen reißt, kann verbunden werden. Wer aber von Worten getroffen wird, der ist in seinem Inneren verletzt. Seine Wunden heilen vielleicht nie.«

»Dann will ich so einen Wortdegen, ein Sprachschwert haben.«

»Diese Waffe hat man nicht«, erklärte Anna. »Man ist sie.« Bevor der Prinz etwas einwerfen konnte, fuhr Anna fort: »Lemaster wird hierherkommen. Er will, dass deiner Mutter etwas Schreckliches geschieht. Du kannst sie retten. Wenn du genau befolgst, was ich dir jetzt sage.«

Kapitel 35

London, Buckingham Palace, Dezember 1851

Die Korridore von Buckingham Palace waren voller Türen – und alle standen offen, als der Rollstuhl über einen endlosen roten Teppich glitt. Zum ersten Mal seit langer Zeit verspürte Anna das Gefühl, alles richtig gemacht zu haben. Sie hatte ein Kinderherz erobert und sich – das musste sie zugeben – von dem Prinzen erobern lassen. Auf Alberts Schlachtfeld im Wintergarten gab es nur Sieger.

»Haben Sie Lady Esme von Lemaitre überzeugen können?«, fragte sie ihre Begleiterin.

Lady Alice schob den Rollstuhl. »Ich denke schon«, antwortete sie. »Sie hat den Kuchen in sich hineingestopft, als leide sie neben dem Leibzwicken auch noch am Fressfieber.«

Graublaue Seestücke in goldenen Rahmen flogen vorüber. Ein Diener in roter Livree, der ein Tablett balancierte, trat schwungvoll zur Seite, um den Frauen Platz zu machen.

»Ich verstehe nicht«, sagte Anna. »Kuchen?«

»Oh, das hatte ich wohl vergessen zu erwähnen.« Lady Alice beugte sich zu Anna hinab und flüsterte: »Lady Esmes Leibschmerzen sind zwar schlimm genug für ständige Klage. Aber nicht so stark, dass sie deshalb einen Arzt konsultieren will. Also habe ich nachgeholfen.« Lady Alice berichtete der staunenden Anna, dass sie Hilfe aus der Palastküche bekommen habe. Sie habe George, dem in Ungnade gefallenen Koch, die Stellung gerettet. Aus Dankbarkeit habe er einen Kuchen gebacken, in den er die letzten Backpflaumen des Jahres hineingemischt habe.

»Und mit diesem Kuchen haben Sie Lady Esme dazu überredet, Lemaitres Salon zu besuchen?«

»Beinahe. Die Backpflaumen werden dafür sorgen, dass Esme spätestens zum Nachmittagstee wegen Bauchschmerzen unpässlich sein wird. Zu dieser Zeit werde ich wie zufällig im Wintergarten auftauchen, um das Strickwerk zu holen, das ich dort vergessen habe. Die gute Esme wird mir aus der Hand fressen. Sie wird sich ganz von selbst daran erinnern, wie ich ihr von Lemaitres Heilkünsten vorgeschwärmt habe. Und dann wird sie ihn noch heute Abend in seinem Salon besuchen wollen.«

Als Alice den Wintergarten an diesem Nachmittag betrat, fand sie die Gouvernante in einem missmutigen Zustand vor. Lady Esme hielt sich die Hände vor den Leib. Im Hintergrund zwischen den Pflanzen kämpfte der Thronfolger mit imaginären Schurken. Esme stöhnte, als sie Lady Alice erblickte. Sie sagte, sie fühle sich malade.

Alice legte der Geplagten eine Hand auf die Stirn. Wie sie erwartet hatte, war die Temperatur normal. Dennoch sagte sie, dass Esme unter einem leichten Fieber leide. Alice ließ einen Aufguss aus Ingwer und Galgantwurzel kommen. »Das wird Ihnen rasch Linderung verschaffen«, versprach sie.

Die Frauen verschwatzten die Zeit. Esme versuchte, ein anderes Thema anzuschneiden, und brachte das Gespräch auf ihren Rosengarten und die Unzuverlässigkeit des Gärtners. Offenbar wollte sie sich von ihren Leibschmerzen ablenken. Doch Alice brachte sie immer wieder auf ihr Unwohlsein zurück und fragte, ob der Aufguss schon Wirkung zeitige. Schließlich stellte Esme die Tasse beiseite. Der Rest des Getränks dampfte noch. Sie lächelte Alice mit kläglichem Blick entgegen. »Nein. Es hilft nicht. Vielleicht ist es doch ernster, als ich dachte.«

»Versuchen Sie es mit einem Besuch bei Mister Lemaitre«, empfahl Alice so beiläufig wie möglich. »Er kann Ihnen die Schmerzen nehmen, ohne Sie auch nur berühren zu müssen.«

»Von wem sprechen Sie?« Die ohnehin gequälte Miene Lady Esmes verzog sich weiter, als sie unter der Last ihrer Gedanken nach einem Menschen namens Lemaitre suchte.

»Von Monsieur Lemaitre, dem Heiler«, sagte Lady Alice mit gedehnten Silben. Sie vermied bewusst den Begriff »Magnetiseur«. Lady Esme hätte womöglich geglaubt, es handle sich um die Umschreibung für einen besonders anziehenden Mann. »Jener Herr aus Paris, der halb London von allen nur denkbaren Krankheiten heilt«, erklärte Alice stattdessen. »Ich habe ihn doch schon gestern früh erwähnt.«

»Da muss meine Aufmerksamkeit bei Bertie gewesen sein«, sagte die Gouvernante und trank den Bodensatz des Kräutersuds aus.

»Ich kann Ihnen eine Einladung zur heutigen Soiree verschaffen.« Mühsam hielt Alice ihren Zorn im Zaum. Diese Aristokratin war einer der Gründe dafür, dass die Zeitungen voll waren mit Karikaturen über den englischen Adel.

»Ich weiß nicht.« Esmes Stimme klang, als kaue sie auf rohem Fleisch. »Ich sollte zu derartigen Vergnügungen besser nicht gehen. Ich bin eine kranke Frau.«

Alice bedauerte, der Gouvernante den Tee gebracht zu haben. Schmerz, dachte sie, soll die Gehirnleistung anregen. Laut sagte Alice: »Dieser Mann ist eine Berühmtheit. Er vollbringt wahre Wunder.« Sie spürte, wie ihr die Worte schlapp von den Lippen tropften. Sie brauchte einen Einfall, der Lady Esme aus dem Sessel aufspringen und zu Lemaitre eilen ließ. Wenn sie nur … Könnte sie doch …

»Nein«, sagte Lady Esme bestimmt. »Zu einer dieser verrufenen Soireen gehe ich nicht. Ein für alle Mal: nein!«

Alice stampfte innerlich mit dem Fuß auf. Sie wünschte Esme alle Backpflaumen dieser Welt in den Leib.

»Aber dieser Monsieur Lemaitre«, fuhr die Gouvernante fort, »scheint ein interessanter Mensch zu sein. Glauben Sie, es wäre möglich, ihn stattdessen hierher in den Palast einzuladen?«

Lemaitre stand am Fenster des Drawing Room und beobachtete, wie die sinkende Sonne durch die kahlen Zweige der Bäume flimmerte. Es hatte aufgehört zu schneien. Auf der Straße hatte sich der jungfräuliche Schnee in grauen Schlamm verwandelt, der rasch verging und in die Rinnsteine kroch. Was für Metaphern hielt doch die Natur mit ihren Metamorphosen bereit! Wer brauchte da noch Dichter?

Eine Kutsche rasselte heran und hielt an der gegenüberliegenden Straßenseite.

Der Schlag öffnete sich.

Lady Alice stieg aus.

In der Hand hielt sie einen Briefumschlag.

Das musste die Eintrittskarte in den Palast sein. Lady Alice raffte ihren Umhang und watete durch den Schlamm auf Lemaitres Haustür zu. Niemand kam ihr zu Hilfe. Kein ritterlicher Held breitete seinen Mantel auf dem Boden aus, damit die Herzogin trockenen Fußes den Strom des Unflats überqueren konnte. Lemaitre beobachtete, wie ihre Schuhe in dem Brei versanken, und stellte sich vor, wie ihre Strümpfe durchweichten und ihre Füße erkalteten. Er gratulierte in Gedanken dem Kutscher, der seine Passagierin auf der falschen Straßenseite abgesetzt hatte – sei es aus Unachtsamkeit oder Bosheit geschehen.

Die Türglocke schlug. Lemaitre ging ins Nebenzimmer und befahl Simes, die Tür nicht zu öffnen. Dann blieb er noch eine Weile reglos am oberen Ende der Treppe stehen. Beim dritten Läuten schritt er langsam die Treppe hinab und öffnete.

Lady Alice stand in einer Pfütze aus Licht, die eine Gaslaterne auf den Gehsteig goss. Sie hielt ihm den Umschlag hin. »Kommen Sie morgen früh um zehn zum Palast. Zeigen Sie diese Einladung vor. Man wird Sie in den Wintergarten geleiten.«

Lemaitre nahm das Kuvert und öffnete es. Die darin steckende Karte war mit dem Wappen des britischen Commonwealth geschmückt, einem Schild mit den drei schreitenden Löwen Englands, dem stehenden Löwen Schottlands und der goldenen Harfe Irlands. Der knappe Text lud einen Mister Lemaitre zur Visitation einer Lady Esme in den Buckingham Palace ein.

Bevor er eine Frage stellen konnte, sagte Lady Alice: »Der Thronfolger wird auch dort sein. Sie bekommen Ihre Gelegenheit.«

Er rang sich ein Lächeln ab. »Wollen Sie auf ein Glas hereinkommen? Vor dem Kamin können Sie Ihre nassen Füße trocknen. Dabei besprechen wir alles.«

»Es ist schon alles gesagt. Ich habe getan, was Sie von mir verlangt haben. Ab sofort werden Sie mich in Ruhe lassen. Oder, das schwöre ich, ich werde Sie in jeden Abgrund reißen, in den Sie mich zu stoßen versuchen.«

»Sie kommen jetzt herein«, befahl Lemaitre. »Ich muss genau wissen, wer und was mich im Palast erwartet.« Er fasste ihren Arm und wollte sie über die Schwelle ins Haus ziehen. Die Herzogin wehrte sich, kam frei und wich zurück, bis sie auf der Straße stand. Lemaitre trat aus der Tür, blieb dann aber stehen. Wenn er in dieser bewohnten Gegend eine sich windende, womöglich um Hilfe rufende Frau in sein Haus verschleppte, würde bald die

Polizei auftauchen und unbequeme Fragen stellen. Gerade jetzt, kurz vor dem Ziel, galt es, Risiken zu vermeiden.

Ohnehin waren Lady Alice die Hände gebunden. Sie hatte die Tagebücher der Königin gestohlen, nicht er. Sie war es, die man zur Rechenschaft ziehen würde.

Noch immer stand die Herzogin auf der Straße. Sie schien darauf zu warten, dass er auf sie zustürzte. Stattdessen hielt Lemaitre die Einladungskarte in die Höhe. »Also dann, morgen um zehn«, rief er, um einen beiläufigen Ton bemüht. »Schade, dass Sie meine Einladung für heute ablehnen.« Hatte jemand hinter den Gardinen der Nachbarhäuser die Szene verfolgt, so musste er denken, Zeuge einer Zurückweisung geworden zu sein.

Tatsächlich nahm Lemaitre eine Bewegung wahr. Hinter dem Fenster der Kutsche!

Er kniff die Augen zusammen. Es war bereits zu dunkel, um Details zu erkennen. Doch er war sicher, dass im Innern des Gefährts jemand auf Lady Alice wartete. Die Herzogin wich jetzt langsam vor ihm zurück und näherte sich der Kutsche Schritt für Schritt.

Da begriff Lemaitre, warum der Kutscher auf der falschen Straßenseite angehalten hatte. Nicht aus Boshaftigkeit, sondern weil seine Fahrgäste es so gewollt hatten. Über die Entfernung hinweg sollte Lemaitre das Innere der Kutsche verborgen bleiben.

Also gab es dort etwas, das er nicht sehen sollte. Oder jemanden! Wer mochte das sein? Lady Alice' Gatte, der Herzog von Worcester? Unwahrscheinlich.

Bevor Lemaitre weitere Möglichkeiten überdachte, öffnete Lady Alice den Schlag der Kutsche. Sie stellte einen Fuß auf die Einstiegshilfe. Dabei glitt sie aus und drohte zu stürzen. Doch aus dem Dunkel des Fahrgastraums streckte sich ihr eine weiße zarte Hand entgegen und half ihr auf die Sitzbank.

Eine Frau also. Vielleicht war das jene Lady Esme, die Lemaitre im Palast aufsuchen sollte. Die Damen hatten möglicherweise eine List ausgeheckt, irgendeine Falle, zu offensichtlich, um hineinzutappen. Dennoch würde er auf der Hut sein müssen. Und natürlich war er neugierig, wie Lady Alice gegen ihn vorzugehen gedachte. Sie war so leicht zu durchschauen! Aber die Verzweiflung hatte anscheinend ihre Kämpfernatur geweckt. Es zeigte sich einmal mehr, dachte Lemaitre, als er der davonfahrenden Kutsche hinterherblickte: Angst ist ein machtvolles Stimulans.

Kapitel 36

London, Newgate-Gefängnis,
Dezember 1851

So also sah eine englische Henkersmahlzeit aus. Es gab Beefsteak, ein gebratenes Haselhuhn und Salat. Dazu eine Flasche Burgunder. War das alles? Da lohnte sich ja das Sterben nicht.

Dumas starrte auf den klapprigen Tisch, den zwei Wärter in seine Zelle gestellt hatten. Einer von ihnen hatte sogar eine Kerze in einen silbernen, wenn auch angelaufenen Leuchter gesteckt. Eine einzige Kerze! Natürlich war das Licht unzureichend. Es vermehrte bloß die Dunkelheit. Aber es sorgte dafür, dass das mickrige Menü wie ein Festbankett aussah.

Seit einer halben Stunde schon saß Alexandre reglos vor der Tafel. Wie geschah ihm? In jedem Wirtshaus hätte er die Teller längst geleert und sauber geschleckt. Jetzt hingegen konnte er nur zusehen, wie Steak und Huhn darum wetteiferten, wer am schnellsten erkaltete. Alexandre wusste, dass seine Appetitlosigkeit nur von den Zahnschmerzen herrühren konnte. Keineswegs hinderte ihn die Angst vor dem Tod am Genuss. Er wusste ja nicht einmal, was das war. Schließlich wartete er nicht auf seine Hinrichtung, sondern auf seine Begnadigung. Allerdings, das musste er zugeben, könnten sich Gräfin Anna und Lady Alice ein wenig beeilen.

Als die Tür seiner Zelle aufgezogen wurde und die Wärter den Tisch hinaustrugen, fehlte nur die Keule des Huhns.

»Besuch für dich, Dumas.« Die Wärter waren nach Alexandres Verurteilung dazu übergegangen, ihn zu duzen. Sie glaubten wohl, auf Höflichkeiten verzichten zu können, glaubten wohl, sie würden das arme Schwein in der Todeszelle niemals wiedersehen. Irrtum, Messieurs! Hier kam die Begnadigung!

Doch wie sich herausstellte, mangelte es zwischen den kalten Mauern von Newgate nicht nur an Höflichkeit, sondern auch an Hoffnung. Statt Gräfin Anna zu umarmen, musste Alexandre zusehen, wie ein kleiner Herr in einem hechtgrauen Kittel durch die Tür trat. Er legte ein Stück Stoff auf der Bank neben Alexandre ab und zückte eine Schere aus der Brusttasche. Er stellte sich als Mister Eakins vor. Er habe dafür zu sorgen, erklärte Eakins, dass der Verurteilte seine Kleidung gegen das Büßerhemd tausche. Außerdem werde er Alexandre die Haare schneiden. Dabei ließ er die Klingen seiner Schere dreimal zuschnappen. Es schien, als wollte Eakins das Urteil gegen Alexandre umgehend mit seinem Werkzeug vollstrecken.

Allmählich wurde es Zeit, dass seine Retterinnen erschienen. In keinem einzigen seiner zahlreichen Romane hatte ein unschuldiges Opfer so lange auf Hilfe warten müssen. Es sei denn – er räusperte den Gedanken fort, doch kehrte dieser schnell zurück –, es sei denn, die Rettung bliebe aus.

»Ich ziehe es vor, so zu sterben, wie ich lebe«, sagte Dumas.

»Gewiss«, antwortete der Kittelträger knapp und beugte sich vor, um die Länge von Alexandres krausem Schopf im Nacken zu begutachten. »Das sind Negerhaare«, stellte er fest. »Aber meine Schere ist schon mit hartnäckigeren Schöpfen fertiggeworden.« Bevor Alexandre protestieren konnte, fuhr Eakins fort: »Dahinten muss ein gutes Stück weg. Wegen dem Strick. Verstehst du?« Er bat Alexandre, sich nach vorn zu beugen. Doch der widersetzte sich mit einem Lächeln.

»Monsieur, ich werde noch heute begnadigt werden. Soll ich denn mit halbem Haar und in Sackleinen gehüllt vor die Königin von England treten, um ihr für den Gefallen, den sie der Welt erwiesen hat, zu danken?«

»Gewiss«, wiederholte Eakins. Dergleichen musste der Barbier schon hundertmal gehört haben. Ebenso oft hatte er sich wohl auch gegen widerspenstige Gefangene durchzusetzen gewusst. Denn jetzt drohte er damit, die Wärter zu seiner Unterstützung herbeizurufen.

Eine vage Unruhe packte Alexandre. Wo blieb Anna? Wo der Brief mit dem königlichen Siegel? Man wollte ihn ja offenbar nicht einfach aufhängen. Man wollte ihn obendrein auch noch verunstalten!

»Ich habe einen letzten Wunsch frei«, sagte er, stolz auf seinen Einfall.

Die Hand mit der Schere senkte sich ein wenig. Bedeutete das, der Wunsch würde gewährt werden? Alexandre beschloss, die Unverschämtheit galoppieren zu lassen. »Ich wünsche, in meinen Kleidern und mit voller Haarpracht an den Galgen zu kommen.«

Eakins seufzte. »Hör mal«, hob er an, »wenn ich meine Aufgabe hier nicht erledige, schmeißen sie mich raus. Du hast doch schon genug Leute auf dem Gewissen, oder?«

Dumas überlegte kurz. Ein brotloser Familienvater war in diesen Tagen noch schlechter dran als ein alleinstehender Bettler. Aber war es seine Schuld, dass dieser Eakins sein Geld mit dem Elend anderer Menschen verdiente? Er nahm sich vor, den Barbier zu belohnen, wenn er erst wieder in Frankreich war und die Leserschaft seine Romane kaufte, als wären sie ihr Lebenselixier. Diese gute Absicht musste Gott davon überzeugen, dass Alexandre es wert war, gerettet zu werden.

Da fiel sein Blick auf die Zellenwand. Sie war vom Boden bis zur Decke mit Buchstaben, Worten, Sätzen übersät. Den vollständigen Entwurf seines nächsten Romans hatte Alexandre in das Mauerwerk gekratzt. Er spürte noch immer das Brennen der aufgeplatzten Blasen an seiner rechten Hand, die unermüdlich den Nagel gegen den Stein geführt hatte wie ein Kreuzfahrer das Schwert gegen die Sarazenen. So schwer war ihm das Schreiben nie zuvor gefallen. Aber die Plackerei hatte sich gelohnt.

»Und diesen Text soll jemand abschreiben und zum Château Monte Christo nahe Paris schicken. Das ist ein weiterer letzter Wunsch.«

»Das wird ja eine Liste, so lang wie mein Arm«, schimpfte Eakins. »Es gibt nur einen letzten Wunsch. Verstehst du? Einen einzigen. Oder zählen die Franzosen etwa alles doppelt?«

»Nur wenn der Wein wirklich gut war«, gab Alexandre zurück. Er spürte eine große Zufriedenheit mit sich selbst – ein Gefühl, das noch beflügelnder war als ein Roter aus der Auvergne. Er hatte Eakins dazu gebracht, ihm einen letzten Wunsch zuzubilligen. Nur wusste der Barbier noch nichts davon.

»Wenn ich also wählen muss«, sagte Dumas, »dann entscheide ich mich für mein Haar und meine Kleider.« Er lehnte sich auf der Bank zurück und legte die Fingerspitzen gegeneinander.

Eakins deutete mit der Spitze der Schere auf Alexandre. Er überlegt wohl, dachte Alexandre, was er dem unverschämten Ausländer entgegnen konnte. Doch die Replik verdorrte auf seiner Zunge. Denn nun erschien eine Silhouette unter der Tür.

Alexandres Hoffnung, nun endlich Gräfin Anna und Lady Alice begrüßen zu dürfen, währte nur kurz. Zu der Silhouette gehörte eine tiefe Stimme, die fragte: »Sind Sie endlich fertig, Eakins? Ich habe heute noch zwei Hochzeiten vor mir und muss mich sputen, wieder in die Kirche zurückzukommen.«

Der Mann, der sich unter der Tür hindurchduckte, war ein Riese in der Soutane eines Geistlichen. In einer Hand hielt er einen Flakon.

Die Letzte Ölung! Alexandre rutschte auf der Bank zurück.

»Aber ich habe ihm die Haare noch nicht geschnitten«, protestierte Eakins.

Der Priester, denn um einen solchen handelte es sich, blickte auf den Barbier hinab wie ein Berg, der einer Maus lehrt, was Ewigkeit bedeutet. Schließlich steckte Eakins seine Schere wieder in die Brusttasche. Beim Hinausgehen drehte er sich noch einmal um. »Wenn der Franzose einen letzten Wunsch äußert, Herr Pfarrer, verschließen Sie Ihre Ohren. Er scheint eine Waldfee in der Tasche zu habe, die dafür sorgt, dass sein Wille in die Tat umgesetzt wird.«

Als der Barbier verschwunden war, stellte sich der Geistliche als Reverend Collins vor. Er ließ sich schwergewichtig neben Dumas nieder und wiederholte, was er schon Eakins gesagt hatte: Er habe es eilig. Deshalb wolle er wissen, ob es Alexandre etwas ausmachen würde, auf die Beichte zu verzichten. Collins schlug vor, den Verurteilten flink zu salben und die Formeln zu sprechen. »Das ist Ihnen recht, nicht wahr?« Es sollte wie eine Frage klingen, war aber eine Feststellung.

Die Religion hatte Alexandre nie viel bedeutet. Diese Priester und Bischöfe behaupteten doch ständig, das Reich Gottes auf Erden erst erschaffen zu wollen. Dabei war das Paradies schon längst da. Man musste nur hinschauen und zugreifen.

Ja, wäre er ein freier Mann, er hätte Collins sogar einen Tritt verpasst, damit dieser verschwände. Jetzt aber war der Geistliche alles, was noch zwischen Alexandre und dem Galgen stand. Er musste den Reverend hinhalten. Solange er die Sakramente nicht empfangen hatte, würden sie ihm wohl den Strick nicht um den Hals legen.

»Ich war immer ein frommer Mensch«, log Alexandre, den Blick gelobend gen Himmel gewandt. Zwar war dort oben nur die Zellendecke zu sehen, doch er stellte sich eine majestätische Wolke vor, durch die barocke Lichtstrahlen brachen. Der Himmel. Echte Ehrfurcht ergriff Alexandre. »Niemals habe ich den Leib Christi mit denselben Lippen empfangen, die gerade eine Hure geküsst haben.«

Collins räusperte sich und zog den Korken aus dem Fläschchen. »Das ist lobenswert. Du wirst in den Himmel kommen, mein Sohn.« Er tupfte etwas von der Flüssigkeit auf ein Tuch. »Jetzt wende mir dein Gesicht zu.«

Dieser Geistliche war ein zäher Bursche. Jeden Priester in Paris hätte Alexandres Ausspruch über Huren und den Leib Christi veranlasst, eine ausgiebige Predigt zu halten. Collins aber schien für derartige Derbheiten taub zu sein. Natürlich. Er war als Pfarrer für dieses Gefängnis zuständig, einen Ort, an dem ein Wirtshausfluch als Kompliment aufgefasst wurde.

Um dem Öl die Angriffsfläche zu nehmen, ballte Alexandre die Fäuste und presste sie vor seine Augen. Seine Verzweiflung war nur zum Teil gespielt. Er spürte ein ungewohnt erstickendes Gefühl im Hals und schüttelte den Kopf. Wo blieb Anna? Immer stärker wurde seine Sorge, Lemaitre könnte über die Gräfin und ihre Begleiterin triumphiert haben. Immerhin waren sie nur Frauen.

Eine Hand des Priesters lag nun auf Alexandres Schulter. »Die Zeit drängt, mein Sohn. Die Welt wird sich auch ohne dich weiterdrehen, und ich muss das Wort Gottes auf ihr verbreiten.«

Das Wort Gottes? Alexandre hatte Gott schon immer für einen lausigen Schriftsteller gehalten. Einen, der eine Art Romanfabrik mit vier Evangelisten an den Schreibtischen unterhielt, dessen Dramaturgie aber so hölzern war wie die des schlimmsten Fabelhans aus der Académie française. Hier und jetzt bot sich Gelegenheit, mit einem von Gottes Advokaten über die schriftstellerischen Qualitäten des Himmelsvaters zu streiten. Das würde Alexandre nicht nur Zeit verschaffen, sondern auch Genugtuung. Das Wort Gottes!

Alexandre musste Reverend Collins mit offenem Visier provozieren, wenn er dessen Aufmerksamkeit erregen wollte. »Wünschen Sie sich manchmal, die Bibel selbst geschrieben zu haben?«, fragte er den Priester.

Collins hob das beträufelte Tuch und murmelte Latein – oder war das Griechisch? Unter dem britischen Akzent war das kaum zu unterscheiden. »Wir alle haben das Wort Gottes geschrieben«, sagte der Geistliche. »Denn Gott ist ein Teil von uns. Und wir sind ein Teil von ihm. Beugen Sie mal den Kopf vor.«

An diesem Pfarrer glitt wohl jede Unverschämtheit ab wie eine schlecht geführte Turnierlanze am Schild eines gut gepanzerten Ritters.

»Wünschen Sie manchmal, wenn Sie das Neue Testament lesen, Jesus wäre energischer gegen seine Feinde vorgegangen?«, fragte Dumas.

Die Hand mit dem Tuch verharrte vor Alexandres Gesicht. »Wie meinen Sie das?« Das Selbstbewusstsein in Collins' Stimme war einem säuerlichen Misstrauen gewichen.

»Christus hat sich quälen lassen«, erklärte Alexandre. »Als ich die Geschichte zum ersten Mal hörte, wartete ich darauf, dass sich der Heiland ermannt und die Römer das Fürchten lehrt. Mit einem Schwert, wenn es sein muss, oder mit einem Wunder. Davon hatte er doch einige im Arsenal.«

»Aber er war der Friedensfürst«, entgegnete Collins.

»Klar. Deshalb war er ja auch der Held der Geschichte. Als Kriegsfürst hätte ihn kein anständiger Leser haben wollen. Aber hören Sie, ein Held lässt sich nicht einfach ungestraft vertrimmen. Jeder Autor, der etwas auf sich hält, kennt die Bedeutung solcher Szenen: Der Held wird verletzt, vielleicht verliert er sogar ein unbedeutendes Körperteil wie einen Finger oder ein Ohr. Aber wenn er von diesem Tiefpunkt zurückkehrt, ist er stärker als zuvor.«

Collins schwieg.

Komm schon, flehte Dumas in Gedanken. Lass dich darauf ein! Steck die stinkende Salbe weg. Ich brauche noch etwas Zeit. Zugleich schwor er, eine Kapelle im Park seines Châteaus errichten zu lassen und darin täglich um Vergebung zu bitten, bevor er sich in der Romanfabrik an die Arbeit begab.

Der Priester knetete den Stoff zwischen seinen von roten Haarbüscheln bewachsenen Händen. »Hast du denn die Geschichte niemals bis zum Ende gelesen? Jesus kehrt zurück. Von den Toten auferstanden. Und danach ist er tatsächlich mächtiger als zuvor.«

Na also! Dieses Gespräch entwickelte sich zu einem literarischen Disput nach Alexandres Geschmack. Jetzt fehlten nur noch ein behaglich knisterndes Feuer im Kamin und eine gute Zigarre aus dem Humidor von Supplis. Alexandre holte den Nagel hervor, mit dem er die Zellenwände beschrieben hatte, und hielt den Eisenstift wie eine Zigarre zwischen dem Zeige- und Mittelfinger der rechten Hand. So fühlte sich das gleich besser an. Er klopfte die Asche ab.

»Sie haben recht, Collins. Christus kehrt von den Toten zurück. Aber zum einen ist das maßlos übertrieben – würde ich so etwas schreiben, würden mich die Leute auf der Straße auszischen. Zum anderen nutzt Jesus seine Macht nicht zur Rache an den Römern. Stellen Sie sich vor, wie er das Innere dieses verkommenen Sündenpfuhls nach außen kehren könnte. Dagegen wäre sein Tempelsturm nur ein laues Lüftchen.«

Collins wollte etwas erwidern, doch Alexandre legte ihm eine Hand auf den Arm. Seine Fantasie lief wie eine gut geschmierte Radnabe. Die Zigarre glühte und verbreitete einen würzigen Duft.

»Er hätte natürlich eine besondere Waffe führen müssen. Das Herumwedeln mit den Händen und die Zauberei überzeugen auf Dauer nicht. Wie wäre es stattdessen mit einem Schwert? So was hatten doch die antiken Götter auch. Gut, Sie sagen, er sei ein Friedensbringer. Dann kann das Schwert ja so beschaffen sein, dass es nicht verletzt, sondern bekehrt, *non?*«

Der Geistliche glotzte Alexandre an. Für einen Moment glaubte Dumas, Collins werde aus der Zelle stürmen und nach dem Henker rufen. Aber der Priester blieb sitzen und rieb sich das Kinn.

»Und ein Pferd«, entfuhr es dem Geistlichen. »Als ich ein Kind war, damals in Irland, habe ich mir immer vorgestellt, Jesus würde auf einem strahlend weißen Hengst daherreiten.«

Alexandre nickte bedächtig. »Das Pferd braucht einen Namen. Es muss ein besonderes Pferd sein.«

»Natürlich«, sagte Collins. »Nennen wir es ›Erlösung‹.« Er rieb sich die Hände. »Wärter! Bringen Sie uns Papier, Feder, Tintenfass und Sandbüchse. Wir müssen etwas niederschreiben.«

Kapitel 37

London, Buckingham Palace, Dezember 1851

Der Buckingham Palace blickte Lemaitre mit blitzenden Fensteraugen an. Was für ein Bauwerk, dachte der Magnetiseur. Es strahlte alle Eigenschaften aus, die der Adel in sich vereinte: Kälte. Niedertracht. Verlogenheit. Das Gebäude sah aus wie ein Palast für eine Königin, für ein majestätisches Wesen, das mehr aus Macht denn aus Fleisch und Blut bestand. Ein Wesen, das durch prunkvolle Säle schwebte, ohne den mit teurem Teppich ausgelegten Boden zu berühren. Doch auch diese Königin musste irgendwann die Maske und die Röcke fallen lassen und ins Arschspülkämmerlein eilen.

Der Palast war so gebaut, dass die Morgensonne auf die Fassade fiel und die Räume dahinter erwärmte. Ein kluger Einfall. Allerdings hatte der Baumeister vergessen, dass die Sonne in London nur zehn Tage im Jahr schien. Auch an diesem Dienstag hatte sie sich in den Winterschlaf zurückgezogen und sich mit Eisenwolken zugedeckt. Über der Stadt war es düster. Bald würde es wieder schneien.

Der Lakai, dem Lemaitre die Einladung ausgehändigt hatte, kehrte zurück. Die weißen Handschuhe des Livrierten schwangen einladend in Richtung der Palastpforte. Er forderte den Besucher auf, ihm in den Wintergarten zu folgen, wo Lady Esme ihren Gast bereits erwarte.

Der Weg führte über einen Kiesweg am nördlichen Ende des Palastes vorbei. Lemaitre spürte eine sanfte Enttäuschung. Hatte er sich doch schon herrschaftlich durch die rot beflurten

Korridore wandeln gesehen. Nun, das würde noch früh genug geschehen. Erfolgreiche Eroberer kamen stets durch die Hintertür.

Der königliche Wintergarten lag im rückwärtigen Bereich des Palastes. Die Konstruktion aus Stahl und Glas erinnerte Lemaitre an den Glaspalast der Londoner Weltausstellung. Natürlich war dieser Bau hier viel kleiner. Aber immer noch so ausladend, dass das Wohnhaus einer Londoner Bürgerfamilie darin Platz gefunden hätte.

Im Innern umfing ihn feuchte warme Luft. Die Blätter der tropischen Pflanzen glänzten in vegetabiler Dekadenz. Im Hintergrund knackten und knisterten Kohleöfen. Ein Dutzend mochten es wohl sein. Lemaitre erschauerte. Diese Monarchin zwang der Natur ihren Willen auf. Sie ließ Pflanzen im Winter gedeihen, die doch längst erfroren sein müssten. Hier wurde der Tod um seinen Lohn betrogen. Eine Lust wandelte Lemaitre an, mit dem Silberknauf seines Spazierstocks in die Glasscheiben zu schlagen.

Der Moment würde kommen.

Zwischen zwei Ginkgobäumen war eine Sitzgruppe aufgebaut. In einem rot bezogenen Sessel saß eine bleiche, anmutleere Dame. Sie stellte sich als Lady Esme vor und bat den Besucher Platz zu nehmen. Lemaitre entledigte sich seines Mantels und Zylinders. Beides verschwand mit dem Lakaien, der ihn hergeleitet hatte.

Er ließ sich Tee einschenken. Lady Esme erkundigte sich nach seinem Befinden. Doch bevor er der Höflichkeit Genüge tun und die Frage erwidern konnte, war die Hofdame bereits mitten in einem Bericht über eine Galaxie des Schmerzes, deren Sonnen ihren Unterleib verbrannten. Lemaitre gab vor, ihr zuzuhören. Das kostete ihn kaum Mühe, denn die Aufmerksamkeit der Lady war vollständig auf ihr Inneres gerichtet. Er hätte ebenso gut aufstehen und umherwandeln können. Stattdessen äugte er durch den Wintergarten.

Wo war Lady Alice? Hatte sie ihm das Feld etwa doch kampflos überlassen? Bei ihrer Begegnung am Abend zuvor schien sie furchtsam gewesen zu sein. Zu Recht. Er brauchte ihre Anwesenheit nicht, um sie zu vernichten. In diesen Stunden erschien die Samstagsausgabe der *London Illustrated News*. Ein kleiner Artikel auf Seite drei würde in London für große Aufmerksamkeit sorgen.

»Wie steht es um mich, Mister Lemaitre?«, beendete Lady Esme ihre Selbstdiagnose. »Oder soll ich besser Monsieur sagen?« Sie sprach das französische Wort aus wie die englische Anrede für eine unverheiratete Frau mit einem einsilbigen Nachnamen.

»Ganz, wie es Ihnen beliebt«, sagte Lemaitre und gefiel sich darin, beide Fragen mit einem Satz beantwortet zu haben. Aber das bemerkte diese Britin natürlich nicht. »Die Symptome, die Sie beschreiben, lassen auf ein Leiden schließen, das durchaus behandelbar ist.«

»Wirklich?«, fragte Lady Esme und beugte sich in ihrem Sessel vor, sodass Lemaitre die Poren ihres rauhäutigen Gesichts erkennen konnte. Er lehnte sich zurück, damit sie ihrerseits nicht sah, wie dick er die Schminke aufgetragen hatte.

»Ich kann Sie gleich hier behandeln«, sagte er und holte das Kästchen aus Ebenholz hervor, das er für die Amulette hatte anfertigen lassen. Er öffnete den schwarzen Deckel. Da lagen die beiden Bronzescheiben auf blauem Samt. Das dritte mit Seidenstoff ausgekleidete Fach war leer.

Er holte die Amulette heraus. »Bevor wir beginnen, Lady Esme, muss ich wissen, ob sich der Thronfolger, Prinz Albert, in der Nähe aufhält.« Er hielt die Kettchen hoch, an denen die Scheiben hingen.

»Bertie?«, fragte Lady Esme. »Er spielt dort hinten und übt sich in der Fechtkunst, seinem neuesten Steckenpferd. Obwohl ich zugeben muss, dass mir ein echtes Steckenpferd lieber wäre. Der Junge ist doch noch zu klein für den Umgang mit Waffen. Er sollte lieber …« Sie plapperte weiter. Dieser Frau geht der Mund auf und zu wie ein Gänseschnabel, dachte Lemaitre. Es war an der Zeit, den Sturzbach zum Versiegen zu bringen.

»Schauen Sie auf die Scheiben«, befahl er. Augenblicklich verstummte Lady Esme. Ihr Wille war so klein, wie ihr Mundwerk groß war. Es würde nicht lange dauern. Lemaitre hob die Kettchen. Die Amulette baumelten vor dem Gesicht seines Opfers. Erst brachte er das eine in eine Pendelbewegung. Dann stieß er das andere an, bis die Artefakte gegenläufig ausschlugen. Es hatte ihn einige Übung gekostet, die Schwingung perfekt auszubalancieren. Das Ergebnis war alle Mühe wert. Wie schon bei dem Abgeordneten Pivert, bei Lady Alice und erst gestern beim Zeitungsherausgeber Herbert Ingram wirkten die Scheiben sofort. Die Hofdame versuchte, beide Pendel zugleich im Blick zu behalten. Dabei verdrehte sie die Augen und geriet rasch in jenen Zustand flatternder Lider und bebender Lippen, den Lemaitre sonst nur nach längerer Behandlung mit den Metallarmen des Baquets hatte hervorrufen können. Was für eine Macht in diesen Amuletten steckte! Bald würde er sie an der Königin Englands ausprobieren. Und wenn er dann noch die dritte Scheibe in seinen Besitz bringen konnte …

Lady Esme seufzte und sank in ihren Sessel zurück. Gut! Lemaitre sprach zu ihr, bis er sicher war, dass sie den Untergang der britischen Monarchie verschlafen würde. Dann ließ er die Amulette wieder in dem Kästchen verschwinden und verließ die Sitzgruppe.

Die Blätter hingen wie Vorhänge im Wintergarten und verstellten die Sicht. Dessen ungeachtet konnte Lemaitre weiter hinten etwas Gelbes durch die vielen Schattierungen von Grün aufblitzen sehen. Er meinte, flinke Bewegungen auszumachen. Das musste der Knabe sein. Mit dem Thronfolger war er nun allein. Es galt, ihn dazu zu bringen, den Besucher seiner Mutter vorzustellen.

»Sind Sie der Schurke Lemaster?«, fragte eine helle Stimme.

Vor Lemaitre war ein Junge von etwa zehn Jahren aufgetaucht. Er trug ein Kostüm: Stulpenstiefel aus blank poliertem schwarzen Leder, gestreifte Pluderhosen, ein Wams mit dem englischen Wappen und einen Hut mit einer Straußenfeder. In einer Hand führte er einen Degen aus Holz, der mit Silberfarbe bestrichen war.

»Guten Tag, Bertie«, sagte Lemaitre und ging vor dem kleinen Kämpfer in die Knie. »Ich heiße Lemaitre, das klingt ganz ähnlich. Aber ich bin kein Schurke. Ich bin dein Freund.« Er würde sich Lady Alice noch einmal persönlich vornehmen, wenn er hier fertig war. Hatte sie etwa geglaubt, sie könnte seine Pläne durchkreuzen, indem sie diesen Zwerg gegen ihn aufbrachte?

»Lügner«, rief der Junge. Er sprang zur Seite, ließ sich dabei auf den Boden fallen und schlug mit seinem Spielzeugdegen nach Lemaitre. Das Manöver misslang. Der Degen verfehlte sein Ziel.

»Lass das!« Lemaitre sprang auf. Am liebsten hätte er dem Kind die Waffe abgenommen und ihm gezeigt, wie ein Erwachsener damit umging.

»Nein«, rief der Knabe, »ich bin ein Musketier!« Bertie sprang auf die Füße und führte drei schnelle Streiche gegen Lemaitre. Kein einziger traf. Beim letzten Schlag gelang es Lemaitre, die Spitze des Degens festzuhalten.

»Wenn Sie mein Freund wären, würden Sie dann versuchen, mich zu entwaffnen?« Der Prinz zerrte vergebens an dem Degen. »Sie sind ein Schuft. Die Gräfin hat recht gehabt.«

Lady Alice war Herzogin. Der Junge konnte nicht einmal die Adelstitel auseinanderhalten. Dekadentes England! Was für eine Regentin erlaubte ihrem Thronfolger Wissenslücken vom Ausmaß des Atlantiks?

Lemaitre gab den Degen frei. Der Junge wich zurück. Die Feder auf seinem Hut wippte.

»Ich habe dir etwas mitgebracht«, sagte Lemaitre und hielt das Kästchen aus Ebenholz hoch. »Hätte ich das getan, wenn ich ein Schurke wäre?« Es fiel ihm schwer, Freundlichkeit in seine Stimme zu legen. »Sollen wir nachsehen, was da drin ist, Bertie?«

»Mein Name ist Albert.« Jetzt erdreistete sich der Balg auch noch, ihn zu maßregeln. Aber der Prinz kniff die Augen zusammen und schaute neugierig auf das Kästchen.

Lemaitre ließ den Deckel aufspringen und holte die Amulette hervor. »Weißt du, was das ist?«

Der Thronfolger schüttelte den Kopf.

Lemaitre hielt die Scheiben an ihren Kettchen hoch, bis sie vor Berties – oder Alberts, verdammt – Gesicht schaukelten. »Das sind Orden, wie sie nur die tapfersten Musketiere der Königin verliehen bekommen.«

»Wirklich?«, fragte der Junge und streckte eine Hand nach den Scheiben aus.

Lemaitre wich zurück, damit die schmutzigen Finger die Artefakte nicht erreichten.

»Ja, wirklich«, knurrte er. »Aber du darfst sie noch nicht anfassen. Ein echter Musketier weiß sich ehrenhaft zu benehmen. Du bist doch ein Musketier?«

»Natürlich«, rief der Knabe. »Seit die Gräfin mich in das Korps von Athos, Portos, Aramis und D'Artagnan aufgenommen hat.«

Was waren das für Hirngespinste? Um solche Kinder den

ganzen Tag zu ertragen, musste man wohl ein kleines Gemüt wie diese Lady Esme haben.

Lemaitre hielt die Amulette wieder vor das Gesicht des Prinzen. Dann setzte er sie mit geschickten Bewegungen in ihren unheilvollen Schwung.

Albert verfolgte die Pendelbewegung. Rechts, links, rechts, links. So war es richtig. Niemand widerstand diesem Zwang.

Doch etwas war anders. Normalerweise rissen die Opfer die Augen auf, dann verklärte sich ihr Blick, und ihr Wille verwandelte sich in den Wunsch, beherrscht zu werden. Gerade noch war es Lady Esme so ergangen. Prinz Albert hingegen kniff die Augen zusammen, als versuche er, die Zeichen auf den Amuletten zu entziffern. Warum änderte sich sein Blick nicht?

Um sicherzugehen, dass die Behandlung wirkte, ließ Lemaitre den Knaben die Scheiben länger beobachten. Das hatte er noch nie gewagt. Es mochte nachhaltige Wirkung auf den Jungen haben, ihm vielleicht sogar das Hirn verbrennen. Gleich wie! Dann würde Lemaitre sogar noch etwas über die Amulette lernen.

Nach einer Weile ließ Lemaitre die Amulette wieder verschwinden. Etwa drei Minuten waren vergangen. Sonst verwendete er die Scheiben höchstens dreißig Sekunden.

»Mir ist schwindelig«, sagte Albert.

»Das ist normal. Setz dich«, befahl Lemaitre. Immerhin konnte der Knabe noch sprechen.

Albert gehorchte und ließ sich auf dem Boden nieder.

Lemaitre beugte sich vor und sah ihm in die Augenschlitze. »Ist deine Mutter im Palast?«

Albert nickte.

»Du wirst mich zu ihr führen. Du wirst ihr sagen, ich hätte dich von deinem Kummer befreit.«

»Welchem Kummer?«, fragte Albert.

Lemaitre bemühte sich, ruhig zu bleiben. Dieses Kind war sogar noch unter dem Einfluss der Amulette ein Ärgernis. Lag das an seinem Alter? Lemaitre hatte nie zuvor mit Kindern zu tun gehabt.

»Der Kummer, der dich wegen der Tagebücher deiner Mutter befallen hat«, sagte er so ruhig wie möglich.

»Ach die!«, antwortete der Thronfolger. »Das waren doch nur Fälschungen.«

Lemaitre verzog das Gesicht. »Das hat dir die Herzogin erzählt, oder?«

»Sie ist eine Gräfin«, behauptete der Prinz.

Dummer Knabe! Lemaitre wünschte sich, die Scheiben würden seinen Opfern ein wenig Klugheit schenken.

»Jetzt musst du jedenfalls nicht länger traurig sein. Und du wirst deiner Mutter sagen, dass ich, Monsieur Lemaitre, der Magnetiseur, dich wieder Fröhlichkeit und Lebensfreude gelehrt habe.«

»Aber ich war gar nicht traurig. Ich bin Musketier. Haben Sie schon mal einen traurigen Musketier gesehen?«

Lemaitre verstummte. Es war eindeutig: Dieser Junge stand so wenig unter seinem Einfluss wie der Eukalyptusstrauch, der neben ihm raschelte. Die Amulette hatten versagt. Er musste es noch einmal versuchen.

»Diese Tagebücher«, sagte Lemaitre, während er das Kästchen erneut öffnete, »waren echt.« Natürlich waren sie echt. Etwas anderes war doch gar nicht möglich. Aber der Stachel des Zweifels hatte sich in seinen Geist gebohrt. Er hob die Kettchen in die Höhe.

Die Bronzescheiben baumelten noch einmal vor Alberts Gesicht. Doch der Knabe schien das Interesse daran verloren zu haben. Es schaute Lemaitre zornig an. »Das stimmt nicht.« Albert schüttelte den Kopf. »Meine Mutter, die Königin, hat die

Tagebücher gezählt. Sie sind alle noch an ihrem Platz in ihren Privatgemächern.« Er nickte bestimmt. »Sie sind ein Lügner und ein Schurke.«

Zorn flammte in Lemaitre auf. Was erlaubte sich dieser Zwerg? »Du bist der Lügner«, fauchte Lemaitre. »Ich habe die Dokumente doch selbst gesehen. Kannst du überhaupt lesen?« Er packte Albert an der Schulter und schüttelte den Jungen. Der Hut flog dem Knaben vom Kopf. Seine Haare vollführten einen wilden Tanz.

»Loslassen!«, rief Albert. »Das tut weh!«

Etwas raschelte zwischen den Blättern.

»Loslassen!«, erklang es noch einmal.

Die Stimme gehörte einem Mann, der zwischen den Pflanzen hervorbrach, einem Mann in der Paradeuniform eines Gardisten. Über einer blauen Hose mit rotem Streifen an der Seite trug er eine weiße Jacke mit blitzenden Epauletten an den Schultern. Ein Schnurrbart, so lang wie Alberts Spielzeugdegen, schmückte seine Oberlippe.

»Sie lassen sofort den Prinzen los, oder ich zeige Ihnen, wie sich ein Schlag mit einer echten Klinge anfühlt«, rief der Soldat. Seine Hand lag auf dem Knauf eines Säbels, den er an der Hüfte trug.

Lemaitre erstarrte. Sollte das ein Hinterhalt sein? Er ließ das Kind los und versuchte Albert über den Kopf zu streichen. Der Thronfolger wich zurück.

»Nur ein Versehen«, sagte Lemaitre mit Priesterstimme. »Ich wollte erfahren, wie sich ein Musketier gegen einen Schurken zur Wehr setzt. Albert hat sich tapfer geschlagen.«

Er wollte noch etwas sagen, doch die Worte blieben ihm in der Kehle stecken. Hinter dem Offizier kam Lady Alice zum Vorschein. Und sie schob – Lemaitre riss die Augenbrauen in die Höhe, bis kleine Brocken seiner Schminke von der Stirn rieselten –, sie schob einen Rollstuhl. Darin saß Gräfin Anna Dorn. Oder das, was von ihr übrig war.

Ein Schauder packte Lemaitre. Seine Finger zitterten unkontrolliert. Er hatte Mühe, die Amulette verschwinden zu lassen. Langsam ging er rückwärts.

»Ihre Stunde ist gekommen, Lemaitre.« Anna Dorns Stimme war klar und energisch, wie damals, als er sie im badischen Land kennengelernt hatte. Nur bebte sie diesmal vor Wut.

»Gräfin Dorn!« Lemaitre deutete eine Verbeugung an. »Sie wiederzusehen versetzt mich nicht gerade in Entzücken. Bei unserem letzten Treffen haben Sie versucht, mich zu ermorden. Diesmal haben Sie wohl einen eigenen Fatzbuben zu diesem Zwecke mitgebracht.«

Dem Offizier flog die Waffe in die Hand.

»Beruhigen Sie sich, Mann!«, sagte Lemaitre. »Ich habe nichts Unrechtes getan. Wollen Sie einen Unschuldigen erschlagen?«

»Sie haben die Tagebücher Königin Victorias gestohlen und veröffentlicht. Und Sie haben Prinz Albert bedroht«, sagte Lady Alice.

»Lügen«, spuckte Lemaitre.

»So?«, fragte jetzt der Mann mit dunkler Stimme.

Lemaitre deutete auf Lady Alice. Wenn nur seine Hand nicht so zittern würde! »Sie hat die Tagebücher aus dem Palast geschmuggelt. Sie hat die geheimsten Gedanken der Königin gestohlen.«

»Darüber wird ein Gericht entscheiden«, sagte der Offizier und ging auf Lemaitre zu.

Der Magnetiseur versuchte, Prinz Albert zu packen. Solange er den Jungen in seiner Gewalt hatte, würde er in Sicherheit sein. Doch das Kind wich aus und vollführte einen Hechtsprung in die Büsche.

»Komm her, Albert!«, rief Anna Dorn. Der Knabe gehorchte

und fand Zuflucht zwischen den beiden Frauen. Lemaitre beobachtete, wie die Gräfin dem Thronfolger eine Brille aufsetzte. Die Augen des Kindes wirkten durch die Gläser viel größer. Hatte der Junge sich der Wirkung der Amulette widersetzen können, weil er unter einer Sehschwäche litt?

Lemaitres Versuch, sich das Kind zu schnappen, hatte den Offizier endgültig in Zorn versetzt. Er packte Lemaitres Arm. Der Griff war fest und schmerzte.

»Hören Sie!«, setzte Lemaitre an und strich mit einer sanften Bewegung über die bebende Faust des Offiziers. Er versuchte, seine Blicke in die Augen des Mannes zu bohren. »Lassen Sie mich los und sorgen Sie dafür, dass ich den Palast ungehindert verlassen kann.«

Da war ein Zögern in den Bewegungen des Offiziers, ein Anflug von Zweifel, die winzige Blüte der Irritation.

»Gehorchen Sie!«, sagte Lemaitre. Er musste seine Stimme unter Kontrolle bekommen.

»Halt ihn fest, Fergus!«, rief Lady Alice. »Ich werde Hilfe holen.« Sie eilte aus dem Wintergarten hinaus.

Fergus? Das war doch der Name, den die Herzogin in Trance preisgegeben hatte, als Lemaitre ihr die pikanten Geheimnisse entrissen hatte. Fergus Seaborn war auch der Name, der heute in der *Illustrated London News* auftauchen und ganz England zum Lachen bringen würde.

Lemaitre schlug dem Liebhaber der Herzogin das Ebenholzkästchen gegen das Gesicht. Er traf das Jochbein des Offiziers. Dessen Griff lockerte sich. Lemaitre riss sich los und rannte in Richtung Ausgang. Blätter schlugen ihm ins Gesicht. Er hörte schnelle Schritte hinter sich und Rufe. Erstaunlicherweise verspürte er keine Furcht, nur roten Zorn. Diese Pharisäer jagten ihn aus dem Tempel der Macht. Dabei war er dem Ziel so nahe gewesen.

Er riskierte einen Blick über die Schulter. Seaborn war ihm dicht auf den Fersen. Um schneller laufen zu können, hatte dieser Donnermensch seinen Säbel fallenlassen.

Wie weit war es noch bis zum Ausgang?

»Die Tür absperren!«, rief der Galan der Herzogin atemlos.

Auch Lemaitre wurde die Luft knapp. Trotzdem fand er noch genug Reserven, um aufzulachen. Natürlich hatte er vorgesorgt. Glaubten diese Einfaltspinsel, er würde blindlings in jede Falle tappen?

»Simes!«, rief Lemaitre, so laut er konnte. Hoffentlich hatte er seine Hoffnung nicht umsonst in das Talent seines Gehilfen gesetzt. »Simes!« Warum antwortete er nicht?

Die Tür stand offen. Der Park vor dem Wintergarten lag verlassen da. Simes war nirgendwo zu sehen. Dann war es ihm also doch nicht gelungen, auf das Palastgelände vorzudringen. Aber es tauchte auch niemand auf, um Lemaitre aufzuhalten.

Er huschte ins Freie. Nach der feuchten Wärme, die zwischen den Pflanzen gehangen hatte, traf ihn die Kälte des Wintermorgens wie ein Schlag. Er hörte Seaborns Schritte hinter sich und verdoppelte seine Anstrengungen. Schon war er um den Palast herum. Unter seinen Schuhen spritzte der Kies.

Vor dem Palasttor drängte sich eine Menschenmenge. Die Leute hielten Zettel in die Luft und riefen etwas. Fäuste rüttelten an den Eisenstäben. Laute Stimmen protestierten. Die Palastwache versuchte, die Frauen und Männer davon abzuhalten, durch den offen stehenden Teil des Tores zu drängen. Simes' grüne Mütze leuchtete zwischen den Hauben und Zylindern.

»Halten Sie doch den Mann fest!«, rief Seaborn, doch niemand schien den Befehl zu hören.

Lemaitre spürte eine Hand am Rücken. Hätte er seinen Wintermantel getragen, hätte der Verfolger seine Rockschöße zu fassen bekommen.

Er musste so schnell wie möglich in der Menge untertauchen.

»Im Namen der Königin. Machen Sie Platz!«, rief er, als er gegen die Rücken der Palastwachen drängte.

Lag es an seinem Befehl oder einfach daran, dass die Männer von dieser Seite des Palastes keine Gefahr erwarteten? Sie rückten tatsächlich auseinander. Lemaitre zwängte sich zwischen den roten Röcken hindurch. Jemand stieß ihm schmerzhaft in die Seite. Für einen Moment ging es nicht weiter vorwärts. Ein Schlag traf seinen Kopf. Er wogte auf einer Dünung aus Schultern, Fingern und Fratzen. Dann packte eine Hand seinen Kragen. Seaborn!, durchfuhr es Lemaitre. Aber der Griff kam von vorn und zog ihn in die Menge hinein. Er stolperte und stieß einem Mann den Zylinder vom Kopf.

»Aufhalten!«, rief sein Verfolger hinter ihm. Ebenso gut hätte er ein Gedicht aufsagen können. Die Palastwachen hatten nicht genug Hände, um sich einem Einzelnen zuwenden zu können. Noch dazu einem, der den Palast verlassen wollte, während alle anderen hineinzudrängen versuchten.

Simes' Gesicht tauchte vor Lemaitre auf, vor Belustigung verzerrt. Sein Gehilfe hielt einen Hut in der Hand, einen Homburg. Lemaitre spürte, wie ihm der Hut auf den Kopf gepresst wurde. Das Ding war viel zu groß und rutschte über seine Augen. Aber er verstand sofort, dass es weniger um Eleganz, sondern um Tarnung ging. Diese Hutform war neben dem Zylinder bei Londonern in Mode, und jeder Zweite in der Menschenmenge schien einen Homburg zu tragen.

Simes zog ihn davon. Niemand hielt sie auf.

Lemaitre hörte Seaborn noch von fern rufen, als er in seinen Landauer stieg. Auf dem Kutschbock saß Madame Meunier. Der Anblick ihrer Pilzgestalt schenkte ihm ein Gefühl von Sicherheit. Simes ließ sich ihm gegenüber in die Polster fallen, zupfte sich die Ärmel seines Mantels zurecht und lachte.

»Was haben Sie angestellt, um die Leute vor das Tor zu bekommen?«, fragte Lemaitre atemlos. Die Kutsche fuhr an, und er warf einen letzten Blick auf das Getümmel vor dem Buckingham Palace.

»Ich habe einfach für Tumult gesorgt«, berichtete Simes. »Auf dem Weg zum Palast habe ich Passanten angehalten und sie gefragt, ob es stimme, dass sich die Königin heute im Thronsaal zu den Inhalten ihrer Tagebücher äußern werde.« Er gluckste. »Und ob wirklich jeder Untertan eingeladen sei, dabei zu sein, wenn die Ehre der Monarchie wiederhergestellt werde.«

»Ein guter Einfall, Simes.« Lemaitre strich sich das Haar glatt. »Dem Engländer ist seine Königin das, was dem Franzosen Weiber und Wein sind. So haben wir wenigstens ein bisschen Unfrieden in die britische Monarchie bringen können. Aber ich fürchte, mehr wird uns nicht gelingen.«

Grollend dachte er an den Moment, als das Trio, bestehend aus Gräfin Anna Dorn, Fergus Seaborn und Lady Alice, aus den Büschen getreten war.

Zu Simes sagte Lemaitre: »Königin Victoria ist mir entschlüpft. England wird ohne mich auskommen müssen. Immerhin habe ich das zweite Amulett. Und wenn ich erst das dritte Exemplar in den Händen halte, werden wir sehen, welcher europäische Herrscher mir noch widerstehen kann. Simes! Wir reisen nach Russland.«

Kapitel 38

London, Dezember 1851

Anna hätte nie geglaubt, dass sie es einmal so eilig haben würde, ins Gefängnis zu kommen. Doch die Droschke, die sie vom Buckingham Palace zum Newgate-Gefängnis fuhr, schien die kleinsten Räder und das älteste Zugpferd zu haben.

»Eile, guter Mann!«, rief Anna immer wieder dem Kutscher zu. Die Häuser und Passanten zogen mit der Geschwindigkeit treibender Enten vorüber.

Lemaitre war entwischt. Aber seine Schuld war erwiesen. Fergus Seaborn – er war ein stattlicher Kerl, Anna konnte Lady Alice verstehen – war zwar ohne den Magnetiseur in den Wintergarten zurückgekehrt, doch hatte er augenblicklich einen königlichen Beschluss erwirkt, der das Verfahren gegen Dumas aussetzte. Der Franzose war begnadigt worden.

Allerdings wusste Lordrichter Digby noch nichts davon. Die Nachricht musste so schnell wie möglich zum Gefängnis gebracht werden.

Lady Alice hatte eine Droschke herbeirufen lassen. Als sie sich anschickte, ebenfalls in die Kutsche zu steigen, hatte Anna sie zurückgewiesen. Alice musste dafür sorgen, dass im Palast alles zur Ruhe kam: Prinz Albert beschwichtigen und Lady Esme berichten, was geschehen war, wenn diese aus ihrem unfreiwilligen Schlummer erwachte. Endlich tauchte die abweisende Fassade des Gefängnisses vor der Kutsche auf. Alles in Anna drängte danach, einfach auf die Straße zu springen und zu Lordrichter Digby zu laufen. Wie lange dauerte es denn noch, bis der Kutscher ihren Rollstuhl von der Ladefläche holte!

Als es endlich so weit war, hatte Anna den Umschlag mit der Begnadigung in ihrer Faust zerknüllt. Sie ließ sich auf den Rollstuhl gleiten und fuhr so schnell sie konnte auf den Eingang des Gefängnisses zu.

Lordrichter Digby teilte mit, das Urteil sei noch nicht vollstreckt. Der Priester sei allerdings schon in Dumas' Zelle. Anna wäre ihm vor Erleichterung am liebsten um den Hals gefallen. Doch dann zweifelte Digby die Echtheit der Begnadigung an. Anna tippte mit dem Zeigefinger so lange auf das königliche Siegel und redete auf ihn ein, bis Digby nachgab. Als Nächstes gab er vor, die Schrift nicht lesen zu können. Die Feuchtigkeit an Annas Händen hatte beim Hin-und-her-Reichen des Papiers einige Buchstaben verwischt. Aber der Text war noch erkennbar. Anna entriss dem Lordrichter das Dokument und las es laut vor. Schließlich beschwor sie die Ehre Ihrer Majestät, der Königin, die durch Anna und Lady Alice wiederhergestellt worden sei. Digby gab sich geschlagen. Er befahl einem Wärter, Gräfin Dorn zu Dumas zu führen und den Schriftsteller aus dem Gefängnis zu entlassen.

Die Gänge in der Unterwelt von Newgate waren wie immer spärlich erleuchtet. Die Wände glänzten von Feuchtigkeit und Salpeter. Die Tür zu Dumas' Zelle stand offen. Sanfter Kerzenschein und kräftige Stimmen drangen heraus. Als Anna in die Zelle hineinfahren wollte, fand sie diese bis auf den letzten Winkel ausgefüllt. Ein Tisch war hereingetragen worden. Darauf stand ein Kerzenleuchter mit drei beinahe heruntergebrannten Lichtern. Dumas saß auf einem Schemel und beschrieb einen Bogen Papier. Weitere Seiten lagen neben ihm zu einem kleinen Stapel aufgeschichtet. Dumas schrieb mit fliegender Feder und redete stumm vor sich hin. Auf der Zellenbank saß ein Geistlicher, diktierte und schwenkte eine Flasche Wein. Die beiden Männer bemerkten Anna nicht.

Was ging hier vor?

»Und am Schluss«, rief der Priester mit großer Herzlichkeit in der Stimme, »am Schluss ...« Er schluckte. Seine Augen glänzten wie bei einer hitzigen Predigt. Vermutlich war auch der Wein daran nicht unschuldig. »... verhindert Jesus, dass Maria Magdalena Pontius Pilatus heiraten muss.«

Anna stockte der Atem.

Alexandre nickte heftig. »Das ist gut. Wir machen es noch etwas spannender: Die Hochzeit ist bereits angesetzt, und dem Helden bleibt kaum noch Zeit, um rechtzeitig in die Kirche zu kommen.«

»Damals gab es noch keine Kirchen«, warf der Priester ein. »Wir sollten einen römischen Tempel nehmen.«

»Oder eine Gefängniszelle.« Annas Stimme explodierte in der Fabulierrunde. Die Männer schraken zusammen.

Alexandre schaute zu Anna herüber. »Gräfin!«, rief er. In seinem Bart hing eine Prise Schnupftabak. »Ich hatte früher mit Ihnen gerechnet.«

»Eigentlich bin ich gekommen, um Sie vor dem Galgen zu bewahren. Allerdings müssen Sie wegen Blasphemie nun wohl noch einige Monate absitzen.«

»Dann haben Sie es geschafft? Ich bin frei?« Alexandre sprang auf. Das Tintenfass kippte um. Die Tusche ergoss sich über das Papier. Der Geistliche eilte herbei und versuchte, den Text vor dem Ertrinken zu retten.

Anna nickte. Sie fühlte sich hin- und hergerissen zwischen dem erhebenden Gefühl des Triumphs und dem Ärger über Alexandres Gotteslästerung. »Begnadigt«, sagte sie knapp, zog strenge Brauen über die Augen und kniff den Mund zusammen, um nicht zu lächeln.

Alexandre lief auf Anna zu und fasste sie bei den Händen. Sie spürte die Schwielen an seinen Fingern und roch die Ausdünstungen eines Mannes, der zu lange kein Bad mehr genommen hatte – Beweise für seine Lebendigkeit.

Sie schlang die Arme um Alexandres Leib, dort, wo einmal sein ausladender Bauch gewesen war, und ließ ihre Selbstbeherrschung von Wonne davontragen.

Die eisige Luft drohte erneut mit Schnee. Vor dem Gefängnis ragte der Galgen in die Höhe, und der Wind spielte mit der vereisten Schlinge. Für den Gendarmen Cunin sah der Hanfstrick aus wie ein Glockenseil, das unablässig schlug. Aber niemand kam zum Gottesdienst.

»Wie lange müssen wir noch hier ausharren, bis sie diesen Fettsack endlich hängen?« Fulchiron hielt sich die Hände gegen die Wangen und trat auf der Stelle.

»Woher soll ich das wissen?«, fauchte Cunin. Vier Stunden warteten sie jetzt auf Dumas' Hinrichtung. Schon nach einer Viertelstunde war die Kälte in ihre Schuhe gekrochen. Nach einer halben Stunde waren ihre Zehen taub geworden. Danach hatte der Frost in ihre Waden gebissen und war immer höher gewandert. Bald, da war sich Cunin sicher, würde er festgefroren sein.

»Kann dieser Leierkastenmann nicht wenigstens etwas anderes spielen?«, quengelte Fulchiron und warf finstere Blicke die Straße hinunter. In einiger Entfernung stand ein Straßenmusiker und dudelte seit Stunden dieselbe Melodie: ein Stück, in dem es um eine Rose ging. Cunin konnte den Text bereits auswendig, versuchte aber, ihn zu vergessen. Doch der Orgelspieler kannte kein Erbarmen.

»Wenn sich bis zum Glockenschlag nichts regt, gehe ich zu Lordrichter Digby«, sagte Cunin. »Und du gehst zu dem Nervtöter mit dem Leierkasten.«

Weiter vorn, in Richtung Straßenkreuzung, öffnete sich das Gefängnistor. Ein Mann kam heraus. Er schob eine Frau im Rollstuhl vor sich her.

»Ich glaube, ich bekomme Entzückungen!«, rief Fulchiron.

»Dumas!«, rief Cunin. »Da ist er!« Zwar war er dem Schriftsteller noch nie persönlich begegnet. Aber er kannte dessen Porträts, denn der Autor wurde es nicht müde, sein Konterfei in jeder Ausgabe von *Le Mousquetaire* abdrucken zu lassen.

Cunin trabte los. Seine steif gefrorenen Hosenbeine gaben reißende Laute von sich. Fulchiron folgte.

Als sie sich dem Paar näherten, hörte Cunin, wie Dumas von jemandem sprach, den er nach Sankt Petersburg verfolgen wollte.

»Dumas!«, rief Cunin. »Sie können nicht entkommen.«

Der Mann mit dem wilden Kraushaar blieb stehen.

»Mein Gott«, entfuhr es Cunin, »Sie sind ja ein Neger.« Auf den Bildern war Dumas' Hautfarbe stets viel heller gewesen.

»Und Sie«, rief Dumas, »sind ein Schnudler und wischen gleich mit ihrem Gesicht das Trottoir auf. Siegel auf den Mund! Oder ich vergesse mich!«

»Ihre Flucht endet hier. Zurück ins Stockhaus, oder ich richte Sie auf der Stelle.«

»Er ist begnadigt worden«, rief die Frau im Rollstuhl. Erst jetzt fiel Cunin auf, dass er die Dame kannte. Sie war mit den Gendarmen auf der Fähre nach Dover gewesen. Später hatten Cunin und Fulchiron ihr sogar ein Hotel in London gesucht.

»Madame«, sagte Cunin, »Sie mit diesem Verräter vereint zu sehen, bereitet mir so viel Vergnügen wie ein Leistenbruch. Weichen Sie von seiner Seite, sonst …«

»Sie bedrohen einen Unschuldigen«, knurrte Dumas und trat dicht an Cunin heran. Die Halsmuskeln des Schriftstellers traten wie Seile unter seiner Haut hervor. »Dafür schlage ich mich mit Ihnen.« Er stierte den Gendarmen an und fuhr fort: »Sie bedrohen eine wehrlose Frau. Dafür töte ich Sie.«

Dumas' Nase war nur eine Handbreit von Cunins Wange entfernt. Da schob sich der Lauf einer Pistole zwischen die beiden Männer. Die Mündung war auf Dumas' linkes Auge gerichtet.

»Ich habe schon lange genug auf Ihren Tod gewartet, Dumas«, sagte Fulchiron. »Jetzt ist es endlich so weit. Sie entscheiden: Entweder kehren Sie als Sträfling zurück nach Frankreich, oder als Leichnam. Das Glück hat sich von Ihnen abgewandt.«

»Das einzig Gewisse am Glück ist: Es ändert sich«, sagte eine unbekannte Stimme. An Fulchirons Wange war nun ebenfalls der Lauf einer Schusswaffe aufgetaucht, wenn auch der einer kleinen. Sie gehörte einem Mann mit langer Nase, der in die Lumpen eines Bettlers gekleidet war. Cunin erkannte, dass es der Straßenmusiker war.

»Sie sind Mister Dumas?«, fragte der Mann. »Wegen Ihnen hat die Dame dort viel Ärger gehabt. Wissen Sie, dass die Lady fast ertränkt worden wäre? Außerdem ist sie aus Sorge um Ihr Leben in den königlichen Palast eingedrungen. Zeigen Sie etwas Dankbarkeit, Franzose, und führen Sie die Dame aus. Jetzt gleich. Befehl von Doktor Bailey. Die beiden Herren hier scheinen nichts dagegen zu haben.«

Cunin und Fulchiron mussten mit ansehen, wie Dumas der Deutschen in eine Droschke half und mit ihr verschwand.

Was waren sie nur für armselige Polizisten? In Schach gehalten von einem Bettler mit einem Terzerol! Hoffentlich erfuhren die Kollegen in Paris niemals davon. Cunin schwor sich, dass das letzte Wort über den Fall der Romanfabrik des Monsieur Dumas noch nicht gesprochen war.

Kapitel 39

London, Dezember 1851

Anna sah, wie die beiden Gendarmen mit Doktor Bailey zurückblieben. Noch auf die Entfernung meinte sie, die französischen Flüche zu hören, die ihr die beiden Männer hinterherschickten.

»Gräfin«, sagte Dumas auf der Sitzbank neben ihr, »wie haben Sie das nur angestellt? Dieser Leierkastenmann ist Ihr Freund? Ich hatte eigentlich vor, ihn zu erwürgen, wenn er in meine Nähe kommt.«

Anna lächelte bei dem Gedanken an Doktor Bailey. »Manchmal«, sagte sie, »treffen wir die richtigen Menschen zur rechten Zeit. Allerdings wird uns das erst viel später klar.«

Dumas runzelte die Stirn. »Kluge Worte. Auch wenn ich die Bedeutung nicht ganz verstehe. Ich will darüber nachdenken, sobald Zeit ist. Jetzt müssen wir zum nächsten Bahnhof.«

»Bahnhof?«, fragte Anna erstaunt. Sie musterte seine heruntergekommene Gestalt. »Sie könnten ein Bad, einen neuen Anzug und eine kräftige Suppe gebrauchen.«

Gelächter platzte aus Dumas heraus. »Suppe? Ich brauche eine Landsknechtsplatte. Hirschleber, Birkhennen, Karpfenzungen und Kalbshirn, daneben eine Batterie der schönsten Flaschen mit edlem Bordeaux aufgepflanzt. Und Schneider! Für jedes Kleidungsstück einen. Aber zuerst … He, Kutscher! Wie weit ist es noch zum nächsten Bahnhof?«

»Um sechzehn Uhr fünfzig können wir in Paddington sein, Sir«, rief der Mann über die Schulter. »Die Bahnhofshalle ist noch nicht ganz fertig gebaut. Aber einige Züge fahren schon. Wollen Sie etwa in eines dieser furchtbaren Ungetüme steigen? Bleiben Sie lieber in meiner Droschke, Sir. Kein Qualm, kein Lärm. Nur frische Luft und gute Unterhaltung. Und ich fahre Sie, wohin sie wollen.«

»Auch nach Sankt Petersburg?«, fragte Alexandre.

»Alexandre!«, brach es aus Anna hervor. »Gönnen Sie Ihrem Schicksal eine Atempause, sonst wird ihm die Luft knapp.« Wurde dieser Mann denn niemals getümmelmüde?

»Liebe Gräfin! Mich haben Sie gerettet. Aber Sie selbst haben berichtet, dass Lemaitre entkommen ist. Fällt ihm das dritte Amulett in die Hände, wird er über unumschränkte Macht verfügen. Macht, wie wir sie uns nicht einmal vorstellen können. Das müssen wir verhindern. Wenn er wirklich nach Russland unterwegs ist, und davon sollten wir ausgehen, müssen wir das dritte Amulett vor ihm erreichen.«

Alles in Anna sträubte sich dagegen, die Wahrheit in Alexandres Worten anzuerkennen. Sie wollte nicht schon wieder reisen. Sie musste sich um Immanuel kümmern. Sie wollte nach Hause. Doch wohin eigentlich? Karlsruhe war ihre Heimat. Aber dort wartete niemand auf sie. Sie würde sich eine einfache Arbeit suchen, vielleicht an einem Webstuhl. Dann könnte sie im Rollstuhl sitzen und für den Rest ihrer Tage Stoffe weben. Sie hätte genug zu essen und einen Platz zum Schlafen. Was wollte sie denn noch vom Leben?

Sie schaute Dumas an. »Fahren wir nach Sankt Petersburg!«

Im Bahnhof Paddington kam Anna sich vor wie im Brustkorb eines eisernen Riesen. Streben aus Stahl überwölbten die Geleise. Der Lärm der Arbeiter, die hoch oben in dem Gerippe hämmerten, wurde von der kahlen Halle verstärkt. Reisende drängten sich auf dem Bahnsteig. Der Qualm einer Lokomotive hing unter der Kuppel wie eine Gewitterwolke. Es roch nach Kohlenstaub.

An einer Seite des Bahnsteigs waren Geschäftslokale eingerichtet. Einige standen noch leer. Doch an den Fahrkartenschaltern herrschte schon reger Betrieb. Anna wartete, bis Alexandre mit einer Handvoll Billets zurückkehrte.

»Wir haben Glück«, sagte er und fächerte die Fahrscheine auf wie ein Kartenspiel. Dann tippte er einen nach dem anderen mit der Fingerspitze an. »Zwei Karten für den Zug nach Southampton. Er geht in drei Stunden.« Der Finger wanderte weiter. »Und zwei Fahrkarten für den Dampfer von Southampton nach Sankt Petersburg. Der legt morgen Abend ab. Stellen Sie sich vor: Es ist der Letzte in diesem Jahr, bevor die Passage im Norden zufriert. Wenn Lemaitre nicht auf demselben Schiff ist, wird er erst im Frühjahr nach Russland gelangen. Wenn ich mir sein Gesicht vorstelle!«

Die Entschlossenheit, die Anna in der Droschke erfüllt hatte, löste sich in Luft auf. »In drei Stunden? Das ist unmöglich. Mein Gepäck ist noch im Hotel. Und wir müssen zu Lady Alice und alles mit ihr besprechen. Können wir nicht morgen fahren?«

»Nur wenn Sie in Southampton stranden wollen«, sagte Dumas. Sein Gesicht verzog sich vor Enttäuschung. »Ich habe sogar zwei Kabinen mit fließendem Wasser bekommen.«

»Das Sie dringend nötig haben«, sagte Anna. Sie fragte sich, woher Alexandre das Geld für Luxuskabinen hatte. Die bisherigen Erlebnisse hatten sie allerdings gelehrt, dass sie auf die Antwort verzichten sollte.

»Wir müssen eine andere Lösung finden«, verlangte sie. Nur fiel ihr keine ein. Nach Russland reiste man per Schiff. Der Landweg dauerte Monate und war zudem gefährlich. Die russischen Wälder waren voll wilder Tiere und noch wilderer Wegelagerer. Sie würden entweder zu spät in Sankt Petersburg ankommen – oder niemals.

Alexandre hatte recht. Es schien aberwitzig, London einfach so zu verlassen. Aber waren die bisherigen Ereignisse das etwa nicht gewesen?

Anna überlegte, ob sie Lady Alice einen Brief schreiben sollte. Das könnte sie hier im Bahnhof erledigen. Ein Botenjunge würde das Schreiben zum Buckingham Palace bringen. Dann wusste Alice wenigstens, dass es Anna gut ging, und die Herzogin musste sich keine Sorgen um sie machen.

»Skandal im Königspalast.« Ein Zeitungsjunge stieß ein gellendes Katzengeschrei aus. Anna wurde aus ihren Gedanken gerissen.

»Pikante Liebesaffäre der Herzogin von Worcester aufgedeckt«, schrie der Junge. »Skandal im Königspalast! Exklusiv in den *Illustrated London News*.«

Anna spürte, wie ein Eisstrom durch ihre Adern schoss. Sie kaufte eine Ausgabe und blätterte so hastig darin herum, dass der Mantelbogen zu Boden fiel.

»Was ist geschehen?«, fragte Alexandre und hob die Zeitungsseiten auf. »Kennen Sie diese Herzogin?«

Anna fand den Artikel auf Seite drei. »Lady Alice«, stieß sie hervor. »Das ist Lady Alice.«

Sie versuchte, die Zeilen zu lesen. Ihre Hände zitterten so sehr, dass die Buchstaben vor ihrer Brille tanzten. Schließlich nahm Alexandre ihr die Zeitung aus der Hand und las vor.

Als er geendet hatte, war es Anna, als wäre sie diejenige, über deren Untreue in der Zeitung berichtet wurde. Die Lähmung ihrer Beine schien von ihrem gesamten Körper Besitz zu ergreifen.

»Wir müssen zu Alice«, sagte Anna leise. »Sie braucht meinen Beistand.«

Alexandre kniff die Augen zusammen. »Aber der Zug«, sagte er zögerlich. »Das Schiff.«

Anna brauste auf. »Wenn Lady Alice nicht gewesen wäre, würden Sie nicht nach Southampton, sondern in den Himmel fahren.« Sie drehte den Rollstuhl schwungvoll in Richtung Ausgang. Während sie mit aller Kraft gegen die Reifen stieß, rief sie nach einer Droschke.

Dunkelheit hatte sich über die Stadt gesenkt, als Anna und Alexandre am Buckingham Palace ankamen. Die Fenster der königlichen Residenz waren erleuchtet. Das Gebäude erschien Anna wie ein gewaltiger Kandelaber, der Licht auf England werfen sollte.

Vor dem Tor herrschte abendliche Stille. Der Tumult vom Vormittag hatte keine Spuren hinterlassen.

»Ist die Herzogin da drin?«, fragte Alexandre.

Anna nickte.

»Wie sollen wir denn dort hineinkommen?«

»Folgen Sie mir!«, befahl sie und machte sich auf den Weg zum Dienstboteneingang.

Diesmal war die Tür geschlossen. Auf Annas Klopfen öffnete ein Mann in Livree und bemerkte knapp, Anlieferungen würden nur bis Einbruch der Dunkelheit entgegengenommen. Sie sollten es am nächsten Tag wieder versuchen.

Anna konnte den Lakaien überzeugen, wenigstens George aus der Küche herbeizuholen. Der Diener schien es mit dem Überbringen der Nachricht nicht eilig zu haben. George erschien erst nach einer halben Stunde und säuberte seine mit Mehl verschmierten Hände an einem Tuch.

»Sie!«, rief er, als er Anna erkannte. Der Koch warf einen kurzen Blick auf Alexandre. Dann senkte er die Stimme. »Haben Sie Lady Alice gesehen?«

Eigentlich hatte Anna diese Frage selbst stellen wollen. Dass George ihr zuvorkam, mehrte ihre Besorgnis. »Ist sie nicht hier?«, wollte sie wissen.

»Es gab einen Skandal«, sagte George. »Einen Artikel in der Zeitung. Der Herzogin wird eine Affäre mit Major Seaborn nachgesagt. Der ganze Palast spricht von nichts anderem. Sogar der Aufruhr von heute Morgen und die Tagebücher der Königin sind darüber in Vergessenheit geraten.«

»Haben Sie Alice gesehen?«, wollte Anna wissen.

»Allerdings. Sie flog schneller durch meine Küche als die Backpfeifen, die ich meinen Lehrlingen verabreiche. Sah aufgelöst aus, die Arme. Durch diese Tür hier ist sie verschwunden.« George schüttelte den Kopf. »Was wird sie jetzt tun? Der Herzog wird sie verstoßen. An den Hof kann sie wohl auch nicht mehr zurück.« George überdachte kurz die Möglichkeiten und kam zu dem Schluss, Lady Alice könne vielleicht mit Major Seaborn die Stadt verlassen haben.

Während der Koch weitere Mutmaßungen anstellte, tauchte in Annas Gedanken eine düstere Szene auf.

»Danke, George«, sagte sie und drückte seine mit getrocknetem Mehlteig verkrusteten Finger mit beiden Händen. »Ich glaube, ich weiß, wo ich Lady Alice finden kann.«

»Wo denn?«, rief George ihr hinterher. Doch Anna war bereits auf dem Weg zurück zum Eingangsbereich des Palastes. Sie fuhr so schnell, dass Alexandre Mühe hatte, mit ihr Schritt zu halten.

»Wohin geht es denn jetzt?«, fragte er atemlos. Er langte nach dem Haltegriff des Rollstuhls und ließ sich mehr ziehen, als dass er schob. Anna deutete voraus. »Zum Saint James Park. Ich bin sicher, dort werden wir Alice finden. Die Frage ist, ob sie noch lebt.«

Das Tor zum Park stand offen. Ein Wachmann ging vor dem

Zaun entlang. Ja, er habe eine junge Dame in den Park gehen sehen. Das sei noch nicht lange her. Alexandre schob den Rollstuhl schnell über die Wege. Die Räder knirschten. Anna wusste noch genau, welche Abzweigung sie nehmen mussten, um zu dem kleinen See zu gelangen. Wie an jenem unheilvollen Abend spendeten auch heute die Gaslaternen dämmeriges Licht. Im Park war eine dünne Schneedecke ausgebreitet. Mitten in der hellen Fläche glänzte der See wie ein schwarzes Auge, das in den Himmel starrte.

Eine Gestalt stand bis zu den Hüften im eiskalten Wasser. Sie bewegte sich langsam vorwärts.

»Alice!«, rief Anna.

Ohne zurückzuschauen, schritt Lady Alice weiter in den See hinein.

Anna schauerte die Haut. Sie rief noch einmal. Lauter.

Die Gestalt tauchte unter.

Mit schweren Schritten rannte Alexandre auf den See zu. Ohne zu zögern sprang er in das dunkle Wasser.

Anna presste eine Faust auf ihren Mund.

Dumas tauchte auf und schwamm auf die Stelle zu, an der Alice untergegangen war. Er bewegte sich mit den langsamen, aber kraftvollen Bewegungen eines großen Fisches. Dann verschwand auch er.

Für einen Augenblick fühlte sich Anna wie der einzige Mensch auf der Welt. Auf dem Wasser waren nur noch winzige Wellen zu erkennen. Dann stießen zwei Köpfe durch die Oberfläche. Einem entfuhr ein Schrei. Arme flogen in die Höhe. »Contenance, Madame!«, hörte Anna Alexandre rufen. Als Nächstes erkannte sie, dass Alice reglos in seinen Armen hing. Dumas zog die Herzogin ans Ufer.

Alice lebte. Wasser lief aus ihren Kleidern. Ihr Haar hing wie Tang an ihren Wangen.

Der Wachmann vom Tor lief herbei.

Alexandre machte sich an Alice' Mantel zu schaffen und holte Steine daraus hervor, die die Herzogin aufgesammelt haben musste, um rascher versinken zu können.

»Ein warmes Feuer, und zwar rasch!«, rief Alexandre. »Sonst geht der Plan dieser armen Frau doch noch auf, und sie ist doppelt erfolgreich.«

George hatte die Palastküche räumen lassen. Vor dem großen Herd kauerten Alexandre und Alice, ihrer Kleider ledig, in Decken gehüllt, und bebten um die Wette. Solange sie noch zittern, dachte Anna, die ihnen heiße Brühe reichte, sind sie auch noch am Leben.

Dumas schlürfte die Suppe. »Sehen Sie, Anna? Jetzt haben Sie Ihren Willen doch noch durchgesetzt. Ich stärke mich mit Suppe. Und gebadet habe ich auch.«

Alexandres Versuch, die Situation zu bescherzen, prallte an der tragischen Miene von Lady Alice ab. Die Herzogin knetete ihre Hände und starrte ins Feuer, als suche sie in den Flammen nach einem Ausweg.

»Kommen Sie«, sagte Alexandre. »Zeigen Sie ein wenig Dankbarkeit und teilen Sie diese köstliche Suppe mit mir. Sie ist für eine Königin gemacht.«

»Sie hätten mich zu den Fischen gehen lassen sollen«, sagte Alice mit kleiner Stimme. »Wer sonst will mich jetzt noch haben?«

»Ich«, sagte Anna.

»Wir«, sagte Dumas.

Alice stellte die Suppenschale beiseite und vergrub das Gesicht in den Händen. Ihre Schultern zuckten.

Anna strich Alice über den Rücken. Noch vor einer Stunde wäre ihr diese vertrauliche Geste unpassend vorgekommen. Jetzt erschien sie ihr ganz natürlich. »Dieser Zeitungsartikel. Das war Lemaitres Werk, nicht wahr?«

Alice nickte. Ihr Gesicht tauchte aus ihren Händen auf. Ihre Augen waren geschwollen. »Er hat mir gedroht, meine Affäre mit Fergus offenzulegen. Aber ich dachte, wenn wir ihn im Wintergarten überführen, bin ich in Sicherheit.«

»Es gibt keine Sicherheit für uns, solange Lemaitre sein Unwesen treibt«, sagte Anna. »Auch mir hat er das Herz gebrochen, wie Sie wissen. Seinetwegen ist mein Mann gestorben. Seinetwegen sind meine Beine unbrauchbar. Seinetwegen sind mein Leib und mein Leben ein Trümmerhaufen. Es bleibt dabei: Wir sind Schwestern im Leid, Alice. Lassen Sie uns auch Schwestern der Vergeltung sein. Geben Sie uns noch eine Chance. Was Lemaitre getan hat, bekommt er zurück. Fragen Sie nicht, wie lange es dauert oder wie viel Dreck wir in der Zwischenzeit schlucken müssen. Aber das geben wir ihm zurück. Und zwar gemeinsam.«

»Aber wie?«, fragte Alice. George reichte ihr eine Serviette, mit der sie sich die Augen wischte. Dann putzte sie sich die Nase, deren Spitze eine rote Farbe angenommen hatte.

Ein gutes Zeichen, dachte Anna.

»Begleiten Sie uns nach Sankt Petersburg«, brach es aus Alexandre hervor.

Die Frauen starrten ihn an.

»Wohin?«, fragte Alice.

»Nach Sankt Petersburg in Russland. In die Stadt Peters des Großen«, sagte Dumas. »Was wollen sie noch in England? Ihr Leben ist zerstört. Sie sind eine gebrandmarkte Frau. Ich kenne solche Fälle aus Paris. In London werden Sie nie wieder Fuß fassen. Schlimmstenfalls landen Sie in einem Freudenhaus.«

Alice' Gesicht verschwand wieder in ihren Händen. Die Serviette, ihre weiße Flagge des Trostes, fiel zu Boden.

Anna warf Alexandre einen wütenden Blick zu. »Hören Sie

nicht auf ihn. Die Franzosen lieben das Drama und die Übertreibung.«

Zwischen den Händen drang ein hoher Ton hervor.

»Aber im Grunde ist Alexandres Vorschlag richtig«, fuhr Anna fort. »Wir glauben, dass Lemaitre nach Sankt Petersburg fliehen will. Wir müssen vor ihm dort ankommen. Gelingt uns das, können wir ihm in Russland vielleicht das Handwerk legen. Kommen Sie mit uns, Alice.«

Erneut tauchte das Gesicht der Herzogin auf. »Aber ich kenne niemanden in Russland.« Sie zog die Decke enger um ihre Schultern. »Und dort soll es sehr kalt sein. Russland.« Sie starrte schweigend ins Feuer.

Nach einer Weile räusperte sich Alexandre. »Ich weiß, es ist eine schwere Entscheidung und ein großer Moment in Ihrem Leben. Aber auch schwere Entscheidungen müssen irgendwann getroffen werden. Der letzte Zug nach Southampton fährt in einer guten Stunde.«

TEIL III

Der Wolf in der Eremitage

Kapitel 40

Ostsee, an Bord des Dampfers Wladimir,
Dezember 1851

Die *Wladimir* schaukelte auf einer Farbpalette im Salzwasser. Als das Dampfschiff Southampton verlassen hatte, war das Meer noch blaugrau gewesen. An einem hellen Morgen auf der Höhe von Hamburg hatte die Sonne Honig auf die Wellen gezaubert. Im Abendrot vor dem Skagerrak war es erschienen, als schwimme ein Teppich Herbstblätter auf der Ostsee. Und jetzt, wenn die *Wladimir* nahe genug an den dicht bewachsenen Klippen Rügens entlangfuhr, kleidete sich die Dünung in feierliches Forstgrün.

Gewiss, die Luft war kalt, und die See ging hoch. Doch Alexandre genoss die Reise. Nach den Tagen in der Gefängniszelle schien ihm der Himmel ebenso endlos zu sein wie das Leben. Dazu trug natürlich auch das gute Essen an Bord bei.

Trotz der Verzögerung im Saint James Park hatten sie den Zug nach Southampton noch erwischt. Lady Alice hatte schließlich erkannt, dass es ihre beste Wahl war, London so schnell wie möglich hinter sich zu lassen. Rasch hatte sie einige Habseligkeiten, die sie im Palast aufbewahrte, in einen mannshohen Schrankkoffer gestopft und sich schon für reisefertig erklärt, als Alexandre noch versuchte, sich in eine Hose des Kochs zu zwängen.

In einem Fach von Alice' Koffer steckten auch eine Schatulle mit Schmuck und ein Bündel Pfundnoten. Alexandre war vom materiellen Reichtum der Lady ebenso angetan wie von ihrem körperlichen. Sie war eine Augenlust, wunderbar weibisch, mit munteren Brüsten. Immer wenn sie in seine Nähe kam, wurde ihm erst bewusst, welche Entbehrungen er in den vergangenen Wochen hatte erdulden müssen. Gern erinnerte er sich an den Moment, als er Lady Alice' Leib umschlungen und die Dame aus dem See gezogen hatte.

Natürlich blieb sein Interesse an Lady Alice auch Gräfin Anna nicht verborgen. Alexandre stellte erstaunt fest, dass seine deutsche Gefährtin große Anstrengungen unternahm, um ihm und Lady Alice als Anstandsdame Gesellschaft zu leisten. Ging man gemeinsam in der Messe zu Tisch, ließ sich Anna vom Stewart den Rollstuhl so platzieren, dass sie zwischen Alice und Alexandre saß. Nahm man eine Tasse Kaffee an Deck, beschäftigte Anna einen ihrer Reisebegleiter mit Plauderei und ließ sich von ihm oder ihr schieben. Ob im Rauchsalon oder vor der Kabine der englischen Herzogin – immer dann, wenn Alexandre glaubte, endlich mit Alice allein zu sein, war plötzlich das Geräusch der heranrollenden Reifen zu hören. Wenn das Zufälle waren, so war er, Alexandre Dumas, ein bleicher Grübler wie Victor Hugo.

An einem Nachmittag, die *Wladimir* zog gerade an der Odermündung vorbei, und eine der Brisen Finnlands wehte über das Schiff, fand sich Alexandre mit Anna allein an Deck wieder. Er hielt es für eine gute Gelegenheit, die Sache mit Lady Alice zur Sprache zu bringen. Wenn Anna ihm etwas mitzuteilen hatte, dann brauchte sie vielleicht nur einen günstigen Moment. Und dieser schien jetzt und hier, auf der leicht bewegten Ostsee, gekommen zu sein.

»Was halten Sie von Lady Alice?«, begann Alexandre unverfänglich. »Sind Sie nicht auch froh, dass sie uns nach Sankt Petersburg begleitet?«

»Dieser Wind«, erwiderte Anna und hielt witternd ihre kleine

Nase in die Luft, »kommt von Norden. Er geht über Dänemark dahin. Ich wette, dass er schon Hamlet auf Helsingør ins Gesicht geschnitten hat.«

Alexandre versuchte es erneut. Doch jedes Mal, wenn er die Sprache auf Alice brachte, antwortete Anna ausweichend. Wenn die Gräfin das Thema nicht anrühren wollte, musste es einen Grund dafür geben. Und der war leicht zu erraten: Anna wollte anstelle der Herzogin sein.

Zuerst war Alexandre von dieser Erkenntnis überrascht. Dann spürte er tiefes Verständnis. Er war ein stattlicher Kerl. Und er hatte Anna schon mehr als einmal aus schwierigen Situationen befreit – oder war es umgekehrt gewesen? Jedenfalls waren sie sich in den vergangenen Wochen nähergekommen. Und jetzt schlug ihr Herz schneller, wenn sie ihn sah. Oft genug hatte Alexandre so etwas bei Frauen erlebt und noch öfter darüber geschrieben.

Er mochte Anna. Die Gräfin war schlank wie eine Engländerin, anmutig wie eine Französin und klug wie eine Chinesin. Alexandre bewunderte sie. Aber ihr Körper war zerbrochen. Wie könnte er ihn begehren!

Lady Alice hingegen war alles, was sich ein ausgehungerter Franzose in den Klauen einsamer Nächte erträumte. Doch so wie der Körper der einen versehrt war, so war es der Geist der anderen. Oft beobachtete Alexandre die Herzogin und sah sie wehmütige Blicke nach Westen werfen. Vielleicht hoffte sie, ihr Liebhaber – wie hieß er noch gleich? – tauche mit einem schnittigen Segelboot am Horizont auf. Aber dort war nichts weiter zu sehen als das Kielwasser des Dampfers, die blubbernde Ausscheidung eines Schiffes, das seine Passagiere immer weiter von England fortbrachte.

Alexandre beschloss, das Thema während der Reise auf Eis zu legen. Ohnehin wurde es immer kälter, je weiter sie nach Osten kamen. Die Spaziergänge an Deck blieben aus, und man traf sich nicht mehr allein im Freien, sondern nur noch in der Messe unter den Blicken von etwa zwei Dutzend Passagieren.

Als sie an der smaragdgrünen Küste Estlands vorüberfuhren, dauerte die Fahrt nicht mehr lange genug, um eine Frau zu verführen und dafür von der anderen verabscheut zu werden. Statt auf den weißen Hals von Lady Alice schaute Alexandre auf das Schneetreiben vor dem Fenster. Die Silhouette Revals, einer Stadt mit drei Glockentürmen, tauchte auf, und schließlich, zwei Wochen nachdem sie England verlassen hatten, blinkte im Nebel voraus die berühmte goldene Kuppel der Isaakskathedrale. Das neue Jahr war angebrochen. Sie hatten Sankt Petersburg erreicht.

Der Dampfer legte an einer Insel vor der Stadt an. Über dem Hafen erhob sich eine Festung. Das sei Kronstadt, berichtete einer der Mitreisenden, eine befestigte Insel in der Bucht vor Sankt Petersburg. Tatsächlich erstreckte sich zwischen der Anlegestelle und dem Sankt Petersburger Hafen eine große Bucht. Sie war zugefroren. Mächtige Eisplatten hatten sich gegeneinander geschoben, ineinander verkeilt und aufgetürmt. Die Reisenden mussten die *Wladimir* verlassen und auf Schlitten umsteigen. Die Passagiere verteilten sich auf etwa sieben dieser Gefährte, die über jeweils zwei Pferde, einen Fahrer und eine Flasche Branntwein verfügten, ein Verdeck aber vermissen ließen.

Alexandre, Anna und Alice wickelten sich in Wolldecken und zogen den kratzenden Stoff bis zu den Nasenspitzen hoch. Schon nach kurzer Fahrt ließ der eisige Wind die Gesichtshaut erstarren und ihnen Tränen über die Wangen laufen.

Der Schlitten wischte über die Bucht. Schnee, der knöcheltief auf dem Eis lag, stäubte an den Seiten empor und legte sich wie Staub auf die Reisenden. Alexandre ließ den Branntwein herumgehen. Selbst Gräfin Anna nahm einen kleinen Schluck. Danach schienen ihre Wangen in einem noch tieferen Rot zu leuchten als allein durch den Biss des Frostes.

Immer wenn der Schlittenführer zwischen den schräg stehenden Eisplatten hindurchfuhr, erhaschten die Fahrgäste einen Blick auf die Stadt. Auf die Entfernung schien Sankt Petersburg nur aus Kirchtürmen und Kuppeln zu bestehen. Einige waren mit Sternen gekrönt. Alexandre versuchte, von dem Fahrer etwas über die Gebäude zu erfahren. Doch entweder sprach der Mann kein Französisch und kein Englisch, oder er war taub.

Schließlich fuhr der Schlitten in die vereiste Mündung eines großen Flusses hinein. Das musste die Newa sein, die mitten durch die Stadt floss. Alexandre hatte schon viel von diesem Strom gehört. Ein Russe, dem er in Brüssel begegnet war, hatte berichtet, die Newa sei achtmal so breit wie die Seine beim Pont des Arts. Wenn der Fluss nicht vereist sei, wie jetzt gerade, brächten Schiffe darauf Brennholz oder Tannenholz zum Bauen aus dem Inneren Russlands nach Sankt Petersburg. Diese Frachter seien ebenfalls aus Tannenholz gezimmert und würden, wenn sie den Hafen erreicht hätten, zerlegt und verkauft. Die Schiffer selbst wanderten zu Fuß zurück ins Herz des riesigen russischen Reichs.

Als Alexandre aus dem Schlitten stieg, schaute er den Fluss entlang. Er war zugefroren, so weit man sehen konnte. Boote und Schiffe ruhten an den Ufern und waren mit Segeltuch und Schnee bedeckt. Der berüchtigte russische Winter hielt die Stadt und ihren Strom fest im Griff.

»*Na Tschai*«, sagte der Kutscher.

»*Santé*, Gesundheit«, wünschte Alexandre. Die ausgestreckte Hand des Russen ließ jedoch vermuten, dass der Mann überhaupt nicht erkältet war, sondern verschnupft, weil er noch kein Trinkgeld bekommen hatte.

Alice ließ eine Münze in seine Hand fallen. »Fragen Sie ihn nach einem Hotel«, wandte sie sich an Anna, die ein wenig Russisch sprach.

Bevor Anna die Erkundigung einholen konnte, ging Alexandre dazwischen. »Ich habe gehört, die Hotels in Sankt Petersburg seien kalt wie Kasernen. Die Gastfreundschaft der Russen hingegen ist warm und kostenlos.«

Anna runzelte die Stirn. Dabei bewegte sich ihre Schute, um die sie einen grünen Schal geschlungen hatte. »Worauf wollen Sie hinaus, Alexandre?«

»Ich kenne jemanden in Sankt Petersburg, der sich freuen würde, uns zu beherbergen.« Er nahm eine der Wolldecken aus dem Schlitten und legte sie Anna um die Schultern. »Vertrauen Sie mir.«

»Darin habe ich Übung«, erwiderte Anna. »Und meine Seele hat davon blaue Flecken.«

»Von Ihrem Bekannten haben Sie noch gar nichts erzählt, Alexandre«, warf Lady Alice ein.

»Er ist mir gerade erst in den Sinn gekommen, als ich den Fluss betrachtete«, sagte Dumas.

»Dann weiß er auch nichts von unserem Besuch«, sagte Anna. »Wir gehen besser in ein Hotel. Ich schlafe lieber in einer Kaserne, als an der Tür Ihres Freundes abgewiesen zu werden.«

Die Argumente gingen hin und her. Schließlich kroch der Frost so tief in die Glieder, dass die Frauen zu zittern begannen. Die anderen Fahrgäste der *Wladimir* hatten sich längst zerstreut. Anna, Alice und Alexandre standen allein auf den Granitstufen am Rand der Newa, unbeweglich wie der Fluss selbst.

Als ein geschäftstüchtiger Droschkenfahrer auf das Trio aufmerksam wurde und anhielt, brauchte Alexandre keine weiteren Worte. Alle stiegen ein. Der Rollstuhl und der Schrankkoffer fanden Platz auf der schmalen Ladefläche. Das Gefährt erinnerte an einen Tilbury, in dem zwei Personen Platz fanden. Zu dritt wurde es eng auf dem schmalen Sitz, und Alexandre genoss die Nähe der beiden Frauen. Er kramte die Karte hervor, die ihm sein Bekannter in Brüssel gegeben hatte. Darauf waren Name und Adresse einmal in lateinischer und einmal in kyrillischer Schrift gedruckt. Alexandre reichte dem Kutscher die Karte nach vorn. Der schaute kurz darauf und zuckte mit den Schultern. Da half wohl auch keine kyrillische Schrift. Der Mann konnte offenbar nicht lesen.

»Palais bei der Akademie, Wassiljewski-Insel«, las Alexandre laut vor.

Jetzt nickte der Kutscher. Der Einspänner setzte sich in Bewegung.

Der Tilbury rauschte durch die Straßen. Alexandre, Anna und Alice genossen die Fahrt und machten sich mit der berühmten Stadt bekannt. Prächtige Gebäude zogen an ihnen vorbei. Die meisten Bauten dokumentierten die Prahlsucht ihrer Besitzer, waren ausladend und bunt bemalt. Manche waren von goldenen Kuppeln bekrönt. Die Dächer der einfacheren Häuser waren grün. Doch unter dem perlgrauen, bläulich getönten Himmel kam die Farbe kaum zur Geltung.

An vielen Bauwerken und hoch oben auf Fahnenmasten war das Wappen der russischen Zaren zu sehen: ein Adler mit zwei Köpfen. Alexandre wusste, dass der Greifvogel so entworfen worden war, damit ein Kopf nach Europa und einer nach Asien blickte. Russland war ein janusköpfiges Reich.

Eine halbe Stunde mochte vergangen sein, als der Einspänner vor einem Palais hielt. Der Prachtbau war ein im orientalischen Stil verzierter, großer, rechteckiger Block, die Fassade von zwanzig oder dreißig Fenstern durchbrochen. An den Seiten wölbten sich zwei kreisförmige Gebäudeflügel. Eine Freitreppe führte zum Eingang hinauf.

»Hier wohnt Ihr Freund?«, fragte Anna. Das Misstrauen in ihrer Stimme war ernster zu nehmen als der Frost.

»Er scheint die Wahrheit gesagt zu haben, als er sich als wohlhabender Kaufmann ausgab«, sagte Alexandre. Doch auch er zögerte angesichts des großen Anwesens, aus der Droschke zu steigen.

Das *»Na Tschai«* des Kutschers ließ das Staunen und die Stille zerklirren. Alexandre bezahlte den Mann und gab ihm ein Trinkgeld. Der Rollstuhl und das Gepäck wurden abgeladen. Der Einspänner verschwand. Die drei Reisenden fanden sich allein vor der großen Freitreppe wieder.

Bevor Alexandre hinaufsteigen und läuten konnte, wurde die Tür geöffnet. Ein Mann in der Uniform eines Dieners erschien und sagte etwas auf Russisch.

»Den Hausherren wollen wir sprechen«, antwortete Alexandre auf Französisch. Der Diener musterte die Besucher mit abweisender Miene. Dann schloss er die Tür wieder, ohne dass ihm anzumerken gewesen wäre, ob er Alexandre verstanden hatte.

»Wir verschwinden besser«, sagte Anna. »Mir genügt ein kleines Hotel mit einem Waschtisch im Zimmer.«

Bevor sie noch etwas sagen konnte, wurde die Tür erneut geöffnet, und ein Mann mittleren Alters und kräftiger Statur trat heraus. Er trug einen langen Rock mit goldbesticktem Gürtel und eine pastetenartige Mütze mit Quast, ein weißes Hemd und darüber eine rote Weste mit Steppnähten am Kragen. Die Daumen hatte er in den Taschen seiner Weste vergraben.

»Sie wünschen?«, fragte Schuwalow in reinstem Französisch.

Kapitel 41

Sankt Petersburg, Palais Schuwalow, Januar 1852

Alles an Anna wurde steif. Sie erkannte die kugelrunden Augen wieder. Den gierigen Blick, der einem Bankdirektor gut gestanden hätte. Die Hand mit den protzigen Ringen, die sich auf ihren Rollstuhl gelegt hatte. Sie meinte sogar, den Geruch des billigen Weins im Lambermont wahrzunehmen.

Vor ihr stand Schuwalow, jener Russe, der ihr in Brüssel den Rollstuhl abgekauft, ihre Notlage ausgenutzt und sie ihres einzigen Hilfsmittels beraubt hatte. Wenn Olaf Schmaleur nicht erschienen wäre, würde Anna jetzt in einer belgischen Gasse liegen, verhungert, erfroren.

Auch der Russe schien sie wiederzuerkennen. Er riss die Finger aus den Westentaschen und griff nach dem Geländer der Freitreppe. Daran hielt er sich fest wie an der Reling eines Segelschiffs bei schwerer See.

»Monsieur Schuwalow«, rief Alexandre mit gezwungener Freundlichkeit. »Erinnern Sie sich? Wir haben uns in Brüssel kennengelernt. Das ist erst einige Wochen her.« Dabei streckte er die Arme aus wie ein Schauspieler, der auf der Bühne der Comédie-Française Blumen auf sich regnen lässt.

Schuwalow konnte seinen Blick nur mühsam von Anna lösen. Er musterte Dumas. »Brüssel«, sagte er und kaute auf dem Wort herum. »Gewiss«, fügte er zögerlich hinzu. »Gehörten Sie zu den Flüchtlingen aus Paris?«

Alexandre ließ einen Zeigefinger vorschnellen und deutete damit auf Schuwalow. »Sie erinnern sich! Damals luden Sie mich ein, Sie in Sankt Petersburg zu besuchen, wenn ich jemals dorthin käme. *Et voilà!* Hier bin ich. Und ich habe zwei Begleiterinnen mitgebracht.«

»Brüssel«, wiederholte Schuwalow. Seine Blicke flogen immer wieder zu Anna hinüber. »Und Ihr Name war …?«

»Dumas!«, rief Alexandre und stieg die Freitreppe hoch. »Alexandre Dumas! Sie waren derart stolz, einem berühmten Schriftsteller wie mir begegnet zu sein, dass Sie es sich nicht nehmen ließen, den ganzen Abend den Wein und das Essen zu bezahlen. Dafür bin ich Ihnen noch etwas schuldig: meine Freundschaft.« Jetzt stand Alexandre vor dem Hausherrn, drückte ihn an seine Brust und küsste ihn auf russische Weise dreimal.

Schuwalows Lächeln misslang.

»Wir kommen doch nicht etwa ungelegen?«, fragte Alexandre.

»Ungelegen?«, wiederholte Schuwalow.

Bevor der Russe weitersprechen konnte, rief Anna: »Wir wollen Ihnen nicht zur Last fallen. Empfehlen Sie uns ein Hotel in der Stadt.« Um nichts in der Welt wollte sie mit diesem Mann unter einem Dach wohnen. Und er würde froh sein, die ungebetenen Gäste loszuwerden.

Schuwalow befreite sich aus Alexandres Armen und schaute wieder zu Anna hinunter. Musterte er etwa den Rollstuhl? »Natürlich sind Sie aufs Herzlichste willkommen«, sagte er. »Kommen Sie herein! Seien Sie meine Gäste! Mein Palais steht Ihnen zur Verfügung.« Er hielt die Tür auf und zog Alexandre ins Haus. Alice schob Annas Rollstuhl die Rampe an der Seite der Freitreppe hinauf.

»Warten Sie!«, sagte Anna.

Doch da war sie bereits durch die Tür. Schuwalows Palais hatte ihr Missfallen einfach verschluckt.

»Aber er ist der Mann, der mir in Brüssel den Rollstuhl abgekauft hat«, sagte Anna, während Alice das Zimmer inspizierte. Schuwalows Diener hatte die beiden Frauen in eine Suite geführt, von der zwei Schlafzimmer abgingen. In der Mitte lag ein behaglich eingerichteter Raum mit einem Schreibtisch aus Zedernholz, einem Kamin aus hellem, dunkel geäderten Marmor und einem Mosaikparkett aus Edelhölzern. Reichtum schaute aus jedem Winkel hervor.

»Was für eine Geschichte ist das nun wieder?«, fragte Alice.

Es klopfte, und sie öffnete die Tür. Der Diener rollte den Schrankkoffer herein und verließ den Raum wieder. Alice öffnete die mit schwarzem Leder bezogene Tür des Koffers und blätterte durch die darin hängenden Kleider.

»Das war, bevor ich nach London kam«, fuhr Anna fort. »Er wollte mir den Rollstuhl abkaufen. Ich hatte kein Geld mehr und musste in den Handel einwilligen.« Die Erinnerung an die Einsamkeit in Brüssel ließ Annas Schultern schwer werden.

»Aber Sie sitzen doch noch in Ihrem Gefährt. Oder haben Sie ein neues gekauft?«, fragte Alice. Sie zog ein Rüschenkleid mit Schleifchen über der Büste hervor, breitete es auf ihren Armen aus und ließ prüfende Blicke darüberwandern. »Meinen Sie, ich kann das zum Diner tragen?«

»Ich habe den Rollstuhl ja zurückbekommen«, sagte Anna. »Da war ein Freund … eigentlich mehr ein Bekannter … er hatte mich in Paris als Lehrerin engagiert.« Wie sollte sie das alles erklären?

»Dann ist doch alles in bester Ordnung.« Alice sprach in den Schrankkoffer hinein. Dann drehte sie sich um und reichte Anna ein pflaumenblaues Kleid mit goldbesponnenen Knöpfen. »Darin werden Sie heute Abend bezaubernd aussehen.«

Anna nahm den Stoff entgegen. Er fühlte sich wunderbar geschmeidig an. Aus Alice' Gesicht strahlte die Freude großer

Erwartung. Anna konnte ihre Gefährtin verstehen. Alice hatte befürchtet, für immer aus höfischen Kreisen verbannt worden zu sein. Kaum aber fand sie sich in Russland wieder, wurde sie an die Tafel eines wohlhabenden Mannes eingeladen. Statt ihre Kleider nach und nach verkaufen zu müssen, würde sie sie wieder tragen und darin der Mittelpunkt einer Abendgesellschaft sein.

»Kommen Sie, Anna«, sagte Alice, »vergessen wir unser Schicksal für einen Moment. Lemaitre hat uns allen übel mitgespielt. Lassen wir es uns gut gehen.«

Anna lächelte Alice an. Die Herzogin hatte recht. Sie konnten einen Abend ohne Sorgen gebrauchen. Schuwalow würde sie schon nicht fressen. Und wenn er es versuchen sollte, wusste Anna immer noch Alexandre an ihrer Seite.

Sie deutete auf die Stoffe, die aus dem Schrankkoffer quollen. »Dieser taubengraue Stoff dort. Ist das ein Schultertuch? Das würde ausgezeichnet zu Ihrem Kleid passen.«

Schuwalows Palais war ein Museum des schlechten Geschmacks. Der Kaufmann schien von seinen Reisen allerlei Möbel mitgebracht zu haben. War der eine Raum im prunkvollen Empire-Stil eingerichtet, so sah man im nächsten nur Chinoiserien und schwarz gelackte Tische und Vitrinen. Anna, Alice und Alexandre folgten dem Diener zum Speisesaal und durchquerten dabei Räume in ausladendem Barock, die sich mit Korridoren voller Rokoko-Möbel abwechselten und in Salons führten, an deren Wänden exotische Masken hingen und in denen ausgestopfte Löwen standen. Krönung des Sammelsuriums war der Speisesaal. Dessen Ausstattung sollte wohl an das alte Rom erinnern. Die Wände waren mit Fresken aus Pompeji bemalt. Marmorstatuen nackter Jünglinge und Mädchen standen in Nischen. Statt eines Kamins gab es Feuerschalen, die im Raum verteilt waren.

Es hätte Anna nicht verwundert, wäre Schuwalow in einer Toga erschienen. Doch der Hausherr begrüßte sie in einem kostbar glänzenden Abendanzug.

Der Russe war allein zum Diner erschienen. Von einer Frau Schuwalow war weder etwas zu sehen, noch ließ sie sich entschuldigen.

Nachdem alle Platz genommen hatten – Anna zwischen Alice und Alexandre –, hob Schuwalow sein Glas, einen schweren Pokal aus dickem Kristall, und brachte einen Trinkspruch auf seine Gäste aus. Dann begann das Abendessen mit einer großen Terrine Fischsuppe und kleinen Gesprächen.

»Das ist Sterletsuppe.« Schuwalow stellte den ersten Gang vor. »Von einem Fisch, der nur in der Wolga und der Oka vorkommt. Haben Sie in Ihrer Heimat garantiert noch nie gegessen.«

Die Gäste beugten sich über die würzige Suppe. Der Hausherr unterhielt die kleine Runde derweil damit, sich vorzustellen. Er sei ein Sohn des Fürsten Bronnitsy, erklärte er. Der wiederum sei der zweite Sohn Gedimins gewesen, des Begründers der Dynastie der Jagellonen und des Stammvaters der Fürstenhäuser Chorwanski und Kurakin.

»Dann gehören Sie ja zum ältesten russischen Adel«, stellte Alexandre fest, und Schuwalow nickte, zufrieden, dass seine Worte auf fruchtbaren Boden gefallen waren.

»Warum sind Sie dann nur ein einfacher Kaufmann?«, wollte Anna wissen.

Schuwalow ließ sich nicht aus dem Gleichgewicht bringen. »Damit ich Sankt Petersburg so oft wie möglich verlassen kann«, sagte der Russe. »Fürsten haben dazu wenig Gelegenheit.« Er nahm einen Schluck Wein. »Und Geld haben sie auch nicht.«

Der Diener trug Teller mit Hammelfleisch, Schwarzbrot und Schinken auf.

Anna setzte nach: »Sie scheinen sich mit Ihrem Geld die absonderlichsten Dinge zu leisten. Rollstühle zum Beispiel.«

Jetzt lachte Schuwalow, bis sein Gesicht rot war. »Ich gestehe: Ich bin ein Sammler. Die Welt ist mein Zuhause. Also soll mein Zuhause die Welt sein.« Er beugte sich vor und deutete mit seinem Löffel auf Anna. »Sie verstehen? Mein Palais ist so groß, dass ich jedem Raum ein Thema widmen kann.«

Alexandre nickte begeistert. »Das habe ich auf dem Weg durch ihr Heim schon bemerkt. Ein Zimmer für die Kunst der Japaner, eins für die Großwildjagd in Afrika.«

Schuwalow winkte ab. »Ach, das sind nur die gewöhnlichen Zusammenstellungen. Warten Sie, bis Sie meine einzigartigen Panoptiken gesehen haben.« Seine Stimme steigerte sich in die Lautstärke der Begeisterten hinein. »Ein Kabinett mit Kleidern aus allen Teilen der Welt. Einen Salon der Puppenköpfe. Das ganze Zimmer scheint einen anzustarren, wenn man es betritt. Und im Untergeschoss gibt es ein kleines Hospital. Jedenfalls nenne ich es so. Darin sind natürlich keine Kranken ausgestellt.«

»Was dann?«, fragte Alexandre mit langen Silben. »Doch nicht etwa Körperteile in Alkohol?« Er legte seine Gabel, mit der er gerade ein Stück Schinken aufgespießt hatte, auf den Teller.

»Medizinisches Gerät aus allen Ländern der Welt. Darunter der Schildkrötenpanzer einer Schamanin von den Tonga-Inseln. Aber auch das Skalpell des Arztes, der Napoleon bei Regensburg die Kugel aus dem Fuß operierte. Das kleine Stück Eisen hat ein Vermögen gekostet.«

»Haben Sie auch Rollstühle?«, fragte Anna, die zu verstehen glaubte, was Schuwalow in Brüssel zu seinem dubiosen Geschäft getrieben hatte.

»Leider noch nicht«, antwortete der Russe und richtete seinen Blick wieder in die Fischsuppe. »Alle, die ich bislang sah, waren schäbig und es nicht wert, dass ich mich ihrer annahm.« Er zögerte. »Fast alle.«

»Was sagt Ihre Frau zu Ihrer Sammlung?«, mischte sich Alice ein.

»Leider gibt es keine Frau Schuwalow«, antwortete der Hausherr. »Ich war bislang zu oft auf Reisen, um mich der Liebe widmen zu können.«

Anna war sicher, dass jede geistig gesunde Frau die Flucht ergreifen würde, sobald Schuwalow ihr seine Sammlungen zeigte.

Sie beschloss, dass es der Plauderei genug sei. Schließlich hatten sie es nicht auf die Marotten eines verrückten Russen abgesehen, sondern auf die Eremitage.

»Wie weit ist es von hier zur Eremitage?«, fragte Anna.

»Dieses sogenannte Museum?«, fragte Schuwalow. Er schob seinen Stuhl zurück und erhob sich. »Kommen Sie. Ich zeige es Ihnen.«

Der Gastgeber führte die Gesellschaft in einen benachbarten Raum, der von einem Kronleuchter in gedämpftes Licht getaucht war. In der Mitte des Zimmers stand ein Billardtisch. Trotz seiner luxuriösen Ausmaße verlor er sich beinahe in dem großen Salon.

An den Wänden waren ausgestopfte Wolfsköpfe angebracht. Die toten Augen wirkten auf erschreckende Weise lebendig. Anna erkannte, dass sie aus roten Halbedelsteinen waren, Almandinen vermutlich, die das Licht des Kronleuchters zurückwarfen und die Illusion eines sich umschauenden Tieres vermittelten.

Der Diener brachte ein Tablett mit Eingesalzenem und Branntwein. Daneben lag ein Kästchen mit Zigarren.

Schuwalow nahm sich eine Zigarre, schnitt die Spitze ab und entzündete sie mit einem langen Kienspan. Auch Alexandre griff zu. Ebenso Alice.

Einen Schleier aus Rauch hinter sich herziehend, trat die

kleine Gesellschaft an eines der großen Fenster. Schuwalow wich zur Seite, damit Anna bis vor die Scheiben fahren konnte.

Dunkelheit hatte sich über die Dächer der Stadt gesenkt. Die erstarrte Newa glitzerte im Mondlicht. Auf der anderen Seite des Flusses erstreckte sich ein lang gezogenes Bauwerk gewaltigen Ausmaßes. Anna schätzte, dass der Buckingham Palace dreimal in die Anlage hineinpassen würde.

»Dort ist sie, unsere Eremitage.« Schuwalow deutete mit der Zigarre, die er zwischen Zeige- und Mittelfinger geklemmt hatte. »Nicht alles, was Sie sehen, gehört zum Museum. Aber ein stattlicher Teil. Sie brauchen bloß den Fluss zu überqueren, schon sind Sie am Ziel Ihrer Wünsche: der großartigen Eremitage, dem größten Museum Russlands. Ach was! Der Welt!«

Der Spott in Schuwalows Stimme war nicht zu überhören. »Sie mögen die Eremitage wohl nicht?«, fragte Anna.

»Schauen Sie«, sagte Schuwalow. »Der Palast dort drüben war mir immer ein Vorbild. Seit ich ein kleiner Junge war, stelle ich meine eigenen Sammlungen zusammen. Angefangen habe ich mit Insekten, mit Schmetterlingen, die ich aufgespießt habe. Der Beifall, den ich dafür bekam, hat mich dazu gebracht, immer weiterzumachen.«

»Der angestachelte Insektensammler«, gab Alexandre zum Besten.

Schuwalow schmunzelte voller Bitterkeit. »Ich hatte einen guten Grund. Denn die Eremitage war nur denjenigen zugänglich, die sich im Palast aufhielten: der Familie des Zaren, dem Adel und seinen Gästen. Aber vor Kurzem«, er zog mit einem nassen Schmatzen an der Zigarre und stieß den Rauch gegen die Decke, »haben sie das Museum für das Volk geöffnet. Jeder kann jetzt dort hinein.«

»Davon habe ich gehört«, sagte Alexandre. »Das ist doch herrlich.«

»Eine Schande ist es!«, stieß Schuwalow hervor. »Meine Sammlung ist doch keinen Pfifferling mehr wert, wenn Krethi und Plethi gleich nebenan diesen Kunstpalast besichtigen können. Ich war der größte Sammler von Sankt Petersburg. Aber jetzt scheint mein Licht nur noch so hell wie eine Kerze im Sonnenschein.«

Anna spürte den Hauch von Genugtuung. Dieser selbst ernannte Sammler hätte sie, ohne zu zögern, Elend, Hunger und Kälte ausgesetzt, nur um seine Kollektion mit ihrem Rollstuhl zu vervollständigen. Jetzt erhielt er die Strafe für seine Skrupellosigkeit.

»Wir müssen so schnell wie möglich in die Eremitage«, sagte sie. »Noch heute Abend.«

»Ganz unmöglich«, blaffte Schuwalow. »Was wollen Sie denn dort? Die Stücke in der Sammlung der Zarenfamilie sind so gewöhnlich. Marmorne Nymphen mit Pompadourmienen. Eine Göttin der Wollust wirft verliebte Blicke. Ein Saturn frisst kleine Kinder. So etwas sieht man in allen großen Museen der Welt. Bei mir hingegen …«

»Wir kommen nicht, um Kunst zu bestaunen«, sagte Anna, unterbrach sich jedoch. Schuwalow musste nichts von dem Amulett erfahren.

»*Formidable!*« Der Russe wetzte sein Französisch. »Dann kommen Sie doch morgen früh mit mir auf die Jagd. Da werden Sie ein Russland erleben, wie es in keinem Reiseführer steht.«

»Dafür haben wir leider keine Zeit«, erwiderte Anna knapp.

»Was jagen Sie denn?«, fragte Alexandre und schien die Begeisterung in seiner Stimme kaum unterdrücken zu können.

Schuwalow deutete auf die Trophäen an den Wänden des Billardzimmers. »Wölfe«, sagte er. »Die Wolfsjagd ist eine große Kunst. Wer sie erleben will, muss in ein Museum eintreten, in dem nichts anderes als die eigene Courage zu bestaunen ist.«

»Danke für die Einladung«, sagte Anna knapp. »Aber wir haben schon andere Pläne.«

»Haben Sie die etwa alle selbst erlegt?«, wollte Alice wissen. Ihr Blick sprang zwischen den Wolfsköpfen und Schuwalow hin und her.

Anna bedeutete ihr stumm, den Mund zu halten. Aber Alice schien sie nicht zu bemerken.

»Selbstverständlich«, kam die Antwort. »Ich habe einige Narben davongetragen, aber nur an meinem Körper.«

»Von einer Wolfsjagd habe ich noch nie gehört«, sagte Alexandre. »Wie geht das vor sich? Sie werden die Beute doch nicht etwa drücken wie Rotwild?«

»Gleich wie!«, warf Anna ein. »Um wie viel Uhr öffnet das Museum am Morgen?«

Niemand schien ihre Frage zu hören. Schuwalow begann jetzt, von der Wolfsjagd zu erzählen. Dabei ging er im Billardraum auf und ab und dirigierte mit der Zigarre.

Diese Jagd sei das Lieblingsvergnügen der Russen, sagte er.

»Aber das soll doch die Bärenjagd sein«, warf Alexandre ein.

Schuwalow lachte ihn aus. Die Bärenjagd, verkündete er, sei etwas für Großväterchen, die nur noch ausladende, behäbige Ziele treffen. »Wer auf Wölfe geht«, erklärte der Russe, »muss ein gutes Auge, eine sichere Hand und großen Mut mitbringen. Außerdem«, fügte er hinzu, »sind die Bären längst im Winterschlaf. Wollen Sie sich etwa damit brüsten, ein schlafendes Tier erschossen zu haben? Die Wölfe hingegen sind im Winter besonders wild, weil sie Hunger haben. Sie streunen sogar durch die Straßen der Stadt. Einer meiner Diener ist schon von einem angefallen worden und konnte nur mit knapper Not entkommen. Sie sehen also: Die Gefahr ist groß, und der Ruhm, den man auf der Jagd erntet, ist umso größer.«

»Das ist doch etwas für Narren.« Anna winkte ab. Aber in

den Gesichtern von Alice und Alexandre erkannte sie, dass Schuwalows Vortrag ihre Neugier geweckt hatte.

Ihr Gastgeber trat an den Billardtisch. »Schauen Sie sich diesen wunderbaren grünen Filzbelag an«, sagte er und ließ seine Hände über der Spielfläche schweben. »Das sind die Wälder von Kovalovo.« Er blickte in die gespannten Gesichter. »Oder die grünen Dächer von Sankt Petersburg. Der Jäger fährt mit einer Troika. Das ist eine Kalesche, die auf Kufen fährt. Davor sind drei Pferde gespannt.« Er fischte drei Billardkugeln aus den Ledertaschen des Tisches und legte sie dicht nebeneinander aus.

»Diese Tiere zu lenken erfordert einen meisterhaften Kutscher. Versteht er sein Handwerk nicht oder macht er einen Fehler, ist es um ihn und den Jäger geschehen. Dann landen alle, auch die Pferde, im Bauch der Wölfe.«

»Wie entsetzlich!« Alice hielt sich die Hände an die Wangen. »Und wie aufregend!« Sie warf den Wolfsköpfen bewundernde Blicke zu.

Alexandre schaute auf den Filz. Er schien die Jagdgesellschaft durch die dunklen Straßen rasen zu sehen. »Worin liegt die Schwierigkeit, diese Troika zu steuern?«, fragte er.

Schuwalow deutete auf die Kugeln. »Das rechte und das linke Pferd dürfen niemals aus dem Galopp, das mittlere darf niemals aus dem Trab kommen. Das mittlere Pferd trabt mit gesenktem Kopf und heißt ›Schneefresser‹. Seine Gefährten galoppieren mit nach außen gerichteten Köpfen. Sie werden ›Die Wilden‹ genannt. Wenn man das Gespann von oben betrachtet, sieht es aus wie ein Fächer.«

»Und die Wölfe?«, wollte Alexandre wissen. »Die sind doch Gott weiß wo unterwegs. Wie findet der Jäger seine Beute?«

Schuwalow lachte wieder. »Indem er die Rollen tauscht und selbst zur Beute wird«, sagte er. Offensichtlich kam jetzt der Teil, der ihm am meisten Vergnügen bereitet. Sogar Anna konnte sich der Faszination, die von dem Bericht ausging, nicht entziehen und näherte sich dem Billardtisch.

»Auf dieser Jagd«, fuhr der Russe fort, »begleitet uns ein junges lebendiges Schwein. Es liegt gut verschnürt vorn in der Troika. Sobald wir den Stadtrand erreicht haben, setzen wir das Schwein ab. Dann muss es hinter der Kutsche herrennen.« Er legte eine weitere Billardkugel auf den Tisch. Diesmal etwas hinter den drei ersten. »Das arme Schwein ist mit einer zehn Meter langen Kette mit der Kutsche verbunden. Will das Tier nicht hinterhergeschleift werden, nimmt es besser die Beine in die Hand. Oder wie sagt man unter Schweinen?«

»Das ist ja entsetzlich«, wiederholte Alice, die sich in einen Sessel hatte fallen lassen.

»Nur für das Schwein«, sagte Schuwalow. »Und das muss so sein, denn jetzt stößt es Klagelaute aus. Es dauert nicht lange, und das Quieken lockt den ersten Wolf herbei.« Eine weitere Kugel folgte. Schuwalow legte sie an die äußerste Bande des Tischs. »Bald sind es zwei, drei, dann sieben, zehn. Ich habe schon Jagden erlebt, da hetzten fünfzig Wölfe hinter der Troika her.«

Schuwalows Augen glänzten. Ihr Leuchten spiegelte sich im Blick Alexandres, der jetzt alle Kugeln aus den Taschen sammelte und zu dem ersten Wolf legte.

Der Russe nickte zustimmend. »So etwas haben Sie noch nicht gesehen! Die Wölfe machen sich untereinander das Schwein streitig und beißen sich. Der Jäger schießt von der Kutsche aus auf das Rudel. Das Schwein schreit vor Angst immer lauter. Das weckt selbst den verschlafensten Wolf. Schließlich wird die Troika von einer grauen Armee verfolgt. Wenn der Kutscher in diesem Moment die kopflos werdenden Pferde durchgehen lässt, ist es aus.«

Der Russe nahm ein Queue und stieß mit der Spitze in die

Troika hinein. Die Kugeln spritzten auseinander. Einige karambolierten mit den Wolfskugeln. Andere verschwanden in den Taschen. »Es gibt eigentlich nur zwei Gefahren: Entweder werden alle gefressen wie Kaiser Balduin I. von Konstantinopel, oder man wird in seinem Wagen an einem Baum zerschmettert.«

»Wir verzichten auf dieses Vergnügen«, sagte Anna.

»Natürlich ist das nichts für Frauen«, erwiderte Schuwalow säuerlich. »Aber ein gestandener Franzose sollte sich dieses Abenteuer nicht entgehen lassen.« Er legte Alexandre eine joviale Hand auf die Schulter. »Was sagen Sie, Monsieur? Begleiten Sie mich vor dem Morgengrauen auf der Wolfsjagd. Anschließend schreiben Sie darüber und machen meinen Namen in der Welt bekannt.«

Alexandre öffnete den Mund. Bevor ein Wort herauskam, fasste Anna ihn beim Arm. »Wir jagen schon ein anderes Wild. Und wenn wir es zu spät erwischen, schnappt es uns ein anderer Jäger weg. Nicht wahr, Alexandre?«

Dumas schaute auf sie hinab. Sein Gesicht glänzte vor Aufregung. »Das ist eine Wolfsjagd!«, warf er ein. »Eine Jagd auf Wölfe! So etwas werden wir unser Lebtag nicht wieder zu sehen bekommen.«

»Unser Lebtag«, erwiderte Anna, »wird recht kurz sein, wenn wir uns nicht auf unsere Aufgabe konzentrieren.«

Dumas zögerte.

»Wenn Sie nicht mitkommen wollen, Alexandre«, fuhr Anna fort, »begebe ich mich halt allein in die Eremitage.«

»Aber Gräfin Anna. Ich bin bestürzt, dass Sie annehmen, ich könnte eine hilflose Frau im Stich lassen, nur um mich dem Vergnügen zu widmen.«

»Gut. Dann lassen Sie Ihren Worten Taten folgen. Morgen früh gehen wir gemeinsam ins Museum.«

»Aber wir sind Lemaitre doch weit voraus«, protestierte Dumas. »Er war nicht auf der *Wladimir* und wird erst in einigen Wochen in Sankt Petersburg ankommen. Es besteht kein Grund zur Eile.«

»Ebenso wenig besteht Grund zur Sorglosigkeit«, erwiderte Anna scharf. »Ich bin nicht bereit, weitere Zugeständnisse zu machen. Sie wollten in diesem Haus einkehren. Ich habe Ihnen zuliebe zugestimmt.« Sie schoss einen wütenden Blick auf Schuwalow ab. »Wenn aber dabei herauskommt, dass wir unser Ziel aus den Augen verlieren, werde ich diese Runde sofort verlassen.«

Die Polster des Sessels schnarrten, als Alice sich erhob und nun ebenfalls an den Billardtisch herantrat. So wie die vier Menschen jetzt um den grünen Filz herumstanden, musste Anna unwillkürlich an ein Gemälde denken, das Napoleon zeigte, wie er mit seinen Generälen um eine strategische Karte versammelt war. Allerdings waren hier keine geordneten Truppen versammelt, sondern ein Rudel Bestien, ein Haufen lebensmüder Jäger und ein hilfloses Schwein.

Alice löste eine Strähne aus ihrer Frisur. »Mister Schuwalow«, sagte sie, »wann wollen Sie denn zu dieser schrecklichen Jagd aufbrechen?«

»Noch vor dem Morgengrauen«, antwortete der Russe.

Alice stellte sich so dicht neben Schuwalow, dass sie ihn an der Hüfte mit dem Kleid berührte. Sie äugelte ihn an, nahm eine seiner Hände und knetete sanft jeden Finger. »Kann man denn so früh auch schon die Eremitage besuchen?«

Schuwalow schaute auf Alice' Hände. »So früh ist das gar nicht. Die Sonne zeigt sich erst um zehn Uhr. Das Museum hat natürlich schon viel früher geöffnet.«

»Dann schlage ich vor, Sie bringen uns dorthin. Unsere Geschäfte werden rasch erledigt sein. Anschließend kann Monsieur

Dumas zu Ihnen in den Schlitten steigen und einen Wolf erschießen.«

»Oder von ihm gefressen werden«, setzte Anna hinzu.

Schuwalows Blicke wanderten mit obszöner Bedächtigkeit über Alice' Gesicht und von dort über ihr Kleid. Schließlich nickte er. »Ich glaube, das lässt sich einrichten. Die Russen sind wie die Wölfe: immer hungrig, immer durstig. Ich werde mich einfach mit Branntwein und Bärenschinken in Stimmung bringen, während Sie dieses armselige Museum besichtigen. Und dann fahren wir alle vier auf die Jagd.«

»Oh nein«, sagte Anna sofort. »Das ist ein Missverständnis. Nur Alexandre wird Sie begleiten.«

Ein maliziöses Lächeln umspielte Schuwalows Lippen. »Ich bin Kaufmann, wie Sie wissen. Jeder Gefallen, den ich Ihnen tue, hat einen Preis. Und dieser ist jetzt: Ihre teure Gesellschaft bei der Jagd.«

Kapitel 42

Ostsee, an Bord des Dampfers Adler, *Januar 1852*

An jenem Abend, als im Hause Schuwalow die Billardkugeln klickten und die Wölfe in den Wäldern unruhig schliefen, schob sich ein Dampfer über die Ostsee auf Sankt Petersburg zu. Das Meer war an den Küsten gefroren. Doch eine schmale Fahrrinne war geblieben. Wenn der Kapitän recht behielt, würde man kurz nach Einbruch der Dunkelheit Kronstadt erreichen, um von dort nach Sankt Petersburg überzusetzen.

Lemaitre lehnte an der Reling, schaute auf das vorüberziehende Eis und lachte. Wie amüsant doch die Menschen waren! Sie mussten allen Dingen einen Namen geben, und diese Namen waren meist das Gegenteil von dem, was sie bezeichneten. »Ewigkeit« nannte sich der flüchtige Duft eines Parfums. »Stern, der Sicherheitsrasierer« hieß eine Rasierklinge, die so scharf war, dass sich Unachtsame damit die Kehle aufschlitzen konnten. Unter »Gold« würde sich Lemaitre alles Mögliche vorstellen, aber keine Schokolade – die sah weder golden aus, noch wies sie die Beständigkeit des Edelmetalls auf. Und dieser schwerfällige Wal von einem Schiff nannte sich tatsächlich *Adler*.

Immerhin, das musste Lemaitre zugeben, brachte ihn dieser flügellahme Vogel ans Ziel. Es hätte nicht viel gefehlt, und er hätte in England festgesessen. Am Fahrkartenschalter in Southampton hatte ein unverschämter Brite tatsächlich gesagt, Lemaitre solle im Frühjahr wiederkommen. Schiffe nach Russland, hatte der schmallippige Kerl festgestellt, würden erst wieder fahren, wenn die Passage eisfrei sei. Allerdings gebe es noch Dampfer nach Le Havre. Dort könne sich der Fahrgast erkundigen, ob er über Land nach Sankt Petersburg gelangen könne.

Eine Landverbindung! Dieser kleine Geist hatte wirklich geglaubt, jemand wie Etienne Lemaitre würde seinen Körper wochenlang in einer schaukelnden Kutsche abwetzen. Dessen ungeachtet hatte er drei Billets nach Le Havre gekauft, eins für sich selbst, eins für Simes und eins für Madame Meunier. Mit seinen beiden Helfern würde es ihm schon gelingen, nach Russland zu kommen.

Und mithilfe der Amulette.

Kaum hatte die *Adler* in Southampton abgelegt, war Lemaitre zum Kapitän gegangen und hatte ihn durch Einsatz der beiden Bronzescheiben von einer Änderung des Fahrplans überzeugt. Der Dampfer fuhr planmäßig in Le Havre ein und entließ seine Passagiere. Dann nahm er Kohlen auf und fuhr weiter in Richtung Norden. Die vier Seeleute an Bord waren dank einer Aufbesserung ihrer Heuer und der Aussicht auf die Sankt Petersburger Hurenhäuser mit dem Kurswechsel einverstanden.

Lemaitre war überzeugt, dass so schnell niemand das Schiff vermissen würde. Wenn die *Adler* nicht wieder in Southampton ankam, würde man glauben, sie stecke wegen schlechten Wetters vor Frankreich fest oder sei vielleicht gesunken. Wenn das Schiff in einigen Wochen dann wiederauftauchte, würde der Kapitän zur Rechenschaft gezogen werden. Aber das war nicht Lemaitres Problem. Zu dieser Zeit würde er längst einer der mächtigsten Männer Europas sein und das Zarenreich unter seine Kontrolle gebracht haben.

Er hätte zufrieden sein können. Aus der Falle in London war er entkommen. Den Buckingham Palace hatte er zwar nicht erobern können. Doch der Winterpalast war ohnehin größer und das Zarenreich eine lohnendere Beute. Wenn er erst das dritte Amulett in Händen hielt, würde er noch einmal nach London zurückkehren – an der Spitze der russischen Armee. Dann würde er dabei zusehen, wie sich die Riesenreiche gegenseitig aufrieben. Gegen den Sturm, der über Europa losbrechen würde, wären die Napoleonischen Kriege ein Frühlingshauch.

Ein Grund zur Unruhe aber blieb. An Bord der *Adler* waren zwei Franzosen gewesen, zwei Pariser in eleganter Kleidung, die unablässig rauchten. Bevor sie in Le Havre von Bord gingen, hatte Simes ihre Gespräche belauscht. Die beiden waren Polizisten, Gendarmen von der Seine, und sie hatten versucht, Alexandre Dumas von London nach Paris zu überführen. Der Plan war misslungen, und jetzt mussten die Männer mit leeren Händen in ihre Präfektur zurückkehren. Dabei hatte einer von ihnen bedauert, dass sie Dumas nicht noch weiterverfolgten. Aber Sankt Petersburg sei derzeit leider nicht ohne Weiteres zu erreichen.

Der Schriftsteller war also aus London entkommen. Und er hatte dasselbe Ziel wie Lemaitre: die Eremitage und – höchstwahrscheinlich – das dritte Amulett. Vermutlich steckte er sogar mit der deutschen Gräfin und der englischen Herzogin unter einer Decke. Lemaitre knirschte mit den Zähnen. Er spürte die Spannung in seinem Leib wie ein unterirdisches Summen. Er musste vor seinen Widersachern in der Eremitage sein.

Fuhr der Dampfer überhaupt noch? Oder trieb er nur noch dahin wie eine Seerose? Lemaitre stieß sich von der Reling ab. Es war höchste Zeit, dem Kapitän noch einmal die Schönheit der Amulette vor Augen zu führen.

An diesem Abend erreichte die *Adler* die Festung Kronstadt. Das Schiff war ein Wrack. Die Maschinisten hatten den Motor so heiß laufen lassen, dass kurz vor dem Ziel die Schweißnähte an den Kreuzkopfmaschinen geplatzt waren. Die letzten zwei Meilen bis nach Kronstadt hatte das Schiff mithilfe des Notsegels zurücklegen müssen.

Jetzt stand Lemaitre in einen Pelzmantel gehüllt auf dem Anleger der Festungsinsel. Neben ihm spuckte der Kadaver des Dampfers letzte Rauchfahnen aus. Vor ihnen blinkten die Lichter Sankt Petersburgs. Sie waren zum Greifen nah. Dennoch blieb die Stadt in dieser Nacht unerreichbar. Zwar war die Insel von freiem Wasser umspült. Doch die letzte Strecke über die Bucht war vereist und konnte nur mit dem Schlitten zurückgelegt werden, wie Simes in Erfahrung gebracht hatte. Alle Schlittenfahrer aber hatten Kronstadt bei Anbruch der Dunkelheit verlassen. Für gewöhnlich kehrten sie am Morgen zurück, um nach Passagieren Ausschau zu halten. Da nutzte auch die Kraft der Amulette nichts: Lemaitre und seine Gehilfen waren bis zum Morgengrauen auf der Insel gestrandet.

Simes fand auch heraus, dass für derartige Fälle Feldbetten in der alten Festung zur Verfügung standen. Doch davon wollte Lemaitre nichts wissen. Er starrte auf die Lichter Sankt Petersburgs. Über den Kuppeln und Dächern der Stadt hing ein Oblatenmond und tauchte die Bucht in blauen Schein. Die Eisfläche war von gewaltigen Kräften zusammengeschoben worden. Haushohe Spitzen und Grate ragten in den sternenkalten Nachthimmel empor.

»Wir sollten hineingehen«, sagte Simes hinter ihm. »Wenn ich es richtig verstanden habe, gibt es eine warme Suppe und ein Glas Branntwein für jeden.«

Lemaitre fuhr herum. »Wenn du es gemütlich haben willst, geh nur.«

Simes, der ebenfalls einen Pelzmantel trug, blickte unsicher unter dem Rand seiner Fellmütze hervor. »Was sonst sollen wir tun?«, fragte er. »Hier draußen erfrieren?«

»Nur wenn wir untätig herumstehen«, kollerte Lemaitre.

Simes schwieg einen Moment. Er hatte das Talent entwickelt, die Gedanken seines Meisters zu lesen. Zwar musste er immer erst mühevoll buchstabieren, aber meist kam er auf die richtigen Worte und Sätze.

»Sie wollen zu Fuß über die Bucht«, stellte Simes mit einem Keuchen fest.

Lemaitre sagte nichts. Eine Erklärung war überflüssig.

»Das ist Irrsinn.« Simes trat näher an Lemaitre heran.

Wenn er mich berührt, dachte der Magnetiseur, stoße ich ihn vom Anleger hinab ins Eiswasser.

Doch Simes schien auch diesen Gedanken lesen zu können. Starr blieb er neben Lemaitre stehen. Die beiden Männer schauten zu der blitzenden Eisfläche hinüber.

»Wie soll das gehen?«, fragte Simes schließlich. »Wir würden erfrieren. Überdies: Diese Eisblöcke dort vorn bilden einen Irrgarten.«

»Wenn ein einfältiger russischer Kutscher es hindurchschafft, können wir das schon längst«, knurrte Lemaitre. »Ich muss so schnell wie möglich in die Stadt. Morgen früh könnte es schon zu spät sein.«

Simes lachte gekünstelt. »Zu Fuß brauchen wir vielleicht länger, als wenn wir auf die Schlitten warten.«

»Dann wird es Zeit, das Geschwätz zu beenden und aufzubrechen. Ich bekomme dieses Amulett. Und wenn ich dazu geradewegs in die Hölle spazieren muss – oder durch sie hindurch.«

Eine halbe Stunde später standen Simes und Lemaitre auf der Eisfläche. Ein Ruderboot hatte sie die letzte Strecke von Kronstadt bis an den Rand des Eises gebracht, dorthin, wo tagsüber die Schlitten abfuhren. Lemaitre stieg aus. Simes folgte ihm.

»Wie kalt muss es sein, damit Salzwasser gefriert?«, fragte Simes und starrte auf die unwirtliche Landschaft vor ihnen. Auch Lemaitre sah sich um. Hätte jemand behauptet, er sei auf dem Mond ausgesetzt worden, so hätte er das geglaubt.

Die Männer gingen in die Knie und legten die Schneeschuhe an, die sie in der Festung erhalten hatten. Das Gepäck war auf der Insel geblieben. Madame Meunier würde es am nächsten Morgen mit einem der Schlitten in die Stadt bringen. Vor der Eremitage wollten sie sich treffen.

Vor Simes' Gesicht stand eine Wolke Atemluft. Die Wangen des Briten waren rot vom Frost. Lemaitre wusste nicht, wie lange sich seine Maske unter den extremen Temperaturen halten würde. Aber all das war zweitrangig. Wenn Dumas wirklich schon in Sankt Petersburg sein sollte, durfte er keine Zeit verlieren.

Die beiden Männer drückten sich die Pelzmützen tiefer in die Gesichter und zogen die Wollschals bis zu den Augen hoch. Dann machten sie sich auf den Weg. Immer auf die Lichter zuhalten, so hatten sie es beschlossen. Doch schon nach kurzer Zeit erwies sich dieser einfache Plan als undurchführbar. Die hohen Eisplatten standen wie Barrieren zwischen den beiden Wanderern und der Stadt.

Da die Männer den Eisblöcken ständig ausweichen mussten, liefen sie bald in die Irre. Jedes Mal, wenn sie die Lichter Sankt Petersburgs wieder am Horizont entdeckten, schienen diese an einer anderen Stelle zu blinken. Leise regte sich in Lemaitre die Ahnung, sich überschätzt zu haben. Er mochte Menschen seinen Willen aufzwingen können, der Natur nicht. Doch dann bückte sich Simes und tastete über den Boden. Spuren waren im vereisten Schnee erkennbar. Hier fuhren tagsüber die Schlitten entlang. Und sie hatten eine Fährte hinterlassen, der die beiden Männer folgen konnten.

Die Anspannung löste sich. Simes redete sogar davon, mit welchen Ausschweifungen er wieder Blut in seine Gliedmaßen fließen lassen wollte, wenn sie die Stadt erst erreicht hätten. Bald jedoch sparte der Brite seine Kräfte und deutete nur noch schweigend voraus, wenn es darum ging, festzustellen, wo die Schlittenspuren entlangführten.

Lemaitre hasste die Kälte so sehr, wie er die Hitze hasste. Er fror so rasch, wie er schwitzte. Beide Empfindungen waren ihm zuwider. So wie fast alle Signale, die sein Körper aussendete. Das Gehen fiel ihm schwerer. Der Atem stach in der Lunge. Schließlich machte all das einer angenehmen Empfindungslosigkeit Platz. Die Welt versank im blauen Licht des Mondes, in dem nur das Scharren der Schneeschuhe zu hören war.

Irgendwann sah er Simes' Gesicht in der vollen Scheibe des Mondes leuchten. Wie war der Brite dort hineingelangt? Simes zog den Schal vom Mund und sagte etwas. Seine Stimme war ein Krächzen. Aber es lag Dringlichkeit in seinen Worten. Aufstehen, verstand Lemaitre. Er lachte. Was wollte dieser Simes denn nur von ihm?

Dann zog Simes ihm den Schal herunter und schlug ihm ins Gesicht. Lemaitre spürte keinen Schmerz, nur Empörung. Die genügte, um ihm bewusst zu machen, dass er auf dem Eis lag. Gestürzt. Oder eingeschlafen. Er blinzelte. Eiskristalle fielen von seinen Wimpern hinab. Der Blick verschwamm, und er wischte mit den Handschuhen über das Gesicht. Dann ergriff er Simes' ausgestreckten Arm und zog sich hoch.

Er wollte gleich weiter, dem Vorfall keine Bedeutung beimessen. Er war der Meister. Wozu trug er schließlich den Namen Lemaitre? Schwäche zu zeigen war etwas für seine Patienten. Wenn nur seine Knie aufhören würden zu beben. Er ging ein paar Schritte, aber sie misslangen. Seine Muskeln brauchten eine Pause. Doch ohne Bewegung würden sie erstarren. Ein Gefühl der Hilflosigkeit schwappte über Lemaitre hinweg. Eine Hilflosigkeit, wie er sie lange nicht mehr verspürt hatte. Zuletzt, als er noch ein Schiffsjunge war und General Dumas ihn im Hafen von Le Havre verlassen hatte.

»Simes«, keuchte Lemaitre und suchte mit zusammengekniffenen Augen nach seinem Gehilfen. Der stand einige Schritte entfernt und staunte abwechselnd seinen Meister und seine eigene rechte Hand an, jene Hand, mit der er Lemaitre ins Gesicht geschlagen hatte. Die Schminke war an Simes' Hand haften geblieben. Und in seiner Maske musste nun eine Lücke klaffen. Ben Simes sah zum ersten Mal seinen Meister, wie er wirklich war.

»Sie sind …«, begann Simes. Doch Lemaitre unterbrach ihn.

»Das geht dich nichts an«, fauchte Lemaitre. »Wir müssen weiter.«

»Warum haben Sie mir das verschwiegen?«, wollte Simes wissen. »Ich hätte niemals …«

»Doch, das hättest du«, rief Lemaitre. »Und das wirst du auch weiterhin. Stütze mich und bring mich in die Stadt.« Er streckte den Arm aus.

Simes blieb unbewegt stehen. Die Ohrenklappen seiner Pelzmütze hatten sich gelöst und flappten im Wind. Er schien es nicht zu bemerken.

Schließlich fand der Brite die Sprache wieder. »Dass ich einem wie Ihnen zu Diensten war, ist entwürdigend.«

»War?«, rief Lemaitre. »Du bist es nach wie vor, Simes – und wirst es bleiben. Die Würde eines Betrügers! Welchen Wert kann die schon haben?«

»Ich kehre um«, rief Simes mit hoher Stimme.

»Dazu ist es wohl zu spät«, antwortete Lemaitre. »Der einzige Weg, den du noch nehmen kannst, liegt vor uns.«

Der Brite wandte sich um und wollte davongehen. Ein Windstoß fegte Schnee auf. Die Kristalle stachen mit Nadelspitzen in die Gesichter.

»Ich bin verletzt«, rief Lemaitre seinem Begleiter nach. »Du kannst mich nicht einfach hier zurücklassen.«

Simes hielt inne. Er schien nachzudenken. Er war eine Statue aus Eis. Dann wandte er sich um und ging zurück.

Lemaitre griff unter seinen Pelzmantel. Als seine Hand wieder hervorkam, hielt sie die beiden Amulette. Sofort erschien Reif auf der Bronze.

Simes schaute auf Lemaitres Beine. »Wo sind Sie denn verletzt?«, fragte der Engländer. »Ich sehe nichts.«

»Ich zeige es dir«, sagte Lemaitre. »Hier!« Mit einer Hand fasste Lemaitre Simes' Nacken und hielt ihm mit der anderen die Amulette vor das Gesicht.

Der Wind ließ die Scheiben taumeln.

Simes schaute überrascht auf. Dann erst erkannte er die Amulette. Er sträubte sich und wollte sich abwenden, konnte sich dem Anblick aber nicht entziehen. Ein kurzer Moment genügte. Sogar unter diesen Umständen strahlten die Amulette ihre Macht aus.

Ben Simes' Bewegungen wurden weicher. Sein Kopf wurde schwer wie der eines Schlafenden. Schließlich wehrte sich Simes nicht länger.

Lemaitre ließ die Amulette wieder verschwinden. Die Bronzescheiben waren eiskalt und schienen sich durch seine Kleider hindurch an seiner Haut festzusaugen. Er befahl Simes, in die Knie zu gehen. Der Brite gehorchte. Mit steifen Bewegungen kletterte Lemaitre auf den Rücken seines Begleiters. Dann hieß er ihn aufstehen. Zunächst rührte sich Simes nicht. Doch dann drückte er das rechte Knie durch, zog das linke nach. Schließlich stand er aufrecht und schlang seine Arme um Lemaitres Beine.

Die Atemwolken, die Simes ausstieß, folgten schneller aufeinander als die Dampffahnen der *Adler*. Und er bewegte sich jetzt langsamer vorwärts als das Schiff. Lemaitre hing auf Simes' Rücken wie eine Laus, darum bemüht, seinem Wirt die Luft nicht abzudrücken.

Schritt für Schritt ging es voran. In dem noch funktionierenden Teil seines froststarren Gehirns dachte Lemaitre, dass Sankt Petersburg wohl noch keinen Besucher empfangen hatte, der auf diese Art in die Stadt gekommen war.

Ben Simes' Kräfte schienen mit jedem Schritt nachzulassen. Zwar war Lemaitre schlank, doch dafür groß. Sein Gewicht drückte auf den Rücken des Engländers, der sich immer tiefer hinabbeugte. Schließlich stapfte Simes wie ein vom Alter gebeugter Greis die Schlittenspuren entlang. Er hustete.

An den Rücken seines Gehilfen gepresst, spürte Lemaitre, wie Simes' Körperwärme zu ihm durchdrang und ihn wärmte. Er glaubte auch zu spüren, wie die Lebenskraft des Briten durch dessen Pelzmantel entwich. Er stellte sich vor, Simes' Vitalität aufzusaugen. Tatsächlich fühlte er sich ein klein wenig besser.

Nach einiger Zeit, sie hatten wohl ein Dutzend Eisschollen hinter sich, war Ben Simes mit seinen Kräften am Ende. Er sackte vollends zu Boden und versuchte, auf allen vieren weiterzukriechen.

Einmal mehr versetzte die Kraft der Amulette Lemaitre in Erstaunen. Er stieg von Simes' Rücken ab und betrachtete das, was von seinem Gehilfen übrig geblieben war.

Simes' letzte Kraftreserven waren aufgezehrt. Er kniete auf dem Eis und atmete schwer. Die Luft schien ihm knapp zu werden, denn er zog den Schal vom Mund. Jetzt strömte die eisige Luft ungehindert in seinen Leib. Es war nur noch eine Frage der Zeit, bis Ben Simes' Lunge gefror.

Lemaitre sah sich um. Eine Steinwurfweite entfernt ragten Masten in den sternklaren Himmel. Hinter dem nächsten Eishügel musste der Hafen Sankt Petersburgs liegen. Sie hatten es beinahe geschafft. Die letzte Strecke würde er aus eigener Kraft zurücklegen.

Mit einem Stöhnen sank Simes in sich zusammen und lag

nun ausgestreckt auf dem Eis. Die Atemwolken kamen langsamer. Ihr Umfang wurde immer geringer. Dann beobachtete Lemaitre dasselbe Phänomen wie bei Pivert in Paris. Im Augenblick des Todes bäumte sich der Körper noch einmal auf. Simes riss die rechte Hand hoch und schob sich den Schal wieder vor das Gesicht. Dann rollte er auf den Rücken und starrte Lemaitre mit anklagendem Blick an.

Als auf Ben Simes' Augen eine Eisschicht gefror, drehte sich Lemaitre um und taumelte weiter auf Sankt Petersburg zu.

Kapitel 43

Sankt Petersburg, Palais Schuwalow, Januar 1852

Das Palais lag noch im Dunkeln. Alexandre trat auf die Treppe vor Schuwalows Haus. An seinem Gaumen verklang das Echo von Muskatellerwein und Biskuits, die es zum Frühstück gegeben hatte. Er atmete tief ein. Der Morgen roch nach Erlebnis und Inspiration.

In der Auffahrt warteten zwei offene Kutschen, die für die Wolfsjagd bestimmt waren. Sie glänzten in frischem Anstrich. Statt von Rädern wurden sie von Kufen getragen. Vor jede Kutsche waren drei Pferde gespannt. An deren Zaumzeug hatten sich Klimperzacken gebildet, und jedes Mal, wenn eines der Tiere die Mähne schüttelte, fielen einige davon ab und zerklirrten auf dem Pflaster. Die Kutscher hatten sich in dicke Pelze gehüllt und schwatzten miteinander.

Hinter dem fahlweißen Himmel verbarg sich Schnee.

Nun erschienen auch Anna und Lady Alice. Beim Frühstück hatten sie alle noch einmal ihren Plan besprochen. Bevor es auf die Wolfsjagd ging, würden die drei Gäste die Eremitage besuchen. Dort wollten sie das Amulett finden. Bis zu diesem Punkt waren sich Anna, Alice und Alexandre einig gewesen. Dann hatte sich die Frage gestellt, was mit dem Artefakt geschehen sollte. Und die möglichen Antworten hatten die Runde auf den Kopf gestellt.

Alexandre war davon ausgegangen, sie würden der Museumsleitung die Bronzescheibe abkaufen. Das hatte auch im Louvre prächtig funktioniert. Noch immer sah er das zufriedene Lächeln Monsieur Mariettes vor sich, als dieser die zehntausend Franc entgegengenommen hatte.

Doch diesmal war sein Vorschlag auf taube Ohren gestoßen.

Woher denn das Geld kommen solle, hatte Gräfin Anna wissen wollen. Alexandre hatte beide Arme in die Luft geworfen. Geld gebe es doch genug auf der Welt, man müsse nur zugreifen. Dabei hatte er Alice angesehen. Doch die weigerte sich, ihren Familienschmuck für das Unternehmen zu opfern.

»Aber was machen wir dann?«, fragte Alexandre.

»Wir müssen doch das Amulett gar nicht aus dem Museum entfernen«, sagte Anna. »Es genügt, die Museumsleitung vor Lemaitre zu warnen. Wenn wir sie überzeugen können, dass wir von einem bevorstehenden Diebstahl wissen, werden die Kuratoren der Sammlung das Amulett an einen sicheren Ort bringen.«

»Und wenn man uns nicht glaubt?«, wollte Alice wissen. »Immerhin sind wir Ausländer.«

»Das kann unser Vorteil sein«, erwiderte Alexandre. »Wir sind ja nicht drei Franzosen, drei Deutsche oder drei Briten. Nein. Wir kommen aus drei Nationen, sprechen drei Sprachen und wollen eine vierte Nation vor Unheil bewahren. Wir sind die fleischgewordene Internationalität. Man muss uns einfach Glauben schenken.«

Davon waren die Damen zwar nicht überzeugt. Da es aber an Alternativen mangelte, hatten sie schließlich gemeinsam beschlossen, in die Eremitage zu fahren und erst einmal mit der Museumsleitung zu sprechen.

Jetzt stolzierte Schuwalow aus der Tür, zwängte sich zwischen seinen Gästen hindurch und drückte Alexandre eine Pistole gegen die Brust. »Die ist geladen und scharf gemacht«, sagte der Russe und lächelte vielsagend. »Kommen Sie«, rief er. »Wir fahren zum Museum. Und dann gehen wir auf die Jagd.« Schuwalows Augen leuchteten. Er kletterte in die vordere der beiden Kutschen.

Alexandre hielt die Pistole am langen Arm von sich und dachte an die vorausliegenden Ereignisse. Die Wolfsjagd, wie Schuwalow sie geschildert hatte, schien ein wahres Abenteuer zu sein. Gestern Abend hatte er sich sofort dafür begeistern können. Im gemütlichen Billardzimmer, eingehüllt in den Rauch starker Zigarren und ermutigt vom russischen Schnaps, schien es einem französischen Helden gut anzustehen, sich einer Meute reißender Bestien zu stellen. Jetzt aber, in der Trostlosigkeit des russischen Wintermorgens, war ihm das Unternehmen eine Spur zu waghalsig.

Alexandre zögerte.

Es war Gräfin Anna, die ihn schließlich am Ärmel zupfte. »Würden Sie mir bitte in die Kutsche helfen? Ich muss den Eindruck haben, dass Sie Ihre Manieren in den Gewölben von Newgate zurückgelassen haben.«

Alexandre zuckte zusammen. Mit geübter Bewegung hob er Anna aus dem Rollstuhl. Dabei kamen sich ihre Gesichter nahe. Diesmal schaute die Gräfin nicht, wie sonst, in eine andere Richtung, sondern ließ ihren Blick über seine Miene wandern, als suche sie etwas darin. Auch faltete sie ihre Hände nicht sittsam auf dem Bauch. Sie legte sie Alexandre um den Hals.

Die Wölfe in seinen Gedanken lösten sich in Luft auf, Luft, die mit einem Mal gar nicht mehr so kalt zu sein schien. Trotzdem spürte er eine Gänsehaut auf seinen Armen und in seinem Nacken.

In Annas Brille spiegelte sich sein Gesicht. Alexandre erkannte, dass er lächelte wie eine Blumenknospe, die gerade aufgebrochen war.

»Vorwärts, meine Damen, mein Herr!«, drängte Schuwalow. Alexandre stieg mit Anna auf dem Arm in die Kutsche und setzte sie auf dem Polster ab. Alice blieb einen Moment allein auf der Treppe zurück. Dann stieg sie zu Schuwalow in den Wagen.

Schon freute sich Alexandre darüber, mit Anna allein sein zu können. Da kamen zwei Männer, die wie Bauern gekleidet waren, um das Palais herum. Sie schoben einen Karren mit einem Bündel, das sich ruckartig bewegte: einem gefesselten Schwein. Das musste der Köder für die Wölfe sein, von dem Schuwalow gesprochen hatte.

Die Männer stellten den Karren neben dem Schlitten ab und sagten etwas auf Russisch. Schuwalow antwortete. Die Männer hievten das Schwein vom Karren und warfen es zu Anna und Alexandre in die Kutsche.

Anna schrie auf und drängte sich an das äußerste Ende der Sitzbank. Für Alexandre blieb nicht genug Platz zum Ausweichen. Das Hinterteil des mit Seilen verschnürten Tiers landete auf seinem linken Fuß.

Das Schwein versuchte vergeblich, sich zu befreien. Dabei zuckte es und warf sich gegen Alexandres Beine. Das Tier stieß Angstlaute aus. Hinzu kam sein Geruch, der an einen Misthaufen im Hochsommer erinnerte.

»Lassen Sie doch bitte das arme Schwein laufen«, rief Anna zu Schuwalow nach vorn.

Der Russe wandte sich in seinem Schlitten um. »Natürlich, Gräfin. Sobald wir in den Wäldern sind, wird das Schwein mehr Bewegung bekommen, als ihm lieb ist.«

»Kann es nicht in Ihrer Kutsche mitfahren?«, fragte Alexandre.

Schuwalow hob die Hände in einer Geste der Hilflosigkeit. »Die ist voller Waffen. Oder wollen Sie die Wölfe etwa mit bloßen Händen erlegen?«

Bald darauf glitten die Kutschen – oder waren es Schlitten? –

durch die Straßen der Wassiljewski-Insel. Schuwalow und Alice fuhren vorweg. Anna und Alexandre folgten mit dem Schwein. Sie überquerten die Newa auf einer sich scheinbar endlos dahinziehenden Brücke. Mitten auf dem Übergang ließ Schuwalow anhalten. Er winkte den Schlitten mit Anna und Alexandre heran. Als die beiden Fahrzeuge auf gleicher Höhe waren, deutete Schuwalow auf das ferne Ende der Brücke.

Alexandre meinte, der Russe wolle auf eine technische Meisterleistung seiner Nation aufmerksam machen. Doch stattdessen sagte Schuwalow: »Sehen Sie diesen Hund?« Dort krümmte ein magerer Straßenköter seinen Rücken und verrichtete sein Geschäft im Schnee.

»Sehen so Ihre Wölfe aus?«, fragte Anna spöttisch.

Schuwalow ließ sich nicht aus der Ruhe bringen. »Er zeigt uns, wie dauerhaft der russische Winter ist. Seine Hinterlassenschaften wird man erst im April oder Mai riechen können. Dieser Hund ist der Botschafter des Frosts.«

Alexandre erinnerte sich an ein Bonmot, das er in einem Reiseführer gelesen hatte. »Ich glaube, es war Katharina die Große, die sagte, in Russland gebe es keinen Sommer. Nur zwei Arten von Winter …«

»Einen weißen und einen grünen«, ergänzte Schuwalow und lachte. »Ich fürchte, das ist nicht mal erfunden. Russen – und Russinnen – sind selten einfallsreich. Schauen Sie sich um. Sehen Sie etwa eine russische Stadt? Die Häuser sind eine Nachahmung Berlins. Die Parks sind eine Nachahmung Versailles'. Und die Newa ist eine Nachahmung der Themse. Der Winter allerdings – der ist echt.«

Er stieg wieder ein, und die Kutschen rauschten hintereinander an dem Hund vorbei, der an seinem Haufen schnüffelte.

Nachdem sie das gegenüberliegende Ufer erreicht hatten, bogen sie nach links ab. Nun fuhren sie am Rand des Flusses über einen breiten Boulevard. Als ein großes Gebäude in der Ferne auftauchte, stellte sich Schuwalow in seinem Schlitten aufrecht hin und rief aus voller Kehle: »Die Eremitage!«

Sie waren am Ziel. Warum, fragte sich Alexandre, empfinde ich keine Erleichterung?

Kapitel 44

Sankt Petersburg, Eremitage, Januar 1852

Eine helle Fassade mit endlosen Reihen hoher Fenster zog vorbei. Die meisten waren zu dieser frühen Stunde schon erleuchtet. Das Bauwerk war so lang, dass sie eine halbe Zigarrenlänge brauchten, bevor sie es passiert hatten. Die Schlitten fuhren unter einem Torbogen hindurch und hielten auf einem großen Platz.

Alexandre stieg aus und nahm die Pelzmütze ab, um besser sehen zu können. Bis auf eine einzige Kutsche, die davor abgestellt war, lag die riesige Fläche leer im Morgendunst. Jemand kramte gerade etwas aus dem Gefährt hervor – eine Katze – und setzte das Tier unsanft in den Schnee.

»Gehört das alles zum Museum?«, wollte Alexandre wissen.

»Keineswegs!«, antwortete der Russe. »Dieser Teil hier vor uns, das ist die Eremitage. Das da«, er deutete nach rechts, »das ist der Winterpalast. Solange es Zaren gibt, wird kein russischer Bauer jemals einen Fuß dort hineinsetzen.«

»Der Winterpalast?«, fragte Alexandre. Von dessen Pracht hatte er schon gehört. »Gibt es denn auch einen Sommerpalast?«

Schuwalow lachte.

»Warum gibt es hier so viele Katzen?«, wollte Anna wissen, die noch in der Kutsche saß.

Jetzt fielen die Tiere auch Alexandre auf. Sie liefen durch den Schnee und verschwanden in Schlupflöchern am unteren Rand der Fassade. Andere kamen aus Luken hervor, die im Erdgeschoss in der Nähe der Fenster angebracht waren.

»Die gehören zum Haus«, sagte Schuwalow. »Katzen sind die Lieblinge der Zaren. Schon Alexei Michailowitsch und sein Sohn Peter der Große verehrten sie. Seitdem haben sie Wohnrecht in der Eremitage.« Schuwalow richtete seine Pelzmütze. »Einige liegen den ganzen Tag da drin herum, elegant und reglos wie Statuen. Passen Sie auf, dass Sie die Katzen nicht mit den Kunstwerken verwechseln.«

Dann holte er eine Flasche Branntwein aus seiner Kutsche und drängte die Gäste zur Eile. Alexandre und die Damen sollten nicht vergessen, dass er es auf viel größere Tiere abgesehen habe. Eine halbe Stunde werde er warten und dann zur Wolfsjagd aufbrechen. Allein, wenn es sein musste.

Alexandre beteuerte zwar, er werde sich beeilen. Insgeheim aber hielt er eine Verspätung durchaus für möglich.

Um den Rollstuhl abzuladen, musste Alexandre seine Fäustlinge ausziehen. Dann löste er die Gurte. Als er den sperrigen Stuhl von der Ladefläche heben wollte, kam der Kutscher hinzu, um zu helfen. Etwas in Alexandre sträubte sich. Er wedelte die Hilfsbereitschaft mit energischer Geste beiseite. Der Kutscher verschwand schulterzuckend. Alexandre wuchtete den Rollstuhl allein von der Ladefläche und stellte ihn vor dem Ausstieg des Schlittens im Schnee ab.

Als Nächstes war Anna an der Reihe. Wie oft hatte Alexandre sie schon in ihr Gefährt gehoben? Niemals hatte er dabei an etwas anderes gedacht als daran, wie leicht diese Person war. Jetzt aber fieberte er plötzlich dem Augenblick entgegen, in dem seine Hände ihr Kleid berührten. Was war nur in ihn gefahren? Unschlüssig stand er vor der Kutsche und schaute Anna an.

»Vorwärts!«, drängte Schuwalow wieder. »Ich kann nicht ewig warten.«

Alexandre streckte Anna die Arme entgegen. Sie rutschte ihm auf den Polstern der Sitzbank entgegen. Ihre Bewegungen waren geübt und sicher. Doch als sie schließlich in Alexandres Armen lag, zögerte auch sie einen Moment. Dann schlang sie, wie schon bei der Abfahrt, erneut die Hände um den Hals ihres Trägers.

Da lag sie fest und schön in seinen mächtigen Armen. Was anderes konnte er tun, als sie anzustarren? Er liebte ihren blumigen Geruch nach frischer Wäsche, er liebte ihre Art, in Hühnerschlückchen zu trinken, die flatternden Finger, wenn sie Französisch parlierte, und ihre Lippen, die mal verkniffen, mal voll und ausladend ihr inneres Wetter anzeigten. Was für eine Frau! Sie war mit ihm auf die Barrikaden gegangen und hatte ihn im tiefsten Kerker gesucht. Sie hatte Branntwein mit ihm getrunken und war mit ihm über das Eismeer gefahren. Sie hatte ihm die Zensur auf den Hals gehetzt, ihn verflucht und beinahe erschossen. Welcher Mann konnte das schon von einer einzigen Frau behaupten?

Stellte sie ihm etwa eine Augenfrage?

Seine Stimme war wie rohes Eiweiß, als er sagte: »Es ist vielleicht gerade nicht der rechte Moment. Aber wollen Sie meine Frau werden, Anna?«

Ihm wurde warm, als er merkte, dass er die Worte tatsächlich ausgesprochen hatte, dass er es ernst meinte. Hoffentlich war die nächste Kirche nicht allzu weit entfernt.

Warum sagte Anna nichts?

Sie lag in seinen Armen und kniff die Augen zusammen. Eine Träne gelangte trotzdem ins Freie. Sie wischte sie fort.

»Wenn Sie wegen des Geldes zögern«, fuhr Alexandre fort, »ich bin nicht so arm, wie es den Anschein hat. Ich kann Geld auftreiben.«

Anna schüttelte den Kopf. Bedeutete das, sie würde ihn nicht heiraten? Sein Herz schlug Galopp.

»Ihr Antrag rührt mich, Alexandre«, sagte Anna. »Aber

zwischen Ihnen und mir steht meine Vergangenheit. Die Erinnerung an meinen Mann, an Graf Tristan, ist so lebendig, als stände er jetzt neben uns. Vielleicht tut er das sogar.«

»Dann fragen wir ihn wohl besser um Erlaubnis«, sagte Alexandre. »He, Graf Tristan!«, rief er auf den Museumsplatz hinaus. »Wären Sie einverstanden, wenn ich Ihre Frau heirate?« Er zwinkerte Anna zu. »Ich glaube, er hat Ja gesagt. Haben Sie es nicht auch gehört?«

Anna lachte unter Tränen. Hätte Alexandre eine Hand frei gehabt, er hätte ihr sacht die Brille abgenommen und ihre Augen mit Küssen bedeckt. Und nicht nur ihre Augen.

»Sie sind nicht nur ein Gefühlsnarr, Alexandre. Sie sind auch mente captus.«

»Wieso sollte ich nicht bei Verstand sein, wenn ich die schönste Frau der Welt zum Altar führen will?« Sein Herzschlag pumpte die Worte nur so aus ihm hervor. Die Inspiration hielt ihn umfangen. Und sie trug eine Brille.

»Du sollst immer in meinen Armen liegen. Nie wieder wirst du einen Rollstuhl brauchen. So wie ich dich jetzt halte, so trage ich dich in die Kirche. Und über die Schwelle des Châteaus Monte Christo.«

»Ich bin nicht auf Ihre Hilfe angewiesen.« Annas Stimme klang mit einem Mal schroff. »Es stimmt: Ich kann meine Beine nicht bewegen. Na und? Deshalb bin ich noch lange nicht hilflos. Und wenn ich mir vorstelle, ich müsste für den Rest meines Lebens auf Ihr Verantwortungsbewusstsein zählen, halte ich mich lieber an meinen Rollstuhl. Sofort setzen Sie mich hinein!«

Alexandre gehorchte zögerlich. Anna schlang sich mit raschen Bewegungen die Decke um die Beine und prüfte den Sitz des Korbes an der Seite.

Was war es nur mit dieser Frau? Hatte Sie ihm nicht gerade eben Avancen gemacht? Und kaum hatte Alexandre ihr versprochen, sie ein Leben lang auf Händen zu tragen, da zeigte sie ihm die kalte Schulter.

Es war wohl einfacher, bei seinen Romanfiguren zu bleiben.

Noch einmal beugte er sich zu Anna hinab. »Der Rollstuhl kann natürlich bei uns bleiben, wenn …«

»Es sind noch fünfundzwanzig Minuten übrig«, bemerkte Schuwalow. Der Russe hielt eine Taschenuhr in der Hand und starrte zu Alexandre und Anna hinüber. Lächelte er etwa?

Die Katzen waren überall. Auch vor dem überraschend kleinen Eingang zum Museum strichen sie umher. Als Alexandre die Klinke hinunterdrückte, sprang die Tür auf, und gleich ein Dutzend Tiere schlüpfte ins Innere, bevor die drei Besucher auch nur einen Fuß hineinsetzen konnten. Die Katzen strichen um Alexandres Beine, sprangen auf Annas Schoß und schauten mit großen Augen zu Alice hinauf, wohl in der Hoffnung auf Futter.

Schuwalow hatte erklärt, dass der Besucherbereich erst vor einigen Monaten eingerichtet worden sei. Der Eingang sollte schlicht und klein erscheinen. Der Zar wolle Bürgern und Bauern zwar den Zugang zur Eremitage ermöglichen, ihnen aber zugleich die Bedeutung ihres Standes vor Augen führen. Bislang seien ausschließlich Aristokraten zu Gast in der Eremitage gewesen, die man erst im Winterpalast empfangen habe, um sie von dort zur Sammlung der Zaren zu führen. Diesen Weg würde das einfache Publikum niemals gehen.

Hinter der Tür lag ein Gang. Darin stand ein kleiner Tisch aus zerkratztem Holz mit einem polsterlosen Stuhl. Auf der Tischplatte waren Papiere verstreut. Ein Federkiel steckte in einem Halter aus Messing. Ein Glas mit einer dampfenden Flüssigkeit war daneben abgestellt. Niemand war zu sehen.

»Hallo?«, rief Alexandre. Seine Stimme hallte den Gang entlang. Das Echo kehrte allein zurück.

»Vermutlich schlafen die Museumsleute noch«, sagte Alexandre.

»Aber die Tür haben sie schon aufgeschlossen, und den Tee haben sie ebenfalls schon aufgesetzt«, sagte Alice. »Sie scheinen Schlafwandler zu sein.«

»Vielleicht geht man gerade einem Bedürfnis nach«, warf Anna ein. »Gedulden wir uns doch einen Moment.«

Sie warteten schweigend. Alexandre versuchte, die Zeit mit einem Gespräch zu überbrücken, und berichtete von der Anekdote, die ihm Schuwalow in Brüssel erzählt hatte. »Wussten Sie, dass Russen überhaupt nichts mit Bildung anzufangen wissen?«, hob er an. »Als man den Aufständischen von 1825 den Ruf ›Es lebe die Konstitution!‹ beibringen wollte, mussten ihnen ihre Führer einreden, die Konstitution sei die Frau des Großfürsten Konstantin.«

Jede andere Gesellschaft hätte er mit diesen Worten aufgeheitert. Anna und Alice aber blickten nicht einmal auf. Wortlos hefteten sie ihre Blicke auf das entfernte Ende des Gangs. Sie schienen auf das Geräusch einer in der Ferne zuschlagenden Tür zu lauern, auf Stimmen, die aus Amtsstuben drangen, das Gelächter, das auf einen flüchtigen Scherz folgte, auf Schritte. Doch alles blieb ruhig. Dieses Museum war lebloser als eine Gruft.

Je länger die Stille dauerte, umso stärker bemerkte Alexandre, dass seine Zahnschmerzen zurückkehrten. Seit Wochen plagte er sich mit dem dumpfen Pochen in der rechten Hälfte seines Unterkiefers. Manchmal konnte er den Schmerz mit einem starken Wein betäuben, manchmal genügte die schiere Kraft seiner Gedanken. Dann wiederum gab es Augenblicke, in denen der Zahnwurm, unter dem er zweifellos litt, die Oberhand gewann. Dieser Moment war jetzt wiedergekommen. Der Schmerz schürte seine Ungeduld.

Alexandre sog geräuschvoll Luft ein, um den Zahn zu kühlen. Das Pochen hielt an. »Ich gehe noch einmal hinaus und frage Schuwalow, ob wir vielleicht durch die falsche Tür hineingegangen sind«, schlug er vor.

»Nein«, widersprach Anna. »Wir gehen hinein.«

»Aber hier ist niemand«, erwiderte Alexandre.

»Eben«, sagte Anna. »Deshalb werden wir die Leute suchen, die dieses Museum betreiben. Monsieur Schuwalow hat uns bereits genug geholfen. Ich verzichte auf weiteren Beistand von seiner Seite.« Ohne auf Alexandres Reaktion zu warten, gab sie Alice einen Wink, und die Herzogin schob den Rollstuhl den Gang hinunter.

Alexandre lief hinter seinen Begleiterinnen her. »Vielleicht ist eine Anmeldung in diesem Haus gar nicht nötig«, plauderte er, um das hohle Geräusch zu übertönen, dass seine Schuhe auf den schwarzen und weißen Fliesen verursachten – und wohl auch, um das Gefühl zu unterdrücken, das etwas in diesem Museum nicht stimmte. »Habe ich schon von meinem Besuch im Britischen Museum erzählt?«, fragte er, um einen beiläufigen Ton bemüht. »Dort nimmt man überhaupt kein Eintrittsgeld. Stattdessen werden die Besucher gebeten, einen beliebigen Betrag zu spenden, je nach Wunsch, Begeisterung und Geldbörse. Vielleicht ist auch hier ein solches System …«

Er verstummte. Sein Blick wanderte nach oben.

Der Gang öffnete sich in einen weißen Saal. Das Parkett war kunstvoll zu einer Kompassrose ausgelegt. Die Wände schienen aus strahlend hellem Marmor zu bestehen, ebenso die korinthischen Säulen, die ein Gebälk mit Bildhauerarbeiten trugen. Die Decke war mit Ornamenten bemalt. Von ihrer Mitte hing ein Kronleuchter herab, der so groß war, dass ein erwachsener Mann in seiner Wölbung ein Bad hätte nehmen können. Wohl an die fünfzig Kerzen waren darauf entzündet. Sie spiegelten sich in den Kristallen und warfen ihr Licht direkt auf die Rose im Parkett.

Alice war die Erste, die die Sprache wiederfand. »Sehen alle Räume hier drin so aus?«, fragte sie zu dem Kronleuchter hinauf.

»Wenn das hier nur das Museum ist«, sagte Alexandre, »wie muss dann erst der Palast aussehen?« Er nahm sich vor, Ideen für die Ausstattung des Châteaus Monte Christo zu sammeln.

»Ist jemand hier?«, rief Anna auf Russisch. Sie wiederholte die Worte auf Französisch, Deutsch und Englisch.

Das Museum schwieg.

Was war das? Im Augenwinkel meinte Alexandre einen Schatten gesehen zu haben. Die Nordwand war von drei Glastüren durchbrochen. Hinter einer meinte Alexandre, eine Bewegung wahrgenommen zu haben. Aber je länger er auf die Stelle starrte, umso mehr glaubte er, sich getäuscht zu haben. Schließlich sah er eine Katze, die an der besagten Stelle entlanglief.

Die Räder des Rollstuhls knarrten auf dem Parkett. Anna fuhr in die Mitte der Kompassrose. Der Leuchter warf sein Licht nun unmittelbar auf ihre Gestalt. Als sie zu Alexandre und Alice aufblickte, spiegelten sich die leuchtenden Kristalle tausendfach in den Gläsern ihrer Brille. Ihre Augen sind zu Diamanten geworden, dachte Alexandre.

»Es ist das Beste, wir teilen uns auf«, schlug Anna vor. »Dieses Gebäude ist so groß, dass wir den ganzen Tag darin umherirren könnten, ohne jemandem zu begegnen. Wenn wir uns trennen, steigern wir unsere Möglichkeiten.«

»Das ist keine Möglichkeit, sondern eine Unmöglichkeit«, warf Alexandre ein. »Um nichts in der Welt werde ich von Ihrer Seite weichen.« Schmerzhaft fiel ihm auf, dass er Anna wieder in der Höflichkeitsform anredete.

»Weil ich eine hilflose Frau bin?«, fragte Anna scharf.

Auch Alice schien der Plan zu missfallen. »Was geschieht, wenn wir uns nicht wiederfinden?«, fragte sie.

»Das werden wir.« Anna deutete nach Osten, wo ein Durchgang aus dem Saal hinausführte. »Sie, Alice, gehen in diese Richtung. Alexandre wendete sich dorthin.« Anna deutete zu einem Durchgang im Westen des Saals. »Ich werde hier in der Mitte warten. Sobald einer von Ihnen einem Museumsangestellten begegnet, ruft er. Dann werde ich das Signal in die entgegengesetzte Richtung weitergeben. Auf diese Weise treffen wir uns alle wieder hier.«

»Sie gäben einen guten Feldherren ab, Gräfin«, sagte Alice. »Ich bin zwar von Ihrem Vorschlag nicht überzeugt, aber er scheint derzeit unsere einzige und beste Wahl zu sein.«

»Ein Feldherr?«, fragte Anna. »Einst hat man mir nachgesagt, ich sei eine Spielernatur.«

»Sie spielen hoch«, stimmte Alice zu. »Aber wo wäre ich heute, wenn Sie nicht so viel wagen würden? Auf dem Grund des Sees im Saint James Park.«

Kapitel 45

Sankt Petersburg, Eremitage, Januar 1852

Katzen strichen um die Füße eines marmornen Satyrs. Katzen lagen zusammengerollt in mittelalterlichen Taufbecken. Katzen vertrieben sich gegenseitig von den besten Plätzen auf den Polstermöbeln Ludwig XIV. Sogar in den Gemälden waren Katzen zu sehen. Ein Bild mit dem Titel *Die Ruhige* zeigte ein Exemplar mit hellem Fell, das gar nicht so unbeweglich aussah, wie der Name des Kunstwerks glauben machen wollte.

Alexandre ertappte sich dabei, dass er vor dem Gemälde stehen geblieben war und erwartete, das dargestellte Tier werde daraus hervorspringen, um sich unter seine Artgenossen zu mischen.

Er empfand größere Bewunderung für die Katzen als für die ausgestellte Kunst. Denn seit er Anna in dem weißen Saal zurückgelassen hatte, befand er sich in der Begleitung düsterer Herren und Damen, die, in Ölfarbe verewigt, mit grimmiger Miene von den Wänden auf ihn herabstarrten. Dabei hingen die Bilder so dicht nebeneinander, dass der Eindruck entstand, einer griesgrämigen Menschenmenge gegenüberzustehen.

Dann lieber Katzen. Die beachteten ihn nämlich nicht, als er, einem Diebe gleich, durch die Säle schlich.

Wenn er Anna doch mitgenommen hätte. Zugegeben, sie hatte in den vergangenen Wochen bewiesen, dass sie auf sich achtgeben konnte. Aber unter dem riesigen Kronleuchter war ihm ihre Gestalt so klein und schutzlos vorgekommen, dass er sie sofort in seine Arme schließen wollte. Anscheinend war aber genau das etwas, was Anna ablehnte.

Alexandre seufzte. Er würde die Frauen niemals verstehen. Und wenn er tausend Jahre leben und jeden Tag eine andere lieben würde. Den Kopf voller Gedanken tappte er durch die Säle. Dabei bemühte er sich, nicht in die Irre zu laufen.

Das Museum war voll mit Kunst, die niemand betrachtete. Warum gab es keine Besucher? Hielt denn der russische Winter die Leute davon ab, ins Museum zu gehen? In Paris drängten die Menschen gerade an kalten Tagen in den Louvre, weil es dort warm war.

Ein braunes Katzenfell schimmerte durch das Glas einer Vitrine im nächsten Raum. Wieso war die Katze so groß? Alexandre blinzelte. Das war kein Museumstier. Das war ein Pelzmantel.

Da stand jemand.

»Hallo!«, rief Alexandre. »Warten Sie!« Die Gestalt verschwand aus dem Blickfeld.

Hoffentlich war es einer der Angestellten der Eremitage, der ihm sagen konnte, wo er den Kurator der ägyptischen Sammlung finden konnte. Er freute sich schon auf Annas Gesicht, wenn er mit dem Amulett zu ihr zurückkehren würde.

Alexandre eilte in den nächsten Saal. Seine Schuhsohlen quietschten auf den Bodenfliesen. Als er durch die Tür kam, sah er den Pelzmantel schon im nächsten Durchgang verschwinden.

»Hallo!«, rief Alexandre noch einmal. »Ich habe eine Frage.« Erst jetzt war ihm bewusst, dass er Französisch sprach. Wie hieß das auf Russisch?

Sacrebleu!

Immerhin schien die Gestalt etwas verstanden zu haben, denn sie wandte sich um.

Alexandre starrte in das Gesicht Lemaitres.

Es gab keinen Zweifel. Dieselben Augen, die Alexandre zum ersten Mal in einer Kutsche vor seinem Château gesehen hatte, schauten ihn an. Auch in ihnen zeigte sich Erkennen.

Hier trafen sie sich also wieder. Am Ende der Welt.

Doch etwas war anders an der Erscheinung Lemaitres. Bevor Alexandre genauer hinsehen konnte, lief der Magnetiseur davon und verschwand im nächsten Raum.

Alexandre setzte hinterher. Wie hatte es der Schurke nur so schnell nach Sankt Petersburg geschafft?

Im folgenden Saal war das Boudoir einer Zarin aufgebaut. Lemaitre entkam bereits durch die nächste Tür.

»Er ist hier!«, rief Alexandre. Dann sparte er sich den Atem. Selbst wenn Anna und Alice ihn hören würden – was dann? Es lag einzig und allein an ihm, Alexandre Dumas, den Magnetiseur zu stellen. Ein für alle Mal.

Er stolperte über den Fuß eines Bettpfostens und ruderte mit den Armen. Gerade noch konnte er den Sturz abfangen. Dabei fiel ihm die Pistole, die Schuwalow ihm zugesteckt hatte, aus dem Hosenbund. Eilig hob er die Waffe auf und lief weiter.

Lemaitre hätte mit seiner leichten, hageren Gestalt im Vorteil sein müssen. Doch der Schurke rannte nicht besonders schnell. Als Alexandre das nächste Mal einen Blick auf ihn erhaschen konnte, bemerkte er sogar, dass Lemaitre hinkte. War er etwa verletzt?

Alexandre keuchte. Wollte denn die Distanz gar nicht schrumpfen?

Er hob die Pistole.

Er senkte sie wieder.

Einen Mann von hinten zu erschießen, war nicht nach seinem Geschmack. Viel lieber wollte er Lemaitre die Hände um die Gurgel legen und in seine angstvoll geweiteten Augen schauen.

Aber der Magnetiseur drohte zu entkommen.

»Ich habe eine Pistole!«, wollte Alexandre rufen. Heraus brachte er nur »Pistole«.

Die Warnung schien Lemaitre nicht zu beeindrucken. Er

entwischte hinter einer Vitrine und drohte im nächsten Raum zu verschwinden.

Noch einmal hob Alexandre die Waffe, richtete den Lauf gegen die Decke, drückte ab. Der Knall dröhnte durch die leeren Säle und Gänge.

Lemaitre blieb stehen.

Die Jagd war zu Ende. Allerdings lag das, wie Alexandre erkannte, nicht an seinen Bemühungen.

Der Raum hatte nur eine Tür. Lemaitre war blindlings hineingerannt. Wollte er wieder hinaus, musste er an seinem Verfolger vorbei.

Der Magnetiseur kehrte Alexandre den Rücken zu. Erst jetzt erkannte Dumas, dass Lemaitres Pelzmantel nass war. Das Fell stand struppig ab und verlieh dem Träger des Kleidungsstücks den Anschein, an der Räude zu leiden.

Lemaitres Schultern bebten. Er stand gekrümmt da, ein Tier in der Falle.

»Umdrehen!«, befahl Alexandre. Sein Brustkorb hob und senkte sich rasch. Er hatte Mühe, die Pistole ruhig zu halten und auf Lemaitre zu zielen.

Der Magnetiseur blieb mit dem Rücken zu Alexandre stehen. »Sind Sie sicher, dass ich mich Ihnen zuwenden soll, Monsieur?« Lemaitres Stimme war die einer sterbenden Krähe.

»Ich befehle es«, knurrte Alexandre. Er fühlte sich bereit, seinen Widersacher niederzustrecken. Auf der Stelle. Der Griff der Pistole fühlte sich feucht an.

Lemaitre drehte sich um. Er bewegte sich langsam.

Alexandre erschrak, als er das Gesicht des Magnetiseurs sah. Die Haut hing in Fetzen von Wangen, Nase und Stirn. Auch am Kinn war sie aufgerissen. Lemaitre wirkte dunkel, wie verbrannt. Alexandre kniff die Augen zusammen.

Lemaitre zog die Lippen zurück und entblößte sein lückenhaftes Gebiss. »Schauen Sie genau hin, Alexandre. Dann werden Sie erkennen, dass Sie in einen Spiegel blicken.«

Was sollte das? Der Magnetiseur wollte ihn verwirren, um dann mit einem Trick freizukommen. Nicht mit Alexandre Dumas!

Er hob die Pistole und zielte auf Lemaitres Herz.

Dann ließ er sie sinken.

Die Haut seines Widersachers war nicht aufgerissen. Was von seinem Gesicht hinabhing, waren Schlieren heller Schminke. Alexandre erinnerte sich, schon bei ihrer ersten Begegnung in der Kutsche vor dem Château Monte Christo den Eindruck gehabt zu haben, Lemaitre trage eine Maske. Genau so war es! Jetzt schien sich diese Maske aufgelöst zu haben.

Lemaitre war dunkelhäutig.

Sein Teint glich dem, den Alexandre allmorgendlich im Spiegel sah: dem Ton reifer Oliven, nicht Schwarz, aber changierend zwischen Grün und Braun. Die Farbe, die Alexandre die Aufnahme in die Académie française verwehrt hatte, die ihm Spott und Kummer, Wut und wundgeschlagene Fäuste eingehandelt hatte. Sie leuchtete aus Lemaitres Gesicht.

»Was ist das für ein Possenspiel?«, fragte Alexandre mit bebender Stimme. Er war nicht sicher, ob er die Antwort hören wollte.

»Man nennt es Familie«, sagte Lemaitre. »Mein Vater war ein Neger, wie man in Europa sagt. Er war Offizier in der Armee Napoleon Bonapartes. Du kanntest ihn, aber nur kurz, denn als du vier Jahre alt warst, ist er gestorben.«

Alexandre presste Luft durch seine zusammengekniffenen Lippen. »Schluss mit Scharade und Mummenschanz!«, stieß er hervor. »Beflecken Sie nicht das Andenken meines Vaters, Monsieur.«

»Mein Name ist Etienne«, sagte der andere. »Und mein Nachname ist nicht Lemaitre. So nannte mich mein Vater, weil er die Verwandtschaft mit mir verleugnen wollte. In Wirklichkeit trage ich denselben Namen wie du. Ich heiße Dumas. Ich bin dein Bruder, Alexandre.«

Das war die unverschämteste Lüge, die Alexandre jemals gehört und nicht selbst erfunden hatte. Dieser Widerling beleidigte sein Elternhaus. Alles in ihm drängte danach, den Abzug der Pistole zu betätigen.

Lemaitre sprach weiter. Die Worte flogen wie Kanonenkugeln aus seinem Mund. »Ich bin der erstgeborene Sohn des Generals Thomas Alexandre Dumas. Aber wir haben nicht dieselbe Mutter. Meine war eine Kokotte, eine Dame der Halbwelt in Paris. Mein Vater erinnerte sich nicht einmal an ihren Namen. Ich bin ein uneheliches Kind. Ein Bastardsohn. Zudem trage ich, wie du, das schwere Erbe unserer Hautfarbe, das Zeichen der Sklaverei. Hat Vater dir jemals erzählt, woher er eigentlich stammt?«

»Von Haiti«, sagte Alexandre.

»Ja, aber hat er dir auch erzählt, dass er als Kind einer Sklavin geboren wurde, gezeugt von unserem Großvater, einem Plantagenbesitzer? Als Großvater nach Paris zurückkehrte, vor der Großen Revolution, nahm er seinen Sohn, unseren Vater, mit nach Frankreich.

Wie du weißt, stieg Vater in Frankreich zum Offizier in Napoleons Armee auf. Auch für mich wollte er einen Platz im Militär arrangieren. Aber da ich ein uneheliches Kind war, gelang das nicht. Deshalb schmuggelte Vater mich als Schiffsjunge namens Lemaitre auf eine Fregatte und nahm mich mit auf die ägyptische Expedition. ›Aus einem Schiffsjungen wird irgendwann einmal ein Kapitän‹, flüsterte er mir zu.« Lemaitre lachte. »Und eine Laus verwandelt sich irgendwann in einen Löwen.«

»Das erfinden Sie doch nur, um mich zu täuschen«, rief Alexandre. »Mein Vater hätte niemals …«

»Ich gebe zu«, unterbrach Lemaitre und fuhr fort, »unser Vater hat versucht, mich zu fördern. Obwohl ich nur Schiffsjunge war, wurde ich bevorzugt behandelt und bekam die einfachsten Aufgaben zugeteilt – sehr zum Ärger der anderen Seeleute. Dann, auf der Rückreise von Ägypten, wurde ich krank. Vielleicht hatten mir meine neidischen Kameraden ein Gift in den Rum getan. Vielleicht traf mich auch der Fluch der Pharaonen, weil ich in Kairo drei Amulette von einem Straßenhändler gestohlen hatte, denen Heilkräfte innewohnen sollten. Ich war kurz davor, mein junges Leben auszuhauchen. Die Reise nach Frankreich hätte ich nicht überlebt. Deshalb befahl Vater, in Sizilien anzulegen, um dort nach einem Arzt zu fragen. Während wir vor Catania ankerten, ließ er die Mannschaft an Land nach Hilfe suchen. Doch alles, was sie fanden, war eine Kräuterhexe, die sich auf das Brauen von Liebestränken verstand. Jedenfalls behaupteten sie das. So ging mir in der stickigen Kajüte allmählich der Atem aus.«

Alexandre schluckte. Die Erzählung Lemaitres verfügte über den Pfeffer, der seinen erdachten Geschichten fehlte: die Möglichkeit, dass sie sich wirklich zugetragen hatte.

»Für einen normalen Schiffsjungen hätte unser Vater niemals einen solchen Aufwand getrieben. Er wäre einfach weitergesegelt, um sich in Le Havre mit Napoleon zu treffen. So lautete schließlich sein Befehl. Nun bekamen es die anderen Seeleute mit der Angst. Sie fürchteten, Napoleon würde sie alle wegen Meuterei aufknüpfen lassen. Doch Vater setzte sich durch. Er sagte, entweder segelten sie mit vollständiger Besatzung weiter, und dazu gehöre auch der Schiffsjunge, oder er werde das Schiff eigenhändig versenken.«

Alexandres Herz hüpfte. Genau so hatte er seinen Vater in Erinnerung.

»Ein General, der seine Karriere und sein Kommando für

einen Schiffsjungen aufs Spiel setzt? Die Seeleute glaubten meinem Vater kein Wort. Aber sie gehorchten. Eine Woche ankerte das Schiff vor Catania. Mein Vater behandelte mich persönlich mit allen Tränken, Kräutersuden und Wickeln, derer er habhaft werden konnte. Nichts half. Irgendwann fielen ihm die Amulette ein und das, was ich ihm über sie erzählt hatte. Allerdings war er ein Mann, der nur das glaubte, was er mit eigenen Augen sah. Er zögerte, die Scheiben zu benutzen. Doch als ihm die Möglichkeiten und mir die Sinne schwanden, nahm er die Amulette und versuchte mich damit zu behandeln.«

Lemaitre lachte bösartig.

»Was er alles mit den Scheiben anstellte! Er legte sie auf meine Brust, meine Stirn, meinen Bauch. Ohne Erfolg natürlich. Als er sich in seiner Verzweiflung von ihnen abwandte, hängte er sie an einen Nagel, der über meinem Bett aus einer Planke ragte. Und dort schwangen sie mit den sanften Bewegungen des Schiffs. Hin und her. Hin und her. Mein fiebriger Blick war auf die drei Halbmonde aus grün angelaufener Bronze gerichtet, auf die Schriftzeichen, die Bilder aus einer versunkenen Welt. Und dann, allmählich, ging es mir besser.

Unser Vater hat den Zusammenhang zwischen meiner Genesung und den Amuletten nie erkannt. Ich aber wusste, welchen Kräften ich mein Leben verdankte. Und ich schwor, mich an den Menschen, die mich verstoßen hatten, zu rächen.«

»Rächen? Aber du bist doch gerettet worden«, warf Alexandre ein. Er erschrak, als ihm auffiel, dass er Lemaitre anders angeredet hatte als zuvor. Schnell wollte er sich verbessern. Aber der Magnetiseur setzte seine Geschichte fort.

»Als wir in Le Havre ankamen, war ich zwar wieder wohlauf. Dennoch war das Leben, das ich bis dahin geführt hatte, zu Ende. Einer meiner Kameraden war ein arglistiger Neider. Er hatte nichts Besseres zu tun, als zum Oberkommando zu laufen und dort seinen Verdacht auszubreiten: General Alexandre Dumas versuche, einen unehelichen Sohn in die französische Armee einzuschleusen. Die Nachricht wurde Napoleon Bonaparte zugesteckt. Dem war unser Vater ohnehin ein Dorn im Auge. In Ägypten waren Kaiser und General mehrmals aneinandergeraten. Jetzt bot sich Napoleon Gelegenheit, dem unbequemen Dumas seinen Ungehorsam zu vergelten. Der Kaiser befahl, dass der Schiffsjunge sofort aus dem Dienst in der Armee ausgeschlossen werden müsse und niemals zurückkehren dürfe. Sollte sich herausstellen, dass General Dumas weiterhin versuche, seinen Sohn zu bevorteilen, werde auch er entlassen, und zwar unehrenhaft.«

»Aber Vater war doch für seinen Sturkopf bekannt«, warf Alexandre ein. »Er hätte so einen Befehl niemals befolgt. Lieber wäre er gestorben.«

»Ach ja?«, fragte Lemaitre verächtlich. »Das ist er aber nicht. Jedenfalls nicht sofort. Er hat vor Napoleon den Rücken krumm gemacht. An jenem Tag in Le Havre sagte der tapfere General Dumas zu seinem Sohn, er müsse die Armee leider verlassen. Wenn es nur die Armee gewesen wäre! Damit hätte ich leben können. Aber er schickte mich fort von Paris. In Montpellier sollte ich auf eine Schule gehen und eine Ausbildung als Kaufmann beginnen. Er hatte schon alles arrangiert. Auch wollte er mir jeden Monat Geld schicken. Weißt du, was geschehen wäre, wenn man ihn seines Kommandos enthoben hätte? Er hätte seine Familie nicht mehr ernähren können. Seine Familie. Das waren du und deine Mutter. Ich gehörte nicht dazu.«

»Aber mein Vater ist doch schon bald nach der ägyptischen Expedition gestorben«, sagte Alexandre.

»Allerdings«, sagte Lemaitre. »Und danach zahlte niemand mehr für die Schule in Montpellier. Man hat mich einfach vergessen. Also wurde ich dort hinausgeworfen und stand auf der

Straße. Was hatte ich schon? Meine Kleider, ein paar Münzen und ein Talent, das ich von unserem Vater geerbt hatte: die Fähigkeit, anderen zu befehlen und sie zu beeinflussen. Als ich von der Entdeckung der Magnetstrahlen erfuhr, wusste ich, wo meine Zukunft lag.

Ich ging bei einem Mann namens Lafontaine in die Lehre. Von ihm lernte ich den Umgang mit magnetischen Strahlen und dem schwachen Willen der Menschen. Ich wurde ein Meister des Magnetisierens und der Manipulation. Der Name, den Vater mir gegeben hatte, passte perfekt: Lemaitre, der Meister. Nur meine Hautfarbe musste ich verbergen. Welcher Aristokrat hätte sich wohl von einem Neger behandeln lassen?« Lemaitre ballte die Fäuste.

»Mein Talent sprach sich herum. Berlin. Baden-Baden. München. Salzburg. Mailand. In meinen Salons drängten sich die Reichen und Mächtigen. Anfangs genügte es mir, diese Menschen um ihr Vermögen zu erleichtern. Doch mit der Zeit langweilte mich das Geld. Also spielte ich mit der Macht, die sie besaßen und mir verliehen. Ich wollte die Aristokratie bestrafen, die mich von meinem Vater getrennt hatte. Das Ende der französischen Regierung, des englischen Königshauses, des Zaren. Und schließlich: der Sturz des monarchistischen Europa. Doch nach unserer Begegnung war alles anders. Schon einmal hast du mein Leben verändert, damals, als du noch ein Kleinkind warst und Vater sich dafür entschied, mich zu deinen Gunsten aufzugeben. Das wird nicht noch einmal geschehen.«

»Und warum nicht?«, fragte Alexandre über den Lauf der Pistole hinweg. Er war von Lemaitres Bericht bestürzt. Trug er wirklich selbst Schuld an dem Leid, das dieser Mann über die Welt gebracht hatte und noch bringen wollte? Aber er war doch nur ein Kind gewesen. Ein Kind, das von seinem Vater geliebt worden war.

»Weil wir von jetzt an eine Familie sind«, sagte Lemaitre und trat einen Schritt auf Alexandre zu. »Nimm die Pistole weg. Oder willst du den Bruder erschießen, den du gerade erst gefunden hast?«

Alexandre umklammerte den Griff der Waffe. Einen Bruder sollte er haben? Er war doch zeitlebens allein zurechtgekommen. Und wenn es ihn nach Gesellschaft verlangte, so hatte er sich mit Freunden umgeben, gestandenen Männern, die nächtelang zechen und lachen konnten. Was sollte er mit einem Bruder anfangen? Noch dazu mit einem, der ein Unhold war?

Der Lauf der Pistole senkte sich.

»Du bist nur ein Halbbruder«, sagte Alexandre zu Lemaitre. Oder sagte er das zu sich selbst?

»Fürwahr«, sagte der Magnetiseur und trat noch einen Schritt vor. »Und wie viele echte Brüder hast du?«

Lemaitre – Etienne – hatte recht. Es gab niemanden, der Alexandre nahestand. Die wenigen Blutsverwandten mütterlicherseits wollten nie etwas mit ihm zu tun haben, mit Alexandre, dem schwarzen Schaf der Familie, jedenfalls nicht bis zu dem Zeitpunkt seines größten Erfolgs.

Plötzlich einen Bruder zu haben …

Alexandre starrte in das von verwischter Schminke verunstaltete Gesicht des Magnetiseurs. Jetzt glaubte er, vertraute Züge darin zu erkennen. Die ausgeprägte Unterlippe, die ebenmäßige Nase, die runden, funkelnden Augen. So hatte General Thomas Alexandre Dumas ausgesehen. Alexandre hatte oft genug vor dem Gemälde seines Vaters gestanden und sich vorgestellt, er würde aus dem Bild steigen und den Sohn in die Arme nehmen, ihm das Fechten beibringen und das Reiten, ihn jene Worte lehren, mit denen man um schöne Damen wirbt. Wie er sich das gewünscht hatte!

Lemaitre ging einen weiteren Schritt vorwärts und stand

jetzt direkt vor ihm. Alexandre konnte die Poren in der Haut des anderen – der wirklichen Haut – erkennen. Er hatte den Eindruck, er könne hindurchsehen und in die Seele eines echten Dumas blicken.

»Vielleicht …«, begann Alexandre. Er schluckte. »Wenn du versprichst, deinen Weg zu verlassen … Wir könnten …«

Weiter kam er nicht. Vor seinem Gesicht wirkten die Augen seines Bruders riesengroß. Da waren mit einem Mal auch die beiden Amulette. Wann hatte Etienne die hervorgeholt?

»Da sind sie«, sagte Lemaitre. »Die Amulette, die uns wieder vereint haben. Sind sie nicht von außergewöhnlicher Schönheit?«

Alexandre versuchte, den hin und her schwingenden Hieroglyphen mit dem Blick zu folgen. Ihn schwindelte.

Kapitel 46

Sankt Petersburg, Eremitage, Januar 1852

Alice folgte den Gängen des riesigen Museums. Sie sollte in östlicher Richtung nach dem Amulett forschen oder einen der Museumsdiener finden. Doch statt die Zimmerfluchten abzusuchen, wanderte ihr Blick immer wieder in die Höhe. Nie zuvor hatte sie Säle von solch beunruhigender Dekadenz gesehen. Dabei kannte sie viele Burgen und Schlösser in ihrer Heimat. Doch im Vergleich mit diesem Palast der russischen Zaren wirkten die Bauwerke des englischen Adels wie Zwergenhöhlen.

Als Alice eine der farbigen Kassettendecken bestaunte, stieß sie gegen eine Vitrine. Sie schrak zurück. Aus dem Glaskasten blickte ihr ein menschliches Gesicht entgegen. Oder das, was davon übrig geblieben war.

Das musste eine dieser Dörrleichen sein. Angeblich hatten die Ägypter ihre Toten ausgetrocknet und in Bandagen gewickelt. Das hatte ihr Fergus einmal erzählt, als er sie erschrecken wollte. Sie hatte ihm den Gefallen getan und sich in gespielter Furcht in seine Arme geworfen.

Aber das war nur ein Märchen auf der Bühne des Liebestheaters gewesen. Diese Mumie hier war echt. Alice näherte sich dem Glas. Es konnte ja nichts passieren. Dieser Mensch war schon lange tot. Und um ihn herum war immer noch dieser gläserne Sarg. Wie bei Schneewittchen. Allerdings sollte das selbst im Tod schön gewesen sein.

Was man von dieser Leiche nicht behaupten konnte.

Alice hatte davon gehört, dass einige Ärzte zerriebene Mumie als Medizin verordneten. In einem heißen Sud aufgelöst, sollte der Leichenstaub gegen alle möglichen Krankheiten helfen. Lieber wollte Alice sterbenselend zugrunde gehen, als sich einen toten Menschen einzuverleiben.

Als sie sich von der Mumie abwandte, erkannte sie, dass sie sich in einem Raum mit weiteren einbalsamierten Toten befand. Die braunen Körper lagen aufgebahrt in zwei Reihen gläserner Särge. Dazwischen war so viel Platz, dass Besucher hindurchgehen und die Ausstellungsstücke bewundern konnten. Schlaffe schwere Vorhänge hingen vor den hohen Fenstern. Dämmerlicht herrschte in dem Raum.

Alice erschauerte. Ob die Pharaonen wohl geahnt hatten, dass sie einmal zu Exponaten erniedrigt werden würden, von hunderten Augenpaaren angestarrt?

Pharaonen. Mumien. Dies musste die Ägyptische Sammlung sein. Oder wenigstens ein Teil davon. Denn durch den Torbogen, der in den nächsten Raum führte, erkannte Alice weitere sargähnliche Vitrinen, ein Kabinett des Todes. Und die ehemalige Herzogin von Worcester stand mittendrin.

Sie schluckte ihr Unwohlsein herunter. Sie hatte schon ganz andere Situationen gemeistert. Außerdem würde sie jetzt ihre Gefährten herbeirufen, und zu dritt konnte man auch der schauerlichsten Mumie ins ausgetrocknete Gesicht sehen.

»Ägypten«, rief sie, so laut sie konnte, »ist hier hinten.«

Ihr Ruf verklang.

Dann sah sie das Amulett.

Es lag in einem der gläsernen Särge. Jemand hatte es einer Mumie auf die Brust gelegt.

»Ich habe es gefunden«, rief Alice, doch ihre Stimme war jetzt leiser.

Die halbmondförmige Scheibe zog Alice magisch an. Sie legte eine Hand auf den Glaskasten, genau über dem Artefakt.

Das Glas fühlte sich kalt an, erwärmte sich jedoch unter ihrer Berührung.

Da lag das kostbare Stück, für das sie bis nach Russland gereist war. Die Jagd war zu Ende. Lemaitre würde zu spät kommen. Ihre Aufgabe in Sankt Petersburg war erfüllt.

Alice holte Luft, um noch einmal zu rufen. Dann atmete sie aus und schwieg.

Was kam als Nächstes?

Der Gedanke hatte sie schon während der Überfahrt nach Russland gequält. Alice hatte ihn beiseitegeschoben.

Sie war eine Frau ohne Familie. Nach England konnte sie nicht zurück, es sei denn, sie wollte in einer dieser scheußlichen Fabriken arbeiten. Zunächst hatte Alice geglaubt, Alexandre Dumas habe ein Auge auf sie geworfen. Doch zum einen hatte auch Dumas kein Geld, von dem Alice hätte sorglos leben können. Zum anderen war der Schriftsteller in Gräfin Anna verliebt.

Schuwalow. Ja, der wäre eine gute Partie. Ein bisschen seltsam. Aber er hatte Vermögen, war alleinstehend und reiste durch Europa. Allerdings war er unempfänglich für ihre Reize und alle Andeutungen, die Alice machte. Immer ging es ihm nur um sein Kuriositätenkabinett.

Alice schaute auf die Mumie hinab. Und wenn sie Schuwalow das Amulett brachte? Es könnte das erste Stück einer ägyptischen Sammlung in seinem Palais werden. Weitere Artefakte könnten sie gemeinsam in Ägypten aufstöbern. Sie würden in einem Dampfer den Nil hinauffahren und auf Kamelen um die Pyramiden reiten. Mister Schuwalow und seine Gattin, Lady Alice.

Alice schüttelte den Kopf. Sie konnte doch dieses Museum nicht einfach bestehlen. Wäre sie dann nicht genauso verkommen wie Lemaitre?

Nein, entschied sie. Im Palais Schuwalow wäre das Artefakt ja ebenso sicher aufgehoben.

Alice nahm die Hand von der Vitrine. Für einen Moment waren die Abdrücke ihrer Handfläche und ihrer Finger zu sehen. Dann verflüchtigte sich das Bild, und das Amulett war wieder klar und deutlich zu erkennen. Ebenso wie das vertrocknete Gesicht der Mumie. Jetzt erschien es Alice nicht mehr so ausdruckslos wie zuvor. Sahen die leeren Augenhöhlen vorwurfsvoll zu ihr empor?

Alice schluckte. Wann kamen endlich ihre Begleiter? Wenn sie noch lange allein hier herumstand, würde sie eine Entscheidung treffen müssen.

Ihre Finger verflochten sich ineinander. Ihr Blick flog durch den Raum. Neben einem kleinen Kamin lehnte ein Schürhaken.

»Das Amulett ist hier«, rief sie noch einmal, so laut sie konnte. Dann ging sie auf den Kamin zu.

Der Schürhaken war schwerer, als sie gedacht hatte. Dabei war es doch nur ein Stück Schmiedeeisen, ein Werkzeug, wie sie es schon tausendmal benutzt hatte. Allerdings niemals zu diesem Zweck. Sie hob die Stange mit beiden Händen hoch. Dann ließ sie sie auf die Vitrine niedersausen.

Anna saß unter dem Kronleuchter, den Kopf in den Nacken gelegt. Über ihr funkelten Kristalle. Hatte Alexandre ihr gerade wirklich einen Heiratsantrag gemacht? Sie spürte ihr Herz wie rasend schlagen. Das Pochen füllte ihre Ohren, und sie glaubte, dass man es in der gesamten Eremitage, sogar in ganz Russland hören müsse.

Alexandre hatte es ernst gemeint, daran bestand kein Zweifel. Die Frage war, ob er in einem Monat noch genauso denken würde. Seine Gefühle, das hatte Anna mittlerweile gelernt, ähnelten denen, die aus seinen Romanen hervorsprühten. Sie waren stark, aber kurzlebig. Die Trauer, die man empfand, wenn die Mutter des Helden starb, verwandelte sich einige Seiten später in Freude, weil er einen Schatz gefunden hatte. Und wenn das Gold seinen Glanz verlor, was dann?

Anna wollte keine Figur in einem von Alexandres Romanen sein. Am liebsten hätte sie die Worte, die er vor der Eremitage gesprochen hatte, vergessen.

Aber das konnte sie nicht.

Alexandre war alles, was Anna nicht war: genussfreudig, überschwänglich, sorgenfrei. Wie oft hatte sie ihn schon wegen dieser Wesenszüge getadelt, insgeheim aber dafür bewundert. Und manchmal, aber nur manchmal, hatte sie sich sogar gewünscht, ein wenig so zu sein wie Alexandre Dumas.

Sie dachte an ein Gespräch während der Überfahrt nach Sankt Petersburg. Da hatte Alexandre noch Alice zu umgarnen versucht. Er hatte der Lady von seinem Château vorgeschwärmt: »Wenn Sie in meiner Romanfabrik übernachten und von Haiti träumen, werden Sie am nächsten Morgen mit einem Sonnenbrand aufwachen.«

Anna schmunzelte. Dieser Mann war das krachende Leben. Wie konnte man es nur mit ihm aushalten?

Er fehlte ihr.

Ein hustendes Gelächter ertönte. Alexandre kehrte zurück.

Und neben ihm erschien Lemaitre.

Annas Gedanken zerplatzten. Lemaitre war in Sankt Petersburg. In der Eremitage. Direkt vor ihr.

»Schauen Sie, Anna, wer mir dort hinten begegnet ist«, sagte Alexandre. Legte er Lemaitre wirklich eine Hand auf die Schulter? »Mein Bruder Etienne.«

Was redete er da?

»Gräfin Anna«, sagte Lemaitre und deutete eine Verbeugung an. Er trug einen Pelzmantel, der aussah, als sei er damit durch die Ostsee geschwommen. Überhaupt wirkte Lemaitre heruntergekommen. Und seine Haut, sie war aufgeplatzt. Oder was war das?

Anna rückte ihre Brille zurecht.

»Endlich sehen wir uns wieder, Gräfin Dorn.« Lemaitres Stimme klang müde, aber sie hatte noch immer ihre Anziehungskraft. »Unter gerechten Bedingungen«, fuhr der Magnetiseur fort. »Nur wir beide. Keine Falle diesmal, kein englischer Kriegsheld.«

»Aber ein französischer Schriftsteller«, rief Anna. »Alexandre! Überwältigen Sie den Mann!«

Dumas übte sich im Lächeln der Sorglosen. »Er ist mein Bruder.« Wieso wiederholte er diesen Unsinn?

Weil er unter Lemaitres Einfluss stand. Nichts anderes konnte es sein.

»Monsieur Dumas«, sagte der Magnetiseur, »ist tatsächlich mein Bruder. Gern würde ich Ihnen unsere komplizierte Familiengeschichte auseinanderlegen. Aber ich habe es eilig.« Jetzt wischte Lemaitre alle falsche Freundlichkeit fort. Er starrte Anna mit diabolischer Miene an und grollte: »Wo ist das Amulett?«

»Wir haben es gefunden und an einen sicheren Platz gebracht«, gab Anna im selben Tonfall zurück. »Es befindet sich außerhalb der Eremitage, außerhalb Ihrer Reichweite. Sie kommen zu spät, Lemaitre.« Obwohl sie Angst verspürte, fuhr sie ein wenig auf die beiden Männer zu. Der Magnetiseur wich zurück.

»Ich erkenne eine Lüge, wenn ich sie höre«, sagte Lemaitre. »Immerhin bin ich ihr Meister.« Er hob eine Hand und richtete den Lauf einer Pistole auf Anna. Es war die Waffe, die Schuwalow Alexandre zugesteckt hatte.

»Diesmal haben sich die Vorzeichen umgekehrt, Gräfin. Diesmal bin ich es, der am richtigen Ende der Pistole steht. Und Sie …«

Das Rufen eine Frau unterbrach ihn.

»Das Amulett ist hier!«

Das war Alice. Ihre Stimme kam aus östlicher Richtung.

Lemaitre senkte den Lauf der Pistole wieder. Er lächelte auf Anna hinab. »Wenn Sie mich entschuldigen würden?« Er beugte sich zu Alexandre hinüber und flüsterte ihm etwas ins Ohr.

Dann lief er in weitem Bogen um den Rollstuhl herum.

Anna streckte einen Arm aus und versuchte, Lemaitre festzuhalten. Doch die Entfernung war zu groß.

Der Schurke verschwand.

»Alexandre!«, rief Anna. »Helfen Sie Alice!«

Wenn Dumas ihre Worte verstanden hatte, so zeigte er es nicht. Mit trägen Schritten kam er auf den Rollstuhl zu. Was sollte das? Anna ließ den Rollstuhl rückwärtsfahren.

»Alexandre«, rief sie noch einmal. Doch sie ahnte, dass Dumas sie nicht hören konnte. Lemaitre hatte etwas mit ihm angestellt. Etwas, das Anna nur zu gut kannte.

Dumas erreichte Anna. Mit einer blitzschnellen Bewegung griff er nach ihrem Hals. Sie konnte nicht ausweichen. Seine Hände pressten sich heiß und feucht auf die Haut unter ihrem Kinn. Der Druck war gewaltig. Anna blieb die Luft weg.

Sie spürte, wie ihre Augen groß wurden. Ihre Finger nestelten an seinen Händen. Ebenso gut hätte sie versuchen können, das Château Monte Christo damit einzureißen. Sie kratzte über seine Knöchel. Der Griff blieb eisenfest.

Alexandres Gesicht hing über ihr, auf schreckliche Weise ausdruckslos, und je stärker er zudrückte, umso mehr verschwammen seine Konturen vor Annas Augen.

Sie warf den Kopf hin und her. Sie wollte nicht sterben. Nicht so. Nicht hier, unter diesem dekadenten Kronleuchter.

Angst ist ein machtvolles Stimulans.

Anna sah Alexandres füllige Wangen, die linke war dicker als die rechte. Dort steckte der entzündete Zahn, über den er sich stets beklagte.

Sie zwang sich dazu, Alexandres Hände loszulassen. Sofort vermehrte sich der Druck. Dunkle Schlieren tanzten vor ihren Augen. Die Wirklichkeit zerfaserte.

Sie holte aus und schlug zu. All ihre Wut, ihre Trauer, Verzweiflung und Angst der vergangenen zehn Jahre legte sie in den Hieb.

Der Hieb traf Alexandres Wange. Sein Kopf ruckte. Seine Augen wurden groß und feucht. Sein Mund öffnete sich.

Er schrie.

»Au!«

Und noch einmal: »Au!«

Er löste die Hände von Annas Hals und hielt sich die Stelle, an der der Schlag getroffen hatte.

»Die Tausendschwerenot!«, schimpfte Alexandre.

Anna wich vor ihm zurück und schnappte nach Luft. Mit einer Hand riss sie den Kragen ihres Mantels hinunter. Warum kam der Atem nicht? Mit aller verbleibenden Kraft sog sie Luft ein. Nur ein Rinnsal Sauerstoff kühlte ihre heiße Lunge. Nicht genug.

Sie spürte, wie sie in sich zusammensackte. Alexandres Gesicht hing mit einem Mal wieder über ihr. Seine Haut war noch dunkler als sonst. Dann wurde sie vollends schwarz.

Die Säle waren voll mit abscheulichen Statuen abscheulicher Menschen. Von den Ölgemälden schauten Beichtväter und Fürstenknechte auf Lemaitre hinab. Sie alle gehörten einer Welt an, die es bald nicht mehr geben würde.

Dumas und die Gräfin waren ausgeschaltet. Jetzt stand nur

noch Lady Alice zwischen Etienne Lemaitre und dem letzten Amulett. Und auch das würde sich bald ändern.

Seine Widersacher waren erstaunlich schnell in Sankt Petersburg angekommen. Aber er hatte ja selbst Himmel und Hölle in Bewegung gesetzt, um herzugelangen. Nur einen Tag später, und Alexandre und seine Mätressen hätten den Wettlauf gewonnen.

Lemaitre hustete. Die Partie über die zugefrorene Bucht hatte an seinen Kräften gezehrt. Vor seinen Augen tanzten Schatten. Er sehnte sich nach einem warmen Bett und etwas Ruhe. Bald. Jetzt trennten ihn nur noch wenige Schritte von seinem Ziel.

Auf einem Sockel stand die Figur einer Frau in prachtvoller Garderobe. Sie sollte wohl eine Zarin darstellen, eine Unterdrückerin mit schwarzer Seele in einem Kleid aus weißer Seide. Lemaitre hielt an und wischte sich das Gesicht mit dem Saum des Gewandes sauber. Der Rest der Schminke verschmierte den Stoff. Er fühlte sich befreit. Endlich konnte er wieder er selbst sein. Die Zeit der Maskerade war vorbei.

Zwei Säle weiter entdeckte Lemaitre Lady Alice. Sie hatte ihm den Rücken zugekehrt und stand inmitten einer Ausstellung ausgetrockneter Leichname – einem See aus gläsernen Särgen. Lemaitre schauderte es. Nicht wegen der grausig anzusehenden Toten. Was ihn entsetzte, war die Arroganz des Menschen. Schon vor tausenden von Jahren hatten Könige ihren Willen über alles andere gestellt. Sogar über den Tod.

Er würde diese Mumien verbrennen. Dieses Museum. Vielleicht sogar die ganze Stadt.

Er hustete erneut.

»Endlich kommen Sie!«, sagte Lady Alice. Sie wandte sich zu ihm um. »Ich habe …« Sie verstummte, als sie erkannte, wer sich ihr näherte. Sie hielt einen Schürhaken in der einen Hand und in der anderen das Amulett. Jetzt wich sie einen Schritt zurück.

»Ich freue mich, dass Sie es kaum erwarten können, mich wiederzusehen«, sagte Lemaitre. Er erkannte, dass die Vitrine hinter der Herzogin zerstört war. Glassplitter auf der darin liegenden Mumie ließen den ausgetrockneten Körper glitzern. Das Bild gefiel ihm. Ein fauliger Leib, der mit Preziosen besetzt war – das war das Sinnbild für alle Aristokraten.

»Sie haben meine Pläne in London durchkreuzt«, knurrte er. »Dafür haben Sie bezahlt. Aber noch nicht genug.« Er hob die Pistole.

»Erschießen Sie mich doch.« Lady Alice fand die Sprache wieder. »Ich habe nichts zu verlieren. Aber wenigstens sterbe ich als tapfere Frau. Ich habe meinem Schicksal getrotzt bis zuletzt. Sie aber werden immer ein Schwächling bleiben.«

Lemaitre wollte sie auslachen. Aber erneut kam nur Husten aus ihm hervor. Der Lauf der Pistole schwankte.

»Ein Schwächling?«, rief er. »Dabei habe ich gerade erst dafür gesorgt, dass Ihre Freundin, die Gräfin, das Zeitliche segnet. Sie wurde erwürgt. Auf meinen Befehl. Von Alexandre Dumas.«

Wenn Lady Alice diese Eröffnung erschreckte, so wusste sie, ihre Gefühle zu verbergen. Mit kühler Stimme sprach die Herzogin weiter: »Das belegt nur meine Worte, Etienne. Nichts können Sie selbst erledigen. Sogar vor einer gelähmten Frau haben Sie Angst.« Zorn entzündete Lady Alice' Stimme. Ihre Wangen glühten. »Sie fühlen sich nur dann stark, wenn Sie den Willen anderer brechen. Aber aus eigener Kraft vermögen Sie überhaupt nichts auszurichten.«

Sie warf ihm das Amulett hin. Die Bronzescheibe klingelte auf den Fliesen, als das kostbare Stück vor seinen Füßen landete. Er zögerte, sich danach zu bücken.

»Nehmen Sie es!«, rief Lady Alice. »Ohne Hilfsmittel kommen Sie ja doch nirgendwohin. Sie sind wie ein Jäger, dem der Hund das Wild bringen muss. Und so wird es bleiben. Sie werden immer Hilfe benötigen, Etienne. Niemals werden Sie ohne Werkzeuge bestehen können. Auch Sie sitzen in einem Rollstuhl. Allerdings ist bei Ihnen nicht der Körper zerbrochen, sondern der Geist.«

Lemaitre zuckte zusammen. Was nahm diese Frau sich heraus? Sie wusste überhaupt nichts über ihn. Nicht einmal sein Gesicht hatte sie bis jetzt gekannt.

»Sie sind nur ein hilfloser Kümmerling«, fuhr die Engländerin fort. »Ein bedeutungsloser Gauner. Nicht besser als ein … ein …«

»Ein Schiffsjunge«, ergänzte Lemaitre.

Der Knall aus der Pistole hallte von den Wänden wieder. Die Herzogin wirbelte herum und stürzte in die zerstörte Vitrine. Staub flog auf. Sie stieß einen schwachen Schrei aus. Dann lag sie still.

»Belegt das Ihre Worte?«, rief er ihrem leblosen Körper zu. Er zielte auf ihren Rücken und drückte noch einmal ab. Doch die Pistole war leer geschossen. Er warf die Waffe von sich. Dann fischte er das Artefakt vom Boden auf und ließ es in seiner Manteltasche verschwinden. So schnell er konnte, humpelte Lemaitre auf eines der Fenster zu. Niemand konnte ihn jetzt noch aufhalten. Niemand!

»Mein Zahn!«, stöhnte Alexandre. Der Schmerz in seinem Schädel war überwältigend. Er war fast so groß wie der Schmerz in seinem Herzen. Vor ihm saß Gräfin Anna, in ihrem Rollstuhl zusammengesunken, und rührte sich nicht mehr.

Was war geschehen? Alexandre wusste es nicht. Aber er konnte sich einiges zusammenreimen. Er wusste, dass er, von Gefühlen überschwemmt, auf Lemaitre, seinen Bruder Etienne, zugegangen war. Dann hatte dieser die Amulette hervorgeholt. Das Nächste, an das sich Alexandre erinnerte, waren Annas aufgerissene Augen, nur eine Handbreit vor seinem Gesicht. Seine Hände hatten um ihren Hals gelegen. Ihren Hals, den er eigentlich hatte mit Küssen bedecken wollen.

Der Schmerz pochte immer heftiger.

»Anna!«, rief Alexandre. »Hören Sie mich?«

Er legte eine Hand unter ihr Kinn und hob ihren Kopf ein wenig an.

Ihre Lider flatterten. Gott sei Dank! Sie lebte.

In seinen Romanen schlug man Bewusstlosen ins Gesicht. Er holte aus. Dann ließ er die Hand sinken.

»Anna!«, sagte er wieder.

Ihr Kopf drohte nach hinten zu kippen.

Wasser. Er brauchte Wasser. Je kälter, desto besser.

Das Museum war eine Durstwüste. Feuchtigkeit ist der Feind aller Konservatoren.

Anna stöhnte.

Etwas anderes musste helfen. Während er Annas Kopf festhielt, wühlte die freie Hand durch seine Kleider und kam mit der Dose Doppelmops hervor. Anna hatte ihm den Schnupftabak ins Gefängnis gebracht. Damit hatte sie ihm das Leben gerettet.

Geschickt lüpfte Alexandre den Deckel und ließ ihn zu Boden fallen. Die Dose war zu einem Viertel gefüllt. Er hielt sie Anna unter die Nase. Einige Körner flogen auf, als die Gräfin ausatmete.

Dann sog sie die Luft ein. Nur ein wenig. Aber es genügte.

Anna nieste. Ihr Kopf ruckte. Alexandre hielt ihn fest. Sie nieste noch einmal. Dann riss sie Mund und Augen auf und holte Luft wie eine Ertrinkende. Nein, dachte Alexandre, wie eine begeisterte Leserin beim Höhepunkt der Handlung.

Anna nieste noch einmal. Und noch einmal. Ihr Gesicht flog nach vorn. Sie hielt sich die Hände vor das gerötete Gesicht.

Alexandre ließ sie los und ging vor ihr auf die Knie. »Anna?«, fragte er. »Anna, es tut mir leid.«

Die Gräfin kippte zurück und prallte gegen die Rückenlehne des Rollstuhls. Aus ihrem Mund kam der Ton eines Nebelhorns. Dann nieste sie wieder.

Für einen Moment glaubte Alexandre, das falsche Mittel angewendet zu haben.

Dann beruhigte sich Annas Atem allmählich. Sie hustete noch einige Male. Alexandre ließ ihr Zeit.

Schließlich krächzte sie: »Wie können Sie dieses Teufelszeug zum Vergnügen nehmen?« Tränen liefen ihre Wangen hinab.

Er legte den Kopf schief. »Ich nehme es zum Durchatmen, wenn meine Gegner versuchen, mir die Luft abzudrehen.«

Anna schloss die Augen. Hatte sie seine Worte gehört?

Er fasste ihre Hand. Sie zog sie zurück. »Sie wollten mich erdrosseln«, keuchte sie.

»Lemaitre«, sagte Alexandre. »Es waren die Amulette.«

»Ich weiß«, sagte Anna und verzog den Mund. Das sollte wohl ein Lächeln sein. Alexandre fiel ein Stein vom Herzen.

Er tastete nach seiner Wange. »Sie haben einen harten Schlag«, sagte er.

»Und Sie …«, sie japste, »… haben einen kranken Zahn. Der gehört in Behandlung.«

»Sprechen Sie nicht so viel. Ruhen Sie ein wenig aus«, sagte Alexandre.

Anna schluckte und nickte.

Ein Knall hallte durch das Museum.

»Was war das?«, fragte Alexandre.

Anna fuhr auf. »Wo ist Lemaitre?«, krächzte sie. Sie schaute in die Richtung, aus der der Lärm gekommen war.

»Ich weiß nicht«, antwortete Alexandre. »Ich habe ihn zuletzt im Westflügel des Museums gesehen.«

Anna drehte den Rollstuhl herum. Aber ihre Bewegungen waren kraftlos. »Alice!«, versuchte sie zu rufen. Aber nur ein Flüstern kam heraus.

Im nächsten Augenblick fand sich Alexandre hinter dem Rollstuhl wieder. Mit aller Kraft schob er Anna durch die weiße Halle. Seine Schritte klopften im Rhythmus seines pochenden Zahns über das Parkett.

Er beeilte sich, so gut er konnte. Dennoch dauerte es viel zu lange, bis sie Alice endlich fanden.

Die Herzogin hockte auf dem Boden vor einer zersplitterten Vitrine. Sie war blass. Sogar ihre Lippen hatten alle Farbe verloren. Unter ihren Augen lagen bläuliche Schatten. Sie hielt sich den Arm. Zwischen ihren Fingern sickerte Blut hervor.

Alice stöhnte, als sie Anna und Alexandre sah. »Verwundet in einer Halle voller Bandagierter«, presste sie hervor. »Ich glaube, das Schicksal verspottet mich.«

Anna nahm die Schute ab und wickelte das darumgewundene Tuch um Alice' Arm. Die Blutung ließ nach.

»Lemaitre hat das Amulett«, sagte Alice.

»Das ist jetzt nicht wichtig«, unterbrach Anna. »Alexandre, finden Sie einen Arzt.«

»Aber in diesem ganzen Museum ist keine Menschenseele«, warf er ein.

»Dann lassen Sie sich etwas einfallen«, fuhr Anna ihn an. »Darin sind Sie doch angeblich Meister.«

»Gut«, sagte Alexandre. Seine Gedanken rasten. »Ich werde … ich werde zu Schuwalow gehen und ihn bitten, einen Arzt herbeizuholen.« Er blickte voller Entsetzen auf Alice. Oder würde das zu lange dauern?

Die Herzogin schien seine Gedanken zu lesen. »Mir geht

es gut«, behauptete sie. »Der Schreck in meinen Gliedern ist schlimmer als die winzige Bleikugel darin.«

Alexandre erinnerte sich an die letzten Male, als er sich mit Pistolen duelliert hatte. Seine Gegner hatten auf den geringsten Treffer mit elendem Geschrei reagiert und sich auf dem Boden gewälzt. Diese Frau hingegen biss sich auf die Lippen und ließ sich von Alexandre auf die Beine helfen.

Alice stützte sich auf eine Vitrine. Das Blut auf ihrer Hand verschmierte das Glas. »Verfolgen Sie Lemaitre«, befahl sie. »Sie beide.«

»Kommt nicht infrage«, erwiderte Anna. »Wir bleiben bei Ihnen.«

»Hören Sie!«, sagte Alice. Ihre Stimme klang jetzt lauter. »Lemaitre hat das dritte Amulett. Und das ist meine Schuld. Wenn ich nicht gerufen hätte, hätte er es überhaupt nicht gefunden.« Ein wenig Farbe kehrte in ihre Wangen zurück. »Wenn Sie ihn nicht aufhalten, werden all unsere Anstrengungen umsonst gewesen sein. Dass ich mein Leben hinter mir lassen musste, damit werde ich fertig. Aber dass es vergeblich geschehen sein soll, das werde ich nicht zulassen. Verfolgen Sie Lemaitre, oder ich werde es allein tun!« Sie probierte einige Schritte. Dann ließ sie sich auf eine Chaiselongue sinken, die für Besucher an der Wand aufgestellt war. Auf dem Polster erkannte Alexandre den Abdruck eines Schuhs. Auch war das Fenster nicht geschlossen, ein Flügel nur angelehnt.

Alexandre zog ihn auf und blickte auf den Platz, auf dem die Kutschen standen. Eine Gestalt in einem schäbigen Pelzmantel näherte sich gerade Schuwalows Schlitten.

Kapitel 47

Sankt Petersburg, Eremitage, Januar 1852

Schuwalow hielt seine Unterarme umklammert und lief auf dem Platz vor der Eremitage auf und ab. Erst war er nur langsam gegangen, dann schneller. Mittlerweile marschierte er.

Wo blieben seine Gäste? Eine halbe Stunde hatten sie sich schon verspätet. Sogar eine russische halbe Stunde!

Allmählich erhob sich die Sonne über dem Horizont. Die Dächer der Eremitage schälten sich aus der Dunkelheit des russischen Sternenhimmels heraus. Die Firste waren in pastellzartes Licht getaucht. Licht, in dem sich nicht ein einziger Wolf zeigen würde, wenn es noch heller wurde. Schuwalow wäre längst allein auf die Jagd gegangen, wie er es angedroht hatte. Aber die Gesellschaft der beiden Frauen hatte ihn verzückt. Besonders diese Britin, Alice, war ein ausgesprochen reizvolles Geschöpf. Wie sie seine Finger im Billardzimmer geknetet hatte! Als sie sich zu ihm gebeugt hatte, waren die Spitzen ihres langen Haars anmutig von ihren Schultern geglitten. Und sie hatte seine Wolfstrophäen bewundert. Bislang hatten sich Besucherinnen immer nur schaudernd davon abgewendet. Lady Alice war anders.

Schuwalow wollte ihr zeigen, wie er mit wilden Bestien umsprang, was für ein unerschrockener Jäger er war. Wenn sie doch nur endlich aus dem Museum hervorkäme!

Ein Klappern ertönte von der Nordseite des Platzes. In der Dunkelheit war eine Bewegung auszumachen. Kamen Dumas und die Damen endlich zurück?

Schuwalow kniff die Augen zusammen. Dort hinten stieg eine Gestalt aus einem Fenster.

Was war das nun wieder für eine Merkwürdigkeit?

Er trat näher heran. Ein Mann kletterte da aus dem Museum. Auch er trug einen Pelzmantel. Aber er war viel schlanker als Dumas.

Das Fenster lag im Erdgeschoss, und der Fremde ließ sich die kurze Distanz auf den Platz hinunterfallen. Dort kauerte er sich zusammen und schien einen Moment auszuruhen.

Diese Eremitage war kein Museum für Kunstobjekte, sondern eine Sammlung seltsamer Gestalten.

»He!«, rief Schuwalow und ging dem Fremden entgegen. »Haben Sie vielleicht einen Franzosen und zwei Frauen da drin gesehen? Eine der Damen sitzt im Rollstuhl.«

Der Fremde sprang auf und lief davon. Er beschrieb einen Bogen um Schuwalow und hielt auf die Kutsche zu, die schon zuvor auf dem Platz gestanden hatte.

Was für ein ungehobeltes Verhalten! Das musste einer dieser Bauern sein, die man seit Kurzem in das Museum einließ.

»Sie!«, rief Schuwalow. »Ich habe Sie etwas gefragt!« Da fiel ihm ein, dass der Mann vielleicht kein Russisch verstand.

Neugierig geworden folgte er dem Unbekannten, der sich jetzt mit dem Kutscher unterhielt. Als Schuwalow näher kam, bemerkte er, dass es eine Frau war, die da auf dem Kutschbock saß. Sie trug einen auffälligen Hut, der ihr das Aussehen eines Pilzes verlieh.

Der Fremde rief der Kutscherin etwas zu. Es klang französisch und ungehalten. Sie antwortete mit einem Zischen und warf die Arme in die Luft.

Schuwalow hatte die beiden jetzt erreicht. Er verstand zwar nicht, um was sie stritten. Aber es fiel nicht schwer, es zu erraten.

Die Kutsche hatte Räder. Damit konnte man zwar durch den russischen Frost fahren. Aber wenn man zu lange stehen blieb, fror das Fahrwerk ein. Da half kein noch so dickes Fett in den Naben. Der russische Winter legte alles lahm.

Schadenfreude erfüllte Schuwalow. Der Mann war unhöflich zu ihm gewesen. Jetzt erhielt er die gerechte Strafe. Es gab noch einen Gott, der über die Russen wachte. »Sie hätten eine Kutsche auf Kufen wählen sollen!«, rief Schuwalow auf Französisch.

Die Gestalt im Pelzmantel fuhr zu ihm herum.

»Bis diese Räder sich wieder drehen, wird es Frühling werden«, setzte Schuwalow nach.

»Sind das Ihre Schlitten dort vorn?«, fragte der Unbekannte. Er näherte sich. Die Kutscherin kletterte vom Bock und kam ebenfalls auf Schuwalow zu.

»Es sind meine«, antwortete Schuwalow, »aber ich kann Sie Ihnen nicht zur Verfügung stellen. Ich gehe auf die Jagd. Die Wolfsjagd. Dabei muss man …«

Der Franzose lief an ihm vorbei, seine Begleiterin im Schlepptau. Beide hielten wortlos auf die beiden Schlitten zu.

Schuwalow schaute ihnen nach. Zunächst glaubte er, das Paar wolle den Platz der Eremitage zu Fuß verlassen. Dann beobachtete er, dass die Fremden am vorderen seiner beiden Schlitten anhielten. Der Kutscher saß auf dem Bock und schaute ihnen träge entgegen. Im nächsten Augenblick fand er sich im Schnee wieder. Die Frau mit dem unmöglichen Hut hatte ihn am Ärmel gepackt und mit einem Ruck vom Bock gerissen.

Nun war es aber genug!

Schuwalow rannte auf seine Schlitten zu. Die Empörung ließ seine Füße fliegen. Doch schon auf halbem Weg erkannte er, dass er zu spät kommen würde. Der Pelzbemantelte ließ sich in die Polster fallen. Die Hutträgerin trat den Hemmschuh beiseite, kletterte auf den Bock und griff nach den Zügeln. Schon setzte sich das Gefährt in Bewegung. Der Schlitten glitt auf die Uferpromenade zu und verschwand in der Dunkelheit. Und mit ihm die Jagdwaffen und die Aussicht, Lady Alice eine blutige Trophäe vor die Füße legen zu können.

»Eitrige Fäulnis!«, schrie Schuwalow der Kutsche hinterher. So etwas hatte es ja wohl noch nie in Sankt Petersburg gegeben. Was war nur aus dieser Stadt geworden?

Da war der Ausgang! Endlich! Alexandre schob den Rollstuhl ins Freie. Der Platz vor der Eremitage lag im Morgendämmer. Die Sonne, die irgendwo über Sibirien aufging, schickte einen ersten schwachen Lichtschimmer über die Stadt.

»Da ist er«, rief Anna und deutete auf die Schlitten.

Meinte sie Schuwalow? Alexandre erkannte, wie eine Gestalt auf einen der Schlitten stieg und losfuhr. Aber das war nicht Schuwalow. Der stand in einiger Entfernung und rief dem Davonfahrenden etwas zu. Dann bückte er sich, um Schnee aufzuklauben, und warf dem Schlitten eine Ladung hinterher.

Es war nicht schwer zu erraten, was geschehen war.

Alexandre und Anna erreichten den tobenden Russen.

»Sind Sie verletzt?«, fragte Anna.

»Bestohlen worden bin ich«, keifte Schuwalow. »Einen meiner Schlitten, drei gesunde Pferde und acht geladene Gewehre hat der Dieb mitgenommen.« Er pausierte. »Kennen Sie diesen Mann etwa? Er sprach Französisch.«

»Gewissermaßen«, sagte Alexandre. »Das erklären wir später.«

»Wir müssen ihn aufhalten«, rief Anna.

»Allerdings«, stimmte Schuwalow zu und wollte in den zweiten Schlitten steigen.

»Sie nicht!« Annas Stimme klang wie die eines Generals. Nein, verbesserte sich Alexandre, wie die einer Lehrerin.

»Was erlauben Sie sich?«, fragte Schuwalow, noch entgeisterter als zuvor.

»Sie gehen ins Museum. Wissen Sie, wo die Ägyptische Sammlung zu finden ist?«, fragte Anna, während sie sich von Alexandre in die zweite Troika heben ließ.

»Ja … aber mein Schlitten … meine Gewehre …« Er deutete in die Richtung, in die Lemaitre verschwunden war.

»Dort finden Sie Lady Alice«, fuhr Anna fort. »Sie ist verletzt und braucht Ihre Hilfe.« Sie hielt Schuwalow eine Hand entgegen. Darauf waren dunkle Flecken zu sehen. »Das ist das Blut unserer Freundin. Schnell! Tun Sie zur Abwechslung etwas Gutes.«

Sogar in der Dunkelheit war erkennbar, dass Schuwalow erblasste. Er erhob keine weiteren Einwände. Gemeinsam mit dem Kutscher stemmte er den Rollstuhl auf die Ladefläche und zurrte ihn fest. Dann eilten die beiden Männer zum Eingang des Museums.

Alexandre entfernte den Bremsklotz und stieg auf den Kutschbock. Die drei Pferde zogen sofort an. Ein Ruck ging durch die Kutsche. Alexandre hielt sich an der Sitzbank fest, um nicht zu Anna nach hinten geschleudert zu werden. Die Tiere waren kräftig und konnten es anscheinend nicht erwarten, endlich in Bewegung zu kommen und den Frost aus den Gliedern zu schütteln.

Die Troika glitt mit der Geschwindigkeit eines fliehenden Feldhasens durch den Schnee. Der Wind biss in Alexandres Gesicht. Seine Augen tränten, seine Stirn schmerzte, sein krauses Haar war eine Fahne im Wind. Erst jetzt fiel ihm auf, dass er seine Pelzmütze im Museum liegen gelassen hatte.

Ein Schrei der Empörung erklang hinter ihm. Das war nicht

Annas Stimme. So klang sie nicht einmal, wenn sie seine Romane las.

Das Schwein! Es lag noch immer in der Kutsche!

»Das arme Tier ist immer noch hier festgebunden«, bestätigte Anna.

Alexandre wandte sich um. Das Schwein lag auf dem Boden. Es versuchte vergebens, sich freizustrampeln.

»Lassen Sie es doch«, rief Alexandre.

Die Pferde wieherten warnend. Alexandre sah wieder nach vorn. Der Schlitten raste auf eine Kurve zu. Er riss die Zügel nach rechts. Die Pferde folgten dem Straßenverlauf zu früh. Sie schnitten die Kurve. Der Wagen brach aus. Er schleuderte nach links und streifte den Pfahl einer Gaslaterne.

Alexandre schaute wieder nach hinten. Doch diesmal nur kurz. Anna saß noch auf der Bank und hielt sich mit ausgestreckten Armen fest.

»Schneller!«, rief sie zu Alexandres Überraschung.

Sie hatte recht. Lemaitres Schlitten war so weit vor ihnen, dass er in der Dunkelheit kaum noch zu erkennen war. Zum Glück verlief die lange Promenade jetzt geradeaus. Wenn Lemaitre aber erst das Straßengewirr im Innern Sankt Petersburgs erreichte, wäre es für ihn ein Kinderspiel, darin zu verschwinden.

Alexandre starrte auf die Zügel in seiner Hand. Sechs Riemen für drei Pferde. Führte man in jeder Hand drei? Dann lenkte man das mittlere Pferd also mit zwei Händen? Oder wie sollte das funktionieren? Ein Gefühl von Ohnmacht spülte in ihm hoch. So fühlte er sich auch, wenn die Figuren in seinen Romanen nicht das machten, was er von ihnen verlangte. Dagegen half ein einfaches Mittel: Durchsetzungsvermögen.

Er bündelte alles sechs Riemen und hielt sie mit der Rechten fest. Mit der Linken griff er nach der Peitsche, die in einer Tülle steckte, und ließ sie über die Köpfe der Pferde knallen.

»Schwingt die Hufe, Athos, Portos, Aramis!«, rief er. »Sonst werfe ich euch dem Kardinal Richelieu zum Fraß vor.«

Er hatte zwar nicht den Eindruck, dass die Pferde reagierten, aber er hatte das getan, was er am besten konnte.

Tatsächlich holten sie ein Stück auf. Doch das lag nicht an Alexandres Geschick, wie er rasch feststellen musste. Der Wagen des Magnetiseurs war gegen die Befestigung der Uferpromenade gerutscht. Die Kutscherin manövrierte ihn gerade wieder auf die Straße zurück.

Alexandre wischte sich die Tränen aus den Augen. Jetzt konnte er den Mann erkennen, der behauptete, sein Halbbruder zu sein. Lemaitre hatte sich zu ihm umgewandt. Über der Rückenlehne der Sitzbank war sein Gesicht zu erkennen. Er hielt etwas in den Händen und legte den Kopf schief.

Ein Knall ertönte. Neben der Troika spritzte Schnee auf.

Lemaitre schoss auf seine Verfolger.

Alexandre fiel es wieder ein. In der einen Kutsche lag das Schwein, in der anderen befanden sich die Gewehre.

Ein weiterer Schuss krachte. Neben Alexandre zersplitterte eine der Lampen auf dem Kutschbock.

»Er hat nur Glück«, rief Alexandre Anna zu.

Lemaitres Glück würde zunehmen, je weiter sie sich ihm näherten.

Ihr Schlitten holperte, als die Kufen über ein Hindernis auf der Straße fuhren.

Das Schwein schrie erneut.

»Es fällt gleich hinaus!«, rief Anna.

Ein rascher Blick nach hinten zeigte Alexandre, dass das Hinterteil des Tiers schon über dem Einstieg hing. Anna hielt es an den Seilen fest, die seine Beine zusammenbanden.

Ein weiterer Schuss explodierte. Die Kugel verschwand in der Dunkelheit. Wenn Lemaitre eines der Pferde traf und das Tier stürzte, würde sich die Troika überschlagen. Alexandre dachte an die Karambolagen auf Schuwalows Billardtisch.

So weit durfte es auf keinen Fall kommen.

Alexandre richtete sich auf. Breitbeinig fand er Stand auf dem Kutschbock. Die Zügel hielt er fest in beiden Händen. Mit den Knien federte er die Stöße des Schlittens ab. Jetzt würde er ein besseres Ziel für Lemaitre bieten. Solange dieser nicht auf die Pferde schoss, mochten sie das Rennen gewinnen.

»Im Namen meines Vaters, Thomas Alexandre Dumas«, rief Alexandre und hoffte, Lemaitre konnte die Worte hören. Dann ließ er die Peitsche knallen und schlug mit den Zügeln.

Die Seile schnitten in Annas Finger. Der hintere Teil des Schweins hing schon aus dem Schlitten hinaus. Der geringelte Schwanz zog eine Spur durch den Schnee.

Wenn das Schwein doch ruhig bleiben würde! Dann hätte Anna es zurück in den Schlitten hieven können. Aber das Tier gebärdete sich wild. Es zappelte mit den zusammengebundenen Beinen und schlug mit dem Kopf hin und her. Um ein Haar hätte es Anna von der Sitzbank gerissen.

»Lassen Sie es los«, rief Alexandre. »Es ist nur ein Schwein.«

Ja, ein Schwein. Und es würde sterben, wenn Anna es aus dem Schlitten fallen ließ. Um den Hals des Tiers war ein Lederriemen gebunden, von dem eine Kette zum hinteren Teil der Kutsche verlief. Das musste jene Vorrichtung sein, mit der das Schwein bei der Wolfsjagd hinter der Kutsche hergezogen werden sollte. Aber dann konnte es wenigstens laufen. Fiel es aber mit gefesselten Hufen hinaus, würde es zu Tode geschleift werden.

Anna versuchte, die Kette von dem Halsband zu lösen. Aber

kaum ließ sie mit einer Hand das Schwein los, rutschte es ein Stück weiter aus der fahrenden Kutsche hinaus.

Sie umklammerte die Seile. Der Schlitten sprang und schlingerte. Das Schwein schrie. Erneut waren Schüsse zu hören. Vorn auf dem Kutschbock klirrte Glas.

Mit einem Mal war das Schwein fort. Anna hielt die leeren Schlingen der Seile in der Hand. Das Tier hatte sich aus den Fesseln herausgewunden.

Anna blickte nach hinten. Da war es noch. Durch die Kette auf Gedeih und Verderb mit der Kutsche verbunden, wurde das arme Tier durch den Schnee gezogen. Es pflügte durch das Weiß wie ein übergewichtiger Schwan.

Als die Kutsche für einen Augenblick an Fahrt verlor, kam das Schwein auf die Beine. Jetzt konnte es immerhin hinter dem Schlitten herlaufen. Dabei fand es genug Atem, um seine Empörung lautstark in die Dunkelheit hinauszuschreien.

Warte, dachte Anna. Ich will dich erlösen. Sie suchte nach dem Haken, der die Kette mit der Kutsche verband.

Er war nirgends zu sehen.

Während der Schlitten unter dem Licht der Gaslampen hindurchhuschte, sah Anna, dass die Kette am hinteren Teil des Wagenkastens verschwand.

»Achtung!«, rief Alexandre von vorn. Erschrocken sah Anna, dass Dumas breitbeinig auf dem Kutschbock stand. Er ging in die Knie, um einem Stoß zu begegnen. Anna wurde in die Höhe geworfen. Sie hielt sich an der Kante der Sitzbank fest und hörte die Schreie des Schweins.

»Alexandre!«, rief Anna nach vorn. »Setzen Sie sich. Sie werden hinunterfallen.«

Alexandre lachte. Der Fahrtwind riss an seinem Schopf.

Wieder krachte ein Schuss. Neben der Kutsche flog Schnee auf und spritzte in Annas Gesicht.

Als sie sich wieder zu dem Schwein umdrehte, hatte das Tier die Kutsche fast erreicht. Die Kette zwischen seinem Halsband und dem Schlitten hing durch und rasselte über den Boden. Es lief jetzt noch schneller als zuvor. Der Grund dafür schälte sich aus der Dunkelheit.

Das Schwein hatte Gesellschaft bekommen. Zwei graue Gestalten waren hinter ihm aufgetaucht. Auch sie liefen auf allen vieren. Und ihre Augen funkelten wie die der Trophäen in Schuwalows Billardzimmer.

Das Jagdrezept des Russen war aufgegangen. Nur war er gerade nicht da, um die Wölfe zu erlegen. Besorgt beobachtete Anna, wie die beiden Verfolger ihrem Opfer immer näher kamen.

Das Schwein rannte um sein Leben. Seine Ohren flogen, und seine Augen waren ebenso weit aufgerissen wie sein Maul. Speichel flog in glitzernden Fäden daraus hervor.

Der Schlitten verlangsamte seine Fahrt.

»Schneller, Alexandre«, rief Anna. »Fahren Sie zu!«

»Das würde ich ja«, gab Alexandre zurück. »Aber wir haben da vorn ein Problem.«

Anna stemmte sich in der Sitzbank höher und lugte nach vorn. Zwischen Alexandres Beinen hindurch konnte sie Lemaitres Schlitten sehen. Er war nur fünf Wagenlängen entfernt. Anscheinend ließ der Magnetiseur langsamer fahren, um besser zielen zu können. Er hatte die Arme auf die Rückbank seines Schlittens gestützt und legte den Lauf eines Gewehrs auf die Polster.

Er schoss.

Die Kugel zerriss die Sitzbank neben Anna. Sie schrie auf. Aus dem Loch im Polster quollen Sägespäne hervor.

Hinter dem Schlitten tauchten die Schnauzen der Wölfe aus der Dunkelheit auf. Sie waren so nah, dass Anna ihre hellen Lätze erkennen konnte. Einer der Wölfe schnappte nach der

Flanke des Schweins, verfehlte sie jedoch. Das Manöver ließ ihn straucheln. Er fiel zurück.

Der andere Wolf beachtete das Schwein nicht. Er starrte zu Anna hinauf, während sein Leib auf und ab wogte. Mit großen Sprüngen setzte er auf den Schlitten zu und versuchte, auf die Ladefläche zu gelangen. Er sprang zu kurz und landete im Schnee. Der Abstand vergrößerte sich wieder.

»Wenn Sie nicht schneller fahren«, rief Anna, »werden wir gleich weitere Fahrgäste haben.«

Alexandre schaute sich um. Als er erkannte, was Anna meinte, ließ er die Pferde wieder anziehen.

Anna wusste, dass sie nicht lange aushalten würden. Fuhren sie zu schnell, wurden sie zu Zielscheiben Lemaitres. Fuhren sie zu langsam, würden die Wölfe sie erreichen.

Das Schwein musste weg. Es war die einzige Möglichkeit, die Wölfe abzulenken.

Wo war nur diese Kette eingehakt? Anna beugte sich über die Sitzbank nach hinten. Auf der schmalen Ladefläche war der Rollstuhl festgebunden. Die Kette verschwand irgendwo darunter.

Sie zog die Handschuhe aus und streckte einen Arm nach hinten. Ihre Fingerspitzen tasteten unter dem Rollstuhl her. Es gelang ihr, die Kette zu berühren. Aber das genügte nicht.

Da sie sich nicht auf die Sitzbank knien konnte, zog sie sich über die Rückenlehne, bis sie zur Hälfte darüberhing. Mit einer Hand hielt sie sich an der Bank fest. Mit der anderen tastete sie sich an der Kette entlang. Irgendwo unterhalb des Rollstuhls mussten die Eisenglieder doch befestigt sein.

Der Schnee, der hinter der Kutsche aufflog, stach Anna ins Gesicht. Sie schloss die Augen und ließ alle Aufmerksamkeit in ihre Finger fließen. Kettenglied für Kettenglied wanderte sie vorwärts. Schließlich stieß sie auf etwas, das sich wie eine Schlinge aus Metall anfühlte. Ein Karabinerhaken.

Sie öffnete die Augen.

Der Wolf schaute ihr ins Gesicht. Er setzte zum Sprung an.

Anna ließ den Karabinerhaken los. Um sich zurück in den Fahrgastraum zu ziehen, war es zu spät. Zu langsam, dachte sie. Du bist zu langsam, um in dieser Welt überleben zu können. Eine Frau, die sich nur mit Hilfsmitteln fortbewegen kann, stößt irgendwann an ihre Grenzen.

Ihr Blick streifte den Rollstuhl. Der Lederriemen war nur mit einem Dorn gesichert.

Der Wolf sprang. Diesmal erreichte er die Ladefläche. Seine Pfoten fanden unsicheren Halt. Er warf den Kopf zurück.

Anna riss den Riemen aus dem Dorn. Der Rollstuhl bekam Schlagseite. Dann wurde er von den Kräften, die auf den Schlitten wirkten, herabgerissen. Den Wolf nahm er mit sich. Das Tier überschlug sich im Schnee.

Der Rollstuhl wirbelte über die Straße. Der Korb brach entzwei. Das linke Rad ging verloren. Dann zersplitterte die Fußbank. Eine der Armlehnen flog hoch in die Luft und verschwand hinter der Uferbefestigung in der Newa.

»Was war das?«, rief Alexandre nach hinten.

»Der Rest meines alten Lebens«, sagte Anna leise.

Der Rollstuhl war fort. Aber das Schwein war noch da. Und die beiden Wölfe hatten sich wieder an die Fersen des Tiers geheftet.

Noch einmal streckte Anna den Arm aus. Jetzt, da die Ladefläche frei war, erreichte sie den Karabinerhaken besser. Sie löste die Kette. Der Schnee dämpfte das Rasseln der Eisenglieder, als sie von der Kutsche fielen.

Das Schwein lief einfach weiter. Es brauchte eine Weile, bis es bemerkte, dass der Zug an seinem Hals verschwunden war.

»Flieh!«, rief Anna ihm zu und wedelte mit den Händen. »Du bist frei!«

Meine ich das Schwein?, fragte sie sich.

Schließlich schlug das Tier einen Haken. Bald darauf drehte es in eine Seitengasse ab. Die Wölfe setzten der kleineren Beute hinterher. Mit einem Schlitten, in dem eine deutsche Lehrerin saß, wollten sie es wohl nicht noch einmal aufnehmen.

Lemaitre warf die leer geschossene Flinte in hohem Bogen aus dem Schlitten und griff nach der nächsten. Er hatte sich stets von Gott verlassen gefühlt. Als er aber das Waffenarsenal in der Kutsche gefunden hatte, erkannte er darin ein Zeichen göttlichen Willens. Er sollte sein Werk vollenden. Und dazu musste er seinen Bruder töten.

Es fiel ihm nicht schwer, auf Alexandre anzulegen und den Abzug zu betätigen. Schwierig war, ihn zu treffen!

Wie sollte er auf ein bewegliches Ziel schießen, wenn er selbst keine Sekunde ruhig verharren konnte?

»Langsamer!«, rief er der Meunier zu.

Der Schlitten verlor an Fahrt. Die Verfolger holten auf. Lemaitre legte den Lauf des Gewehrs auf die Rückenlehne der Sitzbank. Dann presste er seine Wange an das kalte Eisen der Waffe und versuchte, Kimme und Korn übereinanderzubringen.

Der Schlitten mit Alexandre kam näher. Dieser Idiot stand aufrecht auf dem Kutschbock. Nur zu! Wenn er unbedingt sterben wollte, sollte sein Wunsch in Erfüllung gehen.

Lemaitre schoss. Erneut verfehlte die Kugel ihr Ziel.

Wie hatte es Dumas nur geschafft, sich aus dem Bann der Amulette zu befreien? Das war viel zu schnell geschehen, denn Anna von Dorn saß ebenfalls in der Kutsche. Dabei sollte sie doch tot in der Eremitage liegen, ein bizarres Kunstwerk des größten Manipulators aller Zeiten: Etienne Lemaitre.

Die Verfolger holten weiter auf. Alexandre wuchs im Visier des Gewehrs zur Größe eines Mittelfingers. Ihn zu verfehlen war unmöglich.

Noch einmal zog Lemaitre durch.

Hinter Dumas flog etwas in hohem Bogen vom Schlitten hinunter. Jemand schrie in Todesangst. Hatte der Schuss die Gräfin getroffen?

»Wohin?«, keifte Madame Meunier.

Was sollte diese Frage? Es war gleich, wohin es ging. Wenn er nur seine Verfolger abschütteln konnte. Danach … Aber das wusste er jetzt noch nicht. Man würde sehen, was danach kam.

Mit einem Mal öffnete sich eine kalte Leere in Lemaitre. Er spürte eine Weite in sich, die er mit seinem Herzen nicht auszufüllen vermochte, ein Land, das sich bis zum Horizont erstreckte. Darin lebte keine Menschenseele, und nirgends gab es einen Ort, zu dem er heimkehren konnte.

Er schüttelte den Kopf. Er durfte seinen Gefühlen nicht die Zügel schießen lassen. Seit er von der zugefrorenen Bucht in die Stadt gekommen war, hatte sich ein Zittern seiner Gliedmaßen bemächtigt. Aber es war nur schwach und würde wieder vergehen. Sobald er ausruhen konnte. Irgendwo.

Wenn man nicht weiß, wohin man sich wenden soll, kehrt man am besten dorthin zurück, woher man gekommen ist. Hatte ihm das nicht sein Vater beigebracht?

»Halten Sie auf den Hafen zu und fahren Sie auf die Bucht hinaus«, rief er der Kutscherin zu. »Ich kenne den Weg zwischen den Eisplatten hindurch. Dort werden wir sie abschütteln.«

Die Schüsse hatten aufgehört. War Lemaitre die Munition ausgegangen? Alexandre ließ sich wieder auf den Kutschbock fallen.

Sein Manöver war geglückt, die Pferde waren unversehrt geblieben. Er selbst war mit dem Schrecken davongekommen.

Aber Lemaitre war noch immer auf der Flucht. Und er hatte die Amulette.

»Er fährt in den Hafen hinein«, stellte Alexandre fest.

Anna tauchte neben ihm auf. Sie lehnte sich über den Bock. Alexandre erschrak. Ihr Gesicht und ihr Mantel waren mit Schnee bedeckt. Ihr Haar hatte sich gelöst. Es hing ihr bis über die Schultern. Strähnen flatterten über ihr Gesicht.

»Sind Sie wohlauf, Anna?«, fragte er besorgt.

»Nicht, solange Lemaitre uns zu entkommen droht«, rief sie in den Fahrtwind hinein.

»Das wird nicht geschehen«, sagte Dumas. »Wenn es sein muss, werde ich ihn bis in den siebten Kreis der Hölle verfolgen.« Im nächsten Moment hatte er das Gefühl, den Mund wieder einmal zu voll genommen zu haben.

Lemaitres Schlitten folgte einer scharfen Kehre. Die Kufen sprühten Schnee gegen die Wand eines Kontors. Statt zu den Anlegestellen zu fahren, rauschte der Magnetiseur in gerader Linie auf die Bucht zu.

»Er will auf das Eis hinaus«, rief Alexandre.

»Halten Sie an!«, befahl Anna. »Lemaitre weiß, was er tut. Er will, dass wir ihm dort hinunterfolgen. Er führt etwas im Schilde.«

Alexandre sah, wie der andere Schlitten einen Satz machte, als er von der Uferbefestigung auf die tiefer liegende Eisfläche fiel.

»Anhalten!«, rief Anna noch einmal.

Alexandre gab vor, sie nicht zu hören. Anna war nur um ihn besorgt, nicht um sich selbst. Dazu hatte er sie in den letzten Wochen schon genug Risiken eingehen sehen. Sie hatte Gefahren auf sich genommen, die ihn selbst hätten zaudern lassen.

Anna Dorn kannte keine Angst. Und er würde ihr zeigen, dass er ihr ebenbürtig war.

Er schnalzte mit der Zunge und ließ das Gespann mit unverminderter Geschwindigkeit weiterfahren.

Der Schlitten passierte die Stelle zwischen Land und Meer. Alexandres Troika hob ab. Pferde und Kufen kamen einen halben Meter tiefer auf festem Grund auf. Etwas krachte. Alexandres Kiefer schlugen aufeinander. Erneut raste Schmerz durch seine Zähne. Die Fahrt ging weiter.

Das Licht der aufgehenden Sonne schien auf die Spitzen der ineinander verkeilten Eisplatten. Schatten tanzten zwischen den Gebilden. Dort vorn verschwand Lemaitre zwischen den riesenhaften Formen. Mit einem Mal war er fort, so als hätte die Bucht ihn einfach verschluckt.

Alexandre ließ die Pferde langsamer laufen. Der Weg war fast zu eng für eine Troika. Drei Pferde nebeneinander füllten den Raum zwischen den haushohen Scheiben aus Eis vollständig aus.

»Wo will er hin?«, überlegte Alexandre laut. »Wenn wir das wüssten, könnten wir ihm den Weg abschneiden.«

»Nirgendwohin«, antwortete Anna. Sie hielt sich mit beiden Händen an seinem Arm fest. »Er will uns in die Irre führen. So wie immer.«

»Ich fürchte, das ist ihm schon gelungen«, gestand Alexandre. Von Lemaitres Schlitten war nichts mehr zu sehen. Dafür türmten sich vor ihnen die Auswüchse der Eislandschaft auf wie Geschwulste gefrorenen Wassers.

Alexandre ließ die Pferde langsam zwischen den Hindernissen hindurchgehen. Er versuchte, auf die Geräusche des anderen Schlittens zu lauschen, und beugte sich vor. Doch er hörte nur die Hufschläge der eigenen Pferde und das Sirren der Kufen unter sich. Wo war Lemaitre?

»Vielleicht hat er angehalten, und wir fahren gerade an ihm vorbei«, mutmaßte Anna. Auch sie schien angestrengt zu lauschen.

Alexandre brachte die Troika zum Stehen. Stille lastete auf der Szenerie. Es war, als wären alle Laute dieser Welt in der unermesslichen russischen Kälte eingefroren.

»Bergissia!«, rief eine entfernte Stimme.

Lemaitre kannte den Weg. Erst vor wenigen Stunden war er hier entlanggekommen, halb erfroren und am Ende seiner Kräfte. Jetzt zahlte sich die Mühe aus. Im aufziehenden Morgenlicht waren sogar seine eigenen Fußspuren im Schnee erkennbar. Darüber verliefen die Spuren von Schlittenkufen. Die Schlittenführer, die zwischen Kronstadt und Sankt Petersburg pendelten, schienen ihre Arbeit bereits aufgenommen zu haben.

Er gab Madame Meunier knappe Befehle, wohin sie sich zu wenden hatte. Dann starrte er mit wildem Blick nach hinten. Von Dumas und der Gräfin war nichts zu sehen.

Aber da war eine Reflexion in der spiegelnden Fläche einer Eiswand.

»Fahr zu!«, rief Lemaitre.

»Es ist zu eng, Söhnlein!«, rief die Meunier.

Er hasste es, wenn sie ihn so nannte.

Wieder flackerten Schatten hinter ihnen.

»Fahr, sage ich!«, rief Lemaitre.

Madame Meunier widersprach nicht länger. Sie ließ die Troika in Galopp fallen. Geschickt lenkte sie zwischen den Eisgebilden hindurch. Die Pferde drängten sich zusammen, soweit es die Jochstangen zuließen. Der Kutschkasten schliff an den Eiswänden entlang. Lemaitre klammerte sich fest, den Blick weiter nach hinten gewandt.

Die Schatten verfolgten ihn. Er wischte sich über die Augen. »Sie sind ganz nah«, rief er. »Wir müssen schneller werden.«

»Das geht nicht«, rief die Kutscherin und schüttelte den Kopf. Die breite Krempe ihres gestaltlosen Hutes flappte im Fahrtwind.

Lemaitre griff nach ihrem Umhang und riss daran. »Wir müssen entkommen, koste es, was es wolle.«

Die Meunier versuchte, seine Hand abzuschütteln. Aber Lemaitre krallte sich an ihrer Pelerine fest.

»Loslassen!«, rief sie. »Ich kann nicht lenken.«

Lemaitre wollte weitere Befehle rufen. Aber die Angst schnürte ihm die Kehle zu. Stumm riss er weiter an dem Umhang. Er fühlte sich wie ein Kind, das seiner Mutter die Dringlichkeit eines Wunsches deutlich machen will.

Die Meunier drehte sich zu ihm um. Zorn verzerrte ihr Gesicht.

»Bergissia!«, rief jemand. »Achtung!«

Zwischen den Eisplatten tauchten Schlitten auf. Sie standen mitten auf dem Weg. Mehrere Männer in Pelzmänteln standen davor. Sie beugten sich über etwas, das auf dem Boden lag. Als sie die Troika sahen, sprangen sie zur Seite.

Zum Anhalten war es zu spät. Die Pferde galoppierten auf die Stelle zu, sprangen darüber und rannten weiter.

Der Schlitten stieß gegen ein Hindernis. Er verlor den Kontakt mit dem Boden und drehte sich in der Luft.

Auf der Eiswand, gegen die Lemaitre prallte, spielten Schatten. Er hörte ein Knacken, als etwas in seiner Mitte zerbrach. Da war kein Schmerz. Nur Erstaunen, als er von der schrägen Fläche hinabrutschte und, auf dem Boden liegend, in Ben Simes' tote Augen blickte.

Alexandre sprang vom Kutschbock und lief zu der Unglücksstelle. Lemaitres Kutsche war ein Haufen Feuerholz, in den eine riesige Faust hineingeschlagen hatte. Überall lagen Gewehre verstreut. Die Pferde waren verschwunden. In einiger Entfernung hörte man die Jochstangen klirren, die die Tiere anscheinend noch immer hinter sich herzogen.

Weitere Schlitten standen in der Nähe. Zwei Männer, es mussten die Kutscher sein, waren über etwas im Schnee gebeugt. Der eine schüttelte langsam den Kopf. Der andere hielt sich eine breite Hand vor den Mund.

Alexandre schob die Kutscher beiseite. Vor ihm lagen zwei Körper im Schnee. Einer war von Eiskristallen überzuckert. Der Mann musste schon länger tot sein. Der andere war Lemaitre.

Er lebte noch. Atemwölkchen stiegen von seinen bebenden Lippen auf.

»Etienne«, sagte Alexandre und ging neben seinem Halbbruder in die Knie. Er wollte ihm eine Hand beruhigend auf den Leib legen. Doch war dieser so zugerichtet, dass eine Berührung an jedweder Stelle dem Verletzten nur Schmerzen bereiten konnte. Selbst Alexandres Augen tat der Anblick weh. Er wandte sich Lemaitres Gesicht zu.

»Das warst du in den Schatten. Ich habe dich erkannt.« Die Stimme des Magnetiseurs war nur ein Flüstern.

»Welche Schatten?«, fragte Alexandre. Da bemerkte er, dass Lemaitre nicht zu ihm sprach. Er hielt Zwiesprache mit dem Toten.

Einer der Kutscher sagte etwas auf Russisch.

»Nein«, antwortete Alexandre, ohne die Wort verstanden zu haben, »ich glaube nicht, dass ein Arzt noch helfen kann.«

Der Mann wiederholte seine Worte. Dringlichkeit lag in seiner Stimme.

Alexandre starrte auf seinen Halbbruder hinab. Für einige

Stunden hatte er einen Bruder gehabt. Er schnaubte. Das Leben erzählte Geschichten, wie sie sich kein Autor jemals einfallen lassen könnte. Er spürte etwas in seinem Inneren vergehen. Er spürte Hände an seinen Schultern. Er hörte Annas Stimme.

»Alexandre! Zurück!«

Jemand riss ihn nach hinten. Er landete auf dem Rücken. An der Stelle, an der er gerade noch gehockt hatte, ging ein Hagel aus Eisbrocken nieder. Die Eiswand, gegen die Lemaitre geprallt war, brach entzwei. Ein Brocken von der Größe eines Scheunentors löste sich und begrub den Magnetiseur unter sich.

Kapitel 48

Bucht von Sankt Petersburg, Januar 1852

Annas Finger krallten sich in den Rand des Kutschkastens. Eisbrocken krachten unablässig auf die Stelle hinab, an der gerade noch Lemaitre zu sehen gewesen war. Schnee stob auf und hüllte alles ein: die russischen Schlittenführer, ihre Pferde, Lemaitres Kutscherin, die in einiger Entfernung auf die Beine kam. Es schien, als habe sich der Magnetiseur in Kristalle leichenblassen Frosts verwandelt.

Anna schloss die Augen. Nur noch der Lärm drang zu ihr durch. Sie hatte solche Geräusche schon einmal gehört: vor zehn Jahren, als Burg Dorn zerborsten war. Statt Eis war damals Gestein vom Himmel gefallen, statt Lemaitre war Tristan das Opfer gewesen.

Seither hatte sie keinen Fuß mehr vor den anderen setzen können. Aber sie hatte gelernt, dass es darauf nicht ankam. War sie nicht quer durch Europa gereist, um hier und jetzt mitzuerleben, wie sich die Ereignisse wiederholten?

Anna spürte ihren Mut vergehen, jenes Gefühl, das sie ausgefüllt und sie von Karlsruhe nach Paris, von Paris nach Brüssel, von Brüssel nach London und von dort nach Sankt Petersburg getragen hatte. Jetzt löste sich die Courage von ihr und flog in den bedeckten russischen Himmel davon. Anna wollte das Gefühl festhalten, wusste aber nicht wie. Als sie die Augen wieder öffnete, war sie nichts weiter als eine bewegungslose kleine Frau auf einer zugefrorenen Bucht in einem fremden Land.

Sie sah zu, wie Alexandre und die Kutscher versuchten, Lemaitres Leichnam zu bergen. Doch alle Anstrengungen waren vergebens. Die Trümmer waren so mächtig, dass die Männer sie mit bloßen Händen nicht bewegen konnten. Als man versuchte, die Eisplatten mithilfe der Pferde fortzuziehen, sorgte das nur dafür, dass die Brocken sich ineinander verkeilten. Es schien, als klammere sich der Frost an sein Opfer.

Schließlich gaben die Helfer ihre Anstrengungen auf. Was von dem Magnetiseur übrig geblieben war, würde in einem kalten Grab ruhen, bis der Winter vorüber war. Danach würde Lemaitre auf den Grund der Sankt Petersburger Bucht sinken und für immer verschwinden. Und mit ihm die Amulette.

Als die Sonne sich dem Horizont zuneigte, fand sich Anna in Schuwalows Billardzimmer wieder. Alexandre war in einen der schweren Sessel gesunken. Er war ungewöhnlich still und nippte an einem Glas Champagner, das er sonst in einem Zug hinuntergestürzt hätte. Alice stand schweigsam am Fenster und schaute zu der hell erleuchteten Eremitage und dem Winterpalast hinüber. Ihr Arm war verbunden und steckte in einer Schlinge. Sogar die Augen der Wölfe an den Wänden blickten nur noch trübe vor sich hin.

Schuwalow schien von der gedrückten Stimmung nichts zu bemerken. Er lief um den Billardtisch und ordnete die Kugeln, während er die Möglichkeiten erwog, wie man die Amulette aus der Bucht bergen könnte. Seit ihm seine Gäste von der Macht der Bronzescheiben erzählt hatten, gab es für den Russen kein anderes Thema mehr, als die Artefakte wiederzuerlangen.

Schuwalow sprach davon, Perlentaucher aus Persien anreisen und ein Schiff mit einem Kran ausrüsten lassen. »Natürlich müsste man erst einen Lastkahn mit geringem Tiefgang entwickeln und bauen lassen«, dozierte er, während er die Billardkugeln auf dem Filz hin und her schob. »Das könnte sich in einem oder zwei Jahren verwirklichen lassen. Und dann …«

Alice trat zu ihm, nahm ihm eine Billardkugel aus der Hand und legte sie auf den Tisch zurück. »Keine Kugeln mehr«, sagte sie. »Und keine Amulette. Wir brauchen keine Hilfsmittel, um uns näherzukommen. Meinen Sie nicht auch?« Ihr Blick wanderte zu Anna hinüber, dann zu Alexandre und blieb zuletzt auf Schuwalow hängen.

Die Überraschung in den Augen des Russen und seine sich tonlos bewegenden Lippen sollten Anna noch lange im Gedächtnis bleiben. Mittlerweile hatte sie Übung darin, jene besonderen Momente zu erkennen, in denen etwas beginnt und zugleich etwas endet.

»Glauben Sie, dass Lady Alice in Sankt Petersburg glücklich sein wird?«, fragte sie Alexandre, als ihr Zug den Bahnhof der Stadt verließ. Anna schaute aus dem Fenster. Alice und Schuwalow standen dicht nebeneinander auf dem Bahnsteig und schrumpften in der Entfernung. Sie wurden zu zwei winzigen Gestalten, dann zu zwei Strichen, schließlich verschmolzen sie zu einem einzigen Punkt.

»Schuwalow mag ein verschrobener Kerl sein«, sagte Alexandre. »Aber mit der richtigen Frau an seiner Seite wird er einen ganz passablen Gatten abgeben.«

Anna ließ sich in den Sitz sinken und lauschte dem Rattern des Waggons. Die Bahnlinie nach Moskau war erst vor wenigen Monaten fertiggestellt worden. Von Moskau aus würde es weitergehen nach Warschau, von dort mit der Kutsche nach Berlin und schließlich mit dem Zug Richtung Paris. Sogar Baden-Baden würde eine Station der Reise sein.

»Alexandre?«, fragte Anna leise.

»Ja?« Seine Stimme war ganz nah neben ihrem Ohr.

»Kennen Sie das Gefühl, dass ein Teil Ihres Lebens zu Ende geht?«

»Und ob ich das kenne«, sagte er. »Es überschwemmt mich jedes Mal, wenn ich ein Buch fertig geschrieben habe. Aber wissen Sie was, Anna? Gegen diese Art Wehmut gibt es ein probates Mittel. Ich fange sofort den nächsten Roman an.«

Anna spürte, wie Alexandre ihr eine warme schwere Hand auf den Arm legte. Die Berührung erschien ihr wie ein Geschenk. Sie fühlte sich wohl neben dem großen Franzosen. Das Schaukeln des Zugs ließ sie schläfrig werden. Und zum ersten Mal seit langer Zeit fiel sie in einen tiefen, langen und traumlosen Schlaf.

Im Speisesaal des Hôpital de la Charité klapperte Geschirr. Die Krankenschwestern räumten die Tische ab. Bei jeder Bewegung versprühten sie den Geruch von Kampfer, der sich mit dem der kräftigen Suppe zu einer einzigartigen Mischung verband. Immanuel atmete diese Aromen nun seit Wochen ein und empfand sie als belebend. Vielleicht hatten sie sogar zu seiner Genesung beigetragen.

Seine Beine ließen sich wieder bewegen. Das kam einem Wunder gleich. In der Regel zuckten Ärzte bei einem Unfallopfer wie ihm nur die Schultern und holten die Knochensäge hervor. Dieses Schicksal war Immanuel erspart geblieben. Er wusste auch, warum. Gräfin Anna und ihr Bekannter, Monsieur Dumas, hatten ein Château verpfändet, um zu gewährleisten, dass Doktor Lassailly alles daransetzen würde, die Beine des Verunglückten zu retten. Das war dem Arzt gelungen. Zwar ging Immanuel an Krücken, doch immerhin konnte er sich aus eigener Kraft fortbewegen. An guten Tagen, so wie heute, gelang es ihm sogar, den Krankenschwestern mit dem Geschirr zu helfen. In einigen Monaten, vielleicht in einem Jahr, würde er auch wieder auf einem Kutschbock sitzen. Das hatte ihm jedenfalls Doktor Lassailly in Aussicht gestellt.

Immanuel stellte die Teller in der Küche ab und schwang sich auf den Krücken zurück in den Speisesaal. Einer der älteren Patienten war gleich nach dem Essen am Tisch eingeschlafen. Immanuel bückte sich nach der Decke, die zu Boden gefallen war. Es gelang ihm, sie mit den Fingerspitzen zu erreichen. Er fischte sie auf und legte sie dem Schläfer über die Schultern. Die Anstrengung trieb ihm Schweiß auf die Stirn.

Im Schlafsaal war es kühler. Er schaute über die Reihen der Betten. Hier war er seit jenem unheilvollen Abend zu Hause. Er kannte das Geächze der Leidenden, das den Raum bei Tag und Nacht ausfüllte wie ein Chor des Grauens. Er kannte die Stille, die ihn plötzlich und schmerzhaft traf, wenn einen seiner Bettnachbarn der Tod in der Matratzengruft ereilte. Und er kannte die glücklichen Gesichter derjenigen, die von einer dieser Matratzen wieder aufstanden, um das Krankenhaus geheilt zu verlassen.

Immanuel ließ sich auf sein Bett fallen. Er legte die Krücken unter das Gestell und holte die Briefe unter dem Kissen hervor. Er las sie jeden Tag. Einundzwanzig waren es mittlerweile. Einige waren schon mit den neuartigen Briefmarken geschmückt, die direkt auf dem Kuvert klebten. Andere waren noch mit den alten Gebührenstreifen aus Papier versehen, die an den Umschlag geklammert wurden. Allen war eins gemeinsam: Sie trugen die Unterschrift Gräfin Annas. Und sie waren voll von Worten des Trostes und so vielen guten Wünschen, dass es Immanuel vorkam, als würden die Silben wie kleine Seelen durch den Schlafsaal schweben, sobald er einen der Briefbögen auffaltete und las.

Das letzte Licht des späten Wintertags fiel durch die Fenster und strich über Nachrichten aus Brüssel, aus London, aus

Southampton, Le Havre und Sankt Petersburg. Jetzt wollte Immanuel seinen Lieblingsbrief lesen, wollte die Ereignisse in London noch einmal miterleben. Gräfin Anna war im Palast der englischen Königin gewesen und hatte den Thronfolger getroffen. Albert, so hieß er wohl. Wenn Immanuel davon las, klopfte sein Herz schneller. Er hielt sich den ersten beschriebenen Bogen vor die Augen und las von der Gouvernante Lady Esme und ihren Magenbeschwerden. Er las von dem Schurken Lemaitre und seiner Flucht aus dem Palast. Er las und las, und wie immer war es ihm, als stünde Gräfin Anna neben ihm und sagte ihm die Worte ins Ohr.

Diesmal war das Erlebnis noch intensiver als sonst. Er hörte Annas Stimme, als sei sie neben ihm. Er öffnete die Augen. Er musste eingeschlafen sein. Es war noch Tag. Am Fußende des Bettes saß eine Gestalt im Wintermantel. Sie trug eine Schute mit roten Band. Und sie hatte Annas Gesicht.

»Immanuel«, sagte die Erscheinung. »Ich bin gekommen, um dich nach Hause zu holen.«

Immanuel wusste später nicht, worüber er mehr gestaunt hatte:

Über die Kraft, die in seinen Beinen gesteckt und die ihn so geschwind zum Ausgang des Hôpital de la Charité getragen hatte, dass sich die Krücken unter der Belastung bogen.

Oder über Gräfin Anna, die nicht länger in ihrem Rollstuhl saß, sondern sich mit einer Konstruktion behalf, wie sie Immanuel nie zuvor gesehen hatte: einer Art Rollstuhl zwar, doch einem, der sich zusammenfalten ließ und mit wenigen Handgriffen in ein Gerüst verwandelte, in dem Anna eine Zeit lang aufrecht stehen konnte.

Oder über die Kutsche, die auf dem Hof des Hospitals wartete. Es war der alte Landauer, den Immanuel so viele Jahre lang im Dienste der Gräfin gesteuert hatte. Das Gefährt brauchte einen neuen Anstrich. Am linken Hinterrad fehlte eine Speiche. Die Ladefläche sah aus, als habe man versucht, sie in Brand zu setzen. Doch die Kutsche schien noch immer funktionstüchtig zu sein.

Auf dem Bock saß eine Gestalt, die Immanuel erst erkannte, als sie zur Begrüßung den Zylinder lüpfte. Das musste Alexandre Dumas sein. Immanuel hatte ihn nur einmal kurz zu Gesicht bekommen, im Park des Château Monte Christo. Dumas hatte an Gewicht verloren. Sein Bauch lastete nicht mehr auf seinen Beinen, und seine Wangen waren straff. Doch das krause lange Haar, der glänzend eingefettete Schnurrbart und die blitzenden Augen waren noch immer dieselben.

»*Saperlipopette!*«, rief ihm Dumas entgegen und kletterte behände vom Kutschbock. »Man hat Sie gut verpflegt, wie ich sehe.« Er deutete auf Immanuels Taille, die, das musste der Kutscher zugeben, etwas umfangreicher geworden war.

»Die mangelnde Bewegung, Monsieur«, sagte Immanuel. »Und die Nonnen im Hôpital kochen wie Göttinnen.«

Dumas öffnete den Schlag und half ihm in die Kutsche. »Über zu wenig Bewegung werden Sie sich bald nicht mehr beklagen können. Sie sind ab sofort Kutscher des Château Monte Christo. Aber natürlich erst, wenn Sie wieder vollständig gesund sind. Bis dahin übernehme ich diese Aufgabe. Hinein mit Ihnen!«

Immanuel ließ sich in den Fahrgastraum helfen. Gräfin Anna nahm mit Dumas' Hilfe ihm gegenüber Platz.

»Aber Doktor Lassailly hat mir erzählt, das Château gehöre jetzt ihm. Sie sollen es ihm verpfändet haben.« Er schluckte. »Um meiner Genesung willen.«

»Lassen Sie sich von Anna alles erklären«, brummte Dumas. »Wir wollen diesen Ort so schnell wie möglich verlassen und im Château reinen Tisch machen.«

Die Kutsche schaukelte, als Dumas wieder auf den Bock stieg. Dann zog das Pferd so kräftig an, dass Immanuel beinahe gegen die Gräfin geschleudert worden wäre.

»Er ist nicht gerade der beste Kutscher von Paris«, sagte Anna und hielt sich am Türgriff fest. »Auch wenn er sich dafür hält.«

Vor dem Fenster zog die Stadt im Abendlicht vorbei. Mancherorts sah man Reste der Barrikaden. An einigen Stellen war das Straßenpflaster geschwärzt. Doch in Paris war wieder Ruhe eingekehrt. Wie Immanuel gehört hatte, war die neue Regierung unter dem selbst ernannten Kaiser Napoleon III. dabei, einige Forderungen des Bürgertums umzusetzen. Ohne die Zustimmung der Bevölkerung, das musste auch der neue Regent wissen, ließ sich kein Staat lenken.

Der Wagen wippte und schlug immer wieder auf die Felgen. Immanuel nahm sich vor, das Gefährt gleich am nächsten Tag zu überprüfen. Die Bewegung würde ihm wohltun.

Gräfin Anna fasste seine Hände. »Immanuel. Ich bin so erleichtert, dass es dir gut geht. Wir sind gerade erst in Paris angekommen und sofort hergefahren.«

Während die Kutsche Richtung Saint-Germain-en-Laye fuhr, berichtete Anna von ihren Erlebnissen. Einiges wusste Immanuel schon aus den Briefen. Doch als er jetzt die ganze Geschichte hörte, wollte er zunächst nicht alles glauben. Er lachte unsicher und fragte, ob die von Anna geschilderten Episoden der Fantasie von Monsieur Dumas entsprungen seien.

Die ernste Miene der Gräfin war Antwort genug. Sie berichtete von der Flucht aus Paris, ihrem Elend in Brüssel, den Intrigen in London und der Verfolgung des Magnetiseurs in Sankt Petersburg. Als sie mit leiser Stimme erzählte, wie Lemaitre unter Eisbrocken begraben worden war, stellte sich in Immanuel ein Gefühl der Ruhe ein. Er hatte niemals vergessen, wer für den Tod des Grafen und das Unglück der Gräfin verantwortlich war.

»Aber das Château«, wechselte er das Thema. »Ist es wieder im Besitz von Monsieur Dumas?«

Anna lächelte geheimnisvoll. »Nein«, sagte sie. »Es gehört mir. Ich habe Alexandres Bürgschaft von Doktor Lassailly übernommen.«

»Dabei muss es um viel Geld gegangen sein«, sagte Immanuel. Jede Erklärung der Gräfin warf neue Fragen auf.

»Erinnerst du dich an die Zeit, als du mich in die Spielbank von Baden-Baden gefahren hast?« Bevor Immanuel etwas sagen konnte, fuhr Anna fort: »Damals habe ich viel Geld verspielt. Aber ich habe auch etwas gelernt: Ohne Gefahr ist kein Erfolg zu erlangen. Man muss das Risiko genau kennen.«

»Sie sind in die Spielbank zurückgekehrt?«, fragte Immanuel staunend.

»Und mit einem kleinen Vermögen wieder daraus hervorgekommen. Das Glück war mir noch etwas schuldig. Diese Schuld ist jetzt getilgt.« Sie hielt weiter seine Hände und drückte sie fester. »Das Leben hat uns in eine harte Schule geschickt, Immanuel. Aber nicht, damit wir scheitern, sondern damit wir lernen.«

Als die Kutsche den Park des Château Monte Christo erreichte, hatte Anna ihren Bericht noch nicht beendet. Immanuel rasten die Gedanken durch den Kopf und die Gefühle durch den Bauch. Einerseits war er froh, dass alles zu einem guten Ende geführt hatte. Andererseits fühlte er sich überflüssig. Warum sollte er weiter auf eine Frau aufpassen, die, ohne gehen zu können, auf Reisen ging, Unholde zur Strecke brachte und die Spielbank von Baden-Baden sprengte?

Der Einspänner hielt. Der Schlag öffnete sich. Dumas' Gestalt erschien in der Tür. »*Un moment, s'il vous plaît*«, rief er in die Kutsche hinein. Dann war er auch schon wieder verschwunden.

Das Château Monte Christo hatte schon viele Ausschweifungen erlebt: Gelage mit Alexandres Freunden, mit denen die Nacht zum Tag und der Tag zur Nacht geworden war; Schmausen und Schwatzen, bis der Kiefer klemmte; tolle Heiterkeit und wollüstige Verwirrung waren in den Mauern des Schlösschens zu Hause gewesen. All das hatte das Château mit Würde erduldet. Denn wenn der Tag nach dem Fest kam, ließ Alexandre allen Unrat beseitigen, ließ die Marmorböden putzen, bis sie blinkten, und die Fenster aufreißen, um den Duft der Magnolien hereinwehen zu lassen.

Doch das schien in den vergangenen Wochen nicht geschehen zu sein.

Alexandre stand vor der Eingangstür und zückte den großen Schlüssel, den er von Doktor Lassailly zurückerhalten hatte. Erst jetzt bemerkte er, dass das Schloss aufgebrochen und die Tür nur angelehnt war. Jemand hatte sie behelfsmäßig mit einem Strick gesichert.

Alexandre löste das Seil und drückte die Tür auf. Dabei schob er etwas beiseite, was auf der anderen Seite lag. Als er eintrat, sah er, dass es sich um einen Korb mit Essensresten handelte. Was genau einmal daringelegen hatte, ließ sich nicht mehr feststellen. Die Überreste waren in einen Zustand der Fäulnis übergegangen, der allenfalls die Fliegen interessierte, die in einer dichten Wolke darüber kreisten.

Wenn sich Gebäude für ihren Zustand schämen konnten, dann musste das Château jetzt rote Flecken auf der Fassade haben. Leere Weinflaschen lagen im weißen Salon verstreut.

Rotwein war ausgelaufen und hatte die Marmorfliesen geädert. Essensreste standen auf den Tischen. Der Kamin war nicht ausgekehrt worden, und die Asche hatte sich wie Erbrochenes aus einem steinernen Maul über den Fußboden ergossen. Alles war in Dämmerlicht getaucht, denn die schweren Vorhänge waren zugezogen.

Der Gestank war unerträglich. Mit drei Schritten war Alexandre durch den Raum gefegt – dabei knirschte etwas unter seinen Schuhen –, hatte die Vorhänge beiseitegezogen und die Fenster aufgerissen. Eiskalte, frische Winterluft strömte herein. Sie wurde von einem Stöhnen begrüßt.

Als Alexandre sich umdrehte, erstarrte er. Er hatte nicht geglaubt, dass der bedauernswerte Zustand seines Zuhauses noch bedauernswerter werden konnte. Doch da war sie: seine Büste aus pentelischem Marmor. Und jemand hatte die Lippen rot bemalt, einen Schönheitsfleck auf die Wange gekleckst und ihr eine Augenbinde verpasst! Und darunter, auf dem roten Thron mit Lederlehne, erwachte gerade Fruchard aus dem Schlaf.

»Wer ist da?«, fragte der Schreiberling und blinzelte gegen die Helligkeit an.

Alexandre wurde es trotz der Kälte heiß. Er öffnete seinen Mantel und lockerte seinen Kragen. Wäre er noch der Alexandre Dumas, der dieses Haus vor langer Zeit verlassen hatte, er wäre Fruchard an die Gurgel gegangen, er hätte ihn gewürgt und aus dem Fenster gestoßen – auch wenn dieses nur im Erdgeschoss lag. Doch Alexandre war klüger geworden.

Er atmete langsam aus, bis keine Luft mehr in seinen Lungen zu sein schien. So hatte es Anna geraten. Dann, als er glaubte, einen Ruhepunkt erreicht zu haben, sagte er: »Ich bin es, Fruchard, Monsieur Dumas!«

Fruchard sprang in die Höhe. Beinahe wäre er mitsamt dem Thron zu Boden gestürzt. Aber er fing sich und stolperte in

Richtung Tür. Dabei trat er in den Ascheberg. Staub flog auf. Er wedelte mit der Hand vor seinem Gesicht herum.

»Als wir uns zum letzten Mal sahen«, fuhr Alexandre fort, »habe ich Ihnen einen Rat gegeben. Erinnern Sie sich?«

»Was für einen Rat?« Fruchard hustete. »Wieso sind Sie hier? Sie sollten längst tot sein. Sie sind ein Verräter, Dumas.«

Vom Eingang her war ein Geräusch zu hören.

»Mein Rat von damals«, fuhr Alexandre fort, »lautete: Sie müssen Ihren Figuren Leben einhauchen. Es genügt nicht, Behauptungen über sie aufzustellen. Niemand wird Ihnen glauben, wenn Sie einfach schreiben: Alexandre Dumas ist ein Schurke und hat den französischen Staat verraten. Sie müssen Ihre Anschuldigungen beweisen.«

Fruchard wischte sich durch die Haare. Mit einem Mal war er wieder jener untalentierte Schreiber aus der Romanfabrik. »Das habe ich versucht. Und es ist mir gelungen. Soviel ich weiß, haben meine Zeilen dafür gesorgt, dass man Sie zum Staatsfeind erklärt hat. Ich habe mehr Lügen über Sie erfunden, als man im Fegefeuer jemals aus mir wird herausbrennen können. Für die Leser war jedes Wort wahr. Sie müssen mein Talent anerkennen, Monsieur Dumas.«

»Was ich anerkenne, ist Ihr Unvermögen, sich geschlagen zu geben. Sie haben sich in meinem Heim breitgemacht wie die Wasserpest. Sie haben mein Zuhause beschmutzt und die schlimmsten Unwahrheiten über mich verbreitet.« Nun war es vorbei mit der Selbstbeherrschung. Alexandre versuchte, sich zusammenzunehmen und Fruchard kalt abzuservieren, wie er es sich vorgenommen hatte. Aber es wollte nicht gelingen. Er war Dumas. Er würde immer Dumas bleiben.

Mit gesenktem Kopf ging er auf Fruchard los, der inmitten der von ihm angerichteten Verwüstung stand und jetzt sogar in herausfordernder Pose das Kinn hob.

»Verprügeln Sie mich doch, Monsieur! Schlagen Sie mich windelweich! Ich werde Ihnen jeden gebrochenen Knochen und jeden blauen Fleck vergelten. Denn nicht ich gelte als Bösewicht, sondern Sie. Ihre Unterschrift stand unter jedem Artikel von *Le Mousquetaire*. Und jetzt werde ich die Gendarmen holen. Sie können sich entscheiden: Entweder bleiben Sie in Ihrem ehemaligen Heim sitzen und warten darauf, dass man Sie festnimmt. Oder Sie räumen das Feld freiwillig.«

Alexandre blieb stehen. Er schnaufte. Sein Blick wurde wieder klar. Er musste sich an Fruchard nicht die Hände schmutzig machen. »Die Gendarmen«, sagte er, »sind bereits hier.«

Er deutete auf die Tür des weißen Salons. Hinter den kleinen quadratischen Scheiben waren zwei Gestalten zu erkennen. Ihre Körper schienen durch das Schachbrettmuster des Glases wie von einem Kaleidoskop zerlegt. Durch die obere Scheibe schauten die Gesichter von Cunin und Fulchiron in den Raum.

Fruchard fuhr herum. Bevor die Polizisten die Tür öffnen konnten, hatte er einen Fuß davorgestellt. Die Gendarmen rüttelten an der Klinke. Dann schoben sie die Tür auf. Fruchard musste Zentimeter um Zentimeter preisgeben.

»Sie nehmen den Falschen fest!«, rief Fruchard, als die Gendarmen ihm eiserne Handfesseln anlegten und die Schrauben festzogen. »Da steht Dumas, der Staatsverräter.«

Die Gendarmen schienen ihn nicht zu hören. Einer von ihnen, Alexandre glaubte, dass es Cunin war, wandte sich ihm mit ernster Miene zu. »Als der Botenjunge in der Präfektur erschien und sagte, Monsieur Dumas erwarte uns in seinem Château, habe ich ihm eine Maulschelle gegeben und ihn einen Lügner geschimpft. Dass wir überhaupt hier erschienen sind, verdanken Sie allein der Rachsucht meines Kollegen Fulchiron. Er hat aus London eine Erkältung mitgebracht, die ihn zwei Wochen aufs Lager warf.«

Bevor Cunin weitersprechen konnte, unterbrach ihn der andere Gendarm. »Wir haben im Londoner Frost so lange auf Ihre Hinrichtung gewartet, Monsieur, dass es uns beinahe selbst umgebracht hat. Dass Sie uns jetzt den wahren Schuldigen geliefert haben, macht Sie zwar vor dem französischen Recht unschuldig. Aber es entbindet Sie nicht von der Schuld, die Sie uns gegenüber in England auf sich geladen haben.«

Alexandre schaute auf den gefesselten Fruchard. Dann wanderte sein Blick durch den entstellten Salon. Es würde Mühe und Geld kosten, alles wiederherzustellen. Aber wenn Anna mit ihm hier leben sollte, würde sie ohnehin einiges verändern wollen. Durch das Fenster konnte er die Kutsche sehen, in der seine Gräfin wartete. Eine tiefe Zufriedenheit erfüllte ihn. Das Leben war wieder in Ordnung. Er konnte da weitermachen, wo er aufgehört hatte. Lächelnd wandte er sich den Gendarmen zu: »Nennen Sie einen Ort und eine Zeit, Messieurs. Ich wähle die Waffen.«

Die pflaumenblaue Tapete der Romanfabrik drehte sich vor Anna im Kreis. Sie versuchte, sich langsam zwischen den Schreibtischen hindurchzubewegen. Ihre Arme zitterten vor Anstrengung. Das Gestell, das sie fast vollständig umschloss, gab ihr Halt. Ihr kleiner Leib war fest darin eingegurtet. Sie könne nicht stürzen, versicherte Alexandre ihr immer wieder, während er aus einem roten Fauteuil heraus ihre Bemühungen beobachtete und kommentierte.

Nach einer kleinen Ewigkeit gelang es Anna, sich vor den anderen der beiden Sessel zu bewegen. Alexandre wollte ihr helfen, doch sie befahl ihm mit zornigem Blick, sitzen zu bleiben. Einige Handgriffe später hatte sie sich aus dem Gestell befreit und ließ sich rücklings in die Polster fallen. Die Federn der neuen Sitzgelegenheit waren straff gespannt. Anna hüpfte einige Male unfreiwillig auf und ab. Sie lachte.

»Das also ist die berühmte Romanfabrik«, sagte sie. »Die Geburtsstätte von Helden und der Quell unserer Sorgen.«

»Und bald eine Goldmine«, ergänzte Alexandre.

»Willst du wieder Lohnschreiber hierherholen?«, fragte Anna. In den letzten Tagen hatten sie so viel zu bereden gehabt, dass sie über die Zukunft von Alexandres Schreibwerkstatt noch nicht nachgedacht hatten.

»Lohnschreiber machen nur Ärger«, antwortete Alexandre. »Aber wir zwei könnten doch gemeinsam meinen nächsten Roman schreiben.«

Anna spürte eine angenehme Hitze in sich aufsteigen. »Du meinst, *unseren* nächsten Roman. Ich würde dich beraten. Und im Gegenzug bekomme ich die Hälfte der Einnahmen und die Hälfte des Umschlags für meinen Namen.«

»Kommt nicht infrage!« Alexandre schaute sie aus großen Augen an. »Außerdem wirst du nur das schreiben, was ich dir diktiere.«

»Und wenn ich das nicht will?«, fragte Anna.

»Dann werde ich dir so lange in die Augen schauen, bis du meinem Willen vollends erlegen bist. Ich habe mir einige Tricks von Lemaitre abgeschaut.«

Anna machte ein hochmütiges Gesicht. »Und ich habe mich dagegen gewappnet und einen Vorrat Doppelmops zugelegt. Du wirst verlieren.«

Alexandre lenkte ein. »Vielleicht beginnen wir unseren Roman mit etwas Einfacherem. Mit dem Titel. Hast du schon einen Einfall?«

Anna legte einen Finger an die Lippen. Sie waren ein wenig rau vom häufigen Zusammentreffen mit Alexandres Bart. Sie schaute sich in dem Raum um. Die Schreibtische standen verlassen da. Aber wenn sie ihre Fantasie nur ein wenig anstrengte, konnte sie die gebeugten Rücken der Lohnschreiber sehen und die Federn über das Papier kratzen hören. Hier hatte die Geschichte begonnen. Hier ging sie zu Ende.

»Ja«, sagte sie, »den Titel weiß ich schon.«

Nachwort

Er war der König des historischen Romans. Seine Kritiker forderte er zum Duell. Alexandre Dumas (1802–1870) schrieb so viele Romane wie kein zweiter Autor seiner Tage. Zeitgenosse und Vielschreiber Honoré de Balzac kam auf etwa neunzig Werke – Dumas schrieb über dreihundert. Seinen eigenen Angaben zufolge sollen es sogar eintausenzweihundert gewesen sein.

Das Publikum war begeistert. Die Kollegen stänkerten. Denn Dumas soll, so ihr Verdacht, gar nicht alles selbst geschrieben haben. Sie lagen richtig.

Alexandre Dumas hatte mit seinen ersten Erfolgen *Die drei Musketiere* und *Der Graf von Monte Christo* so viel Geld verdient, dass er schnell Fortsetzungen produzieren wollte. Ideen hatte er genug. Aber die Ausarbeitung der Texte kostete Zeit. Deshalb stellte er Lohnschreiber ein, die nach seinen Entwürfen Teile der Romane ausfertigten. Dieses System wurde von einigen neidvollen Autorenkollegen als »Romanfabrik« verunglimpft. Tatsächlich entstanden viele berühmte Werke auf diese Art, darunter *Zwanzig Jahre später*, *Königin Margot* und *Erinnerungen eines Arztes*. Vierzig Schreiber sollen in der Romanfabrik gearbeitet haben. Einige Quellen nennen sogar siebzig Autoren, die den Gedanken des Meisters Gestalt verliehen. Vermutlich wusste Alexandre Dumas nicht einmal selbst, wie weit sich die Triebe des von ihm geschaffenen Systems verzweigten. Denn seine Lohnschreiber ließen ihrerseits Autoren für sich arbeiten, und diese gaben die Aufgabe wiederum an Vierte weiter. Das System überlebte seinen Erfinder. Nach Dumas' Tod tauchten noch einige Wochen lang Geschichten unter seinem Namen auf. Die Romanfabrik war nicht zu bremsen.

Dumas' Werke erschienen zunächst nicht in Buchform, sondern als Fortsetzungsgeschichten in der Tageszeitung. Diese »Feuilletonroman« genannte Art der Veröffentlichung war der Prüfstein für den Erfolg einer Geschichte. Kam das Werk beim Publikum an, folgte anschließend die Publikation als Buch. Fiel der Zeitungsroman bei den Lesern durch, verschwand er auf Nimmerwiedersehen.

Zwar hatte es den Feuilletonroman schon zuvor gegeben, doch erst Alexandre Dumas machte ihn populär. Dumas veröffentlichte die erste Folge der *Drei Musketiere* am 14. März 1844 in der Zeitung *Le Siècle*. Danach gab es kein Halten mehr. Die Leser waren so begeistert von den Abenteuern D'Artagnans und seiner Kameraden, dass die Druckereien die Nachfrage nicht bewältigen konnten.

Die Zeitungsverleger erwiesen sich als ebenso einfallsreich und geschäftstüchtig wie der Autor. Das *Journal des Débats* veröffentlichte ab dem 28. August 1844 die Episoden von *Der Graf von Monte Christo*. Die letzten Folgen des Romans hätten im Dezember 1845 erscheinen sollen. Doch die Zeitung setzte das Erscheinen dieser Teile aus. Wer weiterlesen wollte, musste zum Jahresende das Abonnement verlängern.

Wenn er nicht gerade die Schreibfeder führte, wird sich Alexandre Dumas die Hände gerieben haben. Für seine Fortsetzungsromane erhielt er schwindelerregende Summen Honorar. Einen zusätzlichen Verdienst machte das Zeilengeld aus, das Zeitungsverleger ihren Autoren zahlten: Jede geschriebene Zeile wurde mit einigen Franc vergolten. Dumas schrieb fortan die Dialoge seiner Figuren so knapp wie möglich, um viele Absätze und damit Zeilen zu schaffen. Die Kasse klingelte bei jedem »Jawohl, Madame!«, das einer der Musketiere ausstieß.

Diese Praktik gilt heute als Industrialisierung der Literatur. Alexandre Dumas bereitete mit seiner Romanfabrik dem kommerziellen Unterhaltungsroman den Boden, auf dem dieser heute noch steht. Und Dumas ging noch einen Schritt weiter. Um die Einnahmen nicht länger mit den Zeitungsverlegern teilen zu müssen, gründetet er selbst ein Blatt, das er in Anlehnung an *Die drei Musketiere Le Mousquetaire* nannte. Die Erstausgabe erschien am 12. November 1853. Für den Roman wurde dieses Ereignis um zwei Jahre vorverlegt.

Mit dem gewaltigen Erfolg seiner frühen Romane triumphierte Alexandre Dumas über seine Kritiker. Die verrissen allerdings nicht nur seine dahergaloppierenden Abenteuergeschichten. Sie drangsalierten den Schriftsteller auch wegen seiner Hautfarbe. Alexandre Dumas war dunkelhäutig. Sein Vater stammte aus der französischen Kolonie Haiti in der Karibik. Dort war Thomas Alexandre Dumas als Sohn eines französischen Plantagenbesitzers und einer Sklavin geboren worden. Thomas machte später Karriere im französischen Militär und stieg zum General in der Armee Napoleon Bonapartes auf. Diesen begleitete der dunkelhäutige Offizier 1798 auf den Feldzug nach Ägypten. Sein Sohn Alexandre erbte das Temperament seines Vaters. Und dessen Hautfarbe, wegen der er zeitlebens diskriminiert wurde. Für den Roman ist der Begriff »nègre« oder »Neger« verwendet worden, der zur Zeit der Handlung für die Bezeichnung von Menschen dunkler Hautfarbe geläufig war. Schon damals belegte das Wort den Genannten mit einer Abwertung, denn unter »Neger« verstanden die meisten Europäer die Verkörperung des Wilden und Ungezügelten. Heute wird der Begriff als rassistisches Schimpfwort verstanden und im Sprachgebrauch vermieden.

Die Probleme durch seine Hautfarbe hielten Alexandre Dumas nicht davon ab, das Leben in vollen Zügen zu genießen. Er ließ sich im heutigen Port-Marly, nahe Saint-Germain-en-Laye, ein Schlösschen bauen und taufte es Château Monte Christo. Das Château existiert noch und empfängt als beachtenswertes Museum Besucher.

Alexandre Dumas lebte wie die Helden, über die er schrieb. Er war Waffenlieferant für Garibaldi in Italien, beaufsichtigte die Ausgrabungen in Pompeji, ging 1848 in Paris auf die Barrikaden, reiste durch Europa, durchquerte Russland und ließ sich dabei von der Presse feiern.

Dumas starb am 5. Dezember 1870 und wurde in seiner Geburtsstadt Villers-Cotterêts nördlich von Paris beerdigt. Zweihundert Jahre nach seiner Geburt, im Jahr 2002, ließ die französische Regierung den Leichnam nach Paris überführen, wo er im Pantheon noch einmal beigesetzt wurde. In der Krypta der französischen Ruhmeshalle ruht Alexandre Dumas seither neben Jean-Jacques Rousseau, Voltaire, Victor Hugo und Émile Zola. Seine Werke sind unsterblich.

Der Alexandre Dumas, der in *Die Romanfabrik von Paris* auftritt, ist erfunden, lehnt sich aber an den historischen Dumas an. So ist zum Beispiel bekannt, dass Dumas nach dem Staatsstreich Louis Napoleons vor seinen politischen Gegnern nach Brüssel floh. Auch nach Russland ist der Schriftsteller gereist. In England ist er hingegen niemals gewesen. Auch die Tagebuchaffäre hat es nie gegeben. Die Tagebücher Königin Victorias hingegen schon – sie sind heutzutage sogar veröffentlicht. Der Kristallpalast und die Weltausstellung in London sind historisch, auch die beschriebenen Ausstellungsstücke hat es gegeben. Entgegen den wirklichen Ereignissen schloss die *Great Exhibition* im Oktober 1851. Für den Roman war es wichtig, sie bis Dezember zu verlängern.

Dass Alexandre Dumas mit dem Phänomen des Magnetisierens in Berührung kam, ist zwar nicht belegt, aber wahrscheinlich. Salons, in denen sich Menschen durch elektrische Strahlen »behandeln« ließen, waren schon in der ersten Hälfte des 19. Jahrhunderts in allen europäischen Metropolen populär. In Paris, London und Berlin standen Adel und Bürgertum Schlange, um zu den Meistern des Magnetisierens vorgelassen zu werden. Die im Roman beschriebenen Sitzungen mit einer Vorrichtung namens Baquet und elektrisch aufgeladenen Metallarmen sind dokumentiert. Dabei tauchten auch Elemente der Hypnose auf. Ein französischer Magnetiseur namens Charles Lafontaine behauptete sogar, seinen Patienten unliebsame Erinnerungen nehmen zu können.

Die Romanfabrik von Paris spielt im Jahr 1851, einer Zeit voller Umbrüche. Die Eisenbahn wurde zum vorherrschenden Transportmittel. Bahnhöfe wurden gebaut. Die Fotografie trat ihren Siegeszug an und entwickelte sich zur Porträtmalerei des einfachen Mannes. Telegrafen entstanden. Der Kristallpalast lockte Besucher nach London. Die Kunst stand in voller Blüte, und die großen Museen waren Tempel einer Kultur, die nicht länger dem Adel vorbehalten war. Der Louvre in Paris wurde erweitert. Das British Museum in London zog in sein neues Domizil um, in dem es heute noch zu finden ist. Die Eremitage in Sankt Petersburg erhielt einen neuen Eingang, durch den auch Besucher des einfachen Volks in das Museum gelangen konnten. Viele dieser Entwicklungen sind in die Geschichte um die Romanfabrik eingeflossen.

Die historischen Ereignisse sind gut dokumentiert. Als wichtigste Quelle für die Recherche zum Roman dienten jedoch die Worte und Ansichten des Helden selbst. Alexandre Dumas schrieb auch Sachbücher. Seine Berichte über Reisen durch die Schweiz, das Rheinland und Russland lassen Bilder einer vergangenen Epoche auferstehen. Auch sein Wörterbuch zur Kochkunst, das *Grand Dictionnaire de Cuisine*, gewährt Einblick in die Gedanken der damaligen Zeit, in diesem Fall die des Gourmets, der Dumas zeitlebens war. Die Autobiografie *Roman meines Lebens* gibt auf unterhaltsame Art wieder, wie der Schriftsteller sich selbst sah. Dumas' Zitate aus diesen und anderen Werken sind an vielen Stellen in den Roman eingeflossen.

Dank

Wie schon Alexandre Dumas erfahren musste, ist die Arbeit an einem Roman keine Angelegenheit für Einzelkämpfer. Erst das Zusammenspiel vieler Kräfte macht das Erscheinen eines Buchs möglich. Der Autor dankt Rémy Delapierre aus Paris für die Führung durch das Château Monte Christo und für die geduldigen und ausführlichen Antworten auf tausend Fragen. Im Lübbe Verlag hatte Lena Schäfer schon 2015 Vertrauen in die Geschichte der Romanfabrik und empfahl, die Grundidee weiterzuentwickeln. Stefanie Zeller und Stefan Bauer trugen das Projekt bei Lübbe durchs Ziel. Dr. Ulrike Brandt-Schwarze lektorierte den Text mit Feingefühl und Argusaugen und wäre im Château Monte Christo eine unentbehrliche Hilfe gewesen. Susanne Schulte opferte einmal mehr Zeit und Geduld und stellte sich als Testleserin zur Verfügung. Architekt Peter Freudenthal setzte sich mit der Bauweise des alten Newgate-Gefängnisses auseinander. Meine Mitreise-, Mitlese- und Mitschreiberin Jutta Wieloch wusste immer einen Ausweg: für die Helden der Geschichte und für den Autor, wenn die Gedanken in der heimischen Romanfabrik den Streik ausriefen.

Merci, Monsieur Dumas!